# Défendre Jacob

DU MÊME AUTEUR

*Boston Requiem*, Robert Laffont, 2005.

William Landay

# Défendre Jacob

Traduit de l'anglais (États-Unis)
par Philippe Mothe

Titre original
*Defending Jacob*



Les personnages, les lieux et les situations de ce récit étant purement fictifs, toute ressemblance avec des personnes ou des situations existantes ne saurait être que fortuite.

Publié aux États-Unis par Delacorte Press, une marque de The Random House Publishing Group, filiale de Random House, Inc., New York.


7-13, boulevard Paul-Émile-Victor – Île de la Jatte
92521 Neuilly-sur-Seine Cedex

www.michel-lafon.com

# PREMIÈRE PARTIE

*« Soyons pragmatiques dans nos attentes envers le droit pénal […]. [Car] imaginons un instant que, par quelque artifice propre à remonter le temps, nous puissions retrouver notre plus ancien aïeul hominidé, Adam, protohumain de courte stature au pelage luxuriant, bipède de fraîche date, arpentant la savane africaine voici quelque trois millions d'années. S'il nous serait sans doute possible d'imposer à ce savant petit être les lois de notre choix, il serait en revanche malavisé d'aller le caresser. »*

REYNARD THOMPSON,
*Théorie générale de la violence humaine* (1921)

# 1

# Face au grand jury

| | |
|---|---|
| M. Logiudice : | Veuillez, s'il vous plaît, décliner votre identité. |
| Le témoin : | Andrew Barber. |
| M. Logiudice : | Quelle est votre profession, monsieur Barber ? |
| Le témoin : | J'ai été procureur adjoint de ce comté pendant vingt-deux ans. |
| M. Logiudice : | Vous « avez été »... Que faites-vous maintenant ? |
| Le témoin : | Disons que je suis sans emploi. |

En avril 2008, Neal Logiudice me convoquait finalement devant le grand jury. À ce stade, c'était trop tard. Trop tard pour cette affaire, sans aucun doute, mais trop tard aussi pour Logiudice. Sa réputation était déjà irrémédiablement compromise, et sa carrière aussi. Avec une réputation ternie, un procureur peut continuer d'exercer un certain temps, cahin-caha, mais ses collègues vont se mettre à le regarder comme des loups, et il finira par devoir partir, dans l'intérêt de la meute. Je l'ai constaté bien des fois : un jour, un procureur adjoint est irremplaçable, le lendemain il est oublié.

J'ai toujours eu un faible pour Neal Logiudice (prononcer « lo-jiu-diss »). Il était arrivé au parquet une douzaine d'années plus tôt, frais émoulu de la faculté de droit. Vingt-neuf ans, petit, il arborait une calvitie naissante et une légère bedaine. Sa bouche débordait de dents ; il devait forcer pour la fermer, comme une valise trop pleine, ce qui lui donnait une expression dure et lui plissait les lèvres. Je l'exhortais à ne pas montrer ce visage au jury – qui aurait pu mal le prendre –, ce qu'il faisait pourtant, inconsciemment. Quand il se levait devant le banc des jurés en secouant la tête et en pinçant la bouche comme une maîtresse d'école ou un prêtre, chacun d'eux était pris du désir secret de voter contre lui. Au bureau, Logiudice tenait du magouilleur et du lèche-bottes. On l'embêtait beaucoup. Les autres adjoints cancanaient sans arrêt sur son compte, et ils n'étaient pas les seuls car même ceux qui ne travaillaient pas à son contact s'y étaient mis : flics, greffiers, secrétaires – une catégorie qui n'avait pourtant pas pour habitude d'afficher aussi ouvertement son mépris pour un procureur. Ils le surnommaient Milhouse, en référence à un personnage pitoyable des *Simpson*, et estropiaient son nom à qui mieux mieux : LoJustice, LaJaunisse, Préjudice, etc. Moi, il ne me déplaisait pas, Logiudice. C'était un candide. Convaincu de son bon droit, il réduisait des vies en miettes sans en perdre le sommeil un seul instant. Il ne s'en prenait qu'à des crapules, après tout. Tel est le « sophisme du procureur » – *puisque je les poursuis, ce sont des crapules* – et, comme Logiudice n'était pas le premier à s'y laisser piéger, je lui pardonnais sa grande vertu. J'avais même une tendresse pour lui. C'étaient précisément ses anomalies qui me séduisaient, ce nom imprononçable, ses dents de travers – que n'importe lequel de ses collègues aurait fait redresser à coups de bagues payées par papa-maman –, et même son ambition décomplexée. Je discernais chez lui autre chose. Une sorte de robustesse dans sa façon de faire front devant tant de ressentiment, de tout encaisser, jour après jour. C'était à l'évidence un fils d'ouvrier résolu à conquérir par lui-même ce que d'autres avaient reçu naturellement. De ce point de vue, et de ce point de vue seulement, je pense que nous étions pareils.

Et voilà que, douze ans après son arrivée et malgré toutes ses bizarreries, il touchait enfin au but, ou presque. Neal Logiudice était premier procureur adjoint, numéro deux du parquet du district de Middlesex, bras droit du procureur et avocat général. Il avait pris ma place, ce gamin qui m'avait dit un jour : « Andy, vous êtes exactement ce que je voudrais être. » Je n'avais rien vu venir.

Dans la salle du grand jury ce matin-là, les jurés étaient d'humeur maussade, comme abattus. Ils étaient tous là, une vingtaine d'hommes et de femmes qui n'avaient pas été assez habiles pour couper à cette corvée, tassés sur des chaises d'école avec, en guise d'accoudoirs, des tablettes en forme de goutte d'eau. Ils avaient bien assimilé leur mission désormais. Les grands jurys siègent des mois entiers et on comprend assez vite de quoi il retourne : accuser, montrer du doigt, désigner le méchant.

Une audience de grand jury n'est pas un procès. Aucun juge ni aucun avocat n'y assiste. C'est le procureur qui mène la danse. Il s'agit d'une enquête et, en théorie, d'une façon de limiter les pouvoirs du procureur puisque ce sont les jurés qui décident s'il possède assez de preuves pour traîner un suspect devant un tribunal. Si tel est le cas, le grand jury l'autorise à prononcer une mise en accusation, son visa pour l'instance supérieure. Sinon, ils déclarent un « non-lieu » et l'affaire est terminée avant d'avoir commencé. Dans la pratique, les non-lieux sont rares. La plupart des grands jurys inculpent. Pourquoi ? Parce qu'ils ne voient qu'un seul aspect du dossier.

Mais, dans cette affaire, j'ai le sentiment que les jurés savaient que le dossier de Logiudice était vide. Il était trop tard. On ne découvrirait plus la vérité, pas avec des preuves aussi défraîchies et frelatées, pas après tout ce qui s'était passé. Cela faisait déjà plus d'un an… Plus de douze mois que le corps d'un garçon de quatorze ans avait été retrouvé dans les bois avec trois traces de coups de couteau alignées sur la poitrine, comme s'il avait été frappé avec un trident. Mais ce n'était pas qu'une histoire de temps. C'était tout le reste. Il était trop tard et les jurés le savaient.

Moi aussi, je le savais.

Mais Logiudice n'en démordait pas. Il eut ce pincement de lèvres qui n'appartenait qu'à lui. Parcourant ses notes couchées sur un bloc de feuilles jaunes, il réfléchissait à sa prochaine question. Il procédait exactement comme je le lui avais appris. La voix intérieure qui lui parlait était la mienne : ne jamais se dire qu'un dossier est trop mince. S'en tenir aux fondamentaux. À la bonne vieille méthode en usage depuis cinq cents et quelques années, appliquer la même nauséeuse tactique qui, de tout temps, a présidé aux contre-interrogatoires : égarer, coincer, achever.

– Vous souvenez-vous de la première fois où vous avez entendu parler du meurtre du petit Rifkin ?

– Oui.

– Je vous écoute.

– J'ai reçu un coup de fil, d'abord – je crois – de la CPAC, la police de l'État. Puis deux autres juste après, un de la police de Newton, l'autre du procureur de permanence. Peut-être pas dans cet ordre, mais en tout cas le téléphone n'arrêtait pas de sonner.

– Quand était-ce ?

– Le jeudi 12 avril 2007, vers 9 heures, juste après la découverte du corps.

– Pourquoi est-ce vous qu'on a appelé ?

– J'étais premier procureur adjoint. C'était à moi qu'on signalait tous les meurtres du comté. C'était la procédure normale.

– Mais vous ne gardiez pas tous les dossiers, n'est-ce pas ? Vous n'avez pas instruit et suivi personnellement tous les homicides qui vous sont parvenus ?

– Non, bien sûr que non. Je n'en avais pas le temps. Je n'en ai gardé que très peu. En général, je les confiais à d'autres adjoints.

– Mais celui-ci, vous l'avez gardé.

– Oui.

– La décision de le garder pour vous, vous l'avez prise tout de suite ou après ?

– Presque tout de suite.

– Pourquoi ? Pourquoi vouliez-vous précisément ce dossier ?

– Je m'étais mis d'accord avec la procureur, Lynn Canavan, pour traiter personnellement certaines affaires.

– Quel genre d'affaires ?

– Celles qui étaient prioritaires.

– Pourquoi vous ?

– Parce que j'étais le plus ancien. Elle voulait être sûre que les dossiers importants seraient traités correctement.

– Qui décidait du degré de priorité des affaires ?

– Moi, en premier lieu. En concertation avec la procureur, bien entendu, mais, en général, tout va très vite au début. On n'a pas forcément le temps de se voir.

– C'est donc vous qui avez décidé que le dossier Rifkin serait prioritaire ?

– Bien sûr.

– Pourquoi ?

– Parce qu'il s'agissait du meurtre d'un enfant. Peut-être aussi qu'on a eu peur des débordements, d'attirer l'attention des médias. Cette affaire s'y prêtait : une ville aisée, une victime d'un milieu aisé. On avait déjà eu plusieurs cas dans ce genre-là. En plus, au début, on ne savait pas trop de quoi il s'agissait. Par certains côtés, on pouvait penser à un massacre dans une école, style Columbine. Sur le fond, on n'avait aucune certitude, mais ça sentait la grosse affaire. S'il s'était avéré qu'elle ne l'était pas, j'aurais transmis le dossier plus tard mais, dans les toutes premières heures, je tenais à ce que tout soit fait dans les règles.

– Avez-vous informé la procureur que vous aviez un conflit d'intérêts ?

– Non.

– Pourquoi cela ?

– Parce que je n'en avais pas.

– Votre fils, Jacob, n'avait-il pas le même âge que la victime ?

– Oui, mais je ne connaissais pas ce garçon. Et, d'après ce que je savais, Jacob ne le connaissait pas non plus. Je n'avais même jamais entendu son nom avant.

– Vous ne connaissiez pas cet enfant. Très bien. Mais vous saviez que lui et votre fils étaient dans la même année, dans le même collège, dans la même ville ?

– Oui.

– Et vous persistiez à nier l'existence d'un conflit d'intérêts ? Vous ne vous disiez pas que votre objectivité risquait d'être remise en cause ?

– Non. Bien sûr que non.

– Même maintenant, avec le recul ? Vous maintenez que vous n'avez pas le sentiment que les circonstances induisaient un conflit, ne serait-ce qu'apparent ?

– Non, il n'y avait rien d'irrégulier là-dedans. Il n'y avait même rien d'inhabituel. Le fait que je vivais dans la ville où s'était déroulé le meurtre ? C'était une bonne chose, justement. Dans les petits comtés, le procureur habite souvent dans la commune où ont lieu les crimes ; il connaît souvent les personnes concernées. Et alors ? Il est d'autant plus motivé pour découvrir le meurtrier. Il n'y a aucun conflit d'intérêts. Écoutez, le conflit essentiel pour moi, c'est celui que j'ai avec les meurtriers. C'est mon travail. Ce crime était horrible, épouvantable. C'était à moi de le prendre en charge. Et je n'avais aucune autre préoccupation en tête.

– D'accord.

Logiudice replongea dans ses notes. Aucun intérêt à attaquer le témoin si tôt dans sa déposition. Il y reviendrait dans la journée, aucun doute là-dessus, quand je serais fatigué. Dans l'immédiat, le mieux était encore de calmer le jeu.

– Vous connaissez les droits que vous donne le cinquième amendement ?

– Bien sûr.

– Et vous y avez renoncé ?

– Visiblement, puisque je suis là. Et que je m'exprime.

Gloussements parmi les jurés.

Logiudice reposa son bloc et, par ce geste, sembla suspendre momentanément ses manœuvres.

– Monsieur Barber – Andy –, puis-je vous demander une chose : ces droits, pourquoi ne pas les faire valoir ? Pourquoi ne pas garder le silence ?

Il s'abstint de remarquer : *Moi, c'est ce que je ferais.* Je crus un instant à une ruse, à un numéro de comédien. Mais Logiudice avait l'air sincère. Il craignait que je mijote quelque chose. Il ne voulait pas se faire piéger et passer pour un imbécile.

– Je n'ai aucune envie de garder le silence. Je veux que la vérité éclate.

– Quoi qu'il en coûte ?

– Je crois en la justice, tout comme vous, tout comme chacun ici.

Ce n'était pas tout à fait vrai. Je ne crois pas aux procès, du moins je ne suis pas persuadé de leur capacité à révéler la vérité.

Aucun acteur du monde judiciaire ne l'est. Nous avons tous vu trop d'erreurs, trop d'issues déplorables. Un verdict de jury est une hypothèse – une hypothèse généralement bien intentionnée, mais comment démêler les faits de la fiction par un simple vote... Et pourtant, malgré tout cela, je continue de croire au pouvoir de ce rituel. Je crois au symbolisme religieux, aux robes noires, aux palais de justice avec leurs colonnes de marbre et leurs faux airs de temples grecs. Quand nous sommes dans un prétoire, nous disons la messe. Nous prions ensemble pour faire ce qui est juste et nous protéger du danger. Et, que nos prières soient entendues ou non, il importe de le faire.

Logiudice était évidemment insensible à ce décorum. Il vivait dans l'enclos binaire des lois, coupable ou non coupable, et entendait bien m'y tenir enfermé.

– Vous croyez en la justice, me dites-vous, fit-il avec une moue. Fort bien, Andy, revenons à cette affaire alors. Et permettons à la justice de faire son travail.

Il lança au jury un regard entendu et suffisant.

Bien vu, Neal ! Ne laisse pas le témoin te prendre ta place dans le lit des jurés. Va les rejoindre bien au chaud sous les couvertures et laisse le témoin se cailler dehors. Je lui répondis par un sourire narquois. Je me serais levé et j'aurais applaudi si j'en avais eu le droit car c'était exactement ce que je lui avais appris. Pourquoi se refuser cette petite fierté paternelle ? Tout n'était pas mauvais en moi : j'avais quand même fait de Neal Logiudice un procureur à peu près convenable.

– Eh bien, allons-y ! fis-je pour caresser le jury dans le sens du poil. Cessez de tergiverser et venons-en aux faits, Neal !

Ayant jeté un œil dans ma direction, il se saisit de son bloc jaune et le balaya du regard en essayant de s'y retrouver. Je pouvais presque lire ses pensées inscrites en travers de son front : *égarer, coincer, achever.*

– Bien, dit-il. Revenons aux lendemains du meurtre.

# 2

# Notre petite bande

*Avril 2007,*
*douze mois plus tôt.*

Lorsque les Rifkin ouvrirent leur maison pour la chivah, la période de deuil chez les juifs, on aurait dit que toute la ville s'était retrouvée chez eux. Personne ne se sentait le droit de les laisser pleurer seuls leur disparu. Le meurtre de leur fils était devenu une affaire publique ; son deuil en serait une aussi. Il y avait tellement de monde que lorsque le murmure des conversations enflait, on avait la pénible impression d'assister à une soirée entre amis, jusqu'à ce que l'assemblée baisse la voix à l'unisson, comme si quelqu'un avait tourné un bouton invisible.

L'air contrit, je progressais à travers la foule à coups de « Excusez-moi » et en zigzaguant pour me frayer un chemin.

On me dévisageait avec curiosité. Quelqu'un souffla : « C'est lui, c'est Andy Barber », mais je ne m'arrêtai pas. Quatre jours s'étaient écoulés depuis le meurtre et chacun savait que j'étais en charge du dossier. Tout le monde avait évidemment envie de m'interroger sur les suspects, les indices, etc., mais personne n'osait le faire. Pour l'instant, les détails de l'enquête étaient sans importance, seul comptait le fait brut : un jeune innocent était mort.

*Assassiné !* Les manchettes des journaux les avaient cueillis à froid. À Newton, la criminalité était pour ainsi dire inexistante. Ce que les citoyens savaient de la violence leur venait des informations et des émissions de télé. Pour eux, le crime violent était cantonné à la grande ville, à une sous-catégorie de primates urbains. Ils se trompaient, bien sûr, mais ils n'étaient pas idiots et ne se seraient pas autant émus du meurtre d'un adulte. Ce qui faisait de l'affaire Rifkin un sacrilège, c'était qu'elle touchait un des enfants de la ville. C'était une atteinte à l'identité même de Newton. À une époque, on avait pu voir au centre socioculturel une pancarte désignant l'endroit comme « une communauté de familles, une famille de communautés » et on entendait souvent dire que Newton était « l'endroit idéal quand on a des enfants ». Et c'était vrai. La ville regorgeait de centres de soutien scolaire et de cours de rattrapage, de dojos de karaté et de clubs de foot. Les jeunes parents, en particulier, étaient sensibles à l'idée que Newton soit le paradis des enfants. Beaucoup d'entre eux avaient quitté la métropole, ses codes et ses artifices, pour s'installer ici. Ils avaient tout accepté, l'effort financier, la monotonie sclérosante et le pincement au cœur d'opter pour une vie banale. Pour cette population aux sentiments partagés, ce lotissement de banlieue n'avait de sens que parce que c'était « l'endroit idéal quand on a des enfants ». Ils avaient tout misé là-dessus.

En progressant de pièce en pièce, je passais d'une tribu à une autre. Les jeunes, les camarades du défunt, s'étaient entassés dans un recoin situé à l'avant de la maison. Ils parlaient à voix basse, observaient. Le mascara d'une des filles s'était dissous dans ses larmes. Mon propre fils, Jacob, frêle et dégingandé, était assis sur un fauteuil bas, à l'écart des autres. Les yeux rivés sur l'écran de son portable, il se désintéressait de ce qui se disait autour de lui.

La famille, accablée de douleur, se tenait à côté, dans le séjour, vénérables grands-mères, cousins en bas âge.

Dans la cuisine, enfin, étaient réunis les parents des enfants qui avaient côtoyé Ben Rifkin tout au long de sa scolarité à Newton. C'était notre petite bande. Nous nous fréquentions depuis le premier jour de maternelle de nos progénitures, huit ans plus tôt. Nous nous étions croisés des milliers de fois, le matin en les déposant, l'après-midi en venant les rechercher, à d'innombrables matchs de foot, à autant de kermesses et à une mémorable représentation de *Douze hommes en colère*. Pourtant, hormis quelques solides amitiés, nous ne nous connaissions pas très bien. Il y avait certes entre nous de la camaraderie, mais pas de vrais liens. Pour beaucoup, ces relations ne survivraient pas au passage de nos enfants dans le supérieur. Mais, durant ces quelques jours qui succédaient au meurtre de Ben Rifkin, nous ressentions une illusion de proximité. Comme si, brusquement, nous avions tous été révélés les uns aux autres.

Dans la vaste cuisine des Rifkin – table de cuisson et réfrigérateur high-tech, plans de travail en granit, éléments blanc cassé –, les parents d'élèves, rassemblés par groupes de trois ou quatre, se livraient à des confessions intimes autour de l'insomnie, la tristesse et la terreur diffuse. Ils revenaient sans cesse sur la tragédie de Columbine, le 11-Septembre, sur la façon dont la mort de Ben leur avait donné envie de s'accrocher à leur propre enfant pendant qu'il en était encore temps. Les émotions exacerbées de cette soirée étaient avivées par la chaude lumière de la pièce, diffusée par des plafonniers aux globes orange foncé. C'est dans cette atmosphère d'embrasement où les parents s'autorisaient le luxe d'échanger leurs secrets que je fis mon entrée.

Sur l'îlot central, l'une des mères, Toby Lanzmann, disposait des hors-d'œuvre sur un grand plat, un torchon posé sur l'épaule. Ses gestes faisaient saillir les tendons de ses avant-bras. Toby était la meilleure amie de Laurie, ma femme, l'une des rares avec qui nous ayons tissé une relation suivie. Me voyant chercher Laurie, elle désigna du doigt l'autre bout de la pièce en précisant :

– Elle est en train de materner les mamans…

– Je vois ça.

– Tu sais, on a tous besoin d'être un peu maternés en ce moment.

Je grommelai et, après lui avoir lancé un regard perplexe, poursuivis mon chemin. Toby y allait toujours un peu fort. Face à elle, la retraite tactique restait ma seule défense.

Laurie formait un petit cercle avec d'autres mères. Ses cheveux, épais et indisciplinés, étaient relevés en un chignon approximatif retenu sur la nuque par une grosse barrette en écaille. Elle frottait le bras d'une amie pour la consoler. Celle-ci s'inclina vers elle avec ostentation, comme un chat qu'on caresse.

Quand je fus arrivé près d'elle, Laurie passa son bras gauche autour de ma taille.

– Tu es là, chéri.

– Il faut qu'on y aille.

– Andy, tu n'arrêtes pas de dire ça depuis qu'on est arrivés.

– Faux. Je l'ai pensé mais je n'ai rien dit.

– Ça se lit sur ton visage.

Elle soupira.

– Je savais bien qu'on aurait dû venir avec deux voitures, reprit-elle.

Elle me jaugea un instant. Elle n'avait pas envie de partir, mais savait que j'étais mal à l'aise avec tous ces regards braqués sur moi et que je n'étais guère causant de nature – les bavardages dans des pièces bondées m'assommaient. Autant de facteurs dont elle se devait de tenir compte. Une famille, comme toute entreprise, implique une gestion.

– Vas-y, trancha-t-elle, Toby me ramènera.

– Tu crois ?

– Mais oui, pas de problème. Prends Jacob avec toi.

– Tu es vraiment sûre ?

Je me penchai – Laurie a presque une tête de moins que moi – pour lui glisser en aparté :

– En fait, je ne demande qu'à rester…

Elle rit :

– Sauve-toi avant que je change d'avis.

Drapées dans leur deuil, les autres mères nous regardaient.

– Vas-y, ton manteau est dans la chambre du haut.

Une fois à l'étage, je me retrouvai dans un long couloir. Le bruit y était assourdi, ce que j'accueillis comme un soulagement. L'écho des conversations encombrait encore mes oreilles. Je partis à la recherche des manteaux. Dans une chambre, visiblement celle de la jeune sœur de la victime, j'en découvris une pile sur le lit, mais le mien n'y était pas.

La porte de la chambre voisine était fermée. Après avoir frappé, je l'entrouvris et engageai la tête pour y jeter un coup d'œil.

La pièce était sombre. La seule lumière provenait d'une lampe à pied en laiton posée dans le coin opposé. Sous le halo était assis, dans une bergère, le père de la jeune victime. Dan Rifkin était un être menu, soigné, délicat. Ses cheveux étaient, comme toujours, maintenus par de la laque. Il portait un costume foncé, de qualité me sembla-t-il. Le revers était grossièrement entaillé sur cinq centimètres pour symboliser son cœur brisé. Sacrifier un costume de ce prix…, pensai-je. Dans la pénombre, ses yeux creusés étaient cerclés de cernes bleuâtres semblables au masque d'un raton laveur.

– Bonjour Andy, me dit-il.

– Désolé, je cherchais juste mon manteau. Je ne voulais pas vous déranger.

– Je vous en prie, venez vous asseoir une minute.

– Non, je ne veux pas m'imposer.

– Si, si, asseyez-vous. J'ai quelque chose à vous demander.

Mon cœur se serra. Je connaissais, pour en avoir été témoin, le martyre qu'endurent les proches des victimes d'homicides. Ma profession m'y oblige. C'est pour les parents d'enfants assassinés que c'est le plus dur et, à mon avis, plus encore pour les pères que pour les mères, car on leur a appris à rester stoïques, à « se comporter comme des hommes ». Des études ont montré que beaucoup mouraient quelques années après le meurtre de leur enfant, souvent de crise cardiaque. De chagrin, en vérité. À un moment donné, un procureur comprend qu'il ne pourra pas non plus survivre à cette détresse. Et comme il ne peut pas suivre les pères dans leur chute, il se concentre sur les aspects techniques du travail. Il en fait un métier comme un autre. Tout consiste à tenir la souffrance à distance.

Mais Dan Rifkin insistait. Il agitait son bras comme un policier qui fait signe aux voitures d'avancer. Voyant que je n'avais pas le choix, je refermai doucement la porte et m'assis dans le fauteuil à côté du sien.

– Vous prenez quelque chose ?

Il souleva un verre où brillait un whisky cuivré, sans eau.

– Non.

– Il y a du nouveau, Andy ?

– Non. Malheureusement pas.

Il hocha la tête et, déçu, porta son regard vers le coin de la pièce.

– J'ai toujours adoré cet endroit. C'est là que je viens pour réfléchir. Quand il vous arrive une chose pareille, vous passez beaucoup de temps à réfléchir.

Il me fit un petit sourire crispé : *Ne vous inquiétez pas pour moi, ça va.*

– Je veux bien vous croire.

– La question qui me hante, c'est : pourquoi est-ce que ce type a fait ça ?

– Dan, vraiment, vous ne devriez pas…

– Laissez-moi terminer. Je… je n'ai pas besoin qu'on me tienne la main. Je suis quelqu'un de rationnel, c'est tout. Je me pose des questions. Pas sur les détails. Quand il nous est arrivé de discuter, vous et moi, c'était toujours sur des détails : les preuves, les procédures des tribunaux. Mais, encore une fois, je suis quelqu'un de rationnel. Et donc je me pose des questions. D'autres questions.

En signe d'approbation, je m'enfonçai dans mon siège. Je sentis mes épaules se décontracter.

– Bien. Alors voilà : Ben était foncièrement bon. C'est la première chose. Bien entendu, aucun enfant, quel qu'il soit, ne mérite un sort pareil. J'en suis bien conscient. Mais Ben était vraiment un bon garçon. La bonté même. Et c'était encore un enfant. Quatorze ans, vous vous rendez compte ! Jamais un écart. Jamais. Jamais, jamais, jamais. Alors pourquoi ? Pour quel mobile ? Je ne parle pas de colère, d'envie, de jalousie, de choses de ce genre, parce que, ici, il ne peut pas s'agir d'un mobile ordinaire ; impossible, ça n'a pas de sens. Qui pouvait éprouver ce genre de… ce genre de rage envers Ben, envers un enfant en général ? Ça n'a aucun sens. Ça n'a aucun sens.

Rifkin posa les extrémités des doigts de sa main droite sur son front qu'il massa en cercles lents.

– Ce que je veux dire, c'est : qu'est-ce qui les différencie des autres, ces gens-là ? Parce que, ces sentiments-là, ces mobiles – la colère, l'envie, la jalousie –, je les éprouve, bien sûr, vous aussi, tout le monde. Mais on n'a jamais tué personne.

Voyez-vous ? On ne pourrait pas tuer. Mais certains, si, certains le peuvent. Comment ça se fait ?

– Je ne sais pas.

– Vous devez bien avoir votre idée là-dessus.

– Non, je n'en sais rien, vraiment.

– Mais vous parlez avec eux, vous les rencontrez. Qu'est-ce qu'ils vous disent, les tueurs ?

– Ils ne parlent pas beaucoup, en général.

– Vous le leur demandez ? Pas le pourquoi de leur geste, mais ce qui, à la base, les autorise à le commettre ?

– Non.

– Pourquoi pas ?

– Parce qu'ils ne me répondraient pas. Leurs avocats ne les laisseraient pas répondre.

– Les avocats ! fit-il en levant la main.

– De toute façon, ils ne sauraient pas quoi dire, pour la plupart. Les meurtriers philosophes – le chianti, les fèves au beurre, tout ça –, c'est du pipeau. C'est bon pour le cinéma. De toute façon, ces types-là racontent n'importe quoi. S'ils répondaient, ils parleraient sûrement de leur enfance difficile ou de je ne sais quoi. Ils se poseraient en victimes. La rengaine habituelle.

Il fit un signe de la tête pour m'inciter à poursuivre.

– Dan, écoutez, vous n'allez pas vous torturer à chercher des raisons. Il n'y en a pas. Il n'y a pas de logique là-dedans. Pas chez ceux dont vous parlez.

Rifkin se tassa un peu dans son fauteuil, l'air concentré, comme mû par le besoin d'approfondir sa réflexion. Il avait les yeux brillants, mais sa voix était égale, posée.

– Les autres parents vous posent ce genre de questions ?

– Ils posent toutes sortes de questions.

– Vous les revoyez une fois l'affaire classée ? Les parents ?

– Parfois.

– Je veux dire longtemps après, plusieurs années plus tard ?

– Parfois.

– Et quel… quel effet vous font-ils ? Ils vont comment ?

– Certains vont bien.

– Mais d'autres, non.

– D'autres non.
– Comment ils s'y prennent, ceux qui surmontent ? C'est quoi, leur secret ? Il doit y avoir une méthode. C'est quoi la stratégie, les bonnes habitudes à prendre ? Qu'est-ce qui a marché pour eux ?
– Ils se font aider. Ils s'appuient sur leur famille, leur entourage. Il existe des associations, ils y vont. On peut vous donner leurs coordonnées. Vous devriez en parler à la défenseur du droit des victimes. Elle vous mettra en contact avec un groupe de soutien. Ça aide beaucoup. On ne s'en sort pas tout seul, il faut le savoir. Pensez qu'il y a autour de vous des gens qui sont passés par là, qui savent ce que vous vivez.
– Et les autres, les parents qui ne tournent pas la page, qu'est-ce qu'ils deviennent ? Ceux qui ne s'en remettront jamais ?
– Vous ne serez pas un de ceux-là.
– Et si ça m'arrivait ? Qu'est-ce que je deviendrais… qu'est-ce qu'on deviendrait ?
– On fera tout pour que ça n'arrive pas. On ne peut même pas l'envisager.
– Mais ça arrive pourtant. Ça arrive, hein ? Bien sûr que ça arrive…
– Pas à vous. Ben n'aurait pas voulu que ça vous arrive.
Un silence.
– Je connais votre fils, reprit Rifkin. Jacob.
– Oui.
– Je l'ai vu près du collège. Ç'a l'air d'être un bon gamin. Un grand et beau jeune homme. Vous devez en être fier.
– Effectivement.
– Il vous ressemble, je trouve.
– Oui, c'est ce qu'on me dit.
Il prit une profonde aspiration.
– Vous savez, je me surprends à penser aux élèves de la classe de Ben. Ils sont attachants. J'ai envie de les voir réussir, vous comprenez. Je les ai regardés grandir, je me sens proche d'eux. Est-ce anormal ? Est-ce une manière pour moi de me rapprocher de Ben ? Est-ce pour ça que je m'agrippe à eux ? Parce que c'est l'effet que ça fait, non ? Ça fait bizarre.

– Dan, ne vous occupez pas de l'impression que vous faites. Les gens penseront bien ce qu'ils voudront. Vous vous en foutez. Ne vous mettez pas martel en tête pour ça.

Il se remit à se masser le front. Sa douleur n'aurait pas été plus criante s'il avait baigné dans son propre sang. J'avais envie de l'aider. Et, en même temps, de m'éloigner de lui.

– Ça m'aiderait si je savais, si l'affaire était résolue. Ça m'aidera quand vous en serez là. Parce que l'incertitude… ça vous mine. Ça change tout, une fois que l'affaire est résolue, non ? Dans les autres affaires dont vous vous êtes occupé, ç'a dû aider les parents ?

– Oui, je pense.

– Ne croyez pas que je veuille vous mettre la pression. Je ne voudrais pas donner cette impression. C'est juste que ça m'aidera, il me semble, quand tout sera fini et que je saurai que ce type est… quand il sera coffré, derrière les barreaux. Je sais que vous irez jusqu'au bout. J'ai confiance en vous, évidemment. Évidemment que j'ai confiance. Je ne doute pas de vous, Andy. Je dis simplement que ça m'aidera. Moi, ma femme, tout le monde. C'est ça qu'on attend, il me semble. Le fin mot. Et on compte sur vous.

Ce soir-là, Laurie et moi étions au lit en train de lire.

– Je persiste à penser que c'est une erreur de rouvrir le collège si tôt.

– Laurie, on en a déjà parlé…

Il y avait de la lassitude dans ma voix. *Dire qu'on a tourné et retourné la question dans tous les sens…*

– Jacob ne risque absolument rien. On le conduira nous-mêmes et on l'accompagnera jusqu'à la porte. Il y aura des flics partout. Il sera plus en sécurité à l'école qu'ailleurs.

– Plus en sécurité… On ne peut pas le savoir. Qu'est-ce que tu en sais ? Personne ne sait qui est ce type, où il est et ce qu'il a en tête.

– Il va bien falloir rouvrir l'école un jour ou l'autre. La vie continue.

– Tu as tort, Andy.

– Tu voudrais qu'on attende quoi ?

– Qu'on ait chopé ce type.

– Ça peut prendre un moment.

– Et alors ? Qu'est-ce qui pourrait arriver, au pire ? Que les gosses manquent quelques jours d'école ? La belle affaire ! Au moins, ils seraient en sécurité.

– Il n'y a pas de sécurité absolue. Le monde est vaste. Vaste et dangereux.

– OK, *plus* en sécurité.

Je posai mon livre sur mon ventre où il forma un petit toit.

– Laurie, si tu laisses le collège fermé, tu envoies à ces jeunes un mauvais message. L'école n'est pas censée être dangereuse. Ils ne doivent pas en avoir peur. C'est leur deuxième maison. C'est là qu'ils passent l'essentiel de leurs journées. Ils ont envie d'y aller. Ils ont envie d'être avec leurs copains, pas d'être consignés chez eux, à se planquer sous leur lit pour échapper au croquemitaine.

– Le croquemitaine n'existe pas. Le type en question, si.

– D'accord, mais tu vois ce que je veux dire.

– Je vois parfaitement ce que tu veux dire, Andy. Je te dis simplement que tu as tort. La première des priorités, c'est la sécurité des enfants, la sécurité physique. Après, ils peuvent aller voir leurs copains ou s'occuper comme bon leur semble. Tant qu'on n'a pas attrapé ce type, tu ne peux pas me jurer que les enfants sont en sécurité.

– Il te faut une garantie ?

– Oui.

– On va le coincer. Je te le garantis.

– Quand ?

– Bientôt.

– Tu en es sûr ?

– Je m'y attends. On les coince toujours.

– Pas toujours. Souviens-toi de celui qui avait tué sa femme et qui l'avait enroulée dans une couverture à l'arrière d'une Saab.

– Mais on l'avait arrêté ! C'est juste que… Bon, d'accord, presque toujours. On les arrête presque toujours. Mais celui-là, on va le prendre, je te le promets.

– Et si tu te trompes ?

– Si je me trompe, tu vas me dire ce qui va se passer, j'en suis sûr.

– Non, je veux dire, si tu te trompes et qu'il arrive malheur à un pauvre gosse ?

– Ça n'arrivera pas, Laurie.

Elle fronça les sourcils et renonça.

– On ne peut pas argumenter avec toi. On a l'impression d'avoir un mur devant soi.

– On n'argumente pas, on discute.

– Tu es juriste et tu ne fais pas la différence… Moi, j'argumente.

– Bon, que veux-tu me faire dire, Laurie ?

– Je ne veux rien te faire dire. Je veux que tu m'écoutes. Il ne faut pas confondre avoir confiance en soi et avoir raison, tu sais. Réfléchis ! On met peut-être notre fils en danger.

Du bout du doigt, elle exerça une pression sur ma tempe, mi-amusée, mi-excédée :

– Ré-flé-chis !

Elle se retourna, posa son livre au sommet de la pile chancelante qui s'élevait sur sa table de nuit et se recroquevilla en me tournant le dos. Une enfant dans un corps d'adulte.

– Allez, dis-je, approche un peu.

Par une série de petits bonds, elle recula jusqu'à ce que son dos se trouve plaqué contre moi. Jusqu'à ce qu'elle sente une chaleur, une robustesse, ou ce qu'elle attendait de moi à cet instant. Je lui caressai le bras.

– Tout va s'arranger.

Elle grogna.

– J'imagine que tout câlin réconciliatoire est exclu ? risquai-je.

– Je croyais que tu n'argumentais pas…

– Moi non, c'était toi. Et je veux que tu le saches : c'est entendu, je te pardonne.

– Ha ha ! Peut-être, mais à condition que tu me dises que tu regrettes.

– Je regrette.

– On ne dirait pas.

– Je regrette sincèrement, profondément. Sincèrement.

– Alors dis-moi que tu as tort.

– Tort ?

– Dis-moi que tu as tort. Tu as envie ou pas ?

– Hmm... Donc, pour résumer : il suffit que je dise que j'ai tort pour qu'une superbe créature fasse passionnément l'amour avec moi.

– Je n'ai pas dit passionnément. Normalement suffira.

– Donc voilà : je dis que j'ai tort et une superbe créature va me faire l'amour sans passion aucune, mais avec une assez jolie technique. J'ai bien résumé ?

– Une assez jolie technique ?

– Une technique époustouflante.

– Oui, maître, vous avez bien résumé.

Je reposai mon livre, la biographie de Truman par McCullough, sur une pile de magazines glissants en équilibre instable sur ma propre table de chevet et éteignis la lumière.

– On annule tout. Je n'ai pas tort.

– Pas grave. Tu m'as dit que j'étais superbe. J'ai gagné.

# 3

# Retour au collège

Le lendemain, aux premières heures du jour, une voix perça l'obscurité, un gémissement en provenance de la chambre de Jacob. À peine éveillé, je surpris mon corps déjà en action, bondissant sur ses jambes et contournant le lit d'un pas pressé. Encore engourdi de sommeil, je quittai la pénombre de la chambre pour me heurter sur le palier à la lumière grise de l'aube, avant de retrouver la nuit dans l'antre de mon fils.

J'actionnai l'interrupteur mural, réglai le variateur. La chambre de Jacob était encombrée d'immenses baskets à l'air pataud, d'un MacBook couvert d'autocollants, d'un iPod, de manuels scolaires, de livres de poche, de boîtes à chaussures bourrées de vieilles cartes de base-ball, de BD... Dans un coin, une Xbox, branchée sur une télé hors d'âge. Les DVD de la console – pour la plupart des jeux de combat – et leurs boîtes étaient empilés à côté. Il y avait là du linge sale, comme de bien entendu, mais aussi deux piles de vêtements propres soigneusement pliés et déposés par Laurie, mais que Jacob ne daignait pas ranger dans sa commode, jugeant plus simple de les prélever directement sur les piles. Sur une bibliothèque basse trônait un ensemble de trophées gagnés par Jacob du temps où il jouait au foot. Il n'avait rien d'un athlète, mais à l'époque tout le monde rapportait un trophée et il ne les avait pas changés de place depuis : les statuettes étaient posées là telles des reliques religieuses, ignorées, comme invisibles à ses yeux. Au mur, une affiche originale d'un film de kung-fu des années 1970, *La Main de fer,* montrait un karatéka fracassant du poing et sans une égratignure un mur de briques (« Le chef-d'œuvre des arts martiaux ! Venez VIBRER devant cet incroyable enchaînement de combats ! Venez FRÉMIR devant le rituel interdit de la main de fer ! Venez ACCLAMER le jeune guerrier qui défie à lui seul les sinistres seigneurs des arts martiaux ! »). Le désordre était si ancien et si permanent que Laurie et moi avions renoncé depuis longtemps à nous bagarrer avec Jacob pour lui faire ranger sa chambre. Laurie y voyait le reflet de la vie intérieure de notre fils – pour elle, pénétrer dans sa chambre revenait à pénétrer dans son esprit torturé d'adolescent – et il ne servait donc à rien de le harceler sur ce sujet. Voilà ce que c'était que d'avoir épousé une fille de psy. Pour moi, ce n'était qu'un capharnaüm qui, chaque fois que je tombais dessus, me mettait hors de moi.

Jacob était couché sur le côté, au bord du lit, immobile. Sa tête rejetée en arrière et sa bouche grande ouverte le faisaient ressembler à un loup hurlant. Il ne ronflait pas, mais sa respiration était oppressée – il se soignait pour un petit rhume. Entre deux chuintements, il implora :

– N..., n...

*Non, non.*

– Jacob, chuchotai-je en avançant la main vers sa tête pour le tranquilliser. Jake !

Il gémit à nouveau. Ses yeux s'agitaient derrière ses paupières.

De dehors me parvint le fracas d'un tram : la première rame pour Boston, sur la ligne Riverside, qui passait chaque matin à 6 h 05.

– Ce n'est qu'un rêve, le rassurai-je.

Réconfortant ainsi mon fils, une petite bouffée de plaisir m'envahit. Cette scène fit monter en moi une de ces pointes de nostalgie auxquelles tout parent est sujet, le souvenir flou de Jake à trois ou quatre ans, pendant le rituel du coucher. Je lui demandais : « Qui est-ce qui aime Jacob ? », et il me répondait : « C'est papa ! » C'était la dernière chose que nous nous disions avant qu'il s'endorme. Mais Jake n'avait jamais eu besoin d'être rassuré. Il ne se disait jamais que les papas pouvaient disparaître, en tout cas pas le sien. C'était moi qui avais besoin de ce petit échange. Quand j'étais enfant, mon père avait été peu présent. Je le connaissais à peine. J'étais donc bien décidé à éviter ce manque à mes propres enfants, pour que jamais ils ne souffrent de l'absence d'un père. Cela me faisait bizarre de penser que, dans quelques années, Jake me quitterait. Il partirait faire ses études et mon temps serait révolu, celui où j'étais père au jour le jour, en permanence sur le pont. Je le verrais de moins en moins, puis notre relation se réduirait à de rares visites pendant les vacances et les week-ends d'été. J'avais de la peine à me l'imaginer. Qu'étais-je si je n'étais pas le père de Jacob ?

Puis me vint une autre pensée, inévitable dans ces circonstances : évidemment que, tout autant que moi, Dan Rifkin avait cherché à protéger son fils du mal, évidemment qu'il était aussi peu préparé que moi à lui dire adieu. Cependant, le sien était allongé dans un tiroir réfrigéré de l'institut médico-légal, tandis que le mien était allongé dans son lit douillet. Rien d'autre ne les distinguait que le hasard. Je dois admettre, à ma grande honte, avoir pensé : *Dieu merci, Dieu merci, c'est son fils qu'on a agressé, pas le mien.* Je ne me serais pas senti capable de survivre à cette perte.

Agenouillé près du lit, j'encerclai Jacob de mes bras et posai ma tête sur la sienne. Un autre souvenir : quand il était petit, dès qu'il ouvrait les yeux, Jake, encore ensommeillé, avait pour habitude de traverser le palier pour venir se blottir dans notre lit. Aujourd'hui, entre mes bras, il était incroyablement grand, osseux, rebelle. Il était beau, avec ses cheveux bruns bouclés et son teint rose. Il avait quatorze ans. Il ne me laisserait évidemment jamais le tenir ainsi s'il était éveillé. Depuis quelques années, il était devenu un peu renfrogné, secret, difficile à vivre. À certains moments, on avait l'impression d'avoir un étranger à la maison, un étranger vaguement hostile. Comportement typiquement adolescent, diagnostiquait Laurie. Il se cherchait, se préparait à quitter l'enfance pour toujours.

Je fus surpris que mon étreinte ait réussi à apaiser Jacob, à chasser le mauvais rêve qui l'assaillait. Après une longue inspiration, il se retourna. Sa respiration adopta un rythme tranquille et il sombra dans un sommeil profond, bien plus profond que le mien. (À cinquante et un ans, j'avais l'impression de ne plus savoir dormir. Je me réveillais plusieurs fois par nuit et dépassais rarement les quatre ou cinq heures de sommeil.) Je me plus à penser que je l'avais apaisé mais, qui sait, peut-être ne s'était-il même pas aperçu de ma présence…

Il y avait de la nervosité dans l'air ce matin-là. La réouverture du collège McCormick, cinq jours seulement après le meurtre, nous avait tous un peu remués. Chacun vaquait à ses occupations habituelles – douche, café et bagels, coup d'œil sur le Net aux mails, scores de matchs et infos –, mais tout le monde était tendu, mal à l'aise. Nous étions debout depuis 6 h 30 mais, à force de lambiner, nous avions fini par nous mettre en retard, ce qui ne fit qu'ajouter à notre anxiété.

Laurie, surtout, était inquiète. Elle avait peur pour Jacob, mais il n'y avait pas que cela, je pense. Elle était également ébranlée par le meurtre, à la façon d'une personne en bonne santé qui se découvre brutalement une maladie grave. On aurait pu penser que sa longue cohabitation avec un procureur l'aurait mieux préparée qu'une autre. Depuis le temps, elle aurait dû savoir que – même si je m'étais montré dur et buté en le lui rappelant la veille au soir – la vie continuait, malgré tout. La violence, même la plus effusive, finit toujours sous une forme assimilable par les prétoires : une liasse de papiers, quelques pièces à conviction, une douzaine de témoins transpirants et bredouillants. Et chacun retourne à ses occupations. Où est le mal ? Tout le monde meurt, parfois de mort violente – c'est tragique, certes, mais, au bout d'un moment, ça ne choque plus personne, en tout cas pas un procureur endurci. Laurie avait beau avoir vu ce cycle se répéter à maintes reprises en regardant par-dessus mon épaule, elle était perturbée par l'irruption de cette violence dans sa propre vie. Le moindre de ses gestes en témoignait, la raideur qui s'était emparée d'elle, sa façon de parler à mi-voix. Elle s'efforçait, non sans mal, de n'en rien laisser paraître.

Jacob mastiquait en silence son bagel caoutchouteux décongelé au micro-ondes, le regard fixé sur son MacBook. Laurie tenta de l'en détourner, comme elle le faisait toujours, mais il ne voulut rien savoir.

– Ça te fait quoi de retrouver le collège, Jacob ?

– Je sais pas.
– Tu es tendu ? Inquiet ? Comment te sens-tu ?
– Je sais pas.
– Si toi tu ne le sais pas, qui va le savoir ?
– Maman, je n'ai pas envie de parler pour l'instant.
C'était la formule courtoise que nous lui avions apprise pour qu'il ne se contente pas de nous opposer son mutisme. Mais il en était arrivé à la répéter si souvent et si machinalement qu'elle s'était vidée de son contenu.
– Jacob, peux-tu simplement me dire comment tu te sens pour éviter de me contrarier ?
– Je viens de te le dire : je n'ai pas envie de parler.
Laurie m'adressa un regard exaspéré.
– Jake, ta mère t'a posé une question. Réponds-lui, si ça n'est pas trop te demander.
– Tout va bien.
– Je pense que ta mère espérait un poil plus de détails.
– Papa, mais…
Son attention fut à nouveau captée par son écran.
– Notre enfant dit que tout va bien, conclus-je pour Laurie avec un haussement d'épaules.
– J'avais compris, merci.
– Ne vous faites pas de bile, chère mère. Tout roule, c'est cool !
– Et de votre côté, cher père ?
– Tout va bien. Je n'ai pas envie de parler pour l'instant.
Jacob me décocha un regard mauvais.
Laurie eut un sourire forcé :
– Il me manque une fille pour rétablir l'équilibre ici, pour avoir quelqu'un à qui parler. J'ai l'impression de vivre avec deux tombes.
– Ce qui te manque, en fait, c'est une femme.
– J'y ai déjà pensé.
Nous accompagnâmes tous deux Jacob à l'école. La plupart des autres parents avaient fait de même et, à 8 heures, une pagaille monstre régnait aux abords du collège. Un petit bouchon s'était formé, cortège de monospaces Honda, de grosses berlines et de 4x4. Plusieurs médias avaient positionné à

proximité leurs véhicules bardés de paraboles, de boîtiers et d'antennes. Les deux extrémités de l'allée circulaire avaient été barricadées par la police. Un policier de Newton était posté près de l'entrée. Les élèves, courbés sous de pesants sacs à dos, se frayaient un chemin entre ces obstacles. Les parents patientaient sur le trottoir ou escortaient leur enfant jusqu'au portail.

Après avoir garé notre monospace à presque une rue de là, nous restâmes immobiles, bouche bée.

– Ouah…, murmura Jacob.

– Ouah…, confirma Laurie.

– C'est dingue, fit Jacob.

Laurie paraissait sonnée. Sur l'accoudoir pendait sa main gauche, avec ses doigts interminables et ses beaux ongles clairs. Elle avait toujours eu des mains charmantes, élégantes ; à côté, celles de ma mère, avec leurs doigts épais de femme de ménage, ressemblaient à des pattes de chien. Je saisis cette main, mêlant mes doigts aux siens jusqu'à ce qu'ils se confondent. L'espace d'un instant, la vue de sa main dans la mienne m'émut. Je lui adressai un regard d'encouragement en secouant nos mains jointes. Une manifestation pour moi d'une exubérance folle dont Laurie me remercia en resserrant son étreinte. Elle se détourna pour regarder de nouveau à travers le pare-brise. Ses cheveux bruns se striaient de gris. De fines rides s'étiraient aux coins de ses yeux et de sa bouche. Mais, comme en filigrane, je crus discerner au travers un visage jeune et lisse.

– Quoi ?

– Rien.

– Je te vois me regarder.

– Tu es ma femme. J'ai le droit de te regarder.

– C'est ça, la règle ?

– Absolument. Te regarder, te reluquer, te lorgner, j'ai le droit de tout faire. Tu peux me croire. Je suis magistrat, quand même !

Un mariage réussi tisse derrière lui une longue traîne de souvenirs. Un seul mot, un seul geste, une intonation peuvent faire remonter tant de choses du passé. Avec Laurie, nous badinions ainsi depuis une trentaine d'années, depuis le jour où nous nous étions rencontrés à l'université et où nous étions tombés comme fous l'un de l'autre. À présent, bien sûr, c'était différent. À cinquante et un ans, l'amour s'était assagi. Nous cheminions ensemble au fil des jours. Mais nous n'avions pas oublié comment tout avait commencé et, même maintenant, au milieu du milieu de la vie, quand je repense à cette radieuse jeune fille, je sens encore ce petit frisson des débuts : il est toujours là, brillant comme une veilleuse.

Nous nous dirigeâmes vers l'école en gravissant le léger remblai sur lequel le bâtiment était posé.

Jacob marchait entre nous deux. Il portait un sweat-shirt marronnasse à capuche, un jean avachi et des Adidas vintage. Son sac était suspendu à son épaule droite. Ses cheveux mi-longs lui descendaient sur les oreilles. Sur le front, une mèche cachait presque ses sourcils. Quelqu'un de plus téméraire aurait poussé plus loin la recherche, aurait paradé en gothique, en jeune intello ou en rebelle d'une autre obédience, mais ce n'était pas le genre de Jacob. Il s'en tenait à ce soupçon d'anticonformisme. Un petit sourire étonné flottait sur son visage. Comme s'il prenait plaisir à toute cette effervescence qui, entre autres choses, brisait indéniablement la routine de la quatrième.

En atteignant le trottoir devant le collège, nous nous joignîmes à un trio de jeunes mères qui avaient toutes un enfant dans la classe de Jacob. La plus décidée et la plus expansive d'entre elles, la meneuse implicite, c'était Toby Lanzmann, celle-là même que j'avais croisée la veille à la chivah chez les Rifkin. Elle portait un pantalon de sport noir satiné, un T-shirt assorti et une casquette de base-ball d'où émergeait à l'arrière une queue-de-cheval. Toby était une accro de la salle. Elle avait un corps svelte de sportive et un visage sec. Parmi les pères d'élèves, ce physique musculeux passait pour aussi excitant qu'intimidant, en tout cas électrisant. Pour moi, elle valait bien à elle seule une douzaine d'autres parents. C'était le genre d'amie que l'on recherche en cas de coup dur. Le genre à répondre présent.

Mais, si Toby était le capitaine de ce groupe de mères, Laurie en était le vrai pivot affectif – le cœur et sans doute aussi le cerveau. Laurie était la confidente de tout le monde. En cas de pépin, quand l'une d'elles perdait son travail, qu'un mari faisait des siennes ou qu'un enfant se bagarrait à l'école, c'était Laurie qu'on appelait. Elles appréciaient chez elle les mêmes qualités que moi, son côté réfléchi, cérébral et en même temps chaleureux. Parfois, dans les moments d'émotion, j'avais confusément l'impression que ces femmes étaient mes rivales amoureuses, qu'elles cherchaient chez Laurie ce que j'y cherchais moi-même (son assentiment, son amour). Et lorsque je les voyais former cette famille parallèle, avec Toby en père inflexible et Laurie en mère affectueuse, il m'était impossible de ne pas me sentir un peu jaloux et exclu.

Toby nous fit une place dans le petit cercle formé sur le trottoir, saluant chacun d'entre nous avec un protocole personnel que je n'ai jamais bien saisi : étreinte amicale pour Laurie, bise pour moi – *mouah*, faisait-elle contre mon oreille – et simple « Hello » pour Jacob.

– C'est quand même affreux, une chose pareille..., soupira-t-elle.

– Moi, je suis sous le choc, reconnut Laurie, soulagée d'être parmi ses amies. Ça me dépasse, je ne sais pas quoi en penser.

Son visage exprimait plus d'incompréhension que de douleur. La logique de cette affaire lui échappait.

– Et toi, Jacob ? fit Toby en braquant les yeux sur lui avec la volonté de gommer la différence d'âge entre eux. Comment te sens-tu ?

Jacob haussa les épaules :

– Ça va.

– Prêt à reprendre les cours ?

Il éluda la question avec un nouveau haussement d'épaules, plus marqué cette fois – il les soulevait très haut et les laissait retomber d'un seul coup –, pour montrer qu'il avait perçu la complaisance de sa question.

– Tu devrais peut-être y aller, Jake, fis-je, tu vas être en retard. Il y a un contrôle de sécurité à passer, n'oublie pas !

– Ouais, j'y vais...

Jacob leva les yeux au ciel, comme si toute cette inquiétude autour de la sécurité des élèves ne faisait que confirmer une fois de plus l'éternelle stupidité des adultes. Ils ne comprenaient donc pas qu'il était trop tard ?

– Allez, ne traîne pas, insistai-je avec un sourire.

– Pas d'armes, pas d'objets tranchants ? questionna Toby, l'œil en coin.

Elle citait une directive que le principal avait diffusée par mail et qui énumérait les nouvelles mesures de sécurité en vigueur.

Du pouce, Jacob décolla légèrement son sac de son épaule.

– Des livres, rien d'autre.

– Alors ça va. Tu peux y aller. Travaille bien !

Jacob adressa un signe de la main aux adultes, qui lui sourirent avec bienveillance. Il franchit les barrages d'une démarche nonchalante pour rejoindre le flot des élèves qui se dirigeaient vers les portes du collège.

Après son départ, le groupe remisa sa bonne humeur de façade. Chacun sentit descendre sur lui le lourd fardeau de l'inquiétude.

Toby, elle-même, semblait accuser le coup.

– Quelqu'un a appelé Dan et Joan Rifkin ?

– Je ne pense pas, dit Laurie.

– On devrait. Je crois qu'il faudrait vraiment le faire.

– Les pauvres. Je n'imagine même pas…

– Je ne sais pas si quelqu'un saura quoi leur dire.

C'était Susan Frank qui venait de parler, la seule femme du groupe en tenue de travail, avec son tailleur en laine grise d'avocate.

– C'est vrai, que peut-on leur dire ? poursuivit-elle. Vraiment, qu'est-ce qu'on peut bien trouver à dire à quelqu'un après ça ? C'est tellement, comment dire… écrasant.

– Rien, admit Laurie. Absolument aucune parole ne pourra y changer quoi que ce soit. Mais peu importe ce qu'on dit ; l'essentiel, c'est de les appeler.

– Juste pour qu'ils sachent qu'on pense à eux, renchérit Toby. C'est tout ce qu'on peut faire, leur dire qu'on pense à eux.

La dernière des femmes présentes, Wendy Seligman, s'adressa à moi :

– Qu'en penses-tu, Andy ? Tu fais ça tout le temps, non ? Parler aux familles après des événements comme ça.

– Je ne dis rien, en général. Je m'en tiens au dossier. Je ne parle de rien d'autre. Le reste, je ne peux pas y faire grand-chose.

Wendy hocha la tête, déçue. Elle voyait en moi un boulet, un de ces maris qu'il faut supporter, le poids mort dans un couple. En revanche, elle vénérait Laurie qui donnait l'impression d'exceller dans chacun des trois rôles qu'elles s'efforçaient toutes de concilier, ceux d'épouse, de mère et de femme. Si Laurie éprouvait de l'intérêt pour moi, présumait Wendy, c'est que je devais avoir une face cachée dont je ne tenais pas à faire profiter les autres – ce qui signifiait, peut-être, que je la trouvais, elle, quelconque, indigne de l'effort qu'exigeait une vraie conversation. Wendy était divorcée, la seule divorcée ou mère célibataire que comptait leur petit groupe, et elle avait tendance à s'imaginer que l'on traquait chez elle surtout ses défauts.

Toby essaya de détendre l'atmosphère.

– Quand je pense qu'on a passé toutes ces années à éloigner nos mômes des pistolets en plastique, des émissions et des jeux vidéo violents ! Avec Bob, on ne voulait même pas que les enfants aient des pistolets à eau s'ils ressemblaient vraiment à des pistolets. Et, même là, on n'appelait pas ça des « pistolets » ; on disait des « giclettes » ou je ne sais plus comment, pour les protéger, en fait. Et puis voilà ! J'ai envie de…

Elle leva les mains dans un geste d'exaspération comique.

Mais sa plaisanterie tomba à plat.

– C'est tellement ironique, murmura Wendy d'une voix sombre, pour que Toby se sente moins seule.

– Tu as raison, soupira Susan, elle aussi par égard pour Toby.

Laurie intervint :

– Je crois qu'on surestime notre influence de parents. On a les enfants qu'on a. Ils sont comme ils sont.

– Tu veux dire que j'aurais dû donner aux miens ces maudits pistolets à eau ?

– Probablement. Je me demande parfois si ç'a eu un effet, tout ce qu'on a fait, tous les tracas qu'ils nous ont causés. Pour Jacob… je ne sais pas. Il a toujours été comme il est maintenant, en moins grand, c'est tout. C'est pareil chez tout le monde. Aucun ado n'est vraiment différent de ce qu'il était, petit.

– Oui, mais notre méthode d'éducation n'a pas évolué non plus. Alors peut-être qu'on leur apprend toujours la même chose.

– Moi, je n'ai pas de méthode d'éducation. J'improvise au fur et à mesure, intervint Wendy.

– Moi pareil. On est toutes comme ça. Sauf Laurie. Laurie, tu dois avoir une méthode, toi. Toby, aussi, ajouta Susan.

– Mais non !

– Mais si, allons ! Tu lis des bouquins là-dessus, non ?

– Moi pas ! fit Laurie en levant les mains, l'air de dire : *Je suis innocente.* En tout cas, j'ai l'impression qu'on se donne le beau rôle quand on prétend pouvoir orienter nos enfants dans telle ou telle direction. Les jeux sont faits dès le départ, ou à peu près.

Les femmes se consultèrent du regard. Pour Jacob, les jeux étaient peut-être faits, mais pas pour leurs enfants à elles. Pas de la même façon, en tout cas.

– L'un de vous connaissait Ben ? reprit Wendy.

Elle parlait de Ben Rifkin, la victime du meurtre. Elles ne le connaissaient pas. L'appeler par son prénom était une façon comme une autre de l'adopter.

– Non. Dylan n'a jamais été copain avec lui. Et Ben ne pratiquait pas de sport d'équipe ni rien, répondit Toby.

– Il a été dans la classe de Max, certaines années. Je le voyais. Ç'avait l'air d'être un bon gamin, je dirais, mais à part ça..., dit Susan.

– Ils ont leur vie à eux, ces mômes. Je suis sûre qu'ils ont leurs secrets.

– Exactement comme nous. Exactement comme nous à leur âge, d'ailleurs, assura Laurie.

– Moi, j'étais quelqu'un de sage. À leur âge, je n'ai jamais créé de soucis à mes parents, ajouta Toby.

– J'étais sage, moi aussi, lança Laurie.

– Pas si sage que ça, intervins-je.

– Je l'ai été jusqu'à ce que je te rencontre. C'est toi qui m'as pervertie.

– Moi ? Alors j'en suis très fier. Il faudra que je mette ça sur mon C.V. !

Venant juste après que le nom de la jeune victime eut été prononcé, cette remarque avait quelque chose de déplacé, et je me sentis inconvenant et gêné devant ces femmes dont la sensibilité affective était bien plus aiguisée que la mienne.

Il y eut un moment de silence, puis Wendy lâcha :

– Oh, mon Dieu, les pauvres, les pauvres… Cette mère ! Et nous, on est là : « La vie continue, on reprend les cours », alors que son enfant à elle, il ne reviendra jamais, jamais.

Les larmes lui montèrent aux yeux. *C'est ça qui est terrible : un beau jour, sans que tu aies rien à te reprocher…*

Toby s'avança pour serrer Wendy dans ses bras, tandis que Laurie et Susan lui frottaient le dos.

Exclu, je restai planté là un instant avec un air idiot et compatissant – sourire figé, œil attendri –, puis, avant que la situation tourne au larmoyant, je m'excusai pour aller jeter un œil au poste de contrôle installé à la porte du collège. Je ne m'expliquais pas totalement le chagrin profond de Wendy pour un enfant qu'elle ne connaissait pas ; je pris cela comme un signe de plus de la fragilité émotionnelle de cette femme. En outre, la façon dont Wendy avait repris mes propres paroles de la veille – « La vie continue » – semblait la ranger aux côtés de Laurie dans ce différend que nous venions tout juste de régler. En somme, le moment était bien choisi pour m'éclipser.

Je me dirigeai vers le poste de contrôle établi dans le hall. Il s'agissait d'une longue table, sur laquelle manteaux et sacs étaient inspectés manuellement, et d'une zone où des policiers de Newton, deux hommes et deux femmes, promenaient sur les élèves des détecteurs de métaux. Jake avait raison : tout cela était ridicule. Il n'y avait aucune raison de penser que quelqu'un allait introduire une arme ici, ni que le meurtrier avait un lien quelconque avec le collège. Le corps n'avait même pas été retrouvé dans le périmètre de l'école. Je ne trouvais à cette mise en scène qu'une utilité : rassurer les parents angoissés.

À mon arrivée, le rituel kabuki de la fouille venait d'être interrompu. Une élève parlementait avec un des policiers sous l'œil de son collègue, le détecteur en travers de la poitrine dans la position du « Présentez armes », comme s'il se tenait prêt à frapper la jeune fille avec. Le ton montait. Il s'avéra que le problème provenait du sweat-shirt de l'élève, marqué « F-C-U-K ». Le flic y ayant vu un message « à caractère incitatif », il était intervenu conformément aux nouvelles règles de sécurité de l'établissement. La fille lui expliquait que ces initiales étaient celles d'une marque de vêtements que l'on trouvait dans n'importe quel centre commercial et que, même si elles faisaient effectivement penser à un « gros mot », elle ne voyait pas en quoi cela pouvait constituer une incitation pour qui que ce soit ; ajoutant qu'elle n'entendait pas se séparer d'un sweat-shirt qui lui avait coûté très cher, et qu'elle ne laisserait pas un flic mettre un vêtement de ce prix à la poubelle sans un motif valable. Le dialogue était dans l'impasse.

Son adversaire, le fonctionnaire de police, se tenait voûté. Son cou qui partait à l'horizontale faisait saillir sa tête en avant de son corps, ce qui lui donnait l'air d'un vautour. Il se redressa pourtant à mon approche et le mouvement de recul qu'il fit avec la tête eut pour effet de plisser la peau sous son menton.

– Tout va bien ? lui demandai-je.

– Affirmatif.

Affirmatif. Je détestais les tics militaires adoptés dans la police, les faux grades, la hiérarchie, tout ça.

– Repos ! lui dis-je sur le ton de la boutade, mais il baissa les yeux sur ses chaussures, confus.

– Bonjour, lançai-je à la fille, qui devait être en cinquième ou quatrième. Je ne reconnus pas en elle une camarade de classe de Jacob, mais peut-être en était-elle une.

– Bonjour.

– Que se passe-t-il ? Je peux peut-être t'aider ?

– Vous êtes le père de Jacob Barber, c'est ça ?

– C'est exact.

– Vous êtes un peu comme un flic ou quelque chose comme ça ?

– Un simple procureur. Et toi, qui es-tu ?

– Sarah.

– Sarah. Très bien, Sarah. Quel est ton problème ?

Hésitante, la jeune fille marqua un temps d'arrêt, avant de repartir de plus belle :

– Eh ben voilà, j'expliquais à monsieur l'agent qu'il ne pouvait pas me confisquer mon sweat-shirt. Je peux le laisser dans mon casier, je peux le mettre à l'envers, n'importe. C'est l'inscription qui ne lui plaît pas, alors que personne ne la voit, et en plus elle est inoffensive, c'est juste des lettres. C'est complètement…

Elle s'arrêta avant le dernier mot : *con*.

– Ce n'est pas moi qui fais les règlements, se contenta d'expliquer le policier.

– Mais il ne dit rien, le règlement ! C'est là, justement, que j'en suis ! Il ne dit pas ce que lui il lui fait dire ! Mais je lui ai déjà expliqué que j'allais le ranger. Je le lui ai dit ! Des milliers de fois, que je le lui ai dit, mais il m'écoute pas. C'est pas juste !

Elle était près de pleurer et me rappela cette femme que je venais de quitter sur le trottoir, au bord des larmes. Décidément, pas moyen de leur échapper…

– Bien, suggérai-je au policier, il me semble que si elle le laissait dans son casier, ça irait, non ? Je ne vois pas en quoi ça peut nuire à quelqu'un. Je le prends sur moi.

– C'est vous le patron, c'est vous qui voyez !

– Et demain, conseillai-je à la jeune élève pour aller dans le sens du fonctionnaire, vous pourriez peut-être laisser ce sweat-shirt chez vous.

Je lui fis un clin d'œil. Elle ramassa ses affaires et traversa le hall au pas de gymnastique.

Je me rangeai à la hauteur du policier malmené et, ensemble, nous contemplâmes la rue à travers les portes du collège.

– Vous avez bien fait, lui glissai-je. D'ailleurs, j'aurais peut-être dû m'abstenir d'y mettre mon nez.

Deux phrases, bien sûr, totalement creuses. Et le flic n'était sans doute pas dupe. Mais que pouvait-il dire ? Le même système hiérarchique, qui déjà l'obligeait à faire appliquer un règlement grotesque, lui imposait maintenant de s'incliner devant un magistrat massif et ridicule en costume bon marché, qui n'avait qu'une vague idée de ce qu'était un flic, qui ne savait pas que le travail des flics ne se retrouvait qu'en proportion infime dans les dossiers transmis à des procureurs ignares et virginaux, cloîtrés dans leurs tribunaux comme des nonnes dans leurs couvents.

– C'est rien, me répondit-il.

Effectivement, ce n'était rien. Mais je m'attardai là un moment, malgré tout, pour offrir avec lui un front uni, pour être sûr qu'il sache dans quel camp j'étais.

# 4

# Embrouille

Le palais de justice du comté de Middlesex, siège du parquet, était un bâtiment d'une laideur absolue. Une tour de seize étages construite dans les années 1960, avec des façades en béton moulé faites de divers modules rectangulaires : dalles nues, panneaux ajourés, fenêtres en forme de meurtrières. À croire que l'architecte avait banni la ligne courbe et les matières chaudes pour donner à son œuvre le visage le plus sévère possible. À l'intérieur, ce n'était guère mieux. Les espaces étaient confinés, jaunis, sinistres. Dépourvus d'ouvertures, la plupart des bureaux étaient ensevelis dans la masse compacte du bâtiment. Les salles d'audience, de style contemporain, étaient elles aussi privées de fenêtres. Il est d'usage chez les architectes de ne pas en prévoir pour bien montrer qu'on est là dans un lieu isolé du monde ordinaire, dans un théâtre dévolu à l'exercice supérieur et intemporel de la loi. Ici, ils s'étaient effectivement donné cette peine : on pouvait y passer des journées entières sans jamais voir le soleil ou le ciel. Pire, le palais était classé « bâtiment malsain ». Les cages d'ascenseurs étaient garnies d'amiante et, chaque fois qu'on en ouvrait une porte dans un bruit de ferraille, le bâtiment expectorait dans l'atmosphère un nuage de particules toxiques. Cet ensemble délabré serait bientôt fermé. Mais, à l'époque, pour les magistrats et les inspecteurs qui y travaillaient, ces dégradations importaient peu. C'est dans des lieux miteux comme celui-là que s'effectue trop souvent le vrai travail des administrations locales. Au bout d'un moment, on n'y prête plus attention.

En général, j'étais au bureau à 7 h 30 ou 8 heures, avant que les téléphones s'en donnent à cœur joie, avant la première audience de 9 h 30. Mais ce matin-là, avec la réouverture du collège de Jacob, je n'arrivai pas avant 9 heures. Impatient de consulter le dossier Rifkin, je fermai aussitôt ma porte, m'installai et étalai les photos du meurtre sur mon bureau. Un pied calé sur un tiroir ouvert, j'inclinai mon fauteuil en arrière pour les regarder.

Aux angles de mon bureau, le stratifié imitation bois avait commencé à se décoller du panneau d'aggloméré. J'avais la manie de le triturer sans m'en rendre compte, en arrachant la pellicule souple avec mon doigt, comme une croûte. J'étais parfois surpris d'entendre les claquements que produisait le placage lorsque, après l'avoir soulevé, je le relâchais. Chez moi, ce bruit était associé à une intense réflexion. Ce matin-là, c'est certain, j'étais comme une bombe à retardement.

L'enquête partait mal. Bizarre. Trop calme, même après cinq longues journées de recherches. C'est un cliché, mais c'est vrai : la plupart des affaires sont vite résolues, dans les heures et les jours de frénésie qui succèdent au meurtre, dans le tumulte des preuves, des théories, des idées, des témoins, des accusations – dans le fourmillement des pistes. D'autres sont un peu plus longues à élucider, le temps de capter le bon signal dans ce vacarme, de choisir la bonne version parmi toutes celles plausibles. Et quelques-unes, très rares, ne trouvent jamais de solution. Aucun signal ne se dégage dans la masse des parasites. Les pistes abondent, toutes vraisemblables, mais, faute de confirmation et de preuves, le dossier est refermé. En tout cas, du bruit, il y en a toujours. Toujours des suspects, des théories, des possibilités à étudier. Pas dans l'affaire Rifkin. Cinq jours de silence. La poitrine de cet enfant avait été perforée de trois trous alignés sans que leur auteur ait laissé la moindre indication sur son identité ou sur son mobile.

L'angoisse mêlée d'impatience qui en résultait commençait à faire grincer des dents – les miennes, celles des inspecteurs en charge de l'affaire, et même parmi la population. J'avais l'impression qu'on jouait avec moi, qu'on me manipulait. Qu'on me cachait un secret. Entre eux, Jacob et ses copains ont un mot, « embrouiller », pour désigner le fait de tourmenter quelqu'un en l'induisant en erreur, généralement en ne lui révélant pas un élément capital. Une fille embrouille un garçon quand elle fait semblant d'en pincer pour lui. Un film embrouille le spectateur quand il ne révèle qu'à la fin un fait essentiel qui modifie ou explique tout ce qui a précédé – *Sixième Sens* et *Usual Suspects* en sont des exemples. L'affaire Rifkin commençait à tourner à l'embrouille. La seule façon d'expliquer le silence de mort qui régnait au lendemain du meurtre était de se dire que tout cela avait été orchestré. Qu'il y avait, terré quelque part, quelqu'un qui nous observait en se délectant de notre incompétence et de notre sottise. Dans la phase d'investigation d'un crime violent, l'enquêteur conçoit souvent une haine légitime envers le criminel avant de savoir qui il est. Je n'éprouvais généralement pas ce genre de passion, mais ce meurtrier-là ne m'inspirait pas. Parce qu'il avait tué, bien sûr, mais aussi parce qu'il se payait notre tête. Parce qu'il refusait de se soumettre. Parce qu'il restait maître du jeu. Quand je découvrirais enfin son nom et son visage, je me contenterais d'ajuster mon mépris à la réalité de son personnage.

Sur les photos disposées devant moi, le corps était couché sur des feuilles mortes, vrillé, le visage tourné vers le ciel, les yeux ouverts. Les images en elles-mêmes n'avaient rien de macabre : un jeune homme allongé parmi des feuilles. Cela dit, les scènes sanguinolentes ne me gênaient pas plus que ça. Comme beaucoup de gens confrontés à la violence, je serrais mes émotions de près. Jamais d'excès, dans un sens ni dans l'autre. Depuis mon enfance, je m'y étais toujours attaché. Mes émotions étaient guidées par des rails d'acier.

Benjamin Rifkin, quatorze ans, était en classe de quatrième au collège McCormick. Jacob aussi, mais il le connaissait à peine. Il m'avait appris que Ben avait une réputation d'élève « limite dilettante », intelligent mais peu scolaire, jamais inscrit aux cours d'approfondissement auxquels Jacob était abonné. Beau garçon, un peu frimeur même. Ses cheveux courts étaient souvent relevés en épi sur le devant, avec du gel. D'après Jacob, il plaisait aux filles. Ben aimait le sport, il avait un niveau honnête, mais il était plus skate-board et ski que sports d'équipe.

« Je ne traînais pas avec lui, m'avait expliqué Jacob, il avait sa bande à lui. Ils étaient un peu trop relax. » Avant d'ajouter, avec l'acidité désinvolte propre à l'adolescence : « Il n'y en a que pour lui maintenant, mais avant, personne n'y faisait attention. »

Le corps avait été retrouvé le 12 avril 2007 dans Cold Spring Park, vingt-cinq hectares de pins en bordure du collège. Ce bois était parcouru de sentiers de jogging. Ils s'entrecroisaient et, par de multiples ramifications, menaient à une piste principale qui faisait le tour du parc. Je connaissais assez bien ces sentiers pour y courir chaque matin. C'était le long d'un des chemins secondaires que le corps de Ben avait été jeté, face contre terre, dans une ravine. Il avait glissé avant de s'immobiliser au pied d'un arbre. C'était une femme, Paula Giannetto, qui l'avait trouvé en faisant son jogging. L'heure de la découverte était connue avec précision puisque, en s'arrêtant pour aller y voir de plus près, elle avait coupé son chronomètre à 9 h 07 – soit moins d'une heure après que le jeune homme eut quitté la maison pour rallier à pied le collège tout proche. Aucune trace de sang n'était visible. Le corps reposait tête en bas, bras écartés, jambes jointes, tel un plongeur gracieux. Selon Paula Giannetto, le garçon n'avait pas l'apparence d'un mort, et elle l'avait donc retourné dans l'espoir de le ranimer. « Je pensais qu'il avait fait un malaise, qu'il s'était peut-être évanoui, je ne sais pas. Je ne pensais pas… » Le médecin légiste noterait par la suite que la rougeur anormale du visage pouvait s'expliquer par la position du corps, tête en bas, sur le terrain en pente. Le sang qui avait afflué à la tête avait provoqué une « lividité ». En retournant le corps, le témoin avait constaté que le devant de son T-shirt était rouge de sang. Le souffle coupé, elle avait trébuché, était tombée à la renverse, avait fait quelques mètres à quatre pattes avant de se relever et de se mettre à courir. La position du corps sur les photos de la scène de crime – tordu, le visage vers le haut – ne correspondait donc pas à celle qu'il avait lors de sa découverte.

Le jeune homme avait été poignardé à trois reprises dans la poitrine. Un des coups avait touché le cœur et aurait suffi à être fatal. Le couteau avait pénétré tout droit et était ressorti également en ligne droite, un-deux-trois, comme une baïonnette. La lame était dentelée, comme le montraient le bord gauche irrégulier de chaque plaie et le tissu déchiré du vêtement. L'angle d'entrée laissait penser que l'agresseur faisait à peu près la taille de Ben, un petit mètre quatre-vingts, même si l'inclinaison du terrain rendait cette estimation peu fiable. L'arme n'avait pas été retrouvée et aucune blessure défensive n'avait été relevée : les bras et les mains de la victime étaient intacts. Le meilleur indice était peut-être une empreinte digitale, unique et parfaite, laissée dans le propre sang de la victime. Elle se détachait avec netteté sur une étiquette en plastique, à l'intérieur de son sweat-shirt ouvert, probablement déposée au moment où le meurtrier avait saisi les revers du vêtement pour jeter le corps dans la pente du ravin. Cette empreinte ne correspondait ni à celles de la victime ni à celles de Paula Giannetto.

Au cours des cinq jours écoulés depuis le meurtre, ces données brutes n'avaient pas livré grand-chose. Des inspecteurs avaient interrogé tout le quartier et ratissé le parc par deux fois, juste après la découverte du corps et vingt-quatre heures plus tard, pour retrouver des témoins qui le fréquentaient à cette heure-là. Ces recherches n'avaient rien donné. Pour la presse et, de plus en plus, pour les parents terrifiés du collège McCormick, le meurtrier avait frappé au hasard. À mesure que les jours passaient sans qu'aucun élément nouveau émerge, le silence de la police et du parquet semblait confirmer les pires craintes des parents : un prédateur était tapi dans les bois de Cold Spring Park. Depuis, le parc était déserté, même si un véhicule de la police de Newton stationnait sur le parking pour rassurer joggers et marcheurs. Seuls les propriétaires de chiens continuaient d'y venir et laissaient leurs animaux gambader dans un pré réservé à cet usage.

Un agent en civil de la police de l'État, Paul Duffy, surgit dans mon bureau en frappant pour la forme avant de prendre place devant moi, visiblement excité.

Le lieutenant Paul Duffy était policier de naissance, flic de la troisième génération, fils d'un ancien chef de la criminelle de Boston. Il n'avait pourtant pas le physique de l'emploi. Avec sa voix douce, son front dégarni et ses traits fins, il aurait pu exercer un métier plus feutré que celui de flic. Duffy dirigeait une unité détachée auprès du parquet. Selon ses initiales, la CPAC était chargée de « combattre, prévenir et anticiper le crime », ce qui n'avait toutefois guère de sens puisque c'était le rôle officiel de tout policier, et presque personne ne connaissait la signification de cet acronyme. Dans la pratique, la tâche des hommes de la CPAC était simple : enquêter pour le procureur. On leur confiait les affaires d'une complexité inhabituelle, au long cours, médiatisées. Mais surtout, c'étaient eux qui traitaient tous les meurtres du comté. Sur les dossiers d'homicides, la CPAC collaborait avec la police locale, généralement ravie de ce soutien. En effet, en dehors de Boston même, le faible nombre d'homicides ne permettait pas aux fonctionnaires locaux de développer les compétences nécessaires, surtout dans les petites villes où les meurtres étaient aussi rares que les comètes. Pour autant, la situation était politiquement délicate quand les gars de l'État débarquaient pour reprendre une enquête. Le tact d'un Paul Duffy était précieux. Être un enquêteur avisé ne suffisait pas pour diriger une unité de la CPAC ; il fallait avoir la souplesse nécessaire pour se faire accepter des différents services dont la CPAC avait pour mission d'écraser les orteils.

J'avais pour Duffy une estime sans bornes. De tous les agents avec qui je travaillais, il était presque le seul à être un ami personnel. Nous faisions souvent équipe, le chef des procureurs adjoints et le chef des inspecteurs. De plus, nous nous fréquentions et nos familles se connaissaient. Paul m'avait choisi comme parrain du cadet de ses trois fils, Owen, et, si j'avais cru en Dieu ou au baptême, je lui aurais rendu la pareille. Il était plus ouvert que moi, plus sociable et sentimental, mais ce sont les personnalités complémentaires, et non identiques, qui font les belles amitiés.

– Dis-moi que tu as quelque chose ou sors de ce bureau.

– J'ai quelque chose.

– Il était temps.

– Drôle de façon de me remercier…

Il déposa un dossier devant moi.

– *Leonard Patz*, fis-je en déchiffrant tout haut un rapport de la commission de probation. *Attentat à la pudeur sur mineur ; actes indécents et obscènes ; actes indécents et obscènes ; violation de domicile ; attentat à la pudeur, rejeté ; attentat à la pudeur sur mineur, en instance.* Charmant. Le pédophile local.

– Vingt-six ans, reprit Duffy. Habite dans la résidence proche du parc, le Windsor ou quelque chose dans le genre.

Une photo d'identité judiciaire accrochée au dossier par un trombone montrait un homme corpulent au visage rebondi, aux cheveux ras et aux lèvres arquées. L'ayant dégagée, je me mis à l'étudier.

– Il est beau gosse. Pourquoi on n'avait rien sur lui ?

– Il n'était pas dans le registre des délinquants sexuels. Il s'est installé à Newton l'an dernier et n'est jamais venu s'inscrire.

– Alors comment tu l'as trouvé ?

– C'est l'un des procureurs adjoints de l'unité de protection des mineurs qui me l'a signalé. C'est l'attentat à la pudeur en instance devant le tribunal de district, en haut de la page, ici.

– Caution ?

– Libéré sur parole.

– Il avait fait quoi ?

– Empoigné les bijoux de famille d'un jeune ado à la bibliothèque municipale. Un môme de quatorze ans, comme Ben Rifkin.

– Ah ouais ? Ça collerait, alors ?

– C'est un début.

– Attends, il l'attrape par les couilles et il est libéré sur parole ?

– Apparemment, on n'est pas sûr que le môme veuille témoigner.

– Quand même… Je la fréquente, cette bibliothèque !

– Tu devrais songer à porter une coquille, au cas où…

– J'en ai toujours une sur moi.

Je repris l'examen du portrait de Patz. J'eus tout de suite un pressentiment. D'accord, il y avait urgence – ce pressentiment, j'avais envie de l'avoir, il me fallait absolument un suspect, enfin du concret – et je mis ma suspicion en veilleuse. Mais je ne pouvais pas non plus rester sourd à cet appel. Il faut suivre son intuition. L'expérience, c'est ça : tout le vécu, les affaires gagnées et perdues, les échecs douloureux, la masse de détails techniques qu'enseigne la routine. Au fil du temps, toutes ces choses-là finissent par vous forger l'instinct du métier. Le « flair ». Et, dès cette première rencontre, mon flair m'avait dit que Patz pouvait être notre homme.

– Ça vaudrait le coup d'aller lui dire deux mots, suggérai-je.

– Juste un truc : il n'y a pas trace de violence dans son dossier. Pas d'armes, rien. C'est la seule chose.

– Je vois deux attentats à la pudeur. Ça me suffit comme violence !

– Choper quelqu'un par les burnes, c'est pas la même chose que le tuer.

– Il faut bien commencer quelque part.

– Peut-être, je ne sais pas, Andy. D'accord, je vois où tu veux en venir mais, pour moi, c'est plus un vicelard qu'un tueur. En tout cas, côté sexe… le petit Rifkin ne présentait aucun signe d'agression sexuelle.

Je haussai les épaules.

– Peut-être qu'il n'est pas allé jusque-là. Il a pu être dérangé. Peut-être qu'il lui a fait des propositions malhonnêtes ou qu'il a voulu l'emmener dans la forêt en le menaçant avec un couteau et que le môme a résisté. Ou peut-être que le môme s'est foutu de lui, qu'il l'a ridiculisé et que Patz a perdu la tête.

– Ça fait beaucoup de « peut-être »…

– Bon, voyons voir ce qu'il a à dire. Va nous le chercher.

– Impossible, on n'a rien contre lui. Rien ne le relie à cette affaire.

– Alors invite-le à venir jeter un œil sur notre galerie de portraits, au cas où il reconnaîtrait quelqu'un qu'il aurait pu voir à Cold Spring Park.

– Il a déjà un avocat commis d'office pour l'affaire en cours. Il ne va pas venir comme ça.

– Alors dis-lui que tu l'arrêtes pour ne pas avoir signalé son changement d'adresse au registre des délinquants sexuels. Tu l'as déjà coincé là-dessus. Dis-lui que la vidéo pédo-porno qu'il a sur son PC relève d'une cour fédérale. Dis-lui ce que tu veux, n'importe quoi, mais il faut le serrer.

Duffy eut un sourire entendu et leva les sourcils. Décidément, les histoires de palpation d'organes nous inspiraient…

– Va me le chercher.

Duffy hésita :

– Je ne sais pas, j'ai l'impression qu'on brûle les étapes. Pourquoi ne pas d'abord montrer sa bobine dans le quartier, voir si quelqu'un aurait pu le repérer dans le parc ce matin-là ? Discuter avec les voisins. Éventuellement aller frapper chez lui, en amis, sans l'effrayer, le faire causer.

Avec ses doigts, Duffy forma un bec qu'il se mit à animer : *causer, causer, causer.*

– On ne sait jamais. Tandis que, si tu vas le chercher, il va appeler son avocat. Tu risques de gâcher la seule occasion qu'on a de lui parler.

– Non, il vaut mieux l'agrafer. Après, on pourra lui causer en amis, Duff. Ça, tu sais faire.

– Tu es sûr ?

– Je ne veux pas qu'on vienne me reprocher de ne pas l'avoir marqué d'assez près.

Ma remarque sonnait faux et une expression de doute passa sur le visage de Duffy. Nous avions toujours eu pour principe de nous contrefoutre de l'image que nous donnions ou de ce qu'on pouvait penser de nous. Le jugement d'un procureur doit être hermétique aux considérations politiques.

– Comprends-moi, Paul. C'est le premier suspect crédible qu'on trouve. Je n'ai pas envie de le rater par négligence.

– OK, me fit-il avec un petit froncement de sourcils désapprobateur. Je te l'amène.

– Parfait.

Duffy se laissa aller en arrière dans son fauteuil, soucieux, après notre entretien professionnel, d'aplanir cette légère friction entre nous.

– Ça s'est passé comment avec Jacob, au collège, ce matin ?

– Oh, sans problème. Jake, rien ne lui fait rien. Laurie, elle, c'est autre chose…

– Elle est un peu secouée ?

– Un peu ? Tu te souviens, dans *Les Dents de la mer*, quand Roy Scheider met ses mômes à l'eau pour montrer à tout le monde qu'on peut se baigner sans risque ?

– Ta femme ressemblait à Roy Scheider ? C'est ce que tu es en train de me dire ?

– Elle faisait la même tête que lui.

– Et toi, tu n'étais pas inquiet ? Allez, je parie que tu avais aussi la tête de Roy Scheider !

– Moi, mon gars, c'était du Robert Shaw pur jus, je t'assure.

– Ça s'est mal terminé pour Robert Shaw, si je me souviens bien.

– Pour le requin aussi. C'est tout ce qui compte, Duff. Maintenant, va me chercher Patz.

– Andy, je ne sais pas trop quoi penser de ça, dit Lynn Canavan.

L'espace d'un instant, je ne sus pas de quoi elle parlait. L'idée me traversa l'esprit qu'elle blaguait peut-être. Quand nous étions plus jeunes, elle aimait bien faire marcher les gens. Plus d'une fois je m'étais fait avoir en prenant au premier degré une remarque qui, aussitôt après, s'était révélée être du second. Mais je compris immédiatement qu'elle était tout à fait sérieuse. Du moins, en apparence. Depuis quelque temps, elle était devenue assez difficile à décrypter.

Dans le grand bureau d'angle qu'elle occupait, nous étions trois ce matin-là : la procureur Canavan, Neal Logiudice et moi-même, assis à une table ronde au centre de laquelle traînait une boîte vide de chez Dunkin' Donuts, vestige d'une réunion matinale. Les boiseries et les fenêtres qui surplombaient East Cambridge donnaient à la pièce un certain cachet. Elle n'en restait pas moins aussi glaçante que le reste du bâtiment : même moquette industrielle prune ultramince, collée sur une dalle de béton ; mêmes panneaux acoustiques au plafond avec leurs auréoles douteuses ; même air confiné, déjà respiré par d'autres. Comme bureau de chef, il y avait mieux.

Canavan jouait avec son stylo dont elle faisait rebondir la pointe sur un bloc-notes jaune, la tête inclinée comme si elle méditait sur cet exercice.

– Je ne sais pas… Que ce soit toi qui suives cette affaire, ça ne me plaît qu'à moitié. Ton fils fréquente le collège. Ce n'est pas anodin. Je suis un peu mal à l'aise.

– *Toi*, tu es mal à l'aise, Lynn, ou bien c'est Raspoutine ? fis-je en désignant Logiudice.

– Très drôle, Andy…

– Je le suis, confirma Canavan.

– Laisse-moi deviner : Neal veut le dossier ?

– Neal se dit qu'il y a peut-être un problème. Moi aussi, pour être franche. Il y a là l'apparence d'un conflit d'intérêts. Ça compte, Andy.

Effectivement, les apparences, ça compte. Lynn Canavan était une étoile montante de la vie politique. Depuis son élection au poste de procureur deux ans plus tôt, les rumeurs allaient bon train sur le prochain mandat qu'elle briguerait : gouverneur, conseillère juridique des autorités du Massachusetts, sénatrice même. La quarantaine, c'était une jolie femme, brillante, sérieuse et ambitieuse. Je la connaissais et travaillais à ses côtés depuis quinze ans, depuis l'époque où nous étions tous deux jeunes magistrats. Nous étions du même bord. Elle m'avait nommé premier procureur adjoint le jour de son élection, mais je savais dès le départ que je ne ferais pas long feu à ce poste. Un juriste poussiéreux comme moi ne lui était d'aucune utilité dans le monde politique. Là où Canavan irait, je ne serais pas du voyage. Mais tout cela était encore loin. Dans l'immédiat, elle attendait son heure, peaufinait son image, sa « marque de fabrique », celle d'une professionnelle qui ne badine pas avec la justice. Face à la caméra, elle souriait et plaisantait rarement. Peu portée sur le maquillage et les bijoux, elle avait opté pour une coupe courte, pratique. Les plus anciens de la maison se souvenaient pourtant d'une autre Lynn Canavan, drôle, charismatique, un garçon manqué qui jurait comme un charretier et levait le coude plus souvent qu'à son tour. Mais les électeurs n'en avaient jamais rien su et, désormais, la Lynn d'autrefois, plus naturelle, appartenait au passé. Je pense qu'elle n'avait pas eu d'autre choix que d'évoluer. Son existence s'était transformée en une campagne permanente ; on ne pouvait guère lui en vouloir d'être devenue ce qu'elle faisait semblant d'être depuis si longtemps. Et puis, il nous faut tous grandir, renoncer aux enfantillages. Mais quelque chose s'était aussi perdu en route. La mue du colibri en rapace n'avait pas été sans dommages pour notre amitié. Aucun de nous deux n'éprouvait plus cette intimité, ce sentiment de confiance et de complicité qui nous avaient jadis unis. Peut-être me nommerait-elle juge un jour, eu égard à mon grand âge, pour me dédommager de tout. Mais nous savions tous deux, je pense, que notre amitié était à bout de course. De sorte que nous nous sentions l'un envers l'autre vaguement empruntés et moroses, comme deux amants face au douloureux crépuscule de leur liaison.

En tout cas, la probable ascension de Lynn Canavan créait derrière elle un vide. Or la politique a horreur du vide. Que Neal Logiudice puisse le combler aurait semblé absurde naguère. Mais maintenant ? De toute évidence, Logiudice ne voyait pas en moi un obstacle. J'avais dit et répété que le poste ne m'intéressait pas, et je le pensais. Je n'avais aucune envie de m'exposer, d'avoir une vie publique. Pour autant, il ne pouvait pas se contenter d'intriguer en coulisses pour arriver à ses fins. Si Neal voulait être procureur, il lui fallait un vrai bilan à présenter aux électeurs. Un coup d'éclat judiciaire qui porterait sa griffe. Il lui fallait la peau de quelqu'un. De qui, je commençais tout juste à le comprendre.

– Tu me retires le dossier, Lynn ?

– Pour l'instant, je te demande simplement ton avis.

– On en a déjà parlé. Je garde le dossier. Il n'y a aucun problème.

– Il te touche d'assez près, Andy. Ton fils pourrait courir un danger. Si par malheur il avait traversé le parc au mauvais moment...

– Peut-être que ton jugement est faussé, juste un peu, fit Logiudice. Enfin, si tu es honnête, si tu prends le temps d'y réfléchir en toute objectivité.

– Comment ça, faussé ?

– Tu te sens comment, émotionnellement parlant, par rapport à ça ?

– Neutre.

– Tu ressens de la colère, Andy ?

– Est-ce que j'ai l'air en colère ? fis-je en détachant bien tous les mots.

– Oui, un peu. Disons, peut-être un poil sur la défensive. Mais il ne faut pas ; nous sommes tous dans le même camp ici. Et puis, quoi de plus naturel que l'émotion ? Si mon fils était impliqué…

– Neal, tu mets en cause mon intégrité ? Ou seulement ma compétence ?

– Ni l'une ni l'autre. C'est ton objectivité que je mets en cause.

– Lynn, il parle pour toi ? Tu crois à ces sornettes ?

Elle fronça les sourcils.

– Disons que j'ai sorti mes antennes.

– Tes antennes ? Arrête, ça veut dire quoi ?

– Que je suis troublée.

– C'est une apparence, Andy, reprit Logiudice. Une *apparence* d'objectivité. Personne ne dit que tu es…

– Écoute, écrase, Neal, d'accord ? Ça ne te concerne pas.

– Pardon ?

– Laisse-moi gérer ce dossier. Je me fous des apparences comme de ma première chemise. Si l'affaire n'avance pas, c'est parce qu'elle va à son rythme, pas parce que je traîne les pieds. On ne va pas me faire inculper quelqu'un en urgence juste pour faire joli. Je pensais t'avoir donné de meilleurs conseils.

– Tu m'as appris à mettre le paquet sur tous les dossiers.

– C'est ce que je fais, justement.

– Pourquoi tu n'as pas interrogé les enfants ? Ça fait déjà cinq jours.

– Mais tu le sais, pourquoi. Parce qu'on n'est pas à Boston, Neal, mais à Newton. Le moindre détail se négocie : à quels enfants on peut parler, l'endroit où on peut leur parler, ce qu'on peut leur demander, qui doit être présent. C'est pas le collège de base, ici : la moitié des parents sont avocats.

– Du calme, Andy. Personne ne t'accuse de quoi que ce soit. Le problème, c'est comment ça sera perçu. De l'extérieur, on peut avoir l'impression que tu nies l'évidence.

– C'est-à-dire ?

– Les élèves. T'es-tu dit que le tueur pouvait être un élève ? Tu me l'as répété mille fois, si je ne m'abuse : suis les indices où qu'ils te mènent.

– Aucun indice ne désigne les élèves. Aucun. Si indices il y avait, je les suivrais.

– Tu ne peux pas les suivre si tu ne les cherches pas.

Ce fut comme une révélation. Je venais enfin de comprendre. Le moment était venu. Je savais depuis toujours qu'il viendrait. Sur l'échelle, j'étais juste devant Neal. Et maintenant c'était moi, après tant d'autres, qu'il visait.

Je lui décochai un sourire plein d'ironie.

– Neal, qu'est-ce que tu cherches ? Tu veux le dossier ? Tu le veux ? Prends-le. Ou est-ce mon poste ? Je m'en fous, prends-le aussi. Mais ce serait plus simple pour tout le monde que tu le dises franchement.

– Je ne veux rien, Andy. Je veux juste que les choses soient faites correctement.

– Lynn, tu me dessaisis ou tu comptes me soutenir ?

Elle m'adressa un regard bienveillant, mais me répondit indirectement :

– Quand ne t'ai-je pas soutenu ?

Devant cette vérité, je ne pus qu'approuver de la tête. Puis, arborant le masque de l'homme résolu, je trouvai un second souffle :

– Voilà, le collège a rouvert aujourd'hui, tous les enfants sont rentrés. Les interrogatoires commencent cet après-midi. Les bonnes nouvelles sont pour bientôt.

– Bien, dit Canavan, espérons-le.

Mais Logiudice s'en mêla :

– Qui va interroger ton fils ?

– Je ne sais pas.

– Pas toi, j'espère.

– Non. Paul Duffy, sans doute.

– Qui l'a décidé ?

– Moi. C'est comme ça que ça marche, Neal. C'est moi qui décide. Et si une erreur est commise, ce sera moi qui ferai face au jury pour prendre les coups de bâton.

Il glissa à Canavan un regard – *Tu vois ? Je te l'avais dit, il n'écoute rien…* – qui la laissa de marbre.

# 5

# Tout le monde sait que c'est toi

Les interrogatoires commencèrent dès la fin des cours. Pour les enfants, la matinée avait été longue, entre les heures de vie de classe et la prise en charge psychologique. Les inspecteurs en civil de la CPAC étaient passés parmi eux pour les inciter à se confier aux enquêteurs, anonymement si nécessaire. Ils n'avaient rencontré que des regards las.

Le bâtiment du collège McCormick était constitué de simples parallélépipèdes disposés les uns sur les autres. À l'intérieur dominait le bleu pétrole, dont les nombreuses couches formaient sur les murs un revêtement épais. Laurie, qui avait grandi à Newton, avait fréquenté le collège dans les années 1970 ; d'après elle, il n'avait pratiquement pas changé, si ce n'était qu'il lui donnait l'illusion, quand elle en parcourait les couloirs, d'avoir rétréci.

Comme je l'avais dit à Canavan, ces interrogatoires avaient suscité une controverse. Dans un premier temps, le principal avait refusé tout net de nous laisser « prendre d'assaut » son collège et nous entretenir avec les élèves à notre guise. Si le crime avait eu lieu ailleurs – en centre-ville plutôt qu'en banlieue –, nous n'aurions pas pris la peine de lui demander sa permission. Ici, le conseil d'établissement et même le maire étaient intervenus directement auprès de Lynn Canavan pour freiner notre action. Finalement, nous avions été autorisés à parler aux enfants dans l'enceinte du collège, mais seulement à certaines conditions. Ceux qui n'étaient pas rattachés à la même salle de permanence[1] que Ben Rifkin ne seraient pas entendus, sauf si nous avions une raison particulière de croire qu'ils savaient quelque chose. Tout élève pouvait être accompagné d'un parent et/ou d'un avocat, et mettre fin à l'entretien à n'importe quel moment, pour quelque raison que ce soit ou même sans raison. Des contraintes faciles à admettre dans l'ensemble. De toute façon, les élèves avaient de nombreux droits. Ce luxe de précautions n'avait d'autre but que d'adresser à la police le message suivant : allez-y doucement avec les enfants. Tout cela était bien joli, mais ces pourparlers laborieux nous avaient fait perdre un temps précieux.

À 14 heures, Paul et moi réquisitionnâmes le bureau du principal pour interroger ensemble les témoins prioritaires : les plus proches camarades de la victime, quelques élèves dont on savait qu'ils traversaient le parc pour se rendre à l'école, et ceux qui avaient demandé à parler aux enquêteurs. Nous en avions près de vingt-cinq à recevoir. D'autres entretiens seraient menés simultanément par les inspecteurs de la CPAC. La plupart seraient sans doute brefs et ne donneraient rien. Nous partions à la pêche en promenant notre chalut sur le fond de la mer, pleins d'espoir.

Mais un étrange phénomène se produisit. Au bout d'à peine trois ou quatre entretiens, Paul et moi eûmes la nette impression de nous heurter à un mur. Au début, nous pensâmes avoir affaire au répertoire habituel des tics et dérobades adolescents, haussements d'épaules, *ch'ais pas*, *j'vois pas*, et regards fuyants. Ayant tous deux des enfants, nous savions que tous les ados cherchent à se protéger des adultes ; tous ces comportements allaient dans ce sens et, en soi, il n'y avait rien de suspect là-dedans. Mais au fur et à mesure des interrogatoires, nous perçûmes derrière tout cela une volonté affichée de ne rien dire. Les réponses allaient trop loin. Certains élèves ne se contentaient pas de dire qu'ils ne savaient rien sur le meurtre, ils niaient avoir même connu la victime. Ben Rifkin semblait

1. Salle où, en début de journée, le professeur principal remplit le cahier d'appel et fait des annonces aux élèves. Ceux-ci peuvent également y faire leurs devoirs. *(N.d.T.)*

n'avoir eu aucun ami, que de simples connaissances. D'autres ne lui avaient jamais parlé, ne savaient pas avec qui il discutait. Manifestement, on nous mentait. Ben n'était pas impopulaire. Nous connaissions la plupart de ses copains. Pour ma part, je voyais dans cette façon de le désavouer aussi rapidement et aussi complètement une trahison.

Pire, les quatrièmes de McCormick n'étaient pas spécialement doués pour le mensonge. Certains, ceux qui avaient le moins froid aux yeux, semblaient tabler sur la surenchère pour vendre leur boniment. Ainsi, lorsqu'ils s'apprêtaient à balancer un gros mensonge, suspendaient-ils un instant leurs raclements de pieds et leurs *j'vois pas* pour l'asséner avec le maximum de conviction. À se demander s'ils n'avaient pas lu le manuel du bon communicant – Capter le regard ! Parler d'une voix assurée ! – et décidé d'en appliquer d'un seul coup tous les préceptes, comme des paons qui font la roue. Ce parti pris avait pour effet d'inverser les schémas comportementaux par rapport à ceux des adultes – ces ados donnaient l'impression d'être évasifs quand ils disaient vrai et directs quand ils mentaient –, mais il ne nous en mit pas moins la puce à l'oreille. Les autres, majoritaires, inhibés de nature, le paraissaient plus encore lorsqu'ils mentaient. Ils se montraient hésitants. La vérité qui se débattait en eux leur arrachait des contorsions. Là encore, peine perdue. J'aurais pu leur dire, bien sûr, qu'un virtuose du mensonge glisse la fausse piste parmi les vraies sans rien laisser paraître, comme un magicien qui insère la carte biseautée parmi les autres. En matière de virtuosité mensongère, j'ai été à bonne école, croyez-moi.

Avec Paul, nous commençâmes à échanger des regards suspicieux. Comme nous nous arrêtions sur les mensonges les plus criants, le rythme des entretiens ralentit. Pendant les intermèdes, Paul s'amusait de cette loi du silence :

– On dirait des Siciliens, ces mômes.

Aucun de nous deux ne disait ce qu'au fond de lui il ressentait. Cette impression de tomber, de sentir le plancher se dérober sous ses pieds. Ce délicieux vertige que l'on éprouve quand une affaire s'entrouvre pour vous laisser entrer…

Visiblement, nous nous étions trompés – il n'y avait pas d'autre mot... Après avoir envisagé la possible implication d'un camarade de collège, nous avions fait machine arrière. Car rien n'était venu confirmer cette piste. Le proscrit ruminant ses rancœurs, le négligent qui aurait semé des indices partout : nous n'avions repéré aucun de ces profils. Aucun mobile apparent non plus, pas de fantasmes adolescents de gloire sanguinolente, pas d'individus brimés, persécutés, en quête de vengeance, pas de mesquine querelle entre élèves. Rien. Nul besoin de le formuler ; cette fois, notre vertige tenait à ce simple constat : ces enfants savaient quelque chose.

Une fille entra dans le bureau en traînant les pieds et se laissa tomber sur la chaise face à nous en se donnant beaucoup de mal pour nous ignorer.

– Sarah Groehl ? demanda Paul.

– Oui.

– Je suis l'inspecteur Paul Duffy, de la police d'État. Voici Andrew Barber. Il est procureur adjoint, en charge de cette affaire.

– Je sais.

Elle finit par lever les yeux sur moi.

– Vous êtes le père de Jacob Barber.

– Oui. Tu es la fille au sweat-shirt de ce matin.

Elle eut un sourire timide.

– Désolé, j'aurais dû me souvenir de toi, mais on passe une rude journée, Sarah.

– Ah oui, pourquoi ça ?

– Personne ne veut rien nous dire. Comment ça se fait ? Tu as une idée ?

– Vous êtes des flics.

– C'est tout ?

– Évidemment..., fit-elle avec l'air de vouloir ajouter : ... *banane !*

J'attendis un instant, espérant qu'elle allait poursuivre. Mais elle me lança un regard d'un ennui exquis.

– Tu es copine avec Jacob ?

Elle baissa les paupières, réfléchit, haussa les épaules.

– Disons que oui.

– Comment se fait-il que je n'aie jamais entendu ton nom ?
– Demandez à Jacob.
– Il ne me dit rien. Je suis obligé de te poser la question à toi.
– On se connaît. On n'est pas non plus amis, Jacob et moi. On se connaît juste comme ça.
– Et Ben Rifkin ? Tu le connaissais ?
– Pareil. Je le connaissais sans le connaître.
– Tu l'aimais bien ?
– Ça allait.
– Sans plus ?
– Je pense que c'était quelqu'un de sympa. Comme je disais, on n'était pas vraiment proches.
– Entendu. Bon, je vais arrêter de te poser des questions stupides. Ce serait bien si tu pouvais nous dire quelque chose, Sarah. Quelque chose susceptible de nous aider, que tu penses qu'on doit savoir.
Elle s'agita sur sa chaise.
– Je ne sais vraiment pas ce que vous… Je ne sais pas quoi vous dire.
– Eh bien, parle-moi de cet endroit, de ce collège. Commence par là. Dis-moi des choses sur McCormick que je ne sais pas. Qu'est-ce que ça fait d'être ici ? Qu'est-ce qui te plaît ? Qu'est-ce qui t'étonne ?
Pas de réponse.
– Sarah, nous sommes là pour tous vous aider, tu sais, mais il faut que, de votre côté, vous nous aidiez aussi.
Elle se dandina sur sa chaise.
– Vous lui devez bien ça, à Ben, tu ne crois pas ? C'était votre ami ?
– Je ne sais pas. J'ai l'impression d'avoir rien à dire. Je ne sais rien.
– Sarah, celui qui a fait ça, il est encore dans le coin. Tu le sais, ça ? Si tu peux nous aider, il est de ton devoir de le faire. C'est un vrai devoir. Sinon, il arrivera la même chose à quelqu'un d'autre. Et ce sera ta responsabilité. Si tu ne fais pas tout – je dis bien tout – pour que ça s'arrête, la prochaine

victime, tu en seras responsable. Et comment te sentiras-tu, alors ?

– Vous essayez de me culpabiliser. Ça ne marchera pas. Ma mère fait pareil.

– Je n'essaie pas de te culpabiliser. Je te dis la vérité, c'est tout.

Pas de réponse.

*Bam !* La main de Duffy venait de s'abattre sur le bureau. Le déplacement d'air fit trembler des papiers.

– Mais elle nous mène en bateau, Andy ! Cite-les à comparaître dès maintenant, ces jeunes gens. Envoie-les devant le grand jury, fais-leur prêter serment et, s'ils ne veulent rien dire, coffre-les pour atteinte à l'autorité de la justice. On perd notre temps, nom de Dieu !

La jeune fille écarquilla les yeux.

Duffy tira de son étui de ceinture son portable, qui n'avait pourtant pas sonné, et y jeta un œil.

– J'ai un coup de fil à donner, annonça-t-il. Je reviens.

Et il sortit d'un air furieux.

– C'est lui, le méchant flic ? demanda Sarah.

– Ouais.

– Il ne le fait pas très bien.

– Tu as sursauté, je t'ai vue.

– J'ai été surprise, c'est tout. Quand il a tapé sur la table.

– Il a raison, tu sais. Si vous ne vous décidez pas à nous aider, ça va finir comme ça.

– Je pensais qu'on n'était pas obligés de parler si on ne voulait pas.

– Aujourd'hui, oui. Mais demain, peut-être pas.

Elle réfléchit.

– Sarah, c'est vrai ce que tu as dit tout à l'heure : je suis magistrat. Mais je suis aussi un père. Alors dis-toi bien que je ne vais pas laisser tomber. Parce que je pense sans arrêt au père de Ben Rifkin. Je pense sans arrêt à ce qu'il doit endurer. Peux-tu seulement imaginer la douleur de ta mère et de ton père si ça t'était arrivé à toi ? Dans quel état ils seraient ?

– Ils sont séparés. Mon père n'est plus là. Je vis avec ma mère.

– Navré, tu me l'apprends.

– C'est pas la fin du monde non plus.

– Écoute, Sarah, vous êtes tous nos enfants, tu sais. Tous les gens de la classe de Jacob, même ceux que je ne connais pas, j'éprouve quelque chose pour eux. C'est pareil pour les autres parents.

Elle leva les yeux au ciel.

– Tu ne me crois pas ?

– Non. Vous ne me connaissez même pas.

– C'est vrai. Et pourtant, ton sort me tient à cœur. Comme celui de ce collège, de cette ville. Je ne peux pas me résigner. Laisser faire. Tu comprends, ça ?

– Il y a quelqu'un qui parle à Jacob ?

– Tu veux dire, à mon fils Jacob ?

– Ben oui.

– Bien sûr.

– OK.

– Pourquoi cette question ?

– Comme ça.

– Il doit bien y avoir une raison. C'est quoi, Sarah ?

Elle fixa ses genoux.

– Le policier qui est venu dans notre classe nous a dit qu'on pouvait vous parler anonymement, c'est vrai ?

– C'est vrai. Il y a une ligne spéciale.

– Comment être sûr que vous n'allez pas, comment dire, chercher à savoir qui donne des infos ? Parce que ça vous intéresserait de savoir qui c'est, non ? De savoir qui appelle.

– Arrête, Sarah… Qu'est-ce que tu veux me dire ?

– Comment on est sûrs que ça reste anonyme ?

– Il faut nous faire confiance, c'est tout.

– Confiance à qui ? À vous ?

– À moi. À l'inspecteur Duffy. Il y a beaucoup de monde sur cette affaire.

– Et si je…

Elle leva les yeux.

– Écoute, je ne vais pas te mentir, Sarah. Si tu me dis quelque chose ici, ce ne sera pas anonyme. Mon boulot, c'est d'attraper le type qui a fait ça, mais c'est aussi de le faire juger par un tribunal et, pour ça, j'ai besoin de témoins. Je te mentirais si je te racontais autre chose. J'essaie d'être honnête avec toi.

– D'accord.

Elle réfléchit, puis :

– Je ne sais vraiment rien.

– Tu en es sûre ?

– Oui.

Je la fixai dans les yeux un court instant pour lui montrer que je n'étais pas dupe, que je m'accommodais de son mensonge. Je sortis une carte de visite de mon portefeuille.

– Voici ma carte. Je vais te noter mon numéro de portable au dos. Mon mail personnel aussi.

Je fis glisser la carte de l'autre côté du bureau.

– Tu peux me contacter n'importe quand, d'accord ? N'importe quand. Et je ferai ce que je peux pour toi.

– Très bien.

Elle prit la carte et se leva. Regarda ses mains, ses doigts. Leur extrémité était noircie d'encre mal essuyée. Tous les élèves avaient donné leurs empreintes ce jour-là, « de leur plein gré », mais des blagues couraient sur les risques encourus en cas de refus. Sarah fronça les sourcils à la vue de ces taches, puis croisa les bras pour les cacher et, dans cette posture gauche, me dit :

– Je peux vous demander quelque chose, monsieur Barber ? Ça vous arrive de faire le méchant des deux ?

– Non, jamais.

– Pourquoi ?

– Faut croire que c'est pas ma nature.

– Mais alors comment vous faites votre métier ?

– Je dois avoir une zone d'ombre, quelque part. Sûrement.

– Vous la cachez, c'est ça ?

– C'est ça, je la cache.

Ce soir-là, peu avant 23 heures, j'étais seul dans la cuisine, penché sur mon PC posé sur le plan de travail, en train de boucler des bouts de dossiers épars, de répondre à des mails surtout. Un nouveau message arriva dans ma boîte. Il disait en objet, ou plutôt hurlait : « RE: BEN RIFKIN >>> LISEZ-MOI. » Il provenait d'une adresse Gmail, tylerdurden982@gmail.com. L'heure indiquée était 22:54:27. Le message se limitait à une seule ligne, un lien : « Voir ici ». Je cliquai dessus.

Je me retrouvai sur un groupe Facebook baptisé « ♥ Amis de Ben Rifkin ♥ ». Ce groupe était tout récent. Il ne pouvait pas dater de plus de quatre jours : le jour du meurtre, la CPAC avait consulté Facebook et il n'y était pas.

Nous avions trouvé la page personnelle du jeune homme (presque tout le monde en a une à McCormick), mais elle ne donnait aucun indice sur le meurtre. Pour ce que ça valait, sur son profil il avait tenu à se présenter comme un esprit libre.

**Ben Rifkin**
sorti faire du skate

| | |
|---|---|
| Réseaux : | Collège McCormick 2007<br>Newton, Massachusetts |
| Je suis : | Homme |
| Intéressé par : | Femmes |
| Situation amoureuse : | Célibataire |
| Date de naissance : | 3 décembre 1992 |
| Opinions politiques : | Vulcain |
| Opinions religieuses : | Païen |

Pour le reste, c'était l'habituel bric-à-brac de la production numérique : vidéos sur YouTube, jeux, photos, fil de messages insipides bourrés de ragots. Par rapport à d'autres, Ben n'était pas un gros utilisateur de Facebook. Sa page s'était surtout animée après son assassinat – lorsque les messages de ses camarades s'y étaient accumulés de manière fantomatique –, avant d'être supprimée à la demande de ses parents.

Cette nouvelle page d'« hommage » avait apparemment été ouverte pour combler ce manque, pour permettre à ses amis de continuer à poster des commentaires sur le meurtre. L'intitulé « ♥ Amis de Ben Rifkin ♥ » semblait utiliser le mot *amis* au sens de Facebook : la page était ouverte à tous les élèves de la promotion 2007 de McCormick, qu'ils aient été ou non réellement amis avec Ben.

En haut figurait une petite photo de Ben, la même que celle qu'il avait mise sur sa page personnelle. Sans doute avait-elle été copiée-collée par celui ou celle qui avait créé ce groupe. Ben s'y montrait souriant, torse nu, sur une plage, semblait-il (on voyait derrière lui du sable et la mer). Pouce et auriculaire de la main droite dressés, il signifiait que tout allait pour le mieux. Dans le coin inférieur droit, un espace, le « Mur », où s'entassaient des messages dans l'ordre inverse de leur chronologie.

**Jenna Linde** (collège McCormick) a écrit à 21:02 le 17 avril 2007

Tu me manques ben. Je repense a nos discussions. je t'aimerai toujours je t'aime je t'aime

**Christa Dufresne** (collège McCormick) a écrit à 20:43 le 17 avril 2007

comment peut-on faire des choses aussi horribles. Je ne t'oublierai jamais Ben. Je pense à toi tous les jours. ♥♥♥♥♥♥

Il faut savoir qu'en 2007 Facebook était encore en grande partie le paradis des enfants. L'arrivée massive des adultes n'a eu lieu que dans les années qui ont suivi. C'est en tout cas ce qui s'est produit autour de nous. Pour la plupart, les parents de McCormick allaient sur Facebook de temps en temps pour surveiller ce qu'y traficotait leur progéniture, mais c'était tout. Certains de nos amis s'étaient inscrits, mais se connectaient rarement à leur compte. Les autres parents n'étaient pas encore assez nombreux pour que ce soit intéressant. Personnellement, je n'avais aucune idée de ce que Jacob et ses copains regardaient sur Facebook. Je ne voyais pas ce que ces échanges de renseignements avaient de si captivant. La seule explication à mes yeux, c'était que Facebook représentait pour eux un moyen d'échapper aux adultes, un endroit secret où ils pouvaient frimer, flirter et faire les crétins avec une aisance qu'ils n'auraient jamais eue à la cantine du collège. Comme beaucoup de jeunes, Jacob, en tout cas, se montrait beaucoup plus futé et sûr de lui en ligne qu'au naturel. Avec Laurie, nous avions perçu le risque de le laisser se plonger ainsi dans le secret. Nous avions exigé qu'il nous donne son mot de passe pour pouvoir le surveiller, mais, pour être franc, Laurie était la seule à consulter sa page Facebook. Pour moi, les discussions des jeunes étaient encore moins passionnantes en ligne que hors ligne. S'il m'arrivait d'aller sur une page Facebook à l'époque, c'était parce que le visage de son propriétaire apparaissait dans l'un de mes dossiers. Avais-je été un père négligent ? Avec le recul, oui, de toute évidence. Mais nous l'étions tous alors, tous les parents du collège de Jacob. Nous ne mesurions pas l'ampleur des enjeux.

Sur la page « ♥ Amis de Ben Rifkin ♥ », les messages se comptaient déjà par centaines.

**Emily Salzman** (collège McCormick) a écrit à 21:12 le 16 avril 2007

Je suis encore complètement choquée. qui a pu faire ça ? pourquoi ? dans quel but ? qu'est-ce qu'il a a gagner ? c'est un truc de malade

**Alex Kurzon** (collège McCormick) a écrit à 13:14 le 16 avril 2007

g été a cold sprg pk. ls bandes jaunes st tjrs la mais sinon rien. pas 2 flics.

Cette spontanéité et ce ton de confession se retrouvaient dans tous les messages. Le Web créait une illusion d'intimité, conséquence de l'immersion aveugle des jeunes dans le monde « virtuel ». Hélas, ils allaient bientôt s'apercevoir que le Web appartenait aux grands : je réfléchissais déjà à l'ordonnance *duces tecum* – injonction de produire des documents et des enregistrements – que j'allais envoyer à Facebook pour conserver tous ces échanges en ligne. Avec l'avidité de celui qui écoute aux portes, je poursuivis ma lecture.

**Dylan Feldman** (collège McCormick) a écrit à 21:07 le 15 avril 2007

Jacob TG. si tu veux pas lire tout ça, va ailleurs. c toi qui dis ça en plus ! degage. Il te considerait comme un pote. connard

**Mike Canin** (collège McCormick) a écrit à 21:01 le 15 avril 2007

Je peux pas te laisser dire ça, Jake. T'es pas la police de FB, vu surtout comment ça a tourné. tu devrais t'écraser et la fermer.

**John Marolla** (collège McCormick) a écrit à 20:51 le 15 avril 2007

Rien à foutre. JB qu'est-ce que tu viens la ramener ici ? va mourir. on te regrettera pas. tu peux crever.

**Julie Kerschner** (collège McCormick) a écrit à 20:48 le 15 avril 2007

Pas sympa, Jacob.

**Jacob Barber** (collège McCormick) a écrit à 19:30 le 15 avril 2007

Vous n'êtes peut-être pas au courant mais Ben est mort. Pourquoi continuer à lui envoyer des messages ? Et pourquoi certains font comme si c'était leur meilleur pote alors que c'est pas vrai ? Revenez sur terre.

Je n'allai pas plus loin, comprenant que le Jacob visé par ces derniers messages venimeux était le mien. Je ne me doutais pas de la réalité de sa vie, de la complexité de ses relations, des épreuves qu'il traversait, de la brutalité du monde dans lequel il vivait. *Va mourir. On te regrettera pas.* Comment mon fils avait-il pu se laisser dire des choses pareilles sans en parler à ses parents ? Sans même jamais y faire allusion ? J'étais dépité, non à cause de Jacob, mais de moi-même. Comment avais-je pu donner à mon fils l'impression d'être imperméable à tout cela ? Ou étais-je une mauviette qui dramatisait le ton excessif et surexcité d'Internet ?

Je me sentis bête aussi. J'avais manqué de clairvoyance. Quand nous discutions avec Jacob de ce qu'il faisait sur Internet, Laurie et moi, nous nous en tenions aux généralités. Nous savions que, lorsqu'il s'enfermait dans sa chambre le soir, il pouvait se connecter. Mais nous avions installé sur son ordinateur un logiciel qui l'empêchait de regarder certains sites, porno pour la plupart, et nous pensions que cela suffisait. Facebook, en tout cas, ne nous avait jamais paru particulièrement dangereux. Et puis aucun de nous deux n'avait envie de l'espionner. Dans notre couple, nous pensions qu'on inculque à un enfant de saines valeurs et qu'ensuite on lui lâche la bride, on lui fait confiance pour agir de manière responsable – du moins jusqu'à ce qu'il nous prouve qu'on s'est trompés. En parents modernes et éclairés, nous n'avions pas voulu nous poser en adversaires de Jake, lui demander des comptes sur le moindre de ses déplacements, le harceler. C'était un principe partagé par la plupart des parents de McCormick. Avions-nous le choix ? Aucun parent ne peut être en permanence posté derrière son enfant, qu'il soit en ligne ou non. De sorte que chaque jeune mène sa propre vie, en grande partie à l'insu de ses parents. Mais, en découvrant les mots *Va mourir*, je compris combien j'avais été naïf et stupide. Jacob avait moins besoin de notre confiance et de notre respect que de notre protection, et nous ne la lui avions pas apportée.

Je fis défiler rapidement les messages. Il y en avait des centaines, d'une ligne ou deux seulement. Je ne pouvais pas les lire tous et je ne voyais pas où Sarah Groehl voulait me mener. Plus en amont, le nom de Jacob disparut de la discussion pendant un long moment. Les jeunes se consolaient entre eux sur le mode larmoyant (*Ça sera plus jms pareil*) ou endurci (*Mourir jeune pour rester beau*). Mais chacun à sa façon exprimait sa détresse. Les filles proclamaient leur amour et leur fidélité, les garçons leur colère. Je passai au crible ces messages innombrables et répétitifs à la recherche de détails instructifs : *je ne peux pas y croire… il faut qu'on reste solidaires… il y a des flics partout dans le collège…*

Je finis par cliquer sur la page Facebook de Jacob où une discussion plus brûlante, entamée peu après le meurtre, couvait encore. Là aussi, les messages apparaissaient dans l'ordre chronologique inversé.

**Marlie Kunitz** (collège McCormick) a écrit à 15:29 le 15 avril 2007

D.Y. : DIS PAS des choses comme ça ici. C'est des MENSONGES qui peuvent BLESSER. Même si c'est une blague, c'est nul. Jake, fais pas gaffe.

**Joe O'Connor** (collège McCormick) a écrit à 15:16 le 15 avril 2007

Ceux qui ne savent pas de quoi ils parlent feraient mieux de la FERMER. Ça s'adresse à toi derek, abruti. on est SERIEUX ici. T as PAS LE DROIT de raconter n'importe quoi comme ça.

**Mark Spicer** (collège McCormick) a écrit à 15:07 le 15 avril 2007

N'IMPORTE qui peut dire N'IMPORTE quoi sur N'IMPORTE qui. peut-être que TOI aussi tu as un couteau derek ? ça te ferait quoi si on balançait ça sur TOI ?

Puis ceci :

**Derek Yoo** (collège McCormick) a écrit à 14:25 le 15 avril 2007

Jake, tout le monde sait que c'est toi. T'as un couteau. Je l'ai vu.

J'étais pétrifié. Impossible de décoller les yeux de ce message. Je restai rivé dessus jusqu'à ce que les lettres ne soient plus que des pixels. Derek Yoo était un copain de Jacob, un bon copain. Il était venu à la maison des dizaines de fois. Ils étaient ensemble à la maternelle. Derek était un bon petit gars.

*Je l'ai vu.*

Le lendemain matin, je laissai Laurie et Jacob partir avant moi, leur disant que j'avais une réunion au commissariat de Newton et que je voulais m'éviter un aller-retour inutile à Cambridge. Quand je fus certain qu'ils étaient partis, je montai dans la chambre de Jacob et entrepris de la fouiller.

Mes recherches furent de courte durée. Dans le tiroir du haut de sa commode, je tombai sur un objet dur, mal dissimulé dans un vieux T-shirt blanc. Une fois déroulé, celui-ci libéra sur le meuble un couteau pliant à manche caoutchouté noir. Je le ramassai délicatement, pinçai la lame entre le pouce et l'index, et la sortis.

– Oh, mon Dieu ! murmurai-je.

On aurait dit un couteau de l'armée ou de chasse, mais en plus court. Déplié, il faisait dans les vingt-cinq centimètres. La poignée était noire, antidérapante et creusée de quatre empreintes pour les doigts. Avec sa forme de crochet et ses dentelures tarabiscotées, semblables à celles d'une scie circulaire, la lame avait l'aspect impitoyable d'une arme barbare. Elle avait été évidée, sans doute pour l'alléger. Ce couteau était inquiétant et beau avec son fer courbe et effilé. Il ressemblait à un de ces instruments de mort qui nous fascinent dans la nature, à la morsure d'une flamme ou à la griffe d'un énorme chat.

# 6

# L'héritage

*Un an plus tard.*

TRANSCRIPTION DE L'AUDIENCE DU GRAND JURY

| | |
|---|---|
| M. Logiudice : | Lorsque vous avez découvert le couteau, qu'avez-vous fait ? Je présume que vous l'avez immédiatement signalé. |
| Témoin : | Non, je ne l'ai pas fait. |
| M. Logiudice : | Ah, bon ? Dans une enquête d'homicide en cours, vous découvrez l'arme du crime et vous n'en parlez à personne ? Pourquoi donc ? Vous nous avez pourtant tenu ce matin même un très joli discours sur votre confiance en la justice. |
| Témoin : | Je ne l'ai pas signalé car je ne pensais pas que c'était l'arme du crime. En tout cas, je ne le savais pas avec certitude. |
| M. Logiudice : | Vous ne le saviez pas avec certitude ? Comment auriez-vous pu ? Vous l'avez cachée ! Vous avez soustrait ce couteau aux examens de laboratoire, analyses de sang, empreintes, à la comparaison avec la plaie, etc. C'était pourtant la procédure habituelle, non ? |
| Témoin : | Ça l'aurait été s'il y avait eu un véritable soupçon. |
| M. Logiudice : | Ah... Parce que vous ne soupçonniez même pas qu'il puisse s'agir de l'arme du crime ? |
| Témoin : | Non. |
| M. Logiudice : | Cette idée ne vous a pas traversé l'esprit ? |

Témoin : Il s'agissait de mon fils. Un père ne pense pas à son enfant en ces termes, il ne peut même pas l'imaginer.

M. Logiudice : Vraiment ? Il ne peut même pas l'imaginer ?

Témoin : C'est cela.

M. Logiudice : Ce jeune homme n'avait pas d'antécédents violents ? Pas de passé de mineur délinquant ?

Témoin : Non. Aucun.

M. Logiudice : Pas de problèmes de comportement ? De problèmes psychologiques ?

Témoin : Non.

M. Logiudice : Il n'a jamais fait de mal à une mouche, autrement dit.

Témoin : Si on veut, oui.

M. Logiudice : Et pourtant, quand vous trouvez le couteau, vous le dissimulez. Vous vous conduisez exactement comme si vous le pensiez coupable.

Témoin : Ce n'est pas exact.

M. Logiudice : Enfin, vous ne l'avez pas signalé…

Témoin : J'ai tardé à comprendre. Je reconnais qu'avec le recul…

M. Logiudice : Monsieur Barber, comment avez-vous tardé à comprendre alors qu'en réalité vous attendiez ce moment depuis quatorze ans, depuis le jour où votre fils est né ?
[Le témoin ne répond pas.]

M. Logiudice : Vous attendiez ce moment. Vous le craigniez, vous le redoutiez. Mais vous saviez qu'il viendrait.

Témoin : Ce n'est pas vrai.

M. Logiudice : Ah, non ? Monsieur Barber, est-il juste ou non de dire que votre famille est traversée par la violence ?

Témoin : Je proteste. Cette question est totalement déplacée.

M. Logiudice : Votre protestation sera inscrite au procès-verbal.

Témoin : Vous essayez d'égarer le jury. Vous sous-entendez que Jacob pourrait avoir hérité d'une tendance à la violence, comme si la violence était comparable à des cheveux roux ou des poils dans les oreilles. Ça ne tient pas, pas plus en biologie qu'en droit. En un mot, ce sont des âneries. Et vous le savez.

M. Logiudice : Mais je ne parle pas de biologie le moins du monde. Je parle de votre état d'esprit, de ce que vous croyiez au moment où vous avez trouvé le couteau. Maintenant, si vous préférez croire à des âneries, libre à vous. Mais ce que vous croyiez est parfaitement digne d'intérêt et parfaitement recevable en tant que preuve. Et vous le savez. Mais, par égard pour vous, je retire la question. Nous allons l'aborder autrement. Avez-vous déjà entendu l'expression « gène du meurtre » ?

Témoin : Oui.

M. Logiudice : Où l'avez-vous entendue ?

Témoin : Dans des conversations uniquement. Je l'ai moi-même utilisée en discutant avec ma femme. C'est une formule, rien de plus.

M. Logiudice : Une formule ?

Témoin : Ce n'est pas un terme scientifique. Je ne suis pas scientifique.

M. Logiudice : Bien sûr. Nul ici n'est expert. Cela dit, quand vous y avez eu recours, à cette formule, à ce « gène du meurtre », qu'entendiez-vous par là ?

[Le témoin ne répond pas.]

M. Logiudice : Allons, Andy, vous n'avez pas à être embarrassé. Tout cela est connu maintenant. Vous avez été quelqu'un de très angoissé tout au long de votre vie, n'est-ce pas ?

Témoin : Il y a longtemps. Quand j'étais enfant. Plus maintenant.

M. Logiudice : Il y a longtemps, d'accord. Ce qui vous inquiétait – il y a longtemps, quand vous étiez enfant –, c'était votre propre histoire, votre propre famille, c'est cela ?

[Le témoin ne répond pas.]

M. Logiudice : Il est juste de dire que vous êtes issu d'une longue lignée d'hommes violents, n'est-ce pas, monsieur Barber ?
[Le témoin ne répond pas.]

M. Logiudice : Est-il juste de le dire ?

Témoin : [Inaudible.]

M. Logiudice : Je suis désolé, je ne vous ai pas entendu. Est-il vrai que vous êtes issu d'une longue lignée d'hommes violents ? Monsieur Barber ?

La violence est effectivement présente dans ma famille. On peut la suivre comme un fil rouge sur trois générations. Sans doute plus. Sans doute que ce fil rouge remonte jusqu'à Caïn, mais je n'ai jamais eu envie de le savoir. Quelques récits, atroces, en grande partie invérifiables, et quelques photographies étaient parvenus jusqu'à moi ; cela suffisait à mon malheur. Quand j'étais petit, j'aurais voulu oublier toutes ces histoires. Je me demandais ce que cela ferait si j'étais miraculeusement frappé d'amnésie, si ma mémoire était entièrement effacée, ne me laissant plus qu'un corps et une sorte de personnalité vierge, comme une page blanche, comme de l'argile souple. Mais, bien entendu, malgré tous mes efforts pour l'oublier, l'histoire de mes ancêtres restait stockée dans le tréfonds de ma mémoire, prête à faire irruption dans ma conscience à tout instant. J'ai appris à la domestiquer. Par la suite, dans l'intérêt de Jacob, j'ai appris à la ravaler d'un trait, sans rien laisser voir, sans rien « partager ». Laurie croyait beaucoup au partage, à la thérapie par la parole, mais je n'ai jamais eu l'intention de me soigner. Je ne pensais pas que ce soit possible. C'est ce que Laurie n'a jamais compris. Elle savait que le fantôme de mon père me hantait, mais sans en connaître les raisons. Elle se disait que, comme je ne l'avais jamais connu, il y aurait toujours, béant dans ma vie, un trou à sa forme. Je ne lui avais jamais rien dit d'autre, même si elle s'acharnait sur moi comme sur une huître que l'on veut ouvrir. Le propre père de Laurie était psychiatre et, avant la naissance de Jacob, elle enseignait l'anglais en sixième et en cinquième au collège Gavin de South Boston. Forte de ces expériences, elle estimait avoir une certaine connaissance des jeunes garçons victimes de carences paternelles. « Tu ne mettras jamais rien au clair si tu n'en parles pas », me disait-elle. Oh, Laurie, tu n'as jamais rien compris… Je n'ai jamais eu l'intention de mettre quoi que ce soit « au clair ». Mais de tordre le cou à cette histoire. De briser cette sordide lignée criminelle en la résorbant en moi. De faire rempart de mon corps. En un mot, j'ai refusé de la transmettre à Jake. Et donc choisi de ne pas en savoir trop. De ne pas me pencher sur mon histoire ni d'en analyser les causes et les effets. J'ai volontairement coupé le cordon avec toute cette cohorte de brutes. D'après ce que je sais – d'après ce que j'ai accepté de savoir –, le fil rouge remonte à mon arrière-grand-père, un voyou aux yeux fendus du nom de James Burkett qui était arrivé dans l'Est depuis le Dakota du Nord avec, dans ses os, une sorte d'instinct sauvage et mauvais qui allait se manifester en cascade, chez Burkett lui-même, chez son fils et, surtout, chez son petit-fils, mon père.

James Burkett était né près de Minot, Dakota du Nord, autour de 1890. Des conditions de son enfance, de ses parents, de son éventuelle instruction, je ne savais rien. Si ce n'était qu'il avait grandi dans les hautes plaines du Dakota au lendemain de Little Big Horn, au moment de la fermeture de la Frontière[1]. La première preuve matérielle que je possédais de cet homme était une photographie sépia sur carton, prise à New York au studio H.W. Harrison de Fulton Street le mercredi 23 août 1911. Au dos étaient soigneusement notés au crayon le jour et l'heure, ainsi que son nouveau nom, « James Barber ». L'histoire de cet exil était tout aussi opaque. Ce que j'en savais – de ma mère, qui le tenait du père de mon père –, c'était que Burkett avait fui le Dakota du Nord suite à une accusation de vol à main armée. Il s'était fait oublier un moment sur la rive sud du lac Supérieur, ramassant la palourde et travaillant sur des bateaux de pêche, avant de mettre le cap sur New York sous un nouveau nom. Les raisons qui l'avaient poussé à changer de patronyme – était-ce pour échapper à un mandat d'arrêt ou simplement refaire sa vie dans l'Est sous une identité

1. Expression qui désigne le moment où la colonisation du continent a été considérée comme achevée. *(N.d.T.)*

nouvelle ? –, personne ne les connaissait au juste. Ni n'aurait pu dire pourquoi mon arrière-grand-père avait choisi le nom de Barber. L'unique preuve tangible qu'il me restait de cette époque était la photo elle-même. De James Burkett-Barber, je n'ai jamais vu d'autre image que celle-là. Il devait avoir vingt ou vingt et un ans lorsqu'elle avait été prise. Il y est représenté en pied. Mince et nerveux, les jambes arquées, un manteau d'emprunt, un chapeau melon tenu au creux du bras. Il lorgne l'appareil avec un sourire canaille, un coin de la bouche retroussé comme un filet de fumée.

Quelque chose me dit que les faits qui lui étaient reprochés dans le Dakota du Nord étaient probablement plus graves qu'un vol à main armée. Non seulement Burkett-Barber s'était donné beaucoup de mal pour se soustraire à la justice – un braqueur de bas étage en cavale n'aurait pas eu besoin d'aller si loin ni de se transformer à ce point –, mais, en arrivant à New York, il avait manifesté presque aussitôt un goût pour la violence. Pour lui, pas d'apprentissage. Il n'avait pas démarré en bas de l'échelle par de menues agressions, comme le font les criminels débutants ; c'était au contraire en truand accompli qu'il avait fait son entrée en scène. Son casier judiciaire fait état, à New York, d'arrestations pour voie de fait avec arme dangereuse, voie de fait avec intention de voler, voie de fait avec intention de tuer, mutilation, possession de machine infernale, possession d'arme à feu sans permis, viol et tentative de meurtre. Entre sa première arrestation dans l'État de New York en 1912 et sa mort en 1941, James Barber a passé près de la moitié de son temps en prison ou en détention en attente de procès. Deux inculpations de viol et de tentative de meurtre lui ont valu, à elles seules, un cumul de quatorze ans de réclusion.

C'est là le pedigree d'un professionnel du crime, et la seule description qu'aient conservée de lui les recueils de jurisprudence le confirme. L'affaire concernait une tentative de meurtre perpétrée en 1916. Ayant fait l'objet d'un appel de pure forme, elle fut consignée dans les archives en 1918. Le résumé des faits, tels que rapportés par le juge Baron dans sa décision, tient en quelques lignes :

*L'accusé s'est trouvé mêlé à une dispute avec la victime, le dénommé Payton, dans un bar de Brooklyn. Le différend portait sur une dette de Payton envers soit l'accusé lui-même (selon l'accusé), soit un tiers pour qui l'accusé travaillait comme « collecteur », c'est-à-dire agent de recouvrement (selon le ministère public). Lors de cette dispute, l'accusé, dans un accès de rage, a agressé la victime avec une bouteille. Il a poursuivi son attaque après que la bouteille se fut brisée, que la rixe se fut déplacée du bar à la rue, que l'œil gauche de la victime eut été gravement lésé et que son oreille gauche eut été presque sectionnée. L'attaque a pris fin lorsque plusieurs témoins, qui connaissaient la victime, sont intervenus pour se saisir de l'accusé et le maîtriser de force, non sans difficulté, jusqu'à l'arrivée de la police.*

Un autre détail frappe dans ce jugement. Le magistrat a noté : « La réputation d'homme violent de l'accusé était connue de Payton, comme elle l'était de tout un chacun. »

James Barber laissa derrière lui au moins un fils, mon grand-père Russell, dit Rusty. Rusty Barber vécut jusqu'en 1971. Je ne l'ai connu que brièvement, quand j'étais tout petit. Ce que je sais de lui me vient en grande partie des histoires qu'il a racontées à ma mère, laquelle me les a ensuite transmises.

Rusty n'a jamais rencontré son père, qui ne lui a donc jamais manqué. Il n'a pas perdu la moitié de sa vie à penser à lui. Rusty a grandi à Meriden, Connecticut, où sa mère avait de la famille et où, enceinte, elle était revenue de New York pour l'élever. Elle a parlé à l'enfant de son père, y compris de ses forfaits. Bien qu'elle ne lui ait rien caché, ni elle ni lui n'y accordaient une réelle importance ni ne se sentaient spécialement écrasés par ce fardeau. Il y avait bien pires situations que la leur à l'époque. Nul ne songea que le père de Rusty pouvait déteindre sur son fils d'une façon ou d'une autre. Au contraire, Rusty grandit avec peu ou prou les mêmes aspirations que ses voisins. Élève médiocre et un peu turbulent, il n'en sortit pas moins diplômé du lycée de Meriden. Il entra à West Point en 1933, mais en partit au bout de sa première année, partagée pour l'essentiel entre arrêts de rigueur et corvées disciplinaires. Il revint à Meriden, occupa de petits emplois, sans parvenir à se fixer. Il épousa une fille du cru, ma grand-mère, qui, sept mois plus tard, donna naissance à un garçon qu'il baptisa William. Un jour, Rusty, impliqué dans une bagarre sans gravité, finit quand même par être arrêté pour tentative de coups et blessures sur un agent de police alors qu'en réalité il n'avait rien fait. Il n'avait simplement pas aimé la façon dont celui-ci l'avait empoigné...

Pour Rusty Barber, la guerre marqua un tournant. Engagé comme simple soldat, il prit part au débarquement avec la première division d'infanterie. La fin des hostilités le trouva lieutenant dans la troisième armée, décoré de la médaille d'honneur et de deux étoiles d'argent : un authentique héros. Lors de la bataille de Nuremberg en 1945, il donna seul l'assaut à un poste de mitrailleuse ennemi, tuant six Allemands, les deux derniers à la baïonnette. Une parade fut organisée à son retour à Meriden. Il défila en saluant les filles depuis l'arrière d'une décapotable.

Après la guerre, il eut deux autres enfants et s'offrit une petite maison en bois à Meriden. Mais la paix lui réussit beaucoup moins bien. Après avoir échoué dans plusieurs entreprises – assurance, immobilier, restauration –, il finit par trouver un emploi de voyageur de commerce. Il proposait plusieurs lignes de vêtements et de chaussures, et passait le plus clair de ses journées à sillonner le sud de la Nouvelle-Angleterre, le coffre garni de boîtes d'échantillons qu'il présentait à des commerçants, dans des bureaux plus exigus les uns que les autres. Quand on y songe, mon grand-père a dû faire, durant cette période de sa vie, des efforts colossaux pour rester dans le droit chemin. Si Rusty Barber avait hérité le génie paternel de la violence, que la guerre avait développé et valorisé, il n'excellait dans aucun autre domaine. Il aurait pu néanmoins s'en sortir. Traverser la vie sans faire de vagues, en braconnier. Mais son sort était précaire et les événements se liguèrent contre lui.

Le 11 mai 1950, il se trouvait à Lowell, Massachusetts, où il s'était arrêté au magasin de vêtements Birke afin d'y montrer la nouvelle collection automne de parkas Mighty Mac. Il fit halte pour déjeuner dans un débit de hot dogs qu'il aimait bien, Chez Elliot. En quittant les lieux, il eut un accrochage : alors qu'il sortait au pas du parking, une voiture érafla l'avant de sa

Buick Special. Une altercation s'ensuivit. On se bouscula. L'autre conducteur sortit un couteau. Quand tout fut terminé, l'homme gisait sur la chaussée et Rusty tournait les talons comme si de rien n'était. Le blessé se releva, les mains plaquées contre son estomac. Du sang filtrait entre ses doigts. Il ouvrit sa chemise, mais se tint l'abdomen un instant, comme s'il avait mal au ventre. Lorsqu'il écarta finalement ses mains, un feston d'intestin visqueux pareil à un serpent pendait mollement devant lui. Une incision lui remontait du bas-ventre à la base du sternum. De ses propres mains, l'homme remit ses entrailles dans leur cavité et, tout en les maintenant en place, retourna à l'intérieur pour appeler la police.

Rusty ne bénéficia d'aucune indulgence : voie de fait avec intention de tuer, mutilation, agression avec arme dangereuse. Au procès, il plaida la légitime défense, mais eut le tort d'avouer qu'il ne se souvenait d'aucun des faits qu'on lui reprochait, notamment pas d'avoir pris le couteau de la victime et de l'avoir éventrée avec. Sa mémoire s'était enrayée au moment où l'homme s'était approché de lui avec l'arme. Condamné à une peine de sept à dix ans, il n'en purgea que trois. Lorsqu'il revint à Meriden, son fils aîné, William – mon père, Billy Barber –, avait dix-huit ans et était déjà trop insoumis pour qu'un père, même aussi redoutable que Rusty, puisse y remédier en quoi que ce soit.

Nous arrivons maintenant au stade de l'histoire où sa trame s'effiloche et s'épuise. Car je n'ai pas de vrais souvenirs de mon propre père, si ce ne sont quelques fragments…

un tatouage imprécis, bleu-vert, à l'intérieur du poignet droit, en forme de croix ou de poignard, ramené de je ne sais quelle prison…

ses mains, serres pâles et osseuses aux jointures rouges, instruments criminels fort crédibles…

sa bouche, pleine de longues dents jaunes…

un couteau à manche de nacre, qu'il portait toujours dans sa ceinture, au creux des reins, où il le plaçait systématiquement chaque matin comme d'autres glissent leur portefeuille dans leur poche arrière.

Mais, en dehors de ces quelques réminiscences, je ne me souviens plus de rien. Et même ces bribes, je m'en méfie, ayant eu des années pour les enjoliver. C'est en 1961 que j'ai vu mon père pour la dernière fois. J'avais cinq ans, lui vingt-six. Pendant longtemps, lorsque j'étais petit, j'ai essayé de garder tous les souvenirs que j'avais de lui pour l'empêcher de disparaître. C'était avant que je comprenne vraiment qui il était. Mais, au fil des années, il s'est dématérialisé. Vers dix ans, il ne me restait plus rien de lui, excepté ces quelques pièces de puzzle éparses. Peu après, j'ai entièrement cessé de penser à lui. Par commodité, j'ai vécu comme si je n'avais pas de père, comme si j'étais venu au monde orphelin de lui. Un choix que je n'ai jamais remis en cause puisque rien de bon ne pouvait venir de ce côté-là.

Un souvenir pourtant surnageait, mais flou. Pendant le dernier été, celui de 1961, ma mère m'avait emmené lui rendre visite à la prison de Whalley Avenue à New Haven. Dans le parloir bondé, nous avions pris place à l'une des tables en bois constellées de piqûres. Avec leurs salopettes pénitentiaires toutes raides et leurs hauts de pyjama, les détenus étaient tous fidèles aux portraits que mes copains et moi dessinions d'eux avec nos crayons de couleur : des hommes secs et carrés. Je devais être intimidé ce jour-là – il fallait se méfier de mon père – car celui-ci avait dû m'amadouer : « Viens voir un peu par ici, laisse-moi te regarder. » Enserrant de son poing mon bras minuscule, il m'avait attiré vers lui : « Viens un peu. Tu as fait tout ce chemin pour me voir, approche. » Des années après, je sens encore sur mon bras cette poigne qui le tordait légèrement, comme on tord une cuisse de poulet pour la détacher.

Il avait fait quelque chose d'affreux. Je le savais. Aucun adulte n'avait voulu me dire quoi au juste. Il était question d'une fille et d'une des maisons vides aux ouvertures murées qui s'étiraient en enfilade sur Congress Avenue. Et du couteau à manche de nacre. C'était à ce moment-là que les grands se taisaient.

Mon enfance prit fin cet été-là. J'appris le mot *meurtre*. Mais ce n'était pas encore assez d'entendre un mot aussi fort que celui-là. Il me fallut vivre avec, l'emporter partout avec moi. En faire cent fois le tour, l'inspecter sous tous les angles, à des heures et sous des éclairages différents, jusqu'à ce que je comprenne, qu'il entre en moi. Pendant des années, je dus le tenir au secret à l'intérieur de moi-même, comme un noyau monstrueux au sein d'une pêche.

Que savait Laurie de tout cela ? Rien. Je sus en posant la première fois les yeux sur elle que c'était une fille juive bien comme il faut, issue d'une famille juive bien comme il faut, et qu'elle me repousserait si elle savait la vérité. Je lui expliquai donc en termes évasifs et romantiques que mon père avait une réputation louche, mais que je ne l'avais jamais connu. Que j'étais le fruit d'une histoire d'amour brève et malheureuse. Et, pendant trente-quatre ans, nous en restâmes là. Pour Laurie, je n'avais pour ainsi dire jamais eu de père. Je ne l'avais jamais détrompée car c'était également mon avis. Je n'étais certainement pas le fils de Billy Barber, dit le Barbare. Il n'y avait rien de bien extraordinaire là-dedans. Quand je déclarai à ma petite amie, qui deviendrait ma femme, que je ne savais pas qui était mon père, je ne faisais que dire tout haut ce que je me répétais en moi-même depuis des années. Je ne lui racontais pas d'histoires. Si un jour j'avais pu être le fils de Billy Barber, à l'époque de ma rencontre avec Laurie j'avais cessé de l'être depuis longtemps, sauf sous l'aspect strictement biologique. Ce que j'avais dit à Laurie était plus proche de la vérité que les faits eux-mêmes. On me dira : *D'accord, mais, pendant toutes ces années, il y a bien dû y avoir un moment où tu aurais pu lui en parler.* En réalité, plus le temps passait, plus ce que j'avais dit à Laurie devenait vérité. Une fois adulte, j'étais moins que jamais le fils de Billy. Tout cela n'était qu'une légende, un vieux mythe sans lien aucun avec celui que j'étais vraiment. Je n'y pensais même pas, à vrai dire. À un moment donné de notre vie adulte, nous cessons d'être les enfants de nos parents pour devenir les parents de nos enfants. Et puis, je n'étais pas seul. J'avais Laurie et nous étions heureux. Notre couple prenait son rythme de croisière, nous pensions nous connaître et chacun se contentait de ce qu'il imaginait de l'autre. Pourquoi tout gâcher ? Pourquoi compromettre un mariage heureux – denrée rare, mais moins rare qu'un mariage heureux qui dure – au nom d'une idée aussi banale et aussi nuisible que la transparence, totale et irréfléchie ? À qui mes révélations seraient-elles utiles ? À moi ? Nullement. Moi, j'étais cuirassé, je vous prie de me croire. Et puis, il y avait une explication plus prosaïque : l'occasion ne s'était jamais présentée. Jamais n'était venu, dans notre quotidien, le moment propice pour révéler à ma femme que j'étais le fils d'un meurtrier.

# 7

# Dénégations

Logiudice avait à moitié raison : à ce moment-là, j'avais effectivement des soupçons sur Jacob, mais pas de meurtre. Le scénario que Logiudice essayait de faire avaler au grand jury – selon lui, compte tenu de mon histoire familiale et de l'existence du couteau, j'avais su tout de suite que Jacob était un psychopathe et je l'avais couvert – était abracadabrant. Je ne lui en veux pas d'avoir forcé le trait. Le jury, déjà un peu sourd de nature, l'était encore plus ici où les circonstances l'avaient plus ou moins obligé à se boucher les oreilles. Logiudice n'avait d'autre choix que de hausser la voix. En réalité, rien d'aussi extravagant ne s'était produit. L'idée que Jacob puisse être un meurtrier ne tenait pas debout ; je ne l'ai pas sérieusement envisagée. En revanche, je me disais que j'avais levé un lièvre. Jacob en savait plus qu'il ne le disait. Ce qui, en soi, était déjà bien assez déstabilisant. La suspicion, dès que sa mèche commença à s'enfoncer dans mes méninges, me fit tout voir en double : j'étais le procureur qui enquêtait et le père qui s'inquiétait, l'un cherchant la vérité, l'autre la redoutant. Et même si je n'ai pas avoué tout cela en détail devant le grand jury, j'ai su, moi aussi, jouer la surenchère.

Le jour où je découvris le couteau, Jacob revint de l'école vers 14 h 30. De la cuisine, Laurie et moi l'entendîmes entrer avec fracas, refermer la porte du talon, puis déposer son sac et son manteau dans le vestibule. Nous échangions des regards inquiets en interprétant ces bruits, tels des opérateurs de sonar.

– Jacob, lança Laurie, tu peux venir, s'il te plaît ?

Il y eut un moment de silence, une pause, avant qu'il réponde :

– J'arrive.

Laurie prit une expression déterminée pour me rassurer.

Jacob entra en traînant les pieds, plein d'appréhension. En le regardant de ma place, les yeux levés, je fus frappé de voir comme il avait grandi : un enfant dans un corps d'homme.

– Papa... Qu'est-ce que tu fais là ?

– Il faut qu'on te parle, Jake.

Il s'avança un peu et vit le couteau posé sur la table entre nous. La lame repliée dans le manche, celui-ci avait perdu son air menaçant. Ce n'était plus qu'un outil.

D'un ton aussi neutre que possible, je lui demandai :

– Peux-tu nous dire ce qu'est ceci ?

– Euh, un couteau ?

– Ne te moque pas de nous, Jacob.

– Assieds-toi, Jacob, l'encouragea sa mère. Assieds-toi.

Il s'assit.

– Vous avez regardé dans ma chambre ?

– Moi, pas ta mère.

– Vous l'avez fouillée ?

– Exact.

– Et l'intimité, vous en faites quoi ?

– Jacob, dit Laurie, ton père se faisait du souci pour toi.

Il leva les yeux au plafond.

Laurie poursuivit :

– Nous nous faisions tous les deux du souci. Pourquoi ne pas nous dire à quoi rime tout ça...

– Jacob, tu me mets dans une position difficile, tu sais. La moitié des flics de cet État courent après ce couteau.

– Ce couteau-là ?

– Pas ce couteau-là ; un couteau. Tu me comprends très bien. Un couteau comme celui-là. Je ne comprends pas ce que quelqu'un de ton âge fait avec un tel couteau. Il te sert à quoi, Jake ?

– Il me sert à rien. Je l'ai acheté, c'est tout.

– Pourquoi ?

– Je sais pas.

– Tu l'as acheté, mais tu ne sais pas pourquoi ?

– Je sais pas, j'ai fait ça comme ça. Sans raison. Sans vraiment réfléchir. Il faudrait réfléchir à tout ce qu'on fait ?

– Alors pourquoi l'avoir caché ?

– Sûrement parce que je savais que tu le prendrais mal.

– Là, tu as vu juste, pour le coup. À quoi te sert un couteau ?

– Je viens de te le dire, il me sert à rien. Je me suis juste dit que je le trouvais bien. Qu'il me plaisait. J'en ai eu envie.

– Tu as des problèmes avec d'autres garçons ?

– Non.

– Il y a quelqu'un qui te fait peur ?

– Non. Je te l'ai dit, je l'ai vu et il m'a plu, alors je l'ai pris.

Il haussa les épaules.

– Où ?

– Au surplus de l'armée, en ville. Ça se trouve facilement.

– Il y a une trace de cet achat ? Tu as payé avec une carte ?

– Non, en liquide.

Je plissai les yeux.

– C'est pas non plus exceptionnel, papa. Ça se fait de payer en liquide, tu sais.

– Qu'est-ce que tu fais avec ?

– Rien. Je le regarde, je le prends, je le touche.

– Tu l'emportes avec toi ?

– Non. En général, non.

– Mais parfois ?

– Non. Enfin, rarement.

– Tu l'apportes au collège ?

– Non. Sauf une fois. Je l'ai montré à des copains.

– À qui ?

– Derek, Dylan. Quelques autres peut-être.

– Pourquoi ?

– Parce que c'était un truc à montrer, genre : « Hé, les gars, vous avez vu ? »

– Tu l'as déjà utilisé pour un usage précis ?

– Comme quoi ?

– Je ne sais pas, pour faire ce qu'on fait avec un couteau : couper.

– Tu me demandes si j'ai poignardé quelqu'un avec à Cold Spring Park ?

– Non, je te demande si tu l'as déjà utilisé.

– Non, jamais. Bien sûr que non.

– Donc, tu t'es contenté de l'acheter et de le mettre dans ton tiroir ?

– En gros, ouais.

– Ça n'a pas de sens.

– Ben c'est la vérité.

– Pourquoi est-ce que tu…

– Andy, intervint sa mère, c'est un ado. Voilà pourquoi.

– Laurie, il n'a pas besoin d'aide.

Laurie expliqua :

– Il arrive que les adolescents fassent des bêtises.

Puis, se tournant vers Jacob :

– Même les plus futés.

– Jacob, il faut que je te pose la question, pour ma tranquillité d'esprit : est-ce le couteau qu'on recherche ?

– Non ! Tu es fou ?

– Tu sais quelque chose sur ce qui est arrivé à Ben Rifkin ? Dont tu aurais entendu parler par tes copains ? Que tu pourrais me rapporter ?

– Non. Bien sûr que non.

Il posa sur moi un regard impassible qui croisa le mien. Cela ne dura qu'une fraction de seconde, mais j'y vis sans l'ombre d'un doute un défi. Le même œil noir que les témoins rétifs vous lancent parfois à la barre. Dès qu'il eut soutenu mon regard, fait valoir sa version, il redevint l'ado revêche qu'il était :

– Je le crois pas que tu me demandes tout ça, papa. J'arrive du collège et c'est l'interrogatoire. Je le crois pas… J'arrive pas à croire que tu puisses penser ça de moi.

– Je ne pense rien de toi, Jacob. Tout ce que je sais, c'est que tu as introduit ce couteau sous mon toit et que j'aimerais savoir pourquoi.

– Qui t'a dit de le chercher ?

– Peu importe qui me l'a dit.

– C'est quelqu'un du collège, forcément. Quelqu'un que tu as interrogé hier. Dis-moi qui c'est…

– C'est sans importance. Il ne s'agit pas de savoir ce que les autres ont fait. Ce n'est pas toi la victime.

– Andy… prévint Laurie.

Elle m'avait demandé d'éviter tout affrontement, tout contre-interrogatoire, toute accusation. *Contente-toi de lui parler, Andy. On est une famille. On se parle.*

Je détournai le regard. Pris une profonde inspiration.

– Jacob, si je soumettais ce couteau à des analyses, à une recherche de sang ou d'autres preuves, tu y verrais un inconvénient ?

– Non. Vas-y, fais toutes les analyses que tu veux. Ça me gêne pas.

Je réfléchis un instant.

– OK, je te crois. Je te crois.

– Je peux reprendre mon couteau ?

– Pas question.

– Il est à moi ! T'as pas le droit de me le prendre !

– Je suis ton père. Et, à ce titre, j'en ai le droit.

– T'es aussi avec les flics.

– Tu as eu à te plaindre des flics, Jake ?

– Non.

– Alors pourquoi me parles-tu de tes droits ?

– Et si je t'empêche de le prendre ?

– Essaie.

Il était planté là, l'œil oscillant entre le couteau posé sur la table et moi, pesant le pour et le contre.

– C'est trop injuste, fit-il en plissant le front.

– Jake, ton père fait ce qu'il pense être bon pour toi, parce qu'il t'aime.

– Et moi, ce que je pense être bon, ça ne compte pas, je suppose ?

– Non, tranchai-je. Ça ne compte pas.

À mon arrivée au commissariat de Newton dans l'après-midi, Patz avait déjà été placé dans la salle d'interrogatoire, où il se tenait assis avec l'immobilité d'une statue de l'île de Pâques, le regard fixé sur une caméra dissimulée dans la façade d'une horloge de salle de classe. Patz connaissait l'existence de cette caméra. Les inspecteurs devaient l'en informer et obtenir son consentement pour enregistrer l'entretien. Si la caméra était camouflée, c'était dans l'espoir que les suspects l'oublient.

L'image de Patz était renvoyée à un petit ordinateur placé dans le bureau des inspecteurs qui jouxtait la salle d'interrogatoire et où étaient postés, l'œil sur l'écran, une demi-douzaine d'agents de Newton et de la CPAC. Pour l'instant, le spectacle retransmis était assez quelconque, semblait-il. Les flics avaient la mine maussade : ils n'avaient pas vu grand-chose et n'escomptaient guère mieux.

Je les rejoignis dans le bureau.

– Il a dit quelque chose ?

– Que dalle. Monsieur n'a rien vu, rien entendu.

Sur l'écran, l'image de Patz emplissait le cadre. Il était assis au bout d'une longue table en bois. Derrière lui, un mur blanc, nu. Patz était un colosse. Un mètre quatre-vingt-dix pour cent vingt kilos d'après son agent de probation. Même à demi masqué par cette table, il paraissait massif. Mais il était tout en graisse. Ses flancs, son ventre et sa poitrine boursouflaient son polo, comme s'il avait été coulé et emballé dans ce sac noir ficelé au cou.

– Eh ben, fis-je, il aurait bien besoin d'un peu d'exercice, celui-là !

Un des gars de la CPAC saisit la balle au bond :

– Une branlette sur un petit pédo-porno, ça pourrait le tenter !

Tout le monde ricana.

De l'autre côté de la cloison, Patz était entouré de Paul Duffy, de la CPAC, et de Nils Peterson, un inspecteur de Newton. Ceux-ci n'apparaissaient à l'écran que de temps en temps, lorsqu'ils se penchaient dans le champ de la caméra.

C'était Duffy qui menait les débats.

– Bien, répète-moi un peu tout ça. Dis-moi ce dont tu te souviens de ce matin-là ?

– Je vous l'ai déjà dit.

– Redis-le. Tu n'imagines pas tout ce qui peut te revenir quand tu reprends tout depuis le début.

– J'ai plus envie de parler. Je suis fatigué.

– Allez, Lenny, rends-toi ce service, hein ? J'essaie de te

mettre hors du coup. Je te l'ai déjà dit : j'essaie de t'innocenter. C'est dans ton intérêt.

– Leonard.

– Un témoin dit t'avoir vu à Cold Spring Park ce matin-là.

C'était du flan.

Sur l'écran, Duffy expliqua :

– Tu sais que c'est mon rôle de vérifier. Vu tes antécédents, c'est obligé. Je ferais pas mon boulot sinon.

Patz soupira.

– Une dernière fois, Lenny. Je ne voudrais pas me tromper de gus.

– Leonard…

Il se frotta les yeux.

– … Alors, j'étais dans le parc. J'y fais un tour tous les matins. Mais j'étais loin d'être vers là où le môme a été tué. Je vais jamais par là, je vais jamais dans ce coin-là. J'ai rien vu, j'ai rien entendu – il se mit à faire son décompte sur ses doigts –, je connais pas ce gosse, je l'ai jamais vu, j'ai jamais entendu parler de lui.

– Très bien, calme-toi, Lenny.

– Je suis calme.

Coup d'œil à la caméra.

– Et tu n'as vu personne ce matin-là ?

– Non.

– Personne ne t'a vu quitter ton appartement ou rentrer ?

– Comment je peux le savoir ?

– Dans le parc, tu n'as vu personne qui t'ait paru suspect, personne d'étranger au quartier, qui pourrait nous intéresser ?

– Non.

– Parfait, on va faire une petite pause, hein ? Tu restes ici. On revient dans quelques minutes. On aura encore deux-trois questions, et ce sera tout.

– Et mon avocat ?

– Pas de nouvelles pour l'instant.

– Vous me le direz quand il arrivera ?

– Bien sûr, Lenny.

Les deux inspecteurs se levèrent pour sortir.

– J'ai jamais fait de mal à personne, fit Patz. N'oubliez pas ça ! J'ai jamais fait de mal à personne. Jamais !

– Bien sûr, le rassura Duffy, je te crois.

Les deux hommes passèrent devant l'objectif et prirent la porte qui donnait directement dans la pièce où ils n'avaient été jusque-là que des images lointaines sur un écran.

Duffy secoua la tête.

– Je n'ai rien tiré de lui. Il sait y faire avec les flics. J'ai rien pour le coincer. J'aimerais bien le laisser refroidir là un moment, mais je ne crois pas qu'on ait le temps. Son avocat est en route. Tu comptes faire quoi, Andy ?

– Ça fait combien de temps que tu es dessus ?

– Deux heures peut-être, dans ces eaux-là.

– Et ç'a été tout le temps ça ? « Non, non, non » ?

– Ouais. Ça sert à rien.

– Recommence.

– Recommencer ? Tu rigoles ? Tu nous regardes depuis quand ?

– Je viens d'arriver, Duff, mais quoi faire d'autre ? C'est notre seul vrai suspect. Un jeune garçon est mort ; ce type aime les jeunes garçons. Il a déjà admis qu'il était dans le parc le matin du crime. Il connaît les lieux. Il y va tous les matins, donc il connaît les habitudes, il sait que des collégiens passent par le bois le matin. Vu sa taille, la victime n'a pas pu lui résister. On a le mobile, l'occasion et le moyen, alors ne lâche rien avant qu'il t'ait donné quelque chose.

Le regard de Duffy fila vers ses collègues présents dans la pièce avant de revenir sur moi.

– D'un moment à l'autre, l'avocat va mettre le holà de toute façon, Andy.

– Alors il n'y a pas de temps à perdre, hein ? Retournes-y. Rapporte-moi ses aveux et je le défère devant le grand jury cet après-midi.

– Ses aveux, rien que ça ? En claquant des doigts ?

– C'est pour ça que tu es payé, et grassement, vieux…

– Et les élèves ? Je pensais qu'on irait là-bas.

– On garde un œil dessus, Duff, mais on a quoi, en fait ? Des mômes secoués qui se défoulent sur Facebook ? Ça nous mène où ? Tandis que lui, regarde-le. Trouve-moi un meilleur suspect. Il n'y en a pas.

– Tu crois vraiment, Andy ? C'est lui, tu penses ?

– Oui. Peut-être. *Peut-être.* Mais il nous faut du concret pour le prouver. Fais-le-moi avouer, Duff. Trouve-moi le couteau. Trouve-moi n'importe quoi. Il nous faut quelque chose.

– Dans ce cas…

Duffy regarda d'un air résolu l'inspecteur de Newton avec qui il partageait l'enquête.

– On y retourne. Comme a dit le patron.

Le policier hésita, implorant Duffy du regard. *Pourquoi perdre notre temps ?*

– On y retourne, répéta Duffy. Comme a dit le patron.

| | |
|---|---|
| M. Logiudice : | Ils n'ont jamais pu, c'est cela ? Les inspecteurs ne sont jamais retournés dans la salle d'interrogatoire avec Leonard Patz ce jour-là. |
| Témoin : | Non. Pas plus ce jour-là qu'un autre. |
| M. Logiudice : | Quel était votre sentiment à ce sujet ? |
| Témoin : | Pour moi, c'était une erreur. D'après ce que nous savions à ce moment-là, c'était une erreur d'écarter Patz comme suspect si tôt dans l'enquête. C'était, de loin, notre meilleur suspect. |
| M. Logiudice : | Vous le croyez encore ? |
| Témoin : | Sans aucun doute. Il fallait rester sur Patz. |
| M. Logiudice : | Pourquoi ? |
| Témoin : | Parce que les présomptions allaient dans ce sens-là. |
| M. Logiudice : | Pas toutes. |
| Témoin : | Pas toutes ? Les présomptions ne vont jamais toutes dans un seul sens, pas dans une affaire aussi compliquée que celle-là. C'est d'ailleurs le problème. On n'a pas assez d'informations, le dossier est incomplet. Il n'y a pas de schéma clair, de réponse évidente. Alors les inspecteurs font ce que tout le monde fait : ils se fabriquent une histoire dans leur tête, une théorie, et ensuite ils vont consulter le dossier pour trouver des preuves de ce qu'ils avancent. Ils arrêtent d'abord un suspect et ensuite ils cherchent un élément pour l'inculper. Du coup, ils se désintéressent des éléments qui en désignent d'autres. |

M. Logiudice : Comme Leonard Patz.

Témoin : Comme Leonard Patz.

M. Logiudice : Vous sous-entendez que c'est ce qui s'est produit ici ?

Témoin : Je sous-entends que des erreurs ont été commises, oui, certainement.

M. Logiudice : Que doit donc faire un inspecteur dans cette situation ?

Témoin : Il doit veiller à ne pas se focaliser trop tôt sur un suspect. Parce que, s'il se trompe, il passera à côté d'indices qui pourraient le mettre sur la bonne voie. Il ne verra pas des choses pourtant évidentes.

M. Logiudice : Mais un inspecteur est obligé d'échafauder des scénarios. Il est obligé de privilégier certains suspects, généralement avant d'avoir des preuves solides contre eux. Que peut-il faire d'autre ?

Témoin : C'est le dilemme. On commence toujours par une hypothèse. Et parfois elle est fausse.

M. Logiudice : Y a-t-il eu de fausses hypothèses dans cette affaire ?

Témoin : On ne savait rien. Vraiment rien.

M. Logiudice : Très bien, reprenez votre récit. Pourquoi les inspecteurs n'ont-ils pas poursuivi l'interrogatoire de Patz ?

Un homme d'un certain âge muni d'une sacoche défraîchie fit son entrée dans le bureau des inspecteurs. Son nom était Jonathan Klein. Petit, mince, un peu voûté, il était vêtu d'un costume gris et d'un col roulé noir. Ses cheveux, longs, étaient étonnamment blancs. Rejetés en arrière, ils tombaient sur son col au niveau de la nuque. Il portait une barbiche, blanche elle aussi. Il fit d'une voix faible :

– Salut, Andy.

– Jonathan.

Nous échangeâmes une poignée de main chaleureuse et sincère. J'avais toujours apprécié et respecté Jonathan Klein. Lettré et vaguement bohème, il était mon opposé (je suis d'un indécrottable classicisme). Mais il n'était ni donneur de leçons ni menteur, ce qui le différenciait de ses confrères du barreau qui n'avaient pour la vérité qu'une attention distraite. En outre, il était foncièrement intelligent et connaissait le droit. C'était – il n'y a pas d'autre mot – un sage. Et puis, il faut le dire, j'éprouvais une attirance puérile pour les hommes de la génération de mon père, comme si couvait encore en moi un frêle espoir de perdre mon statut d'orphelin, même à cet âge avancé.

– Je souhaiterais voir mon client dès maintenant, fit Klein.

Sa voix était douce – elle l'était naturellement, ce n'était pas une pose ni une feinte – et avait pour effet de ramener le silence partout où il se trouvait. On se surprenait à se pencher vers lui pour saisir ce qu'il disait.

– Je ne savais pas que vous représentiez cet homme, Jonathan. Une affaire de bas étage pour vous, non ? Un pédophile minable qui paluche les petits jeunes ? C'est mauvais pour votre réputation.

– Ma réputation ? Nous sommes avocats ! De toute façon, il n'est pas ici pour pédophilie. Vous le savez comme moi. Ça ferait beaucoup de flics pour une affaire d'attouchements…

Je m'effaçai.

– Tenez, il est juste là. Entrez.

– Vous couperez la caméra et le micro ?

– Bien sûr. Vous préféreriez une autre pièce ?

– Non, bien sûr que non...

Il me sourit avec douceur.

– … J'ai confiance en vous, Andy.

– Assez pour le laisser parler encore un peu ?

– Ah, non ! Je vous fais trop confiance pour ça…

Ainsi prit fin l'interrogatoire de Patz.

21 h 30.

Allongée sur le canapé, son livre posé comme une tente sur son ventre, Laurie me regardait. Elle portait un chemisier marron à col en V bordé d'une broderie épaisse, ainsi que ses lunettes de lecture en écaille. Elle avait su adapter le style de ses jeunes années au temps qui passait ; les blouses paysannes brodées et les jeans déchirés de son adolescence studieuse et baignée de musique noire avaient fait place à des modèles plus élégants et mieux coupés, mais d'inspiration identique.

– Tu as envie d'en parler ? me demanda-t-elle.
– Parler de quoi ?
– De Jacob.
– On en a déjà parlé.
– Je sais, mais je te vois en train de ruminer.
– Je ne rumine pas, je regarde la télé.
– Des émissions de cuisine ?
Elle sourit, tendrement sceptique.
– Il n'y a rien d'autre. Cela dit, j'aime bien cuisiner.
– Mais non…
– J'aime bien *regarder* les autres cuisiner.
– Pas de problème, Andy. Ne te force pas si tu n'es pas prêt.
– C'est pas ça, c'est juste qu'il n'y a rien à en dire.
– Je peux te poser une question ?
Je levai les yeux au plafond : *Et si je répondais « non » ?*
Elle saisit la télécommande sur la table basse et éteignit le téléviseur.
– Quand on a parlé à Jacob tout à l'heure, tu as dit que tu ne le pensais coupable de rien, mais ensuite tu as changé d'avis et tu l'as soumis à un interrogatoire en règle.
– Pas du tout.
– Mais si. Tu ne l'as accusé de rien de précis, mais tu avais un ton de… procureur.
– Ah oui ?
– Un peu.
– Ce n'était pas volontaire. Je m'en excuserai auprès de lui.
– Tu n'as pas à t'excuser.
– Mais si, puisque c'est comme ça que vous l'avez perçu.
– Je me demande juste pourquoi. Il y a quelque chose que tu ne me dis pas ?
– Comme quoi ?
– Comme ce qui t'a fait te braquer contre lui ainsi.
– Je ne me suis pas braqué contre lui. Non, j'étais juste sonné par l'histoire du couteau. Et par ce que Derek avait écrit sur Facebook.
– Parce que Jacob a déjà eu des comportements…
– Arrête, Laurie, soyons sérieux. Ce sont des racontars de mômes. Si je mettais la main sur Derek… C'est d'une nullité

sans nom, ce qu'il a écrit. Vraiment, j'ai parfois l'impression qu'il lui manque une case, à celui-là.

– Derek n'est pas un mauvais bougre.

– Tu diras encore la même chose quand on viendra chercher Jacob un beau matin ?

– Il y a vraiment un risque ?

– Non. Bien sûr que non.

– On a une responsabilité là-dedans, nous ?

– Tu veux dire qu'on aurait commis une faute ?

– Une faute ? Non. Ce que je veux dire, c'est : est-ce qu'il faut le signaler ?

– Non. Évidemment que non. Il n'y a rien à signaler. Ce n'est pas un crime de posséder un couteau. Ce n'est pas non plus un crime de faire des bêtises à cet âge-là. Heureusement, sinon il faudrait mettre la moitié des ados en maison de redressement.

Laurie hocha la tête d'un air neutre.

– Quand même, il a été accusé, et maintenant tu es au courant. Et on ne peut pas espérer que les flics passent à côté, c'est sur Facebook...

– Cette accusation n'est pas crédible, Laurie. Il n'y a aucune raison de faire porter le chapeau à Jake. Toute cette histoire est ridicule.

– C'est vraiment ce que tu penses, Andy ?

– Mais oui, bien sûr ! Pas toi ?

Elle scruta mon visage.

– Donc c'est pas ça qui t'inquiète ?

– Je te l'ai déjà dit : rien ne m'inquiète.

– Vraiment ?

– Vraiment.

– Qu'as-tu fait du couteau ?

– Je m'en suis débarrassé.

– Tu t'en es débarrassé ?

– Je l'ai jeté. Pas ici. Dans une benne à ordures.

– Tu as couvert Jake.

– Non. Je ne voulais plus de ce couteau chez moi. Et je ne voulais pas non plus qu'on s'en serve pour faire de Jacob un coupable alors qu'il ne l'est pas. C'est tout.

– En quoi est-ce différent ?

– On ne couvre pas quelqu'un qui n'a rien fait de mal.

Elle me sonda du regard.

– Bon, je vais me coucher. Tu viens ?

– Dans un petit moment.

Elle se leva, s'approcha pour passer ses doigts dans mes cheveux et m'embrasser le front.

– Ne veille pas trop tard, chéri. Tu ne pourras pas te lever demain.

– Laurie, tu n'as pas répondu à ma question. Je t'ai demandé ce que, toi, tu en pensais. Tu es d'accord que c'est ridicule de penser que Jacob ait pu faire une chose pareille ?

– Je pense que c'est très difficile à imaginer, oui.

– Mais tu peux l'imaginer ?

– Je ne sais pas. Toi non, Andy ? Tu ne peux même pas te l'imaginer ?

– Non, impossible. Il s'agit de notre fils quand même.

Elle s'écarta de moi avec netteté, comme mue par la prudence :

– Je ne sais pas. Il me semble que je ne peux pas l'imaginer non plus. En même temps, je me dis : quand je me suis réveillée ce matin, je n'imaginais pas l'existence de ce couteau.

# 8

# La fin

*Dimanche 22 avril 2007,*
*dix jours après le meurtre.*

Ce matin-là, sous une bruine glaciale, des centaines de volontaires se présentèrent pour ratisser Cold Spring Park à la recherche du couteau. Ils formaient un échantillon représentatif de la population : des élèves de McCormick, anciens copains de Ben Rifkin pour certains, d'autres manifestement affiliés à diverses tribus du collège – athlètes virils, geeks, cheftaines sémillantes ; beaucoup de jeunes parents ; quelques spécimens d'animateurs militants qui passent leur temps à mobiliser la communauté dans un but ou un autre. Tous s'étaient rassemblés en cette matinée humide pour écouter les consignes de Paul Duffy sur le déroulement des recherches. Après quoi ils se dispersèrent sur le terrain détrempé et spongieux afin de fouiller le carré de parc qui leur avait été assigné. Un souffle de détermination traversait toute cette entreprise. Chacun était soulagé de faire enfin quelque chose, d'être associé à l'enquête. L'issue était proche, ils en étaient sûrs. C'étaient l'attente, l'incertitude qui les épuisaient. L'apparition du couteau y mettrait fin. Il porterait des empreintes ou du sang ou un autre indice qui dénouerait le mystère, et la ville pourrait enfin respirer.

M. Logiudice : Vous n'avez pas pris part aux recherches ?

Témoin : Non.

M. Logiudice : Parce que vous saviez que c'était peine perdue. Le couteau qu'ils recherchaient avait été trouvé dans un tiroir de la commode de Jacob. Et vous vous en étiez déjà débarrassé à sa place.

Témoin : Non. Je savais que ce n'était pas celui qu'ils cherchaient. Je n'avais pas le moindre doute là-dessus. Aucun.

M. Logiudice : Alors pourquoi ne pas vous être joint aux recherches ?

Témoin : Un procureur ne participe jamais à ses propres recherches. Je ne voulais pas risquer de devenir témoin dans ma propre affaire. Rendez-vous compte : si j'avais été celui qui avait retrouvé l'arme du meurtre, je serais devenu un témoin essentiel. J'aurais été obligé de traverser le prétoire pour m'installer à la barre. Il m'aurait fallu abandonner le dossier. C'est pourquoi un bon procureur se tient toujours en retrait. Il attend au commissariat ou à l'extérieur pendant l'exécution d'un mandat de perquisition, il reste dans la pièce d'à côté pendant qu'un inspecteur procède à un interrogatoire. C'est le B.A.-BA du procureur, Neal. C'est la règle. C'est exactement ce que je vous ai appris, jadis. Vous n'aviez peut-être pas bien écouté…

M. Logiudice : C'était donc pour des raisons techniques ?

Témoin : Neal, personne ne souhaitait plus que moi voir ces recherches aboutir. Je voulais que mon fils soit reconnu innocent. Il suffisait que le vrai couteau soit retrouvé.

M. Logiudice : La façon dont vous avez fait disparaître le couteau de Jacob ne vous gêne pas le moins du monde ? Même maintenant, en sachant ce qui est arrivé ?

Témoin : J'ai fait ce que j'ai jugé devoir faire. Jake était innocent. Son couteau n'était pas le bon.

M. Logiudice : Bien entendu, vous n'étiez pas disposé à vérifier cette hypothèse, n'est-ce pas ? Vous n'avez pas soumis ce couteau aux analyses d'empreintes, de sang, de traces de fibres, comme vous aviez menacé Jacob de le faire ?

Témoin : Ce n'était pas le bon couteau. Je n'avais pas besoin d'analyses pour me le confirmer.

M. Logiudice : Vous le saviez déjà.

Témoin : Je le savais déjà.

M. Logiudice : Qu'est-ce qui… Qu'est-ce qui vous rendait si sûr de vous ?

Témoin : Je connaissais mon fils.

M. Logiudice : C'était ça ? Vous connaissiez votre fils ?

Témoin : J'ai fait ce que n'importe quel père aurait fait. J'ai essayé de le protéger de sa propre bêtise.

M. Logiudice : Entendu. Nous en resterons là. Donc, pendant que les autres fouillaient Cold Spring Park ce matin-là, vous attendiez où ?

Témoin : Sur le parking à l'entrée du parc.

M. Logiudice : Et, à un moment donné, est apparu M. Rifkin, le père de la victime ?

Témoin : Oui. Au moment où je l'ai aperçu, il venait de la direction du bois. Il y a des terrains de sport devant le parc, des terrains de foot, de base-ball. Ce matin-là, ils étaient vides. Il n'y avait qu'une immense étendue d'herbe, toute plate, sans personne. Et il était en train de la traverser en venant vers moi.

Cette image de Dan Rifkin, seul avec sa détresse, me hantera à jamais : une petite silhouette perdue sur ce grand tapis vert, la tête courbée, les bras plantés dans les poches de son manteau. Les rafales de vent ne cessaient de le dévier de sa trajectoire. Il zigzaguait comme un frêle bateau remontant au vent.

Je gagnai la pelouse pour aller à sa rencontre, mais nous étions assez éloignés et cette traversée nous prit du temps. Pendant un court moment de gêne, nous nous regardâmes nous approcher l'un de l'autre. À quoi ressemblions-nous, vus du ciel ? À deux formes minuscules progressant à pas mesurés sur un pré vert et vide, vers un point de rencontre situé quelque part au milieu.

Tandis qu'il se rapprochait de moi, je lui fis un signe de la main. Mais Rifkin ne me le retourna pas. Pensant qu'il était bouleversé d'être tombé accidentellement sur cette battue, je me promis en maugréant de passer un savon à la défenseur du droit des victimes, qui avait oublié de le prévenir de ne pas s'approcher du parc ce jour-là.

– Bonjour, Dan, fis-je prudemment.

Malgré le temps gris, il portait des lunettes fumées d'aviateur et ses yeux étaient à peine visibles à travers les verres. Il leva vers moi un regard aussi immense et inexpressif que celui d'une mouche. Il avait l'air furieux.

– Comment allez-vous, Dan ? Qu'est-ce que vous faites ici ?

– C'est moi qui suis surpris de vous trouver ici.

– Ah oui ? Comment ça ? Je devrais être où ?

Il grogna.

– Qu'est-ce qui se passe, Dan ?

– Vous savez – il avait pris un ton philosophe –, j'éprouve depuis peu un sentiment très étrange : j'ai l'impression d'être sur une scène et que les gens qui m'entourent sont des comédiens. Tout le monde, tous ceux qui grouillent autour de moi sur les trottoirs, ils se promènent le nez en l'air comme si rien ne s'était passé et je suis le seul à connaître la vérité. Je suis le seul à savoir que *tout a changé.*

Je hochai la tête avec bienveillance, pour lui être agréable.

– Ils jouent un rôle. Vous m'entendez, Andy ? Ils font semblant.

– J'imagine ce que vous devez ressentir, Dan.

– Je crois que, vous aussi, vous êtes un comédien.

– Pourquoi dites-vous ça ?

– Je pense que vous jouez un rôle.

Rifkin retira ses lunettes, les replia avec soin et les rangea dans la poche intérieure de sa veste. Les poches sous ses yeux s'étaient assombries depuis notre dernière rencontre. Sa peau olive avait pris une pâleur grisâtre.

– J'ai appris qu'on allait vous retirer l'affaire.
– Quoi ? De qui tenez-vous ça ?
– Peu importe. Je tiens juste à vous dire que je veux un autre procureur.
– Bon, très bien, on peut sûrement en discuter.
– Il n'y a rien à discuter. C'est déjà fait. Appelez votre patronne. Vous devriez parler avec vos collègues. Je vous l'ai dit, je veux un autre procureur. Quelqu'un qui ne s'endort pas sur le dossier. Et c'est sur le point de se faire.
– Qui s'endort sur le dossier ? Dan, mais qu'est-ce que vous racontez ?
– Vous m'avez dit qu'on mettait tout en œuvre. Qu'est-ce qui a été mis en œuvre exactement ?
– Disons que le dossier est difficile, je reconnais…
– Non, non, il y a autre chose et vous le savez. Pourquoi vous n'avez pas mis la pression sur les élèves ? Pourquoi vous ne l'avez pas encore fait ? Je veux dire, vraiment leur foutre les jetons, quoi. C'est ça que je veux savoir.
– Mais je leur ai parlé !
– À votre propre fils aussi, Andy ?
Je demeurai bouche bée. J'avançai la main vers lui pour lui toucher la manche, établir un contact, mais il leva le bras comme pour me repousser.
– Vous m'avez menti, Andy. Vous m'avez menti depuis le début !
Il porta son regard sur les arbres.
– Vous savez ce qui me fait souffrir, Andy ? Dans le fait d'être ici, à cet endroit ? C'est que, pendant un moment – pendant quelques minutes, peut-être juste quelques secondes, je ne sais pas combien de temps –, mais pendant un certains laps de temps mon fils a été vivant, ici. Il était là-bas, couché dans des feuilles mouillées, bordel, en train de se vider de son sang ! Et je n'étais pas avec lui ! C'était pourtant ma place d'être ici pour l'aider. C'est le rôle d'un père. Mais je ne le savais pas. J'étais ailleurs, dans la voiture, au bureau, au téléphone, je ne sais où… Vous comprenez ça, Andy ? Vous avez une idée de l'effet que ça peut faire ? Est-ce que vous pouvez seulement l'imaginer ? Je l'ai vu naître, je l'ai vu faire ses premiers pas et…

et je lui ai appris à faire du vélo. Je l'ai accompagné pour sa première rentrée. Mais je n'étais pas auprès de lui alors qu'il était en train de mourir. Vous imaginez ce que je ressens ?

– Dan, dis-je faiblement, si j'appelais une voiture pour vous ramener chez vous ? Ce n'est pas bon pour vous d'être ici. Vous devriez être avec votre famille.

– Je ne peux pas être avec elle, Andy, et c'est ça qui m'emmerde ! Ma famille, elle est morte !

– D'accord.

Je baissai les yeux vers le sol, vers ses tennis blanches constellées de boue et d'aiguilles de pin.

– Je vais vous dire une chose, ajouta Rifkin. Peu importe ce qui doit m'arriver maintenant. Que je sois… toxicomane, voleur ou clochard, ce que je vais devenir n'a aucune importance. Pourquoi cela en aurait-il ? Qu'est-ce que j'en ai à faire ?

Il avait prononcé ces mots avec une rage mêlée d'amertume.

– Appelez le bureau, Andy.

Un temps.

– Allez, appelez. C'est fini. Ils vous ont foutu dehors.

Je sortis mon portable et appelai Lynn Canavan directement sur le sien. Trois sonneries. Je l'imaginais lisant la provenance de l'appel et s'apprêtant à répondre.

– Je suis au bureau, fit-elle. Je t'invite à passer dès maintenant.

Je lui répondis, sous l'œil satisfait de Rifkin, que si elle avait quelque chose à me dire, elle pouvait le faire tout de suite et m'éviter de me déplacer.

– Non, insista-t-elle. Viens au bureau, Andy. Je tiens à te parler en tête à tête.

Je rabattis le clapet de l'appareil. J'avais envie de dire quelque chose à Rifkin, « au revoir » ou « bon courage » ou, au pire, une formule d'adieu un peu creuse. Quelque chose me dit qu'il avait raison et qu'on ne se reverrait plus. Mais il ne voulut pas l'entendre. À son attitude, j'aurais dû m'en douter. Il m'avait déjà attribué le rôle du méchant. Peut-être en savait-il d'ailleurs plus long que moi.

Je l'abandonnai sur le vert de cette pelouse et, une fois dans la voiture, pris le pont vers Cambridge en proie à une rêverie teintée d'abattement. J'étais résigné à me voir retirer le dossier, mais je n'arrivais pas à croire que Rifkin ait pu découvrir ça tout seul. On l'avait renseigné, Logiudice probablement, qui, avec ses chuchotements de Judas à l'oreille de la procureur, avait fini par avoir gain de cause. Fort bien. J'allais être écarté pour conflit d'intérêts, pour vice de procédure. J'avais été victime de manœuvres, voilà tout. C'était de la politique interne, or, depuis toujours, j'étais apolitique. Logiudice allait hériter de l'affaire dont tout le monde parlait, j'allais passer au prochain dossier, au prochain cadavre, au prochain crime qui tomberait de l'entonnoir. J'y croyais encore, tellement j'étais bête, idéaliste ou cartésien. Je n'avais pas encore compris ce qui m'attendait. Les indices qui désignaient Jacob étaient si minces : une collégienne porteuse d'un secret, des ragots d'adolescents sur Facebook, et même le couteau. Comme preuves, ce n'était rien. Un avocat un tant soit peu compétent aurait tôt fait de les balayer comme de vulgaires miettes.

Au palais de justice, ils n'étaient pas moins de quatre agents en civil à m'attendre devant la porte principale. J'identifiai en eux des gars de la CPAC, mais je n'en connaissais très bien qu'un seul, un inspecteur du nom de Moynihan. Sous cette escorte semblable à une garde prétorienne, je traversai le hall jusqu'à l'étage du parquet, puis des bureaux paysagers et des couloirs, déserts en ce dimanche matin, jusqu'au bureau d'angle de Lynn Canavan.

Il y avait là trois personnes, assises à la table de réunion : Canavan, Logiudice et un journaliste, Larry Siff, dont la présence constante aux côtés de Canavan depuis environ un an m'avait malheureusement fait comprendre que sa campagne ne s'arrêtait jamais. Je n'avais rien contre Siff personnellement, mais je condamnais son intrusion dans un processus sacré auquel j'avais voué ma vie. La plupart du temps, il n'avait même pas à ouvrir la bouche ; sa seule présence était l'assurance que les considérations politiques seraient prises en compte.

La procureur Canavan m'invita à m'asseoir.

– Tu avais vraiment besoin de tout ça, Lynn ? Tu pensais que j'allais faire quoi ? Sauter par la fenêtre ?

– C'est dans ton intérêt. Tu sais comment ça se passe.

– Comment se passe quoi ? J'ai l'impression d'être en état d'arrestation.

– Non. Simple précaution. Pour certaines personnes, c'est un choc. Elles ont des réactions imprévisibles. Nous ne voulons pas de scène. Tu aurais fait la même chose.

– Faux.

Je m'assis.

– À quel choc dois-je m'attendre ?

– Andy, reprit-elle, les nouvelles ne sont pas bonnes. Dans le dossier Rifkin, l'empreinte sur le sweat-shirt de la victime, c'est celle de ton fils Jacob.

Elle fit glisser vers moi un rapport retenu par une agrafe.

Je le parcourus. Il provenait du laboratoire de la police de l'État. Il relevait une douzaine de similitudes entre l'empreinte latente relevée sur les lieux du meurtre et l'une de celles prises sur Jacob, soit beaucoup plus que les huit normalement requises pour établir une concordance. C'était le pouce droit : Jacob avait attrapé la victime par son sweat-shirt ouvert, laissant son empreinte sur l'étiquette intérieure.

– Je suis sûr qu'il y a une explication, fis-je, abasourdi.

– J'en suis sûre aussi.

– Ils fréquentent le même collège. Jacob a le même âge. Ils se connaissent.

– Oui.

– Ça ne veut pas dire…

– Nous le savons, Andy.

Ils me regardaient avec pitié. Tous sauf les jeunes agents, postés maintenant près de la fenêtre, qui, ne me connaissant pas, pouvaient me mépriser comme le premier malfrat venu.

– Nous te mettons en disponibilité avec maintien de ton traitement. C'est un peu ma faute : j'ai fait une erreur au départ en te confiant ce dossier. Ces messieurs – elle fit un geste vers les agents – vont t'accompagner jusqu'à ton bureau. Tu peux prendre tes affaires personnelles. Pas de documents ni de dossiers. Défense de toucher à l'ordinateur. Le produit de ton travail reste la propriété du parquet.

– Qui reprend l'affaire ?

– C'est Neal.

Je souris. *Comme de bien entendu.*

– Andy, tu vois un inconvénient à ce que ce soit Neal qui instruise l'enquête ?

– Mon avis a-t-il une importance, Lynn ?

– Peut-être, si tu as des arguments.

Je secouai la tête.

– Non. Qu'il la prenne. J'y tiens.

Logiudice se détourna pour ne pas croiser mon regard.

– Vous l'avez arrêté ?

D'autres regards que le sien s'évadèrent dans la pièce en évitant le mien.

– Lynn, as-tu arrêté mon fils ?

– Non.

– Tu vas le faire ?

Logiudice intervint :

– Nous n'avons pas à te le dire.

Canavan avança la main pour le calmer :

– Oui, nous n'avons guère le choix, vu les circonstances.

– Vu les circonstances ? Quelles circonstances ? Vous croyez qu'il va se barrer au Costa Rica ?

Elle haussa les épaules.

– Vous avez déjà le mandat ?

– Oui.

– Lynn, tu as ma parole : il va se livrer. Inutile de venir l'arrêter. Sa place n'est pas en prison, même pour une nuit. Il ne risque pas de s'enfuir, tu le sais. C'est mon fils. C'est mon fils, Lynn ! Je ne veux pas le voir arrêté.

– Andy, me conseilla la procureur en chassant mon plaidoyer comme un nuage de fumée, ce serait sans doute mieux pour tout le monde si tu restais éloigné du palais pendant un moment. Le temps que les choses se tassent. D'accord ?

– Lynn, je te le demande en ami, comme un service personnel : je t'en prie, ne l'arrête pas.

– Il n'y a pourtant pas à hésiter, Andy.

– Pourquoi ? Je ne comprends pas. À cause de l'empreinte ? Une malheureuse empreinte ? Il n'y a que ça ? Vous devez avoir autre chose. Dites-moi s'il y a autre chose.

– Andy, je te suggère de prendre un avocat.

– De prendre un avocat ? Mais je suis moi-même juriste. Dis-moi pourquoi tu ferais ça à mon fils. Tu es en train de détruire ma famille. J'ai le droit de savoir !

– Je vais là où me conduisent les indices, c'est tout.

– Les indices désignent Patz. Je te l'ai déjà dit.

– Tu ne sais pas tout, Andy. Loin de là…

Je mis un moment à mesurer la portée de cette remarque. Un moment qui ne dura pas. Je repliai mon jeu et décidai qu'à partir de cet instant je ne leur montrerais plus rien.

Je me levai.

– Bon, allons-y !

– Comme ça, si vite ?

– Vous aviez autre chose à me dire ? Toi, Neal ?

– Ne crois pas qu'on se désintéresse de toi pour autant, dit Canavan. Quoi que ton fils… ait fait, ce n'est pas toi. Toi et moi, on se connaît depuis un bail, Andy. Je ne l'oublie pas.

Je sentis mon visage se durcir, comme si je regardais à travers les orbites d'un masque de pierre. Je gardai les yeux fixés sur Canavan, ma vieille copine que j'aimais encore et en qui, malgré tout, j'avais encore confiance. Je n'osai pas les tourner vers Logiudice. Une énergie incontrôlable s'était emparée de mon bras droit. En cet instant, je sentis que, pour peu que je le regarde, ma main partirait toute seule, le saisirait à la gorge et la broierait.

– On s'est tout dit ?

– Oui.

– Bien. Il faut que j'y aille. Je file retrouver les miens.

Le visage de la procureur Canavan semblait perplexe.

– Ça va aller pour conduire, Andy ?

– Pas de problème.

– Parfait. Ces messieurs vont t'accompagner jusqu'à ton bureau.

Là, j'entassai quelques objets dans un carton, des journaux et des babioles qui traînaient sur ma table, des photos arrachées au mur, menus souvenirs de tant d'années de travail. Un manche de hache, vestige d'une affaire que je n'avais jamais pu conduire plus loin que le grand jury. Tout tenait dans une seule caisse, toutes ces années, ce labeur, ces amitiés, ce respect accumulé par petites cuillerées, dossier après dossier. Tout était soldé désormais, quoi qu'il advienne à Jacob. Car, même s'il était mis hors de cause, je n'échapperais jamais à la souillure de l'accusation. Un jury ne pourrait déclarer mon fils qu'« acquitté », jamais « innocent ». Cette flétrissure, nous la porterions à vie. Je doutais de remettre un jour les pieds dans une salle d'audience en qualité de procureur. Mais la situation évoluait trop vite pour s'appesantir sur le passé ou l'avenir. Seul comptait le présent.

Bizarrement, je ne cédai pas à la panique. À aucun moment je ne perdis mon calme. L'accusation d'homicide contre Jacob était une grenade qui ne pouvait que tous nous anéantir. L'issue était inévitable, seuls les détails restaient à être précisés, et pourtant un étrange et calme désir d'action m'avait envahi. Une équipe munie d'un mandat de perquisition était sûrement déjà en route pour la maison. Du reste, c'était peut-être pour cela que la procureur m'avait fait faire tout ce chemin jusqu'ici : pour m'éloigner de chez moi avant leur visite. C'était exactement ainsi que j'aurais procédé.

Je me précipitai hors du bureau.

Dans la voiture, j'appelai le portable de Laurie. Pas de réponse.

– Laurie, c'est très, très important. Rappelle-moi tout de suite, dès que tu as ce message.

Je composai aussi le numéro de Jacob. Pas de réponse.

Quand j'arrivai à la maison, c'était trop tard : quatre voitures de la police de Newton stationnaient déjà devant, en alerte, bloquant les accès en attendant l'arrivée du mandat. Je fis le tour du quartier pour me garer.

Ma maison est contiguë à une gare de banlieue. Une barrière de deux mètres cinquante sépare le quai du jardin. J'eus vite fait de l'escalader telle une araignée. L'adrénaline bouillonnait tellement en moi que le mont Rushmore ne m'aurait pas résisté.

Une fois dans le jardin, je m'enfonçai dans la haie de thuyas plantée au bord de la pelouse. En me faufilant à travers sa masse, je sentis le feuillage me gifler et me piquer sur tout le corps.

Je traversai le jardin au pas de course. Mon voisin était derrière chez lui en train de jardiner. Il me fit un signe que, par un réflexe amical, je lui retournai sans cesser de courir.

À l'intérieur, j'appelai Jacob à voix basse. Pour le préparer à ce qui allait se produire. Mais il n'y avait personne dans la maison.

Je gravis les escaliers quatre à quatre et filai dans la chambre de Jacob où j'ouvris à la volée les tiroirs, puis la penderie, éparpillai les piles de linge posées par terre, prêt à tout pour trouver le moindre indice compromettant et le faire disparaître.

Vous n'en revenez pas, avouez ! Je l'entends, la petite voix dans votre tête : *Destruction de preuves ! Entrave à la justice !* Quelle naïveté… Vous pensez que les tribunaux sont fiables, que les bévues sont rares et, par conséquent, que j'aurais dû faire confiance au système. *S'il était convaincu de l'innocence de Jacob,* vous dites-vous, *pourquoi n'a-t-il pas laissé la police faire tranquillement son travail et emporter ce qu'elle voulait ?* Je vais vous révéler un petit secret honteux : le taux d'erreurs dans les verdicts criminels est bien supérieur à ce que l'on imagine. Je ne parle pas seulement des « faux négatifs », ces coupables qui s'en tirent à bon compte – ces « erreurs » que l'on reconnaît et dont on s'accommode. Elles sont le résultat prévisible d'un parti pris, le nôtre, en faveur des accusés. La vraie surprise, c'est la fréquence des « faux positifs », ces innocents déclarés coupables. Ce taux d'erreurs, nous ne voulons pas le voir – nous n'y songeons même pas – car il remettrait trop de choses en question. La vérité, c'est que les preuves, comme on les appelle, sont aussi faillibles que les témoins qui les produisent. Car ce ne sont que des êtres humains. Leurs souvenirs les trahissent, les identifications par les témoins oculaires sont notoirement sujettes à caution, et même les policiers les mieux intentionnés n'échappent pas aux défauts de jugement et de mémoire. Dans tout système, l'élément humain est toujours source d'erreur. Pourquoi en irait-il autrement devant les cours de justice ? C'est la même chose. Notre confiance aveugle dans le système est le fruit de l'ignorance et de la pensée magique. Il était donc hors de question que je lui confie le sort de mon fils. Non parce que je le pensais coupable, je vous assure, mais justement parce qu'il était innocent. Je faisais le peu qui était en mon pouvoir pour obtenir un jugement équitable et juste. Si vous ne me croyez pas, allez passer quelques heures dans le tribunal pénal le plus proche de chez vous et demandez-vous si vous le croyez vraiment exempt de tout reproche. Demandez-vous si vous lui confieriez votre enfant…

Toujours est-il que je ne trouvai rien d'inquiétant, de près ou de loin, dans la chambre de Jake, hormis la panoplie classique de l'adolescent : linge sale, tennis moulées à la forme de ses immenses pieds, livres de classe, magazines de jeux vidéo, câbles d'alimentation de son arsenal électronique. Je ne sais d'ailleurs pas ce que je m'attendais à y découvrir. Le problème, c'était que j'ignorais ce que la procureur détenait déjà, pourquoi elle s'évertuait à accuser Jacob, et je devenais fou à force de me demander ce que pouvait bien être cette pièce manquante.

J'étais encore en train de retourner la chambre lorsque mon portable sonna. C'était Laurie. Je lui demandai de rentrer sur-le-champ – elle était chez une amie de Brookline, à vingt minutes de là –, sans lui en dire plus. Elle était trop émotive. Je ne savais pas comment elle aurait réagi et je n'avais pas le temps de l'écouter. *Aider Jacob d'abord, s'occuper de Laurie ensuite.*

– Jacob est où ? lui demandai-je.

Elle n'en savait rien. Je raccrochai aussitôt.

Après un dernier coup d'œil sur la chambre, je fus tenté de cacher le PC portable de Jacob. Il devait y avoir des tas de choses sur ce disque dur. Mais soustraire cet ordinateur risquait aussi de pénaliser Jacob : cette disparition paraîtrait suspecte compte tenu de son activité en ligne ; à l'inverse, si on tombait dessus, on pourrait y trouver des preuves accablantes. Finalement, je le laissai à sa place – à tort, peut-être, mais je n'avais pas le temps de réfléchir. Jacob se savait accusé publiquement sur Facebook ; on pouvait penser qu'il avait été assez malin pour faire éventuellement le ménage sur son disque.

La sonnette retentit. Le plus dur commençait. J'étais encore tout essoufflé.

À la porte, Paul Duffy en personne était là pour me remettre le mandat de perquisition.

– Navré, Andy.

J'avais devant moi des agents en coupe-vent bleu, des voitures aux gyrophares allumés et un vieil ami qui me tendait un mandat de trois pages : ne sachant pas trop comment réagir, j'en fis le minimum. Je restai planté là, muet, tandis qu'il me glissait le document dans la main.

– Andy, je vais devoir te demander d'attendre dehors. Je ne t'apprends rien.

Il me fallut quelques secondes pour sortir de ma torpeur, refaire surface et me dire que tout cela n'était pas une fiction. Mais j'étais bien décidé à ne pas commettre l'erreur de l'amateur, la maladresse de leur livrer quelque chose. Pas de déclarations intempestives sous le coup de la pression pendant ces premiers moments si décisifs pour l'enquête. C'était, pour beaucoup, le passeport assuré pour Walpole et sa maison d'arrêt.

– Jacob est là, Andy ?

– Non.

– Tu sais où il est ?

– Aucune idée.

– Bon. Allez, mon pote, sors, s'il te plaît.

Il posa doucement sa main sur le haut de mon bras pour m'encourager, mais sans me tirer hors de la maison. Il semblait disposé à attendre que je sois prêt. Se penchant en avant, il me murmura sur le ton de la confidence :

– Faisons les choses dans les règles.

– C'est normal, Paul.

– Je suis désolé.

– Applique-toi, hein ? Ne salope pas le boulot.

– D'accord.

– Et mets bien les points sur les *i* et les barres aux *t*, sinon Logiudice n'hésitera pas à t'enfoncer. Il te fera passer pour un clown au procès, retiens bien ce que je te dis. Il n'écoute que sa conscience. Il ne te ménagera pas comme moi, je pourrais le faire.

– C'est noté, Andy. Pas de problème. Viens par ici.

J'attendis sur le trottoir devant la maison. Attirés par les véhicules de police garés dehors, des badauds avaient formé un attroupement de l'autre côté de la rue. J'aurais préféré patienter dans le jardin, à l'abri des regards, mais il fallait que je sois là quand Laurie ou Jacob rentreraient, pour les réconforter – et les préparer.

Laurie arriva quelques minutes seulement après le début des hostilités. Elle chancela en apprenant la nouvelle. Je la rassérénai en lui chuchotant à l'oreille de ne rien dire et même de ne manifester aucune émotion, que ce soit la peur ou la tristesse. De ne rien leur livrer. Elle eut une exclamation de mépris, puis se mit à pleurer. Des sanglots sincères, sans retenue, comme si personne ne la regardait. Elle se moquait de ce que l'on pensait, car personne n'avait jamais pensé du mal d'elle, à aucun moment de sa vie. Je le savais mieux que quiconque. Nous étions là ensemble devant la maison, mon bras passé autour d'elle dans un geste de protection et de possession.

Lorsque la perquisition entra dans sa deuxième heure, nous nous repliâmes à l'arrière de la maison pour nous asseoir sur la terrasse. Là, Laurie pleura doucement, se reprit, pleura encore.

À un moment donné, Duffy passa et monta jusqu'à nous par l'escalier.

– Andy, pour info, on a trouvé un couteau ce matin dans le parc. Il était dans la boue, près d'un lac.

– Je m'en doutais. Je savais qu'il allait refaire surface. Il y a des empreintes dessus, du sang, quelque chose ?

– Rien d'apparent. Il est au labo. Il était entièrement recouvert d'algues séchées, comme de la poudre verte.

– C'est celui de Patz.

– Je ne sais pas. Peut-être.

– Quel genre de couteau c'était ?

– Oh, un simple… un simple couteau de cuisine.

– Un couteau de cuisine ? reprit Laurie.

– Oui. Vous avez tous les vôtres ?

– Arrête, Duff, un peu de sérieux ! Pourquoi tu poses ce genre de question ?

– Tu as raison, désolé. Déformation professionnelle.

Laurie lui lança un regard furieux. Il demanda :

– Vous avez des nouvelles de Jacob ? Andy ?

– Non, il est introuvable. On a appelé un peu partout.

Duffy réprima une moue de scepticisme.

– C'est un ado, repris-je, il lui arrive de disparaître. Quand il sera là, Paul, je ne veux pas qu'on lui parle, personne. Aucune question. Il est mineur. Il a le droit d'avoir un parent ou un tuteur avec lui. Pas de blague, hein !

– Andy, tu nous connais... Cela dit, on aimerait lui parler, bien évidemment.

– Pas question.

– Andy, ça pourrait l'aider.

– Pas question. Il n'a rien à dire. Pas un mot.

Au milieu du jardin, quelque chose attira notre attention et nous fit nous retourner tous les trois. Un lapin au pelage couleur d'écorce était là, reniflant l'air, remuant la tête par à-coups, en éveil, paisible. Il fit quelques bonds, s'arrêta. Immobile, il se confondait avec l'herbe et la lumière terne. Je faillis le perdre de vue jusqu'à ce qu'il saute de nouveau, à peine, dans une ondulation grise.

Duffy se retourna vers Laurie. Tout juste quelques semaines plus tôt, nous étions allés dîner au restaurant tous les quatre, un samedi, Duffy, sa femme, Laurie et moi. J'avais l'impression que c'était dans une autre vie.

– On a bientôt terminé, Laurie. On ne va pas tarder, fit-il.

Elle acquiesça de la tête, trop excédée, brisée et trahie pour lui dire qu'elle avait bien noté.

– Paul, dis-je, ce n'est pas lui. Je voulais te le dire à toi, au cas où je n'aurais pas d'autre occasion. Toi et moi, on risque de ne pas se parler d'ici un bon bout de temps, et je tenais à ce que tu l'entendes de ma bouche, tu comprends ? Ce n'est pas lui. Ce n'est pas lui !

– D'accord. J'ai bien entendu.

Il se tourna pour partir.

– Il est innocent. Aussi innocent que ton fils.

– D'accord, fit-il et il s'en alla.

Là-bas, près des thuyas, le lapin s'était couché, les mâchoires en action.

Nous attendîmes Jacob jusqu'à ce que la nuit soit tombée, jusqu'à ce que les flics et les curieux soient tous partis. Il ne vint pas.

Il s'était caché toute la nuit, dans les taillis de Cold Spring Park surtout, dans des jardins, dans la structure de jeux derrière l'école primaire où il était allé autrefois. C'était là que la police l'avait trouvé vers 8 heures.

Il s'est laissé menotter sans résistance, disait le rapport. Il ne s'est pas enfui. Il a accueilli les flics par ces mots : « Je suis celui que vous cherchez » et « Ce n'est pas moi qui ai fait ça ». Quand un agent lui a rétorqué avec hauteur : « Alors comment est-ce que ton empreinte a atterri sur le corps ? », Jacob a lâché – par bêtise ou par calcul, je ne le sais toujours pas : « C'est moi qui l'ai trouvé. Il était déjà allongé par terre. J'ai essayé de le relever pour l'aider. Mais j'ai vu qu'il était mort, j'ai eu peur et je me suis sauvé. » Ce fut la seule déclaration de Jacob à la police. Il a dû se dire après coup qu'il était risqué de laisser échapper des aveux comme ceux-là et n'a plus prononcé un mot. Jacob connaissait, comme peu de garçons de son âge, toute la valeur du cinquième amendement. Par la suite, on s'interrogea sur les raisons qui l'avaient poussé à faire cette unique déclaration, sur l'aspect exhaustif de celle-ci et sur la façon dont elle servait ses intérêts. On laissa entendre qu'il l'avait concoctée bien avant et glissée au moment opportun – pour orienter l'enquête et engager sa défense le plus tôt possible. Tout ce que je sais, c'est que Jacob n'a jamais été aussi malin et habile que les médias ont bien voulu le dire.

Quoi qu'il en soit, après cela, Jacob ne fit que dire et répéter à la police la même phrase : « Je veux voir mon père. »

N'ayant pas pu être libéré sous caution le jour même, il fut maintenu en chambre de sûreté à Newton, à trois ou quatre kilomètres à peine de la maison.

Laurie et moi fûmes autorisés à le voir brièvement, dans un petit parloir sans fenêtres.

Jacob était visiblement affecté. Il avait les yeux humides et bordés de rouge. Son visage, rougi lui aussi, était barré d'une unique plaque pourpre en travers de chaque joue, comme une peinture de guerre. De toute évidence, notre fils était mort de peur. Pour autant, il s'efforçait de faire bonne figure. Ses gestes étaient empruntés, raides, mécaniques. Ils étaient ceux d'un jeune garçon s'essayant à la virilité, du moins vue par les yeux d'un adolescent. C'est, je pense, cet aspect-là qui m'a brisé le cœur, les efforts qu'il faisait pour ne pas flancher, pour contenir cette vague d'émotions – panique, colère, chagrin – à l'intérieur de lui-même. *Il ne tiendra pas longtemps comme ça*, me suis-je dit. Il brûlait beaucoup de carburant.

– Jacob, commença Laurie d'une voix mal assurée, ça va ?

– Non ! Bien sûr que non !

Il désigna la pièce qui l'entourait, l'état où il se trouvait, et prit un air sardonique.

– Je suis mort.

– Jake…

– Ils disent que c'est moi qui ai tué Ben ? C'est dingue. Dingue. Je peux pas croire ça. Je peux pas le croire !

– Hé, Jake, il s'agit d'une erreur, fis-je. Une espèce d'affreux malentendu. On va arranger ça, d'accord ? Je ne veux pas que tu perdes espoir. On n'en est qu'au début. Il y a encore du chemin.

– Je peux pas le croire. Je peux pas le croire. Je suis comme une…

Il fit un bruit d'explosion et, avec ses mains, sculpta un nuage en forme de champignon.

– Tu vois ? C'est comme, c'est comme, comment il s'appelle ? Dans l'histoire…

– Kafka.

– Non. Le type de, comment déjà ? Un film…

– Je ne sais pas, Jake.

– Où, le type, il s'aperçoit que le monde, c'est pas vraiment le monde. C'est un genre de rêve. Comme une simulation. Que c'est un ordinateur qui commande tout. Et après il découvre le vrai monde. Un vieux film…

– Je ne vois pas.

– *Matrix* !

– *Matrix* ? C'est un vieux film ?

– Keanu Reeves, papa. Quand même !

Je me tournai vers Laurie :

– Keanu Reeves ?

Elle haussa les épaules.

J'étais sidéré de voir Jake se livrer à ce genre de considérations dans un moment pareil. C'était pourtant la réalité. Il était le même ado un peu abruti que quelques heures plus tôt – que depuis toujours, d'ailleurs.

– Papa, qu'est-ce que je dois faire ?

– On va se battre. On va se battre pied à pied.

– Non, je veux dire, pas en général. Maintenant. Qu'est-ce qui va se passer ?

– Il va y avoir une audience préliminaire, demain. On va juste te lire l'acte d'accusation, fixer la caution, et tu vas rentrer à la maison.

– C'est combien, la caution ?

– On verra ça demain.

– Et si on n'a pas les moyens ? Qu'est-ce que je deviens ?

– On les trouvera, t'inquiète pas. On a un peu d'argent de côté. On a la maison.

Il renifla. Il m'avait entendu des milliers de fois me plaindre de nos finances.

– Je suis désolé. C'est pas moi, je vous jure. Je sais que je suis pas un fils parfait, hein, mais c'est pas moi qui ai fait ça.

– Je te crois.

Laurie ajouta :

– Tu es parfait, Jacob.

– Ben, je le connaissais même pas. C'était un gars parmi d'autres. Pourquoi j'aurais fait ça ? Hein ? Pourquoi ? Alors pourquoi ils disent que c'est moi ?

– Je ne sais pas, Jake.

– C'est ton dossier quand même ! Pourquoi tu me dis que tu sais pas ?

– Parce que je ne sais pas.

– Dis plutôt que tu n'as pas envie de me le dire !

– Non. Ne dis pas ça. Jake, tu penses que j'enquête sur toi ? Vraiment ?

Il secoua la tête.

– Alors, sans aucune raison – sans aucune raison –, j'aurais tué Ben Rifkin ? C'est juste… C'est juste… Je sais pas ce que c'est… C'est fou. Toute cette histoire, c'est complètement fou.

– Jacob, tu n'as pas à nous convaincre. Nous sommes de ton côté. Toujours. Quoi qu'il arrive.

– Putain…

Il passa ses doigts dans ses cheveux.

– C'est à cause de Derek. C'est lui qui a fait ça. Je le sais.

– Derek ? Pourquoi Derek ?

– Mais il… c'est le genre… il a peur de tout, tu vois ? Le moindre truc, ça lui fout la trouille. Je te jure, dès que je sors, je lui casse sa tête. Je te jure.

– Jake, je ne pense pas Derek capable d'une chose pareille.

– C'est lui ! Tu verras. Et personne d'autre.

Avec Laurie, nous échangeâmes des regards perplexes.

– Jake, on va te sortir de là. On va réunir la caution, peu importe le montant. On ne va pas te laisser moisir en prison. Mais il va falloir passer la nuit ici, au maximum jusqu'à l'audience de demain. On se verra au tribunal à la première heure. On aura un avocat avec nous. Tu seras à la maison pour le dîner. Demain soir, tu dormiras dans ton lit, je te le promets.

– Je veux pas d'un avocat. Je veux toi. C'est toi que je veux comme avocat. Il y en a pas de meilleur que toi !

– Je ne peux pas.

– Et pourquoi ça ? C'est toi que je veux. Tu es mon père. J'ai besoin de toi, maintenant.

– C'est pas une bonne idée, Jacob. C'est un avocat qu'il te faut, pas un procureur. De toute façon, j'ai fait le nécessaire. J'ai appelé mon ami Jonathan Klein. Il est très, très bon. Je t'assure.

Il fronça les sourcils, déçu.

– De toute façon, tu pourrais pas. Tu as ton mandat.

– Plus maintenant.

– Ils t'ont viré ?

– Pas encore. Je suis en disponibilité. Ils vont me virer après, sûrement.

– À cause de moi ?

– Non, pas à cause de toi. Toi, tu n'as rien fait. C'est comme ça, c'est tout.

– Alors tu vas faire quoi ? Genre, pour l'argent ? Il te faut un boulot.

– Ne t'en fais pas pour l'argent. C'est mon problème.

Un flic, un jeune gars que je ne connaissais pas, vint frapper en disant :

– C'est l'heure.

– Nous t'aimons, dit Laurie à Jacob. Nous t'aimons tellement !

– D'accord, maman.

Elle passa ses bras autour de lui. Pendant un instant, il demeura parfaitement immobile, donnant l'impression que Laurie étreignait un arbre ou un pilier. Il finit par se détendre et lui tapoter le dos.

– Tu le sais, Jake ? Tu sais combien nous t'aimons ?

Par-dessus son épaule, il leva les yeux vers le plafond.

– Oui, maman.

– Bon…

Elle se dégagea et essuya ses larmes.

– … alors ça va.

Jacob semblait sur le point de pleurer lui aussi.

Je le pris dans mes bras et le plaquai contre moi en le serrant fort, avant de me reculer.

Je l'inspectai de la tête aux pieds. De la boue était restée incrustée sur son jean, au niveau des genoux, après les heures passées terré dans Cold Spring Park par ce mois d'avril pluvieux.

– Tu vas être fort, hein ?

– Toi aussi, me fit-il.

Il sourit, conscient, me sembla-t-il, du risible de sa réponse.

Nous le quittâmes là.

Pour autant, la soirée n'était pas terminée.

À 2 heures du matin, j'étais encore dans le salon, affalé sur le canapé. Je me sentais naufragé, incapable de transporter mon corps jusqu'à la chambre ni de trouver le sommeil là où j'étais.

Pieds nus, Laurie descendit l'escalier à pas feutrés, vêtue de son bas de pyjama et de son T-shirt préféré, le turquoise qui, désormais trop fatigué, n'avait plus guère d'autre usage que nocturne. Dessous, ses seins, vaincus par l'âge et la gravité, s'étaient affaissés. Elle avait les cheveux en désordre, les yeux mi-clos. Sa vue me fit presque venir les larmes aux yeux.

– Andy, viens te coucher. On ne peut rien faire de plus pour l'instant, me dit-elle, en arrêt sur la troisième marche.

– Bientôt.

– Pas bientôt, maintenant. Viens !

– Laurie, approche-toi. Il faut qu'on parle de quelque chose.

Elle traversa l'entrée en effleurant le sol pour me rejoindre au salon et cette douzaine de pas parut la réveiller tout à fait. Je n'étais pas du genre à réclamer de l'aide souvent. Me voir le faire l'alarmait.

– Qu'y a-t-il, chéri ?

– Assieds-toi. Il faut que je te dise quelque chose. Quelque chose qui sera bientôt de notoriété publique.

– À propos de Jacob ?

– De moi.

Et je lui racontai tout, tout ce que je savais sur ma lignée. Sur James Burkett, le premier Barber sanguinaire, venu dans l'Est depuis les confins inexplorés, tel un pionnier rebroussant chemin pour répandre sa sauvagerie dans New York. Sur Rusty Barber, mon grand-père, soldat héroïque qui, à Lowell, Massachusetts, avait fini par étriper un homme dans une rixe suite à accident de la circulation. Et sur mon propre père, Billy Barber, le Barbare, sur son déchaînement de violence paroxystique lors d'une scène confuse mêlant une jeune fille et un couteau dans une maison inhabitée. Après trente-quatre ans d'attente, il ne me fallut que cinq ou dix minutes pour lui révéler toute cette histoire. Une fois soulagé, il me sembla que ce fardeau qui m'avait écrasé si longtemps ne pesait rien et, l'espace d'un instant, je fus certain que Laurie partagerait ce sentiment.

– C'est de là que je viens.

Elle hochait la tête, livide, hébétée et déçue – de moi, de mon histoire, de ma malhonnêteté.

– Andy, pourquoi ne m'as-tu jamais rien dit ?

– Parce que ça ne comptait pas. Ça n'a jamais été moi, ça. Je ne suis pas comme eux.

– Mais tu ne me pensais pas à même de comprendre.

– Non, Laurie, ça n'a rien à voir.

– Tu n'as jamais trouvé le bon moment ?

– Non. Au début, je ne voulais pas que tu me voies sous ce jour-là. Ensuite, plus le temps passait, moins j'y accordais d'importance. Nous étions si… heureux.

– Jusqu'à aujourd'hui, où tu as été obligé de tout m'avouer, où tu n'avais plus le choix.

– Laurie, je tenais à ce que tu sois au courant car on va probablement en parler – pas parce que ce serait lié à cette histoire, mais parce que ce genre de chose finit toujours par se savoir. Ça n'a rien à voir avec Jacob. Ni avec moi.

– Tu en es sûr ?

Mon cœur s'arrêta un instant. Puis :

– Oui, j'en suis sûr.

– Tellement sûr que tu as jugé préférable de me le cacher…

– Non, ce n'est pas exact.

– Il y a d'autres choses que tu ne m'as pas dites ?

– Non.

– Tu es sûr ?

– Oui.

Elle réfléchit :

– Très bien alors…

– Que veux-tu dire ? Tu as des questions ? Tu veux en parler ?

Elle m'adressa un regard de reproche : c'était moi qui lui demandais à elle si elle avait envie de parler ? À 2 heures du matin ? Et ce jour-là précisément ?

– Laurie, qu'est-ce que ça change… Ça ne change rien ! Je suis la même personne que tu connais depuis que nous avons dix-sept ans.

– Je sais.

Elle baissa les yeux sur ses mains qu'elle était en train de triturer.

– Tu aurais dû m'en parler avant, c'est tout ce que j'ai à te dire pour l'instant. J'étais en droit de savoir. De savoir qui j'épousais, avec qui j'allais avoir un enfant.

– Tu le savais puisque c'est moi que tu as épousé. Le reste, c'est de l'histoire ancienne. Ça n'a rien à voir avec nous.

– Tu aurais dû m'en parler, c'est tout. J'avais le droit de savoir.

– Si je te l'avais dit, tu ne m'aurais pas épousé. Tu ne serais pas sortie avec moi, pour commencer.

– Tu n'en sais rien. Tu ne m'as jamais donné ce choix.

– Arrête ! Si je t'avais invitée à sortir ensemble et que tu l'avais su ?

– Je ne sais pas ce que je t'aurais dit.

– Moi si.

– Pourquoi ?

– Parce que les filles comme toi ne… ne choisissent pas ce genre de garçons. Et puis n'en parlons plus.

– Comment le sais-tu, Andy ? Comment sais-tu comment j'aurais réagi ?

– Tu as raison, tu as raison, je n'en sais rien. Je suis désolé.

Il y eut une accalmie et nous aurions pu en rester là. À cet instant, nous aurions encore pu nous en sortir et continuer.

Je m'agenouillai devant elle, les bras posés sur ses jambes, sur ses cuisses chaudes.

– Laurie, je suis désolé. Je suis vraiment désolé de ne pas t'en avoir parlé. Mais je ne peux pas revenir en arrière. Ce qui est important pour moi, c'est que tu comprennes une chose : que je ne suis pas comme mon père, mon grand-père…. J'ai besoin de savoir que tu me crois.

– Je te crois. Du moins, je pense… Mais si, je te crois. Je ne sais pas, Andy, il est tard. Il faut que je dorme. Je ne peux pas réfléchir à ça maintenant. Je suis trop fatiguée.

– Laurie, tu me connais. Regarde-moi. Tu me connais.

Elle examina mon visage.

De près, je découvris avec surprise qu'elle paraissait vieille et fatiguée, et je me dis que j'avais été égoïste et un peu cruel de tout lui déballer ainsi, en pleine nuit, après la pire journée de sa vie, juste pour m'épancher le cœur et m'apaiser l'esprit. Et je me souvins d'elle. Je revis cette adolescente aux jambes bronzées assise sur une serviette de bain pendant notre première année à Yale, à ce point inaccessible qu'il n'y avait rien à perdre à tenter de lui parler. À dix-sept ans, je sus que toute mon enfance n'avait été qu'un prélude à cette fille-là. Jamais encore je n'avais rien éprouvé de tel ; jamais cela ne s'est reproduit non plus. Je me sentais physiquement transformé par elle. Pas sexuellement, même si nous faisions l'amour partout, comme des lapins, dans les travées de la bibliothèque, dans les salles de cours vides, dans sa voiture, dans la maison de ses parents à la mer, et même dans un cimetière. C'était autre chose : je devenais quelqu'un d'autre, moi-même, celui que je suis aujourd'hui. Et tout ce qui viendrait ensuite – ma famille, ma maison, toute notre vie commune – serait un cadeau qu'elle me ferait. Le sortilège a opéré trente-quatre ans durant. À présent, à cinquante et un ans, je la voyais telle qu'elle était vraiment, enfin. Je découvrais avec étonnement que la jeune fille rayonnante avait fait place à une femme, tout simplement.

# DEUXIÈME PARTIE

*« L'idée que le meurtre puisse regarder l'État est relativement moderne. Car, pendant la majeure partie de l'histoire de l'humanité, l'homicide est resté une affaire purement privée. Dans les sociétés traditionnelles, un meurtre ne donnait lieu qu'à un litige entre deux clans. La famille ou la tribu du meurtrier se devait de le régler équitablement par une offrande de nature variable faite à la famille ou à la tribu de la victime. Cette réparation différait d'une société à l'autre. Elle était graduée, de la simple amende à la mise à mort du meurtrier (ou d'un suppléant). Si les parents de la victime ne s'estimaient pas satisfaits, la vengeance pouvait s'accomplir par le sang. Cette pratique a perduré pendant des siècles et dans de nombreuses sociétés [...]. Si l'on excepte l'usage moderne, le meurtre est longtemps resté une affaire strictement familiale. »*

JOSEPH EISEN, *Murder: A History* (1949)

# 9

# L'audience préalable

Le lendemain matin, Jonathan Klein patientait avec Laurie et moi dans la pénombre du parking de Thorndike Street. Nous nous préparions à affronter les journalistes massés au bout de la rue devant la porte du palais de justice. Klein portait un costume gris avec son habituel col roulé noir. Pas de cravate, même pour plaider. Il donnait l'impression à chaque instant de devoir perdre son costume, surtout son pantalon. Pour un tailleur, ce corps menu aux fesses plates devait être un cauchemar. À son cou pendaient des lunettes de lecture retenues par une lanière de perles indiennes. Il avait avec lui son antique serviette en cuir, luisante d'usure comme une vieille selle. Pour un œil extérieur, il était évident que Klein n'était pas fait pour ce métier. Trop petit, trop doux. Mais quelque chose en lui me rassurait. Avec sa chevelure immaculée rejetée en arrière, sa barbiche blanche et son sourire bienveillant, il me faisait penser à un mage. De lui émanait une forme de tranquillité. Et Dieu sait que nous en avions besoin.

Klein jeta un coup d'œil rapide vers les reporters qui battaient la semelle en bavardant, comme une meute de loups reniflant l'air dans l'attente de l'action.

– Bien ! fit-il. Andy, je sais que vous avez déjà connu ces moments-là, mais jamais de ce côté. Laurie, tout va être nouveau pour vous. Je vais donc vous faire un peu de catéchisme à tous les deux.

Il avança la main pour toucher la manche de Laurie. Elle avait l'air anéantie par le double choc de la veille, l'arrestation de Jacob et la découverte de la malédiction des Barber.

Le matin même, nous avions très peu parlé en prenant le petit déjeuner, en nous habillant et en nous préparant pour l'audience. Pour la première fois, l'idée que nous allions tout droit vers le divorce me traversa l'esprit. Laurie me quitterait quand le procès serait terminé, quelle que soit son issue. Je savais qu'elle m'observait en mûrissant sa décision. Qu'avait-elle éprouvé en découvrant qu'elle s'était mariée sur un malentendu ? Devait-elle se sentir trahie ? Ou voir dans son malaise le signe que j'avais raison : des filles comme elle n'épousent pas des garçons comme moi. Quoi qu'il en soit, le geste de Jonathan sembla la réconforter. Elle confectionna à son attention un petit sourire bref avant qu'un voile retombe sur son visage.

– À partir de maintenant, commença Klein, dès l'instant où nous pénétrerons dans le tribunal et jusqu'à ce que vous soyez rentrés chez vous ce soir et que vous ayez fermé votre porte, vous ne devez rien montrer. Aucune émotion, quelle qu'elle soit. On reste impassible. C'est vu ?

Laurie ne réagit pas. Elle semblait assommée.

– Je serai une plante verte, assurai-je.

– Bien. Parce que la moindre expression, la moindre réaction, la moindre trace d'émotion joueront en votre défaveur. Si vous riez, on dira que vous ne prenez pas les débats au sérieux. Si vous faites la tête, on dira que vous êtes butés, que vous manquez d'humilité, que vous êtes hostiles à cette comparution. Si vous pleurez, que vous simulez.

Il regarda Laurie.

– D'accord, fit-elle, déjà moins sûre d'elle, surtout pour la dernière consigne.

– Ne répondez à aucune question. Vous n'y êtes pas tenus. À la télévision, seule l'image compte ; impossible à quiconque de dire si vous avez entendu ou non une question qu'on vous aura criée de loin. Surtout, surtout – et j'en parlerai à Jacob quand je serai dans sa cellule –, toute manifestation de colère, de sa part en particulier, conforterait les observateurs dans leurs pires soupçons. Ne l'oubliez pas : à leurs yeux, aux yeux de tout le monde, Jacob est coupable. Vous l'êtes tous les trois. Ils ne cherchent qu'une chose : qu'on leur confirme ce qu'ils savent déjà. Le moindre indice ferait l'affaire.

– C'est un peu tard pour nous soucier de notre image, non ? demanda Laurie.

Ce matin-là, le *Globe* titrait en première page : LE FILS MINEUR D'UN PROCUREUR ACCUSÉ DU MEURTRE DE NEWTON. La une à sensation du *Herald* avait au moins le mérite d'être directe. Elle se résumait à une vue de la scène du crime, un coin de forêt en pente, avec, en incrustation, un portrait de Jacob, sans doute glané sur le Web, et ces mots : LE MONSTRE. En bas, une accroche : « Soupçonné d'avoir couvert son propre fils adolescent impliqué dans le meurtre de Newton, le procureur a été suspendu. »

Laurie n'avait pas tort : après cela, rester impassible en entrant dans le tribunal n'avait plus guère de sens.

Mais Klein se contenta de hausser les épaules. Ses commandements ne se discutaient pas ; pour lui, ils avaient été gravés dans le marbre par l'index divin.

– Faisons de notre mieux avec ce que nous avons, conclut-il avec son bon sens et son calme habituels.

Il fut donc fait selon sa volonté. Nous traversâmes sans nous arrêter la meute de journalistes qui nous attendait devant le palais de justice et en qui je vis une émanation de la *vox populi*. Sans manifester d'émotion ni répondre aux questions, en faisant semblant de ne pas entendre celles qu'ils hurlaient à nos oreilles. Ce qui ne les arrêta pas pour autant. Autour de nous se hérissait un buisson de micros inquisiteurs. « Comment allez-vous ? » ; « Qu'avez-vous à dire à tous ceux qui vous ont fait confiance ? » ; « Quelques mots pour la famille de la victime ? » ; « Jacob est-il coupable ? » ; « Nous voulons juste connaître votre version » ; « Il viendra témoigner ? » Une voix, qui se voulait provocatrice, lança : « Monsieur Barber, quel effet ça fait de se retrouver de l'autre côté de la barrière ? »

Je tenais la main de Laurie et nous nous frayâmes un chemin vers le hall. À l'intérieur, tout était étonnamment paisible, normal même. La presse ne pouvait pénétrer jusque-là. Le personnel du poste de contrôle s'écarta pour nous laisser entrer. Les agents du shérif, qui d'ordinaire me faisaient signe de passer avec un sourire, me soumirent au détecteur et inspectèrent la monnaie que j'avais dans mes poches.

Nous nous retrouvâmes à nouveau seuls, brièvement, dans l'ascenseur. Tout en gagnant le sixième étage où se trouvait la salle de première comparution, je repris la main de Laurie et mes doigts tâtonnèrent le long des siens pour s'y emboîter. Ma femme étant beaucoup plus petite que moi, il me fallait, pour tenir sa main, hisser celle-ci au niveau de ma hanche. Elle se retrouvait avec le coude plié, comme si elle regardait sa montre. Une expression de dégoût – battement des paupières, pincement des lèvres – lui parcourut le visage. Une mimique fugace, à peine perceptible, que je remarquai cependant et qui me fit lui relâcher la main. Les portes de la cabine vibraient tandis que nous montions. En homme de tact, Klein gardait les yeux fixés sur les rangées de boutons du tableau de commande.

Lorsque la cabine s'ouvrit dans un raclement, nous traversâmes le hall bondé en direction de la salle 6B où nous attendîmes, assis au premier rang de la travée centrale, que notre affaire soit appelée.

Il y eut un moment de gêne avant que la juge s'installe. On nous avait dit que notre dossier serait traité tôt, à 10 heures, pour que le tribunal soit débarrassé de nous – ainsi que du cirque des journalistes et des curieux – et puisse reprendre aussitôt le cours normal de la journée. Nous étions arrivés vers moins le quart. Le temps semblait ne pas vouloir passer et cette quinzaine de minutes me parut une éternité. Les innombrables avocats présents, que je connaissais bien pour la plupart, se tenaient en retrait, comme séparés de nous par un champ magnétique.

Paul Duffy était là, lui aussi, debout contre le mur du fond, avec Logiudice et plusieurs gars de la CPAC. Duffy – qui était pour Jacob une sorte d'oncle – regarda dans ma direction lorsque nous nous installâmes, puis détourna les yeux. Je ne m'en offusquai pas, ne sentis pas qu'il m'évitait. Il y avait des convenances à respecter, voilà tout. Duffy se devait de soutenir l'équipe locale. C'était son travail. Peut-être serions-nous encore amis une fois Jacob mis hors de cause, peut-être pas. Dans l'immédiat, notre amitié était entre parenthèses. Nul ressentiment entre nous, mais il ne pouvait en être autrement. Je savais que Laurie n'était pas aussi insensible que moi aux marques d'indifférence, de Duffy ou d'un autre. Voir une amitié se briser ainsi lui était insupportable. Nous étions les mêmes après qu'avant et, puisque nous n'avions pas changé, elle oubliait facilement que les autres portaient sur nous – sur nous tous, pas seulement sur Jacob – un regard radicalement nouveau. Au minimum, estimait Laurie, on devrait comprendre que, quoi que Jacob eût fait, ses parents étaient sûrement innocents. Une illusion que je n'ai jamais partagée.

La salle 6B comportait un box supplémentaire pour accueillir les grands contingents de jurés et, ce matin-là, une caméra de télévision avait été installée dans cet emplacement vide pour relayer l'événement sur les chaînes locales. Tandis que nous patientions, le cadreur avait pointé son objectif sur moi. Arborant le masque neutre des accusés, nous n'échangions pas un mot, nous autorisant à peine à cligner des yeux. Pas facile d'être observé pendant si longtemps. Je me mis à noter de minuscules détails, comme on le fait quand un temps mort se prolonge. J'examinai mes propres mains, grandes et pâles, leurs jointures saillantes et éraflées. *On ne dirait pas des mains de magistrat,* me dis-je. *Étrange de les voir pendre au bout de mes manches.* Ce quart d'heure passé à attendre en étant observé dans la salle d'audience – une salle d'audience qui avait été naguère la mienne, une salle qui m'était aussi familière que ma propre cuisine – fut pire encore que ce qui suivit.

À 10 heures, la juge de première comparution entra avec un ample mouvement de sa robe noire. C'était la juge Rivera, une magistrate médiocre, mais une aubaine pour nous. Qu'on me comprenne bien : la salle 6B, tribunal de première comparution, n'était pas une sinécure pour les juges, qui tournaient au bout de quelques mois. Ils avaient ici pour mission de veiller à ce que les trains arrivent à l'heure – c'est-à-dire de renvoyer les dossiers à d'autres instances en s'assurant de répartir uniformément la charge de travail, d'éclaircir le registre des causes en incitant procureurs adjoints et accusés à surmonter leurs réticences pour conclure des accords négociés, et de faire le tri le plus efficacement possible dans les petites tâches du répertoire du jour. Déléguer, déblayer, déférer : ce poste était éreintant. La cinquantaine, Lourdes Rivera semblait épuisée et donc magnifiquement à contre-emploi dans ce rôle de chef de gare. C'était déjà bien beau pour elle d'arriver aux audiences à l'heure, la fermeture de la robe remontée et le portable coupé. Les avocats la méprisaient. Ils confiaient, les dents serrées, qu'elle ne devait ce poste qu'à sa bonne mine, à son mariage opportun avec un magistrat bien introduit en politique ou à une volonté de gonfler la représentation latino au siège. Ils la surnommaient Gros-Lard. Ce jour-là pourtant, nous ne pouvions pas mieux tomber. La juge Rivera avait derrière elle moins de cinq ans de cour supérieure, mais déjà elle jouissait auprès du parquet d'une imposante réputation de juge pro-accusés. Qu'elle partageait d'ailleurs avec la majorité de ses confrères de Cambridge, tenus pour mous, irréalistes et libéraux. Nous ne demandions pas mieux que les dés soient pipés dans ce sens. Un libéral, dit-on, est un conservateur qui a été arrêté.

Lorsque le greffier appela l'affaire de Jacob – « Dossier d'accusation zéro-huit-tiret-quarante-quatre-zéro-sept, l'État contre Jacob Michael Barber, unique chef d'accusation d'homicide volontaire avec préméditation » –, mon fils, extrait de sa cellule, fut introduit par deux agents, puis invité à prendre place au centre de la salle, face au banc des jurés. Il jeta un regard au public, nous vit et baissa instantanément les yeux vers le sol. Gêné, emprunté, il commença par se débattre avec le costume et la cravate que Laurie avait choisis pour lui et que Klein lui avait remis. Peu habitué à cette tenue, Jacob avait l'air à la fois fringant et empêtré. Le costume lui était déjà un peu juste. Laurie avait coutume de le charrier en disant qu'il grandissait si vite que, la nuit, dans le silence de la maison, elle entendait ses os s'allonger. Il se trémoussait donc pour ajuster la veste à ses épaules, mais elle ne voulait rien savoir. En le voyant gigoter ainsi, les journalistes diraient par la suite que Jacob était un vaniteux, qu'il savourait même son passage sous les projecteurs, une attaque que nous entendrions sans cesse au début du procès. En vérité, il était mal à l'aise et si authentiquement terrifié qu'il ne savait pas quoi faire de ses mains. Le plus étonnant, c'était qu'il parvînt à faire preuve en ces lieux d'autant de sang-froid.

Jonathan franchit le portillon battant du prétoire, déposa sa sacoche sur la table de la défense et prit place aux côtés de Jacob. Il appliqua sa main contre son dos, non pour le réconforter, mais pour afficher ses convictions : *Ce garçon n'est pas un monstre, je n'ai pas peur de le toucher.* Mais aussi : *Je ne suis pas qu'un mercenaire en mission commandée pour défendre un client ignoble. Je crois en cet enfant. Je suis son ami.*

– Le ministère public a la parole, lança Gros-Lard.

À la table de l'accusation, Logiudice se leva. Il passa sa paume sur toute la longueur de sa cravate, puis, d'un geste enveloppant, tira d'un petit coup sec sur l'ourlet arrière de sa veste.

– Madame la présidente, commença-t-il sur un ton accablé, cette affaire est atroce.

À la façon dont il prononça ce mot, je compris que, si les salles d'audience étaient souvent dépourvues d'ouvertures, c'était en réalité pour empêcher les parties de défenestrer les magistrats. Logiudice exposa les faits, déjà connus de tous à travers les bulletins d'informations des dernières vingt-quatre heures, mais en les enjolivant un minimum par égard pour la populace assise, torches et fourches à la main, devant son petit écran. Il avait même dans la voix quelque chose de psalmodiant, comme si chacun de nous avait suffisamment entendu ce récit pour en être lassé.

Mais, en abordant la question de la caution, le ton de Logiudice se fit plus grave :

– Madame la présidente, nous connaissons tous le père de l'accusé, présent aujourd'hui dans cette salle, et nous avons de la sympathie pour lui. J'ai connu personnellement cet homme. Que j'ai respecté et admiré. J'ai pour lui une grande affection, une grande compassion, comme nous tous ici, j'en suis sûr. C'est l'homme que l'on remarque partout où il passe. Tout a été si facile pour lui. Mais… Mais…

– Objection !

– Retenue.

Logiudice se tourna pour me regarder, non en faisant pivoter son corps, mais en inclinant sa tête sur son épaule.

*Tout a été si facile pour lui.* Pouvait-il vraiment croire une chose pareille ?

– Monsieur Logiudice, fit Gros-Lard, vous savez, je présume, qu'Andrew Barber n'est accusé de rien.

Logiudice regarda à nouveau devant lui.

– Oui, madame la présidente.

– Venons-en à la caution, alors.

– Madame la présidente, le ministère public requiert une très forte caution : cinq cent mille en liquide, cinq millions en dépôt de garantie. Le ministère public considère que, au vu de sa situation familiale inhabituelle, l'accusé présente un risque particulier d'évasion compte tenu de la sauvagerie du crime, de la très forte vraisemblance de sa culpabilité et de ses capacités d'appréciation hors du commun, l'accusé ayant grandi dans une maison où le droit pénal est une spécialité familiale.

Logiudice poursuivit cette logorrhée pendant quelques minutes. Il donnait l'impression d'avoir appris par cœur un discours qu'il récitait sans y mettre le ton.

Son étrange éloge de ma personne tournait dans ma tête comme un contrepoint. *J'ai pour lui une grande affection, une grande compassion, comme nous tous ici, j'en suis sûr. C'est l'homme que l'on remarque partout où il passe. Tout a été si facile pour lui.* Dans la salle d'audience, il semblait avoir été perçu presque comme un écart de langage, un petit hommage larmoyant lâché sous l'impulsion du moment. Il avait fait mouche. La scène avait un air de déjà-vu : revenu de ses illusions, le jeune élève découvre en son mentor un homme ordinaire ou descendu de son piédestal, ses yeux se dessillent, etc. Du bla-bla. Logiudice n'était pas homme à improviser ses réquisitoires, pas devant les caméras. Il avait dû tester cette tirade devant sa glace. La seule question était de savoir ce qu'il comptait en retirer, à quelle profondeur exacte il avait l'intention de plonger le fer en Jacob.

Finalement, Gros-Lard se montra insensible à l'argumentation de Logiudice. Elle fixa la caution à la hauteur où elle se trouvait depuis le jour de l'arrestation, soit dix mille malheureux dollars, un montant symbolique qui tenait compte du fait que Jacob ne pouvait s'enfuir nulle part et que sa famille était quand même connue de la justice.

Logiudice accueillit cette défaite par un haussement d'épaules. De toute façon, son argumentaire s'était résumé à des effets de manche.

– Madame la présidente, embraya-t-il, le ministère public souhaite également soulever une objection quant à la constitution de Me Klein comme avocat de la défense dans cette affaire. Me Klein est déjà intervenu comme avocat auprès d'un autre suspect de cet homicide, un homme dont je tairai le nom en audience publique. Représenter un second accusé dans la même affaire crée un conflit d'intérêts évident. Par le biais de cet autre suspect, cet avocat a sans doute été mis au fait d'informations confidentielles susceptibles d'influer sur la défense du présent dossier. Je ne peux que soupçonner l'accusé de préparer le terrain en vue d'un appel pour assistance inefficace s'il est condamné.

Cette insinuation de basse manœuvre fit bondir Jonathan. Il était rarissime qu'un homme de loi en attaque un autre aussi ouvertement. Même dans l'échauffement d'un procès à couteaux tirés, une politesse de caste restait de mise dans le prétoire. Jonathan se sentit gravement insulté.

– Madame la présidente, si le ministère public avait pris le temps de s'assurer de la réalité des faits, il n'aurait jamais porté une telle accusation. Il s'avère que l'autre suspect dans cette affaire ne m'a jamais confié sa défense et que je n'ai jamais eu avec lui de discussion à ce sujet. Il s'agit d'un client que j'ai représenté voici des années dans un dossier sans lien avec celui-ci, et qui m'a appelé à l'improviste en me demandant de me rendre au commissariat de Newton où il était interrogé. Le seul contact que j'ai eu avec lui fut pour lui conseiller de ne répondre à aucune question. Comme il n'a jamais été accusé, je ne lui ai plus jamais reparlé. Je n'ai été mis au fait d'aucune information, confidentielle ou non, pas plus dans ce dossier que dans d'autres, propre à avoir une incidence, même lointaine, sur cette affaire. Il n'y a aucun conflit d'intérêts qui tienne.

– Madame la présidente, fit Logiudice avec un haussement d'épaules patelin, en ma qualité d'avocat général, il était de mon devoir de faire état d'un problème tel que celui-ci. Si Me Klein s'estime choqué…

– Est-ce de votre devoir de refuser à l'accusé le conseil de son choix ? Ou de le traiter de menteur avant même que l'affaire ait commencé ?

– Merci à tous les deux, trancha Gros-Lard. Monsieur Logiudice, l'objection du ministère public à la constitution de Me Klein comme avocat est notée et rejetée.

Levant les yeux de ses documents, elle le considéra du haut de son siège :

– Ne vous laissez pas emporter.

Pour toute réaction, Logiudice se contenta d'une mimique désapprobatrice – un hochement de tête, sourcils levés – afin de ne pas provoquer la magistrate. Mais, auprès du tribunal de l'ombre qu'était l'opinion publique, il avait certainement marqué un point. Dans les journaux du lendemain, dans les débats à la radio, dans les fils de discussion sur Internet, partout où l'on disséquait l'affaire, on se demanderait si Jacob Barber n'essayait pas d'embobiner son monde. De toute façon, Logiudice n'avait jamais eu l'intention de se faire aimer.

– Je renvoie cette affaire devant le juge French qui statuera, déclara Gros-Lard d'un ton définitif en repoussant la chemise vers le greffier. Les audiences sont suspendues pendant dix minutes.

Elle lança un regard sombre au cameraman, aux journalistes installés au fond et – mais peut-être était-ce le fruit de mon imagination – à Logiudice.

Les formalités de la caution furent accomplies rapidement et Jacob nous fut rendu. Ensemble, nous quittâmes le palais de justice en traversant un groupe de journalistes, plus nombreux, me sembla-t-il, qu'à notre arrivée. Plus virulents aussi : sur Thorndike Street, ils tentèrent de nous barrer le chemin. Quelqu'un – peut-être l'un d'eux, encore que personne n'ait rien vu – repoussa Jacob au niveau de la poitrine en le faisant reculer de quelques pas pour essayer de lui tirer une réponse. Jacob n'en livra aucune. Son visage vide demeura impénétrable. Même les plus respectueux d'entre eux avaient une tactique sournoise pour nous arrêter et nous faire parler : « Pouvez-vous simplement nous dire ce qui s'est passé à l'intérieur ? », demandaient-ils, comme s'ils ne le savaient pas, comme s'ils n'avaient pas été mis au courant par les images de la télévision et les SMS de leurs collègues.

Lorsque nous tournâmes au coin de la rue pour reprendre le chemin de la maison, nous étions épuisés. Laurie, en particulier, avait l'air vidée. Avec l'humidité, ses cheveux commençaient à se torsader. Ses traits étaient tirés. Depuis la tragédie, elle n'avait cessé de perdre du poids et son joli visage en cœur s'était creusé. Au moment où j'engageai la voiture dans l'allée, Laurie sursauta en se couvrant la bouche des deux mains.

– Oh, mon Dieu !

Sur le devant de la maison s'étalait un graffiti tracé avec un épais feutre noir :

ASSASSIN
SOIS MAUDIT
POURRIS EN ENFER

Les lettres, hautes, massives, nettes, avaient été écrites sans hâte particulière. La maison était habillée d'un bardage et le stylo avait dérapé en passant d'une planche à l'autre. Pour le reste, c'était du travail soigné, réalisé en plein jour, en notre absence. Car cette inscription n'était pas là lorsque nous étions partis le matin, j'en étais sûr.

Je balayai la rue du regard. Les trottoirs étaient déserts. Une escouade de jardiniers avaient garé leur camion un peu plus bas, et on entendait le bourdonnement puissant des tondeuses et des souffleurs de feuilles. Nulle présence de voisins. Nulle présence tout court. Seulement des pelouses vertes impeccables, des rhododendrons aux fleurs roses et mauves, un cordon de grands et vieux érables qui courait le long des maisons, ombrageant la rue.

Laurie descendit d'un bond et fila à l'intérieur, me laissant avec Jacob contempler le graffiti.

– Ne te laisse pas impressionner, Jake. Ils essaient de te faire peur.

– Je sais.

– C'est un imbécile isolé qui a fait ça. Il suffit d'un. C'est pas l'avis de tout le monde. Ce n'est pas ce que pensent les gens.

– Bien sûr.

– Tout le monde ne pense pas ça.

– Évidemment. C'est bon, papa. Ça me laisse assez froid.

Je me retournai pour le regarder sur le siège arrière.

– Vraiment ? Ça ne t'inquiète pas ?

– Non.

Il était assis les bras croisés, les yeux plissés, les lèvres serrées.

– Sinon tu me le dirais, hein ?

– Je pense.

– Parce qu'on a le droit d'être… blessé. Tu le sais, ça ?

Il fronça le front avec dédain et secoua la tête, tel un empereur refusant une faveur. *Ils ne peuvent pas m'atteindre.*

– Mais dis-moi, qu'est-ce que tu ressens, à l'intérieur de toi, Jake, là, maintenant ?

– Rien.

– Rien ? Ce n'est pas possible.

– Tu l'as dit, c'est un taré, c'est tout. Un imbécile, ce que tu veux. C'est pas comme si les autres ne disaient jamais rien de méchant sur moi, papa… Même devant moi. Qu'est-ce que tu crois que c'est, le collège ? Ça… (il désigna du menton le graffiti sur la maison), c'est juste un support différent.

Je le considérai un moment. Il était immobile, sauf ses yeux qui faisaient l'aller-retour entre moi et la fenêtre passager. Je lui tapotai le genou, même si j'avais du mal à l'atteindre et que je ne pouvais faire mieux que de toucher l'os dur de sa rotule du bout des doigts. Je m'aperçus que, la veille au soir, je lui avais donné un mauvais conseil en l'invitant à « être fort ». Je l'avais clairement exhorté à être comme moi. Mais, constatant qu'il m'avait pris au mot et s'était drapé dans une raideur théâtrale, tel un Clint Eastwood adolescent, je regrettais mes propos. J'avais envie que l'autre Jacob, mon fiston benêt et gauche, montre à nouveau son visage. Mais il était trop tard. En tout cas, cette posture de dur me procura une émotion singulière.

– Tu es super, Jake. Je suis fier de toi. Je veux parler de la façon dont tu as fait face là-bas. Tu es un bon fils.

– Ouais, OK, papa, grogna-t-il.

À l'intérieur, je trouvai Laurie à quatre pattes devant le placard de l'évier, en train de fouiller parmi les produits de nettoyage. Elle portait encore la jupe bleu marine qu'elle avait mise pour aller au tribunal.

– Laisse, Laurie. Je vais m'en occuper. Repose-toi.

– Tu vas t'en occuper quand ?

– Dès que tu voudras.

– Tu dis que tu vas t'occuper de tout et tu ne le fais pas. Je ne veux pas de ce truc-là sur ma maison. Pas une minute de plus. Je ne supporterai pas.

– Je t'ai dit que je m'en occupais. S'il te plaît. Va te reposer.

– Comment est-ce que je pourrais me reposer, Andy, avec ça ? Franchement ! Tu as vu ce qu'ils ont écrit ? Sur notre maison ! *Notre maison*, Andy, et tu voudrais que j'aille me reposer ? Bravo. Je dis bravo. Ils s'amènent tranquillement, ils écrivent sur la maison, et personne ne dit rien, personne ne lève le petit doigt, pas un voisin, putain !

Elle avait prononcé ce juron avec application, en détachant bien les deux syllabes, comme on le fait quand on n'est pas habitué à en dire.

– On devrait appeler les flics. C'est un délit, non ? C'est un délit, je le sais. C'est du vandalisme. On appelle les flics ?

– Non, on n'appelle pas les flics.

– Non, bien sûr que non.

Elle se releva, un flacon de détergent à la main, attrapa un torchon à vaisselle et le mouilla sous le robinet.

– Laurie, je t'en prie, laisse-moi faire. Laisse-moi t'aider au moins.

– Tu arrêtes, oui ? J'ai dit que c'était moi.

Comme elle était déchaussée, elle sortit ainsi, pieds nus, en collant, et se mit à frotter comme une possédée.

Je la rejoignis, mais sans rien pouvoir faire d'autre que la regarder.

Sa chevelure battait au rythme vigoureux de ses bras. Elle avait les yeux humides et le visage empourpré.

– Je peux t'aider, Laurie ?

– Non, je vais le faire.

De guerre lasse, je cessai de jouer au spectateur et rentrai. Je l'entendis récurer ainsi la façade de la maison pendant un long moment. Elle réussit à gommer l'inscription, mais l'encre laissa sur la peinture un nuage gris. Il y est encore.

# 10

# Léopards

Le bureau de Jonathan était un petit dédale de pièces en désordre situé dans une maison victorienne centenaire, près de Harvard Square. Le cabinet reposait quasiment sur ses seules épaules. Il avait bien une associée, une jeune femme du nom d'Ellen Curtice, tout droit sortie de la faculté de Suffolk. Mais il ne la sollicitait que pour des remplacements, les jours où il ne pouvait se rendre lui-même au palais (généralement parce qu'il était retenu ailleurs, par d'autres procès), et pour les recherches juridiques courantes. Il était entendu, semblait-il, qu'Ellen partirait dès lors qu'elle serait prête à se mettre à son compte. Pour l'heure, elle était dans les lieux une présence vaguement déconcertante, observatrice souvent silencieuse dont les yeux noirs contemplaient les allées et venues des clients, les meurtriers, violeurs, voleurs, agresseurs d'enfants et autres individus de triste acabit. Il y avait en elle quelque chose de l'orthodoxie radicale de l'étudiante. Je l'imaginais bien juger Jacob sans tendresse – le gosse de riches qui grille tous les atouts que la Providence a placés dans son berceau, quelque chose dans ce goût-là –, mais elle n'en laissait rien voir. Ellen nous traitait avec une politesse marquée, mettant un point d'honneur à me donner du « monsieur Barber » et s'offrant pour prendre mon manteau dès que j'apparaissais, comme si une once d'intimité aurait risqué de mettre sa neutralité en péril.

La seule autre personne attachée au service de Jonathan était Mme Wurtz, qui tenait la comptabilité, répondait au téléphone et, lorsqu'elle ne supportait plus la saleté ambiante, récurait à contrecœur la cuisine et les toilettes en ruminant des envies de meurtre. Mme Wurtz offrait une ressemblance troublante avec ma mère.

De toutes les pièces du cabinet, la bibliothèque était ma préférée. Elle possédait une cheminée de briques rouges et des étagères garnies d'ouvrages de droit, anciens et familiers : sous leurs reliures miel, les recueils jurisprudentiels du Massachusetts et fédéraux, en kaki, les recueils des appels de l'État et, en grenat, la vieille série des annales du Massachusetts.

C'est dans ce petit repaire douillet que nous nous retrouvâmes quelques heures seulement après l'audience préliminaire de Jacob, en début d'après-midi, pour parler de l'affaire. Nous avions pris place tous les trois aux côtés de Jonathan autour d'une antique table ronde en chêne. Ellen était là, elle aussi, pour prendre des notes sur son bloc réglementaire jaune.

Jacob portait un sweat-shirt bordeaux à capuche avec, sur le devant, le logo d'une marque de vêtements, une silhouette de rhinocéros. Quand la réunion commença, il s'affaissa sur sa chaise, son immense capuche rabattue sur la tête comme un druide.

– Jacob, retire ta capuche. Un peu de respect, je te prie.

Il s'en débarrassa d'un revers boudeur et afficha un air absent, comme si ce rendez-vous était une affaire d'adultes, sans grand intérêt pour lui.

Laurie, avec ses lunettes sexy d'institutrice et son pull léger en polaire, ressemblait aux centaines d'autres mères à plein temps qui peuplent la banlieue, son regard anéanti excepté. Elle demanda un bloc et se mit en devoir de prendre des notes en même temps qu'Ellen. Laurie était bien décidée à garder la tête froide – à trouver des issues, à conserver les idées claires et à rester active, même dans ce rêve irréel. Pour être franc, elle aurait sans doute gagné à rester en retrait. Ce genre de situation est propice aux imbéciles et aux belliqueux, qu'elle autorise à cesser de réfléchir et à se préparer au combat en s'en remettant aux experts et au destin, persuadés que tout finira par leur sourire. Laurie, qui n'était ni une imbécile ni une belliqueuse, finirait par en payer le prix, exorbitant – mais n'anticipons pas. Dans l'immédiat, en la voyant avec son bloc et son stylo, je repensai inévitablement à nos années d'études, à son côté bûcheuse, du moins comparée à moi. Nous avions rarement cours ensemble : nos centres d'intérêt n'étaient pas les mêmes – j'étais attiré par l'histoire, elle par la psycho, l'anglais et le cinéma –, et puis nous ne tenions pas à devenir l'un de ces couples inséparables qui nous filaient la nausée à force de musarder côte à côte sur le campus, comme des siamois. En quatre ans, le seul cours auquel nous ayons assisté ensemble fut « Introduction à l'histoire des premiers Américains » d'Edmund Morgan, que nous avions choisi en première année, au tout début de notre relation. Avant les examens, je piquais le classeur de Laurie pour rattraper les séances que j'avais séchées. Je me revois, ébahi devant ces pages entières couvertes de son écriture régulière. Elle notait mot pour mot de longues phrases du professeur, scindait le cours en une arborescence de concepts et de sous-concepts qu'elle agrémentait au fur et à mesure de ses propres réflexions. Rares étaient chez elle ces ratures, gribouillis et autres flèches sinueuses dont regorgeaient mes cours, pris sans soin, ni rigueur, ni sérieux. Ce classeur noirci sous la dictée d'Edmund Morgan contribua à ma découverte de Laurie. Ce qui me frappa, ce ne fut pas le fait qu'elle était sans doute plus intelligente que moi. Originaire d'une petite ville – Watertown dans l'État de New York –, j'y étais préparé. Je m'attendais bien à trouver à Yale un fourmillement de jeunes gens cérébraux et délurés comme Laurie Gold. Je les avais cernés en lisant Salinger et en regardant *Love Story* et *La Chasse aux diplômes.* Non, ma révélation devant les cours de Laurie, ce ne fut pas qu'elle fût intelligente, mais insaisissable. Elle était en tout point aussi complexe que moi. Enfant, j'avais toujours cru qu'il y avait quelque chose d'extraordinaire à être Andy Barber, mais la vie intérieure de Laurie Gold avait dû être tout autant émaillée de secrets et de chagrins. Elle resterait à jamais un mystère, comme le sont tous ceux qui nous entourent. J'avais beau essayer de la pénétrer, en lui parlant, en l'embrassant, en m'enfonçant en elle, je ne connaîtrais jamais d'elle qu'une parcelle infime. Prise de conscience puérile, je le reconnais – personne digne d'être connu ne peut l'être tout à fait, personne digne d'être possédé ne peut l'être tout à fait –, mais, après tout, nous étions des enfants.

– Bien, fit Jonathan en levant les yeux de ses papiers, ce n'est que la première salve de Neal Logiudice. Je n'ai ici que l'acte d'accusation et certains des constats de police, alors évidemment nous n'avons pas encore tous les éléments à charge. Mais nous avons une idée générale des griefs retenus contre Jacob. On peut au moins commencer à discuter et essayer d'esquisser les contours du procès. Et voir ce qu'il convient de faire d'ici là. Jacob, avant qu'on démarre, j'aimerais te préciser une chose ou deux.

– D'accord.

– D'abord, le client ici, c'est toi. Ce qui signifie que, dans la mesure du possible, c'est toi qui prendras les décisions. Pas tes parents, pas moi, ni personne. Cette affaire, c'est la tienne. Tu auras toujours la main. Rien ne se décidera ici contre ton gré. D'accord ?

– D'accord.

– Que tu souhaites t'en remettre à ta mère et à ton père pour prendre telle ou telle décision, c'est parfaitement compréhensible. Mais ne te mets pas en tête que tu n'as pas voix au chapitre. La loi te traite en adulte. Est-ce un bien, est-ce un mal ? Toujours est-il que, selon la législation du Massachusetts, tout mineur inculpé d'assassinat est considéré comme un adulte. Je vais donc m'efforcer de te traiter, moi aussi, en adulte. D'accord ?

– 'cord, fit Jacob.

Pas une syllabe de trop. Si Jonathan s'attendait à un épanchement de gratitude, il s'était trompé d'interlocuteur.

– Autre chose, je ne veux pas te voir baisser les bras. Je te mets en garde, dans les affaires comme celle-ci, il y a toujours un moment où tu te dis « oh, et puis merde… » : quand tu regardes les charges retenues contre toi, que tu vois toutes ces preuves, tous ces gens aux côtés du procureur, que tu entends tout ce qu'il dit à l'audience. Et là, tu paniques. Tu te dis que c'est foutu. Tout au fond de toi, il y a une petite voix qui te dit de laisser tomber. Je veux que tu le saches, ça arrive à chaque fois. Si elle n'est pas encore venue, elle va venir. Et ce dont je veux que tu te souviennes quand tu l'entendras, c'est que nous tous, ici réunis, nous avons assez de biscuits pour gagner.

Il n'y a aucune raison de s'affoler. Qu'ils soient nombreux en face, que les arguments du procureur paraissent solides, que Logiudice paraisse confiant, peu importe. Nous ne sommes pas sans munitions. Il faut garder son calme. Et, si on y arrive, on n'aura besoin de rien d'autre pour gagner. Alors, est-ce que tu me crois ?

– J'en sais rien. Pas trop, en fait.

– Eh bien, moi, je te dis que c'est la vérité.

Jacob baissa les yeux sur ses genoux.

Une micro-expression, une grimace de déception, passa sur le visage de Jonathan.

Il n'alla pas plus loin dans ses encouragements.

Avec un air de renoncement, il ajusta ses demi-lunes et feuilleta les documents posés devant lui, pour l'essentiel des rapports de police photocopiés et l'« exposé des faits » dans lequel Logiudice avait résumé les éléments de l'accusation. Sans la veste et sous le col roulé noir que Jonathan portait déjà au tribunal, ses épaules paraissaient frêles et osseuses.

– La version officielle, reprit-il, ce serait que Ben Rifkin te persécutait, que tu t'étais donc procuré un couteau et que, quand l'occasion s'est présentée ou peut-être quand tu en as eu assez d'être tourmenté par la victime, tu t'es vengé. Il n'y aurait pas de témoins directs. Une femme qui se promenait dans Cold Spring Park dit t'y avoir vu ce matin-là. Une autre promeneuse a entendu la victime s'écrier : « Arrête, tu me fais mal », mais sans rien voir de concret. Et un de tes condisciples – c'est le mot, *condisciple*, qu'emploie Logiudice – prétend que tu possédais un couteau. Ce condisciple n'est pas nommé dans les rapports que j'ai ici. Jacob, tu vois de qui il pourrait s'agir ?

– C'est Derek, Derek Yoo.

– Pourquoi dis-tu cela ?

– Il a dit la même chose sur Facebook. Il raconte ça depuis un moment.

Jonathan hocha la tête, mais sans poser la question évidente : *Est-ce vrai ?*

– Bref, dit-il, c'est une affaire qui repose beaucoup sur des présomptions. Il y a une empreinte de pouce, sur laquelle je vais revenir. Mais les empreintes digitales n'ont qu'un poids très limité en tant que preuves. Il est impossible de dire exactement quand et comment une empreinte a été laissée quelque part. L'explication innocente plus souvent qu'elle n'accuse.

Il laissa tomber cette remarque avec désinvolture, sans lever les yeux.

Je me tortillai sur ma chaise.

– Il y a autre chose, intervint Laurie.

Un silence. Un sentiment étrange envahit la pièce.

Le regard de Laurie fit le tour de la table, lourd d'appréhension. Un instant, sa voix s'était voilée, congestionnée.

– Et s'ils considéraient que Jacob a hérité de quelque chose, d'une sorte de maladie ?

– Je ne comprends pas. Hérité de quoi ?

– D'une violence.

– Quoi !? s'étrangla Jacob.

– Je ne sais pas si mon mari vous l'a dit, mais notre famille a un passé violent. D'après lui.

Je notai qu'elle avait dit *notre famille*, en s'y incluant. Je m'accrochai à ce détail pour ne pas perdre pied.

Se reculant contre son dossier, Jonathan retira ses lunettes en les laissant pendre au bout de leur cordon. Il dévisagea Laurie avec perplexité.

– Pas chez Andy ni moi, précisa-t-elle. Chez le grand-père de Jacob, son arrière-grand-père, son arrière-arrière-grand-père, etc.

– Maman, de quoi tu parles ? interrogea Jacob.

– Je me demande simplement s'ils ne pourraient pas considérer que Jacob a une… une prédisposition ? Une prédisposition génétique ?

– Quel genre de prédisposition ?

– À la violence.

– Une prédisposition *génétique* à la violence ? Non. Bien sûr que non.

Jonathan secoua la tête avant que sa curiosité l'emporte :

– De quels père et grand-père parlez-vous ?

– Des miens.

Je me sentis rougir, je sentis une chaleur me monter aux joues, aux oreilles. J'eus honte, puis honte d'avoir honte, de manquer de sang-froid. Puis honte, à nouveau, que mon fils apprenne tout cela devant Jonathan, découvre en moi un menteur, un mauvais père. Cette honte dans les yeux de mon fils, elle ne venait qu'en dernier.

Jonathan détourna le regard, ostensiblement, pour me permettre de me reprendre.

– Non, Laurie, jamais ce genre de preuve ne serait recevable. En tout cas, que je sache, une prédisposition génétique à la violence, ça n'existe pas. Si Andy est effectivement né dans une famille au passé violent, son heureuse nature et son parcours montrent que cette tendance n'est pas présente chez lui.

Il jeta un regard de mon côté pour être certain que je percevais le ton assuré de sa voix.

– Ce n'est pas d'Andy que je doute, poursuivit Laurie. C'est du procureur, Logiudice. S'il l'apprenait ? J'ai regardé sur Google ce matin. Il y a eu des affaires où ce genre de preuve ADN a été utilisé. C'est une chose qui, paraît-il, rend l'accusé agressif. On appelle ça le « gène du meurtre ».

– C'est ridicule ! Le « gène du meurtre » ! En tout cas, des affaires comme ça, vous n'avez pas dû en trouver dans le Massachusetts.

– Non.

– Jonathan, elle est toute retournée, m'empressai-je d'expliquer. Nous avons parlé de toute cette histoire la nuit dernière. C'est ma faute. Je n'aurais pas dû l'encombrer avec ça tout de suite.

Laurie se tenait bien droite pour montrer à quel point j'avais tort. Maîtresse d'elle-même, elle ne se laissait pas déborder par ses émotions.

– Laurie, reprit Jonathan sur un ton réconfortant, tout ce que je peux vous dire, c'est que, s'ils viennent sur ce terrain, nous nous battrons bec et ongles. C'est insensé !

Il grommela en secouant la tête, ce qui, chez un être aussi mesuré que lui, s'apparentait à un emportement presque violent.

Et aujourd'hui encore, en repensant à ce moment où l'idée de « gène du meurtre » a été évoquée pour la première fois – par Laurie, en plus –, je sens mon dos se raidir, je sens la colère irradier depuis le bas de ma colonne. La notion de gène du meurtre n'était pas seulement indigne et calomniatrice – même si elle était aussi cela. Elle heurtait l'homme de loi que j'étais. Je perçus immédiatement sa dimension rétrograde, la façon dont elle faussait la réalité scientifique de l'ADN, de la composante génétique du comportement, en lui superposant le bric-à-brac savant des avocats véreux, ce langage cynique et pseudo-scientifique dont le vrai but est de manipuler les jurés, de les égarer en leur faisant miroiter les certitudes de la science. Le gène du meurtre était un mensonge. Une arnaque de prétoire.

C'était aussi une idée profondément subversive. Elle sapait les fondements mêmes du droit pénal. La justice punit l'intention criminelle – le *mens rea*, l'esprit coupable. La règle est ancienne : *Actus non facit reum nisi mens sit rea* – « L'acte ne fait pas le coupable, à moins que l'esprit ne soit coupable ». C'est pourquoi nous ne condamnons pas les enfants, les personnes ivres et les schizophrènes : ils ne décident pas sciemment de commettre un crime, ils ne comprennent pas réellement la portée de leur geste. Le libre arbitre est aussi important en droit que dans la religion ou que dans tout autre système de valeurs. Nous ne punissons pas le léopard pour sa sauvagerie. Logiudice aurait-il malgré tout le cran de soutenir cette thèse ? De prétendre que l'on puisse « naître méchant » ? J'étais sûr qu'il tenterait le coup. Bonne science ou pas, bon droit ou pas, il glisserait l'idée à l'oreille du jury, telle une commère trahissant un secret. Il trouverait bien un biais.

Finalement, Laurie avait raison, bien sûr : le gène du meurtre allait nous hanter, même si ce n'était pas tout à fait comme elle l'avait prédit. Mais, lors de cette première réunion, Jonathan et moi, formés à la tradition humaniste du droit, avions d'instinct rejeté cette notion, l'avions tournée en dérision. Elle s'était pourtant emparée de l'imagination de Laurie et de celle de Jacob.

Mon fils bayait littéralement d'étonnement.

– Est-ce que quelqu'un pourrait m'expliquer de quoi il s'agit ?

– Jake..., commençai-je, mais les mots ne vinrent pas.

– Quoi ? Que quelqu'un m'explique !

– Mon père est en prison. Il y est depuis longtemps.
– Mais ton père, tu ne l'as jamais connu !
– Ce n'est pas tout à fait vrai.
– Mais c'est toi qui me l'as dit. Tu l'as toujours dit !
– Effectivement, je l'ai dit. Je le regrette. Je ne l'ai jamais vraiment connu, c'est vrai. Mais je savais qui il était.
– Tu m'as menti ?
– Je ne t'ai pas dit toute la vérité.
– Tu m'as menti.

Je secouai la tête. Toutes les raisons, tous les sentiments que j'avais eus enfant, tout me paraissait désormais dérisoire et caduc.
– Je ne sais pas.
– Mais alors qu'est-ce qu'il a fait ?

Une profonde inspiration.
– Il a tué une fille.
– Comment ? Pourquoi ? Qu'est-ce qui s'est passé ?
– Je n'ai pas vraiment envie d'en parler.
– Tu m'étonnes que t'as pas envie !
– C'était un sale type, Jacob, c'est tout. Restons-en là.
– Comment ça se fait que tu ne m'en aies jamais parlé ?
– Jacob, intervint doucement Laurie, je ne le savais pas non plus. Je ne l'ai appris qu'hier.

Elle posa sa main sur celle de Jacob pour la caresser :
– Tout va bien. On est là pour voir comment gérer tout ça. Essayons de garder notre calme, d'accord ?
– C'est juste que… j'arrive pas à y croire ! Comment se fait-il que tu ne m'aies jamais rien dit ? C'est mon… mon quoi ?... mon grand-père ? Comment tu as pu me cacher ça ? Tu te prends pour qui ?
– Jacob ! Surveille ton langage quand tu parles à ton père.
– Non, c'est rien, Laurie. Il a le droit de mal le prendre.
– Effectivement, je le prends mal !
– Jacob, je ne t'en ai jamais parlé – à toi ni à personne – parce que j'avais peur de changer dans le regard des autres. Et ce dont j'ai peur maintenant, c'est du regard qu'on va poser aussi sur toi. Je n'ai pas envie de ça. Un jour, très bientôt peut-être, tu comprendras.

Il me dévisageait, bouche bée, mécontent.

– Je ne pensais pas qu'on en arriverait là. Moi, je voulais… je voulais laisser tout ça derrière moi.

– Mais, papa, ça fait partie de moi.

– Ce n'était pas mon avis.

– J'avais le droit de savoir.

– Ce n'était pas mon avis, Jake.

– Moi, je n'aurais pas eu le droit de savoir ? Il s'agit de ma famille quand même !

– Tu avais le droit de *ne pas* savoir. Tu avais le droit de partir sur des bases saines, d'être maître de ton destin, comme n'importe quel autre enfant.

– Mais je n'étais pas comme n'importe quel autre enfant.

– Bien sûr que si !

Laurie détourna le regard.

Jacob se recula sur sa chaise. Il avait l'air plus bouleversé que fâché. Ses questions, ses reproches n'étaient qu'un moyen de canaliser son émotion. Il demeura un moment plongé dans ses pensées.

– J'arrive pas à y croire, fit-il encore, dérouté. Je peux pas y croire. Je peux pas croire que tu aies fait ça.

– Écoute, Jacob, si tu m'en veux te t'avoir menti, très bien. Mais j'ai cru bien faire. J'ai fait ça pour toi. Même avant que tu naisses, je l'ai fait pour toi.

– Allez, arrête ! C'est pour toi que tu l'as fait.

– Pour moi, oui, et pour mon fils, pour le fils que j'espérais avoir un jour, pour lui rendre la tâche un peu plus facile. Pour toi !

– Ça n'a pas été très concluant, on dirait.

– Je crois que si. Je crois que ta vie a été plus facile qu'elle aurait pu l'être. Je l'espère, en tout cas. Elle a été plus facile que la mienne, ça, c'est sûr !

– Papa, regarde où on en est…

– Et alors ?

Il se tut.

– Jacob, intervint Laurie de sa voix de miel. Jacob, faisons attention à la façon dont nous nous parlons, d'accord ? Essaie de comprendre la position de ton père, même si tu n'es pas d'accord avec lui. Mets-toi à sa place.

– Maman, c'est toi qui l'as dit : j'ai le gène du meurtre.

– Je n'ai pas dit ça, Jacob.

– Tu l'as laissé entendre. Mais oui !

– Jacob, tu sais très bien que je n'ai pas dit ça. Je ne crois même pas à son existence. Je parlais d'autres procès sur lesquels je me suis renseignée.

– Maman, on est bien d'accord : c'est un fait, il n'y a pas à revenir là-dessus. Si ça ne t'inquiétait pas, tu n'aurais pas cherché sur Google.

– Un fait ? Comment sais-tu que c'est un fait, tout à coup ?

– Maman, je te pose la question : pourquoi est-ce qu'on ne parle que de ce qu'on hérite de bien ? Quand un athlète a un enfant qui est bon en sport, ça ne gêne personne de dire que son fils a hérité de son talent. Quand un musicien a un enfant doué pour la musique, quand un prof a un enfant intelligent, même chose. Alors pourquoi cette différence ?

– Je ne sais pas, Jacob. Ce n'est pas pareil, c'est tout.

Jonathan – qui observait le silence depuis si longtemps que j'avais presque fini par l'oublier – dit calmement :

– La différence, c'est que ce n'est pas un crime d'être sportif, musicien ou intelligent. Il faut faire très attention à ne pas enfermer quelqu'un pour ce qu'il est, plutôt que pour ce qu'il a fait. On en a commis, des injustices, pour l'avoir oublié...

– Alors qu'est-ce que je deviens si c'est vrai ?

– Que veux-tu dire exactement, Jacob ? lui demandai-je.

– Qu'est-ce qui se passe si j'ai ce truc-là, à l'intérieur de moi, et que je ne peux rien y faire ?

– Tu n'as rien à l'intérieur de toi.

Il secoua la tête.

Il y eut un très long silence, une dizaine de secondes qui en parurent beaucoup plus.

– Jacob, repris-je, le « gène du meurtre », ce n'est qu'une formule. C'est une métaphore. Tu comprends, non ?

Haussement d'épaules.

– Je sais pas.

– Jake, tu te trompes : même si un assassin avait un enfant qui était aussi un assassin, on n'aurait pas besoin de la génétique pour l'expliquer.

– Qu'est-ce que tu en sais ?

– Oh, j'y ai réfléchi, Jacob, crois-moi, j'y ai réfléchi. Mais ça ne marche pas comme ça. Voici comment je vois les choses : les enfants de Yo-Yo Ma ne sont pas nés en sachant déjà jouer du violoncelle. Le maximum dont tu puisses hériter, c'est le talent, le potentiel. Après, ce que tu en fais, ce que tu deviens, ça dépend de toi.

– Tu as hérité du talent de ton père ?

– Non.

– Comment tu le sais ?

– Regarde-moi. Regarde mon parcours, comme dit Jonathan. Tu me connais. Tu vis avec moi depuis quatorze ans. Est-ce que j'ai déjà été violent un jour, un seul ?

Jacob haussa à nouveau les épaules, peu convaincu.

– Peut-être que tu n'as jamais appris à jouer de ton violoncelle. Ça ne veut pas dire que tu n'as pas le talent pour.

– Jacob, que cherches-tu à me faire dire ? Il est impossible de prouver une chose pareille.

– Je sais. C'est aussi mon problème. Comment je sais ce qu'il y a en moi ?

– Il n'y a rien en toi.

– Je vais te dire, papa : je pense que tu sais exactement ce que je ressens en ce moment même. Je sais très bien pourquoi tu n'as parlé de tout ça à personne pendant si longtemps. Et ce n'était pas à cause de ce qu'on pourrait penser de toi.

Jacob se rejeta en arrière en croisant ses mains sur son ventre. La discussion était close. Il avait fait sienne cette idée de gène du meurtre et je pense qu'ensuite il n'y est plus jamais revenu. Je laissai tomber le sujet, moi aussi. À quoi bon tenter de le convaincre que le potentiel de l'homme est illimité... Comme ceux de sa génération, il penchait instinctivement pour les explications scientifiques au détriment des vieilles vérités. Il savait ce qu'il advient lorsque la science se heurte à la pensée magique.

# 11

# Courir

Je ne suis pas fait pour courir. Jambes trop grosses, corps trop grand, trop massif. Je suis bâti comme un boucher. Et, honnêtement, je prends peu de plaisir à courir. Je le fais parce qu'il le faut. Sinon je m'empâte, fâcheuse tendance héritée de ma mère, de cette solide souche paysanne originaire d'Europe de l'Est, d'Écosse et de contrées inconnues. De sorte que, chaque matin vers 6 heures ou 6 h 30, j'allais traîner ma carcasse à travers les rues et sur les sentiers aménagés de Cold Spring Park, jusqu'à ce que j'aie bouclé mes cinq kilomètres.

J'étais résolu à continuer malgré l'inculpation de Jacob. De toute évidence, les voisins auraient préféré que les Barber ne se montrent plus, en particulier à Cold Spring Park. D'une certaine manière, je leur donnais satisfaction : en allant courir de bonne heure, en gardant mes distances avec tout le monde et en baissant la tête comme un évadé quand je croisais un joggeur. Et, évidemment, je ne passais jamais près du lieu du meurtre. Mais, d'emblée, j'avais décidé que, pour mon propre équilibre, je conserverais ce rituel de mon ancienne vie.

Le lendemain de notre première réunion avec Jonathan, je connus la sensation indéfinissable et, pour moi, paradoxale de « courir facile ». Je me sentais léger, rapide. Pour une fois, ma course ne s'apparentait pas à une succession de bonds pataud, mais – et ce n'est pas une licence poétique – à un envol. Je sentais mon corps projeté vers l'avant avec une sorte d'aisance naturelle, d'empressement avide, comme si j'avais toujours dû éprouver cet état. Je ne sais pas ce qui s'était passé au juste, même si je pense que l'accumulation d'angoisse due à cette affaire avait inondé mon organisme d'adrénaline. Dans la fraîcheur humide de Cold Spring Park, je progressais à bonne allure en suivant la boucle qui épouse le périmètre du parc, sautant par-dessus les racines et les rochers, franchissant les flaques d'eau et les nappes de boue glaireuse qui parsèment le sous-bois au printemps. Je me sentais bien, au point que, dépassant ma sortie habituelle, je poursuivis encore un peu à travers bois jusqu'à l'avant du parc où, sans intention ni projet réel en tête, mais mû par la conviction – qui avait vite enflé pour devenir certitude – que c'était Leonard Patz qui avait fait le coup, je débouchai sur le parking de la résidence Windsor.

Je fis quelques pas sans trop me montrer. Je n'avais pas la moindre idée de l'endroit où se trouvait l'appartement de Patz. Les bâtiments étaient des blocs de briques rouges, tout simples, sur trois niveaux.

Je repérai la voiture de Patz, une Ford Probe prune, rouillée, de la fin des années 1990, dont je me souvenais avoir vu la description dans son dossier, parmi les infos que Paul Duffy avait commencé à collecter. C'était exactement le genre de voiture dans lequel je voyais un agresseur d'enfants. L'expression *automobile du pédophile* correspond très exactement à la Ford Probe de couleur prune de la fin des années 1990. Sauf à arborer le fanion de la NAMBLA[1] accroché à l'antenne, ce véhicule ne pouvait pas mieux convenir au personnage. Patz avait décoré sa pédomobile de divers macarons attendrissants : plaque personnalisée du Massachusetts avec la mention « Éduquons les enfants » et, sur les pare-chocs, autocollants des Red Sox et du WWF avec son mignon petit panda. Les deux portes étaient verrouillées. Les mains en œillères, je scrutai l'intérieur à travers la fenêtre du conducteur. L'habitacle était impeccable, quoique usagé.

Dans le hall du bâtiment le plus proche de moi, je trouvai sa sonnette : « PATZ, L. ».

La résidence commençait à bouger. Ses occupants sortaient en ordre dispersé pour rejoindre leurs voitures ou rallier à pied

1. Association américaine de pédophiles homosexuels opposée au principe d'un âge minimal pour avoir des rapports sexuels. *(N.d.T.)*

le Dunkin' Donuts situé juste au bas de la rue. La plupart étaient en tenue de travail. Une femme qui sortait de l'immeuble de Patz me tint courtoisement la porte – pour passer inaperçu dans les filatures en banlieue, rien ne vaut une peau blanche et rasée de près, et une panoplie de joggeur –, mais je déclinai avec une expression de gratitude. Qu'irais-je faire à l'intérieur ? Frapper à la porte de Patz ? Non. Pas encore, du moins.

Je commençais seulement à me dire que la stratégie de Jonathan était trop timide. Il raisonnait trop en avocat, se contentant de renvoyer l'accusation à sa charge de la preuve, de cuisiner les témoins, d'ouvrir quelques brèches dans le dossier de Logiudice, pour pouvoir expliquer ensuite au jury que, en effet, il existait bien quelques éléments contre Jacob, mais pas assez. Moi, je préférais attaquer, toujours. Pour être honnête, je déformais les intentions de Jonathan, je le sous-estimais gravement. Mais je savais – et lui aussi, sûrement – qu'il valait mieux apporter au jury de l'inédit. Si ce n'était pas Jacob, alors qui était-ce ? C'était cela, évidemment, que les jurés voudraient savoir. Il fallait leur offrir un scénario pour combler cette attente. Nous autres, humains, sommes plus sensibles aux histoires qu'aux concepts abstraits du style « charge de la preuve » ou « présomption d'innocence ». Nous sommes des animaux narrateurs, des assoiffés d'explications, et ce, depuis que nous avons commencé à dessiner sur les parois des cavernes. Notre histoire, ce serait Patz. On peut y voir un parti pris calculateur, malhonnête, je m'en rends bien compte, comme si tout se résumait à des tactiques de prétoire ; sauf qu'en l'occurrence notre histoire se trouvait être vraie : c'était bien Patz qui avait fait le coup. Je le savais. Restait simplement à faire entendre la vérité au jury. Concernant Patz, je n'avais jamais eu d'autre but que de suivre les indices, de jouer simple, comme je l'avais toujours fait. Vous allez me dire que je la ramène trop, que je me donne de grands airs vertueux, que c'est mon propre cas que je plaide devant un jury. Puisque Jacob est innocent, Patz est coupable : il y a là une absence de logique, je l'admets. Mais, à l'époque, je ne la voyais pas. J'étais le père de cet enfant. Et donc en droit de suspecter Patz.

# 12

# Confessions

L'idée du psychiatre était de Jonathan. C'était la procédure normale, nous avait-il dit, de demander une « évaluation de capacité et de responsabilité pénale ». Mais une recherche rapide sur Google avait révélé que la spécialiste qu'il avait choisie faisait autorité sur le chapitre de l'héritage génétique et de son rôle dans le comportement. Malgré ses propos sur l'absurdité du « gène du meurtre », Jonathan n'excluait donc pas d'avoir à aborder le sujet. Pour ma part, j'étais convaincu que, quelle que soit la valeur scientifique de cette théorie, on ne laisserait jamais Logiudice la défendre face à un jury. Cette thèse erronée ne faisait que recycler sous un vernis scientifique un vieil artifice judiciaire, la « preuve par propension » : puisque l'accusé a tendance à commettre tel genre d'actes, il a forcément commis celui-ci, même si rien ne le prouve. L'argument est imparable : l'accusé est un braqueur de banques ; une banque a été braquée – je vous laisse conclure... C'est une façon pour l'accusation d'inciter le jury à condamner, par une œillade, un petit coup de coude, malgré la minceur du dossier. Aucun juge ne laisserait Logiudice s'engager sur ce terrain-là. Autre facteur d'importance, les connaissances sur le comportement génétiquement déterminé n'étaient pas assez avancées pour être reconnues par les tribunaux. C'était une discipline nouvelle et le droit se plaît à être en retard sur la science. Car les tribunaux ne peuvent pas se permettre de commettre des erreurs en pariant sur des théories d'avant-garde susceptibles d'être infirmées. Je n'en voulais pas à Jonathan de fourbir ses armes contre la théorie du gène du meurtre. Un avocat bien entraîné est un avocat surentraîné. Jonathan devait être paré à tout, même au risque infime de voir le juge suivre cette piste. Ce qui m'ennuyait, c'était qu'il ne me tenait pas au courant de ses intentions. Il ne me faisait pas confiance. Je m'étais mis en tête que nous allions faire équipe, en compagnons du droit, en confrères. Mais, pour Jonathan, je n'étais qu'un client. Pire, j'étais un client à la raison défaillante et à la fiabilité douteuse, qu'il convenait donc de fourvoyer.

Nos rendez-vous avaient lieu sur le campus du McLean Hospital, l'établissement psychiatrique où exerçait le Dr Elizabeth Vogel. Nous nous rencontrions dans une pièce nue, vide de livres. Le mobilier était chiche : des tables basses, quelques fauteuils. Au mur, des masques africains.

Le Dr Vogel était grande. Sans rien de flasque, au contraire. Elle n'avait rien de la blême mollesse des universitaires, bien qu'elle en fût une (elle était enseignante-chercheuse à la Harvard Medical School et à McLean). Le Dr Vogel avait de larges épaules et une belle tête anguleuse, sculptée. Sa peau, olivâtre, était déjà toute bronzée en ce mois de mai. Ses cheveux, gris pour la plupart, étaient coupés court. Pas de maquillage. Une constellation de trois diamants brillait sur son lobe brun. Je l'imaginais, le week-end, gravir des sentiers de montagne écrasés de soleil ou se bagarrer contre les vagues au large de Truro. Grande, elle l'était aussi au sens d'éminente : c'était un grand nom, ce qui la rendait plus imposante encore. Je ne comprenais pas qu'une femme comme elle ait opté pour l'exercice silencieux et patient de la psychiatrie. Derrière ses manières, on devinait une tolérance limitée pour les divagations, dont elle avait pourtant dû avoir son lot. Elle se penchait en avant, inclinait la tête comme pour mieux vous écouter, comme avide d'une discussion bien franche, d'entendre la vérité, rien que la vérité.

Laurie lui avoua tout, avec bonne volonté et enthousiasme. Elle sentit en cette mère nourricière une alliée naturelle, une experte capable d'élucider les problèmes de son fils. Comme si ce médecin était de notre côté. Durant de longs entretiens, Laurie essaya de tirer profit du savoir du Dr Vogel. Elle la pressait de questions : comment comprendre Jacob ? comment l'aider ? Laurie n'avait pas le vocabulaire, les connaissances techniques. Elle entendait les lui soutirer. Elle semblait ignorer – ou peut-être cela lui était-il égal – que le Dr Vogel lui en soutirait autant de son côté. Pour être franc, je ne reproche rien à Laurie. Elle aimait son fils et croyait en la psychiatrie, aux pouvoirs du bavardage. Et puis, évidemment, elle était sous le choc. Après plusieurs semaines passées avec la réalité de cette inculpation, la tension nerveuse commençait à faire son œuvre ; elle était sensible à une oreille compatissante comme celle du Dr Vogel. Pour autant, je ne pouvais pas rester les bras croisés. Laurie était tellement décidée à aider Jacob qu'elle faillit l'envoyer à l'échafaud.

À notre premier rendez-vous avec la psychiatre, Laurie fit cette confession pour le moins surprenante :

– Quand Jacob était bébé, je pouvais dire au bruit qu'il faisait en se déplaçant quand il était de mauvaise humeur. Je sais que ça paraît extravagant, mais c'est vrai. Il suffisait qu'il déboule dans l'entrée à quatre pattes pour que je le sache.

– Pour que vous sachiez quoi ?

– Pour que je sache ce qui m'attendait. Il cassait tout, il lançait tout en l'air, il hurlait. Impossible d'en venir à bout. Je me contentais de le mettre dans son berceau ou dans son parc et je quittais la pièce. Je le laissais hurler et taper partout jusqu'à ce qu'il soit calmé.

– Tous les bébés hurlent, donnent des coups, non, Laurie ?

– Pas comme ça, pas comme ça.

– C'est ridicule, intervins-je. C'était un bébé. Les bébés, ça pleure…

– Andy, susurra le médecin, laissez-la parler. Votre tour viendra. Continuez, Laurie.

– Oui, continue, Laurie. Dis-lui comment Jacob arrachait les ailes des mouches.

– Docteur, il faut lui pardonner. Il ne croit pas à tout ça, au fait de parler avec franchise de ses problèmes intimes.

– Ce n'est pas vrai. J'y crois tout à fait.

– Alors pourquoi tu ne le fais jamais ?

– C'est un talent que je ne possède pas.

– Celui de parler ?

– Celui de me plaindre.

– Non, Andy, il s'agit de parler, pas de se plaindre. Et c'est une compétence, pas un talent ; tu pourrais apprendre, si tu le voulais. Tu peux parler des heures au tribunal.

– C'est différent.

– Parce qu'un procureur n'a pas à être sincère ?

– Non, c'est simplement le contexte qui est différent, Laurie. Il y a un moment et un lieu pour tout.

– Mais enfin, Andy, nous sommes dans le cabinet d'une psychiatre. Si ce n'est pas le moment et le lieu…

– Oui, mais nous sommes ici pour Jacob, pas pour nous. Pas pour toi. Tu devrais le savoir.

– Je sais très bien pourquoi nous sommes ici, Andy. Ne t'inquiète pas. Je sais parfaitement pourquoi nous sommes ici.

– Ah oui ? On ne dirait pas, à t'entendre.

– Ne me fais pas la leçon, Andy.

Le Dr Vogel intervint :

– Un instant. Je voudrais préciser quelque chose. Andy, j'ai été engagée par la défense. Je travaille pour vous. Il est inutile de me cacher quoi que ce soit. Je suis du côté de Jacob. Mes conclusions ne peuvent qu'aider votre fils. Je rendrai mon rapport à Jonathan ; à vous, ensuite, de décider ce que vous en ferez. La décision n'appartient qu'à vous.

– Et si on veut le mettre à la poubelle ?

– Vous le pouvez. Ce que je veux dire, c'est que notre conversation ici est absolument confidentielle. Vous n'avez aucune raison de garder des choses pour vous. Vous n'êtes pas ici pour défendre votre fils. Je cherche simplement à connaître la vérité sur lui.

Je me rembrunis. La vérité sur Jacob. Qui pouvait prétendre la connaître ? Quelle était la vérité de chacun d'entre nous ?

– Parfait, reprit le Dr Vogel. Laurie, vous étiez en train de décrire Jacob bébé. Vous pourriez m'en dire plus ?

– À partir de ses deux ans, les enfants autour de lui ont commencé à se blesser.

Je lançai à Laurie un regard noir. Elle paraissait royalement inconsciente du risque qu'elle prenait en parlant ainsi, sans retenue.

Mais Laurie me considéra à son tour d'un œil farouche. Je ne saurais dire avec certitude à quoi elle pensait ; depuis la nuit où je lui avais révélé mon histoire secrète, nous ne nous parlions plus autant, ni aussi facilement. Un mince rideau était descendu entre nous. En tout cas, elle n'était pas d'humeur à recevoir les conseils d'un homme de loi. Et elle comptait bien se faire entendre.

– C'est arrivé plusieurs fois, expliqua-t-elle. Un jour, à la garderie, Jacob s'amusait en haut d'une structure de jeu quand un autre petit garçon est tombé. Il a fallu lui poser des points de suture. Une autre fois, une petite fille a chuté d'une échelle horizontale et s'est cassé le bras. Un enfant du bas de la rue a dévalé une pente raide avec son tricycle. Il a fallu le recoudre, lui aussi. Il a dit que c'était Jake qui l'avait poussé.

– À quelle fréquence ces événements se sont-ils produits ?

– Tous les ans à peu près. À la garderie, on nous disait tout le temps qu'il ne fallait pas le quitter des yeux, qu'il était trop dur. Je n'avais qu'une peur, c'était qu'on le renvoie. Qu'est-ce qu'on serait devenus ? Je travaillais encore à l'époque, j'étais prof ; on avait besoin de cette garderie. Dans les autres, les listes d'attente étaient longues. Si Jacob avait été renvoyé, j'aurais été obligée de m'arrêter. D'ailleurs, on l'avait inscrit dans une autre garderie, au cas où.

– Mais enfin, Laurie, il avait quatre ans ! Il y a des années de ça ! De quoi est-ce que tu parles ?

– Andy, je vous en prie, laissez-la parler, ou on ne s'en sortira pas.

– Mais, à l'époque dont elle parle, Jacob avait *quatre ans* !

– Andy, j'entends bien ce que vous dites. Mais laissez-la terminer, et ensuite ce sera votre tour, d'accord ? Très bien. Laurie, dites-moi : qu'est-ce que les autres enfants de la garderie pensaient de lui ?

– Oh, les enfants, je ne sais pas. Jacob était très peu invité, donc j'imagine qu'ils ne l'appréciaient pas spécialement.

– Et les parents ?

– Je suis sûre qu'ils ne voulaient pas que leur enfant reste seul avec lui. Mais ça, aucune des mamans ne m'en a jamais parlé. Tout le monde était trop bien élevé pour ça. On ne critiquait pas les enfants des autres. Ça ne se faisait pas, sauf dans le dos des parents.

– Et vous, Laurie ? Que pensiez-vous du comportement de Jacob ?

– Je savais que j'avais un enfant difficile. J'en étais consciente. Je savais qu'il avait des problèmes de comportement. Il était turbulent, un peu dur, un peu trop agressif.

– Il persécutait les autres ?

– Non, pas vraiment. Simplement, il ne pensait pas à eux, à ce qu'ils pouvaient éprouver.

– Il était coléreux ?

– Non.

– Méchant ?

– Méchant, non, je ne dirais pas non plus qu'il était méchant. Il était plutôt... Je ne sais pas comment dire exactement. On aurait dit qu'il était incapable d'imaginer ce que les autres enfants ressentaient quand il les faisait tomber. Donc il était... difficile à gérer. Voilà, c'est ça : il était difficile à gérer. Mais beaucoup de petits garçons sont comme ça. C'est ce qu'on disait à l'époque : « Les garçons sont souvent comme ça. C'est une phase. Ça lui passera. » C'est ainsi qu'on voyait les choses. J'étais horrifiée d'apprendre qu'il avait blessé d'autres enfants, évidemment, mais que pouvais-je y faire ? Que pouvions-nous y faire ?

– Qu'avez-vous fait, justement, Laurie ? Avez-vous demandé de l'aide ?

– Oh, nous n'arrêtions pas d'en parler, avec Andy. Andy me disait toujours de ne pas m'en faire. J'ai posé la question au pédiatre et il m'a dit la même chose : « Ne vous inquiétez pas, Jake est encore petit, ça va passer. » En les entendant, j'avais l'impression d'être folle, d'être une de ces mères angoissées qui couvent leurs enfants, qui ont peur de tout, de la moindre égratignure, des... des allergies aux cacahuètes. Et Andy et le pédiatre qui me disaient : « Ça va passer, ça va passer. »

– Mais, en effet, c'est passé, Laurie. Tu te faisais du mauvais sang inutilement. C'est le pédiatre qui avait raison.

– Ah bon ? Mais enfin, regarde où nous en sommes ! Tu ne veux pas voir la vérité en face.

– Quelle vérité ?

– L'idée que, peut-être, Jacob avait besoin d'aide. Que c'est peut-être notre faute. Qu'on aurait dû faire quelque chose.

– Faire quoi ? Ou quoi d'autre ?

La tête pendante, Laurie était désespérée. Le souvenir de ces incidents survenus durant la petite enfance de Jacob la hantait, comme si elle avait vu un jour un aileron de requin disparaître sous l'eau. Elle en perdait la raison.

– Laurie, où veux-tu en venir ? C'est de notre fils qu'on parle.

– Je ne veux en venir nulle part, Andy. Ce n'est pas un concours de dévouement ou un… un match. Je m'interroge simplement sur ce que nous avons fait à l'époque. Je ne connais pas la solution, je n'ai aucune idée de ce qu'il aurait fallu faire. Peut-être que Jake aurait dû suivre un traitement. Ou consulter. Je ne sais pas. Mais je n'arrête pas de me dire qu'on a dû faire des erreurs. C'est obligé. On s'est tellement démenés, on voulait tellement bien faire ! On n'a pas mérité tout ça. On était des gens sensés, responsables. Vous comprenez ? On a tout fait comme il fallait. On n'était pas trop jeunes. On a attendu. Presque trop, d'ailleurs ; j'avais trente-six ans quand j'ai eu Jacob. On ne roulait pas sur l'or, mais on travaillait dur tous les deux et on avait assez pour que notre bébé ne manque de rien. On a tout fait comme il fallait et on se retrouve ici. C'est pas juste.

Elle secoua la tête en murmurant :

– C'est pas juste.

La main de Laurie était posée sur l'accoudoir de son fauteuil, juste à côté de moi. Je me dis que je pourrais poser la mienne dessus pour l'apaiser, mais, le temps d'y penser, elle l'avait retirée et avait croisé les bras fermement au-dessus de son ventre.

– Quand je repense à nous à l'époque, reprit-elle, je me dis que nous n'étions pas prêts du tout. Mais qui l'est, en réalité ? On était des enfants. Peu importe l'âge qu'on avait ; on était des enfants. On n'y connaissait rien et on avait une frousse terrible, comme tous les nouveaux parents. Et, je ne sais pas, peut-être qu'on a fait des erreurs.

– Quelles erreurs, Laurie ? Tu exagères. Il n'y avait rien de dramatique. Jacob était un peu remuant et dur. Fallait-il en faire toute une montagne ? C'était un petit garçon ! Si des enfants se sont blessés, c'est que, quand on a quatre ans, on se blesse. Ils trottent partout et, comme leur poids corporel est concentré aux trois quarts dans leur énorme tête, ils tombent et se font mal. Ils tombent des structures de jeux, ils tombent de vélo. Ça arrive. Ils sont comme s'ils avaient bu. En tout cas, le pédiatre avait raison : Jacob a passé ce cap. Tout cela s'est réglé tout seul quand il a grandi. Tu te flagelles, mais tu n'as aucune raison de culpabiliser, Laurie. On n'a rien fait de mal.

– C'est ce que tu m'as toujours répété. Tu n'as jamais voulu admettre que quelque chose clochait. Ou peut-être que tu ne t'en es jamais aperçu. Je ne t'en veux pas, remarque. Tu n'y étais pour rien. Je m'en rends compte maintenant. Je sais avec quoi tu te débattais, ce que tu portais en toi.

– Oh, ça n'a rien à voir.

– Andy, ç'a dû être lourd à porter.

– Non. Jamais. Je te jure.

– Comme tu veux, après tout. Mais dis-toi bien que ton regard sur Jacob n'est peut-être pas objectif. Tu n'es pas crédible. Ça, le Dr Vogel doit le savoir.

– Je ne suis pas crédible ?

– Non, pas du tout.

La psychiatre nous observait, sans un mot. Elle connaissait mes antécédents, bien entendu. C'est pour cette raison que nous avions fait appel à elle, l'experte en méchanceté génétique. Pour autant, le sujet me mettait mal à l'aise. Honteux, je me murai dans le silence.

– Est-ce vrai, Laurie, que le comportement de Jacob s'est amélioré en grandissant ?

– Oui, par certains côtés. Je veux dire qu'il y a eu du mieux, incontestablement. Autour de lui, plus personne ne se blessait. Mais il n'était pas irréprochable.

– C'est-à-dire ?

– Eh bien, il volait. Il a toujours volé, durant toute son enfance. Dans les magasins, dans les pharmacies, même à la bibliothèque. Il me volait, moi. Il se servait dans mon porte-monnaie. Je l'ai pris la main dans le sac une fois ou deux, en courses, quand il était petit. Je lui ai fait la leçon, mais ça n'a jamais servi à rien. Qu'est-ce qu'il fallait faire ? Lui couper les mains ?

– C'est complètement injuste, intervins-je. Tu n'es pas juste avec Jacob.

– Pourquoi ? Je dis ce qui est.

– Non, tu dis ce que tu ressens, parce que Jacob a des ennuis et que, quelque part, tu t'estimes responsable, alors tu vas déterrer dans sa vie des défauts imaginaires. Parce que, bon, il a piqué dans ton porte-monnaie ? Et alors ? Le portrait que tu fais au docteur n'est pas fidèle. On est ici pour parler du dossier judiciaire de Jacob.

– Et donc ?

– Et donc, qu'est-ce que le vol à l'étalage a à voir avec un meurtre ? Qu'est-ce que ça change qu'il ait volé un bonbon ou un stylo ou je ne sais quoi à la pharmacie ? Quel est le rapport avec le fait que Ben Rifkin ait été sauvagement poignardé ? Tu fais un amalgame, comme si on pouvait mettre sur le même plan un vol dans un magasin et un meurtre sanglant. Mais on ne peut pas !

– Je pense que ce que Laurie décrit, c'est un terrain transgressif. Elle veut dire par là que Jacob, pour des raisons qui restent à déterminer, est incapable, semble-t-il, de rester dans les limites d'un comportement acceptable.

– Ça, c'est un sociopathe…

– Non.

– … Ce que vous décrivez là…

– Non.

– … c'est un sociopathe. C'est ce que vous êtes en train de me dire ? Que Jacob est un sociopathe ?

– Non.

Le Dr Vogel leva les mains.

– Je n'ai pas dit cela, Andy. Je n'ai pas utilisé ce mot. J'essaie simplement de cerner sa personnalité. Je n'ai tiré aucune conclusion d'aucune sorte. Je suis ouverte à tout.

– Je crois que Jacob a peut-être des problèmes, dit Laurie, avec gravité. Il a peut-être besoin d'aide.

Je secouai la tête.

– C'est notre fils, Andy. Et il est de notre responsabilité de prendre soin de lui.

– C'est ce que j'essaie de faire.

Les yeux de Laurie s'embuèrent, mais aucune larme ne vint. Elle les avait déjà toutes versées. Cette pensée, elle la retenait en elle depuis un moment, elle avait fini par l'accepter pour parvenir à cette terrible conclusion : *Je pense que Jacob a peut-être des problèmes.*

– Laurie, avez-vous des doutes sur l'innocence de Jacob ? demanda le Dr Vogel avec une fausse compassion.

Laurie s'essuya les yeux et se redressa, le dos bien raide.

– Non.

– On dirait que si, pourtant…

– Non.

– Vous en êtes sûre ?

– Oui. Il n'est pas capable de faire ça. Une mère connaît son enfant. Jacob n'est pas capable de ça.

La psychiatre hocha la tête en prenant note de cette affirmation, mais sans y croire tout à fait. Sans croire d'ailleurs que Laurie elle-même y croyait.

– Docteur, puis-je vous poser une question ? Pensez-vous que j'aie commis des erreurs ? Que je sois passée à côté de quelque chose ? Qu'est-ce que j'aurais pu faire de plus si j'avais été une meilleure mère ?

Le médecin n'hésita qu'un court instant. Sur le mur, au-dessus d'elle, deux des masques africains hurlaient.

– Non, Laurie. Je ne pense pas que vous ayez fait quoi que ce soit de mal. Franchement, je pense que vous devriez cesser de vous en vouloir. S'il y avait eu un signe avant-coureur, s'il y avait eu un moyen de prédire que Jacob tournerait mal, je ne vois pas comment un parent aurait pu le détecter. Pas avec ce que vous m'avez dit jusqu'ici. Beaucoup d'enfants ont le même genre de profil que Jacob et cela ne signifie rien.

– J'ai fait de mon mieux.

– Vous avez bien agi, Laurie. Ne vous en voulez pas. Andy n'a pas tort : si j'en juge par ce que vous me racontez, vous avez fait ce que toute mère aurait fait. Vous avez fait du mieux que vous pouviez pour votre enfant. On ne peut pas vous en demander plus.

Laurie releva la tête, mais on percevait en elle une forme de fragilité. Comme si des craquelures minuscules, fines comme des cheveux, commençaient à se répandre sur elle et à l'envahir. Le Dr Vogel sembla deviner cette vulnérabilité, elle aussi, mais sans savoir à quel point elle était nouvelle. À quel point Laurie avait déjà changé. Il fallait vraiment connaître Laurie et la chérir pour mesurer ce qui était en train de se passer. À une époque, ma femme lisait en permanence, au point qu'elle pouvait tenir un livre de la main gauche tout en se brossant les dents de la droite ; désormais, elle ne touchait plus à un livre, faute de trouver en elle la concentration ou même l'intérêt nécessaires. Avant, elle avait une telle façon de se focaliser sur son interlocuteur qu'elle lui donnait le sentiment d'être la personne la plus captivante, la plus indispensable de l'endroit ; aujourd'hui, ses yeux ne tenaient pas en place et elle semblait ne pas se trouver là elle-même. Ses vêtements, ses cheveux, son maquillage, tout avait l'air un peu incongru, désaccordé, négligé. Le trait de caractère qui, de tout temps, avait fait son rayonnement – un optimisme juvénile, ardent – avait commencé à s'émousser. Mais il fallait évidemment l'avoir connue avant pour discerner ce que Laurie avait perdu. J'étais le seul dans cette pièce à comprendre ce qui lui arrivait.

Elle était pourtant loin de rendre les armes.

– J'ai fait du mieux que j'ai pu ! déclara-t-elle avec une détermination soudaine qui ne convainquit personne.

– Laurie, parlez-moi du Jacob d'aujourd'hui. À quoi ressemble-t-il ?

– Hmm…

Elle sourit en pensant à lui.

– … Il est très intelligent. Très drôle, très charmant. Beau…

Elle rougit un peu en prononçant ce mot. L'amour maternel n'est rien d'autre que de l'amour, après tout.

– … Il est passionné par les ordinateurs. Il adore les gadgets, les jeux vidéo, la musique. Il lit beaucoup.

– Des accès d'humeur, de violence ?

– Non.

– Vous nous avez dit que Jacob avait pu se montrer violent à l'âge préscolaire.

– Ça s'est arrêté dès qu'il est entré à la maternelle.

– Je me demande simplement si vous vous faites toujours du souci à ce sujet. Est-ce que, d'une façon ou d'une autre, son comportement vous trouble ou vous inquiète ?

– Elle vous a déjà dit que non, docteur.

– Oui, mais j'aimerais y revenir plus en détail.

– Tout va bien, Andy. Non, Jacob n'est plus jamais violent. J'aimerais presque qu'il s'extériorise davantage. Il est parfois très difficile d'accès. Difficile à décrypter. Il ne parle pas beaucoup. Il rumine. Il est très introverti. Pas seulement timide ; je veux dire qu'il réprime ses sentiments, que toute son énergie est dirigée vers l'intérieur. Il est très distant, très réservé. Il est renfermé. Mais, non, il n'est pas violent.

– A-t-il d'autres moyens pour s'exprimer ? La musique, les amis, le sport, des associations, autre chose ?

– Non, il est assez casanier. Et il a peu d'amis. Derek, quelques autres.

– Des petites amies ?

– Non, il est trop jeune pour ça.

– Vous croyez ?

– Vous ne croyez pas ?

Le médecin haussa les épaules.

– En tout cas, il n'est pas méchant. Il peut être très critique, caustique, sarcastique. Il est désabusé. Quatorze ans et déjà désabusé ! Il n'a pas assez vécu pour être désabusé, non ? Il sort ça de nulle part. C'est peut-être juste une pose. Ils sont comme ça, les jeunes, aujourd'hui. Cyniques, ironiques.

– Ce sont là des traits plutôt négatifs.

– Vous trouvez ? Je ne le disais pas dans ce sens-là. Je pense que Jacob est quelqu'un de compliqué, c'est tout. Il est lunatique. Vous savez, il aime bien faire le révolté, sur le mode : « De toute façon, personne ne me comprend. »

C'en était trop.

– Laurie, allons, c'est classique chez les ados, fis-je d'un ton sec. Le côté révolté, incompris. Enfin ! Là, tu fais le portrait de tous les adolescents de la planète ! Ce n'est plus un enfant, c'est un code-barres.

– Peut-être que…

Laurie courba la tête.

– … Je ne sais pas. Je me suis toujours dit que Jacob aurait peut-être dû voir un psy.

– Tu n'as jamais dit qu'il devait voir un psy !

– Je n'ai pas dit que je l'avais dit. J'ai dit que je me suis demandé s'il ne faudrait pas le faire, pour qu'il puisse parler à quelqu'un.

– Andy, gronda le Dr Vogel.

– Vraiment, je n'en peux plus !

– Faites un effort. Nous sommes ici pour nous écouter mutuellement, nous encourager, pas pour nous disputer.

– Écoutez, fis-je, exaspéré, trop c'est trop. Cet entretien part d'une seule hypothèse, à savoir que Jacob aurait à répondre de quelque chose, à s'expliquer. Mais c'est faux ! Ce qui s'est passé est affreux, on est d'accord. Affreux. Mais nous n'y sommes pour rien. Jake, en tout cas, n'y est pour rien. Vous savez, je suis là, je vous écoute et je réfléchis. De quoi parlons-nous, bon sang de bonsoir ? Jacob n'a rien à voir avec le meurtre de Ben Rifkin, rien, mais tout le monde ici parle de lui comme d'une sorte de marginal, ou de monstre, ou de je ne sais quoi. Ce n'est pas lui, ça. Lui, c'est un môme ordinaire. Il a ses défauts, comme tous ceux de son âge, mais il est en dehors de tout ça. Je suis désolé, mais il faut bien que quelqu'un ici prenne son parti.

– Andy, demanda le Dr Vogel, avec le recul, que pensez-vous de tous ces enfants qui se sont blessés dans l'entourage de Jacob ? Qui sont tombés d'une structure de jeu, de vélo ? Était-ce toujours de la malchance ? Des coïncidences ? Comment voyez-vous ça ?

– Jacob avait de l'énergie à revendre ; il était trop brusque quand il jouait. Je le reconnais. Ç'a été un problème quand il était petit. Mais il n'y avait que ça. Je veux dire que tout ça s'est produit avant que Jake entre en maternelle. En maternelle !

– Et la révolte ? Vous ne pensez pas qu'il y ait un problème de ce côté-là ?

– Non, je ne pense pas. Il y a des tas de gens révoltés. Ce n'est pas un problème pour autant.

– Dans le dossier de Jacob, il y a un rapport qui indique qu'il a fait un trou dans le mur de sa chambre. Vous avez dû faire venir un maçon. C'est tout récent, à l'automne dernier. Est-ce vrai ?

– Oui, mais… comment savez-vous ça ?

– Jonathan.

– Mais c'était réservé au dossier de la défense !

– Nous sommes ici pour ça, pour préparer sa défense. Est-ce vrai ? A-t-il fait un trou dans ce mur ?

– Oui. Et alors ?

– En général, on ne fait pas des trous dans les murs, non ?

– Ça peut arriver.

– Ça vous est arrivé ?

Profonde inspiration.

– Non.

– Selon Laurie, vous vous refusez à envisager que Jacob puisse être… violent. Qu'en pensez-vous ?

– Elle pense que je suis dans le déni.

– Vous l'êtes ?

Je secouai la tête d'un air têtu, mélancolique, comme un cheval dans une stalle trop étroite.

– Non. Au contraire. Je suis hypervigilant là-dessus ; je suis hyperconscient. Bon, vous connaissez mon passé. Toute ma vie…

Profonde inspiration.

– … Vous comprenez, des enfants qui se blessent, on s'inquiète toujours ; même si c'est un accident, on ne voudrait pas que ça arrive. Et on s'inquiète toujours aussi quand son propre enfant a des comportements… troublants. Donc oui, j'étais conscient de tout ça, ça me préoccupait. Mais je connaissais Jacob, je connaissais mon enfant, et je l'aimais, je croyais en lui. Ça n'a pas changé. Je suis derrière lui.

– Nous sommes tous derrière lui, Andy. Tu es totalement injuste ! Moi aussi, je l'aime. Ça n'a rien à voir.

– Je n'ai jamais dit le contraire, Laurie. Tu m'as entendu dire que tu ne l'aimais pas ?

– Non, mais tu en reviens toujours à ça : « Moi, je l'aime. » Bien sûr que tu l'aimes. Tous les deux, on l'aime. Je dis simplement qu'on peut aimer son enfant tout en reconnaissant ses faiblesses. Il faudrait que tu les voies, toi aussi, sinon comment peux-tu l'aider ?

– Laurie, m'as-tu entendu dire, oui ou non, que tu ne l'aimais pas ?

– Andy, ce n'est pas ce que je te dis ! Tu ne m'écoutes pas !

– Si, je t'écoute ! Mais je ne suis pas d'accord avec toi. Tu dépeins Jacob comme quelqu'un de violent et de lunatique et… et de dangereux, sans te baser sur rien, et là je ne suis pas d'accord. Mais quand je ne suis pas d'accord, tu me dis que je suis de mauvaise foi. Que je ne suis pas « crédible ». Tu me traites de menteur.

– Je ne t'ai pas traité de menteur ! Jamais je ne t'ai traité de menteur.

– Tu n'as pas employé le mot, effectivement.

– Andy, personne ne t'attaque. Il n'y a rien de mal à admettre que son fils puisse avoir besoin de se faire aider. On n'a pas pour autant quelque chose à se reprocher.

Cette dernière phrase fut comme un coup de baïonnette. Car, évidemment, c'était moi que Laurie visait. Toute cette histoire tournait autour de moi. Selon elle, c'était à cause de moi, et de personne d'autre, si notre fils était dangereux. S'il ne s'était pas appelé Barber, personne n'aurait passé ainsi son enfance à la loupe à la recherche de symptômes inquiétants.

Mais je gardai le silence. À quoi bon ? Rien ne serait pardonné à un Barber.

– Bien, peut-être devrions-nous en rester là, proposa le Dr Vogel avec prudence. Je ne suis pas sûre que nous gagnerions à aller plus loin. Je me rends compte que ce n'est facile pour personne. Nous avons avancé. Nous pourrons nous y remettre la semaine prochaine.

Je baissai les yeux pour éviter ceux de Laurie, honteux, mais sans trop savoir de quoi.

– J'aimerais quand même vous poser une dernière question à tous les deux. Ne serait-ce que pour terminer sur une note plus sereine, d'accord ? Imaginons un instant que cette affaire soit classée. Imaginons que, dans quelques mois, elle se termine par un non-lieu et que Jacob soit libre de faire ce que bon lui semble. Comme si rien ne s'était passé. Ni chefs d'accusation, ni zones d'ombre persistantes, ni rien. Si toutes ces conditions étaient réunies, comment verriez-vous votre fils dans dix ans ? Laurie ?

– Houla ! Je n'ai pas cette vision. Je raisonne au jour le jour, vous savez. Dix ans, c'est… trop compliqué à imaginer.

– C'est certain, je comprends. Mais, comme simple exercice de réflexion, essayez quand même. Comment verriez-vous votre fils dans dix ans ?

Laurie se creusait les méninges. Elle secoua la tête.

– Je ne sais pas. Je n'ai même pas envie d'y penser. De toute façon, je n'envisage rien de bon. La situation de Jacob, j'y pense en permanence, docteur, *en permanence*, et je ne vois pas comment cette histoire pourrait bien se finir. Pauvre Jacob… Je me contente d'espérer, vous comprenez ? C'est tout ce que je peux faire. Mais si je pense à lui plus vieux et à nous disparus, je ne sais pas. J'espère juste qu'il s'en sortira.

– C'est tout ?

– C'est tout.

– Très bien. Et vous, Andy ? Si cette affaire n'existait plus, comment verriez-vous Jacob dans dix ans ?

– S'il est acquitté ?

– C'est cela.

– Je le vois heureux.

– Heureux, très bien.

– Peut-être avec quelqu'un, une femme qui le rend heureux. Peut-être père de famille. Avec un fils.

Laurie remua sur sa chaise.

– Mais toujours avec son barda d'adolescent. Cette façon de s'apitoyer sur lui-même, ce narcissisme. Si Jacob a un point faible, c'est de ne pas avoir la discipline nécessaire. Il est… complaisant envers lui-même. Il lui manque le… je ne sais pas… la rigueur.

– La rigueur ? demanda le Dr Vogel.

Laurie me dévisagea de biais, avec curiosité.

Chacun entendait dans sa tête la réponse, je pense, même la psychiatre : *la rigueur pour être un Barber.*

– Pour grandir, dis-je faiblement. Pour devenir adulte.

– Comme vous ?

– Non, pas comme moi. Jake doit suivre sa propre voie, ça, je le sais. Je ne suis pas ce genre de père-là.

Je posai les coudes sur mes cuisses, comme pour m'engager dans un passage étroit.

– Jacob n'a pas la rigueur qui était la vôtre, enfant ?

– Non.

– C'est important pour quoi, Andy ? Pour se préparer à quoi ? Ou se prémunir contre quoi ?

Les deux femmes échangèrent un regard, une œillade à peine perceptible. Elles m'étudiaient, ensemble, en complices. Me jugeaient peu « crédible », pour parler comme Laurie.

– La vie, murmurai-je. Il faut que Jacob s'arme contre la vie. Comme n'importe quel autre enfant.

Laurie se pencha en avant, les coudes sur les genoux, et me prit la main.

# 13

# Cent soixante-dix-neuf jours

Depuis le cataclysme de l'arrestation de Jacob, chaque jour portait en lui une insoutenable urgence. Un appel sourd et constant vers le lendemain. Par certains côtés, les semaines qui suivirent cette arrestation furent pires que l'événement lui-même. Nous devions tous compter les jours, je pense. Le procès de Jacob était prévu le 17 octobre, et cette date devint une obsession. À croire que l'avenir, que nous mesurions jusque-là à l'aune de notre propre vie, comme tout un chacun le fait, avait désormais un terme défini. Ce qu'il y avait au-delà de ce procès, aucun d'entre nous n'était capable de l'imaginer. Tout – l'univers dans son entier – prenait fin le 17 octobre. Nous ne savions rien faire d'autre que de compter à rebours les cent soixante-dix-neuf jours qui nous séparaient de cette date. S'il y a une chose que je n'avais pas comprise quand j'étais comme vous, quand rien ne m'était encore arrivé, c'est qu'il est beaucoup plus facile de supporter les temps forts que les temps morts, les non-événements, l'attente. Ces moments-là – le traumatisme de l'arrestation, l'audience préliminaire, etc. –, aussi pénibles qu'ils aient été, furent vite passés et vite oubliés. La vraie souffrance est venue quand nous nous sommes retrouvés face à nous-mêmes, pendant ces cent soixante-dix-neuf jours interminables. Les après-midi de désœuvrement dans la maison silencieuse, lorsque l'inquiétude nous étreignait sans un bruit. La conscience aiguë du temps, du poids des minutes qui défilaient, la sensation vertigineuse, déroutante que les journées étaient à la fois trop courtes et trop longues. À la fin, nous n'aspirions plus au procès que pour échapper à l'attente. Nous avions l'impression de vivre une veillée funèbre.

Un soir de mai – vingt-huit jours après l'arrestation, cent cinquante et un encore à tenir –, nous étions réunis tous les trois à la table du dîner.

Jacob était maussade. Il ne levait pratiquement pas les yeux de son assiette. Il mangeait avec des bruits humides de mastication, comme un petit enfant – une habitude prise tout jeune.

– Je ne comprends pas pourquoi on a besoin de ça tous les soirs, lâcha-t-il de but en blanc.

– Besoin de quoi ?

– D'un grand repas, à table, comme si c'était une réception ou je ne sais quoi. On n'est que tous les trois, quand même !

– C'est pourtant simple, lui expliqua, une fois encore, Laurie. Ça se fait dans toutes les familles. On se met à table et on prend un vrai repas, ensemble.

– Mais on n'est que nous.

– Et alors ?

– Alors, tous les soirs, tu passes un temps fou à faire la cuisine pour trois personnes. Ensuite, on s'assied et on mange pendant, mettons, un quart d'heure. Ensuite, il faut encore prendre le temps de faire toute la vaisselle. Ça n'arriverait pas si on n'avait pas ce cérémonial tous les soirs.

– Tu ne t'en tires pas mal. Je ne t'ai pas souvent vu faire la vaisselle, Jacob.

– C'est pas le problème, maman. C'est juste que c'est une perte de temps. On pourrait commander une pizza, ou manger chinois, ou n'importe quoi, et tout serait réglé en un quart d'heure.

– Mais je n'ai pas envie que tout soit réglé en un quart d'heure. J'ai envie de profiter du dîner avec vous.

– Donc, que ça dure une heure tous les soirs, c'est un choix ?

– J'aimerais autant deux. Je prends ce qu'on me donne.

Elle eut un petit sourire entendu et but une gorgée d'eau.

– On s'en préoccupait moins, du dîner, avant.

– Eh bien, maintenant c'est comme ça.

– En fait, je sais pourquoi tu fais ça, maman.

– Ah oui ? Et pourquoi donc ?

– Pour pas que je déprime trop. Tu te dis qu'avec un bon petit repas en famille tous les soirs, tu vas me faire oublier cette affaire.

– Alors là, je ne pense pas du tout à ça !

– Tant mieux parce que je ne risque pas de l'oublier.

– Je veux te la faire oublier pendant un petit moment, Jacob. Juste une heure par jour. Est-ce si terrible ?

– Oui ! Parce que ça ne marche pas. C'est encore pire. Je veux dire que plus tu fais semblant que tout est normal, plus tu me rappelles que, en fait, tout est anormal. Non mais, regarde ça…

D'un mouvement circulaire, il désigna, l'air médusé, le roboratif dîner à l'ancienne que Laurie avait préparé : tourte au poulet, haricots verts frais, citronnade, le tout disposé autour d'une bougie cylindrique.

– C'est normal, mais ça sonne faux.

– Le syndrome de la fleur en plastique, glissai-je.

– Andy, chut. Jacob, que veux-tu que je fasse ? Je ne me suis jamais trouvée dans cette situation. Que doit faire une maman ? Dis-le-moi et je le ferai.

– Je sais pas. Si tu veux pas que je déprime, donne-moi des drogues… pas de la tourte au poulet.

– Malheureusement, l'armoire à pharmacie est vide en ce moment.

– Jake, fis-je entre deux bouchées, Derek pourrait peut-être te fournir un peu de dope…

– Excellente suggestion, Andy. Jacob, il ne t'est jamais venu à l'idée que si je préparais à manger tous les soirs, si je ne te laissais pas dîner devant la télé, si je ne te laissais pas manger à même un Tupperware, debout dans la cuisine, et encore moins sauter le repas et rester dans ta chambre à jouer à des jeux vidéo, c'était pour *moi* ? Que c'est peut-être pour moi que je fais tout ça, pas pour toi ? Ce n'est pas facile pour moi non plus.

– Parce que tu crois que je ne vais pas m'en tirer.

– Non, pas pour ça.

Le téléphone sonna.

– Mais si, enfin, évidemment ! Sinon tu ne serais pas là à compter tous les repas.

– Non, Jacob. C'est parce que j'ai envie de vous avoir autour de moi. Dans les moments difficiles, c'est ce qui se passe dans une famille. On se rassemble, on se serre les coudes. Tout ne tourne pas toujours autour de toi, tu sais. J'attends aussi que tu sois là pour moi.

Il y eut un moment de silence. Jacob ne semblait nullement embarrassé par ce narcissisme égocentrique et adolescent ; simplement, aucune repartie assez vive ne lui était venue.

Le téléphone sonna de nouveau.

Laurie posa sur Jacob un regard qui disait : « Tu as quelque chose à ajouter ? » – sourcils levés, menton rentré –, puis se leva pour aller répondre, hâtant le pas pour arriver avant la quatrième sonnerie, moment où le répondeur intercepterait l'appel.

Jacob prit un air soupçonneux. Pourquoi est-ce que sa mère répondait ? Nous avions pris l'habitude de ne pas décrocher. Jacob savait que l'appel n'était pas pour lui. Tous ses copains lui avaient tourné le dos. De toute façon, il n'avait jamais été très porté sur le téléphone. Il trouvait cet engin inquisiteur, encombrant, archaïque, inefficace. Ceux qui souhaitaient le contacter le faisaient par SMS ou lui écrivaient sur Facebook. Il était plus à l'aise avec ces technologies nouvelles et moins intimes. Jake préférait le clavier à la parole.

Une pulsion instinctive me poussa à dissuader Laurie de répondre, mais je me retins. Je n'avais pas envie de gâcher la soirée. J'avais envie de la soutenir. Le dîner en famille était une chose importante pour elle. Jacob avait raison sur le fond : elle voulait préserver, autant que possible, une certaine normalité. Sans doute était-ce pour cela qu'elle avait baissé la garde : nous faisions tout pour nous conduire comme une famille normale, or une famille normale n'a pas peur du téléphone.

Je lui lançai la mise en garde rituelle :

– Que dit l'identifiant ?

– « Appel masqué ».

Elle décrocha. L'appareil était dans la cuisine, bien en vue depuis la salle à manger. Laurie nous tournait le dos.

– Allô ? dit-elle, puis elle se tut.

Durant les quelques secondes qui suivirent, ses épaules et son dos s'affaissèrent très progressivement. Comme si elle se dégonflait à mesure qu'elle écoutait.

– Laurie ? fis-je.

D'une voix tremblante, elle demanda à son interlocuteur :

– Qui est-ce ? Où avez-vous eu ce numéro ?

Nouveau temps d'écoute.

– N'appelez plus ! Vous m'entendez ? Ne vous avisez pas de rappeler !

Je lui pris doucement le combiné des mains et raccrochai.

– Oh, mon Dieu, Andy…

– Ça va ?

Elle me fit oui de la tête.

Ayant repris place à la table, nous restâmes un instant silencieux.

Laurie saisit sa fourchette et porta un morceau de poulet symbolique à sa bouche. Son visage s'était raidi, son corps restait tassé, voûté.

– Qu'est-ce qu'il t'a dit ? demanda Jacob.

– Occupe-toi de ton assiette, Jacob.

Je ne pouvais tendre la main jusqu'à elle, assise à l'autre bout de la table. Tout ce que je pus lui offrir fut un visage inquiet.

– Tu fais étoile-soixante-neuf et tu sais qui c'est, suggéra Jacob.

– Que cela ne gâche pas notre dîner, dit Laurie en prenant une autre bouchée et en la mastiquant avec un entrain forcé.

Avant de s'immobiliser, comme pétrifiée.

– Laurie ?

Elle s'éclaircit la gorge, marmonna : « Excusez-moi », et quitta la table. Il y avait encore cent cinquante et un jours à tenir.

# 14

# Interrogatoire

– Parle-moi du couteau, demanda Jonathan.

– Qu'est-ce que vous voulez savoir ?

– Comprends-bien que le procureur va considérer que tu l'as acheté parce qu'on te persécutait. Il va dire que ton mobile, c'était ça. Or tu as déclaré à tes parents que tu l'avais acheté sans raison particulière.

– Je n'ai pas dit que je l'avais acheté sans raison. J'ai dit que je l'avais acheté parce qu'il me plaisait.

– Oui, mais pourquoi te plaisait-il ?

– Pourquoi est-ce que cette cravate vous plaît ? Vous savez toujours pourquoi vous achetez ce que vous achetez ?

– Jacob, il y a une légère différence entre un couteau et une cravate, tu ne crois pas ?

– Non. Tout ça, c'est des produits. C'est comme ça que la société fonctionne : on passe son temps à gagner de l'argent pour pouvoir l'échanger contre des produits, après…

– Tu l'as encore ?

– … après on va gagner encore plus d'argent pour pouvoir acheter encore plus de produits.

– Jacob, le couteau, tu l'as encore ?

– Non. C'est mon père qui l'a pris.

– C'est vous qui avez le couteau, Andy ?

– Non. Il n'y a plus de couteau.

– Vous vous en êtes débarrassé ?

– Il était dangereux. Ce n'était pas un couteau à mettre entre les mains d'un enfant. Ce n'était pas un jouet. Tout père a…

– Andy, je ne vous accuse de rien. J'essaie de retracer ce qui s'est passé.

– Pardon. Oui, je m'en suis débarrassé.

Jonathan hocha la tête, mais sans faire de commentaire. Nous étions assis à la table ronde en chêne de son bureau, la seule pièce du cabinet capable d'accueillir notre trio familial. Ellen, sa jeune associée, prenait assidûment des notes. L'idée me vint qu'elle était là comme témoin de l'entretien, pour protéger Jonathan, pas pour nous aider. Elle conservait une trace des échanges au cas où il se brouillerait avec ses clients et qu'un différend éclaterait sur les propos que ceux-ci lui avaient tenus.

Laurie observait, les mains croisées sur les genoux. Elle devait désormais prendre sur elle pour conserver ce calme qui, naguère, lui était si naturel. Elle parlait un peu moins, était un peu moins présente lors des réunions de stratégie judiciaire. On aurait dit qu'elle gardait son énergie pour tâcher, heure après heure, de faire bonne figure.

Jacob boudait. Il grattait la surface de la table avec son ongle, sa fierté de grand benêt blessée par le manque d'enthousiasme de Jonathan pour ses considérations sur les rudiments du capitalisme.

Jonathan caressait sa courte barbe, absorbé par ses pensées.

– Mais ce couteau, tu l'avais le jour où Ben Rifkin a été tué ?

– Oui.

– Tu l'avais sur toi, dans le parc, ce matin-là ?

– Non.

– Tu l'avais sur toi quand tu es sorti ?

– Non.

– Où était-il ?

– Dans un tiroir, dans ma chambre, comme d'habitude.

– Tu en es sûr ?

– Ben oui.

– Quand tu es parti pour le collège, as-tu remarqué quelque chose d'inhabituel ce matin-là ?

– Quand je suis parti ? Non.

– Tu as pris le chemin habituel pour aller au collège ? À travers le parc ?

– Oui.

– L'endroit où Ben a été tué se trouvait donc sur le trajet que tu suis normalement en traversant le parc ?

– C'est possible, je n'avais pas réfléchi à ça.

– Avant de découvrir le corps, as-tu vu ou entendu quelque chose en traversant le parc ?

– Non. Je marchais et, d'un seul coup, je l'ai vu, allongé par terre.

– Décris-le. Quelle était sa position quand tu l'as découvert ?

– Il était couché, quoi. Il était couché sur le ventre dans une petite pente, au milieu des feuilles.

– Sèches ou mouillées, les feuilles ?

– Mouillées.

– Tu en es sûr ?

– Je crois.

– Tu crois ? Ou tu imagines ?

– Je ne me souviens pas très bien de tout ça.

– Alors pourquoi avoir répondu à ma question ?

– J'en sais rien.

– À partir de maintenant, tu réponds en toute honnêteté, d'accord ? Si la réponse exacte qui te vient est « Je ne m'en souviens pas », il faut le dire, entendu ?

– Entendu.

– Donc tu vois un corps couché sur le sol. Il y avait du sang ?

– Je n'en ai pas vu sur le coup.

– Qu'est-ce que tu as fait en t'approchant du corps ?

– Je l'ai appelé. Par son nom, quoi. Genre « Ben, Ben ! Qu'est-ce que t'as ? » Quelque chose comme ça.

– Donc tu l'as tout de suite reconnu ?

– Ben oui.

– Comment ? Je croyais qu'il était couché face contre terre, la tête en bas de la pente, et que, toi, tu le voyais d'en haut.

– J'ai dû le reconnaître, je sais pas, à ses habits. À son look, disons.

– À son look ?

– Ben oui. À son apparence.

– Tout ce que tu pouvais voir, c'était la semelle de ses tennis.

– Non, j'en voyais plus que ça. Ça suffit, vous savez.

– Très bien, tu trouves donc le corps et tu dis « Ben, Ben ». Ensuite ?

– Ensuite, comme il ne répondait pas et qu'il ne bougeait pas, je me suis dit qu'il devait être assez gravement blessé, et donc je suis descendu voir ce qu'il avait.

– Tu as appelé à l'aide ?

– Non.

– Pourquoi ? Tu avais ton portable ?

– Oui.

– Alors tu tombes sur la victime d'un meurtre sanglant, tu as un téléphone dans la poche, mais il ne te vient pas à l'idée de faire le 911 ?

Jonathan veillait à poser toutes ses questions sur le ton de la curiosité, comme s'il cherchait simplement à bien se représenter la scène. C'était un interrogatoire, mais sans hostilité. Sans hostilité visible.

– Tu as des notions de secourisme ?

– Non, je me suis juste dit qu'il fallait d'abord aller voir ce qui lui était arrivé.

– Est-ce que tu t'es dit qu'il s'agissait d'un meurtre ?

– Je crois que je me le suis dit, mais j'en étais pas tout à fait sûr. Ça aurait pu être un accident. Il aurait pu tomber, je ne sais pas.

– Tomber sur quoi ? Pourquoi ?

– Non, je disais ça comme ça.

– Tu n'avais donc pas de raison de penser qu'il était simplement tombé ?

– Non. C'est tordu, vos questions.

– J'essaie seulement de comprendre, Jacob. Pourquoi ne pas avoir appelé à l'aide ? Pourquoi ne pas avoir appelé ton père ? Il est magistrat, il travaille avec la procureur – il aurait su quoi faire.

– C'est que… Je sais pas, j'y ai pas pensé. Il y avait une sorte d'urgence. J'étais pas, je sais pas, préparé à ça. Je savais pas ce qu'il fallait faire.

– D'accord. Que s'est-il passé ensuite ?

– Je suis descendu un peu et je me suis baissé à côté de lui.

– Tu t'es mis à genoux, c'est ça ?

– Je crois.

– Dans les feuilles mouillées ?

– Je sais pas. Peut-être que je suis resté debout.

– Tu es resté debout. Donc, tu le voyais d'en haut, n'est-ce pas ?

– Non. Je me souviens pas vraiment. Maintenant que vous me le dites, j'avais peut-être un genou à terre.

– Derek, qui t'a vu quelques minutes plus tard au collège, n'a pas remarqué que ton pantalon était mouillé ou sali.

– Alors, c'est que je suis resté debout.

– Très bien, debout. Donc, tu es debout près de lui et tu le regardes. Ensuite ?

– Comme je vous l'ai dit, je l'ai fait rouler un peu pour voir ce qu'il avait.

– Tu lui as parlé d'abord ?

– Je crois pas.

– Tu vois un camarade de classe couché, face contre terre, inconscient, et tu te contentes de le retourner sans dire un mot ?

– Non, je sais pas, j'ai peut-être dit quelque chose, j'en suis pas vraiment sûr.

– Quand tu étais debout, au-dessus de Ben, en bas de la pente, as-tu vu des indices quelconques d'une agression ?

– Non.

– Dans la pente, il y avait une longue traînée de sang échappé des blessures de Ben. Tu ne l'as pas remarquée ?

– Non. J'étais, je sais pas, terrifié, vous comprenez ?

– Terrifié, c'est-à-dire ? Que veux-tu dire au juste ?

– Je sais pas. J'ai un peu paniqué, quoi.

– Paniqué ? Tu m'as dit avoir ignoré ce qui s'était passé, ne pas avoir songé à une agression. Tu pensais à un accident.

– Je sais, mais il était allongé là devant moi. Ça fait bizarre comme situation.

– Quand Derek t'a vu seulement quelques minutes plus tard, tu n'avais pas l'air terrifié.

– Si, je l'étais. Mais je l'ai pas montré. C'était intérieur.

– Très bien. Donc, tu es debout, penché sur ce corps. Ben est déjà mort. Il a saigné par trois plaies à la poitrine, une trace de sang conduit jusqu'au corps depuis le haut de la pente, mais tu ne vois pas une seule goutte de sang et tu n'as aucune idée de ce qui s'est passé. Et tu es terrifié, mais seulement intérieurement. Ensuite ?

– On dirait que vous ne me croyez pas.

– Jacob, je vais te dire une chose : peu importe que je te croie. Je suis ton avocat, pas ta maman ni ton papa.

– Ben oui, mais quand même. J'aime pas trop comment vous réagissez. Je vous raconte ce que j'ai vu et vous réagissez comme si je mentais.

Laurie, qui n'avait pas dit un mot de la réunion, intervint :

– Arrêtez-vous là, Jonathan, je vous en prie. Je suis désolée, mais arrêtez-vous. Vous en savez assez.

Coupé net dans son élan, Jonathan se calma.

– D'accord, Jacob, ta mère a raison. Il vaut peut-être mieux en rester là. Mon but n'est pas de t'embêter. Mais il y a une chose à laquelle je te demande de réfléchir. Toute ton histoire, elle tenait peut-être debout quand tu te l'es racontée dans ta tête, tout seul dans ta chambre. Mais, quand on est interrogé, ce n'est plus forcément la même chanson. Et dis-toi bien que ce qui se passe ici, c'est de la rigolade par rapport à ce que Neal Logiudice va te faire subir si tu viens à la barre. Moi, je suis de ton côté ; Logiudice, non. En plus, je suis quelqu'un de sympa ; Logiudice, lui... disons qu'il fait son métier. Maintenant, je sens que tu vas me dire que, devant ce corps allongé sur le ventre et qui se vide de son sang par trois plaies béantes à la poitrine, tu as trouvé le moyen de passer ton bras dessous en laissant au passage une seule empreinte de pouce *à l'intérieur* du sweat-shirt de Ben, et que, quand tu as retiré ton bras, il n'y avait pas de trace de sang dessus, et que, donc, en te présentant au collège quelques minutes plus tard, personne ne s'est douté de rien. Alors, si tu étais juré, que penserais-tu de cette histoire ?

– Mais c'est vrai ! Pas les détails – vous m'avez embrouillé sur les détails. Il était pas couché complètement sur le ventre et le sang coulait pas à flots. Ça s'est pas passé comme ça. C'est vous qui cherchez à me coincer. Moi, je dis la vérité.

– Jacob, je regrette de t'avoir contrarié. Mais je ne cherche pas à te coincer.

– Je vous jure, c'est la vérité.

– Très bien. Je comprends.

– Non, vous me traitez de menteur !

Jonathan ne réagit pas. C'est bien sûr le dernier recours du menteur que de mettre son accusateur au défi de le traiter de menteur en face. Pire, il y avait quelque chose de criard dans la voix de Jacob. On pouvait y voir l'ombre d'une menace, mais on pouvait y voir aussi l'effroi d'un jeune homme au bord des larmes.

– Jake, du calme, fis-je. Jonathan ne fait que son travail.

– Je sais, mais il ne me croit pas.

– C'est entendu. Ce sera lui ton avocat, qu'il te croie ou non. Les avocats de la défense sont comme ça… ajoutai-je avec un clin d'œil à Jacob.

– Et pour le procès ? Comment je vais faire là-bas ?

– Tu n'auras rien à faire, dis-je. Tu te tiendras prudemment à l'écart de la barre. Tu vas t'asseoir à la table de la défense et tu n'en bougeras que le soir, pour rentrer à la maison.

– Je crois que ce serait sage, glissa Jonathan.

– Mais comment je vais raconter mon histoire ?

– Jacob, je ne sais pas si tu t'es entendu parler. Tu n'es pas en état de témoigner.

– Mais alors, ma défense ?

– Nous n'avons pas à présenter de défense, expliqua Jonathan. Nous n'avons rien à démontrer. La charge de la preuve incombe entièrement à l'accusation. Nous allons contester leur thèse dans ses moindres recoins, Jacob, jusqu'à ce qu'il n'en reste plus rien. C'est ça, notre défense.

– Papa ?

J'hésitais.

– Je ne suis pas sûr que ce soit suffisant, Jonathan. On ne peut pas se contenter de leur lancer deux ou trois boulettes. Logiudice a l'empreinte de pouce, il a un témoin qui désigne Jacob comme propriétaire du couteau. Il va nous en falloir plus. Il va falloir donner quelque chose aux jurés.

– Et que me suggérez-vous de faire, Andy ?

– Je me dis simplement qu'il faudrait peut-être songer à

présenter une vraie défense, en avançant des éléments nouveaux.

– J'adorerais. Vous avez quelque chose en tête ? Autant que je sache, toutes les présomptions convergent vers un même point.

– Et Patz ? Le jury doit au moins l'entendre. Il faut leur livrer le vrai tueur.

– Le vrai tueur ? Ouah ! Vous avez des preuves ?

– On va engager un détective pour creuser ça.

– Creuser quoi ? Patz ? Il n'y a rien sur lui. Du temps où vous étiez procureur, vous aviez pour vous la police de l'État, toutes les polices locales, le FBI, la CIA, le KGB, la NASA…

– On avait moins de moyens que ce que s'imaginent les avocats.

– Peut-être. Mais vous en aviez toujours plus que nous maintenant et vous n'avez rien trouvé. Dites-moi ce qu'un détective privé ferait de mieux qu'une douzaine d'inspecteurs ?

Je ne sus pas quoi lui répondre.

– Andy, écoutez. Comme vous le savez, la défense n'a pas la charge de la preuve. Vous le savez, mais je ne suis pas absolument sûr que vous y croyiez. C'est la règle, dans notre camp. On ne choisit pas nos clients, on ne laisse pas tomber un dossier sous prétexte qu'il n'y a pas de preuves dedans. Et notre dossier, il est là.

Il désigna les feuilles posées devant lui.

– On joue avec les cartes qu'on a. On n'a pas le choix.

– Alors il faut en trouver d'autres.

– Où ?

– Je ne sais pas. Dans nos manches.

– J'observe, fit Jonathan en traînant la voix, que vous portez une chemise à manches courtes…

# 15

# Ma petite enquête

Au Starbucks de Newton Centre, Sarah Groehl s'était branchée sur son MacBook. À ma vue, elle s'arracha à l'attraction de l'écran, puis, penchant la tête à gauche et à droite, elle retira ses écouteurs comme le font les femmes pour ôter leurs boucles d'oreilles. Une fois sortie de sa cybertranse, elle me considéra en clignant des yeux, l'air endormi.

– Salut, Sarah. Je te dérange ?

– Non, j'étais juste en train de… Je sais plus.

– Je peux te parler ?

– De quoi ?

Je lui lançai un regard dans lequel elle put lire : *Ne fais pas l'idiote.*

– On peut aller ailleurs, si tu veux.

Elle ne répondit pas tout de suite. Les tables étaient accolées les unes aux autres et, respectueux des convenances propres aux bars, les consommateurs faisaient mine de ne pas entendre leurs voisins. Mais l'inconfort habituel de devoir discuter en se sachant écouté était encore amplifié par l'infamie qui frappait ma famille et par le propre embarras de Sarah. Elle était gênée d'être vue en ma compagnie. Elle pouvait aussi avoir peur de moi, après tout ce qu'elle avait entendu. Devant tant de paramètres, elle semblait incapable de me répondre. Je lui proposai de prendre place sur le banc situé sur l'autre trottoir où, pensai-je, elle se sentirait en sécurité en se sachant vue de tous sans pouvoir être entendue. Après un brusque mouvement de tête pour chasser la frange de son front et dégager ses yeux, elle me répondit :

– OK.

– Je t'offre un autre café ?

– Je ne bois pas de café.

Nous nous installâmes côte à côte sur le banc à lattes vertes posé de l'autre côté de la rue. Sarah se tenait droite comme une reine. Sans être grosse, elle n'était pas assez mince pour le T-shirt moulant qu'elle portait. Un petit bourrelet de chair s'épanouissait au-dessus de son short – les « abdos McDo » comme disaient sans façon les jeunes. Je me dis qu'elle ferait une copine idéale pour Jacob, quand tout cela serait fini.

J'avais encore à la main ma tasse en carton Starbucks. Il n'y avait pas d'endroit où la jeter. Je me mis à jouer avec.

– Sarah, je cherche à savoir ce qui est vraiment arrivé à Ben Rifkin. Il faut que je trouve celui qui a vraiment fait ça.

Elle me jeta en biais un regard sceptique.

– « Celui qui a vraiment fait ça », c'est-à-dire ?

– Ce n'est pas Jacob. Ils n'ont pas arrêté le bon.

– Je pensais que c'était plus votre travail. Vous jouez au détective ?

– C'est mon travail de père désormais.

– *D'a-ccord !*

Elle eut un petit sourire entendu et secoua la tête.

– Ça te paraît insensé qu'on dise qu'il est innocent ?

– Non. Je dirais pas ça.

– Peut-être que, toi aussi, tu sais qu'il est innocent. D'après ce que tu as dit…

– Je n'ai jamais dit ça !

– Sarah, tu sais que nous, les adultes, on ne connaît rien de vos vies. Nous n'avons pas la clé. Mais il va falloir que l'un d'entre vous se décide à entrouvrir la porte. Que certains nous aident.

– On l'a fait.

– Pas assez. Tu te rends compte, Sarah ? Un copain à toi va aller en prison pour un meurtre qu'il n'a pas commis !

– Comment savez-vous qu'il ne l'a pas commis ? C'est pas ça, la question, à la base ? Je veux dire, est-ce que quelqu'un peut le savoir ? Y compris vous.

– Alors, tu le crois coupable ?

– Je ne sais pas.

– Donc tu as des doutes.

– Je vous l'ai dit, je sais pas.

– Moi, je le sais, Sarah. D'accord ? Je suis là-dedans depuis longtemps et je le sais : ce n'est pas Jacob. Je te le promets. Ce n'est pas lui. Il est complètement innocent.

– Évidemment que vous pensez ça, vous êtes son père !

– Effectivement. Mais pas seulement. Il y a des preuves, Sarah. Tu ne les as pas vues, mais moi, si.

Elle me regarda avec un petit sourire charitable et, un instant, elle se retrouva dans le rôle de l'adulte et moi dans celui d'un jeune crétin.

– Je sais pas ce que vous voulez me faire dire, monsieur Barber. Qu'est-ce que j'en sais, moi ? C'est pas comme si j'avais été super proche d'un des deux, Jacob ou Ben.

– Sarah, c'est toi qui m'as dit d'aller regarder sur Facebook.

– Non, c'est pas moi.

– OK, alors imaginons – *imaginons* que ce soit toi qui m'aies dit de regarder sur Facebook. Pourquoi l'aurais-tu fait ? Qu'est-ce que tu aurais voulu que j'y trouve ?

– OK, mais on est d'accord que c'est pas moi qui vous ai dit ça, hein ?

– D'accord.

– Parce que j'ai pas envie d'être, comment dire, impliquée, OK ?

– OK.

– C'était juste qu'il y avait des rumeurs qui circulaient et qu'à mon avis il fallait que vous sachiez ce qui se racontait. Parce qu'on avait l'impression que personne n'était au courant, vous comprenez. Enfin, personne parmi les responsables. Sans vouloir vous vexer, vous aviez tous l'air paumés. Il y en avait qui savaient. Qui disaient que Jacob avait un couteau et que Jake et Ben s'étaient embrouillés. Mais vous, vous couriez partout, complètement largués. En fait, Ben harcelait Jacob depuis longtemps, vous voyez. Je veux pas dire que ça fait de lui un meurtrier, hein ? Mais j'avais l'impression que c'était le genre d'info qui pouvait vous intéresser.

– Il le harcelait à propos de quoi ?

– Pourquoi vous demandez pas directement à Jake ? C'est votre fils.

– Je l'ai fait. Il ne m'a jamais dit que Ben le harcelait. Tout ce qu'il dit, c'est que tout allait bien, qu'il n'avait pas de problèmes, ni avec Ben ni avec personne.

– Bon alors peut-être… Je sais pas, je veux dire, peut-être que je me trompe.

– Allons, tu sais que tu ne te trompes pas, Sarah. À propos de quoi il se faisait persécuter ?

Elle haussa les épaules.

– C'est pas non plus si grave. Tout le monde se fait harceler. Enfin, pas harceler… embêter, disons. J'ai vu vos yeux s'allumer quand j'ai dit « harceler », comme si c'était la fin du monde. Les adultes, ils aiment bien parler de ça. On a eu des tas de cours là-dessus.

Elle secoua la tête.

– OK, donc pas harceler… embêter. À quel propos ? Pourquoi s'en prenaient-ils à lui ?

– Le truc habituel : il est homo, c'est un geek, c'est un naze.

– Qui disait ça ?

– Des élèves. Tout le monde. Ça n'a rien d'extraordinaire. Ça dure un moment, après ça passe à un autre.

– C'était Ben qui embêtait Jacob ?

– Oui, mais, en même temps, pas que Ben. Ne le prenez pas mal, mais Jacob, il est pas dans la bonne bande.

– Ah bon ? Il est dans quelle bande ?

– Je sais pas. Il est pas vraiment dans une bande. Il est un peu nulle part. C'est dur à expliquer. Jacob, c'est le genre geek, mais sympa, je dirais, sauf que ça existe pas vraiment comme catégorie. Vous voyez ?

– Non.

– Bon, alors, vous avez les sportifs. Lui, il en fait pas partie. Ensuite, il y a les intellos, les premiers de la classe. Mais il est pas assez brillant pour être avec eux non plus. Il est intelligent, on est d'accord. Mais pas comme eux. Le problème, c'est qu'il faut avoir un truc spécial, vous voyez ? Jouer d'un instrument, être dans une équipe, faire du théâtre, n'importe, ou être typé ou lesbienne ou attardé ou je ne sais quoi – cela dit, j'ai rien contre eux, hein ? Simplement, si t'as pas un truc comme ça, tu te retrouves comme lui. T'es le mec normal et on sait pas où te mettre. T'es rien, mais c'est pas négatif, hein ! Et c'était un peu le cas de Jacob, vous voyez ? C'était le mec normal. Est-ce que vous voyez mieux ?

– C'est limpide.

– C'est vrai ?

– Oui. Et toi, Sarah, tu es où ? C'est quoi, ton « truc » ?

– J'en ai pas. Comme Jacob. Je suis rien.

– Sans que ce soit négatif.

– Exact.

– Je ne voudrais pas faire mon Cliff Huxtable[1], mais je ne pense pas que tu ne sois rien.

– C'est qui, Cliff Huxtable ?

– Laisse tomber.

De l'autre côté de la rue, les gens jetaient vers nous des coups d'œil furtifs en entrant et en sortant du café, mais je n'étais pas sûr qu'ils me reconnaissaient. Peut-être que je devenais paranoïaque.

– Je voulais juste vous dire (elle cherchait ses mots) que c'est vraiment bien ce que vous faites. D'essayer de prouver que Jacob est innocent. Je trouve que vous êtes vraiment un bon père. Sauf que Jacob, il est pas comme vous. Vous le savez, hein ?

– Ah bon ? En quoi ?

– Ben, sa façon d'être, quoi. Il dit pas grand-chose. Il est très timide. Je dis pas qu'il est pas sympa. Non, loin de là. Mais il a pas beaucoup de copains, vous voyez. Il a, disons, son petit cercle. Des gens comme Derek et un autre, Josh – d'ailleurs, celui-là, il est trop bizarre, je veux dire carrément ailleurs. Mais Jacob, il a pas beaucoup d'amis dans son réseau. Enfin, ça a l'air de lui convenir. Tant mieux, c'est super, j'ai rien contre. Mais, bon, il doit s'en passer des choses à l'intérieur, dans sa… enfin, à l'intérieur, quoi. Je… disons que je me demande s'il est heureux.

– Il te paraît malheureux, Sarah ?

---

1. Personnage du *Cosby Show*, type même du père attentif et bienveillant. *(N.d.T.)*

– Ben oui, un peu. Cela dit, on est tous un peu malheureux, hein ? Parfois, non ?

Je ne répondis pas.

– Vous devriez voir Derek. Derek Yoo. Il en sait plus que moi sur le sujet.

– Dans l'immédiat, c'est à toi que je parle, Sarah.

– Non, allez voir Derek. Je veux pas me retrouver au milieu de tout ça, vous comprenez. Derek et Jacob, ils sont très proches, depuis tout petits. Je suis sûre que Derek vous en dira plus que moi. Et puis je suis sûre qu'il aura envie d'aider Jacob. C'est son meilleur copain.

– Et toi, pourquoi ne veux-tu pas aider Jacob, Sarah ?

– Si, je veux bien. Mais je ne sais pas tout. J'en sais pas assez. Mais Derek, si.

J'eus envie de lui tapoter la main ou l'épaule, enfin de la rassurer par un contact, mais c'est un geste paternel que, comme d'autres, nous avions désappris. Je me contentai donc de tendre ma tasse en carton vers elle, comme pour trinquer, avec ces mots :

– Dans mon ancien boulot, il y avait une question qu'on posait toujours à la fin d'un entretien : « Y a-t-il quelque chose, à votre avis, que je devrais savoir et sur quoi je ne vous ai pas interrogé ? » Alors ?

– Non. Je ne vois pas.

– Tu en es sûre ?

Elle leva son petit doigt.

– Je le jure !

– D'accord, Sarah, merci. Je sais que Jacob n'est sans doute pas le garçon le plus fréquentable ces temps-ci et je trouve vraiment courageux de ta part de m'avoir parlé comme ça.

– Ce n'est pas du courage. S'il avait fallu du courage, je ne l'aurais pas fait. Je ne suis pas quelqu'un de courageux. C'est juste que j'aime bien Jake. Je sais rien sur l'affaire et le reste. Mais j'aimais bien Jake, disons, *avant*. C'était quelqu'un de bien.

– C'est ! C'est toujours quelqu'un de bien.

– C'est. Exact.

– Merci.

– Vous savez ce que je me disais, monsieur Barber ? Je parie que vous avez eu un très bon père, vous aussi. Parce que vous êtes vraiment bien comme père, alors je me disais que vous aviez eu aussi un père comme ça, qui vous aurait en quelque sorte appris. J'ai raison ?

Incroyable, cette gamine ne lisait pas les journaux ?

– Pas vraiment, dis-je.

– Pas vraiment, mais un peu ?

– Je n'ai pas eu de père.

– Un beau-père ?

Je lui fis non de la tête.

– Tout le monde a un père, monsieur Barber. Sauf Dieu ou des gens comme ça.

– Pas moi, Sarah.

– Ah bon. Alors, peut-être que c'est une bonne chose. Je veux dire que les pères n'ont peut-être rien à voir là-dedans.

– Peut-être. Je ne suis pas sûr d'être le mieux placé pour te répondre.

Les Yoo habitaient dans le labyrinthe de rues ombragées situé à l'arrière de la bibliothèque, près de l'école où nos enfants s'étaient tous rencontrés. De style colonial avec une entrée centrale, leur maison, petite et soignée, était blanche avec des volets noirs. Autour de la porte, un précédent propriétaire avait fait bâtir un abri en briques qui, sur la façade claire, faisait saillie comme une bouche aux lèvres rouges. Je nous revis entassés dans ce réduit lorsque Laurie et moi venions leur rendre visite pendant les mois d'hiver. À cette époque, Jacob et Derek étaient en primaire. Nos familles étaient amies alors. C'était le temps où les parents des copains de Jacob devenaient souvent aussi les nôtres. Entre familles, nous nous amusions à nous mettre face à face, en ligne, comme les pièces d'un puzzle, le père avec le père, la mère avec la mère, les enfants avec les enfants, pour voir si chacun avait son double. La correspondance avec les Yoo n'était pas parfaite – Derek avait une petite sœur, Abigail, de trois ans plus jeune que les garçons –, mais, pendant un certain temps, nous avions apprécié cette amitié entre nous. Si nous nous fréquentions moins désormais, nous n'étions pas fâchés pour autant. Les enfants s'étaient simplement détachés de nous. Ils créaient leurs propres réseaux et le reliquat d'amitié entre les parents n'était pas suffisant pour que l'un des couples cherche à voir l'autre. Cela dit, j'avais le sentiment que nous étions encore amis. J'étais naïf.

Ce fut Derek qui vint ouvrir à mon coup de sonnette. Il resta figé, bouche bée, braquant sur moi son grand regard brun, sirupeux et bêta, jusqu'à ce que je finisse par dire :

– Salut, Derek.

– Ah, Andy...

Les enfants Yoo nous avaient toujours appelés par nos prénoms, Laurie et moi, une pratique permissive à laquelle je ne m'étais jamais tout à fait habitué et qui, compte tenu des circonstances, me hérissait encore plus.

– Je peux te parler une minute ?

Là encore, Derek sembla incapable d'articuler la moindre réponse. Il me regardait fixement.

De la cuisine, David Yoo, le père de Derek, lança :

– Derek, qui c'est ?

– Pas d'inquiétude, Derek, le rassurai-je.

Sa panique était presque comique. Qu'est-ce qui pouvait bien l'ébranler à ce point ? Il m'avait vu des centaines de fois.

– Derek, c'est qui ?

J'entendis une chaise racler le sol de la cuisine. David Yoo apparut dans l'entrée et, posant doucement sa main en étau sur la nuque de son fils, l'éloigna de la porte.

– Salut, Andy.

– Salut, David.

– On peut faire quelque chose pour toi ?

– Je voulais juste parler à Derek.

– Parler de quoi ?

– De l'affaire. De ce qui s'est passé. J'essaie de savoir qui a vraiment fait le coup. Jacob est innocent, tu sais. Je l'aide à se préparer pour le procès.

David eut un hochement de tête compréhensif.

Sa femme, Karen, arriva à son tour de la cuisine et me salua brièvement, de sorte qu'ils se retrouvèrent tous dans l'embrasure de la porte, comme pour un portrait de famille.

– Je peux entrer, David ?

– Ça ne me paraît pas une bonne idée.

– Pourquoi ?

– On est sur la liste des témoins, Andy. Normalement, on ne doit parler à personne.

– C'est ridicule. On est dans un pays libre, tu peux parler à qui tu veux.

– Le procureur nous a dit de ne parler à personne.

– Logiudice ?

– Exact. Il nous l'a bien dit : « Ne parlez à personne. »

– Ah, il pensait aux journalistes. Il n'avait pas envie d'entendre des déclarations contradictoires à droite à gauche. Il avait en tête son interrogatoire. Moi, j'essaie de trouver la vérit…

– Ce n'est pas ce qu'il nous a dit, Andy. Il a dit : « Ne parlez à personne. »

– Oui, mais il n'en a pas le droit. Personne ne peut t'interdire de parler à qui tu veux.

– Je suis désolé.

– David, il s'agit de mon fils. Tu connais Jacob. Tu le connais depuis qu'il est tout petit.

– Je suis désolé.

– Mais est-ce que je peux au moins entrer pour qu'on en parle ?

– Non.

– Non ?

– Non.

Nos regards se croisèrent.

– Andy, nous sommes entre nous. Ta présence n'est vraiment pas la bienvenue.

Il s'apprêta à refermer. Sa femme l'arrêta, la main sur le bord de la porte, l'implorant du regard.

– Je te demande de ne pas revenir ici, m'ordonna David Yoo, en ajoutant d'une voix faible :

– Bonne chance.

Ayant repoussé la main de Karen, il ferma doucement le battant et je l'entendis engager la chaîne de sécurité.

# 16

# Témoin

À la porte de l'appartement des Magrath, je fus accueilli par une femme courtaude au visage rond et pâle surmonté d'une tignasse de boucles brunes semblables à des ressorts détendus. Elle portait un caleçon noir en synthétique et un T-shirt surdimensionné barré sur le devant d'un message tout aussi surdimensionné : *Ne jouez pas au plus malin avec moi, vous ne gagnerez pas*. Déployé sur six lignes pleines, cet avertissement fit voyager mon regard vers le sud, depuis une poitrine flasque jusqu'à un ventre relâché, un périple dont je ne suis pas encore tout à fait remis.

– Matthew est-il là ?

– C'est de la part de qui ?

– Je représente Jacob Barber.

Regard vide.

– Le meurtre de Cold Spring Park.

– Ah ! C'est vous son avocat ?

– Son père, plutôt.

– Il était temps. Je commençais à me dire qu'il était seul au monde, ce môme.

– C'est-à-dire ?

– Ben, on attendait quelqu'un, nous. Ça fait des semaines. Ils sont où, les flics ?

– Pourrais-je… Est-ce que Matthew Magrath est là ? C'est votre fils, je présume ?

– Vous êtes sûr que vous êtes pas flic ?

– Tout à fait sûr, oui.

– Agent de probation ?

– Non.

Elle posa une main sur sa hanche en la calant sous le petit repli graisseux qui lui cernait la taille.

– Je souhaiterais l'interroger au sujet de Leonard Patz.

– Je m'en doute.

Tout, dans le comportement de cette femme, était tellement atypique – ses phrases sibyllines, mais aussi le regard étrange qu'elle levait vers moi – que je ne saisis pas tout de suite sa réponse au sujet de Patz.

– Matt est là ? répétai-je, impatient de me débarrasser d'elle.

– Oui.

Elle ouvrit la porte en grand.

– Matt ! Y a quelqu'un pour toi.

Elle rentra dans l'appartement d'une démarche traînante, comme si tout cela ne l'intéressait plus. L'intérieur était petit et encombré. Newton a beau être une banlieue huppée, il reste encore des recoins accessibles aux familles ouvrières. Les Magrath habitaient un petit trois-pièces dans un immeuble blanc, habillé de faux bois et divisé en quatre logements. En ce début de soirée, la lumière y était faible. Sur un énorme et antique téléviseur à rétroprojection passait un match des Red Sox. En face trônait un somptueux fauteuil chiné, dans les tons moutarde, dans lequel Mme Magrath se laissa choir.

– Vous suivez le base-ball ? fit-elle par-dessus son épaule. Parce que moi, oui.

– Bien sûr.

– Vous savez contre qui ils jouent ?

– Non.

– Ben, vous venez de me dire que vous suivez le base-ball…

– J'ai d'autres choses en tête.

– Les Blue Jays.

– Ah, les Blue Jays ! Comment ai-je pu oublier…

– Matt ! claironna-t-elle.

Puis, à mon intention :

– Il s'est enfermé avec sa copine, allez savoir ce qu'ils font. Kristin, elle s'appelle. Elle m'a pas dit deux mots depuis qu'elle a mis les pieds ici. Elle me traite comme une merde. Elle veut foutre le camp avec Matt, comme si j'existais pas. Matt aussi. Il y en a que pour elle. Ils s'occupent pas de moi, ces deux-là.

– Ah ah, fis-je en hochant la tête.

– Comment que vous avez eu notre nom ? Je croyais que, pour les pédophiles, les victimes, elles étaient anonymes.

– J'ai travaillé au bureau de la procureur.

– Ah oui, exact, je me rappelle. C'est vous. J'ai lu votre histoire dans le journal. Vous avez vu tout le dossier alors ?

– Eh oui.

– Alors vous le connaissez, Leonard Patz ? Vous savez ce qu'il a fait à Matt ?

– Oui. Si j'ai bien compris, il s'est livré sur lui à des attouchements, à la bibliothèque.

– Il lui a touché les couilles.

– Les, euh… Là aussi, en effet.

– Matt !

– Je tombe peut-être mal …

– Non. Vous avez de la chance qu'il soit là. D'habitude, il part avec la copine et je le revois plus. Il a un couvre-feu à 20 h 30, mais tu parles, il sort quand même ! L'agent de probation, il est au courant. Je peux bien vous le dire, hein, qu'il a un agent de probation. Je m'en sors plus avec lui. Je sais plus à qui m'adresser, moi, vous savez. Il a été en centre, mais ils l'ont renvoyé. Avant, on était à Quincy. Je suis venue ici pour plus qu'il traîne avec ses copains, une bande de bons à rien. J'ai emménagé ici, pensant que ça lui ferait du bien, vous voyez. Vous avez déjà cherché un logement HLM ici ? *Pfff.* Moi, je m'en fous de là où j'habite. Ça m'est égal. Mais lui ! Vous savez ce qu'il me dit ? Après tout ce que j'ai fait pour lui ? Il me dit : « Dis donc, t'as changé, maman. Depuis que t'es à Newton, tu t'y crois. Avec tes lunettes chics, tes fringues chics, tu te prends pour une bourge d'ici. » Vous savez pourquoi je les ai, mes lunettes ?

Elle attrapa la paire sur une table placée à côté de son accoudoir.

– Parce que je suis miro ! Mais il me casse tellement les pieds avec que je les mets plus, même chez moi. Je les avais déjà à

Quincy et il disait rien. Avec lui, j'ai beau faire, j'ai l'impression que c'est jamais assez.

– Ce n'est pas facile d'être mère, hasardai-je.

– Oh ben lui, il dit qu'il veut plus de moi comme mère. Il arrête pas de le dire. Vous savez pourquoi ? Pour moi, c'est parce que je suis trop grosse, parce que je suis pas belle. J'ai pas la taille mannequin comme Kristin, je vais pas à la salle de gym et j'ai pas des beaux cheveux. Qu'est-ce que je peux y faire ? Je suis comme je suis. Et je suis encore sa mère. Vous savez comment il m'appelle quand il s'énerve ? Il m'appelle « la grosse ». J'ai tout fait pour ce môme-là, tout. Vous croyez qu'il me dirait merci ? Qu'il me dirait : « Oh, je t'adore, maman, merci » ? Non. Il dit juste : « J'ai besoin de fric. » Quand il me demande des sous, je lui dis : « J'ai rien à te donner, Matty. » Alors il me dit : « Allez, maman, même pas deux, trois petits billets ? » Et je lui dis que cet argent-là, j'en ai besoin pour lui acheter tous ces machins qu'il aime bien, comme le blouson des Celtics qu'il lui fallait absolument, cent cinquante dollars, et moi, comme une cruche, j'ai été lui acheter, juste pour lui faire plaisir.

La porte de la chambre s'ouvrit et Matthew Magrath apparut, pieds nus, seulement vêtu d'un short Adidas et d'un T-shirt.

– M'man, arrête ton cirque, tu veux. T'es en train de soûler le monsieur.

Dans le dossier d'attentat à la pudeur de Leonard Patz, les rapports de police indiquaient que la victime avait quatorze ans, mais Matt Magrath en paraissait nettement plus. C'était un beau garçon à la mâchoire carrée avec, dans ses manières, quelque chose d'indolent et de mature.

Sa petite amie, Kristin, arriva sur ses talons. Le visage mince, une petite bouche, des taches de rousseur, une poitrine plate, elle était moins à son avantage que Matt. Elle portait un T-shirt à col large qui pendait d'un côté, découvrant une épaule laiteuse et une affriolante bretelle de soutien-gorge lavande. Je compris aussitôt qu'il n'éprouvait rien pour elle. Qu'il lui briserait le cœur, très bientôt sans doute. J'eus pitié d'elle, avant même qu'elle ait franchi le seuil de la chambre. Elle devait avoir treize ou quatorze ans. Avec tous ceux qui lui piétineraient encore le cœur, elle n'était pas au bout de ses peines.

– C'est toi, Matthew Magrath ?

– C'est moi. Pourquoi ? Vous êtes qui ?

– Tu as quel âge, Matthew ? Tu es né quand ?

– Le 17 août 1992.

Un instant, je fus distrait par ce chiffre : 1992. Comme il me paraissait proche, comme mon compteur avait tourné... En 1992, j'étais magistrat depuis huit ans déjà. Laurie et moi tentions de concevoir Jacob, au propre comme au figuré.

– Tu n'as pas encore quinze ans.

– Et alors ?

– Non, rien.

Je jetai un regard à Kristin qui me considérait d'un air buté, comme une vraie petite peste.

– Je suis venu te poser des questions sur Leonard Patz.

– Len ? Vous voulez savoir quoi ?

– « Len » ? C'est comme ça que tu l'appelles ?

– Des fois. Vous êtes qui, déjà ?

– Je suis le père de Jacob Barber. Celui qui est accusé du meurtre de Cold Spring Park.

– Ah, ouais. J'étais pas tombé loin. Je me disais bien que vous étiez flic ou quelque chose dans ce goût-là. C'est votre façon de regarder. Comme si j'avais fait une connerie.

– Tu penses avoir fait une connerie, Matt ?

– Non.

– Alors pourquoi t'inquiéter, hein ? Peu importe que je sois flic ou pas.

– Et elle ?

Il inclina la tête vers la fille.

– Et elle ?

– C'est pas interdit d'avoir des relations avec quelqu'un de trop... de trop jeune ? C'est du... comment on dit déjà ?

– Détournement de mineur.

– C'est ça. Mais si moi, je suis trop jeune aussi, ça compte pas, alors ? Si on est tous les deux mineurs et qu'on baise ensemble...

– Matt ! sursauta sa mère.

– Dans le Massachusetts, la majorité sexuelle est à seize ans. Si les partenaires ont quatorze ans, ils commettent un détournement de mineur.

– Vous voulez dire qu'ils se détournent l'un l'autre ?

– Techniquement, oui.

Il adressa à Kristin un regard de conspirateur.

– T'as quel âge déjà, chérie ?

– Seize, fit-elle.

– C'est mon jour de chance, glissa Matthew.

– Ne t'emballe pas, mon garçon. La journée n'est pas finie.

– Finalement, je suis en train de me dire que j'ai pas trop envie de vous parler, de Len ou d'autre chose.

– Matt, je ne suis pas flic. L'âge de ta copine, je m'en fous, ce que vous faites ensemble, je m'en fous. Ce qui m'intéresse, c'est Leonard Patz et rien d'autre.

– Vous êtes le père de l'accusé ? fit-il avec une pointe d'accent bostonien.

– Oui.

– Il y est pour rien, vous savez.

J'attendis. Mon cœur commença à accélérer.

– C'est Len.

– Comment le sais-tu, Matt ?

– Je le sais, c'est tout.

– Tu l'as su comment ? Je croyais que tu avais été victime d'un attentat à la pudeur. Je ne savais pas que tu connaissais… Len.

– Disons que c'est compliqué.

– Ah bon ?

– Ouais. Lenny et moi, on est potes, plus ou moins.

– Et comme vous êtes potes, tu l'as dénoncé aux flics pour attentat à la pudeur ?

– Je vais être franc avec vous. Je l'ai dénoncé, mais, sur ce coup-là, Lenny, il a rien fait.

– Ah oui ? Alors pourquoi l'avoir dénoncé ?

Un petit sourire.

– Je vous l'ai dit, c'est compliqué.

– Il t'a touché ou pas ?

– Oui, ça oui.

– Alors qu'est-ce qui est compliqué ?

– Je vais vous dire, je suis pas trop à l'aise avec ça. Je devrais pas vous en parler. J'ai le droit de garder le silence. Je pense qu'on va s'arrêter là.

– Tu as le droit de garder le silence devant les flics. Moi, je ne suis pas flic. Le cinquième amendement ne s'applique pas à moi. Ici, dans cette pièce, il n'y a pas de cinquième amendement qui tienne.

– Je risque d'avoir des problèmes.

– Matt… Petit, écoute-moi. J'ai beaucoup de patience, mais tu commences à en abuser. Tu commences à (profonde inspiration) m'échauffer les oreilles, Matt, OK ? Et c'est pas une sensation que j'aime bien. Alors on arrête de tourner autour du pot, d'accord ?

Je sentis toute l'épaisseur du corps qui m'hébergeait. Ce môme ne pesait rien à côté de moi. J'avais l'impression de me dilater. De ne bientôt plus pouvoir tenir dans la pièce.

– Si tu sais quelque chose sur le meurtre de Cold Spring Park, Matt, il faut me le dire. Parce que tu n'imagines pas par où je suis passé.

– Je veux pas parler devant elles.

– Très bien.

J'enserrai son avant-bras droit et le tordis – mais sans donner pour l'instant ma pleine mesure car je sentis avec quelle facilité je pouvais, en forçant à peine, séparer ce membre de son corps, l'arracher avec peau, muscles et os – avant de le conduire dans la chambre de sa mère. Détails mémorables, la pièce s'ornait d'une table de nuit constituée de deux cagettes en plastique superposées et retournées, et de photos d'acteurs soigneusement découpées dans des magazines et scotchées au mur. Je refermai la porte et m'immobilisai devant, les bras croisés. Aussi vite qu'elle était montée, l'adrénaline refluait déjà de mes bras et de mes épaules, comme si mon corps comprenait que le plus fort de la crise était passé et que le jeune homme avait déjà cédé.

– Parle-moi de Leonard. Comment le connais-tu ?

– Un jour, il est venu vers moi au McDo, tout mielleux, tout pitoyable, et il m'a demandé si j'avais envie de quelque chose, un hamburger ou n'importe quoi. Il m'a dit qu'il m'achetait ce que je voulais à condition que je mange avec lui, je veux dire à la même table. Je savais qu'il était pédé, mais puisqu'il avait envie de me payer un Big Mac, pourquoi refuser, hein ? Moi, je sais que je suis pas homo, donc qu'est-ce que je risquais ? Alors j'ai dit OK. On a commencé à manger et il faisait tout pour se faire mousser, pour faire le mec sympa, comme si on était potes, et après il m'a demandé si j'avais envie de voir son appart. Il m'a dit qu'il avait plein de DVD et qu'on pourrait se regarder un film. Je voyais bien où il voulait en venir. Je lui ai dit direct que, pour moi, c'était non, mais que, s'il avait un peu de thune, on pourrait peut-être s'entendre. Il m'a dit qu'il me donnerait un billet de cinquante si je me laissais tripoter, mais par-dessus mon fute. Je lui ai dit OK, mais que ça serait cent. Et il me les a filés.

– Il t'a donné cent dollars ?

– Ben oui. Juste pour me caresser le cul et le reste.

Le jeune homme eut un petit ricanement en pensant à la somme qu'il lui avait extorquée pour si peu.

– Continue.

– Après, il arrêtait pas de me dire qu'il avait encore envie. Et, à chaque fois, il me filait un billet de cent.

– Et toi, tu faisais quoi ?

– Rien, je vous jure.

– Arrête, Matt. Pour cent dollars ?

– Sérieux. J'ai jamais rien fait d'autre que de me laisser toucher le cul et, euh… le devant.

– Tu enlevais quelque chose ?

– Non. J'ai toujours gardé mes fringues.

– Toujours ?

– Toujours.

– Vous avez fait ça combien de fois ?

– Cinq.

– Ça fait cinq cents dollars ?

– Exact.

Il ricana de nouveau. Pas mauvais comme filon.

– Il a glissé la main dans ton pantalon ?

Une hésitation.

– Une fois.

– Une fois ?

– Vraiment. Une seule fois.

– Ça a duré combien de temps, cette histoire ?

– Quelques semaines. D'après lui, financièrement, il pouvait pas aller plus loin.

– Alors que s'est-il passé à la bibliothèque ?

– Rien. J'y ai jamais mis les pieds. Je sais même pas où c'est.

– Alors pourquoi l'avoir dénoncé ?

– Il a dit qu'il voulait plus me payer. Il m'a dit qu'il aimait pas ça, qu'il avait pas à le faire puisqu'on était potes. Je lui ai dit que, s'il casquait plus, je le balançais. Je savais qu'il était en mise à l'épreuve. Et qu'il était sur la liste des délinquants sexuels. S'il se faisait gauler, il plongeait. Même lui le savait.

– Et il a arrêté de te payer ?

– Pas complètement. Il arrivait en me disant : « Je t'en donne la moitié. » Moi, je disais : « Tu me donnes tout. » Il l'avait, le fric. Il était blindé. C'était pas un caprice de ma part. Moi, j'en avais besoin, faut comprendre. Regardez comme c'est, ici. Vous savez ce que c'est que de pas avoir de fric ? En gros, tu peux rien faire.

– Donc tu le faisais cracher. Mais bon, quel est le rapport avec Cold Spring Park ?

– C'est pour ça qu'il m'a lâché. Il m'a dit qu'il en avait repéré un autre, un gars qui traversait le parc tous les matins à côté de chez lui.

– C'était qui ?

– Celui qui s'est fait tuer.

– Comment sais-tu que c'est le même ?

– Parce que Leonard, il m'avait dit qu'il allait essayer de le voir. En gros, il le pistait. Il se baladait le matin dans le parc en essayant de le croiser. Il connaissait même son nom. Il avait entendu ses potes l'appeler. « Ben », c'était. Il m'avait dit qu'il allait essayer de lui parler. Tout ça, c'était avant que ce gars se fasse buter. J'y pensais même plus d'ailleurs.

– Que t'avait dit Leonard à son sujet ?

– Qu'il était beau. C'est le mot qu'il employait, *beau*.

– Qu'est-ce qui te fait penser qu'il pouvait être violent ? Il t'avait déjà menacé ?

– Non. Vous rigolez ? Je le fracassais direct, sinon. Lenny, c'est un dégonflé. C'est pour ça qu'il aime bien les plus jeunes, à mon avis. Comme il est adulte, il se dit qu'ils sont moins forts que lui.

– Alors pourquoi se serait-il montré violent avec Ben Rifkin s'il l'avait rencontré dans le parc ?

– Je sais pas. J'y étais pas. Mais je sais que Lenny avait un couteau et qu'il le prenait avec lui quand il pensait faire des rencontres. Parce qu'il disait que des fois, quand on est pédé et qu'on tombe sur le mauvais type, ça peut mal tourner.

– Tu l'as vu, ce couteau ?

– Oui, il l'avait la première fois que je l'ai vu.

– À quoi ressemblait-il ?

– Ben, je sais pas, à un couteau.

– À un couteau de cuisine ?

– Non, plutôt à un couteau de combat, je dirais. Il avait comme des dents. J'ai failli lui prendre. Il était classe.

– Pourquoi ne jamais en avoir parlé à quelqu'un ? Tu savais que ce garçon avait été assassiné.

– Moi aussi, je suis en probation. Je me voyais mal aller raconter que je lui soutirais du fric ou que j'avais menti sur l'histoire des attouchements à la bibliothèque. C'est comme un délit.

– Le « comme » est en trop. Ce n'est pas *comme* un délit. *C'est* un délit.

– C'est vrai, exact.

– Matt, tu comptais attendre combien de temps avant d'en parler ? Tu allais laisser mon fils se faire condamner pour un meurtre qu'il n'a pas commis juste pour ne pas avoir à reconnaître que tu te laissais palucher toutes les semaines ? Tu allais continuer à la fermer pendant qu'on enverrait mon fils à Walpole ?

Il ne répondit pas.

La colère qui était en moi appartenait à un registre désormais établi et familier. Une colère simple, légitime, apaisante, qui était pour moi comme une vieille amie. Elle n'était pas dirigée contre ce petit con. De toute façon, tôt ou tard, la vie se charge de punir les pauvres bougres comme Matt Magrath. Non, j'en voulais à Patz lui-même d'être un meurtrier – et de la pire espèce, un meurtrier d'enfant, une engeance pour laquelle policiers et procureurs ont une aversion toute particulière.

– Je me disais que personne me croirait. Mon problème, c'était que, comme j'avais déjà menti sur le coup de la bibliothèque, je ne pouvais rien dire sur le meurtre. Si je disais la vérité, on me dirait : « Tu as déjà menti une fois. Pourquoi est-ce qu'on te croirait ? » À quoi ça aurait servi ?

Il avait raison, évidemment. Comme mauvais témoin, on ne pouvait pas rêver mieux que Matthew Magrath. Menteur avéré, aucun jury ne le croirait jamais. Sauf que, comme dans la fable du garçon qui criait au loup, il se trouvait que, cette fois-là, il disait vrai.

# 17

# Mais tout tourne rond chez moi !

Facebook avait fermé le compte de Jacob, sans doute après avoir reçu l'injonction de communiquer tout ce qu'il y avait posté. Mais avec une obstination suicidaire, Jacob en avait ouvert un autre sous le nom de « Marvin Glasscock » et avait entrepris de recontacter son cercle d'intimes. Il ne s'en cachait pas, ce qui me mettait en rage. À ma grande surprise, Laurie avait pris sa défense :

– Il est tout seul. Il a besoin des autres.

Dans tout ce que Laurie faisait – et avait toujours fait –, il y avait l'idée d'aider son fils. Selon elle, puisque Jacob était désormais totalement isolé et que la « vie en ligne » était une composante indispensable, indissociable et « naturelle » du lien social entre les jeunes, il serait cruel de lui refuser, en plus, ce minimum de contact humain. Je lui rappelai que l'État du Massachusetts entendait le priver de beaucoup plus que cela et nous tombâmes d'accord pour au moins soumettre ce compte à certaines restrictions. Interdiction fut donc faite à Jacob d'en modifier le mot de passe – ce qui nous aurait empêchés d'y accéder et de surveiller ses envois –, de poster quoi que ce soit touchant, même indirectement, à l'affaire, et de diffuser des photos ou des vidéos, qui risquaient à coup sûr de faire aussitôt le tour de la Toile et d'être aisément interprétées de travers. Commença alors un jeu du chat et de la souris où un enfant, par ailleurs intelligent, s'efforçait de plaisanter sur son propre cas en des termes suffisamment vagues pour que son père ne le censure pas.

Durant mes rondes matinales sur Internet, j'entrepris donc aussi de vérifier ce que Marvin Glasscock avait laissé sur

Facebook la nuit précédente. Chaque matin, premier arrêt : Gmail, deuxième : Facebook. Puis, sur Google, recherche de « Jacob Barber » pour me tenir au courant de l'affaire. Après quoi, s'il n'y avait rien à signaler, je pouvais disparaître quelques minutes dans le terrier d'Internet pour oublier la déferlante d'emmerdements qui m'était tombée dessus.

Ce qui me stupéfia le plus dans la réincarnation de mon fils sur Facebook, ce fut qu'il trouve des gens pour accepter d'être ses « amis ». Dans la vraie vie, il n'avait pas d'amis, il se retrouvait totalement seul. Personne pour l'appeler, pour venir le voir. Il avait été exclu temporairement du collège et, en septembre, la ville serait tenue de lui trouver un professeur particulier. La loi l'y obligeait. En négociation depuis des semaines avec le service des affaires scolaires, Laurie bataillait sur le nombre d'heures d'enseignement à domicile auquel Jake avait droit. En attendant, tout le monde semblait s'être détourné de lui. Ceux qui l'acceptaient comme « ami » sur Facebook refusaient de le reconnaître dans la rue. Seule une poignée d'entre eux, c'est vrai, avaient admis « Marvin Glasscock » dans leur cercle en ligne. Avant l'affaire Rifkin, le réseau Facebook de Jacob – ceux qui lisaient ses commentaires envoyés à la diable et que Jacob gratifiait en retour des siens – comptait quatre cent soixante-quatorze membres, pour la plupart des élèves du collège dont, majoritairement, je n'avais jamais entendu parler. Après le meurtre, ils n'étaient plus que quatre, dont Derek Yoo. Je me demandais si ces quatre-là, mais Jacob aussi, avaient tout à fait conscience que chacun de leurs faits et gestes en ligne laissait une trace, que chacune de leurs actions sur le clavier était enregistrée et stockée quelque part sur un serveur. Rien de leur activité sur le Web – rien – n'était ignoré. Et, contrairement à un coup de fil, ce mode de communication était écrit : ils généraient eux-mêmes une transcription de leurs discussions. Le Web est un rêve de procureur, un moyen de surveillance et d'enregistrement à l'écoute des secrets les plus intimes et les plus scabreux, les plus indicibles même. Encore mieux qu'un micro planqué : c'est un micro greffé à l'intérieur des têtes.

Ce n'était bien sûr qu'une question de temps. Tôt ou tard, en tapant un soir sur son portable, tout à la griserie de sa navigation, Jacob, en bon ado, finirait par se mettre bêtement en faute. Ce qui se produisit à la mi-août.

Un dimanche de bonne heure, en consultant la page Facebook de Marvin Glasscock, je tombai sur l'image d'Anthony Perkins dans *Psychose* – la fameuse silhouette brandissant le couteau qui va frapper Janet Leigh sous la douche –, mais avec le visage de Jacob à la place du sien : Jacob en Norman Bates. Ce portrait avait été prélevé sur une photo apparemment prise lors d'une soirée. Jacob s'y montrait souriant. C'était lui qui avait posté ce montage, avec la légende : « C'est comme ça qu'on me voit. » Ses copains l'avaient commenté ainsi : « Ton nouveau plan drag queen ?! », « Super idée. Mets-la en image de profil. » « Wiii-wiii-wiii-wiii [musique de *Psychose*] », « Marvin Glasscock ! Le relookeur fou a encore frappé !!! »

Je n'effaçai pas l'image immédiatement. J'entendais demander des comptes à Jacob. L'appareil ronronnant en main, je montai au premier.

Jacob dormait encore. Sur la table de chevet était retourné, pages ouvertes, un des romans pour adolescents dont il se délectait. Tous traitaient invariablement de science-fiction futuriste ou de délires militaires autour d'armées ultrasecrètes affublées de noms comme « Alpha Force » – pas de jeunes vampires mélancoliques pour Jacob, pas assez dépaysants.

Il était environ 7 heures. Les stores étaient fermés et la lumière filtrait à peine.

Au moment où je m'approchai du lit d'un pas décidé, Jacob se réveilla et se tourna dans ma direction. J'étais d'une humeur noire. Je fis pivoter le PC pour lui montrer l'écran, la pièce à conviction.

– C'est quoi, ça ?

Mal réveillé, il laissa échapper un grognement.

– C'est quoi, ça ?

– Quoi ?

– Ça !

– Je sais pas. Tu parles de quoi ?

– Cette photo, là, sur Facebook. Ça date d'hier soir. C'est toi qui l'as mise ?

– C'est une blague.

– Une blague ?

– C'est juste une blague, papa.

– Une blague ? Ça va pas, non ?

– Tu vas pas en faire toute une histoire…

– Jacob, tu sais ce qu'ils vont faire de cette photo ? Ils vont la mettre sous le nez des jurés et tu sais ce qu'ils vont leur dire ? Ils vont leur dire qu'elle traduit une conscience de culpabilité. C'est l'expression qu'ils vont utiliser, *conscience de culpabilité.* Ils diront : « Voici comment Jacob Barber se voit lui-même. En psychopathe. Quand il se regarde dans la glace, voici ce qu'il voit : Norman Bates. » Et ils vont le répéter ce mot-là, *psychopathe*, sans arrêt, en montrant la photo, et les jurés vont bien la regarder. Ils vont la regarder et ensuite ? Ensuite, ils ne pourront plus jamais l'oublier, ils ne pourront plus jamais s'en défaire. Elle va leur rester dans la tête. Elle va les remuer. Elle va les chambouler, les marquer. Peut-être pas tous, peut-être pas tant que ça. Mais elle va déplacer le curseur encore un peu plus en ta défaveur. C'est ainsi que ça marche. Voilà ce que tu as fait : tu leur as fait un cadeau. Un cadeau. Sans raison aucune. Si Logiudice tombe là-dessus, il ne va pas te lâcher. Tu comprends, ça ? Tu comprends ce qui est en jeu, Jacob ?

– Oui !

– Tu sais quel sort ils te réservent ?

– Évidemment que je le sais.

– Alors pourquoi ? Explique-moi. Parce que ça n'a aucun sens. Pourquoi tu as fait ça ?

– Je te l'ai déjà dit, c'était une blague. Ça veut dire le contraire de ce que tu dis. C'est comme ça qu'on me voit. Pas comment moi, je me vois. Il est même pas question de moi là-dedans.

– Ah ! Voilà qui est finement raisonné... Ce n'était qu'une astuce, de l'ironie, hein ? Et bien sûr le procureur, le jury, ils vont adhérer, tous autant qu'ils sont. Mais, bon sang, tu es idiot ou quoi ?

– Non, je suis pas idiot.

– Alors qu'est-ce qui ne tourne pas rond chez toi ?

Derrière moi s'éleva la voix de Laurie :

– Andy, assez !

Elle avait les bras croisés et les yeux encore pleins de sommeil.

– Mais tout tourne rond chez moi, fit-il, d'un ton accablé.

– Alors qu'est-ce qui t'a pris de…

– Andy, arrête.

– Pourquoi, Jacob ? Explique-moi pourquoi ?

J'avais basculé de l'autre côté de la colère. Pour autant, j'étais encore assez énervé pour décocher quelques flèches en direction de Laurie.

– Je peux lui demander ça ? Je peux lui demander pourquoi ? Ou est-ce encore trop ?

– C'était juste une blague, papa. On peut pas l'effacer ?

– Non ! On ne peut pas l'effacer. C'est bien ça, le problème ! Ça va rester, Jacob. On peut l'effacer, mais ça va rester. Quand ton copain Derek va aller voir le procureur et lui dire que tu as un compte Facebook au nom de Melvin Glasscock ou je ne sais qui, le procureur n'aura qu'à envoyer une injonction et il l'obtiendra, ce compte ! Facebook va le lui donner, ne t'inquiète pas, avec tout ce qu'il y a dedans. Tu ne pourras plus t'en défaire. Comme du napalm. Tu n'as pas le droit de faire ça ! Tu n'as pas le droit !

– OK.

– Tu ne peux pas nous faire ça. Pas maintenant.

– *O-K*, j'ai dit. Pardon.

– Ça ne sert à rien de s'excuser. Ça ne résoudra rien.

– Andy, arrête cette fois. Tu me fais peur. Que veux-tu qu'il fasse ? C'est fait, c'est fait. Il t'a demandé pardon. Pourquoi tu continues à le sermonner ?

– Je continue à le sermonner parce que c'est important.

– C'est fait. Il a commis une erreur. Il est jeune. Calme-toi, je t'en prie, Andy. Je t'en prie…

Elle traversa la chambre, me prit le PC des mains – je me souvenais à peine que je le tenais encore – et examina la photo de près. Elle tenait l'appareil de chaque côté, comme un plateau de cantine.

– Bon, fit-elle avec un haussement d'épaules. On le supprime et on n'en parle plus. Comment on efface ? Je ne vois pas le bouton.

Je pris le PC et examinai l'écran.

– Je ne le vois pas non plus. Jacob, comment tu effaces ça ?

Il s'empara de l'appareil et, désormais assis au bord de son lit, cliqua à plusieurs reprises.

– Voilà, il est parti.

Il rabattit l'écran, me rendit le tout, puis se remit au lit en roulant sur le côté pour me tourner le dos.

D'un regard, Laurie me signifia que c'était moi qui déraillais.

– Je vais me recoucher, Andy.

Elle quitta la pièce à pas feutrés, puis j'entendis le froissement de notre lit lorsque à nouveau elle s'y glissa. Laurie avait toujours été une lève-tôt, même le dimanche, jusqu'à ces événements.

Je restai là un moment, l'ordinateur plaqué contre la hanche comme un livre fermé.

– Je suis désolé, je me suis emporté.

Jacob renifla. Ce reniflement, je fus incapable de l'interpréter, de dire si Jacob était au bord des larmes ou furieux contre moi. Mais il avait atteint en moi un point sensible et l'émotion me saisit. Je revis Jake bébé, être minuscule et précieux, tout beau, tout blond, avec ses grands yeux. En songeant que cet adolescent, cet homme-enfant, ne faisait qu'un avec ce nouveau-né, j'eus l'impression de faire une découverte, de ne l'avoir jamais su. Le bébé ne s'était pas transformé en adolescent ; il *était* déjà l'adolescent, la même créature, identique à ce qu'il serait. C'était ce bébé-là que j'avais tenu dans mes bras.

Je m'assis sur le bord du lit et posai la main sur son épaule nue.

– Je suis désolé de m'être emporté. Je ne devrais pas. J'essaie juste de te mettre en garde. Tu sais ça, hein ?

– Je vais redormir un peu.

– D'accord.

– Laisse-moi tranquille.

– D'accord.

– Bon alors va-t-en.

Je hochai la tête, lui frottai l'épaule à plusieurs reprises comme pour y faire pénétrer mes pensées, *Je t'aime*, mais, comme il restait de marbre, je me levai pour partir.

La forme couchée dans le lit murmura :

– Tout tourne rond chez moi. Et je sais très bien le sort qu'ils me réservent. Je n'ai pas besoin de toi pour le savoir.

– Je sais, Jake, je sais.

Puis, avec la bravade et l'insouciance d'un enfant, il s'endormit.

# 18

# Où l'on reparle du gène du meurtre

Un mardi matin, vers la fin de l'été, nous nous trouvions, Laurie et moi, dans le cabinet du Dr Vogel pour notre séance hebdomadaire sous l'œil de ses masques hurlants. Nous n'avions pas encore commencé – chacun en était encore à s'installer dans son fauteuil favori en y allant de ses commentaires rituels sur la canicule, Laurie frissonnant, elle, à cause de la climatisation – lorsque le docteur annonça :

– Andy, je dois vous prévenir que cette heure risque d'être difficile pour vous.

– Ah bon ? Et pourquoi ?

– Il va falloir qu'on aborde certaines questions biologiques soulevées par cette affaire, d'ordre génétique.

Elle hésita. Durant nos séances, le Dr Vogel prenait soin de rester impassible pour éviter, j'imagine, que ses émotions n'influent sur les nôtres. Mais cette fois, elle avait la bouche et la mâchoire visiblement crispées.

– Et je vais devoir vous prendre un échantillon d'ADN. Un simple prélèvement buccal. Pas d'aiguille, rien de compliqué. Je vous passe juste un coton-tige stérile sur les gencives pour prendre un peu de salive.

– Un échantillon d'ADN ? Vous plaisantez, je suppose ? Je pensais qu'il n'en serait pas question.

– Andy, écoutez, je suis médecin, pas juriste ; je ne peux pas vous dire ce qui sera admis comme preuve ou non. Ça, c'est entre vous et Jonathan. Ce que je peux vous dire, c'est que la génétique comportementale – et par là j'entends l'étude des gènes et de leur influence sur le comportement – est à double tranchant. L'accusation pourra être tentée d'avancer ce type d'argument pour montrer que Jacob est violent de nature, que c'est un tueur-né, ce qui augmenterait évidemment la probabilité qu'il ait commis ce meurtre. Mais nous pouvons nous aussi être tentés d'y recourir. Si le procureur va jusqu'à démontrer que c'est bien Jacob l'auteur des faits – je dis bien *si*, je ne fais aucun pronostic, je ne dis pas que c'est là mon hypothèse, je dis juste *si* –, nous aurons peut-être alors à invoquer le facteur génétique comme circonstance atténuante.

– C'est-à-dire ? fit Laurie.

– Pour passer de la préméditation à l'absence de préméditation, voire à l'homicide involontaire, expliquai-je.

Laurie fit une moue. Ce jargon rebutant lui rappelait toute l'efficacité d'un système. Un tribunal est une usine qui trie la violence par degrés de gravité, qui transforme les suspects en criminels.

J'étais sonné, moi aussi. Instantanément, le juriste qui était en moi comprit le calcul auquel se livrait Jonathan. Tel un général se préparant à la bataille, il prévoyait des solutions de repli, une retraite tactique ordonnée.

Avec douceur, j'expliquai à la mère de mon fils :

– Le meurtre avec préméditation, c'est la réclusion à perpétuité, sans libération conditionnelle. C'est automatique. Le juge n'a pas le choix. En cas de non-préméditation, Jake pourrait prétendre à la conditionnelle dans vingt ans. Il n'aurait que trente-quatre ans. Il aurait encore la vie devant lui.

– Jonathan m'a demandé d'étudier la question, pour parer à toute éventualité. Laurie, je crois que la règle de base, la façon la plus simple d'y réfléchir, est la suivante : la loi s'arrête à l'intention. Elle considère que tout acte est intentionnel et qu'il résulte du libre arbitre. Si vous l'avez commis, c'est que vous le vouliez. Pour la loi, le « oui mais » n'est pas recevable. *Oui, mais j'ai eu une enfance difficile. Oui, mais je souffre de maladie mentale. Oui, mais j'étais ivre. Oui, mais j'ai agi sous le coup de la colère.* Si vous commettez un crime, la loi vous reconnaîtra coupable malgré ces circonstances. En revanche, elle en tient compte pour la qualification exacte des faits et pour la peine prononcée. À ce stade, tout ce qui peut entraver le libre arbitre – y compris une prédisposition génétique à la violence ou un contrôle déficient des pulsions – peut, du moins en théorie, être pris en considération.

– C'est ridicule, m'insurgeai-je. Aucun jury ne vous entendra. Vous allez leur dire : « J'ai tué un gamin de quatorze ans, mais il faut me libérer » ? N'y comptez pas ! Jamais ça ne marchera.

– Nous n'aurons peut-être pas le choix, Andy, *si*…

– C'est n'importe quoi, dis-je au Dr Vogel. Vous allez me prendre de l'ADN *à moi* ? Moi qui n'ai jamais fait de mal à une mouche.

Le docteur hochait la tête en s'abstenant de toute réaction. En parfaite psy, elle n'intervenait pas et laissait les mots se briser sur elle comme des vagues sur une jetée pour m'inciter à parler. On lui avait appris que, lorsque le questionneur garde le silence, le questionné s'empresse de combler celui-ci.

– Je n'ai jamais fait de mal à personne. Je ne suis pas coléreux. Je ne suis pas comme ça. Je n'ai même jamais joué au football. Ma mère n'a jamais voulu. Elle savait que ça ne me plairait pas. Elle le savait. On n'était pas violent chez moi. Quand j'étais petit, vous savez de quoi je jouais ? Je jouais de la clarinette. Pendant que tous mes copains jouaient au foot, moi, je jouais de la clarinette.

Laurie glissa sa main sur la mienne pour enrayer l'agitation qui me gagnait. Ce genre de geste devenait plus rare entre nous et le sien me toucha. Et me calma.

– Andy, reprit le Dr Vogel, je sais que cette affaire met beaucoup de choses en jeu pour vous. Pour votre identité, votre réputation, pour l'homme que vous êtes devenu, que vous avez vous-même construit. Nous en avons parlé et je vous comprends parfaitement. Mais la question n'est pas vraiment là. Nous ne sommes pas seulement le produit de nos gènes. Nous sommes tous le produit de facteurs multiples : de gènes et d'un milieu, d'un inné et d'un acquis. Le fait que vous soyez devenu ce que vous êtes est, à ma connaissance, le meilleur exemple du pouvoir du libre arbitre, de l'individu. Notre codage génétique a beau être ce qu'il est, il ne préjuge pas de ce que nous sommes. Le comportement humain est bien plus complexe que cela. Une même séquence génétique pourra produire des résultats très différents selon les individus et les milieux. Ce dont nous parlons ici, c'est seulement de prédisposition génétique. Prédisposition ne veut pas dire prédestination. Nous autres, humains, ne nous résumons pas, loin de là, à notre ADN. Avec une science aussi nouvelle que celle-ci, on a tendance à faire l'erreur de croire au surdéterminisme. Nous en avons déjà discuté. Nous ne parlons pas ici des gènes qui donnent les yeux bleus. Le comportement humain dépend de bien d'autres facteurs que les simples caractéristiques physiques.

– Ce sont de belles paroles, mais qui ne vont pas vous empêcher de me fourrer un coton-tige dans la bouche. Et si je ne voulais pas savoir ce qu'il y a dans mon ADN ? Si je refusais ce pour quoi je suis programmé ?

– Andy, aussi pénible que ce soit pour vous, ce n'est pas vous qui êtes en cause. C'est Jacob. La question est : jusqu'où irez-vous pour lui ? Qu'êtes-vous prêt à faire pour protéger votre fils ?

– C'est injuste.

– C'est ainsi. Ce n'est pas moi qui vous ai fait venir ici.

– Non. C'est Jonathan. C'était à lui de me dire tout ça, pas à vous.

– Il n'avait sans doute pas envie de se disputer avec vous à ce sujet. Cet argument, il ne sait même pas s'il aura à s'en servir au procès. C'est un simple atout qu'il compte garder sous le coude, au cas où. Et puis, il s'est peut-être dit que vous lui diriez non.

– Il avait raison. C'est bien pour cela que c'était à lui de m'en parler.

– Il fait son travail, c'est tout. Vous êtes mieux placé que quiconque pour le comprendre.

– Son travail consiste à faire ce que veulent ses clients.

– Son travail consiste à gagner, Andy, pas à ménager les susceptibilités. Et puis, le client, ce n'est pas vous ; c'est Jacob. Le seul qui importe ici, c'est Jacob. C'est pour cela que nous sommes tous ici, pour aider Jacob.

– Alors Jonathan compte soutenir à l'audience que Jacob possède le gène du meurtre ?

– Si on en arrive là, s'il n'y a pas d'autre issue, oui, nous devrons peut-être soutenir que Jacob présente certains variants génétiques spécifiques qui le rendent plus susceptible de commettre des actes agressifs et antisociaux.

– Toutes ces subtilités et ces nuances, pour les gens de la rue, c'est du chinois. Les journaux parleront de gène du meurtre. Ils diront que, dans la famille, nous sommes nés pour tuer.

– Nous n'avons d'autre choix que de leur dire la vérité. S'ils veulent la déformer, dramatiser, qu'y pouvons-nous ?

– Bon, c'est d'accord, vous pouvez prélever votre échantillon. Mais dites-moi exactement ce que vous recherchez.

– Vous avez des connaissances en biologie ?

– Seulement ce que j'ai appris au lycée.

– Vous étiez bon ?

– J'étais meilleur en clarinette.

– Bon, en deux mots : sachant que les ressorts du comportement humain sont infiniment complexes et que tout comportement a d'autres explications que génétiques ; que nous parlons toujours d'interaction gène-milieu ; que, de toute façon, la notion de « comportement criminel » n'est pas scientifique, mais juridique, et que certains comportements pouvant être qualifiés de criminels dans un contexte peuvent ne pas l'être dans un autre, par exemple en temps de guerre…

– OK, OK, je vois, c'est aride. Redescendez à mon niveau et dites-moi juste ce que vous recherchez dans ma salive ?

Elle sourit et se détendit.

– Entendu. Il existe deux variants génétiques spécifiques associés au comportement antisocial masculin, qui permettraient d'expliquer les schémas violents multigénérationnels dans des familles comme la vôtre. La première est l'allèle d'un gène appelé MAOA. Il régule une enzyme qui métabolise certains neurotransmetteurs comme la sérotonine, la norépinéphrine et la dopamine. Comme il est associé à un comportement agressif, il porte le nom de « gène guerrier ». Sa mutation est appelée *MAOA invalidé.* Elle a déjà été invoquée en justice comme élément déclenchant de la violence, mais, l'argument étant trop simpliste, il a été rejeté. Depuis, notre compréhension de l'interaction gène-environnement s'est améliorée – la science progresse, et très vite – et nous devrions désormais avoir des témoignages d'experts de meilleure qualité. La seconde mutation se trouve dans ce qu'on appelle le gène transporteur de la sérotonine. Le nom officiel de ce gène est SLC6A4. Il est situé sur le chromosome 17. Il code une protéine qui favorise l'activité du système de transport de la sérotonine, lequel permet de recapturer la sérotonine dans la synapse pour l'envoyer dans le neurone.

Je levai la main : *Stop !*

– Ce qu'il faut savoir, poursuivit-elle, c'est que les connaissances sont avancées et progressent chaque jour. Rendez-vous compte, jusqu'à maintenant, on s'est toujours demandé : qu'est-ce qui détermine le comportement humain ? l'inné ou l'acquis ? Et on a très bien su étudier une des inconnues de l'équation, l'acquis. Il existe des tas et des tas d'excellentes études sur l'incidence du milieu sur le comportement. Mais aujourd'hui, pour la première fois dans l'histoire de l'humanité, nous pouvons examiner l'autre inconnue, l'inné. Nous sommes là à la pointe de la recherche. La structure de l'ADN n'a été découverte qu'en 1953. Nous commençons tout juste à le comprendre. Nous commençons tout juste à nous pencher sur ce que nous sommes. Pas sur une abstraction comme l'« âme » ou sur une métaphore comme le « cœur », mais sur la véritable mécanique de l'être humain, son moteur. Ceci – elle pinça la peau de son bras en soulevant un échantillon de chair –, le corps humain, est une machine. C'est un système, un système très complexe fait de molécules et piloté par des réactions chimiques et des impulsions électriques. Et ce système, notre esprit en fait partie. On admet sans peine que l'acquis modifie le comportement. Pourquoi pas l'inné ?

– Docteur, est-ce que cela évitera la prison à mon fils ?

– Ça pourrait.

– Alors allez-y.

– Il y a autre chose.

– Je ne suis plus à une surprise près…

– Il me faudrait aussi un prélèvement de votre père.

– De mon père ? Vous rigolez ! Je ne lui ai pas parlé depuis mes cinq ans. Je ne sais même pas s'il est encore vivant.

– Il est vivant. Il se trouve à la centrale de Northern à Somers, dans le Connecticut.

Un temps.

– Alors allez le prélever !

– J'ai essayé. Il ne veut pas me voir.

Je la considérai les yeux mi-clos, pris au dépourvu à la fois par l'annonce que mon père était en vie et par le fait qu'elle avait déjà reçu un message de lui. Elle avait un avantage sur moi. Mon histoire, elle la connaissait, mais n'en faisait justement pas toute une histoire. Pour elle, ce n'était pas un fardeau. Pour le Dr Vogel, entrer en contact avec Billy Barber consistait simplement à décrocher son téléphone.

– Il dit que c'est à vous de le lui demander.

– À moi ? Il ne me reconnaîtrait pas s'il me trouvait dans sa soupe.

– Apparemment, il souhaite que ça change.

– Ah bon ? Pourquoi ?

– L'âge venant, ce père a envie de connaître un peu son fils…

Elle haussa les épaules.

– … Allez comprendre l'âme humaine…

– Alors il a des nouvelles de moi ?

– Oh, il sait tout de vous !

Je me sentis rougir de jubilation, comme un gosse. Un père ! Puis, tout aussi vite, mon enthousiasme se dégonfla à la pensée de Billy Barber le Barbare et vira à l'aigre.

– Dites-lui qu'il aille se faire foutre !

– Je ne peux pas lui dire cela. Nous avons besoin de son aide. Nous avons besoin d'un échantillon pour soutenir qu'une mutation génétique n'est pas un phénomène ponctuel, mais une caractéristique familiale qui se transmet de père en fils.

– Nous pourrions demander une ordonnance du tribunal.

– Pas sans dévoiler nos batteries au procureur.

Je secouai la tête.

– Andy, finit par dire Laurie, il faut penser à Jacob. Jusqu'où irais-tu pour lui ?

– Au bout de l'enfer.

– Très bien. Alors vas-y.

# 19

# Le Bloc

La dernière semaine d'août – cette non-semaine, cette semaine creuse où tout le monde lève un peu le pied en pleurant la fin de l'été et en se préparant à l'automne –, le thermomètre grimpa et l'air épaissit jusqu'à ce que la chaleur occupe toutes les conversations : quand cesserait-elle, jusqu'où irait-elle, et que cette humidité était pénible… On la fuyait en se claquemurant, comme si l'on était en hiver. Les trottoirs et les boutiques étaient étrangement calmes. Pour moi, la chaleur n'était pas un fléau, mais un simple symptôme, comme la fièvre est le symptôme de la grippe. C'était le signe le plus évident que le monde était en train de devenir de plus en plus insupportable.

La canicule nous avait tous un peu monté à la tête, à Laurie, Jacob et moi. En y repensant, j'ai du mal à croire à quel point j'étais devenu égocentrique, à quel point j'avais le sentiment que toute cette histoire me concernait, moi, et non Jacob et toute la famille. La culpabilité de Jacob et la mienne s'enchevêtraient dans mon esprit, alors que nul ne m'avait accusé explicitement de quoi que ce soit. J'étais en train de flancher, évidemment. Je le savais. Je me revois avec précision m'exhortant à me ressaisir, à sauver les apparences, à ne pas craquer.

Mais je ne confiais pas mes états d'âme à Laurie et n'essayais pas non plus de connaître les siens car, sous notre toit, tout se disloquait. Je décourageais toute conversation franche et affectueuse et cessai bientôt de prêter la moindre attention à ma femme. Jamais je ne lui ai demandé – ne serait-ce que demandé ! – ce que pouvait ressentir la mère de Jacob le meurtrier. Il me semblait plus important de donner l'image – du moins l'apparence – d'une tour de granit et de l'encourager à être forte elle aussi. C'était la seule attitude raisonnable : tenir bon, passer le cap du procès, tout faire pour que Jacob s'en sorte, et panser les plaies affectives ensuite. Après. Comme s'il existait un lieu nommé Après et qu'il me suffirait de rallier ce rivage avec les miens pour que tout s'arrange. Nous aurions tout le temps de nous pencher sur ces problèmes de « confort affectif » dans le pays de l'Après. Je me trompais. Je repense aujourd'hui à tout cela, à la conduite que j'aurais dû avoir envers Laurie, à l'attention que j'aurais dû lui témoigner. Elle m'avait sauvé la vie, un jour. J'étais venu à elle meurtri et elle m'avait aimé quand même. Et quand ç'a été son tour d'être meurtrie, je n'ai pas levé le petit doigt pour l'aider. J'observais seulement que ses cheveux grisonnaient, qu'elle les négligeait et que son visage se couvrait de rides comme un vieux vase de céramique. Elle avait tellement maigri que les os de ses hanches saillaient. Lorsque nous étions ensemble, elle parlait de moins en moins. Et pourtant, je n'ai jamais fléchi dans ma volonté de sauver Jacob d'abord et de guérir Laurie ensuite. Aujourd'hui, j'essaie de trouver des explications à cette froide intransigeance : à l'époque, j'étais maître dans l'art d'intérioriser les émotions dangereuses, et mon esprit, soumis à la tension de cet interminable été, était en surchauffe. C'est la vérité et, en même temps, cela ne tient pas debout. Au fond, j'étais un imbécile. Laurie, j'étais un imbécile. Maintenant, je le sais.

Un matin, vers 10 heures, je me rendis chez les Yoo. Les parents de Derek travaillaient tous les deux, même pendant cette semaine aux faux airs de vacances. Je savais que Derek serait seul chez lui. Ils s'échangeaient régulièrement des SMS, avec Jacob. Ils se parlaient même au téléphone, mais uniquement la journée, quand les parents de Derek n'étaient pas là pour le surprendre. J'étais convaincu que Derek aurait envie d'aider son copain, de parler avec moi, de me dire la vérité, mais je craignais malgré tout qu'il ne me laisse pas entrer. C'était un enfant obéissant. Il ferait ce qu'on lui avait dit de faire, comme il faisait toujours, comme il avait toujours fait. Je m'étais donc préparé, pour pénétrer dans la maison, à parlementer et, s'il le fallait, à employer la force. Je me souviens que je m'en sentais tout à fait capable. Je me présentai devant chez lui vêtu d'un pantacourt et d'un T-shirt qui collait à mon dos en sueur. J'avais pris un peu de poids depuis le début de cette affaire, et je me rappelle que, poussé par la masse de mon ventre, mon short glissait par à-coups le long de mes hanches, m'obligeant à le remonter sans arrêt. J'avais toujours fait attention à ma ligne et à ma forme. Ce nouveau corps avachi me faisait honte, mais je n'avais pas le goût d'y remédier. Là encore, j'aurais bien le temps, *après*.

Arrivé à la porte des Yoo, je ne frappai pas. Je ne voulais pas que Derek puisse me voir à mon insu et refuser de m'ouvrir en faisant mine de ne pas être là. Je fis donc le tour de la maison en longeant le petit jardin d'agrément où un hortensia projetait ses cônes de fleurs blanches en tous sens comme un feu d'artifice. Cette floraison, je m'en souvenais, David Yoo l'attendait d'une année sur l'autre.

À l'arrière de la maison, les Yoo avaient fait construire une extension qui abritait une sorte de vestiaire et un coin-repas. Elle était vitrée sur toutes ses faces. De la terrasse du fond, mon regard portait, au-delà de la cuisine, jusqu'au petit salon où je découvris Derek, affalé sur un canapé devant la télé. Cette terrasse était meublée comme un patio, avec une table surmontée d'un parasol et six chaises. Si Derek avait refusé de me laisser entrer, j'aurais eu la ressource de lancer l'un de ces gros fauteuils d'extérieur à travers la porte-fenêtre, comme William Hurt dans *La Fièvre au corps*. Mais la porte n'était pas fermée à clé. J'entrai sans façon, comme si j'étais chez moi, comme si je venais d'aller porter la poubelle au garage.

À l'intérieur, la maison était fraîche, climatisée.

Derek se leva en sursaut, mais ne vint pas à ma rencontre. Il demeura immobile dans son short de sport et son T-shirt noir barré du logo Zildjian, ses mollets secs plaqués contre le canapé. Ses pieds nus étaient longs et osseux. Ses orteils, enfoncés dans le tapis, étaient recourbés comme de petites chenilles. Sa nervosité était palpable. La première fois que j'avais vu Derek, il avait cinq ans et était encore grassouillet. Désormais, c'était un adolescent efflanqué, dégingandé, vaguement rêveur, comme les autres. Comme le mien. Il ressemblait à Jacob en tout point, sauf un : son avenir n'était obscurci ni obstrué par rien. Derek traverserait l'adolescence avec la même expression hébétée que Jacob, les mêmes vêtements informes, la même démarche traînante, la même façon d'éviter votre regard, et il passerait directement à l'âge adulte. Il était le jeune homme irréprochable que Jacob aurait pu être et, un instant, je me pris à penser combien ce serait agréable d'avoir un enfant aussi peu compliqué. J'enviais David Yoo, même si, à ce moment-là, je le tenais pour le dernier des enfoirés.

– Salut, Derek.

– Bonjour.

– Qu'y a-t-il, Derek ?

– Vous avez pas le droit de venir ici.

– Je suis venu des dizaines de fois.

– Oui, mais vous avez plus le droit maintenant.

– Je veux juste qu'on parle. De Jacob.

– J'ai pas le droit.

– Derek, que se passe-t-il ? Tu es tout… troublé.

– Non.

– Je te fais peur ?

– Non.

– Mais alors pourquoi es-tu comme ça ?

– Comme quoi ? J'ai rien de spécial.

– On dirait que tu as fait dans ton froc.

– Non, c'est juste que vous n'avez pas à être là.

– Détends-toi, Derek. Assieds-toi. Je veux simplement connaître la vérité, c'est tout. Qu'est-ce qui se passe dans cette histoire quand même ? Qu'est-ce qui se passe vraiment ? J'aimerais qu'on me le dise.

Je traversai la cuisine pour atteindre la pièce télé, avec précaution, comme si j'approchais un animal ombrageux.

– Je me moque de ce que m'ont dit tes parents, Derek. Tes parents ont tort. Jacob doit pouvoir compter sur toi. Vous êtes amis. *Amis*. Moi aussi, je suis ton ami. Et entre amis, ce sont des choses qui se font, Derek. On s'entraide. C'est tout ce que je veux, que tu sois l'ami de Jacob, maintenant. Il a besoin de toi.

Je m'assis.

– Qu'as-tu dit à Logiudice ? Qu'est-ce que tu as bien pu lui dire pour qu'il croie que mon fils est un meurtrier ?

– Je n'ai pas dit que Jake était un meurtrier.

– Que lui as-tu dit alors ?

– Pourquoi vous demandez pas à Logiudice ? Je pensais qu'il devait vous en parler.

– Il devrait, Derek, mais c'est un malin. Ce n'est pas quelqu'un de bien, Derek. Je sais que tu as peut-être du mal à le comprendre. S'il ne t'a pas envoyé devant le grand jury, c'est qu'ensuite il aurait dû me donner la transcription. Et il ne t'a sans doute pas fait interroger par un inspecteur non plus, sinon celui-ci aurait rédigé un rapport. Donc, il faut que tu me parles, Derek, que tu fasses ce que tu dois faire. Dis-moi ce que tu as dit à Logiudice pour qu'il soit si certain de la culpabilité de Jacob.

– Je lui ai dit la vérité.

– Ça, je sais, Derek. Tout le monde dit la vérité. Ce qui est gênant, c'est que ce n'est jamais la même vérité. Je veux donc savoir exactement ce que tu lui as dit.

– J'ai pas le droit de…

– Putain, Derek, qu'est-ce que tu lui as dit ?

Il recula et retomba sur le canapé, comme si mon exclamation l'avait projeté en arrière.

Je me calmai.

– Je t'en prie, Derek. Dis-le-moi, je t'en prie, fis-je d'une voix douce, presque désespérée.

– Je lui ai juste raconté, je sais pas, des trucs qui se sont passés au collège.

– Comme quoi ?

– Comme le fait que Jake se faisait harceler. C'était Ben Rifkin le chef de la bande. Une bande de glandeurs. Ils lui menaient la vie dure, à Jake.

– C'est-à-dire ?

– Ils disaient qu'il était homo, c'était surtout ça. Des rumeurs, en fait. C'est Ben qui avait trouvé ça. D'ailleurs, moi, je m'en fiche que Jake soit homo ou pas. Sincèrement. J'aimerais juste qu'il me le dise si c'était vrai.

– Tu penses qu'il est homo ?

– Je sais pas. Peut-être. Mais peu importe, en tout cas, il a rien fait de ce que Ben racontait. Tout ça, c'étaient des inventions de Ben. Il s'amusait à balancer sur Jake, je sais pas pourquoi. Comme si c'était un jeu pour lui, je sais pas. C'était le genre à persécuter les autres.

– Qu'est-ce qu'il racontait, Ben ?

– Je sais pas. Il lançait des rumeurs. Par exemple, que Jake avait proposé à un autre de le sucer dans une soirée – alors que c'était faux. Ou qu'un jour il bandait sous la douche, après l'athlé. Ou qu'un prof l'avait surpris en train de se branler dans une classe pendant la récré. Tout ça, c'était n'importe quoi.

– Mais alors pourquoi il racontait ça ?

– Parce que c'était un abruti, Ben. Jake devait avoir quelque chose qui lui revenait pas et, quelque part, ça l'excitait, vous voyez ? C'était plus fort que lui, quoi. Dès qu'il voyait Jake, il se le payait. À chaque fois. En plus, il devait se dire qu'il risquait rien. C'était vraiment un abruti. Vous voulez que je vous dise ? Personne n'en parle parce qu'il est mort et tout ça. Mais Ben, c'était pas quelqu'un de sympa. Qui a fait ça, j'en sais rien, je peux pas dire, ça n'empêche que Ben, il avait un mauvais fond.

– Mais pourquoi s'en prendre précisément à Jacob ? C'est ça que je ne comprends pas.

– Il l'aimait pas, c'est tout. Jake, il est… Je connais Jake, hein, et je l'aime bien, mais bon, vous devez savoir que Jake, c'est pas, disons, quelqu'un de normal.

– Comment ça ? Parce que les autres disaient qu'il était homo ?

– C'est pas ça.

– Alors, qu'est-ce que ça veut dire, « normal » ?

Il posa sur moi un regard pénétrant.

– Il a son mauvais fond à lui, Jake.

Derek maintenait ses yeux braqués sur moi.

Je m'efforçai de ne trahir aucune émotion. D'empêcher ma pomme d'Adam de faire des allers-retours.

– Mais peut-être que Ben, il en savait rien, poursuivit-il. Il avait peut-être pas choisi la bonne victime. Il était pas bien malin.

– Alors c'est pour ça que tu es allé raconter l'histoire du couteau sur Facebook ?

– Non. C'était autre chose. À la base, si Jake avait ce couteau, c'était qu'il avait peur de Ben. Il pensait qu'un jour Ben allait le choper pour lui casser la figure, et donc qu'il aurait besoin de se défendre. Vous n'étiez pas au courant ?

– Non.

– Jacob ne vous a jamais rien raconté ?

– Non.

– En fait, j'ai raconté ça parce que je savais que Jake avait ce couteau et que, s'il l'avait, c'était parce qu'il avait peur que Ben lui fasse sa fête. J'aurais peut-être dû rien dire. Je sais pas. Je sais pas pourquoi j'ai dit ça.

– Tu l'as dit parce que c'était la vérité. Tu avais envie de dire la vérité.

– Sûrement.

– Mais ce couteau n'était pas l'arme du crime. Le couteau que tu as vu, que Jacob avait. Ce n'est pas celui qui a tué Ben. Ils en ont trouvé un autre dans le parc. Tu es au courant, hein ?

– Oui, mais bon. Ils ont trouvé un couteau, d'accord…

Haussement d'épaules.

– … N'empêche qu'à ce moment-là tout le monde se demandait encore où était le couteau. Et Jake, il disait tout le temps : « Moi, mon père, il est procureur et je connais la loi », comme s'il savait ce qu'il risquait ou pas. Comme au cas où on l'aurait accusé. Vous comprenez ?

– Il a vraiment dit ça ?

– Non, pas exactement.

– Et c'est donc ça que tu as dit à Logiudice ?

– Non ! Bien sûr que non. Parce que, en fait, j'en suis pas vraiment sûr, vous voyez. C'est juste ce que je pense.

– Alors qu'as-tu dit à Logiudice exactement ?

– Juste que Jacob avait un couteau.

– Le mauvais couteau.

– Ça, c'est vous qui le dites. À Logiudice, j'ai juste parlé du couteau en disant que Ben l'emmerdait. Et que, le matin où ça s'est passé, Jake est arrivé au collège avec du sang sur lui.

– Ce que Jacob reconnaît. Il avait trouvé Ben. Il avait essayé de l'aider. C'est pour ça qu'il avait du sang.

– Je sais, je sais, An… monsieur Barber. J'ai pas de commentaires à faire sur Jake. Je vous dis juste ce que j'ai raconté au procureur. Jake est arrivé au collège et il avait du sang sur lui. Et il m'a dit qu'il fallait qu'il le nettoie parce que, sinon, personne ne comprendrait. Et il avait raison : personne n'a compris.

– Derek, je peux te poser une question ? Tu penses vraiment que c'est possible ? Autrement dit, y a-t-il autre chose que tu ne m'aies pas dit ? Parce que, avec ce que j'entends, je ne peux pas penser que c'est Jacob. Ça ne colle pas.

Derek commença à se tortiller, et son corps à me fuir avec des contorsions de ver de terre.

– Toi, tu penses que c'est lui, Derek, hein ?

– Non. Enfin, il y a un pour cent de chances. Disons un minuscule... (Il écarta ses doigts d'un millimètre.) Je sais pas…

– Doute ?

– C'est ça.

– Pourquoi ? Pourquoi as-tu un doute, même minuscule ? Tu connais Jacob pratiquement depuis que tu es né. Vous étiez inséparables.

– Parce que Jake, il est pas comme les autres. Je veux pas dire, mais il est un peu… Je vous l'ai dit, il a aussi son mauvais fond, mais en même temps c'est pas vraiment ça. Je sais pas comment dire. C'est pas qu'il se mette en colère, qu'il s'énerve ou quoi. Non, ça, il s'emporte pas. Il peut être, oui, un peu méchant. Pas avec moi, parce qu'on est copains. Mais avec les autres, des fois. Il sort des trucs bizarres. Un peu racistes, des blagues. Ou les grosses, il les traite de grosses, ou il dit des trucs pas sympas sur elles, sur leur physique. Et puis il lit des histoires sur le Net. Des trucs porno, mais avec de la torture. Il appelle ça du « scalpel », du « porno scalpel ». Des fois, il arrivait en disant : « Eh, hier soir, j'ai lu du scalpel super tard sur le Net. » Quand il m'a montré certaines histoires, sur son iPod, je lui ai dit : « Mais t'es malade ! » Vous savez, c'est des histoires… enfin, ils découpent les gens, quoi. Ils attachent des filles, ils les tailladent, ils les tuent, c'est ce genre-là. Et les mecs, ils leur coupent… (Il grimaça.) Ils les castrent, vous voyez. C'est atroce. Et il le fait encore.

– « Il le fait encore », c'est-à-dire ?

– Il en lit encore.

– C'est faux. Je contrôle son ordi. J'ai mis un programme dessus qui me dit ce que Jacob fait et où il va sur Internet.

– Il prend son iPod. Son iPod touch.

Un instant, je me retrouvai dans la peau du parent largué, déconnecté.

– Il les trouve sur des forums, m'expliqua Derek avec obligeance. Le site, il s'appelle « Le Bloc », comme un bloc opératoire. Les gens échangent leurs histoires, je crois. Ils les écrivent et ils les postent pour que d'autres les lisent.

– Derek, les jeunes regardent des pornos. Je suis au courant. Tu es sûr qu'il ne s'agit pas juste de ça ?

– Sûr et certain. C'est pas du porno. Enfin, c'est pas que ça. Cela dit, il lit bien ce qu'il veut. Ça me regarde pas. Mais il a en lui ce truc qui fait qu'il a pas de pitié.

– Pas de pitié pour quoi ?

– Les gens, les animaux, tout.

Il secoua la tête.

J'attendis en silence.

– Une fois, on se baladait, en petit groupe, et on s'était assis sur un mur, à rien faire. C'était le milieu de l'après-midi. Et il y a un gars qui passe sur le trottoir avec des – comment déjà ? –, des béquilles. Vous voyez, celles qui passent sous le bras avec comme un anneau qui prend le bras ? Et il avait du mal avec ses jambes. Il les traînait un peu derrière lui comme s'il était paralysé, ou qu'il avait une maladie, ou je sais pas. Et donc le type passe et Jake commence à rigoler. Mais pas discrètement, le gros rire, un rire de malade, genre : « HA HA HA ! » Il pouvait plus s'arrêter. Le type, il a dû l'entendre, il venait de passer juste à côté de nous, devant nous. Et nous, on regardait Jacob, genre : « Qu'est-ce qui t'arrive ? » Et lui : « Vous êtes aveugles ou quoi ? Vous avez pas vu le mec ? C'est un numéro de cirque qu'il nous fait ? » C'était vraiment… cruel. Je sais que vous êtes son père et ça m'embête de vous dire ça, mais

Jake, il peut être carrément cruel. J'aime pas être avec lui quand il est comme ça. Il me fait un peu peur, à vrai dire.

Derek eut une petite grimace triste, comme s'il se faisait à lui-même ce pénible aveu pour la première fois. Son copain Jake l'avait déçu. Il poursuivit sur un ton moins dégoûté, plus affligé.

– Un jour – ça devait être l'automne dernier –, Jake avait trouvé un chien. Un genre de petit corniaud. Il s'était sûrement perdu, mais il devait avoir un propriétaire parce qu'il avait un collier. Jake l'avait attaché à une ficelle, au lieu d'une laisse.

– Jacob n'a jamais eu de chien, dis-je.

Derek hocha la tête avec le même air compatissant, comme s'il était chargé d'éclairer ce pauvre ignorant qu'était le père de Jacob. En fin de compte, il semblait lucide sur l'inconscience de certains parents et cela le dépitait.

– Quand je l'ai revu après, je lui ai demandé des nouvelles du chien et il m'a fait : « J'ai dû l'enterrer. » Alors j'ai dit : « Tu veux dire qu'il est mort ? » Et il m'a pas vraiment répondu. Il a juste fait : « J'ai dû l'enterrer, c'est tout. » Après ça, je l'ai plus vu pendant un moment, parce que j'avais comme un pressentiment. Je me disais que ça sentait pas bon, cette histoire. En plus, il y avait les affiches. Les gens qui avaient le chien, ils avaient agrafé des petites affiches partout, vous savez, sur les poteaux téléphoniques, les arbres. Avec des photos du chien. J'ai jamais rien dit et ils ont fini par arrêter de mettre des affiches. Et moi, j'ai essayé d'oublier tout ça.

Il y eut un moment de silence. Quand je compris qu'il avait terminé, je lui dis :

– Derek, si tu savais tout ça, comment pouvais-tu être copain avec Jacob ?

– On n'est plus copains comme avant, comme quand on était petits. On est un peu comme des anciens copains, vous comprenez. C'est différent.

– Anciens copains, mais encore copains ?

– Je sais pas. Des fois, j'ai l'impression qu'on n'a jamais été vraiment potes. Que c'était quelqu'un que je connaissais comme ça, de l'école. Je me demande si j'ai vraiment compté un jour pour lui. C'est pas qu'il m'appréciait pas. En tout cas, il s'en foutait un peu la plupart du temps.

– Et le reste du temps ?

Derek haussa les épaules. Sa réponse ne fut pas d'une totale logique, mais je la reproduis telle que je l'ai entendue :

– Je me suis toujours dit qu'il aurait des problèmes un jour. Mais je pensais que ça viendrait quand on serait adultes.

Nous restâmes assis là un moment, Derek et moi, sans prononcer un mot. Nous savions tous deux, je pense, qu'il n'y avait pas moyen de faire machine arrière, qu'il ne pourrait plus revenir sur ce qu'il venait de me dire.

Pour rentrer, je conduisis à faible allure par le centre-ville en savourant cet instant. Ma mémoire me joue peut-être des tours, mais il me semble aujourd'hui que je savais ce qui m'attendait. Je savais que quelque chose prenait fin et je m'offris le plaisir exquis d'étirer ce trajet, de rester « normal » un peu de temps encore.

À la maison, je conservai ce rythme paisible en montant jusqu'à la chambre de mon fils.

Son iPod touch était sur son bureau. Ce petit boîtier uni et lisse s'anima au contact de ma main. Il était protégé par un mot de passe, mais que Jacob nous avait donné, condition pour pouvoir conserver l'appareil. J'entrai les quatre chiffres et ouvris le navigateur Internet. Jacob ne conservait les signets que d'une poignée de sites incontournables : Facebook, Gmail et quelques blogs qu'il affectionnait, sur les technologies, les jeux vidéo et la musique. Nulle trace du fameux Bloc. Je dus faire une recherche sur Google pour le trouver.

Le Bloc était un forum, un endroit où les visiteurs pouvaient déposer des messages en clair, lisibles par tout le monde. Le site regorgeait d'histoires plus ou moins conformes à ce que Derek m'avait décrit : des fantasmes sexuels au sens large, avec bondage et sadisme, voire mutilation, viol et meurtre. Certaines – une proportion infime – semblaient dépourvues de thématique sexuelle ; elles étaient consacrées à la torture en tant que telle, dans un style assez voisin des boucheries ultrasanglantes qui emplissent les salles de cinéma de nos jours. Le site ne comportait ni images ni vidéos, uniquement du texte, et encore, non formaté. Sur le navigateur rudimentaire de l'iPod, il était impossible de dire lesquelles de ces histoires Jacob avait lues, ni le temps qu'il avait passé sur le site. Mais la page l'identifiait bien comme membre de ce forum : son pseudo, Job, était affiché en haut de la page. Je me dis que « Job » était une contraction de son prénom ou de ses initiales (même si son deuxième prénom ne commençait pas par un « O »), à moins qu'il ne se soit agi d'une fine allusion aux épreuves qu'il traversait.

Je cliquai sur ce nom d'utilisateur et un lien me dirigea vers une page où étaient sauvegardées les histoires préférées de Jacob. Une douzaine de titres étaient répertoriés. En tête de liste figurait un récit intitulé « Promenade au bois ». Il était daté du 19 avril, soit plus de trois mois auparavant. Les champs réservés à l'auteur et à celui qui l'avait mis en ligne étaient vierges.

L'histoire débutait ainsi : *« Ce matin-là, Jason Fears emporta un couteau dans les bois car il se dit qu'il en aurait peut-être besoin. Il le mit dans la poche de son sweat-shirt et, tout en marchant, enroula ses doigts autour du manche. L'arme lovée au creux de son poing émit une décharge qui remonta le long de son bras, lui traversa l'épaule et atteignit le cerveau avant d'illuminer son plexus solaire comme une fusée d'artifice lancée à l'assaut du ciel. »*

L'histoire se poursuivait au rythme de phrases interminables, aussi tortueuses et ampoulées que celle-ci. Il s'agissait d'une version crue, à peine romancée, du meurtre de Ben Rifkin à Cold Spring Park. Le parc y était renommé « Rock River Park ». Newton devenait « Brooktown ». Et Ben Rifkin était un caïd ignoble et sournois du nom de « Brent Mallis ».

Je me dis que cette histoire devait être de Jacob, mais il était impossible d'en être sûr car rien dans ce récit ne dévoilait l'identité de son auteur. En tout cas, le texte avait des accents adolescents, et Jacob était un grand lecteur et avait fréquenté Le Bloc assez longtemps pour en avoir assimilé le style. L'auteur possédait un minimum de connaissances sur Cold Spring Park, lequel était décrit avec une assez grande précision. Tout ce que je pouvais dire, c'est que Jacob avait lu cette histoire, ce qui, par ailleurs, ne prouvait rien.

Je me mis donc en devoir de passer cette nouvelle pièce au crible juridique. D'en minimiser la portée. De défendre Jacob.

Il ne s'agissait pas d'aveux. Je ne décelai rien dans ce récit qui n'était déjà connu. Il aurait pu être bâti à l'aide de coupures de journaux et d'une imagination fertile. Même le détail le plus glaçant, lorsque Ben – ou « Brent Mallis » – s'écrie : « Arrête, tu me fais mal ! », avait été largement colporté dans la presse. Quant aux informations encore divulguées nulle part, quelle véracité leur accorder ? Les enquêteurs eux-mêmes n'avaient aucun moyen de savoir si Ben Rifkin s'était réellement exclamé : « Salut, la fiotte ! » en apercevant son tueur dans le bois ce matin-là, comme « Brent Mallis » le faisait en s'adressant à « Jason Fears ». Ou si, lorsque le tueur avait poignardé Ben à la poitrine, la lame s'était enfoncée sans résistance, sans buter sur un os, sans être freinée par la peau ou des organes mous, « comme s'il plongeait son couteau dans de l'air ». En l'absence de témoins, aucun de ces faits ne pouvait être confirmé.

De toute façon, coupable ou non, Jacob n'aurait pas commis l'erreur idiote de rédiger cette prose. Certes, il avait posté la parodie de *Psychose* sur Facebook, mais il ne serait certainement pas allé aussi loin.

Et même s'il l'avait écrite, ou simplement lue, qu'est-ce que cela prouvait ? Ce serait une bêtise, sans doute, mais on en fait quand on est jeune. Le cerveau de l'ado est le théâtre d'un bras de fer incessant entre bêtise et intelligence ; là, c'est la première qui l'avait emporté. Compte tenu de la pression imposée à Jake et du fait qu'il était pratiquement muré dans la maison depuis des mois, sans parler du tapage grandissant à l'approche du procès, c'était compréhensible. Fallait-il le rendre responsable de toutes les fautes de goût, de tact et de jugement qu'il avait commises dans ses propos ? Quel ado, dans la situation de Jacob, ne commencerait pas à perdre un peu la tête ? Et puis, qui parmi nous accepterait d'être jugé à ses écarts de jeunesse ?

Je pensais à tout cela, j'ordonnais mes arguments comme on m'avait appris à le faire, mais je ne pouvais pas m'enlever de la tête le cri de ce garçon : « Arrête, tu me fais mal ! » Et quelque chose se déchira alors. Je ne vois pas comment le dire autrement. Je n'avais pas encore laissé le doute infiltrer mes pensées.

Je croyais encore en Jacob, et Dieu sait que je l'aimais ; et puis il n'y avait pas d'éléments – pas de preuves tangibles, de quoi que ce soit. Tout cela, le juriste qui était en moi le raisonnait. Mais le versant paternel de ma personne s'était senti entamé, blessé. Une émotion, c'est certes une pensée, une idée, mais c'est aussi une sensation, une douleur qui touchent le corps. Désir, amour, haine, peur, répulsion : autant d'états que l'on ressent aussi dans ses muscles et dans ses os, pas seulement dans son esprit. C'est l'effet que me fit ce petit déchirement : celui d'une blessure physique, dans le tréfonds de mon corps, d'une plaie intérieure, d'une entaille qui ne cicatriserait jamais tout à fait.

Je relus l'histoire, puis la supprimai de la mémoire du navigateur. Je reposai l'iPod sur la commode de Jacob et m'apprêtais à le laisser là sans lui en parler, en tout cas sans en parler à Laurie, mais je me dis que cet appareil présentait un risque. Je connais suffisamment Internet et le travail de la police pour savoir qu'on n'efface pas comme ça une empreinte numérique. Chaque clic sur le Web laisse une trace, sur des serveurs situés quelque part sur le réseau, mais aussi sur les disques durs des ordinateurs personnels, et ces traces résistent à toutes les tentatives d'effacement. Et si le procureur tombait sur l'iPod de Jacob et essayait de le faire parler ? Cet iPod présentait également un autre danger, comme porte d'accès de Jacob au Web, et je ne pouvais pas le surveiller aussi aisément que les ordinateurs de la maison. Il était petit, semblable à un téléphone, et Jacob l'utilisait en escomptant justement la même confidentialité qu'avec un téléphone. Il faisait preuve de négligence, peut-être de ruse aussi. L'iPod n'était pas étanche. Il était donc dangereux.

Je le descendis au sous-sol et le posai sur mon petit établi, écran vers le haut. Après quoi j'attrapai un marteau et le réduisis en miettes.

# 20

# L'un de nos fils était là, l'autre non

La grande surface la plus proche de chez nous était un Whole Foods, mais tout nous retenait d'y aller : le gâchis que représentaient ces pyramides de fruits et de légumes impeccables, pour lesquelles d'énormes quantités de marchandise moins présentable avaient été sacrifiées ; la fausse rusticité, cette prétention affectée de la part de Whole Foods d'être autre chose qu'une marque de luxe ; et, bien sûr, les prix. Ils nous avaient toujours dissuadés d'aller y faire nos courses. Et aujourd'hui, avec le procès de Jacob qui nous mettait au bord de la faillite, cette idée nous paraissait parfaitement saugrenue. Nous n'avions rien à y faire.

Sur le plan financier, nous avions déjà tout perdu. Nous n'étions pas riches, pour commencer. Si nous avions pu nous installer ici, c'était en achetant quand les prix étaient bas et en nous endettant jusqu'aux yeux. Désormais, les honoraires de Jonathan atteignaient les six chiffres. L'argent mis de côté pour les études de Jacob y était déjà passé et nous avions commencé à puiser dans notre épargne retraite. Avant la fin du procès, c'était certain, nous serions à sec et il nous faudrait hypothéquer la maison pour payer les factures. Je savais également que ma carrière de procureur était terminée. Même en cas d'acquittement, je ne pourrais jamais pénétrer dans une salle d'audience sans traîner derrière moi cette casserole d'accusé. Peut-être qu'après le procès, Lynn Canavan penserait bien faire en me proposant de maintenir mon traitement, mais je ne pourrais pas rester à ce poste, pas comme un assisté. Laurie pourrait reprendre l'enseignement, mais ses seuls revenus ne nous suffiraient pas pour vivre. C'est là un aspect des affaires criminelles que je n'avais jamais pleinement mesuré avant de me trouver plongé dans l'une d'elles : la préparation d'une défense est tellement coûteuse que, innocent ou coupable, l'accusation constitue en soi une cuisante punition. Être accusé, c'est payer.

Nous avions aussi une autre raison d'éviter Whole Foods. J'étais bien décidé à ne pas me montrer en ville, à ne rien faire en tout cas qui puisse donner à penser que nous prenions cette affaire à la légère. C'était une question d'image. Je voulais que l'on nous voie comme une famille anéantie, ce que nous étions vraiment. Lorsque les candidats jurés entreraient en file indienne dans la salle, je tenais à ce qu'aucun d'entre eux n'ait en tête le souvenir, même vague, des Barber menant grand train dans des magasins chics tandis que le petit Rifkin reposait au cimetière. Un mot défavorable dans le journal, une rumeur fantaisiste, une impression infondée : autant de facteurs susceptibles de nous mettre le jury à dos.

Nous nous rendîmes pourtant à Whole Foods un soir, tous les trois, parce que nous étions pris par le temps, que nous en avions assez de vivre dans la prudence et l'attente, et que nous avions faim. C'était juste avant le Labor Day[1], et la ville s'était vidée pour l'occasion.

Quel soulagement de nous retrouver là, de céder à la merveilleuse et enivrante banalité de faire ses emplettes. Nous reprîmes nos rôles respectifs – Laurie, celui de la consommatrice et planificatrice de menus avisée, moi, du mari vibrionnant, attrapant des articles ici et là au gré de ses caprices, et Jacob, du gosse pleurnichard qui réclame quelque chose à manger tout de suite, avant même d'être passé à la caisse –, au point d'en perdre tout repère. Nous sillonnions les allées en tous sens, ouvrions de grands yeux devant les emballages qui s'élevaient en piles autour de nous, plaisantions sur les produits bio présentés. Au rayon fromages, suite à une boutade de Jacob sur l'odeur puissante d'un gruyère bien fait et sur les possibles

1. La fête du travail : aux États-Unis, elle est célébrée le premier lundi de septembre. Elle marque traditionnellement la fin des vacances d'été. *(N.d.T.)*

conséquences gastriques qu'il y aurait à en abuser, nous éclatâmes de rire, tous les trois, non parce que sa sortie était spécialement drôle (encore que je ne dise pas non à une bonne blague un peu lourde), mais parce que Jacob avait fait une plaisanterie, tout simplement. Son silence, si énigmatique à nos yeux, était devenu tel au fil de l'été que nous exultâmes de voir notre fiston nous faire signe à nouveau. Il avait souri et nul n'aurait pu croire qu'il était le monstre que tout le monde voyait en lui.

Nous étions encore tout sourires en débouchant dans la zone des caisses, à l'avant du magasin. Toutes les allées aboutissant là, les clients tournicotaient en tous sens pour s'insérer dans les files d'attente. Nous prîmes place au bout de l'une d'elles. Il n'y avait que quelques personnes devant nous. Laurie avait la main posée sur la barre du chariot. Je me tenais à côté d'elle. Et Jacob était derrière nous.

Dan Rifkin engagea son chariot dans la file voisine de la nôtre. Il était à un mètre cinquante de nous, à peine. Il resta un instant sans nous voir. Ses lunettes de soleil étaient posées au sommet de son crâne, sur le coussin de ses cheveux. Il était vêtu d'un polo glissé dans un short kaki soigneusement repassé. Sa ceinture tressée était parcourue d'une bande bleue brodée de petites ancres de marine. Il portait aux pieds des mocassins à semelles fines, sans chaussettes. C'était le genre de style sport que j'avais toujours trouvé ridicule à partir d'un certain âge. Une personne naturellement stricte produit souvent un drôle d'effet quand elle s'essaie au décontracté, de même qu'un type naturellement négligé détonne en costume. Dan Rifkin n'était pas le genre d'homme fait pour être en short.

En lui tournant le dos, je chuchotai à Laurie qu'il était à côté de nous.

Elle porta une main à sa bouche.

– Où ?

– Juste derrière moi. Ne regarde pas.

Elle regarda.

En me retournant, je constatai que Joan, la femme de Rifkin, l'avait rejoint. Comme son mari, elle tenait un peu du modèle réduit, de la poupée. Petite et mince, elle possédait un charmant visage. Ses cheveux méchés de blond étaient coupés à la garçonne. Elle avait dû être très belle – elle conservait la vivacité, le côté actrice des femmes qui savent se mettre en valeur –, mais elle était en train de se faner. Son visage était émacié, et ses yeux légèrement exorbités par les ans, le stress, le chagrin. Je l'avais rencontrée plusieurs fois durant ces années, avant que tout cela arrive ; elle ne se souvenait jamais de moi.

Tous deux nous regardaient maintenant. Dan bougeait à peine. Ses clés pendaient de son index replié, sans un bruit. Son visage ne trahissait presque rien de la consternation, de la surprise ou de tout autre sentiment qui l'habitait.

Celui de Joan était plus animé. Offusquée de notre présence ici, elle nous considérait d'un œil furieux. Il n'y avait rien à dire. Les chiffres parlaient d'eux-mêmes : nous étions trois, eux deux. L'un de nos fils était là, l'autre non. Le simple fait que l'existence de Jacob se poursuivait devait leur apparaître comme un sacrilège.

Tout cela était si douloureusement évident et gênant que, pendant un instant, nous restâmes tous les cinq frappés de stupeur, nous considérant mutuellement sans pouvoir dire un mot, au milieu de l'incessante agitation du magasin.

– Tu devrais aller nous attendre dans la voiture, dis-je à Jacob.

– D'accord.

J'avais aussitôt décidé de garder le silence s'ils ne prenaient pas l'initiative de la conversation. Je ne voyais pas ce que je pouvais dire qui ne soit pas blessant, grossier ou provocateur.

Mais Laurie voulait leur parler. Son envie d'aller vers eux était palpable. Elle avait beaucoup de mal à se retenir. Je trouve touchant et presque naïf l'attachement de mon épouse au dialogue et à l'échange. Pour elle, il n'est pour ainsi dire pas de différend qui ne se règle avec quelques palabres. Mieux encore, elle pensait sincèrement que, dans cette affaire, nous étions en quelque sorte des compagnons d'infortune, que notre famille souffrait elle aussi, qu'il n'était pas facile de voir son fils accusé à tort d'homicide, de voir sa vie détruite par le sort. Le drame du meurtre de Ben Rifkin n'atténuait en rien le drame de l'injustice que vivait Jake. Je ne pense pas que Laurie ait eu l'intention de disserter là-dessus. Elle a beaucoup trop d'empathie pour cela. Pour moi, elle souhaitait simplement témoigner de sa compassion d'une façon ou d'une autre, établir un contact, par la formule d'usage : « Je vous présente mes sincères condoléances », ou quelque chose d'approchant.

– Je…, commença-t-elle.

– Laurie, l'interrompis-je, va attendre dans la voiture avec Jacob. Je vais payer.

Il ne me vint pas à l'esprit de partir. Nous avions le droit d'être là. Nous avions tout de même le droit de manger.

Mais, passant devant moi, Laurie se dirigea vers Joan Rifkin. Je fis une timide tentative pour l'arrêter, mais il était hors de question de dissuader ma femme dès lors qu'elle avait pris une décision. Car elle était têtue. Douce, compréhensive, brillante, sensible, charmante certes, mais aussi têtue comme une mule.

Elle marcha droit sur eux en leur présentant ses paumes, comme si elle voulait prendre les mains de Joan dans les siennes, ou peut-être seulement montrer qu'elle ne savait pas quoi dire ou qu'elle ne portait pas d'arme.

Joan accueillit ce geste en croisant les bras.

Dan leva légèrement la main. Comme s'il se préparait à repousser Laurie si d'aventure elle les agressait.

– Joan…, dit Laurie.

Joan lui cracha alors au visage. Brutalement, sans avoir pris le temps d'accumuler de la salive dans sa bouche. Il n'en sortit pas grand-chose. Il s'agissait plus d'un réflexe, d'un réflexe qu'elle jugeait peut-être conforme aux circonstances – mais, en même temps, comment être préparé à des circonstances telles que celles-là ?

Laurie se couvrit le visage de ses deux mains et s'essuya avec ses doigts.

– Assassins ! fit Joan.

Je m'approchai de Laurie et posai la main sur son épaule. Elle était comme pétrifiée.

Joan leva vers moi un regard noir. Si elle avait été un homme ou si elle avait été moins bien élevée, elle se serait peut-être jetée sur moi. Elle vibrait de haine comme un diapason. Une haine que je ne pouvais pas lui retourner. Je ne pouvais pas lui en vouloir, ni guère éprouver pour elle autre chose que de la tristesse, de la tristesse pour nous tous.

– Désolé, fis-je à Dan, comme s'il était inutile de m'adresser à Joan et qu'il nous appartenait à nous, les hommes, de prendre en charge les émotions qui dépassaient nos femmes.

Je pris Laurie par la main et la conduisis jusqu'à la sortie, en redoublant de politesse, en multipliant à voix basse les « excusez-moi… » et les « pardon… » à mesure que nous nous faufilions entre les autres clients et leurs chariots. Puis jusqu'au parking où personne ne nous reconnut et qui nous renvoya au semi-anonymat dont nous jouissions encore lors de ces toutes dernières semaines avant le procès, avant le déluge.

– On n'a pas pris nos courses, dit Laurie.

– C'est pas grave, on n'en a pas besoin.

# 21

# Prenez garde à la colère d'un homme patient

Heureux les avocats de la défense qui voient en l'homme sa meilleure part. Le crime peut être abominable ou incompréhensible, les preuves de la culpabilité accablantes, l'avocat de la défense n'oublie jamais que son client est un être humain comme nous tous. C'est pour cette raison, bien sûr, que tout accusé est digne d'être défendu. Je ne saurais dire le nombre de fois où un avocat m'a laissé entendre que tel bourreau d'enfant ou tel tyran conjugal n'était « en fait pas un mauvais bougre ». Même les mercenaires exhibant leurs Rolex en or et leurs mallettes en croco recèlent cette minuscule parcelle d'humanité qui les rachète : tout criminel n'en est pas moins un homme, un mélange de bon et de mauvais, qui mérite pleinement notre empathie et notre pitié. Pour les policiers et les procureurs, le tableau est moins radieux. Notre pente est opposée, prompts que nous sommes à voir la tache, le ver, la criminalité latente, même chez le meilleur des hommes. L'expérience nous enseigne que le charmant voisin est capable de tout. Le curé peut être pédophile, et le flic escroc ; le mari et père aimant peut cacher un secret répugnant. Bien entendu, nous tenons à ce credo pour la même raison que le défenseur tient au sien : les individus sont avant tout des êtres humains.

Plus j'observais Leonard Patz, plus j'étais persuadé qu'il était l'assassin de Ben Rifkin. Je le suivais dans ses déambulations matinales, au Dunkin' Donuts, puis à son travail chez Staples, et j'étais encore là quand il en sortait. Dans l'uniforme de Staples, il était ridicule. Le polo rouge boudinait son torse flasque et le pantalon kaki accentuait l'espèce de protubérance du bas-ventre que Jacob et ses copains nommaient la « banane ». Je n'osais pas entrer dans le magasin pour voir ce qu'on lui faisait vendre. De l'électronique probablement, des ordinateurs, des téléphones portables – il avait bien le profil. C'est évidemment le privilège du procureur de choisir son accusé, mais je n'arrivais pas à comprendre que Logiudice préfère Jacob à cet homme. Fantasme de parent ou cynisme de procureur, toujours est-il que je ne saisis toujours pas, même aujourd'hui.

En août, je suivais Patz depuis des semaines déjà, matin et soir, avant et après son travail. De mon point de vue, les déclarations de Matthew Magrath avaient valeur de preuves, mais aucun tribunal n'en voudrait. Aucun jury ne le prendrait au sérieux. Il me fallait des éléments plus flagrants, quelque chose qui ne dépende pas de ce gosse insaisissable. Je ne sais pas exactement ce que j'espérais en pistant Patz ainsi. Un faux pas. Un retour sur les lieux, une expédition nocturne pour détruire des preuves. N'importe quoi.

En fait, Patz ne se livrait à rien de spécialement suspect. D'ailleurs, il ne faisait pas grand-chose. À ses heures perdues, il semblait se contenter de traîner dans les magasins ou de rester dans son appartement de Cold Spring Park. Il avait ses habitudes au McDonald's de Soldiers Field Road à Brighton, où, après avoir passé commande au guichet extérieur, il mangeait dans sa voiture prune en écoutant la radio. Un jour, il alla au cinéma, seul. Rien dans tout cela d'un tant soit peu marquant. Rien non plus qui ébranle ma certitude que Patz était bien le coupable. L'idée insupportable que mon fils soit sacrifié pour sauver cet homme se mua en obsession. Ma confusion croissait à mesure que je le suivais, que je l'observais, à mesure que cette idée s'enracinait en moi. La banalité de sa vie, loin de dissiper mes soupçons, ne faisait au contraire qu'accentuer ma fureur. Il se planquait, faisait profil bas, patientait pendant que Logiudice travaillait pour lui.

Par un étouffant après-midi d'août, un mercredi, je suivis sa voiture alors qu'il rentrait chez lui en traversant Newton Centre, réunion d'un quartier commerçant et d'une place où se croisent plusieurs routes fréquentées. Il était autour de 17 heures et le soleil brillait encore. La circulation était moins dense que d'habitude (c'est le genre de villes à se vider en août), mais on roulait quand même pare-chocs contre pare-chocs. La plupart des conducteurs avaient pris soin de remonter leurs vitres pour se protéger de la chaleur humide. Quelques-uns, dont Patz et moi, les avions laissées baissées pour être un peu plus à l'aise, le coude gauche à la portière. Même les mangeurs de glaces installés devant le J.P. Licks avaient l'air inerte, abattu.

À un feu rouge, le volant bien en main, je vins me coller contre l'arrière de la voiture de Patz.

Ses feux de stop clignotèrent et son véhicule tressauta légèrement.

Je retirai mon pied du frein. Sans savoir pourquoi. Sans savoir jusqu'où je comptais aller. Mais je fus heureux, pour la première fois depuis longtemps, quand ma voiture toucha la sienne avec un plaisant *clong*.

Il me regarda dans le rétroviseur, les mains levées. *Et alors !*

Haussant les épaules, je reculai de quelques centimètres avant de venir le percuter à nouveau, un peu plus fort cette fois. *Clong !*

Par sa lunette arrière, j'aperçus sa forme indistincte lever une nouvelle fois les mains d'exaspération. Je le vis se mettre au point mort, ouvrir la portière et extraire sa carcasse du véhicule.

Et je devins alors quelqu'un d'autre. Une personne différente, aux déplacements et aux gestes imprégnés d'une spontanéité et d'une fluidité félines et inconnues. Grisantes aussi.

Je descendis de ma voiture et marchai sur lui avant d'avoir pris tout à fait conscience de ce que je faisais, sans avoir jamais décidé de le défier.

Il porta les mains à la hauteur de la poitrine, paumes en avant, et la surprise se lut sur son visage.

Je l'empoignai par la chemise et le poussai contre son véhicule en le courbant en arrière. Le nez planté dans son visage, je lui grommelai :

– Je sais ce que tu as fait.

Il resta sans réaction.

– Je sais ce que tu as fait.

– De quoi parlez-vous ? Qui êtes-vous ?

– Je sais tout sur le meurtre de Cold Spring Park.

– Mais vous êtes fou !

– Tu ne crois pas si bien dire.

– Je sais pas de quoi vous parlez. Franchement. Vous me prenez pour un autre.

– Ah oui ? Tu ne te souviens pas avoir cherché à croiser Ben Rifkin dans le parc ? Tu ne te souviens pas avoir parlé de ce projet à Matt Magrath ?

– Matt Magrath ?

– Pendant combien de temps tu l'as maté, Ben Rifkin ? Pendant combien de temps tu l'as suivi ? Tu lui as parlé ? Tu avais ton couteau ce jour-là ? Qu'est-ce qui s'est passé ? Tu lui as fait les mêmes propositions qu'à Matt, cent dollars pour le tripoter ? Il a refusé ? Il s'est foutu de ta gueule, il t'a insulté ? Il a essayé de te frapper, il t'a repoussé, il t'a fait peur ? Qu'est-ce qui t'a fait basculer, Leonard ? Qu'est-ce qui t'a fait commettre ça ?

– Vous êtes son père, c'est ça ?

– Non, je ne suis pas le père de Ben.

– Non, de celui qu'on accuse. Vous êtes son père. Ils m'ont parlé de vous. Le procureur, il m'a dit que vous alliez essayer de me parler.

– Quel procureur ?

– Logiudice.

– Qu'est-ce qu'il t'a dit ?

– Il m'a dit que vous vous étiez mis en tête de me parler, que vous risquiez de venir me trouver un jour et qu'il fallait pas vous parler. Il a dit que vous étiez…

– Quoi ?

– Que vous étiez fou. Il a dit que vous pouviez être violent.

Je lâchai Patz et reculai.

Je découvris avec surprise que je l'avais décollé du sol. Il redescendit en glissant le long de la voiture pour atterrir sur les talons. Sortie de son pantalon de toile kaki, la chemise rouge de sa tenue Staples dévoilait un pan de son abdomen rebondi, mais il n'osa pas se rajuster tout de suite. Il me dévisageait avec prudence.

– Je sais ce que tu as fait, l'assurai-je en me ressaisissant. Pas question que mon fils prenne à ta place !

– Mais j'ai rien fait…

– Si, c'est toi ! Si, c'est toi ! Matt m'a tout raconté.

– Laissez-moi tranquille. J'ai rien fait. Je fais juste comme le procureur il m'a dit.

Je hochai la tête, me sentant exposé aux regards et démuni. Gêné.

– Je sais ce que tu as fait, répétai-je, en sourdine et d'un ton assuré, autant pour moi-même cette fois que pour Patz.

Cette phrase me réconforta, comme une petite prière.

| | |
|---|---|
| M. Logiudice : | Et, après cet épisode, vous avez continué à suivre Leonard Patz ? |
| Témoin : | Oui. |
| M. Logiudice : | Pourquoi ? De quelle mission vous sentiez-vous donc investi ? |
| Témoin : | Je cherchais à résoudre cette affaire, à prouver que c'était Patz le meurtrier. |
| M. Logiudice : | Vous le pensiez vraiment ? |
| Témoin : | Oui. Vous avez pris la mauvaise décision, Neal. Les indices désignaient Patz, pas Jacob. C'était votre plus belle affaire. Vous deviez suivre les indices là où ils vous menaient. C'était votre travail. |
| M. Logiudice : | Décidément, vous n'en démordez pas ! |
| Témoin : | Vous n'avez pas d'enfants, Neal, je crois. |
| M. Logiudice : | Non. |
| Témoin : | C'est bien ce que je me disais. Si vous en aviez, vous comprendriez. Aviez-vous demandé à Patz de ne pas me parler ? |
| M. Logiudice : | Oui. |
| Témoin : | Parce que vous saviez que si le jury apprenait les présomptions qui pesaient sur Patz, il ne croirait jamais à la culpabilité de Jacob. Vous avez pipé les dés, je me trompe ? |
| M. Logiudice : | J'instruisais mon dossier. Je poursuivais le suspect que je pensais coupable. C'est ça, mon travail. |
| Témoin : | Alors pourquoi avoir eu si peur que le jury entende parler de Patz ? |

| | |
|---|---|
| M. Logiudice : | Parce qu'il n'avait rien fait ! J'ai fait ce que j'ai jugé bon de faire, d'après les indices que j'avais à l'époque. Écoutez, Andy, ce n'est pas à vous de poser les questions ici. Ce n'est plus votre travail. C'est le mien. |
| Témoin : | C'est quand même bizarre, non ? De demander à un type comme lui de ne pas parler à la défense. Ça s'appelle de la dissimulation d'éléments à décharge, non ? Mais vous aviez vos raisons, n'est-ce pas, Neal ? |
| M. Logiudice : | Voulez-vous bien… Je vous prie de bien vouloir m'appeler « monsieur Logiudice ». C'est la moindre des choses. |
| Témoin : | Dites-leur, Neal. Allez-y, dites-leur comment vous avez connu Leonard Patz. Dites-leur ce que le jury n'a jamais entendu. |
| M. Logiudice : | Poursuivons. |

# 22

# Un cœur deux tailles trop petit

M. Logiudice : Penchons-nous sur un document côté pièce, euh, 22. Reconnaissez-vous ce document ?

Témoin : Oui, c'est un courrier du Dr Vogel à Jonathan Klein, notre avocat.

M. Logiudice : Daté du ?

Témoin : Il est daté du 2 octobre.

M. Logiudice : Deux semaines avant le procès.

Témoin : Oui, à peu de choses près.

M. Logiudice : Au bas de ce courrier, on lit : « Copie : M. et Mme Andrew Barber. » Avez-vous eu connaissance de ce courrier à l'époque ?

Témoin : Tout à fait.

M. Logiudice : Mais votre avocat n'en a pas donné communication, est-ce exact ?

Témoin : À ma connaissance, non.

M. Logiudice : À la mienne non plus.

Témoin : Venons-en aux faits, Neal. Allez-y, posez-moi une question.

M. Logiudice : Très bien. Pourquoi cette pièce n'a-t-elle jamais été communiquée à l'accusation ?

Témoin : Parce qu'elle est protégée. Elle relève des rapports médecin-patient, c'est un document de travail, c'est-à-dire établi par la défense dans le cadre de la préparation du procès. Ce qui le rend confidentiel. Il échappe à l'obligation de communication.

M. Logiudice : Mais vous venez de le produire. Et en réponse à une ordonnance de communication des plus classiques. Pourquoi ? Vous renoncez à tenir ces informations secrètes ?

Témoin : Cette décision ne m'appartient pas. Mais cela n'a plus d'importance maintenant, n'est-ce pas ? La seule chose qui en a désormais, c'est la vérité.

M. Logiudice : Eh bien, allons-y. C'est ici qu'intervient le couplet sur votre confiance en la justice, etc.

Témoin : La justice ne vaut que par ceux qui la rendent, Neal.

M. Logiudice : Vous faisiez confiance au Dr Vogel ?

Témoin : Oui, totalement.

M. Logiudice : Et maintenant, c'est toujours le cas ? Rien n'est venu ébranler votre foi en ses observations ?

Témoin : Je lui fais confiance. C'est un bon médecin.

M. Logiudice : Vous ne contestez donc rien dans ce courrier ?

Témoin : Non.

M. Logiudice : Et quel était le propos de ce courrier ?

Témoin : C'était un avis. Il résumait les conclusions du docteur à propos de Jacob, pour permettre à Jonathan de savoir s'il fallait citer le Dr Vogel comme témoin et aborder ou non la vaste question qu'était la santé mentale de Jacob.

M. Logiudice : Voulez-vous lire au grand jury le deuxième paragraphe, je vous prie ?

Témoin : « Le sujet examiné est un garçon de quatorze ans à l'aise dans son expression, intelligent et poli. Il est timide et se montre plutôt réservé lors de l'entretien, mais rien dans sa conduite ne traduit une altération de ses facultés à percevoir, mémoriser ou relater les événements en cause dans cette affaire, ni à aider un avocat à prendre des décisions éclairées, pertinentes et motivées à propos de sa propre défense. »

M. Logiudice : Ce que dit cette spécialiste, c'est que, selon son avis de professionnelle, Jacob était apte à passer en jugement, est-ce exact ?

Témoin : Ça, c'est une vision de juriste, pas de clinicien. Mais oui, de toute évidence, le docteur est au courant des critères.

M. Logiudice : Et la responsabilité pénale ? La spécialiste aborde aussi cette question dans son courrier, n'est-ce pas ? Là, au paragraphe 3.

Témoin : Oui.

M. Logiudice : Lisez-le, je vous prie.

Témoin : Début de citation : « À ce jour, les éléments manquent pour établir formellement si Jacob a une juste perception de la distinction entre le bien et le mal et s'il est capable d'adapter son comportement en fonction de cette distinction. En revanche, les éléments pourraient être suffisants pour étayer une thèse plausible fondée sur des faits génétiques et neurologiques et inspirée de la théorie de la "pulsion irrésistible". » Fin de citation.

M. Logiudice : « Les éléments pourraient être suffisants », « une thèse plausible » : ça fait beaucoup de réserves, non ?

Témoin : C'est compréhensible. L'opinion n'aurait pas manqué de se montrer sceptique sur les excuses que l'on trouvait au meurtrier. Si ce médecin venait à la barre et défendait cette thèse, elle avait intérêt à être sûre de ce qu'elle disait.

M. Logiudice : Mais elle a bien dit, du moins à ce stade, que la possibilité existait, n'est-ce pas ? Que l'argument était « plausible » ?

Témoin : Oui.

M. Logiudice : Un gène du meurtre, alors ?

Témoin : Elle n'a jamais utilisé ce terme.

M. Logiudice : Voulez-vous lire le paragraphe intitulé « Résumé du diagnostic » ? Page 3, en haut.

Témoin : Neal, vous voulez me faire lire tout le document ? Il est déjà versé au dossier. Les jurés peuvent le lire eux-mêmes.

M. Logiudice : Je vous en prie. Faites-moi plaisir.

Témoin : Début de citation : « Jacob présente un comportement et exprime des idées et des goûts, à la fois en session privée et dans son histoire, en dehors de toute observation clinique directe, qui confirment tout ou partie des diagnostics suivants, pris seuls ou combinés entre eux : trouble réactionnel de l'attachement, trouble de la personnalité narcissique. » Si vous me demandez maintenant de commenter un diagnostic clinique de psychiatre…

M. Logiudice : Juste un encore, s'il vous plaît. Page 4, paragraphe 2, la phrase que j'ai signalée avec un Post-it.

Témoin : Début de citation : « Le meilleur moyen de résumer ce faisceau d'observations – absence d'empathie, difficultés à maîtriser ses pulsions, cruauté occasionnelle – est de dire que Jacob ressemble au Grinch du Dr Seuss : "Son cœur était deux tailles trop petit." » Fin de citation.

M. Logiudice : Vous avez l'air bouleversé. Je suis désolé. Est-ce cela qui vous bouleverse ?

Témoin : Vraiment, Neal, vous n'en ratez pas une…

M. Logiudice : Est-ce ainsi que vous avez réagi en apprenant que votre fils avait un cœur deux tailles trop petit ?

[Le témoin ne répond pas.]

M. Logiudice : Est-ce ainsi ?

Témoin : Objection ! La question n'est pas pertinente.

M. Logiudice : Objection notée. Maintenant, répondez à la question, s'il vous plaît. Est-ce ainsi que vous avez réagi ?

Témoin : Oui ! Comment croyez-vous que j'allais réagir, à la fin ! Je suis son père.

M. Logiudice : Justement. Comment se fait-il que vous ayez pu vivre avec un enfant potentiellement violent pendant toutes ces années sans avoir jamais rien remarqué ? Jamais soupçonné que quelque chose clochait ? Jamais rien entrepris pour traiter ces problèmes psychologiques ?

Témoin : Que voulez-vous me faire dire, Neal ?

M. Logiudice : Que vous saviez. Vous saviez, Andy. Vous le saviez.

Témoin : Non.

M. Logiudice : Comment est-ce possible, Andy ? Comment pouviez-vous ne pas savoir ? Comment est-ce même concevable ?

Témoin : Je ne sais pas. Je sais seulement que c'est la vérité.

M. Logiudice : Nous y revoilà. C'est votre marotte, on dirait. Vous n'arrêtez pas de dire « la vérité, la vérité, la vérité », comme s'il suffisait d'en parler pour qu'elle soit là.

Témoin : Vous n'avez pas d'enfants, Neal. Je doute que vous compreniez.

M. Logiudice : Éclairez-moi ! Éclairez-nous !

Témoin : On ne voit pas ses enfants comme ils sont. On ne peut pas. On les aime trop, on est trop proche d'eux. Si vous aviez un fils… Si vous aviez un fils…

M. Logiudice : Voulez-vous que nous nous interrompions, le temps de vous reprendre ?

Témoin : Non. Avez-vous déjà entendu parler du « préjugé de confirmation » ? Le préjugé de confirmation, c'est la tendance à ne repérer autour de soi que des arguments en faveur de ses idées préconçues et à ne pas voir ce qui pourrait les remettre en cause. J'ai l'impression qu'il y a de ça dans le regard qu'on porte sur ses enfants. On voit ce qu'on veut voir.

M. Logiudice : Et ce que vous ne voulez pas voir, vous choisissez de ne pas le voir ?

Témoin : Choisir, non. On ne le voit pas, c'est tout.

M. Logiudice : Mais pour que ce soit vrai, pour qu'il y ait préjugé de confirmation, il faut qu'il y ait réellement croyance. Parce que le processus dont vous parlez est inconscient. Vous deviez donc croire dur comme fer que Jacob était un enfant comme les autres, que son cœur n'était pas deux tailles trop petit. Est-ce exact ?

Témoin : Oui.

M. Logiudice : Or cela ne pouvait pas être le cas en l'occurrence. Car vous étiez fondé à guetter des signes de dérèglement, non ? Toute votre vie – toute votre vie, Andy –, vous avez eu conscience de ce risque. N'est-ce pas la vérité ?

Témoin : Non.

M. Logiudice : Non ? Aviez-vous oublié qui était votre père ?

Témoin : Oui. Pendant une trentaine d'années, j'ai oublié. J'ai voulu oublier, j'ai sciemment oublié, j'étais en droit d'oublier.

M. Logiudice : Vous étiez en droit ?

Témoin : Oui. C'était entre moi et moi.

M. Logiudice : Ah oui ? Mais vous n'y avez jamais vraiment cru. Vous aviez oublié qui était votre père ? Oublié ce que votre fils pouvait devenir s'il suivait les traces de grand-papa ? Allons, une chose pareille, ça ne s'oublie pas. Vous le saviez. « Préjugé de confirmation » !

Témoin : N'allez pas plus loin, Neal.

M. Logiudice : Vous le saviez.

Témoin : N'allez pas plus loin. Arrêtez avec ça. Comportez-vous en magistrat, pour une fois.

M. Logiudice : Ah, revoilà le Andy Barber que tout le monde connaît. Qui a repris le contrôle de lui-même. Expert ès maîtrise de soi, aveuglement et comédie. Une question encore : pendant ces trente ans où vous aviez oublié qui vous étiez, d'où vous veniez, vous vous êtes raconté des histoires, non ? Vous avez raconté des histoires à tout le monde, d'ailleurs. En un mot, vous avez menti.

Témoin : Je n'ai jamais rien dit d'autre que la vérité.

M. Logiudice : Certes, mais avec certaines omissions, non ? Vous avez omis quelques détails.

[Le témoin ne répond pas.]

M. Logiudice : Et vous voudriez aujourd'hui que le grand jury croie chacune de vos paroles ?

Témoin : Oui.

M. Logiudice : D'accord. Poursuivez votre histoire.

# 23

# Lui

*Centrale de Northern, Somers, Connecticut.*

À Northern, la cabine du parloir semblait conçue pour désorienter et isoler le visiteur : une boîte immaculée, étanche et oppressante, d'environ un mètre cinquante de largeur sur deux mètres cinquante de profondeur, avec, derrière moi, une porte à hublot et, devant, une vitre. Au mur, à ma droite, un téléphone beige, sans clavier. Une tablette blanche pour poser les bras. Une cabine évidemment prévue pour garder les détenus dans leur cage : Northern était un établissement pénitentiaire de niveau cinq, le plus élevé, où seules étaient permises les visites sans contact physique. Mais c'était moi qui m'y sentais emmuré.

Et quand il apparut derrière la vitre – mon père, Billy Barber le Barbare (mains menottées à hauteur des hanches, cheveux gris cendré en bataille, sourire moqueur tombant sur moi), amusé, j'imagine, par ce freluquet qui se montrait enfin –, j'étais bien content qu'une épaisse dalle de verre nous sépare. Content qu'il puisse me voir sans me toucher. Au zoo, le léopard longe son enclos et te contemple au travers de barreaux ou derrière un fossé infranchissable en méprisant ton infériorité, ton besoin d'installer entre lui et toi une barrière. En cet instant, chacun sait de quoi il retourne car, pour être non verbal, le message n'en est pas moins clair : le léopard est le prédateur et tu es la proie, et ton sentiment de supériorité et de sécurité, tu ne le dois, humain que tu es, qu'à cette barrière. Face à la cage du léopard, ce sentiment se teinte de honte, devant la puissance hautaine de l'animal, sa morgue, sa piètre estime de ta personne. Ce que je ressentis dans les premiers moments de cette rencontre avec mon père, et je ne m'y attendais pas, fut précisément la honte diffuse du visiteur de zoo. Cette bouffée émotionnelle me prit par surprise. Je ne pensais pas éprouver grand-chose car, pour être honnête, Billy Barber était pour moi un inconnu. Je ne l'avais pas vu depuis quarante-cinq ans environ, depuis que j'étais petit. Or il me glaça au-delà de tout. Il me tenait aussi fermement que si, par je ne sais quel mystère, il s'était matérialisé à mes côtés et m'avait enveloppé de ses bras.

Debout derrière la vitre qui l'encadrait, il offrait le portrait de trois quarts d'un vieux taulard dont les yeux étaient pointés sur moi. Il m'adressa un petit grognement.

Je détournai le regard et il s'assit.

Un surveillant était posté quelques pas derrière lui, près du mur nu. (Tout était nu, chaque mur, chaque porte, chaque surface. D'après ce que j'avais pu en voir, la prison me semblait entièrement faite de cloisons de plâtre invariablement blanches et de murs de béton gris. Comme elle était récente, puisque terminée en 1995 seulement, je me dis que l'absence de couleur faisait partie d'une stratégie pénitentiaire visant à rendre fou. Car, après tout, il n'est pas plus difficile de peindre un mur en jaune ou en bleu qu'en blanc.)

Mon père décrocha le combiné – même en écrivant les mots *mon père*, j'éprouve un petit frisson et je rembobine mentalement le film de ma vie jusqu'en 1961, date où, dans le parloir de Whalley Avenue, je l'avais vu pour la dernière fois : c'est la bifurcation, le moment où débute le cheminement incertain et dissocié de nos deux vies – et je décrochai le mien.

– Merci d'avoir accepté de me voir.

– Ça se bouscule pas, tu sais.

Il arborait au poignet le tatouage bleu qui m'était resté en mémoire pendant tant d'années. Tout petit et flou en réalité, il représentait un crucifix aux bords baveux qui, avec le temps, avait pris la coloration aubergine d'une ecchymose. Mon souvenir l'avait déformé. Tout comme il avait déformé son propriétaire : de taille seulement moyenne, celui-ci était mince et plus musclé que je ne l'avais imaginé. Des muscles noueux de prisonnier, même à soixante-douze ans. Il avait aussi récolté un nouveau tatouage, beaucoup plus élaboré et réussi que l'ancien : un dragon lové autour de son cou et dont la queue et le museau se rejoignaient au niveau de sa gorge, comme un pendentif.

– Il était temps que tu viennes me voir.

Je reniflai. Le sous-entendu risible que c'était lui qui était à plaindre, que c'était lui la victime eut le don de m'agacer. Quel culot ! Typique du taulard, sans cesse à geindre, gratter, biaiser.

– Ça fait quand même un sacré bail, reprit-il. Une vie entière à pourrir ici et jamais t'as trouvé le temps de venir voir ton vieux père. Même pas une fois. C'est un drôle de fils que j'ai là. Il faut être un drôle de fils pour faire ça.

– Tu l'as répété, ce petit discours ?

– Ne sois pas insolent. Qu'est-ce que je t'ai fait ? Hein ? Rien. Pourtant, t'es jamais venu me voir pendant tout ce temps-là. Moi, ton père. Quel genre de fils t'es pour pas être venu voir ton propre père depuis quarante ans ?

– Ce fils-là, c'est le tien. C'est sûrement ça, l'explication.

– Mon fils ? T'es pas mon fils ! Je te connais pas. Je t'ai jamais vu.

– Tu veux voir mon acte de naissance ?

– Qu'est-ce que j'en ai à foutre, moi, d'un acte de naissance… Tu crois que c'est ça qui fait un fils ? Un coup tiré il y a cinquante ans, c'est ça que t'es pour moi. Qu'est-ce que tu croyais ? Que je serais heureux de te voir ? Que je sauterais partout en criant youpi ?

– Tu aurais pu dire non. Je n'étais pas sur la liste de tes visiteurs.

– Y a personne sur ma liste. Qu'est-ce que tu crois ? Qui pourrait bien y avoir ? De toute façon, ils veulent pas de visites ici. Que les proches.

– Tu veux que je parte ?

– Non. Tu m'as entendu dire ça ?

Il secoua la tête, fronça les sourcils.

– C'est la mort, ici. J'ai pas connu pire. J'ai pas toujours été ici, tu sais. Ils m'ont pas mal baladé. Quand tu te tiens mal, c'est ici qu'on t'amène. C'est un trou.

Il se tut, semblant se désintéresser de la question.

Je gardai le silence. Dans tous mes interrogatoires au palais, face aux témoins, ou ailleurs, je me suis aperçu que le mieux est souvent d'attendre, de ne rien dire. Le témoin éprouve le besoin de remplir ce silence embarrassant. Il se sent comme obligé de reprendre la parole, de prouver qu'il ne vous cache rien, de prouver qu'il est malin et sait beaucoup de choses, de gagner votre confiance. Dans ce cas précis, c'est, je pense, uniquement par habitude que j'ai attendu. En tout cas, je n'avais pas l'intention de partir. Pas avant qu'il m'ait dit oui.

Son humeur changea. Il se tassa. De manière presque visible, il passa de la hargne à la résignation, s'apitoyant même sur son sort.

– En tout cas, dit-il, tu t'en es bien sorti, toi au moins. Elle a dû bien te nourrir.

– Elle a été parfaite. En tout.

– Comment elle va, ta mère ?

– Qu'est-ce que ça peut te faire ?

– Rien.

– Alors ne parle pas d'elle.

– Pourquoi pas ?

Je secouai la tête.

– Je l'ai connue avant toi, fit-il en se tortillant sur sa chaise avec un regard humide et en chaloupant des hanches, comme s'il la baisait.

– Ton petit-fils a des problèmes. Tu le savais ?

– Si je le… ? Je savais même pas que j'avais un petit-fils. Comme il s'appelle ?

– Jacob.

– Jacob ?

– Qu'est-ce qu'il y a de drôle ?

– C'est un nom de pédé, Jacob.

– C'est un nom, c'est tout !

Éclatant de rire, il entonna d'une voix de fausset :

– Jaaaacob !

– Change de ton, s'il te plaît. C'est un bon gamin.

– Ah ouais ? Il doit pas l'être tant que ça, sinon tu serais pas là.

– Je t'ai dit, sur un autre ton.
– Alors c'est quoi, son problème, au petit Jacob ?
– Un meurtre.
– Un meurtre ? Un meurtre. Il a quel âge ?
– Quatorze.
Mon père posa le téléphone sur ses genoux et s'appuya contre son dossier. Lorsqu'il se redressa, il demanda :
– Il a tué qui ?
– Personne. Il est innocent.
– Eh oui, comme moi.
– Lui, il l'est vraiment.
– Bon, bon…
– Tu n'étais pas au courant ?
– On n'est au courant de rien. On vit comme dans des chiottes, ici.
– Tu dois être le plus ancien.
– Un des.
– Je sais pas comment tu fais pour survivre à ça.
– L'acier, ça résiste à tout.
Il tenait le combiné de la main gauche, mais les menottes l'obligeaient à lever ses deux bras et à fléchir le droit, inoccupé.
– L'acier, ça résiste à tout.
Son air bravache disparut alors.
– C'est un trou, ici. T'as l'impression de vivre dans une putain de grotte.
Il ne cessait d'osciller entre deux pôles, entre hypermachisme et autoapitoiement. J'avais du mal à dire lequel était factice. Aucun, peut-être. Dans le monde normal, ce genre d'inconstance émotionnelle l'aurait fait passer pour un fou. Mais ici, comment savoir ? C'était peut-être une réaction naturelle à ce lieu.
– C'est toi qui t'es mis ici tout seul.
– C'est moi qui me suis mis ici, je tire ma peine, je me plains pas. Tu m'as entendu me plaindre ?
Je ne répondis pas.
– Qu'est-ce que t'attends de moi, alors ? Tu veux que je fasse quelque chose pour ce pauvre petit Jacob qui est innocent ?

– Peut-être que tu témoignes.
– Que je témoigne de quoi ?
– J'ai une question à te poser. Quand tu as tué cette fille, qu'est-ce que ça t'a fait ? Pas physiquement. Mais qu'est-ce qui s'est passé dans ta tête, à quoi tu pensais ?
– Comment ça, à quoi je pensais ?
– Pourquoi tu as fait ça ?
– Qu'est-ce que tu veux que je te dise ? Explique-toi.
– Je veux simplement que tu me dises la vérité.
– Oui, d'accord, mais personne la veut, la vérité. Surtout pas ceux qui te disent qu'ils la veulent – crois-moi, ils en veulent pas, de la vérité. Dis-moi ce que tu veux que je dise pour sortir le môme de là et je le dirai. Je m'en fous. Qu'est-ce que j'en ai à foutre, moi ?
– Disons les choses autrement : quand ça s'est produit, tu pensais à quelque chose ? À une chose en particulier ? Ou est-ce que ç'a été une espèce de pulsion irrésistible ?
Il releva un coin de sa bouche.
– Une pulsion irrésistible ?
– Dis-moi.
– C'est ça que tu cherches ?
– T'inquiète pas de ce que je cherche. Je cherche rien. Dis-moi simplement ce qui s'est passé en toi.
– J'ai senti une pulsion irrésistible.
Je laissai échapper un soupir sonore et prolongé.
– Tu sais, si tu étais meilleur menteur, tu ne serais peut-être pas là.
– Et toi, si t'étais pas aussi bon menteur, tu serais peut-être pas dehors.
Il m'observait.
– Tu veux que je t'aide à sortir le petit du pétrin, alors je vais t'aider. C'est mon petit-fils. Dis-moi ce que t'attends.
Ma décision était déjà prise : Billy Barber le Barbare n'approcherait pas la barre à moins de dix kilomètres. Pire que menteur, il était mauvais menteur.
– Bon, fis-je, tu veux savoir pourquoi je suis venu ? Pour ça.
Et je sortis une petite pochette contenant un écouvillon stérile et un tube en plastique pour le recevoir.

– Il faut que je te passe ça sur les gencives. Pour l'ADN.

– Les gardiens voudront pas.

– Les gardiens, je m'en occupe. C'est de toi que j'attends le feu vert.

– T'en as besoin pour quoi, de mon ADN ?

– On recherche une mutation précise. Ça s'appelle le MAOA invalidé.

– C'est quoi cette connerie ?

– C'est une mutation génétique. Ils pensent que c'est peut-être à cause de ça que, dans certaines circonstances, le corps devient plus agressif.

– C'est qui qui pense ça ?

– Des scientifiques.

Il plissa les yeux. On pouvait presque y lire ses pensées, l'opportunisme calculateur du truand professionnel : il tenait peut-être là le moyen de faire annuler sa propre condamnation.

– Plus tu m'en parles, plus je me dis que ton Jacob, il est pas aussi innocent que ça.

– Je ne suis pas venu ici pour avoir ton opinion. Je suis venu prendre ta salive avec ce coton-tige. Si tu refuses, je reviens avec une ordonnance du tribunal et on emploiera la manière forte.

– Pourquoi je refuserais ?

– Pourquoi tu dirais oui ? Les gens comme toi, j'ai du mal à les comprendre.

– Qu'est-ce qu'il y a à comprendre ? Je suis comme les autres. Comme toi.

– C'est ça, oui…

– Arrête avec tes « c'est ça, oui ». Tu t'es déjà dit que, sans moi, t'existerais pas ?

– Je me le dis tous les jours.

– Tu vois ? Alors.

– Ça ne me réjouit pas d'y penser.

– Peut-être, mais c'est quand même moi ton père, petit gars, que ça te plaise ou non. Ça n'a pas à te réjouir.

– Encore heureux.

Après quelques négociations et un coup de fil au directeur adjoint, un accord fut trouvé. Je ne serais pas autorisé à prélever moi-même la salive de mon père, ce qui aurait pourtant été la meilleure solution en termes de suivi des pièces à conviction : j'aurais pu ainsi témoigner que l'échantillon était authentique puisque le coton-tige serait toujours resté en ma possession. Mais pas de ça à Northern où « sans contact » signifiait sans contact. En fin de compte, j'eus la permission de confier la trousse à un surveillant, qui la transmit à mon père.

À l'aide du téléphone de la cabine, je lui détaillai la procédure pas à pas :

– Tu as simplement à ouvrir l'emballage et à te passer rapidement le coton-tige autour des dents. Juste pour l'imprégner d'un peu de salive. Avale d'abord. Ensuite, applique-le à l'intérieur de la joue, au fond de la bouche, à la jointure des mâchoires. Après, tu mettras le coton-tige dans le flacon en plastique qui est là, sans rien toucher d'autre avec, et tu visseras le bouchon. Et enfin, je vais te demander de coller l'étiquette en travers du bouchon, de la signer et de la dater. Et il faudra que je te voie faire toutes ces opérations, donc ne me bouche pas la vue.

Les mains menottées, il déchira l'emballage en papier qui contenait l'écouvillon. C'était une longue baguette de bois, plus longue qu'un coton-tige ordinaire. Il se l'introduisit aussitôt dans la bouche, comme une sucette, et fit mine de la mordre. Puis, en me regardant à travers la vitre, il découvrit les dents et frotta l'extrémité en coton sur sa gencive supérieure. Après quoi, il lui fit décrire des petits cercles au fond de sa bouche, dans le creux de sa joue. Puis il me montra le bâtonnet à la vitre.

– À toi, maintenant.

# TROISIÈME PARTIE

*« Je songe à une expérience. Donnez-moi un nourrisson – peu importe son ascendance, sa race, ses talents ou ses goûts, l'essentiel étant qu'il soit en bonne santé – et j'en ferai ce que vous voulez. J'obtiendrai un artiste, un soldat, un médecin, un avocat, un prêtre ; ou je lui apprendrai à devenir voleur. À vous de décider. Un nourrisson est pareillement apte à tous ces emplois. Tout ce qu'il faut, c'est de l'entraînement, du temps et un milieu correctement maîtrisé. »*

JOHN F. WATKINS,
*Principles of Behaviorism* (1913)

# 24

# Pour une mère, c'est différent

Pendant des années, je n'ai jamais pensé perdre un procès. Dans la pratique, j'en perdais, bien sûr. C'est le lot de tout magistrat, de même qu'un joueur de base-ball échoue en moyenne sept fois sur dix quand il est à la batte. Mais je n'étais jamais intimidé et je honnissais les procureurs qui l'étaient – préoccupés avant tout par la politique et par leur tiroir-caisse, ils avaient peur de juger les affaires qui n'étaient pas gagnées d'avance, ne voulaient pas prendre le risque d'un acquittement. Pour un procureur, l'acquittement n'est pas déshonorant, pas lorsqu'il constitue la seule alternative à un compromis douteux. Nous ne sommes pas notés sur un simple taux de réussite. D'ailleurs, les meilleurs taux de réussite ne s'expliquent pas par des prouesses judiciaires. Ils s'expliquent par une sélection judicieuse des dossiers les plus faciles et par l'acceptation d'un accord négocié pour les autres, sans chercher à démêler les torts et les raisons de chacun. C'était la méthode Logiudice, pas la mienne. Plutôt se battre et perdre que trahir une victime.

C'est pour cela, notamment, que j'aimais les homicides. Car, dans le Massachusetts on ne peut pas plaider coupable en cas de meurtre. Toutes les affaires passent en jugement. Cette règle est un vestige de l'époque où, dans cet État, le meurtre était puni de mort. Dans les affaires passibles de la peine capitale, aucun raccourci n'était permis, aucun arrangement. Les enjeux étaient trop lourds. De sorte que, aujourd'hui encore, les dossiers d'homicides, même déséquilibrés, sont obligatoirement jugés. Pas question pour les procureurs de se garder les plus tranquilles et de passer les autres à la trappe. *Tant mieux*, me disais-je, *ce sera à moi de faire la différence. De gagner malgré des dossiers faiblards*. Voilà comment je voyais les choses. Ce qui ne nous empêche pas, tous autant que nous sommes, de nous raconter des histoires. L'homme d'argent se dit qu'en s'enrichissant il enrichit aussi les autres, l'artiste se dit que la beauté de ses œuvres est impérissable, le soldat se dit qu'il guerroie du côté des anges. Moi, je me disais que le tribunal m'offrait la possibilité de redresser des torts – que, lorsque je gagnais, je servais la justice. Ce genre d'idée a de quoi enivrer et, dans le cas de Jacob, j'étais ivre.

À l'approche du procès, je ressentais l'euphorie familière des veilles de bataille. Jamais l'idée que nous allions perdre ne m'a traversé l'esprit. J'étais plein d'énergie, d'optimisme, de confiance, de pugnacité. Autant d'états qui, avec le recul, m'apparaissent étrangement déconnectés de la réalité. Mais est-ce si étrange que cela, si on y réfléchit... ? Traitez un homme comme une enclume et il aura envie de vous rendre vos coups.

Le procès s'ouvrit à la mi-octobre 2007, en pleine saison des feuilles mortes. Bientôt, les arbres se dénuderaient tous d'un seul coup, mais, pour l'instant, les frondaisons tiraient leur révérence en beauté dans une confusion de rouges, d'orangés et de moutarde.

La veille du procès, un mardi soir, le temps était exceptionnellement chaud pour la saison. Durant la nuit, le thermomètre ne descendit guère sous les quinze degrés, et l'air était épais, humide, instable. Je me réveillai au milieu de la nuit avec la sensation qu'il y avait quelque chose d'anormal, comme cela m'arrive chaque fois que Laurie ne peut pas dormir.

Elle était couchée sur le côté, en appui sur un coude, sa main soutenant sa tête.

– Qu'est-ce qui se passe ? murmurai-je.

– Écoute.

– Quoi ?

– *Chut*. Attends, écoute.

Dehors, la nuit bruissait.

Il y eut un cri strident. D'abord comme le glapissement d'un animal, bientôt prolongé par un hurlement aigu, perçant, semblable au bruit d'un train qui freine.

– Mais qu'est-ce que ça peut bien être ? demanda-t-elle.

– Je ne sais pas. Un chat ? Un oiseau, peut-être ? En train de se faire tuer.

– Qu'est-ce qui pourrait tuer un chat ?

– Un renard, un coyote. Un raton laveur, peut-être.

– On dirait qu'on habite dans les bois, d'un seul coup. Mais on est en ville ! J'ai vécu ici toute ma vie. On n'avait jamais eu de renards ni de coyotes. Et ces gros dindons sauvages qui viennent dans le jardin ? On n'en avait jamais eu non plus.

– Il y a beaucoup de nouveaux lotissements. La ville se construit. Leurs habitats naturels disparaissent. Ils sont chassés de leurs abris.

– Écoute ça, Andy. Je ne saurais même pas dire d'où ça vient ou à quelle distance c'est. On dirait que c'est tout près. Ça doit être le chat d'un voisin.

Nous tendîmes l'oreille. Le bruit revint. Cette fois, le couinement animal nous parut bien être celui d'un chat. Il commençait de manière reconnaissable, comme un miaulement, avant de faire place à une stridence sauvage, électrique.

– Pourquoi ça dure aussi longtemps ?

– Peut-être qu'il joue avec sa proie. Je sais que les chats font ça avec les souris.

– C'est affreux.

– C'est la nature.

– D'être cruel ? De torturer sa proie avant de l'achever ? En quoi est-ce que c'est naturel ? En quoi est-ce que la cruauté fait évoluer l'espèce ?

– Je ne sais pas, Laurie. C'est comme ça, c'est tout. Pour s'en prendre à un chat, je suis sûr que cette bête – un coyote, un chien errant ou une bestiole quelconque – crève de faim. Ça ne doit pas être évident pour eux de chasser par ici.

– Si elle crève de faim, elle devrait le tuer et le manger aussitôt.

– On devrait essayer de dormir. On a une grosse journée demain.

– Comment dormir après ça ?

– Tu veux un de mes comprimés ?

– Non. Après, je suis assommée toute la matinée. Je veux être en forme demain. Je ne sais pas comment tu fais pour prendre ça.

– Tu parles, je les avale comme des bonbons. Moi, ils ne m'assomment pas assez.

– J'ai pas besoin de comprimés, Andy. Je voudrais juste que ces cris s'arrêtent.

– Allez, rallonge-toi.

Elle laissa retomber sa tête. Je vins me plaquer contre son dos et elle se lova contre moi.

– Tu es à bout, Laurie, c'est tout. C'est compréhensible.

– Je ne sais pas si je vais tenir, Andy. Vraiment, je n'en ai pas la force.

– On va s'en sortir.

– C'est plus facile pour toi. Tu sais déjà comment ça se passe. Et puis, tu n'es pas une mère. Je ne dis pas que c'est facile pour toi. Je sais que ça ne l'est pas. Mais, pour moi, c'est différent. Ça me paraît insurmontable. Je ne vais pas supporter.

– J'aimerais bien pouvoir t'éviter ça, Laurie, mais je ne peux pas.

– Je sais. En tout cas, ça me fait du bien que tu me tiennes comme ça. On n'a qu'à rester allongés. Ça va bientôt s'arrêter.

Les cris continuèrent pendant encore une quinzaine de minutes. Aucun de nous deux ne dormit beaucoup, même après qu'ils eurent cessé.

Lorsque nous émergeâmes de la maison le lendemain matin à 8 heures, une camionnette de reportage de Fox 25 stationnait de l'autre côté de la rue. Des volutes de fumée s'élevaient du tuyau d'échappement. Un cadreur nous filma en train de monter en voiture. La caméra qu'il tenait à l'épaule lui masquait le visage. Ou, plutôt, elle était son visage, sa tête d'insecte à l'œil de cyclope.

À Cambridge, nous nous dirigeâmes vers l'entrée principale du palais de justice sur Thorndike Street, devant laquelle étaient massés des journalistes. Une fois encore, ils se bousculèrent en nous voyant remonter la rue. Une fois encore, les appareils photo bataillèrent pour trouver le bon angle, une fois encore les micros piquèrent l'air devant nous. Ayant déjà eu à l'affronter avant l'audience préliminaire, la mêlée des reporters fut beaucoup plus supportable cette fois-ci. Ils en avaient surtout après Jacob, mais j'éprouvais une étrange satisfaction à le voir subir cette épreuve. Car, personnellement, je considérais qu'il valait mieux pour un accusé être libéré sous caution, et donc dans la rue, plutôt qu'être détenu en préventive, comme l'avaient été la plupart des meurtriers inculpés auxquels j'avais eu moi-même affaire. Car ceux qui étaient incapables de payer leur caution ne quittaient le bâtiment que par une seule porte, la sortie des prisonniers – pour rejoindre la maison d'arrêt de Concord et non leur domicile. Ces accusés-prisonniers descendaient le palais de justice sur toute sa hauteur, comme de la viande dans un hachoir ou comme les billes d'acier dans un pachinko : depuis les cellules des étages supérieurs vers les salles d'audience et, de là, vers le garage du sous-sol où les fourgons du shérif les véhiculaient vers les différentes prisons. Tant mieux si Jacob entrait par la grande porte, tant mieux s'il conservait sa liberté et sa dignité le plus longtemps possible. Car dès que ce bâtiment vous happait dans ses rouages, il avait du mal à vous relâcher.

# 25

# L'Instit, la Fille à lunettes, le Gros de Somerville, Urkel, l'Ingé-son, la Ménagère, la Femme aux bretelles et autres oracles

Dans le comté de Middlesex, la désignation des juges pour les procès relevait officiellement du hasard. Sauf que personne ne croyait à l'existence d'une telle loterie. Outre que les affaires retentissantes semblaient régulièrement échoir aux mêmes privilégiés, les bénéficiaires de ces billets gagnants jouaient souvent les divas – c'étaient d'ailleurs les mêmes qui, en coulisses, militaient pour le tirage au sort. Mais personne ne s'était jamais plaint. Remettre en cause les habitudes bien établies de ce palais de justice revenait en gros à pisser dans un violon et, de toute façon, l'autodésignation de juges narcissiques n'était sans doute pas une mauvaise chose. Car il faut une bonne dose d'ego pour tenir une salle d'audience houleuse. L'un dans l'autre, le spectacle y gagnait : à gros dossiers, grosses personnalités.

Ce ne fut donc pas une surprise de voir nommé Burton French pour le procès de Jacob. Tout le monde s'y attendait. Les dames de la cantine sous leur charlotte, les déficients mentaux chargés de l'entretien, et jusqu'aux souris qui galopaient dans les faux plafonds, chacun savait que, si une caméra pointait son nez dans la salle, celui qui occuperait le fauteuil du juge serait Burt French. Il était très probablement le seul magistrat dont le visage était connu du grand public puisqu'il apparaissait souvent dans les journaux télévisés locaux pour disserter de questions judiciaires. La caméra raffolait de lui. Physiquement, il avait la silhouette légèrement risible d'un officier à l'ancienne – un corps aux allures de barrique en appui précaire sur deux jambes grêles –, mais en consultant télévisuel, il exprimait la gravité rassurante que nous aimons à trouver chez nos juges. Ses avis étaient tranchés, nullement sur la dialectique « d'une part, d'autre part » chère aux journalistes. Pour autant, il n'était jamais grandiloquent ; jamais il ne feignait ni ne provoquait, ne faisait monter cette « sauce » dont se délecte la télévision. Au contraire, il savait comme personne user de son visage carré et sérieux, rentrer le menton, braquer les yeux sur l'objectif et laisser tomber des sentences telles que : « La Loi ne permet pas [ceci ou cela]. » Dès lors, difficile d'en vouloir aux téléspectateurs de penser : *Si la Loi pouvait parler, voilà ce qu'elle dirait.*

Ce qui insupportait au plus haut point les hommes de loi qui se retrouvaient le matin pour échanger des potins avant la première audience ou le midi au Cinnabon, la cafétéria de la galerie marchande, c'était que le côté bourru et authentique du juge French était justement factice. L'homme qui prétendait personnifier la Loi aux yeux du public était en réalité un assoiffé de publicité, un intellectuel au petit pied et, en audience, un tyran borné. Ce qui, si on y réfléchissait, faisait de lui l'incarnation parfaite de la Loi.

Évidemment, au moment où a commencé le procès de Jake, les défauts du juge French étaient loin de m'obséder. Tout ce qui m'importait, c'était l'aspect tactique, et Burton French était pour nous une bonne pioche. Plutôt conservateur, ce n'était pas le genre de juge à s'aventurer dans des excentricités judiciaires comme le gène du meurtre. Autre élément non négligeable, il était de ceux qui aimaient tester les magistrats qui se présentaient à lui. En bon persécuteur, il savait repérer les failles et les doutes, et adorait tourmenter les hésitants et les impréparés. Lancer un Neal Logiudice en face d'un type comme ça revenait à lui jeter un appât et l'erreur de Lynn Canavan avait été de faire ce choix dans une affaire de cette importance. Mais, en même temps, quelle autre solution avait-elle ? Je n'étais plus là pour qu'elle me désigne.

Et le procès commença.

Mais il commença – comme c'est souvent le cas pour un événement auquel on a pensé avec trop de fièvre pendant trop longtemps – par un faux départ. Nous patientions dans les travées bondées de la salle 12B. L'horloge marqua 9 heures, 9 h 15, 9 h 30. Un retard qui ne perturbait pas Jonathan, assis à nos côtés. Il alla se renseigner à plusieurs reprises auprès du greffier, qui lui répondit invariablement qu'il fallait du temps pour installer la caméra dont les chaînes d'information, y compris Justice TV, se partageraient les images. Ensuite, nous attendîmes encore un peu, le temps que l'on constitue le tableau des jurés, convoqués en plus grand nombre que d'habitude. Après nous avoir mis au courant de la situation, Jonathan ouvrit le *New York Times* et se plongea tranquillement dans sa lecture.

À l'avant de la salle, la greffière du juge French, Mary McQuade, feuilletait des papiers ; puis, satisfaite, elle se leva et embrassa les lieux du regard, les bras croisés. Je m'étais toujours bien entendu avec Mary. J'y veillais. Portes d'accès aux juges, les greffiers étaient des personnages influents. Mary, en particulier, ne semblait pas indifférente au prestige indirect de son poste, à proximité du pouvoir. Il est vrai aussi qu'elle faisait bien son travail en arbitrant entre l'arrogance du juge French et les manœuvres permanentes de procureurs et d'avocats avides de bien se placer. Le mot « bureaucrate » a une connotation négative, mais nous avons besoin de bureaucratie et ce sont les bons bureaucrates qui la font tourner. En tout cas, Mary assumait pleinement sa place dans le système. Elle portait des lunettes chics et chères et soignait sa mise, comme pour se démarquer de ses collègues poussiéreux des autres salles.

Dans un fauteuil proche du mur du fond se trouvait l'officier de justice, un être énorme du nom d'Ernie Zinelli. Ernie, la soixantaine, pesait dans les cent trente kilos. Si les choses avaient dû mal tourner dans la salle d'audience, le pauvre nous aurait sans doute fait un infarctus. Son rôle de bras exécutif du juge était purement symbolique, à l'instar du marteau de ce dernier. Mais j'aimais beaucoup Ernie. Avec les années, il en était venu à me confier de plus en plus souvent ses avis sur les accusés, généralement défavorables à l'extrême, et sur les magistrats, à peine plus positifs.

Ce matin-là, ces deux vieux collègues daignèrent tout juste me reconnaître. Mary lança dans ma direction quelques regards, mais sans montrer à aucun moment qu'elle m'avait déjà vu. Ernie risqua un petit sourire. Ils semblaient craindre que tout geste amical puisse être interprété comme destiné à Jacob, assis à mes côtés. Je me demandai s'ils avaient reçu la consigne de ne pas faire attention à moi. Peut-être se disaient-ils tout simplement que je jouais désormais dans le camp adverse.

Lorsque le juge fit enfin son entrée, peu avant 10 heures, nous étions ankylosés à force d'être restés assis.

Toute l'assemblée se leva en entendant la ritournelle familière d'Ernie, « oyez, oyez, oyez, l'audience de la cour supérieure de l'État du Massachusetts est ouverte », qui rendit Jacob nerveux jusqu'à sa conclusion : « Que tous ceux qui ont affaire devant la présente cour s'avancent et soient entendus. » Nous passâmes, sa mère et moi, notre main dans son dos pour le rassurer.

L'affaire fut appelée, Jonathan fit signe à Jacob, et tous deux pénétrèrent dans le prétoire pour prendre place à la table de la défense, comme ils le feraient chaque matin pendant les deux semaines suivantes.

Tout au long du procès, Laurie n'aurait d'autre vue que celle-là. Assise au premier rang du public, elle resterait là, impassible, heure après heure, jour après jour, les yeux rivés sur la nuque de Jacob. Immobile sur son banc, ma femme semblait très pâle et maigre à côté des autres spectateurs, comme si l'affaire de Jacob était un cancer qu'elle devait affronter, un combat physique. Mais Laurie avait beau s'étioler, je ne pouvais m'empêcher de voir en elle le fantôme de ce qu'elle avait été, l'adolescente au ravissant visage en cœur. Quelque chose me dit que c'est cela, un amour qui dure. Quand la jeune fille de dix-sept ans préservée par le souvenir acquiert la même réalité et la même vérité que la femme mûre assise face à soi. Ce jeu entre le regard et la mémoire, c'est une bien agréable façon de voir double. Voir quelqu'un ainsi, c'est le connaître.

Posée là, Laurie était au supplice. On réserve aux parents des jeunes accusés un étrange purgatoire lors de ces procès. Nous devions être présents, mais muets. Dans le crime de Jacob, nous étions impliqués à la fois comme victimes et comme auteurs. On nous plaignait, puisque nous n'avions rien fait de mal. Nous avions simplement joué de malchance, perdu à la loterie des grossesses et hérité d'un enfant perverti. Spermatozoïde + ovule = meurtrier – quelque chose comme ça. On ne pouvait rien y faire. En même temps, on nous méprisait : il fallait bien que quelqu'un réponde de Jacob, or nous l'avions engendré et élevé, et nous avions donc forcément fait quelque chose de mal. Pire, nous avions maintenant le front de soutenir ce meurtrier ; nous cherchions son acquittement, ce qui ne faisait que confirmer notre nature antisociale, notre méchanceté foncière. Le regard du public sur nous était si contradictoire et si chargé d'émotion que nous ne savions comment y répondre, quelle réaction avoir. Les gens penseraient ce qu'ils voudraient, ils nous prêteraient la noirceur ou la souffrance intérieures de leur choix. Et, pendant les deux semaines qui allaient suivre, Laurie jouerait son rôle. Elle resterait assise, face au prétoire, avec l'immobilité et l'absence d'expression d'une statue de marbre. Elle observerait l'arrière de la tête de son fils en essayant d'en interpréter les mouvements les plus infimes. Elle ne réagirait à rien. Peu importe qu'elle ait un jour tenu ce bébé dans ses bras en lui chuchotant à l'oreille : « Chut, chut. » Désormais, tout le monde s'en foutait.

Lorsqu'il finit par prendre place, le juge French balaya la salle des yeux tandis que la greffière annonçait l'affaire :

– Numéro zéro-huit-quarante-quatre-zéro-sept, l'État contre Jacob Michael Barber, unique chef d'accusation d'homicide avec préméditation. Pour l'accusé, Jonathan Klein. Pour l'État, le procureur adjoint Neal Logiudice.

Le beau visage grave du juge se tourna brièvement vers chaque protagoniste – Jacob, son avocat, le procureur, même nous –, conférant à chacun, le temps d'un regard, une importance qui s'évanouit dès que ses yeux reprirent leur déplacement.

Durant toutes ces années, j'avais requis bien des fois devant le juge French et, même si je le prenais pour une sorte de pantin, je ne le détestais pas. Il avait joué au football, à Harvard, comme défenseur. En dernière année, il s'était jeté sur une balle perdue dans l'en-but de Yale et ce fait d'armes singulier l'avait marqué à jamais. Il en conservait une photographie encadrée au mur de son bureau : le grand Burt French dans sa tenue rouge et or, allongé sur le flanc avec, au creux de ses mains, le précieux œuf qu'il vient de trouver. Je pense que cette image avait un sens différent pour moi et pour lui. Pour moi, il était tout à fait le gars à qui ce genre de chose arrivait. Fort de sa richesse, de sa beauté et du reste, nul doute que les occasions s'étaient toujours présentées ainsi sur sa route, comme autant de ballons sur lesquels il n'avait plus eu qu'à se coucher, tout en considérant que cette bonne fortune était le produit naturel de son talent. Je me demandais ce qu'un homme aussi gâté que lui serait devenu avec un père comme Billy le Barbare. Qu'en aurait-il été de cette aisance, de ce naturel, de cette ingénue confiance en lui… Pendant des années, j'avais étudié des types comme Burt French, en les méprisant et en les copiant.

– Monsieur Klein, fit le juge en chaussant une paire de lunettes demi-lunes, des requêtes préliminaires avant d'entamer la sélection des jurés ?

Jonathan se leva.

– Plusieurs choses, monsieur le juge. Premièrement, le père de l'accusé, Andrew Barber, souhaiterait prendre part à la défense de celui-ci. Avec la permission de la cour, il m'assistera au procès.

Jonathan s'avança vers la greffière et lui remit la requête, une simple feuille l'informant que je ferais partie des défenseurs. La greffière la transmit au juge, qui l'accueillit d'un froncement de sourcils.

– Cette décision ne m'appartient pas, monsieur Klein, mais je ne suis pas sûr qu'elle soit sage.

– C'est le souhait de la famille, répondit Jonathan en prenant ses distances avec cette demande.

Le juge griffonna son nom sur la feuille, faisant droit à la requête.

– Monsieur Barber, vous pouvez approcher.

Je contournai la barre et vins m'asseoir à la table de la défense près de Jacob.

– Autre chose ?

– Monsieur le juge, j'ai déposé une requête *in limine* pour exclure toute référence scientifique à une supposée prédisposition génétique à la violence.

– Oui. J'ai lu votre requête et je suis disposé à y accéder. Souhaitez-vous y revenir en détail avant que je me prononce ? Si je comprends bien, vous estimez que la science n'a rien établi et que, quand bien même elle l'aurait fait, il n'existe dans cette affaire aucune preuve précise de propension à la violence, génétique ou autre. Est-ce l'idée générale ?

– Oui, monsieur le juge, c'est l'idée générale.

– Monsieur Logiudice ? Souhaitez-vous être entendu ou préférez-vous en rester à vos conclusions ? Il me semble que la défense est en droit d'être éclairée sur ce type de preuve, si celle-ci venait à être présentée. Voyez-vous, je ne l'écarte pas d'office. Je considère simplement que, si vous comptez démontrer une tendance génétique à la violence, nous tiendrons alors une audience, hors de la présence du jury, pour décider ou non d'admettre cet élément.

– Oui, monsieur le juge, je souhaiterais être entendu à ce sujet.

Le juge lui répondit par un battement de paupières. Sur son visage se lisait comme sur les pages d'un livre : *Restez assis et fermez-la.*

Logiudice se leva pourtant en boutonnant sa veste de costume, un modèle cintré à trois boutons qui, quand ceux-ci étaient fermés jusqu'en haut, lui tombait moins bien. Lorsque Logiudice tendit légèrement la tête en avant, sa veste demeura droite, de sorte que le col, écarté du cou de quelques centimètres, me fit songer à une capuche de moine.

– Monsieur le juge, le ministère public considère – et nous sommes prêts à citer des experts sur ce point – que le domaine de la génétique comportementale a accompli de grandes avancées et continue de progresser chaque jour, et qu'il a d'ores et déjà atteint un niveau tel qu'il peut parfaitement avoir sa place ici. Nous estimons que, par son caractère exceptionnel, cette affaire impose justement de ne pas exclure ce type d'élément…

– La requête est acceptée.

Logiudice resta planté là un instant en se demandant si on ne venait pas de lui faire les poches.

– Monsieur Logiudice, expliqua le juge tout en signant le papier, *Accepté, French, J.*, je n'ai pas exclu cet élément. Simplement, si vous comptez le faire valoir, il faudra en aviser la défense et nous organiserons une audience sur son admissibilité avant que vous la présentiez au jury. Compris ?

– Compris, monsieur le juge.

– Pour être parfaitement clair : pas un mot là-dessus avant que je ne vous aie autorisé à le faire.

– Compris, monsieur le juge.

– Je ne veux pas que ce soit le cirque, ici…

Le juge soupira.

– … Parfait ! Autre chose avant de passer au tableau des jurés ?

Les deux hommes firent signe que non.

Par une série de hochements de tête – du juge à la greffière et de la greffière à l'officier de justice –, on envoya chercher les aspirants jurés à l'un des étages inférieurs. Ils entrèrent d'un pas lent, en regardant autour d'eux comme des touristes visitant Versailles. Ils durent tomber de haut devant cette salle au style contemporain défraîchi : haut plafond à caissons, mobilier minimaliste en stratifié érable et noir, éclairage indirect tamisé. Deux drapeaux pendaient sur des mâts de guingois, celui des États-Unis à la droite du juge et celui du Massachusetts à sa gauche. Le premier avait au moins conservé la fraîcheur de ses couleurs d'origine ; l'autre, naguère d'un blanc pur, avait pris un ton ivoire douteux. Sinon, il n'y avait rien, nulle statue, nulle inscription gravée en latin, nul portrait de juge oublié, rien pour atténuer l'austérité scandinave de l'aménagement. J'étais venu dans cette salle d'audience des milliers de fois, mais ce fut la déception des jurés qui me la fit voir enfin, qui me fit prendre conscience de l'état de fatigue avancé de ce lieu.

Les jurés potentiels occupaient toutes les places du fond, ne laissant libres que les deux bancs réservés à la famille de l'accusé, à la presse et à quelques personnes dont les liens avec le palais les autorisaient à rester. Leur groupe rassemblait pêle-mêle ouvriers et femmes au foyer, jeunes et retraités. D'ordinaire, les travailleurs manuels et les chômeurs y étaient légèrement sur-représentés, ces catégories étant les plus susceptibles de répondre aux convocations. Mais je crus discerner dans celui-ci un niveau de qualification vaguement supérieur. Beaucoup de cheveux bien coupés, de chaussures neuves, d'étuis de BlackBerry, de stylos dépassant des poches. *C'est excellent pour nous*, me dis-je. Il nous fallait des jurés avisés, calmes, des gens avec une tête capable de comprendre les arguments techniques d'une défense ou les limites de preuves scientifiques, et avec le cran de dire : *Non coupable.*

Nous commençâmes l'interrogatoire de sélection. Jonathan et moi avions chacun une fiche d'évaluation en main, un tableau à deux rangées et six colonnes – douze cases en tout, plus deux supplémentaires à droite de la feuille, soit le nombre de fauteuils disposés dans le box des jurés. Douze jurés flanqués de deux suppléants qui, eux, entendraient toutes les dépositions, mais ne prendraient pas part aux délibérations, sauf défaillance d'un titulaire. Quatorze candidats furent conviés à venir occuper quatorze chaises, nous griffonnâmes leurs noms assortis de quelques notes dans nos cases, et la procédure démarra.

Avec Jonathan, nous nous concertions sur chaque juré potentiel. Nous disposions de six récusations péremptoires, que nous pouvions utiliser pour éliminer un candidat sans explication, et d'un nombre illimité de récusations motivées, c'est-à-dire obligatoirement étayées par une raison précise de penser que tel juré pouvait être partial. En dépit de toutes les stratégies, la sélection des jurés a toujours laissé la part belle au hasard. Certains experts payés à prix d'or prétendent éliminer en partie cette marge d'aléatoire à grand renfort de groupes types, de profilages psychologiques, de statistiques, etc. – c'est la méthode scientifique ; mais, franchement, prédire le regard qu'un inconnu va porter sur votre dossier, surtout avec les informations très limitées fournies par le questionnaire des jurés, relève plus de l'art que de la science, *a fortiori* dans le Massachusetts où leur interrogatoire est sévèrement encadré. Et pourtant, nous tentâmes d'opérer un tri. Nos critères : le niveau d'études ; les banlieusards susceptibles de compatir avec Jacob sans lui reprocher ses origines aisées ; les professions neutres telles que comptable, ingénieur, programmeur. Logiudice chercha à faire le plein d'ouvriers, de parents, de toutes les personnes potentiellement indignées par ce crime et qui n'auraient pas trop de mal à croire qu'un adolescent puisse tuer, même en réponse à une provocation minime.

Les jurés s'avançaient, s'asseyaient, étaient écartés pour certains, d'autres s'avançaient à leur tour, s'asseyaient, nous jetions des notes sur nos fiches, et ainsi de suite…

Deux heures plus tard, nous avions notre jury.

Nous attribuâmes à chacun un surnom pour pouvoir nous en souvenir. Il y avait donc : l'Instit (présidente du jury), la Fille à lunettes, Papy, le Gros de Somerville, l'Ingé-Son, Urkel, le Canal (une femme née au Panama), la Maman de Waltham, la Serveuse, l'Artisan (poseur de parquets plus précisément, énergumène revêche et frappé de strabisme qui nous inquiéta d'entrée), la Ménagère de Concord, le Routier (en fait, un livreur de produits alimentaires aux grandes surfaces), la Femme aux bretelles (suppléante) et le Barman (suppléant). Ils n'avaient aucun point commun, si ce n'était un manque flagrant de qualifications pour cet emploi. Leur ignorance du droit, du fonctionnement des tribunaux, et même de cette affaire, dont la presse et les journaux télévisés s'étaient pourtant abondamment fait l'écho, était presque comique. Ils avaient été choisis pour leur inculture totale en la matière. Voilà comment le système fonctionne. À la fin, avocats et juges s'éclipsent gaiement et laissent les clés à une douzaine d'absolus amateurs. Ce serait drôle si ce n'était pas aussi aberrant. L'inefficacité de cette formule est totale. Jacob avait dû la percevoir en découvrant ces quatorze visages blêmes. Le gigantesque mensonge de la justice pénale – qui prétend dénicher la vérité à coup sûr, déterminer « hors de tout doute raisonnable » qui est coupable et qui ne l'est pas – tient à ce constat prodigieux : après environ mille ans passés à peaufiner le système, la magistrature n'est pas plus capable de faire jaillir la vérité qu'une douzaine de pékins pris au hasard dans la rue. Jacob dut frissonner en y pensant.

# 26

# On nous épie

Ce soir-là, au dîner, dans le huis clos de notre cuisine, la discussion fut débridée. Les paroles se bousculaient, tour à tour critiques, satisfaites ou angoissées. Il s'agissait plus pour nous d'évacuer la tension nerveuse qu'autre chose.

Laurie faisait de son mieux pour alimenter la conversation. Manifestement épuisée par sa nuit blanche et cette longue journée, elle restait toutefois persuadée que plus nous parlerions, mieux nous nous porterions. De sorte qu'elle posait des questions, confessait ses propres peurs et passait les plats en nous invitant à parler, encore et encore. Dans ces moments légers, j'entrevoyais l'ancienne et effervescente Laurie – ou, plutôt, je l'entendais car sa voix n'a jamais vieilli. Pour le reste, Laurie avait laissé des plumes dans cette épreuve : ses yeux étaient comme creusés et hagards, sa peau de pêche désormais cireuse et ravinée. Mais sa voix, elle, était merveilleusement intacte. Lorsqu'elle ouvrait la bouche, il en sortait le même timbre adolescent que j'avais découvert pour la première fois près de trente-cinq ans plus tôt. Comme si je l'entendais au téléphone, surgi de 1974.

À un moment donné, Jacob dit, à propos du jury :

– Je pense pas leur avoir fait bon effet, rien qu'à voir comment ils m'ont regardé.

– Jacob, ils sont dans le box depuis seulement une journée. Ne les condamne pas trop vite. En plus, de toi, ils savent juste que tu es accusé de meurtre. Que voudrais-tu qu'ils pensent ?

– Ils ne devraient rien penser pour l'instant.

– Ce sont des êtres humains, Jake. Ne leur donne pas d'arguments contre toi, c'est tout ce que tu peux faire. Reste tranquille. Sans réagir. Sans faire la tête.

– Quelle tête ?

– Celle que tu as quand tu ne fais pas attention. Tu as l'air mauvais.

– Moi, l'air mauvais ?

– Parfaitement.

– Maman, j'ai l'air mauvais ?

– Je n'ai pas remarqué. C'est peut-être de la déformation professionnelle de la part de ton père...

– Je t'assure, Jake. Tu es comme ça...

Je le mimai.

– Papa, c'est autre chose, ça. Là, t'as juste l'air constipé.

– Non, sans blague, tu fais cette tête-là quand tu es ailleurs. On dirait que tu es en colère. Ne montre pas ce visage au jury.

– Mais c'est le mien ! Qu'est-ce que tu veux que j'y fasse ?

– Sois le mignon Jacob qu'on connaît, fit Laurie tendrement en lui adressant un petit sourire triste.

Son sweat-shirt était à l'envers. Elle n'avait pas l'air de s'en être aperçue, malgré l'étiquette qui frottait contre son cou.

– Hé, en parlant de mignon, vous savez qu'il y a un hashtag Twitter sur moi ?

– Qu'est-ce que ça veut dire ? demanda Laurie.

– C'est un moyen pour parler de moi sur Twitter. Et vous savez ce qu'ils racontent ? Ça n'arrête pas : *Jacob Barber, il est trop beau. Je veux un bébé avec lui. Jacob Barber est innocent.*

– Ah oui, et qu'est-ce qu'ils disent d'autre ? fis-je.

– C'est vrai, il y a aussi quelques saloperies, mais en général c'est positif. À soixante-dix pour cent, je dirais.

– Soixante-dix pour cent de positif ?

– Par là.

– Tu suis ça de près ?

– C'est que d'aujourd'hui. Mais oui, bien sûr que j'ai lu tout ça. Tu peux vérifier, papa. Va sur Twitter et cherche « dièse Jacob Barber », sans espace.

Il me le nota sur sa serviette en papier : *#jacobbarber*.

– Je suis un sujet chaud, comme on dit ! Vous savez ce que

ça veut dire ? D'habitude c'est plutôt des gens comme Kobe Bryant ou Justin Timberlake.

– C'est, euh… super, Jacob !

J'adressai à sa mère un regard sceptique.

Ce n'était pas la première fois que notre fils faisait parler de lui sur Internet. Quelqu'un – probablement un camarade d'école – avait ouvert un site Web, JacobBarber.com, pour le soutenir. On y trouvait un forum où l'on pouvait clamer son innocence, lui souhaiter bonne chance ou disserter sur son caractère angélique. Les messages négatifs étaient supprimés. Il y avait aussi un groupe Facebook qui le soutenait. Sur le réseau, on s'accordait à le trouver un peu étrange, peut-être criminel et absolument séduisant, des qualificatifs qui n'étaient pas sans rapport entre eux. Il lui arrivait de recevoir des SMS d'inconnus sur son portable. Souvent malveillants, mais pas toujours. Certains en provenance de filles qui le trouvaient à leur goût ou lui faisaient des avances explicites. Selon lui, il y en avait deux de négatifs pour un de positif et il paraissait s'en satisfaire. Il se savait innocent, après tout. En tout cas, il n'avait pas l'intention de changer de numéro de portable.

– Tu devrais peut-être te calmer avec Facebook et le reste, Jacob, suggéra Laurie. Au moins jusqu'à ce que tout ça soit fini.

– Je lis juste, maman, j'écris jamais. Je suis un mateur, moi.

– Un mateur ? Ne dis pas ce mot. Fais-moi plaisir, arrête un peu Internet pendant un moment, d'accord ? Tu risques d'avoir des problèmes.

– Jacob, je crois que, ce que ta mère te dit, c'est que les prochaines semaines seront sûrement plus faciles à vivre si on fait bien attention à ne pas déraper. Alors peut-être qu'on devrait tous se boucher un peu les oreilles.

– Je vais rater mon quart d'heure de gloire, moi ! fit-il.

Il sourit, avec l'insouciance et l'entrain joyeux de la jeunesse.

Laurie eut l'air horrifié.

– Ce serait vraiment dommage, grommelai-je.

– Jacob, on peut espérer que tu auras ton quart d'heure de gloire pour autre chose.

Tout le monde se tut. Les couverts tintèrent dans les assiettes.

– J'aimerais bien qu'il arrête son moteur, celui-là, fit Laurie.

– Qui ça ?

– Lui, dit-elle en désignant la fenêtre de son couteau. Tu ne l'entends pas ? Il y a un type assis dans sa voiture avec le moteur qui tourne. Ça me donne mal à la tête. C'est comme les bourdonnements d'oreilles qui ne veulent pas s'en aller. Comment ça s'appelle déjà, quand on a les oreilles qui bourdonnent ?

– Des acouphènes, dis-je.

Elle parut sidérée.

– Les mots croisés, expliquai-je.

Je me levai pour aller regarder par la fenêtre, plus curieux qu'inquiet. C'était une grosse berline. Je ne parvins pas à identifier le modèle. Un mastodonte à quatre portes qui fleurait bon le crépuscule de l'automobile américaine, peut-être une Lincoln. Elle était garée en face, deux maisons plus bas, dans une zone d'ombre entre deux réverbères, et je n'arrivais pas à voir le conducteur, même pas sa silhouette. À l'intérieur, un point lumineux orange s'éclairait comme une étoile à chaque fois qu'il tirait sur sa cigarette. Puis le petit astre s'éteignait.

– Il attend sûrement quelqu'un.

– Alors qu'il attende avec le moteur coupé. Il n'a jamais entendu parler du réchauffement de la planète, celui-là ?

– C'est sûrement quelqu'un d'un certain âge.

Je voyais cela à la cigarette, au moteur qui tournait au ralenti, aux dimensions de porte-avion du véhicule : autant d'attributs de l'ancienne génération.

– C'est sûrement un journaliste, cet enculé ! lâcha Jacob.

– Jake !

– Excuse, maman.

– Laurie, si j'allais lui parler ? Lui dire d'arrêter son moteur.

– Non. On ne sait pas ce qu'il a en tête. Il n'a sûrement pas de bonnes intentions. Reste ici.

– Chérie, tu deviens parano.

Je n'utilisais jamais de mots comme *chérie*, *mon chou* ou *ma biche*, mais, là, la douceur semblait s'imposer.

– C'est sûrement un vieux qui s'en grille une en écoutant la radio. Si ça se trouve, il ne se rend même pas compte qu'il embête tout le monde avec son moteur.

Elle fronça les sourcils avec scepticisme.

– C'est toujours toi qui nous dis de faire profil bas, d'éviter les ennuis. Il cherche peut-être à te faire sortir, à te faire réagir. Peut-être qu'il essaie de t'appâter.

– Laurie, arrête. C'est juste une voiture.

– Juste une voiture ?

– Juste une voiture.

Mais ce n'était pas juste une voiture.

Vers 21 heures, je sortis les poubelles : un seau rond en plastique d'ordures ménagères et un conteneur vert, rectangulaire et malcommode, de recyclables. Ce dernier était d'une taille qui ne permettait pas de le porter aisément d'une seule main. Dès le milieu de l'allée, on avait des crampes dans les doigts et, pour apporter les deux sur le trottoir en un seul voyage, il fallait faire vite, en se dandinant comme un marcheur de compétition, pour arriver à la rue avant de tout renverser. Ce n'est qu'après avoir posé seau et conteneur côte à côte, bien comme il fallait, que la voiture attira de nouveau mon attention. Elle s'était déplacée. Cette fois, elle stationnait à quelques maisons de la nôtre, mais dans la direction opposée, toujours de l'autre côté de la rue. Le moteur était coupé. À l'intérieur, la luciole de la cigarette avait disparu. Le véhicule aurait tout aussi bien pu être vide. Impossible à dire dans le noir.

Je scrutai la nuit pour en distinguer des détails.

Le moteur se mit alors en marche, puis les phares. Il n'y avait pas de plaque d'immatriculation à l'avant.

Curieux, je m'approchai.

La voiture recula lentement, comme un animal flairant une menace, puis accéléra. Au premier croisement, elle opéra un savant et rapide demi-tour avant de s'éloigner. Je n'avais pas pu l'approcher à moins de vingt mètres. L'obscurité m'avait empêché de distinguer quoi que ce soit, même la couleur ou la marque. Il faut être imprudent pour se livrer à ce genre de manœuvre dans une aussi petite rue. Imprudent et adroit.

Plus tard, alors que Laurie était allée sagement se coucher, nous regardions Jon Stewart à la télévision, dans le séjour, avec Jacob. J'étais affalé en travers du canapé, la jambe droite sur les coussins et le bras droit passé par-dessus le dossier. Quand je sentis une démangeaison, la sourde impression d'être observé. Je relevai le store pour jeter à nouveau un œil dehors.

La voiture était de retour.

Je sortis par la porte de derrière et coupai à travers le jardin du voisin pour la prendre à revers. C'était une Lincoln Town Car immatriculée 75K S82. L'habitacle était plongé dans l'obscurité.

Je remontai lentement jusqu'à la portière du conducteur. Je me sentais prêt à taper au carreau, à ouvrir la porte, à sortir le type de la voiture, à le plaquer sur le trottoir et à lui demander de nous foutre la paix.

Mais la voiture était vide. Je jetai un bref regard circulaire en quête du propriétaire, d'un type avec une cigarette. Mais je m'étais fait des idées. La paranoïa de Laurie déteignait sur moi. C'était une voiture garée, rien d'autre. Sans doute le conducteur se trouvait-il dans une des maisons voisines en train de dormir du sommeil du juste, de baiser sa femme, de regarder la télé ou de faire toutes ces choses que font les gens normaux, toutes ces choses que nous faisions avant. Et, en fin de compte, qu'avais-je vraiment vu ?

Mais on n'est jamais trop prudent et j'appelai Paul Duffy.

– Maître ! me répondit-il avec son laconisme habituel, comme s'il était content de m'entendre, content mais pas surpris, même après des mois de silence, à 23 h 30, à la veille des exposés préliminaires.

– Duff, désolé de te déranger.

– Tu ne me déranges pas. Qu'est-ce qui se passe ?

– C'est sûrement rien, mais j'ai l'impression qu'on nous observe. Il y a un type qui est resté garé devant chez nous toute la soirée.

– Un homme ?

– Je ne suis pas sûr. Lui, je ne l'ai pas vu. Juste la voiture.

– Tu viens de dire « lui ».

– Je fais des suppositions.

– Qu'est-ce qu'il faisait ?

– C'était juste une voiture garée devant la maison avec le moteur qui tournait. Vers 18 heures, pendant le dîner. Ensuite, je l'ai revue vers 21 heures. Mais dès que j'ai commencé à m'approcher, elle a fait demi-tour et elle est partie.

– Tu as été menacé d'une façon ou d'une autre ?

– Non.

– Tu l'avais déjà vue, cette voiture ?

– Non, je ne crois pas.

Profonde inspiration dans l'écouteur.

– Andy, je peux te donner un conseil ?

– J'en aurais bien besoin, oui.

– Va te coucher. Demain, il y a une grosse journée qui t'attend. Tu as pas mal de pression sur les épaules.

– Donc, pour toi, c'est une voiture comme une autre.

– J'en ai bien l'impression.

– Tu accepterais de vérifier la plaque ? Par sécurité. Laurie se fait un sang d'encre. Ça la rassurerait.

– Ça resterait entre nous ?

– Bien sûr, Duff.

– OK, envoie.

– Donc véhicule du Massachusetts, immatriculé 75K S82. Une Lincoln Town Car.

– Parfait, ne quitte pas.

Il y eut un long silence pendant qu'il appelait. Je regardai Stephen Colbert, le son de la télé coupé.

Puis il revint.

– Le numéro correspond à une Honda Accord.

– Merde. C'est une plaque volée.

– Non. Elle n'a pas été signalée comme volée, du moins.

– Alors qu'est-ce qu'elle fait sur une Lincoln ?

– Elle a peut-être été simplement empruntée, au cas où le gars se fasse remarquer et qu'on signale la plaque aux flics. Il suffit d'un tournevis.

– Merde.

– Andy, il faut que tu appelles la police de Newton. Ça n'empêche, c'est peut-être rien, mais fais un signalement et dépose au moins une plainte.

– Je n'ai pas envie de faire ça maintenant. Le procès commence demain. Si je le fais, ça va fuiter dans la presse. Je ne peux pas me le permettre. L'important, en ce moment, c'est de donner l'apparence de gens normaux, stables. Je veux que le jury ait en face de lui une famille ordinaire, comme la leur. Parce qu'on est comme eux, voilà.

– Andy, si quelqu'un te menace…

– Non. Personne ne nous a menacés. Personne ne nous a rien fait, d'ailleurs. Tu le dis toi-même, ç'a l'air d'être une banale voiture garée.

– Oui, mais elle t'a assez intrigué pour que tu m'appelles.

– Peu importe. Je vais me débrouiller. Si le jury l'apprend, la moitié va se dire qu'on les mène en bateau. Ils vont penser qu'on a inventé ça pour se faire bien voir, pour essayer de passer pour des victimes dans cette affaire. Pas de coups d'éclat. Plus on passera pour des gens bizarres, louches, pas nets, à part, plus ils auront du mal à voter non coupable.

– Alors qu'est-ce que tu comptes faire ?

– Tu pourrais peut-être envoyer une voiture sans faire de rapport ? Juste une petite ronde pour lui foutre les jetons. Pour que je puisse dire à Laurie qu'il n'y a pas à s'en faire.

– Il vaut mieux que je m'en charge moi-même, sinon il faudra un rapport.

– C'est sympa de ta part. Je te revaudrai ça, je ne sais pas comment.

– Arrange-toi pour que ton môme s'en sorte, Andy.

– Tu es sérieux ?

Une pause.

– Je ne sais pas. Je ne la sens pas, cette affaire. C'est peut-être de te voir à la table de la défense avec Jacob. Je le connais quand même depuis qu'il est né…

– Paul, il n'a rien fait. Je peux te le garantir.

Il grommela, peu convaincu.

– Andy, qui irait surveiller ta maison ?

– La famille de la victime ? Un copain de Ben Rifkin ? Un taré qui a suivi l'affaire dans les journaux ? Ça peut être n'importe qui. Sinon, vous avez creusé la piste Patz ?

– Tu me demandes ça à moi ! Andy, je n'ai aucune idée de ce qui se passe là-bas. Ils m'ont collé dans une connerie d'unité de relations avec le public. Et ils parlent maintenant de m'envoyer faire le yo-yo sur l'autoroute pour les excès de vitesse.

On m'a dégagé du dossier dès que Jacob a été mis en examen. Je m'attendais un peu à ce qu'on enquête sur moi, au cas où j'aurais essayé de te couvrir. Donc, tu vois, je n'en sais pas beaucoup plus. Mais dès l'instant où ils ont inculpé quelqu'un, il n'y a plus eu de raison de continuer à pister Patz. La cause était entendue.

Nous méditâmes là-dessus en silence un instant.

– Bon, fit-il, je vais passer. Dis à Laurie que tout va bien.

– Je lui ai déjà dit. Elle ne me croit pas.

– Elle ne me croira pas non plus. Peu importe. Va te reposer, toi aussi. Vous n'allez pas tenir, à ce rythme-là. On n'est que le premier jour.

Je le remerciai et montai rejoindre Laurie dans le lit.

Elle me tournait le dos, enroulée sur elle-même comme un chat.

– C'était qui ? murmura-t-elle dans son oreiller.

– Paul.

– Qu'est-ce qu'il a dit ?

– Que c'était sûrement une voiture comme les autres. Tout va bien.

Elle émit un grognement.

– Il a dit que tu ne le croirais pas.

– Il a raison.

# 27

# Préliminaires

À quoi pensait Neal Logiudice lorsqu'il se leva pour présenter son exposé préliminaire au jury ? Il avait une conscience aiguë des deux caméras automatiques braquées sur lui. On le vit bien à sa façon de fermer méticuleusement les deux premiers boutons de sa veste. Il s'agissait visiblement d'un autre costume neuf, différent de celui de la veille, mais dans le même style, avec les trois boutons dictés par la mode (ces folles dépenses étaient une erreur : il ne pouvait s'empêcher de faire le paon dans ses nouvelles tenues). Il devait se voir en héros. Ambitieux, évidemment, mais puisque ses objectifs rejoignaient ceux du public – ce qui était bon pour Neal l'était pour tous, sauf pour Jacob bien sûr –, il n'y avait pas de mal à cela. Me voir à la table de la défense – destitué, déplacé – avait dû aussi lui paraître dans l'ordre des choses. Je ne veux pas dire que, ce jour-là, Logiudice avait en tête un quelconque désir de vengeance œdipienne. En tout cas, il n'en laissa rien paraître. Car, tandis qu'il ajustait sa veste neuve et s'immobilisait un instant face au jury – aux deux jurys, devrais-je dire, celui du tribunal et celui assis de l'autre côté des caméras de télévision –, je ne vis qu'un jeune homme vaniteux. Je ne parvenais pas à le détester, ni même à lui reprocher cette légère autosatisfaction. Diplômé, adulte, il se sentait enfin homme. Nous avons tous éprouvé ces sentiments-là un jour ou l'autre. Œdipe ou pas, c'est un plaisir, après tant d'années, de prendre la place de son père, et c'est un plaisir parfaitement innocent. D'ailleurs, pourquoi en vouloir à Œdipe ? Il n'a été qu'une victime. Ce pauvre

Œdipe n'a jamais eu l'intention de faire de mal à qui que ce soit.

Logiudice adressa un signe de tête au juge (*Montre au jury que tu es respectueux…*) et lança au passage un regard sombre et torve à Jacob (*… et que tu n'as pas peur de l'accusé car si, toi, tu n'as pas le courage de le regarder dans les yeux et de voter coupable, comment veux-tu que le jury l'ait ?*). Puis il vint se placer juste devant les jurés, l'extrémité de ses doigts posée sur la lice du box (*Réduis l'espace entre vous ; fais-leur comprendre que tu es l'un des leurs*).

– Un adolescent, commença-t-il, a été retrouvé mort. Dans ce bois que l'on nomme Cold Spring Park. Par un début de matinée de printemps. Un garçon de quatorze ans frappé de trois coups de couteau alignés en travers de la poitrine et jeté au bas d'un talus luisant de boue et de feuilles humides, abandonné à son triste sort, face contre terre, à moins de quatre cents mètres du collège où il se rendait, à quatre cents mètres du domicile qu'il venait de quitter quelques minutes plus tôt.

Ses yeux parcoururent le banc des jurés.

– Et tout cela – la décision de commettre cet acte, le choix de… supprimer une vie, d'ôter la vie à ce garçon – ne prend qu'une seconde.

Il laissa la phrase en suspens.

– Une fraction de seconde et… (il fit claquer ses doigts) … clac ! Il ne faut qu'une seconde pour perdre la tête. Et il ne faut pas plus d'une seconde, d'un instant, pour concevoir l'intention de tuer. Dans ce prétoire, elle porte le nom de préméditation. C'est la décision consciente de donner la mort, qu'elle ait mûri longuement ou non, qu'elle ait séjourné longuement ou non dans la tête du meurtrier. Un homicide avec préméditation, ce peut être… aussi simple… que cela…

Il se mit à longer le box des jurés en prenant le temps de regarder chacun d'eux dans les yeux.

– Penchons-nous un instant sur l'accusé. Voilà un garçon qui a tout : une famille unie, de bonnes notes à l'école, une belle maison dans une banlieue aisée. Il a tout, plus que la moyenne en tout cas, bien plus. Mais l'accusé a autre chose encore : un tempérament électrique. Et il a suffi qu'on le pousse – sans excès, qu'on l'embête seulement, qu'on le cherche seulement, comme cela se passe tous les jours dans toutes les écoles de ce pays –, qu'on aille un peu trop loin avec lui pour qu'il soit à bout, pour qu'il… disjoncte.

*Il faut que tu fasses au jury le « récit de l'affaire », que tu lui racontes l'enchaînement qui a conduit à l'acte final. Les faits ne suffisent pas : il faut les enrober d'une histoire. Les jurés doivent pouvoir répondre à cette question : « En quoi consiste cette affaire ? » Réponds-y pour eux et tu as gagné. Ramène le dossier à une seule phrase, à un thème, voire à un simple mot. Et enfonce-leur cette phrase dans la tête. Fais en sorte qu'ils l'emportent avec eux dans la salle des jurés afin que, lorsqu'ils ouvriront la bouche pour délibérer, ce soient tes mots qui en sortent.*

– L'accusé a disjoncté.

Ses doigts claquèrent de nouveau.

Il s'approcha de la table de la défense, trop près, exprès pour nous manquer de respect en empiétant sur notre espace. Il pointa son doigt sur Jacob qui baissa les yeux pour l'éviter. Logiudice débloquait à pleins tubes, mais avec une technique époustouflante.

– Mais ce jeune homme comme il faut d'une banlieue comme il faut n'était pas comme les autres. Et ce jeune homme au caractère un peu vif n'était pas comme les autres. Car l'accusé possédait autre chose qui en faisait un être à part.

L'index de Logiudice glissa de Jacob vers moi.

– Il avait un père qui était procureur adjoint. Et pas un procureur adjoint comme les autres, lui non plus. Non, le père de l'accusé, Andrew Barber, était le premier d'entre eux, leur chef, dans le bureau où je travaille moi-même, ici, dans cet édifice.

À cet instant, j'aurais pu, en tendant le bras, attraper son putain de doigt et l'arracher de sa main pâle semée de taches de rousseur. Je plantai mon regard dans le sien, le visage vide d'émotion.

– Cet accusé…

Il ramena son doigt vers lui, le porta au-dessus de son épaule comme pour prendre le vent, puis l'agita en l'air tout en revenant vers le banc du jury.

– Cet accusé…

*N'appelle pas l'accusé par son nom. Contente-toi de dire « l'accusé ». Le nom l'humanise, incite le jury à le voir comme une personne digne d'empathie, voire de pitié.*

– Cet accusé n'est pas un ignare. Loin de là. Pendant des années, il a vu son père instruire tous les homicides majeurs commis dans ce comté. Il a écouté les discussions à la table du dîner, entendu les conversations au téléphone, le jargon du métier. Il a grandi dans une maison où le meurtre était une spécialité familiale.

Jonathan fit tomber son stylo sur son bloc et poussa un soupir d'exaspération proche du sifflement tout en secouant la tête. L'idée que, chez nous, « le meurtre était une spécialité familiale » était terriblement proche de l'argument que Logiudice avait eu interdiction d'avancer. Mais Jonathan ne fit pas d'objection. Il ne fallait pas donner l'impression de gêner l'accusation par des interventions techniques, formalistes. Sa ligne de défense n'aurait rien de technique : Jacob n'était pas coupable. Jonathan entendait ne pas brouiller ce message.

Je comprenais tout cela. Et pourtant j'étais furieux que des élucubrations aussi indignes ne soient pas contredites.

Le juge lança un regard à Logiudice.

– Du moins, les *procès* pour meurtre étaient la spécialité familiale. La spécialité qui consiste à démontrer la culpabilité d'un meurtrier – ce que nous faisons ici et maintenant –, voilà un domaine où l'accusé s'y entendait, et pas pour s'y être initié devant la télévision. De sorte que, lorsqu'il a basculé – lorsque est venu le moment, celui de l'ultime et mortelle provocation, et qu'il s'en est pris à l'un de ses propres camarades de classe avec un couteau de chasse –, il avait déjà préparé le terrain, au cas où. Et quand tout fut terminé, il a effacé ses traces en expert. Car, en un certain sens, c'était un expert.

« Seul problème, les experts aussi commettent des erreurs. Et, au cours des prochains jours, nous allons exhumer les traces qui nous ramènent à lui. Et à lui seul. Et quand vous aurez eu sous les yeux toutes les preuves, vous saurez, hors de tout doute raisonnable, hors de tout doute tout court, que cet accusé est coupable.

Une pause.

– Mais pourquoi, vous demandez-vous, pourquoi aurait-il été tuer un garçon de sa classe de quatrième ? Pourquoi un enfant ferait-il cela à un autre enfant ?

Il eut un mouvement complexe, une élévation des sourcils conjuguée à un grand haussement d'épaules.

– Si je ne m'abuse, tout le monde ici est allé à l'école.

Ses lèvres retroussées esquissaient déjà un sourire en coin, un sourire de conspirateur. *Lâchons-nous tous ensemble et rigolons un bon coup en pleine audience.*

– Tout le monde y est allé, bien sûr, certains plus récemment que d'autres.

Il eut une mimique faussement contrite à laquelle les jurés, à ma stupéfaction, répondirent par de petits sourires entendus.

– Eh oui, tout le monde y est allé. Et tout le monde sait comment peuvent être les enfants. Soyons clairs : l'école, ce n'est pas toujours facile. Les enfants sont parfois méchants. On provoque, on chahute, on se moque. Vous allez entendre des témoins expliquer que la victime dans cette affaire, un garçon de quatorze ans nommé Ben Rifkin, importunait l'accusé. Rien de spécialement choquant, pas de quoi en faire une histoire pour la plupart des enfants. Allez faire un tour en voiture en sortant d'ici et c'est ce que vous trouverez dans n'importe quelle cour de récréation de n'importe quelle commune.

« Qu'on me comprenne bien : il est inutile de faire de Ben Rifkin, la victime de cette affaire, un saint. Vous allez entendre sur lui des choses qui ne sont pas forcément à son avantage. Mais je veux que vous vous souveniez de ceci : Ben Rifkin était un garçon comme les autres. Il n'était pas parfait. C'était un enfant comme il y en a tant, avec tous les défauts et les contradictions d'un adolescent ordinaire. À quatorze ans – quatorze ! –, il avait toute la vie devant lui. Un saint, certes non. Mais qui, parmi nous, accepterait d'être jugé sur les quatorze premières années de sa vie ? Qui, parmi nous, avait atteint sa maturité… sa… sa plénitude à quatorze ans ?

« Ben Rifkin était tout ce que l'accusé aurait voulu être : beau, sympathique, populaire. L'accusé, à l'inverse, était un marginal au sein de sa propre classe : silencieux, solitaire, sensible, bizarre. C'était un exclu.

« Mais Ben a commis une erreur fatale en s'en prenant à ce garçon à part. Il ne savait rien de ce caractère, il ne savait pas que l'accusé possédait, enfouis, la capacité et même le désir de tuer.

– Objection !

– Objection retenue. Le jury ne tiendra pas compte de la remarque sur le désir de l'accusé, qui relève de la pure spéculation.

Logiudice ne détourna pas le regard du jury. Minéral, il éluda l'objection, fit celui qui ne l'avait même pas entendue. *Le juge et la défense cherchent à vous dissimuler la vérité, mais, nous, nous la connaissons.*

– L'accusé a fourbi ses armes. Il a acheté un couteau. Et pas un canif, pas un couteau de poche, pas un couteau suisse. Mais un couteau de chasse, un couteau conçu pour tuer. Le meilleur ami de l'accusé viendra vous en parler, il l'a vu dans la main de l'accusé, il a entendu l'accusé déclarer qu'il comptait en faire usage contre Ben Rifkin.

« Vous apprendrez que l'accusé avait pensé à tout ; il avait planifié le meurtre. Il l'a même décrit quelques semaines plus tard dans une nouvelle qu'il a rédigée, n'hésitant pas à la poster sur Internet – une nouvelle où il explique comment ce meurtre a été imaginé, préparé en détail et exécuté. Alors, l'accusé va sans doute tenter de trouver des justifications à ce récit, qui livre une description détaillée du meurtre de Ben Rifkin et notamment des détails connus du seul meurtrier. Il risque de nous dire : "Ce n'étaient que des fantasmes." Ce à quoi je répondrais, comme vous aussi sans doute : "Mais quel enfant faut-il être pour fantasmer sur le meurtre d'un camarade ?"

Il reprit ses déplacements en laissant sa question en suspens.

– Voici ce que nous savons : lorsque l'accusé quitte son domicile en direction de Cold Spring Park en ce matin du 12 avril 2007, au moment où il pénètre dans le bois, il a, en poche, un couteau et, en tête, une idée. Il est prêt. Dès lors, il ne manque que l'élément déclencheur, l'étincelle qui va le faire… disjoncter. Cet élément, quel est-il ? Qu'est-ce qui va faire d'un fantasme de meurtre une réalité ?

Il marqua une pause. C'était la question centrale à laquelle il fallait répondre, l'énigme que Logiudice avait à résoudre : qu'est-ce qui fait qu'un garçon normal, sans antécédents violents, bascule tout à coup dans une telle brutalité ? Dans chaque affaire, le mobile a son rôle à jouer, pas juridiquement, mais dans l'esprit de chacun des jurés. Ce qui explique que les crimes sans mobile (ou sans mobile clair) soient si difficiles à appréhender. Les jurés veulent savoir ce qui s'est passé ; ils veulent connaître le pourquoi. Ils exigent une réponse logique. Logiudice semblait ne pas en avoir. Il ne pouvait avancer que des scénarios, des hypothèses, des probabilités, des « gènes du meurtre ».

– On ne le saura peut-être jamais, reconnut-il en faisant de son mieux pour passer sous silence la lacune béante de son argumentation, l'étrangeté même du crime, son absence apparente d'explication.

« Ben l'insulte-t-il ? Le traite-t-il de *pédé* ou de *fiotte* comme il l'a déjà fait ? De *geek* ou de *bolos* ? Va-t-il le pousser, le menacer, l'importuner d'une façon ou d'une autre ? C'est probable.

Je secouai la tête. *C'est probable ?*

– Peu importe ce qui fait agir l'accusé, lorsqu'il rencontre Ben Rifkin en ce matin fatal du 12 avril 2007, vers 8 h 30, dans Cold Spring Park – où il sait trouver Ben car, depuis des années, ils traversent ce bois ensemble pour aller au collège –, il choisit de mettre son plan à exécution. Il poignarde Ben à trois reprises. Il plante son couteau dans sa poitrine… (ce que Logiudice illustra par trois coups d'estoc du bras droit)… *un, deux, trois.* Trois plaies nettes, équidistantes, sur une ligne qui traverse la poitrine. Leur disposition même traduit la préméditation, la froideur, la maîtrise de soi.

Logiudice s'interrompit, un peu hésitant cette fois.

Les jurés semblaient dubitatifs, eux aussi. Ils le regardaient d'un air inquiet. Entamé tambour battant, son exposé avait achoppé sur la question capitale du *pourquoi.* Logiudice paraissait vouloir jouer sur deux tableaux : un moment, il laissait entendre que Jacob avait disjoncté, perdu les pédales et assassiné son camarade de classe dans un brusque accès de rage ; l'instant d'après, il considérait que Jacob avait planifié son geste depuis des semaines, posément réfléchi à chaque détail, mis à profit les connaissances techniques du fils de procureur qu'il était, puis attendu son heure. Le problème, évidemment, c'était que Logiudice lui-même n'avait pas trouvé de vraie réponse à la question du mobile et, pourtant, ce n'était pas faute d'avoir envisagé des scénarios. En fin de compte, le meurtre de Ben Rifkin ne répondait à aucune logique. Même à ce moment-là, après des mois d'enquête, nous nous demandions encore : *Pourquoi ?* J'étais sûr que le jury percevrait l'embarras de Logiudice.

– Une fois son geste accompli, l'accusé se débarrasse du couteau. Et il va en cours. Il fait mine de ne rien savoir, même quand le collège est mis en confinement et que la police fait le forcing pour trouver le coupable. Il garde son calme. Sauf que, fort de son long apprentissage, l'accusé aurait dû savoir, lui le fils de procureur, qu'un meurtre laisse toujours des traces. Le meurtre propre n'existe pas. Un meurtre, c'est du chaos, du sang, de la saleté. Le sang, ça gicle, ça éclabousse. Dans le feu de l'action, on commet des erreurs.

« L'accusé laisse une empreinte digitale sur le sweat-shirt de la victime, avec le sang de cette même victime – une empreinte qui ne peut être qu'immédiatement consécutive à ce meurtre. C'est alors que les mensonges commencent à s'accumuler. Quand cette empreinte est enfin identifiée, des semaines après les faits, l'accusé change de version. Après avoir nié des semaines durant savoir quoi que ce soit, il affirme avoir été présent sur les lieux, mais *après* le meurtre.

Regard sceptique.

– Un mobile : la rancœur, celle d'un élève marginalisé, envers un camarade de classe qui le brimait.

« Une arme : le couteau.

« Un plan : il est détaillé dans la description écrite que l'accusé en personne a faite du meurtre.

« La preuve matérielle : l'empreinte digitale laissée sur le corps de la victime, avec le propre sang de la victime.

« Mesdames et messieurs, les faits sont accablants et les indices abondent. Ils ne laissent nulle place au doute. Lorsque ce procès arrivera à son terme et que j'aurai apporté la preuve de tout ce que je viens de vous exposer, je me présenterai à nouveau devant vous, cette fois pour vous demander d'accomplir votre tâche, de dire l'évidente vérité, de tirer la seule conclusion possible : coupable. Ce mot, *coupable*, sera difficile à prononcer, je vous le promets. Car il est difficile de juger son semblable. Toute notre vie, on nous a appris à ne pas le faire. « Tu ne jugeras point », nous dit la Bible. Cela nous est d'autant plus difficile que l'accusé est un enfant. Nous croyons ardemment à l'innocence de nos enfants. Nous voulons y croire ; nous voulons que nos enfants soient innocents. Mais celui-ci ne l'est pas. Non. Face à toutes les charges qui pèsent sur lui, vous saurez au plus profond de votre cœur qu'il n'existe dans cette affaire qu'un seul verdict juste : coupable. *Verdict*, du latin « dire vrai ». Je ne vous demanderai pas autre chose que de dire la vérité : coupable. Coupable. Coupable. Coupable. Coupable.

Il leur adressa un regard décidé, droit, implorant.

– Coupable, dit-il encore.

Il salua de la tête, l'air accablé, puis regagna sa chaise sur laquelle il s'affaissa, comme vidé, ou perdu dans ses pensées, ou ému par la mort de Ben Rifkin.

Derrière moi, une femme gémissait dans le public. On entendit un bruit de pas, puis celui de la porte battante lorsqu'elle quitta la salle en hâte. Je n'osai pas me retourner pour la regarder.

L'exposé de Logiudice m'avait fait forte impression. C'était de loin le meilleur que je lui avais entendu prononcer. Sans être pourtant le coup décisif dont il aurait eu besoin. Le doute était encore permis. *Pourquoi avait-il fait ça ?* Les jurés ne pouvaient qu'avoir repéré cette faille dans son raisonnement, grosse comme un trou au milieu d'un donut. C'était un vrai problème pour l'accusation car, dans un procès, il n'est pas de moment plus favorable à l'argumentaire du ministère public que l'exposé préliminaire, lorsque l'histoire est encore fraîche, vierge de contradictions, que les faits n'ont pas encore été écornés par la réalité des audiences, par les témoins à décharge bredouillants, par les témoins à charge compétents, par le contre-interrogatoire et tout le reste. J'avais le sentiment qu'il nous avait laissé une ouverture.

– La défense ? fit le juge.

Jonathan se leva. Ce qui me frappa à cet instant – et ce qui me frappe encore aujourd'hui quand je le vois –, c'est qu'en dépit de sa soixantaine grisonnante, il faisait partie des hommes qu'on imagine aisément enfants : perpétuellement décoiffé, la veste déboutonnée, la cravate et le col toujours un peu de travers, comme si tout cet accoutrement était un uniforme d'écolier qu'il ne revêtait que sous la contrainte d'un règlement. Face au banc des jurés, il se gratta la nuque, et son visage se teinta de perplexité à mesure qu'il faisait mentalement le point. Car, connu pour ne rien préparer, il lui fallait un moment pour mettre de l'ordre dans ses idées. Après le long exposé de Logiudice, qui avait quand même trouvé le moyen de paraître en même temps préparé et confus, la spontanéité ébouriffée de Jonathan fit l'effet d'une bouffée d'air frais. Certes, j'admire Jonathan et je l'estime aussi, et j'avais peut-être tendance à charger la balance de son côté, mais il me sembla, avant même qu'il ait ouvert la bouche, qu'il était le plus sympathique des deux, ce qui n'était pas anodin. Par rapport à Logiudice, incapable semblait-il de prendre la moindre respiration sans se demander comment elle serait perçue, Jonathan n'était que naturel et aisance. À le voir déambuler dans la salle d'audience, avachi dans son costume miteux, distrait par ses propres pensées, on l'aurait cru chez lui, en train de manger en pyjama au-dessus de l'évier de sa cuisine.

– Voyez-vous, commença-t-il, je suis en train de penser à une chose qu'a dite l'avocat général…

Il promena son bras derrière lui plus ou moins en direction de Logiudice.

– La mort d'un jeune homme comme Ben Rifkin est terrible. Même au regard de tous les crimes, de tous les meurtres, de toutes les atrocités qui nous sont rapportés ici, elle reste une tragédie. Ce n'était qu'un enfant. Et de toutes les années que cet enfant avait devant lui, de tous les destins qui l'attendaient – grand médecin, artiste de renom, dirigeant éclairé –, il ne reste plus rien. Plus rien.

« Devant une tragédie de cette ampleur, on a envie d'agir, on a envie de réparer. On a envie que justice soit faite. Peut-être la colère est-elle en vous ; vous voulez que quelqu'un paie.

Ce sont des sentiments que nous partageons, nous qui ne sommes que des humains.

« Mais Jacob Barber est innocent. Je vais le répéter pour qu'il n'y ait pas de malentendu : Jacob Barber est totalement innocent. Il n'a rien fait, du tout, il n'est pour rien dans ce meurtre. On l'accuse à tort.

« L'argumentation que vous venez d'entendre ne débouche sur rien. Il suffit de gratter la surface, d'aller y voir d'un peu plus près, de comprendre ce qui s'est vraiment passé, et la version du ministère public part en fumée. Cette empreinte digitale, par exemple, sur laquelle l'avocat général s'est montré si bavard. Pour que vous sachiez comment cette empreinte est arrivée là, je vais vous révéler ce que Jacob a indiqué spontanément au policier venu l'arrêter. Il a trouvé son camarade de classe allongé par terre, blessé, et il a fait que ce que n'importe qui aurait fait : il a essayé de l'aider. Il a retourné Ben pour voir ce qui lui était arrivé, pour voir comment il allait, pour l'aider. Et en constatant que Ben était mort, il a eu exactement la réaction que beaucoup d'entre nous aurions eue : il a pris peur. Il ne voulait pas être mêlé à cela. Il craignait, en disant avoir vu le corps, *a fortiori* en l'ayant touché, de devenir suspect, d'être accusé d'un acte auquel il était étranger. Était-ce la bonne réaction ? Bien sûr que non. Aurait-il préféré se montrer plus courageux et avouer la vérité tout de suite ? Bien sûr que oui. Mais c'est un enfant, un être humain, et il a commis une erreur. Cela ne va pas plus loin.

« Ne laissez pas…

Il s'arrêta et baissa les yeux pour mûrir la phrase suivante :

– Ne laissez pas le sort frapper deux fois. Un jeune garçon est mort. Ne détruisez pas un autre innocent en croyant réparer cette perte. Ne faites pas de cette affaire une seconde tragédie. Une seule, c'est déjà trop.

Le premier témoin fut Paula Giannetto, la joggeuse qui avait découvert le corps. Le nom de cette femme ne me disait rien, mais je la reconnus pour l'avoir croisée en ville, peut-être au marché, au Starbucks ou au pressing. Newton n'est pas une petite ville, mais elle est divisée en plusieurs « villages » et, dans ces quartiers, on retrouve sans cesse les mêmes visages. Bizarrement, je ne me souvenais pas l'avoir vue courir dans Cold Spring Park alors qu'apparemment nous nous y trouvions souvent tous les deux vers l'heure du meurtre.

Logiudice la guida tout au long de sa déposition, laquelle traîna en longueur. Consciencieux à l'excès, il entendit lui soutirer la moindre parcelle d'information et de pathos en sa possession. D'ordinaire, le procureur subit une étonnante transformation à l'arrivée du premier témoin : après avoir occupé le centre de la scène pour son exposé préliminaire, il s'éloigne des feux de la rampe. L'attention se porte sur le témoin et la loi impose au procureur une quasi-passivité dans son interrogatoire. Il pilote le témoin ou le relance par des questions neutres comme : « Que s'est-il passé ensuite ? » ou : « Qu'avez-vous vu alors ? » Mais, avec Paula Giannetto, Logiudice se montra intraitable sur les détails, l'interrompant sans cesse pour éclaircir tel ou tel point. Jonathan n'y fit aucune objection, puisque rien dans ce témoignage ne reliait Jacob au meurtre, même de loin. Mais, là encore, je sentis Logiudice perdre pied, non par suite d'une grosse bourde stratégique, mais petit à petit, par mille petites maladresses. (Me faisais-je des illusions ? Peut-être. Je ne prétends pas être objectif.) Giannetto passa près d'une heure à la barre à raconter son histoire, qu'elle maintint presque inchangée par rapport à la première version, donnée le jour du meurtre.

C'était par une matinée de printemps, fraîche et humide. Giannetto courait sur le sentier, dans un secteur vallonné du parc, lorsqu'elle avait aperçu ce qui lui avait semblé être un jeune homme. Il était couché, face contre terre, sur un talus tapissé de feuilles qui descendait jusqu'à une petite mare recouverte d'algues. L'adolescent était vêtu d'un jean, de tennis et d'un sweat-shirt. Son sac à dos avait dévalé la pente jusqu'à lui. Giannetto courait seule et n'avait vu personne d'autre près du corps. Elle avait doublé un couple de joggeurs et des enfants qui allaient à l'école (le parc était très emprunté pour aller au collège McCormick, sur lequel il débouchait), mais n'avait remarqué personne près du corps. Elle n'avait rien entendu non plus, ni cris ni bruits de lutte, puisqu'elle écoutait de la musique sur un iPod dont l'étui était sanglé à son bras. Elle pouvait même donner le titre du morceau qui passait au moment où elle avait découvert le corps : *This Is the Day* d'un groupe nommé The The.

Giannetto s'était arrêtée, avait retiré ses écouteurs et, depuis le sentier, avait regardé le jeune homme en contrebas. Distante de lui de quelques dizaines de centimètres seulement, elle avait devant les yeux les semelles de ses chaussures et son corps raccourci par la perspective. Elle avait demandé : « Ça ne va pas ? Vous avez besoin d'aide ? » N'obtenant pas de réponse, elle était allée voir, en descendant de profil et avec précaution pour ne pas glisser sur les feuilles. Étant mère elle-même, expliqua-t-elle, il lui aurait semblé inconcevable de ne pas aller jeter un coup d'œil sur ce garçon, comme elle pensait qu'on le ferait pour les siens. Elle se disait qu'il avait perdu connaissance, peut-être suite à un malaise ou à une allergie, peut-être même à cause de stupéfiants ou pour une raison inconnue. Elle s'était donc agenouillée à ses côtés et l'avait secoué par une épaule, puis par les deux, avant de le retourner en le saisissant là encore aux épaules.

C'était alors qu'elle avait vu le sang qui maculait le devant de son vêtement, qui avait rougi les feuilles sous lui et alentour, ce sang encore humide et luisant qui s'écoulait des trois perforations de sa poitrine. La peau du jeune homme était grise, précisa-t-elle, mais son visage était tacheté de rose. Elle se rappelait vaguement que cette peau était froide, bien qu'elle n'eût pas le souvenir précis de l'avoir touchée. Le corps lui avait peut-être glissé entre les mains et la peau lui aurait effleuré les doigts au passage. La tête était nettement rejetée en arrière, et la bouche grande ouverte.

Il lui avait fallu un moment pour admettre cette idée irréelle que ce garçon qu'elle avait pris dans ses bras était mort. Elle avait laissé retomber le corps, qu'elle tenait par les épaules. Elle avait crié, s'était éloignée en glissant sur les fesses, avant de se retourner et de réussir tant bien que mal à remonter le talus, à quatre pattes sur les feuilles, jusqu'au sentier.

Pendant un moment, dit-elle, il ne s'était rien passé. Elle était restée là, seule dans ce bois, le regard fixé sur le corps. Elle entendait faiblement la musique qui passait encore dans ses écouteurs, toujours *This Is the Day*. Le tout n'avait pas excédé les trois minutes que prend l'écoute d'une chanson.

Il fallut un temps ridiculement long pour arriver au bout de ce récit pourtant simple. Après un interrogatoire principal aussi interminable, le contre-interrogatoire de Jonathan fut d'une brièveté presque comique.

– À aucun moment vous n'avez vu l'accusé, Jacob Barber, dans le parc ce matin-là, n'est-ce pas ?

– Non.

– Pas d'autre question.

Avec le témoin suivant, Logiudice commit un faux pas. Non, plus que ça, un dérapage. Il interrogeait l'inspecteur de la police de Newton qui avait dirigé l'enquête au niveau local. C'était un témoin standard, bien dans la norme. Au début, Logiudice se devait de faire défiler quelques témoins dont la fonction était d'attester les faits majeurs et le déroulement de cette première journée, celle où le meurtre avait été découvert. Le flic arrivé le premier sur les lieux est souvent convoqué pour témoigner de l'état de la scène du crime et de ce moment capital qu'est le démarrage d'une enquête, avant que le dossier soit vu – et repris – par la CPAC, l'unité de police de l'État. C'était donc un témoin que Logiudice se devait de citer. En cela, il se conformait aux usages. J'aurais fait la même chose. Le hic, c'est qu'il ne le connaissait pas aussi bien que moi.

Son diplôme en poche, le lieutenant Nils Peterson avait été affecté à Newton quelques années seulement avant mon arrivée au parquet. En d'autres termes, je connaissais Nils depuis 1984 – Neal Logiudice était alors au lycée, aux prises avec un programme chargé de cours d'approfondissement, de répétitions d'orchestre et de masturbation effrénée (simples suppositions car, pour l'orchestre, je ne suis pas sûr). Nils avait été beau garçon, plus jeune. Il avait les cheveux couleur sable, ce que laissait prévoir son prénom. À l'aube de la cinquantaine, ils avaient foncé, son dos s'était un peu voûté et sa taille s'était épaissie. Mais, avec sa voix douce, il avait une prestance avenante à la barre, aux antipodes de l'arrogance caustique qui émanait de certains flics. Les jurés étaient en pâmoison devant lui.

Logiudice lui fit passer en revue les principaux faits. La position du corps, allongé sur le dos, visage vers le ciel, après avoir été retourné par la joggeuse qui l'avait découvert. La disposition des trois coups de couteau. L'absence de mobile clair et de suspects, de signes de lutte et de blessures défensives, ce qui laissait penser à une attaque soudaine ou par surprise. Des photos du corps et de la zone environnante furent produites comme preuves. Dès les premiers moments de l'enquête, le parc avait été bouclé et fouillé, sans résultat. Plusieurs empreintes de pieds avaient été relevées, mais aucune à proximité immédiate du corps et aucune qui ait pu être attribuée à un suspect. Et puis ce parc était public ; si on se mettait à chercher des empreintes, on en trouverait sans doute des milliers.

Quand survint ceci.

– La procédure habituelle veut-elle qu'une enquête sur homicide soit immédiatement confiée à un procureur adjoint ? demanda Logiudice.

– Oui.

– À quel procureur adjoint cette affaire a-t-elle été confiée ce jour-là ?

– Objection !

– Je demande un aparté, intervint le juge French.

Logiudice et Jonathan rejoignirent l'arrière de l'estrade du juge pour un conciliabule. Debout, selon son habitude, le juge French les toisait de toute sa hauteur. La plupart de ses confrères faisaient rouler leur fauteuil jusqu'au bord ou se penchaient par-dessus la lice pour mieux converser à voix basse. Pas Burt French.

Ce colloque se déroula à l'abri des oreilles des jurés et des miennes. Les paragraphes qui vont suivre ont été copiés-collés à partir de la transcription du procès.

Le juge : Où voulez-vous en venir ?

Logiudice : Monsieur le juge, le jury est en droit de savoir que la personne à qui ont été confiées les premières étapes de l'enquête était le propre père de l'accusé, surtout si la défense entend dénoncer des irrégularités, comme je la soupçonne de vouloir le faire.

Le juge : Maître ?

Jonathan : Notre objection est double. D'abord, la question est dénuée de toute pertinence. C'est de la culpabilité par association. Même à supposer que le père de l'accusé n'eût pas dû être saisi de l'affaire et ait commis des erreurs de procédure – et, dans les deux cas, je ne dis pas que ce soit vrai –, on ne peut en tirer aucune conclusion quant à l'accusé lui-même. Sauf si M. Logiudice insinue que le fils a participé avec son père à une conspiration pour dissimuler des indices, il est hors de question de lier la culpabilité ou l'innocence du fils à des éléments défavorables au père. Si M. Logiudice veut inculper le père pour entrave à la justice ou autre, qu'il le fasse et nous nous retrouverons ici pour un nouveau procès. Mais ce n'est pas l'affaire qui nous occupe aujourd'hui.

Notre seconde objection, c'est que la question cause un tort indu. C'est de la culpabilité par insinuation. Le procureur essaie de mettre dans la tête du jury que le père savait forcément que son fils était impliqué dans cette affaire et que, donc, il a forcément magouillé le dossier. Mais rien ne prouve ni que le père suspectait son fils – ce qui n'était sans doute pas le cas –, ni qu'il ait commis des irrégularités dans la conduite de l'enquête. Regardons les choses en face : le procureur cherche à balancer une bombe puante dans la salle d'audience pour détourner le jury du fait qu'il n'existe pour ainsi dire aucune preuve directe à l'encontre de l'accusé. C'est…

Le juge : Très bien, très bien, j'ai compris.

Logiudice : Monsieur le juge, l'importance de cet élément, c'est aux jurés de l'apprécier. Mais ils ont le droit de savoir. La défense ne peut pas dire une chose et son contraire : elle ne peut pas considérer que les flics ont fait n'importe quoi et ensuite passer opportunément sous silence le fait que leur chef était le propre père de l'accusé.

Le juge : Je vais autoriser la question. Mais, monsieur Logiudice, je vous préviens, si ce procès dévie vers une discussion sur les erreurs, intentionnelles ou non, du père, je clos les débats. La défense a raison sur ce point : ce n'est pas l'affaire que nous sommes venus juger ici. Si vous voulez mettre le père en examen, faites-le.

La transcription ne garde pas trace de la réaction de Logiudice, mais je m'en souviens bien : son regard a traversé la salle pour venir se poser directement sur moi.

Revenant au petit lutrin placé près du banc des jurés, il fit face à Nils Peterson et reprit son interrogatoire.

– Inspecteur, je répète la question. À quel procureur adjoint cette affaire a-t-elle été confiée ce jour-là ?

– Andrew Barber.

– Voyez-vous Andrew Barber dans ce prétoire aujourd'hui ?

– Oui, il est juste là, à côté de l'accusé.

– Et connaissiez-vous M. Barber lorsqu'il était procureur adjoint ? Aviez-vous déjà travaillé ensemble ?

– Bien sûr que je le connaissais. Nous avions souvent travaillé ensemble.

– Étiez-vous ami avec M. Barber ?

– Oui, on peut le dire.

– Avez-vous trouvé surprenant à l'époque que M. Barber soit en charge d'un dossier en rapport avec le collège de son propre fils, avec l'un de ses camarades, un garçon sur lequel il pouvait même disposer de renseignements ?

– Non, pas vraiment.

– Avez-vous été surpris de constater que le fils de M. Barber pouvait très bien être cité comme témoin dans cette affaire ?

– Non, je n'y ai pas pensé.

– Mais, lorsqu'il a dirigé l'enquête, le père de l'accusé privilégiait un suspect qui a finalement été mis hors de cause, un homme qui habitait près du parc et qui était fiché au registre des délinquants sexuels, c'est exact ?

– Oui. C'était Leonard Patz. Il était connu pour des attentats à la pudeur sur mineurs, des choses comme ça.

– Et M. Barber – Andrew Barber, le père – avait-il l'intention de poursuivre cet homme comme suspect ?

– Objection ! Question non pertinente.

– Objection retenue.

– Inspecteur, pendant que le père de l'accusé conduisait l'enquête, considériez-vous Leonard Patz comme un suspect ?

– Oui.

– Et Patz a-t-il été mis hors de cause lorsque le fils de M. Barber a été inculpé ?

– Objection !

– Objection rejetée.

Peterson hésita, conscient du piège. S'il allait trop loin pour aider son ami, il aiderait forcément la défense. Il essaya de trouver un moyen terme :

– Patz n'avait pas été inculpé.

– Et lorsque le fils de M. Barber a été inculpé, vous êtes-vous étonné, à ce moment-là, que M. Barber ait été jusque-là en charge de l'affaire ?

– Objection !

– Objection rejetée.

– Je me suis dit que c'était surprenant, oui, dans la mesure…

– Avez-vous déjà eu connaissance d'un procureur ou d'un policier qui aurait pris part à une enquête sur son propre fils ?

Acculé, Peterson prit une profonde inspiration.

– Non.

– Il s'agirait d'un conflit d'intérêts, n'est-ce pas ?

– Objection !

– Objection retenue. Poursuivez, monsieur Logiudice.

Logiudice posa encore quelques questions décousues, sans trop y croire, savourant le bien-être qui succède à la victoire. Lorsqu'il se rassit, il avait le visage hébété, empourpré de celui qui vient de tirer un coup, et il garda la tête baissée jusqu'à ce qu'il eût repris ses esprits.

Lors du contre-interrogatoire, Jonathan ne prit pas la peine de contester grand-chose des propos de Peterson sur la scène du crime puisque, là encore, rien ou presque dans cette déposition ne concernait Jacob. D'ailleurs, il y avait si peu trace d'antagonisme entre ces deux hommes au verbe mesuré et les questions étaient toutes tellement accessoires qu'on aurait pu croire que Jonathan s'adressait à un témoin à décharge.

– Le corps était dans une position vrillée lorsque vous êtes arrivé sur les lieux, est-ce exact, inspecteur ?

– Oui.

– Donc, étant donné que le corps avait été déplacé, certains indices avaient disparu avant même votre arrivée. Par exemple, la position du corps aide souvent à reconstituer l'agression, est-ce vrai ?

– Tout à fait.

– Et lorsqu'un corps est retourné, l'effet de lividité – la stagnation sanguine due à la gravité – s'inverse. Comme si on retournait un sablier : le sang se remet à circuler dans l'autre sens et les conclusions que l'on tire habituellement de la lividité deviennent alors impossibles, est-ce exact ?

– Oui. Je ne suis pas médecin légiste, mais oui.

– Certes, mais vous êtes de la criminelle.

– Oui.

– Et il est juste de dire qu'en règle générale, sur une scène de crime, bouger ou déplacer un corps revient souvent à perdre des indices.

– C'est généralement vrai, oui. Dans cette affaire, il n'y a pas moyen de savoir si on a perdu des éléments ou pas.

– L'arme du crime a-t-elle été retrouvée ?

– Le jour même, non.

– Et depuis ?

– Non plus.

– Et, en dehors de l'unique empreinte digitale retrouvée sur le sweat-shirt de la victime, il n'y a strictement rien qui désigne un accusé plutôt qu'un autre, n'est-ce pas ?

– Non.

– Et, bien entendu, l'empreinte digitale n'a pu être identifiée que bien plus tard ?

– Oui.

– De sorte que, le premier jour, la scène du crime proprement dite n'a livré aucun indice désignant un suspect en particulier ?

– Non. En dehors de l'empreinte digitale non identifiée.

– Est-il donc juste de dire qu'au début de l'enquête vous n'aviez pas de suspect prioritaire ?

– Oui.

– Dans cette situation, auriez-vous été intéressé de savoir, aurait-ce été pour vous utile de savoir qu'un pédophile notoire et condamné vivait en bordure de ce parc ? Un homme reconnu coupable d'agressions sexuelles sur de jeunes garçons sensiblement de l'âge de la victime ?

– Oui.

Je sentais les regards des jurés posés sur moi car ils semblaient comprendre, enfin, où Jonathan voulait en venir, à savoir qu'il n'allait pas se contenter de petites escarmouches.

– De sorte qu'il ne vous a pas paru anormal, surprenant, ni le moins du monde bizarre qu'Andy Barber, le père de l'accusé, porte son attention sur cet homme, ce Leonard Patz ?

– Non, pas du tout.

– D'ailleurs, d'après ce que vous saviez à l'époque, il aurait manqué à son devoir si, précisément, il s'était désintéressé de cet homme, c'est bien cela ?

– Oui, c'est cela.

– Et, de plus, vous avez appris dans la suite de votre enquête que Patz était effectivement connu pour se promener chaque matin dans ce parc, est-ce la vérité ?

– Oui.

– Objection !

Il n'y avait pas beaucoup de conviction dans la voix de Logiudice.

– L'objection est rejetée…

Il y en avait beaucoup dans celle du juge.

– … c'est vous qui avez ouvert cette porte, maître !

J'avais toujours trouvé désagréable la tendance du juge French à étaler publiquement ses sympathies. Il était cabotin et, en général, ses épanchements étaient favorables à la défense. Avec lui, l'accusé avait toujours l'impression de jouer à domicile. Mais, désormais de l'autre côté de la barrière, j'étais ravi de trouver en lui un supporter aussi déclaré. Que pouvait-il faire d'autre, du reste ? Logiudice ayant ouvert la voie, il ne pouvait plus empêcher la défense de s'y engouffrer.

Je fis signe à Jonathan et il revint vers moi pour prendre le papier que je lui tendais. En le lisant, il eut un haussement de sourcils. J'avais écrit trois questions. Il plia la feuille proprement et s'approcha de la barre des témoins.

– Inspecteur, avez-vous été en désaccord avec une décision quelconque prise par Andy Barber lorsqu'il dirigeait l'enquête ?

– Non.

– Et, d'ailleurs, est-ce vrai qu'au début de l'enquête vous souhaitiez, vous aussi, mener des recherches autour de cet homme, Patz ?

– Oui.

Un juré – le Gros de Somerville, chaise numéro 7 – secoua la tête en bougonnant.

En l'entendant depuis le box par-dessus son épaule, Jonathan donna l'impression de vouloir se rasseoir.

Je lui adressai un regard qui signifiait : *Continue !*

Il fronça les sourcils. En dehors des émissions de télévision, on ne cherche pas la mise à mort dès le contre-interrogatoire. On plante quelques banderilles et on regagne son siège. C'est le témoin, ne l'oublions pas, qui a tous les pouvoirs, pas vous. Mais, en troisième point sur mon bout de papier, figurait l'archétype de la question-à-ne-surtout-pas-poser-au-contre-interrogatoire : celle qui, ouverte et subjective, invite à une réponse longue et imprévisible. En vieux briscard du barreau, Jonathan eut la même réaction que le spectateur devant un film d'horreur au moment où la baby-sitter, entendant du bruit au sous-sol, ouvre la porte grinçante et s'apprête à descendre pour aller jeter un œil : *N'y va pas !*

*Vas-y !* l'exhortait au contraire mon expression muette.

– Inspecteur, commença-t-il, je sais que c'est gênant pour vous, mais je ne vous demande pas un avis sur l'accusé lui-même. Je sais que vous travaillez encore sur le dossier. Limitons-nous au père de l'accusé, Andy Barber, dont le discernement et l'intégrité ont été mis en cause ici…

– Objection !

– Objection rejetée.

– Depuis quand connaissez vous M. Barber père ?

– Depuis longtemps.

– Combien ?

– Vingt ans. Sûrement plus.

– Donc, vous qui le connaissez depuis plus de vingt ans, quel regard portez-vous sur lui en tant que procureur, en termes de compétence, d'intégrité, de discernement ?

– On ne parle pas du fils ? Seulement du père ?

– C'est cela.

Peterson me regarda en face.

– C'est le meilleur qu'on ait. Le meilleur qu'on ait eu, disons.

– Pas d'autres questions.

*Pas d'autres questions* signifiait *Allez vous faire foutre.* Plus jamais Logiudice ne reviendrait aussi explicitement sur mon rôle dans l'enquête, même si, à l'occasion, il effleurerait encore le sujet durant le procès. Mais nul doute qu'en ce premier jour il avait réussi à faire passer son message auprès des jurés. Dans l'immédiat, il n'en demandait peut-être pas plus.

Cet après-midi-là, nous quittâmes pourtant la salle d'audience avec un sentiment de victoire.

Cela ne devait pas durer.

# 28

# Un verdict

– J'ai malheureusement des choses assez difficiles à vous dire, nous annonça, la mine sombre, le Dr Vogel.

Tout le monde était harassé. Avec la tension, on ressort d'une longue journée d'audience broyé et courbatu. Le visage fermé de la spécialiste alluma pourtant en nous un voyant rouge. Laurie la fixait avec intensité, Jonathan avec son mélange habituel de curiosité et de réserve.

– Vous savez, les mauvaises nouvelles, nous y sommes habitués, fis-je. Depuis le temps, nous sommes blindés.

Le Dr Vogel évita mon regard.

Avec le recul, je mesure le risible de ma remarque. Quand on est parent, on s'exprime souvent avec une crânerie ridicule lorsqu'il s'agit de ses enfants. On jure pouvoir encaisser toutes les injustices, relever tous les défis. Aucune barre n'est trop haute. On ferait tout pour nos petits. Mais personne n'est blindé, les parents moins que les autres. Nos enfants nous rendent vulnérables.

Avec le recul, je me dis aussi que cette entrevue était admirablement programmée pour nous briser. Une heure seulement s'était écoulée depuis que la cour avait levé l'audience et, à l'image de notre adrénaline, notre sentiment de triomphe refluait, nous laissant étourdis, sonnés. Pas d'attaque pour accueillir de mauvaises nouvelles.

La scène se déroulait au cabinet de Jonathan, près de Harvard Square. Nous avions pris place dans sa bibliothèque aux murs garnis de livres, autour de la table ronde en chêne. Nous n'étions que quatre, Laurie et moi, Jonathan et le Dr Vogel. Jacob se trouvait dans la salle d'attente en compagnie d'Ellen, la jeune associée de Jonathan.

Lorsque le Dr Vogel s'était détournée, qu'elle n'avait pas pu me regarder dans les yeux, elle avait dû se dire : *Tu te crois blindé ? Attends un peu.*

– Et vous, Laurie ? fit la psy de sa voix compatissante, thérapeutique. Vous sentez-vous capable d'entendre ce que j'ai à vous dire ?

– Tout à fait.

Le regard du Dr Vogel s'attarda sur elle, sur ses cheveux, entortillés comme des ressorts étirés, sur son teint, désormais jauni, sur ses poches sombres sous les yeux. Elle avait tellement maigri que la peau de son visage se relâchait, s'affaissait, que ses vêtements pendaient sur ses épaules osseuses. *Quand cette dégradation s'est-elle produite ?* pensai-je. Brutalement, avec la fatigue liée à cette affaire ? Ou peu à peu, au fil des années, sans que je m'en aperçoive ? Ce n'était plus ma Laurie, la belle jeune fille qui m'avait façonné et que, semblait-il désormais, j'avais façonnée pour moi-même. Elle avait l'air tellement épuisé que je me dis qu'elle était en train de mourir sous nos yeux. Ce procès la consumait. Elle n'était pas bâtie pour ce genre de combat. Elle n'avait jamais été quelqu'un de dur. Elle n'avait jamais eu à l'être. La vie ne l'avait pas endurcie. Elle n'y était pour rien, bien sûr, mais pour moi – qui me sentais invincible, même à ce stade avancé des événements –, la fragilité de Laurie était poignante au possible. J'étais prêt à me montrer dur pour nous deux, pour nous trois, mais je ne pouvais rien pour épargner à Laurie cette tension. Voyez-vous, je ne pouvais cesser de l'aimer et je ne le peux toujours pas. S'il est facile d'être dur quand on a un naturel de pierre, imaginez ce qu'il en coûtait ce jour-là à Laurie, assise droite comme un I sur le bord de sa chaise, faisant bravement face au médecin, prête à recevoir un nouveau coup. Elle n'a jamais cessé de défendre Jacob, d'analyser l'échiquier, de calculer chaque coup et chaque riposte. Elle n'a jamais cessé de le protéger, même à la fin.

– Je me propose de vous commenter rapidement mes conclusions et ensuite de répondre à vos éventuelles questions, d'accord ? Je sais qu'il vous est très, très difficile d'entendre des choses pénibles à propos de Jacob, mais tâchez de prendre sur vous pendant quelques petites minutes. Écoutez-moi et nous parlerons ensuite.

Nous opinâmes.

– Pour votre gouverne, précisa Jonathan, rien de tout cela n'est accessible à l'accusation. Vous n'avez aucun souci à vous faire. Toutes nos discussions et toutes les communications du Dr Vogel sont couvertes par le secret professionnel. Cette conversation est absolument confidentielle. Rien ne sortira de cette pièce. Vous pouvez donc vous exprimer librement, de même que le docteur, entendu ?

Nouveaux hochements de tête.

– Je ne comprends pas pourquoi on fait tout ça, dis-je. Jonathan, pourquoi se donner cette peine puisque notre défense consiste à dire que Jacob n'y est strictement pour rien ?

La main en V, Jonathan se mit à caresser sa courte barbe blanche.

– Je souhaite que vous ayez raison. Je souhaite que tout se passe bien et que nous n'ayons jamais à soulever ce point.

– Alors pourquoi faire ça ?

Jonathan se détourna légèrement, sourd à ma question.

– Pourquoi faire ça, Jonathan ?

– Parce que Jacob a tout l'air d'un coupable.

Laurie en eut le souffle coupé.

– Je ne dis pas qu'il est coupable, mais qu'il y a beaucoup d'éléments contre lui. Le ministère public n'a pas encore cité ses meilleurs témoins. Ça va se corser pour nous. Beaucoup. Et, le moment venu, je veux être prêt. Andy, vous plus que n'importe qui, vous devriez le comprendre.

– Bien, intervint le médecin, je viens de remettre mon rapport à Jonathan. Il s'agit donc d'un avis, d'un résumé de mes conclusions, de ce que je dirais si j'étais amenée à témoigner et de ce à quoi vous devez vous attendre, selon moi, si cette question venait à être soulevée au procès. Dans un premier temps, j'ai donc souhaité ne m'adresser qu'à vous deux, sans Jacob. Je ne lui ai pas fait part de mes conclusions. Quand cette affaire sera terminée, selon la tournure qu'elle aura adoptée, nous pourrons avoir un entretien plus concret sur la prise en charge de certains de ces problèmes sur le plan clinique. Mais, pour l'heure, notre préoccupation n'est pas la thérapie, mais le procès. J'ai été engagée avec une fonction précise, celle d'experte pour la défense. C'est ce qui explique que Jacob ne soit pas parmi nous pour l'instant. Il aura bien assez à faire à l'issue du procès. Dans l'immédiat, nous devons avoir une conversation franche à son sujet, ce qui sera sans doute plus simple en son absence.

« Jacob présente deux troubles assez nettement identifiés : un trouble réactionnel de l'attachement et un trouble de la personnalité narcissique. On observe également les signes d'un trouble de personnalité antisociale, une comorbidité assez fréquente, mais comme je ne suis pas certaine du diagnostic, je n'en ai pas fait état dans mon rapport.

« Il est important de savoir que tous les comportements que je vais décrire ne sont pas nécessairement pathologiques, même combinés. Dans une certaine mesure, tout adolescent est narcissique, tout jeune souffre de problèmes d'attachement. C'est une question de degré. Nous ne sommes pas ici en présence d'un monstre. Nous sommes ici en présence d'un adolescent ordinaire – mais avec des aspects plus marqués que chez d'autres. Je ne voudrais donc pas que vous y voyiez une condamnation. Je ne voudrais pas que ce que j'ai à vous dire vous écrase, mais vous serve. Mon intention est de vous livrer des outils, un vocabulaire, pour aider votre fils. L'idée maîtresse est de mieux comprendre Jacob, d'accord ? Laurie ? Andy ?

Dociles, nous acquiesçâmes, mais sans y croire.

– Bien. Alors, le trouble de la personnalité narcissique. Sur celui-ci, vous possédez sans doute déjà certaines connaissances. Il se caractérise principalement par le sens du grandiose et par l'absence d'empathie. Dans le cas de Jacob, ce sens du grandiose ne se manifeste pas, comme on a coutume de le penser, par du spectaculaire, de la vantardise, de l'arrogance ou de la morgue. Chez Jacob, il prend une forme plus discrète. Il se traduit par un sentiment exacerbé de l'importance de soi, par la conviction d'être quelqu'un de singulier, d'exceptionnel. Les règles qui peuvent s'appliquer aux autres ne s'appliquent pas à lui. Il se sent incompris de ses condisciples, en particulier de ses camarades d'école, à l'exception de quelques privilégiés en qui Jacob voit des personnes exceptionnelles comme lui, généralement par leur intelligence.

« L'autre aspect essentiel du TPN, en particulier dans le contexte d'une affaire criminelle, est le manque d'empathie. Jacob présente une froideur inhabituelle envers les autres, même – et cela m'a surprise, vu le contexte –, envers Ben Rifkin et sa famille. Quand j'ai interrogé Jacob à ce sujet lors d'une de nos séances, il m'a répondu que des gens mouraient tous les jours par millions, que, statistiquement, il y avait davantage d'accidents de la route que de meurtres, que les soldats tuaient des milliers de gens et qu'on leur décernait des médailles ; dès lors, pourquoi s'arrêter sur l'assassinat d'un adolescent ? Même quand j'ai tenté de le ramener aux Rifkin et que j'ai cherché à lui faire exprimer un sentiment quelconque envers eux ou Ben, il n'a pas pu ou n'a pas voulu. Tout cela recoupe un ensemble d'incidents que vous aviez évoqués et qui ont ponctué l'enfance de Jacob, au cours desquels d'autres enfants de son entourage se sont blessés en tombant de structures de jeux, de bicyclette, etc.

« Il a tendance à considérer que les autres sont non seulement moins importants que lui, mais moins humains. À aucun moment il ne perçoit en eux son propre reflet. Il n'imagine pas, semble-t-il, que l'on puisse éprouver les mêmes sentiments universels et humains que lui – douleur, tristesse, solitude –, ce qu'un individu ordinaire n'a aucun mal à comprendre à cet âge. Je ne m'appesantirai pas sur ce point. La pertinence de ces sentiments dans un contexte de médecine légale est évidente. Sans empathie, tout est permis. La moralité devient très subjective et élastique.

« La bonne nouvelle, c'est que le TPN n'est pas dû à un déséquilibre chimique. Et qu'il n'est pas génétique. Il s'agit d'un ensemble de comportements, d'une habitude dont les racines sont profondes. Ce qui signifie qu'avec le temps on peut s'en défaire.

Elle poursuivit en marquant à peine une pause.

– L'autre trouble est effectivement le plus préoccupant. Le trouble réactionnel de l'attachement est un diagnostic relativement nouveau. Et comme il est nouveau, nous n'en savons pas grand-chose. Il n'a pas encore été beaucoup étudié. Il est rare, difficile à diagnostiquer et difficile à traiter.

« Ce qui singularise le TRA, c'est qu'il résulte d'une perturbation, dans la petite enfance, des attachements affectifs habituels à cet âge. On considère qu'en temps normal un jeune enfant s'attache à un "soignant", une personne unique et digne de confiance qui lui prodigue des soins, et qu'à partir de cette base solide il va explorer le monde. Il sait que ses besoins affectifs et physiologiques seront satisfaits par ce soignant. Lorsque ce référent stable n'est pas présent ou lorsqu'il change trop souvent, l'enfant peut développer un rapport aux autres sur des modes difficilement acceptables, voire inacceptables : agression, fureur, mensonge, défiance, absence de remords, cruauté ; ou bien familiarité excessive, hyperactivité, mise en danger de lui-même.

« La survenue de ce trouble suppose une anomalie quelconque au stade des premiers soins : il s'agit de "soins pathogènes", en général de mauvais traitements ou d'une négligence de la part du parent ou du soignant. Mais tout le monde n'est pas d'accord sur le sens de cette notion. Je ne veux pas dire par là que l'un ou l'autre d'entre vous s'est montré défaillant en quoi que ce soit. Votre attitude de parents n'est pas en cause. Mais des études récentes tendent à montrer que ce trouble peut apparaître même hors de toute carence de soin. Certains enfants semblent vulnérables par nature aux troubles de l'attachement, auquel cas des perturbations même mineures – garderie, par exemple, ou changement de soignant trop fréquent – suffisent à les déclencher.

– La garderie ? demanda Laurie

– Seulement dans des cas exceptionnels.

– Jacob est allé en garderie à partir de trois mois. On travaillait tous les deux. J'ai arrêté d'enseigner quand il a eu quatre ans.

– Laurie, nous n'en savons pas assez pour pointer des causes et des effets. Efforcez-vous de ne pas céder à la culpabilisation. Rien ne nous dit que la négligence soit ici en cause. Jacob peut avoir été l'un de ces enfants hypersensibles et vulnérables. C'est un domaine entièrement nouveau. Les chercheurs que nous sommes se battent pour y voir plus clair.

Le Dr Vogel adressa à Laurie un regard rassurant, mais il y avait dans le ton de son démenti quelque chose d'excessif et je vis bien que Laurie n'était pas apaisée.

Incapable de l'aider, le Dr Vogel poursuivit sur sa lancée. Elle semblait se dire que le meilleur moyen de faire passer ces nouvelles déplaisantes était de s'en débarrasser au plus vite.

– Dans le cas de Jacob, quel que soit le facteur déclenchant, il existe des signes d'un attachement atypique dans la petite enfance. Vous avez indiqué que, enfant, il semblait à certains moments réservé et hypervigilant, à d'autres imprévisible, porté aux colères excessives et à l'invective.

– Mais tous les enfants sont « imprévisibles » et « portés aux colères excessives », dis-je. Des tas d'enfants vont en garderie et ne…

– Il semblerait que le TRA survienne très rarement en l'absence de négligence, mais, en fait, on ne sait rien.

– Ça suffit !...

Laurie avança les deux mains comme pour ordonner un arrêt.

– … Maintenant stop !...

Elle se leva en repoussant sa chaise et se réfugia dans l'angle opposé de la pièce.

– … Pour vous, c'est lui !

– Je n'ai pas dit cela, objecta le Dr Vogel.

– Vous n'avez pas besoin de le dire.

– Non, Laurie, sincèrement, je n'ai aucun moyen de savoir s'il est coupable ou non. Ce n'est pas mon métier. Ce n'est pas ce que je cherche à déterminer.

– Laurie, c'est du blabla de psy, tout ça ! Elle l'a dit elle-même : narcissique, égoïste, on peut en dire autant de n'importe quel gamin ! Trouve-moi un seul ado qui ne soit pas comme ça. C'est n'importe quoi, je n'en crois pas un mot !

– Ça ne m'étonne pas de toi ! Tu ne vois jamais ces choses-là. Tu veux tellement être normal, que nous soyons tous normaux, que tu fermes les yeux pour ne pas voir tout ce qui te dérange.

– Mais on *est* normaux !

– Mais enfin, Andy, c'est normal pour toi, tout ça ?

– Cette situation ? Non. Mais si je pense que Jacob est normal ? Oui ! Je ne devrais pas ?

– Andy. Tu ne vois pas les choses en face. J'ai l'impression d'avoir à réfléchir pour deux tellement tu es aveugle.

Je m'approchai d'elle pour la réconforter, poser ma main sur ses bras croisés.

– Laurie, c'est notre fils.

Elle battit l'air de ses mains pour repousser les miennes.

– Andy, arrête ! Nous ne sommes pas des gens normaux.

– Mais bien sûr que si ! Qu'est-ce que tu racontes ?

– Tu as fait semblant. Pendant des années. Pendant tout ce temps, tu as fait semblant.

– Non. Pas sur les sujets importants.

– Les sujets importants ! Andy, tu ne m'as pas dit la vérité. Pendant tout ce temps, tu ne m'as jamais dit la vérité !

– Je ne t'ai jamais menti.

– Chaque fois que tu as évité d'en parler, tu m'as menti. Chaque fois. Chaque fois.

Elle me bouscula pour passer et faire à nouveau face au Dr Vogel.

– Pour vous, c'est Jacob.

– Laurie, asseyez-vous, je vous en prie. Vous êtes énervée.

– Vous pouvez le dire. J'en ai assez de vous voir assise là à me lire votre rapport et à réciter le *DSM*[1]. Je peux le lire toute seule, le *DSM*. Donnez-moi le fond de votre pensée, juste ça : pour vous, c'est lui ?

– Je ne peux pas vous dire si c'est lui ou pas. Je n'en sais rien.

– Donc, vous dites que ça pourrait être lui. Vous pensez que c'est possible.

– Laurie, asseyez-vous, s'il vous plaît.

– Je n'ai pas envie de m'asseoir ! Répondez-moi !

– Je vois chez Jacob certains traits et certaines conduites qui me troublent, oui, mais ça n'a rien à voir…

1. Manuel diagnostique et statistique des troubles mentaux publié par l'Association américaine de psychiatrie. *(N.d.T.)*

– Et c'est notre faute ? Excusez-moi : ça pourrait être notre faute, il est possible que ce soit notre faute, parce qu'on est des parents indignes, parce qu'on a eu l'audace, le… la cruauté de le mettre en garderie comme tous les enfants de cette commune. Comme tous les autres !

– Non. Je ne dirais pas cela, Laurie. Ce n'est certainement pas votre faute. Sortez-vous cette idée de la tête.

– Et le gène, cette mutation que vous avez recherchée. Comment vous l'appelez ? Invalidé, ou je ne sais plus comment.

– MAOA invalidé.

– Est-ce que Jacob l'a ?

– Ce gène, ce n'est pas ce que vous pensez. Je vous ai expliqué : au pire, il crée une prédisposition…

– Docteur. Est-ce que. Jacob. L'a ?

– Oui.

– Et mon mari ?

– Oui.

– Et mon – je ne sais même pas comment l'appeler – beau-père ?

– Oui.

– Ben tiens, bien sûr qu'il l'a ! Et ce que vous aviez dit l'autre fois, sur le cœur de Jacob, comme quoi il serait deux tailles trop petit, comme celui du Grinch ?

– Je n'aurais jamais dû utiliser ces mots-là. Ce n'était pas une chose à dire, je suis désolée.

– Peu importe les mots que vous avez employés. Vous le pensez toujours ? Que le cœur de mon fils est deux tailles trop petit ?

– Il va falloir élaborer un vocabulaire affectif pour Jacob. La taille de son cœur n'est pas en cause. Sa maturité affective n'est pas au même niveau que celle de ses camarades.

– Elle est à quel niveau ? Sa maturité affective ?

Profonde inspiration.

– Jacob présente certaines des caractéristiques d'un enfant de la moitié de son âge.

– De sept ans ! Mon fils a la maturité affective d'un enfant de sept ans ! C'est ce que vous dites !

– Ce n'est pas ainsi que je le formulerais.

– Alors qu'est-ce que je dois faire ? Qu'est-ce que je dois faire ?

Pas de réponse.

– Qu'est-ce qu'il faut que je fasse ?

– Chut, fis-je, il va t'entendre.

# 29

# Le moine immolé

Troisième jour du procès.

À côté de moi, à la table de la défense, Jacob triturait un bout de peau récalcitrant sur son pouce droit, près de l'ongle. Depuis un moment, il s'énervait sur cette zone d'un air absent et avait ouvert une petite crevasse qui, depuis la cuticule, pénétrait sur environ un centimètre en direction de l'articulation. Il ne se rongeait pas les envies, comme le font souvent les adolescents. Sa méthode à lui consistait à se gratter la peau avec un ongle, à en décoller de petits lambeaux, de minuscules copeaux, jusqu'à pouvoir en soulever un fragment consistant, après quoi il s'appliquait à enlever cette excroissance molle par toutes sortes de tiraillements et de saccades et, quand tout avait échoué, à la sectionner avec le tranchant émoussé d'un ongle. Ce chantier de dépiautage ne risquait pas de cicatriser. Lorsque l'ablation avait été particulièrement laborieuse, du sang perlait au bord de la plaie et il lui fallait se compresser le pouce avec un Kleenex ou, s'il n'en avait pas, se le fourrer dans la bouche pour nettoyer le tout. Il semblait croire, contre toute logique, que ses petites expérimentations nauséeuses ne gênaient personne.

En me cachant des jurés, je pris la main que Jacob était en train de torturer et la mis sur ses genoux, puis, dans un geste protecteur, posai mon bras sur le dossier de sa chaise.

À la barre, une femme était en train de déposer, Ruthann Je-ne-sais-plus-comment. La cinquantaine. Visage avenant. Coupe courte, toute simple. Des cheveux plus gris que bruns qu'elle ne faisait rien pour cacher. Pas de bijoux, hormis une montre et une alliance. Des sabots noirs. C'était une des riveraines qui promenaient leurs chiens sur les sentiers de Cold Spring Park tous les matins. Logiudice l'avait citée pour qu'elle vienne dire que, ce matin-là, elle avait croisé près de la scène du crime un garçon qui ressemblait vaguement à Jacob. Un témoignage qui aurait été instructif si seulement cette femme avait été à la hauteur, mais, de toute évidence, elle souffrait à la barre. Elle n'arrêtait pas de frotter ses mains contre ses cuisses. Pesait chaque question avant de répondre. Son angoisse capta bientôt plus l'attention que sa déposition, laquelle se résumait à peu de choses.

– Pourriez-vous décrire ce garçon ? l'interrogea Logiudice.

– Il était de taille moyenne, je dirais. Entre un mètre soixante-quinze et un mètre quatre-vingts. Maigre. Il portait un jean et des tennis. Il avait les cheveux noirs.

Ce n'était pas un jeune homme qu'elle décrivait, c'était une ombre. La moitié des jeunes de Newton répondait à ce portrait. Ce n'était pourtant qu'un début. Elle se perdit en tergiversations, au point que Logiudice dut se résoudre à jouer les souffleurs en glissant dans ses questions de petits rappels, comme des antisèches, de ce qu'elle avait déclaré aux policiers le jour du meurtre. Ces relances répétées firent bondir Jonathan de sa chaise à plusieurs reprises pour protester et l'audition sombra dans le ridicule : le témoin se déclarant prêt à revenir sur son signalement, Logiudice n'ayant pas l'habileté de le congédier avant qu'il ne l'ait officiellement fait, et Jonathan sautant en tous sens pour objecter contre ses questions orientées…

Toute cette scène me donnait une impression de lointain. Impossible pour moi d'y fixer mon attention, encore moins de m'y intéresser. Je fus saisi de la conviction que tout ce procès ne servait à rien. Qu'il était déjà trop tard. Que le verdict du Dr Vogel importait au moins autant que celui de ces audiences.

À mes côtés était assis Jacob, cette énigme que Laurie et moi avions conçue. Sa taille, sa ressemblance avec moi, la probabilité qu'il allait s'étoffer et me ressembler plus encore, tout cela m'anéantissait. Tout père connaît ce moment déroutant où il voit en son enfant un double bizarre et déformé de lui-même. Comme si, l'espace d'un instant, nos identités se superposaient.

On a, face à soi, en chair et en os, l'idée, la conception que l'on se fait soi-même du jeune homme qu'on a été. C'est soi sans être soi, un être familier autant qu'inconnu. C'est soi remis à zéro, rembobiné ; et, en même temps, aussi étranger et impénétrable que le premier venu. Tout à ce carrousel de champs et de contrechamps, le bras toujours posé sur son dossier, je touchai l'épaule de Jacob.

Comme pris en faute, celui-ci posa ses mains à plat sur ses cuisses car il était reparti à l'assaut de son pouce droit dont il avait réussi à prélever un nouveau lambeau.

Juste derrière moi, Laurie était assise, seule, au premier rang du public. Seule, elle l'était chaque jour. Nous n'avions évidemment plus d'amis à Newton. J'avais voulu débaucher ses parents pour lui tenir compagnie dans cette salle d'audience. Je suis sûr qu'ils auraient accepté. Mais Laurie s'y était opposée. Elle faisait un peu figure de martyre ici. Depuis qu'elle avait jeté l'opprobre sur sa propre famille en rejoignant la mienne, elle était résolue à en payer le prix, seule. Dans la salle, on avait tendance à laisser, de chaque côté d'elle, la valeur d'une place. Chaque fois que je me retournais, je la découvrais seule dans ce périmètre d'isolement, égarée, les bras à demi croisés, le menton dans une main, écoutant en fixant le sol plutôt que le témoin. La veille au soir, Laurie avait été tellement ébranlée par le diagnostic du Dr Vogel qu'elle m'avait demandé un somnifère, sans toutefois trouver le sommeil. Allongée dans l'obscurité, elle m'avait interrogé : « S'il est vraiment coupable, Andy, qu'est-ce qu'on fera ? » Je lui avais dit que, pour l'instant, il n'y avait rien à faire, sinon attendre que le jury se prononce. En bon mari, j'avais essayé de l'attirer contre moi pour la réconforter, mais mon contact avait encore ajouté à son désarroi et, dans un désordre de mouvements, elle avait trouvé refuge à l'extrême bord du lit, où elle était restée aussi immobile que possible, mais de toute évidence éveillée, trahie par ses reniflements et ses menus déplacements. À l'époque où elle enseignait, Laurie était (pour moi) un miracle de dormeuse. Elle éteignait dès 21 heures, car elle devait se lever tôt, et s'endormait dès que sa tête touchait l'oreiller. Mais c'était une autre Laurie.

Pendant ce temps, dans le prétoire, Logiudice avait apparemment décidé de pressurer son témoin jusqu'au bout, alors même que celui-ci présentait tous les symptômes de l'implosion. Il est difficile de trouver une justification à cette option stratégique et je me dis que Logiudice cherchait simplement à priver Jonathan du plaisir d'arracher à cette femme une rétractation finale. Ou peut-être nourrissait-il encore le fol espoir de la faire changer d'avis. En tout cas, il ne lâchait pas le morceau, cet âne obstiné. Il y avait chez lui une étrange forme de noblesse, celle du capitaine qui sombre avec son navire ou du moine qui, aspergé d'essence, s'immole par le feu. Lorsque Logiudice fut arrivé à sa dernière question – car il avait rédigé tout son interrogatoire sur son bloc jaune et s'y tenait, même lorsque le témoin partait dans des improvisations –, Jonathan avait déjà posé son stylo et le regardait à travers ses doigts.

– Le garçon que vous avez vu à Cold Spring Park ce matin-là se trouve-t-il dans cette salle aujourd'hui ?

– Je n'en suis pas sûre.

– Voyez-vous ici un garçon correspondant à la description que vous avez donnée de celui que vous avez vu dans le parc ?

– Non... Je n'en suis plus vraiment sûre. C'était un adolescent. C'est tout ce que je sais. Ça fait longtemps. Plus j'y pense, moins je peux dire. Je ne veux pas envoyer un jeune toute sa vie en prison en sachant que je me trompe peut-être. Je ne pourrais pas me regarder en face si je faisais une chose pareille.

Le juge French laissa échapper un long soupir comique. Arquant les sourcils, il retira ses lunettes.

– Monsieur Klein, je suppose que vous n'avez pas de questions ?

– Non, monsieur le juge.

– C'est bien ce que je me disais.

Jusqu'à la fin de l'audience, la situation n'évolua guère pour Logiudice. Il avait réparti ses témoins en groupes thématiques et cette journée-là était consacrée aux citoyens ordinaires. Ceux-ci étaient des passants. Aucun n'avait rien vu de particulièrement accablant pour Jacob. Mais, là encore, le dossier était mince et Logiudice avait raison de faire flèche de tout bois.

Nous entendîmes donc deux autres personnes, un homme et une femme, assurer chacun avoir vu Jacob dans le parc, mais pas à proximité de la scène du crime. Un autre témoin – une femme – avait vu une silhouette s'éloigner de la zone générale du meurtre. Elle ne put rien dire de son âge ni de son identité, mais ses vêtements correspondaient à peu près à ceux que Jacob portait ce jour-là, même si un jean et un blouson étaient loin de constituer une tenue distinctive, surtout dans un parc empli d'enfants en route pour le collège.

Logiudice termina pourtant sur une note poignante. Son dernier témoin était un dénommé Sam Studnitzer. Ce matin-là, il promenait son chien dans le parc. Studnitzer avait les cheveux très courts, des épaules étroites, un air doux.

– Où alliez-vous ? lui demanda Logiudice.

– Il y a un pré où on peut laisser courir les chiens sans laisse. C'est là que j'emmène le mien presque tous les matins.

– Quel genre de chien est-ce ?

– Un labrador noir. Il s'appelle Bo.

– Quelle heure était-il ?

– 8 h 20 à peu près. Normalement, j'y suis plus tôt.

– Où vous trouviez-vous dans le parc avec Bo ?

– On était sur un des chemins qui traversent le bois. Le chien était parti devant, il reniflait partout.

– Et que s'est-il passé ?

Studnitzer hésita.

Les Rifkin étaient dans la salle, au premier rang, derrière la table de l'accusation.

– J'ai entendu la voix d'un jeune garçon.

– Que disait-il, ce jeune garçon ?

– Il a dit : « Arrête, tu me fais mal ! »

– A-t-il dit autre chose ?

Studnitzer arrondit les épaules, haussa les sourcils.

– Non.

– Juste « Arrête, tu me fais mal » ?

Studnitzer ne répondit pas et se pinça les tempes d'une main en se masquant les yeux.

Logiudice attendit.

Dans le silence de mort qui régnait dans la salle, la respiration encombrée de Studnitzer était clairement audible. Il retira sa main de son visage.

– Oui, c'est tout ce que j'ai entendu.

– Avez-vous vu quelqu'un près de vous ?

– Non. On ne voyait pas très loin. Le champ de vision est limité. Dans ce coin-là, le parc est vallonné. Les arbres sont denses. On était dans une petite descente. Je n'ai vu personne.

– Pourriez-vous dire d'où venait cette plainte ?

– Non.

– Avez-vous regardé autour de vous ? Avez-vous entrepris des recherches ? Avez-vous, d'une façon ou d'une autre, cherché à aider ce jeune garçon ?

– Non. Je ne savais pas. Je pensais que c'étaient des gamins, rien d'autre. Je ne savais pas. Je ne me doutais de rien. Il y en a partout, des gamins, dans le parc, le matin ; ils rigolent, ils chahutent. On aurait dit comme une… bagarre.

Il baissa les yeux.

– À quoi ressemblait la voix de cet enfant ?

– Il donnait l'impression d'avoir mal. De souffrir.

– Y a-t-il eu d'autres bruits après cette plainte ? Une bousculade, des bruits de lutte, autre chose ?

– Non. Je n'ai rien entendu dans ce genre-là.

– Que s'est-il passé ensuite ?

– Le chien, il était en alerte, surexcité, bizarre. Je ne comprenais pas ce qu'il avait. Je l'ai fait un peu avancer et on a continué à travers le bois.

– Avez-vous vu quelqu'un durant votre promenade ?

– Non.

– Avez-vous remarqué ce matin-là autre chose d'inhabituel ?

– Non, jusqu'à ce que j'entende les sirènes et la police qui a commencé à envahir le parc. C'est là que j'ai appris ce qui s'était passé.

Logiudice s'assit.

Chacun dans la salle entendait ces paroles tourner en boucle dans sa tête : *Arrête, tu me fais mal ! Arrête, tu me fais mal !* Je n'ai pas encore réussi à les évacuer de la mienne. Je doute d'y parvenir un jour. Mais, en vérité, même cet indice ne désignait pas Jacob.

Pour bien le souligner, Jonathan se leva pour son contre-interrogatoire, qu'il réduisit à une seule et simple question :

– Monsieur Studnitzer, avez-vous vu ce garçon, Jacob Barber, dans le parc ce matin-là ?

– Non.

Jonathan prit le temps de hocher la tête devant le jury avec ces mots : « Terrible, terrible », pour démontrer que, nous aussi, nous étions du côté des anges.

On en était là. Malgré tout – malgré le terrible diagnostic du Dr Vogel, le traumatisme de Laurie, et la phrase banale et obsédante du jeune homme poignardé –, au bout de trois jours, nous étions encore debout, encore dans la course. En sport, on dirait que nous n'avions pas été inquiétés. Cette journée devait être la dernière à nous être favorable.

M. Logiudice : Arrêtons-nous là-dessus un instant. Si je comprends bien, votre femme a accusé le coup.

Témoin : Nous avons tous accusé le coup.

M. Logiudice : Mais Laurie était plus éprouvée que les autres.

Témoin : Oui, elle avait du mal à gérer la pression.

M. Logiudice : Plus que ça. Elle avait manifestement des doutes sur l'innocence de Jacob, surtout après votre entrevue avec le Dr Vogel et après avoir pris connaissance en détail de son diagnostic complet. Elle vous a même demandé directement ce que vous devriez faire, vous deux, s'il était coupable, n'est-ce pas ?

Témoin : Oui. Un peu plus tard. Mais elle était bouleversée à ce moment-là. Vous n'imaginez pas ce que c'est, ce genre de pression.

M. Logiudice : Et vous ? Vous n'étiez pas bouleversé, vous aussi ?

Témoin : Bien sûr que si. J'étais terrifié.

M. Logiudice : Terrifié car vous commenciez enfin à entrevoir une possible culpabilité de Jacob ?

Témoin : Non, terrifié parce que le jury pouvait le condamner, qu'il soit réellement coupable ou non.

M. Logiudice : Il ne vous était pas encore venu à l'esprit que Jacob pouvait avoir commis cet acte ?

Témoin : Non.

M. Logiudice : Pas une seule fois ? Pas une seule seconde ?

Témoin : Pas une seule fois.

M. Logiudice : Le « préjugé de confirmation », c'est cela, Andy ?

Témoin : Allez vous faire foutre, Neal. Espèce de connard sans cœur !

M. Logiudice : Ne vous emportez pas !

Témoin : Vous ne m'avez jamais vu m'emporter.

M. Logiudice : Non. Je ne peux qu'imaginer.

[Le témoin ne répond pas.]

M. Logiudice : Très bien, poursuivons.

# 30

# Le détonateur

Quatrième jour du procès.

À la barre, Paul Duffy. Il arborait un blazer bleu, une cravate rayée et un pantalon de flanelle grise. En termes de recherche vestimentaire, il n'avait jamais dû aller aussi loin. Comme Jonathan, il faisait partie de ces hommes qu'il est facile d'imaginer enfants, ces hommes dont l'apparence oblige presque à voir le petit garçon caché à l'intérieur. Cela ne tenait pas à son physique, mais à quelque chose de juvénile dans ses manières. Peut-être était-ce dû aussi à l'ancienneté de notre amitié : pour moi, Paul aurait à jamais vingt-sept ans, son âge quand je l'avais rencontré.

Pour Logiudice, évidemment, cette amitié faisait de Duffy un témoin difficile à cerner. Au début, il se montra timide, redoublant de prudence dans ses questions. S'il me l'avait demandé, j'aurais pu lui dire que Paul Duffy ne mentirait pas, même pour moi. Ce n'était pas dans sa nature. (Je lui aurais également conseillé de poser ce bloc jaune ridicule qui lui donnait l'air d'un parfait amateur.)

– Veuillez décliner votre identité, je vous prie.

– Paul Michael Duffy.

– Quelle est votre profession ?

– Je suis inspecteur de police de l'État du Massachusetts.

– Depuis combien de temps faites-vous partie de la police de cet État ?

– Vingt-six ans.

– Et dans quel service êtes-vous actuellement ?

– Je suis dans une unité de relations avec le public.

– Revenons au 12 avril 2007. Quelle était votre fonction à cette date ?

– J'étais responsable d'une unité spéciale détachée auprès du parquet du district de Middlesex : la CPAC, ce qui signifie « combattre, prévenir et anticiper le crime ». Elle comporte en permanence entre quinze et vingt inspecteurs, tous titulaires d'une formation spéciale et de l'expérience nécessaire pour assister les procureurs adjoints et les services locaux dans le traitement technique et judiciaire d'affaires de toute nature, en particulier des homicides.

Duffy avait débité son petit compliment d'un ton monocorde, comme un perroquet.

– Et vous aviez participé à de nombreuses enquêtes pour homicide avant le 12 avril 2007 ?

– Oui.

– À combien environ ?

– Plus d'une centaine, même si je n'étais pas responsable de toutes.

– Parfait. Le 12 avril 2007, avez-vous reçu un coup de téléphone au sujet d'un meurtre à Newton ?

– Oui. Vers 9 h 15. J'ai eu un appel d'un lieutenant de Newton, Foley, qui m'informait d'un homicide commis sur un mineur à Cold Spring Park.

– Et quel a été votre premier geste ?

– J'ai appelé le parquet pour le leur signaler.

– Est-ce la procédure normale ?

– Oui. Les services locaux sont légalement tenus d'informer la police de l'État de tous les homicides ou morts non naturelles et, ensuite, nous en référons immédiatement au procureur.

– Qui, précisément, avez-vous appelé ?

– Andy Barber.

– Pourquoi Andy Barber ?

– C'était le premier procureur adjoint, c'est-à-dire le deuxième dans la hiérarchie après la procureur elle-même.

– Quelle suite pensiez-vous que M. Barber allait donner à cette information ?

– Il allait désigner un procureur adjoint pour diriger l'enquête au nom du parquet.

– Pouvait-il garder le dossier pour lui ?

– Il pouvait, oui. Il traitait beaucoup d'homicides lui-même.

– Vous attendiez-vous, ce matin-là, à ce que M. Barber garde le dossier pour lui ?

Jonathan décolla les fesses d'une vingtaine de centimètres de son siège :

– Objection !

– Objection rejetée.

– Inspecteur Duffy, que pensiez-vous à ce moment-là que M. Barber ferait de ce dossier ?

– Je n'en savais rien. Je me disais sûrement qu'il allait le garder. Au premier abord, ç'avait l'air d'une grosse affaire. Il les gardait souvent pour lui, celles-là. Mais s'il avait mis quelqu'un d'autre dessus, ça ne m'aurait pas étonné non plus. Il y avait d'autres gens compétents là-bas, en dehors de M. Barber. Pour être franc, je ne me suis pas vraiment posé la question. J'avais mon propre travail à faire. Je lui laissais les soucis du parquet. Moi, j'avais la CPAC à diriger.

– Savez-vous si la procureur, Lynn Canavan, en a été aussitôt informée ?

– Je ne sais pas. Je pense que oui.

– Bien. Après avoir téléphoné à M. Barber, qu'avez-vous fait ?

– Je me suis rendu sur les lieux.

– À quelle heure êtes-vous arrivé sur place ?

– À 9 h 35.

– Décrivez la scène à votre arrivée.

– L'entrée de Cold Spring Park se trouve sur Beacon Street. Il y a un parking devant le parc. Derrière, il y a des courts de tennis et des terrains de jeux. Et, après les terrains, c'est le bois, avec des sentiers qui pénètrent à l'intérieur. Il y avait beaucoup de véhicules de police sur le parking et dans la rue devant. Beaucoup de policiers partout.

– Qu'avez-vous fait ?

– Je me suis garé dans la rue et je me suis approché à pied. J'ai croisé l'inspecteur Peterson de la police de Newton et M. Barber.

– Là encore, la présence de M. Barber sur les lieux de l'homicide avait-elle quelque chose d'anormal ?

– Non. Il habitait tout à côté et, en général, il se rendait sur les scènes d'homicide, même quand il n'avait pas l'intention de garder le dossier.

– Comment saviez-vous que M. Barber habitait près de Cold Spring Park ?

– Parce que je le connais depuis des années.

– Vous êtes amis, d'ailleurs.

– Oui.

– Proches ?

– Oui. Avant.

– Et maintenant ?

Il y eut un blanc avant qu'il donne sa réponse.

– Je ne peux pas parler pour lui. Moi, je le considère toujours comme un ami.

– Vous vous voyez toujours en dehors du travail ?

– Non. Pas depuis que Jacob a été inculpé.

– À quand remonte votre dernière conversation avec M. Barber ?

– Avant l'inculpation.

Un mensonge, mais qui ne tirait pas à conséquence. La vérité aurait égaré les jurés. Elle leur aurait donné à penser, à tort, que Duffy n'était pas digne de confiance. Duffy était de parti pris, mais honnête sur les grandes questions. Il n'a pas tremblé quand il a fait sa déposition. Moi non plus, je n'ai pas tremblé en l'entendant. Le but d'un procès, c'est d'arriver à bon port, ce qui impose des ajustements de cap constants en cours de route, comme un voilier qui tire des bords face au vent.

– Très bien, vous arrivez au parc, vous tombez sur l'inspecteur Peterson et sur M. Barber. Que se passe-t-il ensuite ?

– Ils m'ont mis au courant de la situation en me disant que la victime avait déjà été identifiée et qu'il s'agissait de Ben Rifkin, puis ils m'ont conduit à travers le parc jusqu'au lieu de l'homicide.

– Qu'avez-vous vu en arrivant là-bas ?

– La zone était déjà délimitée par du ruban. Le légiste et l'identité judiciaire n'étaient pas encore là. Un photographe de la police locale prenait des photos. La victime était encore allongée par terre. Il n'y avait pas grand-chose autour du corps. Ils avaient sécurisé le périmètre en arrivant pour le protéger.

– Avez-vous pu voir le corps ?

– Oui.

– Pouvez-vous décrire sa position lorsque vous l'avez vu la première fois ?

– La victime était couchée sur un talus, la tête en bas et les pieds vers le haut. Le corps était vrillé, c'est-à-dire que la tête était dirigée vers le ciel et que la moitié inférieure du tronc et les jambes étaient sur le côté.

– Qu'avez-vous vu ensuite ?

– Je me suis approché du corps avec l'inspecteur Peterson et M. Barber. L'inspecteur Peterson m'a montré des indices relevés sur place.

– Que vous a-t-il montré ?

– En haut du talus, près du sentier, il y avait pas mal de sang par terre, des projections de sang. J'ai vu plusieurs gouttes, d'assez petite taille, environ deux centimètres de diamètre. Il y avait aussi des taches plus grandes qui ont été identifiées comme des traces de contact. Celles-là se trouvaient sur les feuilles.

– Qu'est-ce qu'une trace de contact ?

– C'est quand une surface imprégnée de sang frais entre en contact avec une autre et que le sang passe de l'une à l'autre. Ça laisse une marque.

– Décrivez ces traces de contact.

– Elles étaient un peu plus bas dans la pente. Il y en avait plusieurs. Elles faisaient plusieurs centimètres de long au début, et plus on descendait, plus elles étaient épaisses et longues, plus il y avait de sang.

– Je sais que vous n'êtes pas de la police scientifique, mais, sur le moment, avez-vous imaginé des interprétations ou des scénarios sur la base de ces indices ?

– Tout à fait. On pouvait penser que l'homicide avait eu lieu près du sentier, là où les gouttes de sang étaient tombées, puis que le corps avait basculé ou été poussé vers le bas du talus, qu'il avait donc glissé sur le ventre en laissant des traînées par contact avec les feuilles.

– Très bien, après avoir imaginé ce scénario, qu'avez-vous fait ?

– Je suis descendu examiner le corps.

– Qu'avez-vous constaté ?

– Qu'il portait trois plaies en travers de la poitrine. Elles étaient assez difficiles à voir car le devant du corps, la chemise de la victime, était imbibé de sang. Il y avait aussi pas mal de sang autour du corps, à l'endroit où il s'était apparemment écoulé des plaies.

– Avez-vous constaté quelque chose d'anormal dans ces taches de sang, dans ce sang répandu autour du corps ?

– Oui. Il y avait des empreintes moulées dans le sang, des empreintes de semelles et d'autres marques, ce qui voulait dire que quelqu'un avait marché dans le sang frais et laissé ses empreintes, comme des moulages.

– Qu'en avez-vous conclu ?

– De toute évidence, que quelqu'un s'était trouvé, debout ou à genoux, à côté du corps aussitôt après le meurtre, alors que le sang était encore assez frais pour garder les empreintes.

– Saviez-vous qu'une joggeuse, Paula Giannetto, avait découvert le corps ?

– Oui, je le savais.

– Dans quelle mesure en avez-vous tenu compte dans vos réflexions sur ces empreintes moulées ?

– Je me suis dit qu'elle pouvait être à l'origine de ces empreintes, mais je ne pouvais pas en être sûr.

– Qu'avez-vous conclu d'autre ?

– Disons qu'il y avait eu pas mal de sang répandu pendant l'agression. Celui qui avait été projeté et celui qui s'était déposé par frottement. Je ne savais pas où était placé l'agresseur, mais, d'après la position des plaies sur la poitrine de la victime, je me suis dit qu'il se trouvait sans doute juste en face d'elle. Et j'ai donc pensé que l'individu que nous recherchions pouvait avoir du sang sur lui. Qu'il pouvait aussi avoir une arme, encore qu'un couteau, c'est petit et assez facile à faire disparaître. Mais le sang, c'était l'élément numéro un. De ce point de vue là, c'était une scène plutôt riche.

– Avez-vous fait d'autres observations au sujet de la victime, de ses mains en particulier ?

– Oui, elles n'étaient pas entaillées ni blessées.

– Qu'est-ce que cela vous a inspiré ?

– L'absence de plaies défensives portait à croire qu'elle ne s'était pas battue ou n'avait pas résisté à son assaillant, ce qui donnait à penser soit qu'elle avait été surprise, soit qu'elle n'avait pas du tout vu venir l'attaque et qu'elle n'avait donc pas pu lever les mains pour parer les coups.

– Ce qui sous-entendrait qu'elle connaissait son agresseur ?

Nouvelle lévitation de Jonathan au-dessus de sa chaise.

– Objection ! La question est tendancieuse.

– Objection retenue.

– Très bien, qu'avez-vous fait ensuite ?

– Le meurtre était encore relativement frais. Le parc avait été bouclé et nous l'avons immédiatement fouillé pour savoir si des personnes s'y trouvaient encore. Ces recherches avaient commencé avant mon arrivée.

– Et avez-vous trouvé quelqu'un ?

– Quelques personnes, toutes assez loin de la scène. Aucune ne nous a semblé particulièrement suspecte. Aucun indice ne les reliait à l'homicide.

– Pas de sang sur elles ?

– Non.

– Pas de couteau ?

– Non.

– Est-il donc juste de dire qu'aux premières heures de l'enquête vous n'aviez pas de suspects prioritaires ?

– Nous n'avions pas de suspects du tout.

– Et au cours des jours suivants, combien de suspects avez-vous pu identifier et valider ?

– Aucun.

– Qu'avez-vous fait ensuite ? Comment avez-vous poursuivi l'enquête ?

– Eh bien, nous avons interrogé toutes les personnes susceptibles de détenir des informations. La famille et les amis de la victime, tous ceux qui pouvaient avoir vu quelque chose le matin du meurtre.

– Les camarades de classe de la victime aussi ?

– Non.

– Pourquoi ?

– Il a fallu du temps pour pénétrer dans le collège. Les parents ne voyaient pas d'un bon œil l'interrogatoire de leurs enfants. Il y a eu des discussions pour savoir s'il fallait qu'un avocat soit présent aux entretiens et si on pouvait accéder au collège sans mandat, aux casiers et au reste. Des discussions aussi pour savoir si le bâtiment du collège était l'endroit le mieux indiqué et quels élèves pourraient être entendus.

– Comment avez-vous réagi à tous ces retards ?

– Objection !

– Objection rejetée.

– J'étais furieux, je ne vous le cache pas. Plus une affaire refroidit, plus elle est difficile à résoudre.

– Et qui dirigeait l'enquête avec vous pour le compte du parquet ?

– M. Barber.

– Andrew Barber, le père de l'accusé ?

– Oui.

– Vous êtes-vous dit à ce moment-là qu'il était quelque part anormal qu'Andy Barber travaille sur ce dossier alors que son fils fréquentait ce collège ?

– Pas vraiment, non. J'en avais conscience. Mais ce n'était pas comme à Columbine : il ne s'agissait pas forcément d'un meurtre entre élèves. On n'avait pas de bonne raison de croire que des élèves du collège étaient impliqués là-dedans, encore moins Jacob.

– Vous n'avez donc jamais mis en cause l'avis de M. Barber à ce sujet, même dans votre for intérieur ?

– Non, jamais.

– En avez-vous discuté avec lui ?

– Une fois.

– Et vous pourriez nous résumer cette conversation ?

– J'ai simplement dit à Andy que, bon, histoire de s'éviter de se faire botter le… derrière, il pourrait laisser ce dossier à un autre.

– Parce que vous perceviez un conflit d'intérêts ?

– Je voyais un lien possible avec le collège de son fils, et puis on ne sait jamais... Pourquoi ne pas prendre un peu de distance ?

– Et que vous a-t-il dit ?

– Il m'a dit qu'il n'y avait pas de conflit car savoir son fils menacé par un meurtrier lui donnait encore plus envie de tirer cette affaire au clair. Il m'a dit aussi qu'il se sentait investi d'une responsabilité parce qu'il habitait ici et que, comme il y avait peu d'homicides, la ville serait d'autant plus en émoi, selon lui. Il tenait à être irréprochable envers la population.

Logiudice s'arrêta sur cette dernière phrase et, un court instant, considéra Duffy d'un regard noir.

– M. Barber, le père de l'accusé, a-t-il privilégié la version selon laquelle le meurtrier pouvait être un camarade de classe de Ben Rifkin ?

– Non. Il ne l'a jamais privilégiée ni exclue.

– Mais il n'a pas activement privilégié une version où Ben aurait été tué par l'un de ses camarades ?

– Non. Mais on ne « privilégie activement » rien du t…

– A-t-il tenté d'orienter l'enquête ?

– Qu'entendez-vous par là ?

– Avait-il d'autres suspects en tête ?

– Oui. Il y avait un dénommé Leonard Patz qui habitait près du parc et qui, d'après certains indices, pouvait être impliqué. Andy souhaitait enquêter sur lui.

– Mais Andy Barber n'était-il pas le seul à voir en Patz un suspect ?

– Objection ! La question est orientée.

– Objection retenue. C'est votre témoin, monsieur Logiudice.

– Retirez la question. Avez-vous fini par interroger les enfants, les camarades de classe de Ben au collège McCormick ?

– Oui.

– Et qu'avez-vous appris ?

– Eh bien, nous avons appris au bout d'un moment – car les enfants n'étaient pas très coopératifs – qu'il existait un contentieux entre Ben et l'accusé, entre Ben et Jacob. Ben persécutait Jacob. C'est ce qui nous a amenés à considérer Jacob comme un suspect.

– Alors même que son père dirigeait l'enquête ?

– Par nécessité, certains aspects de l'enquête se déroulaient à l'insu de M. Barber.

Cette phrase me fit l'effet d'un coup de massue. Je n'étais pas au courant. J'avais imaginé ce genre de manigance, mais pas que Duffy lui-même en ferait partie. Il avait dû me voir me décomposer car une expression d'impuissance passa sur son visage.

– Et comment cela se passait-il ? Un autre procureur adjoint avait-il été désigné pour enquêter sans que M. Barber le sache ?

– Oui. Vous.

– Et avec l'accord de qui ?

– De la procureur, Lynn Canavan.

– Et qu'a révélé cette enquête ?

– Des éléments ont été recueillis contre l'accusé prouvant qu'il possédait un couteau correspondant aux plaies, qu'il avait un mobile suffisant et, surtout, qu'il avait fait part de son intention de se venger lui-même avec ce couteau si la victime continuait à le persécuter. L'accusé était également arrivé au collège avec un peu de sang sur la main droite ce matin-là, des gouttes de sang. Nous tenons ces informations de l'ami de l'accusé, Derek Yoo.

– L'accusé avait du sang sur la main droite ?

– Selon son ami Derek Yoo, oui.

– Et il avait annoncé son intention de faire usage de son couteau contre Ben Rifkin ?

– C'est ce que Derek Yoo nous a déclaré.

– Avez-vous eu connaissance d'une histoire postée sur un site nommé Le Bloc ?

– Oui. Derek Yoo nous en a également parlé.

– Et avez-vous enquêté sur ce Bloc ?

– Oui. Il s'agit d'un site sur lequel des gens déposent des fictions, souvent à base de sexe et de violence, dont certaines mettent très mal à l'aise…

– Objection !

– Objection retenue.

– Avez-vous trouvé sur ce Bloc un récit en rapport avec cette affaire ?

– Tout à fait. Nous avons trouvé une histoire qui décrivait le meurtre principalement à travers les yeux du meurtrier. Les noms avaient été changés et certains détails étaient un peu différents, mais la situation était la même. C'était de toute évidence la même affaire.

– Qui est l'auteur de cette histoire ?

– L'accusé.

– Comment le savez-vous ?

– Derek Yoo nous a indiqué que l'accusé le lui avait dit.

– Avez-vous pu en avoir confirmation par un autre biais ?

– Non. Nous avons pu déterminer l'adresse IP de l'ordinateur d'origine. C'est une sorte d'empreinte digitale qui permet de localiser chaque ordinateur. Elle nous a conduits au Peet, un café de Newton Centre.

– Avez-vous pu identifier avec précision l'ordinateur qui a servi à mettre cette histoire en ligne ?

– Non. Il s'agit de quelqu'un qui s'est connecté au réseau sans fil du café. C'est tout ce qu'on a pu établir. Le Peet ne garde pas trace des entrées et des sorties sur son réseau, et les utilisateurs n'ont pas à s'identifier par un nom, une carte de crédit ou autre chose. On n'a donc pas pu remonter plus loin.

– Mais Derek Yoo vous avait assuré que l'accusé avait reconnu en être l'auteur ?

– Exact.

– Et qu'y avait-il dans cette histoire pour la rendre aussi crédible, pour vous persuader qu'elle ne pouvait avoir été écrite que par le meurtrier ?

– Tous les détails étaient là. Moi, ce qui m'a convaincu, c'est qu'elle indiquait l'angle des plaies. On lit dans ce récit que le couteau doit pénétrer dans la poitrine selon un angle particulier pour que la lame puisse passer entre les côtes et causer le maximum de lésions aux organes internes. Je ne pensais pas que cette histoire d'angle était connue. Elle n'est pas accessible à tout le monde. Et ce n'est pas un détail facile à deviner puisque l'agresseur doit tenir le couteau dans une position qui n'est pas naturelle, horizontalement, pour qu'il glisse entre les côtes. En plus de la précision des détails, il y avait la planification…

C'étaient en quelque sorte des aveux écrits. Je savais qu'il y avait probablement là matière à arrestation.

– Pourtant, vous n'avez pas arrêté l'accusé immédiatement ?

– Non. Nous voulions encore retrouver le couteau et d'autres éléments éventuels que l'accusé pouvait avoir cachés chez lui.

– Qu'avez-vous fait alors ?

– Nous avons demandé un mandat et perquisitionné la maison.

– Et qu'avez-vous trouvé ?

– Rien.

– Avez-vous saisi l'ordinateur de l'accusé ?

– Oui.

– Quel modèle était-ce ?

– Un portable Apple, blanc.

– Et l'avez-vous fait analyser par des spécialistes de la récupération des données sur des disques durs de ce type ?

– Oui. Ils n'ont rien trouvé de directement compromettant.

– Ont-ils trouvé quelque chose en lien avec cette affaire ?

– Un logiciel du nom de Disk Scraper. Il sert à effacer du disque des documents ou des programmes anciens ou supprimés. Jacob s'y connaît en ordinateurs. Il est donc possible que l'histoire ait été supprimée du sien et qu'on n'en trouve pas trace.

– Objection ! Cette hypothèse est tendancieuse.

– Objection retenue. Le jury ne tiendra pas compte de la dernière phrase.

– Ont-il trouvé des contenus pornographiques ? reprit Logiudice.

– Objection !

– Objection rejetée.

– Ont-il trouvé des contenus pornographiques ?

– Oui.

– D'autres récits violents ou des éléments en rapport avec le meurtre ?

– Non.

– Avez-vous pu confirmer d'une manière ou d'une autre les dires de Derek Yoo selon lesquels Jacob possédait un couteau ?

Existait-il, par exemple, une trace écrite de l'achat de ce couteau ?

– Non.

– A-t-on retrouvé l'arme du crime ?

– Non.

– Mais on a trouvé un couteau à Cold Spring Park, n'est-ce pas ?

– Oui. On a continué les recherches dans le parc pendant quelque temps. On se disait que l'auteur des faits devait l'avoir enterré dans le parc pour éviter d'être repéré. On a bien trouvé un couteau dans une mare. Il avait à peu près la bonne taille, mais les analyses ont montré que ce n'était pas celui du meurtre.

– Comment l'a-t-on su ?

– La lame de ce couteau était plus grande que ce que montraient les plaies et sa denture ne correspondait pas à l'aspect des blessures relevées sur la victime.

– Qu'avez-vous donc conclu en retrouvant ce couteau dans cette mare ?

– J'ai pensé qu'il avait été mis là pour nous tromper, pour donner le change. Probablement par quelqu'un qui n'avait pas accès aux rapports d'expertise où sont décrites les plaies et les caractéristiques probables de l'arme.

– Qui aurait pu placer ce couteau là, selon vous ?

– Objection ! Question tendancieuse.

– Objection retenue.

Logiudice réfléchit un instant. Il respira avec profondeur et satisfaction, soulagé en fin de compte d'avoir affaire à un témoin professionnel. Le fait que Duffy me connaissait et m'appréciait – qu'il était en quelque sorte prévenu en faveur de Jacob et visiblement mal à l'aise de devoir témoigner – n'en rendait sa déposition que plus accablante. *Enfin*, se disait manifestement Logiudice, *enfin !*

– Pas d'autres questions, dit-il.

Jonathan se leva d'un bond et rejoignit l'extrémité opposée du banc des jurés, où il s'appuya contre la lice. S'il avait pu monter dans le box pour poser ses questions, il l'aurait fait.

– Et si le couteau avait été jeté là sans raison aucune ? demanda-t-il.

– C'est possible.

– Parce qu'on jette en permanence des tas de choses dans les parcs, non ?

– Exact.

– Donc, quand vous dites que le couteau a pu avoir été placé là pour vous tromper, c'est une supposition, n'est-ce pas ?

– Une supposition logique, oui.

– Une supposition comme une autre, je dirais.

– Objection !

– Objection retenue.

– Revenons un peu en arrière, inspecteur. Vous avez déclaré qu'on avait trouvé beaucoup de sang sur les lieux, du sang qui avait giclé, des éclaboussures, des traces de contact et, bien sûr, la chemise de la victime imprégnée de sang.

– Oui.

– Il y en avait d'ailleurs tant, avez-vous dit, qu'en parcourant le parc en quête de suspects vous recherchiez quelqu'un portant des taches de sang sur lui. N'est-ce pas ce que vous avez déclaré ?

– Nous recherchions quelqu'un qui *pouvait* avoir du sang sur lui, oui.

– Beaucoup de sang ?

– Je n'en suis pas certain.

– Allons donc ! Vous avez déclaré que, d'après la position des plaies, l'agresseur de Ben Rifkin se trouvait probablement juste devant lui, exact ?

– Oui.

– Et vous avez déclaré que ce sang avait giclé.

– Oui.

– « Gicler », cela signifie qu'il avait jailli, été projeté, expulsé ?

– Oui, mais…

– En présence de tant de sang, de blessures aussi graves, on peut penser que l'agresseur avait sur lui pas mal de sang puisque celui-ci jaillissait des plaies.

– Pas forcément.

– Pas forcément, mais très probablement, n'est-ce pas, inspecteur ?

– Probablement.

– Et, bien sûr, en cas d'attaque au couteau, l'agresseur se tient obligatoirement tout près de la victime, presque à la toucher, évidemment ?

– Oui.

– Position dans laquelle il est impossible de ne pas être aspergé ?

– Je n'ai pas utilisé le mot « asperger ».

– Dans laquelle il est impossible d'éviter les projections de sang ?

– Je ne peux pas le dire avec certitude.

– Quant à la description de Jacob arrivant au collège ce matin-là avec du sang sur lui, vous la tenez de son ami Derek Yoo, est-ce exact ?

– Oui.

– Et, selon Derek Yoo, Jacob avait un peu de sang sur la main droite, n'est-ce pas ?

– Oui.

– Et pas sur ses vêtements ?

– Non.

– Pas sur le visage ni sur une autre partie du corps ?

– Non.

– Sur les chaussures ?

– Non plus.

– Tout cela est parfaitement cohérent avec l'explication fournie par Jacob à son ami Derek Yoo, si je ne me trompe, à savoir qu'il a découvert le corps *après* l'agression et qu'il l'a touché *ensuite* de la main droite ?

– C'est cohérent, oui, mais ce n'est pas la seule explication possible.

– Et, bien sûr, Jacob est en effet allé au collège ce matin-là ?

– Oui.

– Il y est arrivé quelques minutes seulement après le meurtre, nous le savons, n'est-ce pas ?

– Oui.

– À quelle heure commencent les cours à McCormick ?

– À 8 h 35.

– Et à quelle heure a eu lieu le crime selon le médecin légiste, si vous la connaissez ?

– Entre 8 heures et 8 h 30.

– Or Jacob était assis en classe à 8 h 35, sans aucune trace de sang sur lui ?

– Oui.

– Et si j'affirmais, par hypothèse, que l'histoire que Jacob a écrite et qui vous a tant impressionné – vous l'avez presque présentée comme des aveux écrits –, si je vous démontrais que Jacob n'a pas inventé les faits décrits dans ce récit, que tous les détails étaient déjà parfaitement connus des élèves du collège McCormick, réviseriez-vous votre jugement sur la valeur probante de cet élément ?

– Oui.

– Oui, bien sûr !

Duffy le regardait, le visage impassible. Il avait pour mission d'en dire le moins possible, de rogner tout mot inutile. Fournir spontanément des détails, c'était faire le jeu de la défense.

– Au sujet maintenant du rôle d'Andy Barber dans l'enquête, diriez-vous que votre ami Andy a eu une attitude inadaptée ou malheureuse dans cette affaire ?

– Non.

– Pouvez-vous rapporter des erreurs ou des décisions douteuses de sa part ?

– Non.

– Des choses qui vous ont déplu, à l'époque ou aujourd'hui ?

– Non.

– Il a été question de ce Leonard Patz. Même en sachant ce que l'on sait maintenant, vous paraît-il anormal que Patz ait été considéré alors comme un suspect légitime ?

– Non.

– Non, parce que, dans les premiers temps d'une enquête, vous suivez toutes les pistes plausibles, vous ratissez large, c'est cela ?

– Oui.

– En fait, si je vous disais qu'Andy Barber persiste à croire que le vrai coupable de ce meurtre est Patz, seriez-vous surpris, inspecteur ?

Duffy fronça légèrement les sourcils.

– Non. C'est ce qu'il a toujours cru.

– Est-ce vrai que vous avez été celui qui a attiré le premier l'attention de M. Barber sur Patz ?

– Oui, mais…

– Et le jugement d'Andy Barber sur les enquêtes pour homicide était-il généralement sûr ?

– Oui.

– Avez-vous trouvé étrange qu'Andy Barber veuille enquêter sur Leonard Patz dans le cadre du meurtre de Ben Rifkin ?

– Étrange ? Non. C'était logique, vu le peu d'informations qu'on avait à ce moment-là.

– Et pourtant, il n'y a jamais eu d'enquête sérieuse sur Patz, n'est-ce pas ?

– Elle a été arrêtée dès que la décision d'inculper Jacob Barber a été prise, en effet.

– Et qui a pris cette décision, celle de laisser tomber Patz ?

– La procureur, Lynn Canavan.

– L'a-t-elle prise seule ?

– Non, je pense qu'elle a été conseillée par M. Logiudice.

– Y avait-il, à l'époque, des éléments permettant d'écarter Leonard Patz de tout soupçon ?

– Non.

– Depuis, des éléments sont-ils apparus de nature à le disculper directement ?

– Non.

– Non. Parce que cette piste a été purement et simplement abandonnée, n'est-ce pas ?

– Je crois.

– Elle a été abandonnée parce que M. Logiudice a voulu l'abandonner, non ?

– Il y a eu une discussion entre tous les enquêteurs, y compris la procureur et M. Logiudice…

– Elle a été abandonnée parce que, lors de cette discussion, M. Logiudice a tout fait pour qu'elle le soit, est-ce exact ?

– Manifestement oui, puisque nous sommes ici aujourd'hui.

Il y avait une trace d'exaspération dans la voix de Duffy.

– Donc, même en sachant ce que nous savons maintenant, avez-vous des doutes sur l'intégrité de votre ami Andrew Barber ?

– Non…

Duffy réfléchit, ou fit semblant.

– … Non, je ne pense pas qu'Andy ait eu à aucun moment des soupçons sur Jacob.

– Vous ne pensez pas qu'Andy ait suspecté quoi que ce soit ?

– Non.

– Le propre père de ce garçon, qui a vécu à côté de lui toute sa vie ? Il ne savait rien ?

Duffy haussa les épaules.

– Je l'ignore. Mais je ne crois pas.

– Comment est-ce possible de vivre avec un enfant de quatorze ans et d'en savoir si peu sur lui ?

– Je l'ignore.

– D'ailleurs, vous connaissez Jacob depuis toujours, vous aussi, non ?

– Oui.

– Et, au départ, vous n'avez pas eu de soupçons sur Jacob non plus ?

– Non.

– Pendant toutes ces années, il ne vous est jamais apparu que Jacob pouvait présenter un danger ? Vous n'aviez aucune raison de le suspecter, n'est-ce pas ?

– Non.

– Non, bien sûr que non.

– Objection ! Je demande que le commentaire de M. Klein ne soit pas ajouté aux réponses du témoin.

– Objection retenue.

– Mes excuses, fit Jonathan dans une belle envolée hypocrite. Ce sera tout.

– Monsieur Logiudice, un complément d'interrogatoire ? demanda le juge.

Logiudice réfléchit. Il aurait pu en rester là. Il avait largement de quoi convaincre le jury que j'étais véreux et que j'avais détourné l'enquête au profit de mon fils déséquilibré. D'ailleurs, il n'avait même pas à le convaincre ; à plusieurs reprises, le jury avait perçu le message en filigrane lors des dépositions. Ce n'était pourtant pas moi qui étais jugé. Il aurait pu empocher ses gains et quitter la table. Mais sa montée en puissance l'avait grisé. On voyait à son visage qu'il était saisi d'une magistrale inspiration. Il semblait croire que le coup de grâce était juste là, à portée de sa main. Encore un petit garçon dans un corps d'adulte, incapable de résister au paquet de bonbons qui s'offrait à lui.

– Oui, monsieur le juge, dit-il avant de venir se planter juste en face de la barre des témoins.

Léger bruissement dans la salle d'audience.

– Inspecteur Duffy, vous dites n'avoir aucune espèce de réserve sur la façon dont Andrew Barber a conduit cette affaire ?

– C'est juste.

– Parce qu'il ne savait rien, est-ce exact ?

– Oui.

– Objection ! Question orientée. Le témoin dépose à charge.

– L'objection n'est pas retenue.

– Et depuis combien de temps diriez-vous que vous connaissez Andy Barber, depuis combien d'années ?

– Objection ! La question n'est pas pertinente.

– Objection rejetée.

– Ça doit faire plus de vingt ans que je connais Andy.

– Donc, vous le connaissez plutôt bien ?

– Oui.

– Vous connaissez tout de lui ?

– Tout à fait.

– Quand avez-vous appris que son père était un meurtrier ?

Boum.

Jonathan et moi jaillîmes de nos sièges en bousculant la table.

– Objection !

– Objection retenue ! J'ordonne au témoin de ne pas répondre à cette question et au jury de ne pas en tenir compte ! N'y accordez aucune importance. Considérez que cette question n'a jamais été posée.

Le juge French se tourna vers les avocats et le procureur.

– Messieurs, je vous vois en aparté.

N'ayant pas accompagné Jonathan à ce conciliabule, je cite à nouveau les propos tenus par le juge d'après la transcription du procès. Mais je l'ai bien regardé lorsqu'il a parlé et je peux vous dire qu'il était manifestement hors de lui. Le visage rubicond, il a posé les mains sur la lice de l'estrade et s'est penché pour susurrer à l'oreille de Logiudice.

– Je suis effaré, je suis sidéré que vous ayez fait ça. Je vous ai demandé explicitement, sans la moindre ambiguïté, de ne pas vous aventurer sur ce terrain-là ou j'annulais le procès. Qu'avez-vous à dire, monsieur Logiudice ?

– C'est l'avocat de la défense qui a choisi de poser des questions sur le caractère du père de l'accusé et sur l'intégrité de l'enquête. Dans la mesure où il avait abordé le sujet, l'accusation était parfaitement en droit de faire valoir à son tour ses arguments. Je n'ai fait que suivre la voie ouverte par M. Klein. C'est lui qui a demandé si le père de l'accusé avait une raison quelconque de suspecter son fils.

– Monsieur Klein, je présume que vous allez demander l'annulation du procès ?

– Exact.

– Regagnez vos places.

Les deux hommes revinrent à leurs tables respectives.

Fidèle à son habitude, le juge French resta debout pour s'adresser au jury. Il descendit même un peu la fermeture de sa robe et agrippa le bord de son col comme s'il posait pour un sculpteur.

– Mesdames et messieurs les jurés, je vous demande de ne pas tenir compte de cette dernière question. Effacez-la complètement de vos esprits. Il existe dans notre métier un dicton qui dit que « l'oreille ne peut pas désentendre » et, pourtant, je vais vous demander de le faire mentir. La question était pernicieuse et le procureur n'aurait pas dû la poser, je veux que vous en ayez conscience. Je vous libère donc pour la journée car la cour a d'autres dossiers qui l'attendent. L'obligation d'isolement demeure. Je vous rappelle que vous ne devez parler de cette affaire à personne. N'écoutez pas les comptes rendus qu'en font les médias et ne lisez pas les articles qui lui sont consacrés. Éteignez radios et téléviseurs. Coupez-vous totalement de ce procès. Parfait, le jury peut maintenant disposer. Nous nous retrouvons demain matin, à 9 heures pile.

Les jurés sortirent en file en échangeant des regards. Quelques-uns jetèrent des coups d'œil furtifs vers Logiudice.

Après leur départ, le juge lança :

– Monsieur Klein.

Jonathan se leva.

– Monsieur le juge, l'accusé demande l'annulation du procès. Cette question avait fait l'objet d'une discussion approfondie avant le procès et il avait été décidé que, compte tenu de son caractère sensible et préjudiciable, elle ne devait pas être abordée sous peine d'annulation. C'était un détonateur et l'accusation avait ordre de ne pas y toucher. Or, elle l'a fait.

Le juge se massa le front.

Jonathan poursuivit :

– Si la cour refuse d'accorder la nullité, l'accusé compte ajouter deux noms à sa liste de témoins : Leonard Patz et William Barber.

– William Barber est-il le grand-père de l'accusé ?

– Tout à fait. Il me faudra peut-être une autorisation du gouverneur pour le faire venir jusqu'ici. Mais si l'accusation maintient ses insinuations saugrenues selon lesquelles l'accusé serait en quelque sorte coupable par hérédité, appartiendrait à une famille de criminels, serait un assassin-né, alors nous serons en droit de réfuter ses arguments.

Le juge resta un instant silencieux en faisant grincer ses molaires.

– Je réserve ma décision. Je me prononcerai demain. L'audience est levée jusqu'à demain 9 heures.

| | |
|---|---|
| M. Logiudice : | Avant de poursuivre, monsieur Barber, revenons sur ce couteau, celui qui a été jeté dans l'étang pour égarer les enquêteurs. Avez-vous une idée de la personne qui a pu le placer là ? |
| Témoin : | Bien sûr. Je sais qui c'est, depuis le début. |
| M. Logiudice : | Vous la connaissez ? Et qui est-ce ? |
| Témoin : | Ce couteau provenait de notre cuisine. |
| M. Logiudice : | C'était un couteau identique aux vôtres ? |

Témoin : Ce couteau correspondait à la description qu'on m'en avait faite. Depuis, j'ai vu le couteau retrouvé dans la mare, lorsque les preuves de l'accusation nous ont été présentées. C'était un de nos couteaux. Il était ancien, assez reconnaissable. Il était dépareillé. Je l'ai reconnu.

M. Logiudice : Il a donc été jeté dans cette mare par quelqu'un de votre famille ?

Témoin : Bien sûr.

M. Logiudice : Par Jacob ? Pour détourner toute présomption de l'autre couteau, celui en sa possession ?

Témoin : Non. Jake était trop malin pour faire ça. Et moi aussi. Je connaissais l'aspect des plaies ; j'avais discuté avec les gens du labo. Je savais que les blessures de Ben Rifkin ne pouvaient pas provenir de ce couteau-là.

M. Logiudice : Laurie, alors ? Pourquoi ?

Témoin : Parce qu'elle croyait en notre fils. Il nous avait dit que ce n'était pas lui. Nous ne voulions pas voir sa vie fichue uniquement parce qu'il avait eu la bêtise d'acheter un couteau. Nous savions qu'en le voyant, ce couteau, on tirerait de fausses conclusions. C'était un risque dont nous avions parlé. Alors Laurie a décidé de donner un autre couteau aux flics. Le seul problème, c'est qu'elle était la moins avertie de nous trois sur ces sujets-là, mais aussi la plus éprouvée. Elle n'a pas été assez prudente. Elle n'a pas choisi le bon type de couteau. Elle a manqué de vigilance.

M. Logiudice : Vous en a-t-elle parlé avant de passer à l'acte ?

Témoin : Avant, non.

M. Logiudice : Après, alors ?

Témoin : Je lui ai posé directement la question. Elle n'a pas nié.

M. Logiudice : Et que lui avez-vous dit, à elle qui venait de fausser une enquête criminelle ?

| | |
|---|---|
| Témoin : | Que lui ai-je dit ? Je lui ai dit qu'elle aurait dû m'en parler avant. Je lui aurais fourni le modèle adéquat. |
| M. Logiudice : | Est-ce vraiment ainsi que vous voyez les choses, Andy ? Comme une vaste blague ? Avez-vous si peu de respect pour le travail que nous faisons ici ? |
| Témoin : | Quand j'ai dit cela à ma femme, je vous assure que je ne blaguais pas. Restons-en là. |
| M. Logiudice : | Entendu. Poursuivez votre récit. |

Quand nous retrouvâmes notre voiture dans le parking situé à une rue du palais de justice, il y avait, coincé sous un essuie-glace, un morceau de papier blanc. En le dépliant, je lus :

LE JOUR DU JUGEMENT APPROCHE
ASSASSIN, TU VAS MOURIR !

Nous étions tous les quatre avec Jonathan. À la vue de ce message, celui-ci fronça les sourcils et le glissa dans sa serviette.

– Je m'en occupe, dit-il. Je vais déposer plainte au commissariat de Cambridge. Vous, rentrez chez vous.

– On ne peut rien faire d'autre ? demanda Laurie.

– Il faudrait aussi en parler à la police de Newton, au cas où, suggérai-je. Le moment est peut-être venu de mettre une voiture en surveillance devant la maison. Il y a des cinglés partout.

Mon attention fut détournée par un individu qui se tenait dans un coin du parking, à une certaine distance de nous, mais qui manifestement nous regardait. Il était assez âgé, pas loin de soixante-dix ans, je dirais. Il portait une veste, un polo et une casquette. Un type comme il y en avait des millions à Boston. Du genre vieil Irlandais coriace. Il avait allumé une cigarette – c'était le halo du briquet qui avait attiré mon attention – et le rougeoiement de la braise me rappela la voiture garée devant la maison quelques jours plus tôt, avec son habitacle plongé dans le noir hormis cette petite luciole qui brillait dans l'encadrement de la fenêtre. En plus, c'était tout à fait le style de bonhomme à se promener en Lincoln Town Car.

Nos regards se croisèrent un instant. Il fourra son briquet dans sa poche de pantalon et se remit en route, franchit une porte qui donnait sur un escalier et disparut. Est-ce qu'il marchait avant que je le voie ? J'avais l'impression qu'il était arrêté et nous observait, mais je venais à peine de m'apercevoir de sa présence. Peut-être s'était-il arrêté juste avant pour allumer sa cigarette.

– Vous avez vu ce type ?

– Quel type ? fit Jonathan.

– Le type là-bas qui nous regardait.

– Je n'ai rien vu. Qui était-ce ?

– Je ne sais pas. C'est la première fois que je le vois.

– Vous croyez qu'il a un lien avec ce bout de papier ?

– Je n'en sais rien. Je ne sais même pas s'il nous regardait. Mais on aurait dit, vous voyez.

– Allez, conclut Jonathan en nous poussant vers la voiture, il y a beaucoup de monde qui nous regarde depuis quelque temps. Ce sera bientôt terminé.

# 31

# Je raccroche

Vers 18 heures ce soir-là, alors que nous finissions de dîner – Jacob et moi nous laissant aller à un optimisme prudent tout en raillant Logiudice et ses manœuvres désespérées ; Laurie tentant de conserver une apparence de confiance et de normalité, alors même qu'elle avait déjà de vagues soupçons sur nous deux –, le téléphone sonna.

Je décrochai. Une opératrice m'informa que j'avais un appel en PCV. Acceptais-je de payer la communication ? Je fus surpris qu'il existe encore des gens pour appeler en PCV. Était-ce une farce ? Où restait-il des cabines permettant de passer ce genre d'appel ? Seulement dans les prisons.

– Un PCV de qui ?

– Bill Barber.

– C'est pas vrai… Non, je refuse. Attendez, ne raccrochez pas !

Je plaquai le combiné contre ma poitrine, comme si mon cœur allait s'adresser directement à lui. Puis :

– Entendu, j'accepte la communication.

– Merci. Veuillez patienter pendant que je vous mets en relation. Bonne soirée.

Un déclic.

– Allô ?

– Qu'est-ce qu'il y a ?

– Qu'est-ce qu'il y a ? Je croyais que tu reviendrais me voir.

– Je suis un peu occupé.

Il m'imita :

– *Oh, je suis un peu occupé.* Détends-toi, hein ! Je déconne, imbécile. Tu croyais quoi ? *Viens par ici, petit, que je t'emmène à la pêche !* Je t'emmène à la pêche… à la pêche à quoi ? Aux poissons, pardi !

Je n'avais aucune idée de ce que cela signifiait. De l'argot de prison, sûrement. En tout cas, lui trouvait ça drôle. Il hurlait de rire à l'autre bout du fil.

– Dis donc, tu es bavard !

– Tu m'étonnes, j'ai personne à qui parler dans mon trou à rat. Mon fils vient jamais me voir.

– Tu voulais me demander quelque chose ? Ou tu appelais juste pour discuter ?

– J'ai envie de savoir comment ça se passe, le procès du petit.

– Qu'est-ce que ça peut te faire ?

– C'est mon petit-fils. J'ai envie de savoir.

– Il y a encore peu de temps, tu ne connaissais même pas son nom.

– La faute à qui ?

– À toi.

– Ouais, je sais que c'est ce que tu penses…

Une pause.

– Il paraît qu'on a prononcé mon nom au tribunal aujourd'hui. On suit ça ici. C'est un peu nos finales de base-ball à nous.

– Effectivement, ton nom a été cité. Tu vois, même en taule, tu nous pourris encore la vie.

– Hé, junior, arrête ton cinéma. Il va s'en sortir, le petit.

– Ah, tu crois ça ? Tu t'imagines que tu tiens la route comme avocat, monsieur Peine-de-sûreté ?

– Je connais deux-trois trucs.

– Tu connais deux-trois trucs. *Pff.* Fais-moi plaisir, le cador du barreau : n'appelle plus pour me dire ce que je dois faire. Un bon avocat, j'en ai déjà un.

– Personne te dit ce qu'il faut faire, junior. Mais quand ton avocat parle de me faire témoigner, ça me regarde un peu, non ?

– Ça n'arrivera pas. Toi à la barre, c'est sûrement pas ce qu'il nous faut. Pour venir mettre le cirque…

– T'as mieux comme stratégie ?
– Parfaitement.
– À savoir ?
– On ne va même pas présenter de défense. On va laisser l'accusation se dépatouiller avec la charge de la preuve. Ils ont… Mais qu'est-ce qui me prend de te raconter tout ça ?
– Parce que t'as envie. Dans les coups durs, junior, il a besoin de son papa.
– Tu rigoles ou quoi ?
– Non, je suis encore ton père.
– Sûrement pas.
– Ah ouais ?
– Ben non.
– C'est qui, alors ?
– Moi.
– T'as pas de père ? T'es quoi, un arbre ?
– C'est ça, je n'en ai pas. Et je n'en ai pas besoin d'un maintenant.
– Tout le monde a besoin d'un père, tout le monde. T'as besoin de moi, maintenant plus que jamais. Sinon, comment tu vas prouver ta fameuse « pulsion irrésistible » ?
– Ce ne sera pas utile de la prouver.
– Ah bon ? Et pourquoi ?
– Parce que Logiudice n'a pas de preuves. C'est évident. Dès lors, notre défense est simple : Jacob n'est pas coupable.
– Et si ça devait changer ?
– Ça ne changera pas.
– Alors pourquoi que t'es venu jusqu'ici pour m'interroger ? Et me prendre ma salive ? Ça rime à quoi ?
– Pour assurer mes arrières.
– Pour assurer tes arrières. Alors, le petit, il est pas coupable, mais c'est juste au cas où il le serait.
– C'est un peu ça, oui.
– Qu'est-ce qu'il veut me faire dire, ton avocat, alors ?
– Il ne veut rien te faire dire du tout. Il n'aurait pas dû dire ça à l'audience. C'était une erreur. Il pensait sans doute te faire venir pour témoigner que tu n'avais jamais eu aucun contact

avec ton petit-fils. Mais, je te l'ai déjà dit, ne compte pas t'approcher de ce tribunal, de près ou de loin.

– Tu devrais quand même en parler avec ton avocat.

– Écoute-moi, Billy le Barbare. C'est la dernière fois que je te le dis : tu n'existes pas. Tu n'es qu'un mauvais rêve que je faisais quand j'étais petit.

– Hé, junior, si tu veux me faire mal, mets-moi plutôt un coup de latte dans les burnes.

– Ça veut dire quoi ?

– Que tu perds ton temps à m'insulter. Ça me passe audessus de la tête. Je suis le grand-père du petit, quoi que tu en dises. Et t'y peux rien. Tu peux me refuser tout ce que tu veux, faire comme si j'existais pas. Peu importe. Ça change rien à la vérité.

Je m'assis, brusquement ébranlé.

– Qui c'est le Patz dont ton copain flic a parlé ?

J'étais énervé, troublé, désorienté, et je ne pris pas le temps de réfléchir.

– C'est lui le coupable, lâchai-je.

– C'est lui qu'a tué le jeune ?

– Ouais.

– T'en es sûr ?

– Oui.

– Comment tu le sais ?

– J'ai un témoin.

– Et tu vas laisser mon petit-fils porter le chapeau ?

– Le laisser, lui ? Non.

– Alors fais quelque chose, junior. Parle-moi un peu de ton Patz.

– Qu'est-ce que tu veux savoir ? Il aime les petits garçons.

– C'est un pédophile ?

– Un genre.

– Un genre ? Soit c'en est un, soit c'en est pas un. Comment il peut être un genre de pédophile ?

– Comme toi, tu étais un meurtrier avant d'en devenir un vraiment.

– Oh, arrête avec ça, junior. Je te l'ai dit, t'arriveras pas à me faire de la peine.

– Tu peux arrêter de m'appeler comme ça, « junior » ?
– Ça te gêne ?
– Oui.
– Faut que je t'appelle comment ?
– M'appelle pas.
– *Pssh.* Il faut bien que je t'appelle d'une manière ou d'une autre ! Comment je vais te causer sinon ?
– Ne me cause pas, alors.
– Junior, tu as beaucoup de colère en toi, tu sais ça ?
– Tu voulais autre chose ?
– Si je voulais autre chose ? J'attends rien de toi.
– Je me disais que tu aurais peut-être envie d'un gâteau avec une lime dedans.
– T'es un marrant, toi. Avec une lime dedans... Ah, ouais, parce que je suis en taule ?
– Exact.
– Écoute-moi, junior. J'ai pas besoin de gâteau avec une lime dedans, d'accord ? Tu sais pourquoi ? Je vais te le dire, pourquoi : parce que je suis *pas* en taule.
– Ah oui ? Ils t'ont laissé sortir ?
– Ils ont pas à me laisser sortir.
– Comment ça ? Laisse-moi t'expliquer une chose, vieux malade. Ce grand bâtiment, là, avec des barreaux… celui d'où on ne te laissera jamais sortir… ça s'appelle une prison. Et tu es dedans et pas ailleurs.
– Non. Tu vois, maintenant c'est toi qui me comprends plus, junior. Ce qu'ils ont enfermé dans ce trou, c'est mon corps. C'est tout ce qu'ils ont, mon corps, pas moi. Je suis partout, tu comprends ? Partout où tu regardes, junior, partout où tu vas. OK ? Alors évite ce genre d'endroit à mon petit-fils. C'est vu, junior ?
– Pourquoi tu ne t'en charges pas toi-même ? Toi qui es partout.
– Peut-être que je vais m'en charger. Peut-être que d'un coup d'ailes…
– Écoute, il faut que j'y aille, d'accord ? Je raccroche.
– Non, on n'a pas fini…

Et je lui raccrochai au nez. Mais il avait raison, il était là, à côté de moi, car sa voix continuait de résonner dans mes oreilles. Je saisis le combiné et le plaquai violemment contre son support – une, deux, trois fois – jusqu'à ce que je ne l'entende plus.

Jacob et Laurie me regardaient tous les deux avec des yeux ronds.

– C'était ton grand-père.

– J'avais deviné.

– Jake, je t'interdis de lui adresser la parole, d'accord ? Je suis sérieux.

– D'accord.

– Ne lui parle jamais, même s'il t'appelle. Raccroche. Tu as compris ?

– OK, OK.

Laurie me considérait d'un œil froid.

– C'est aussi valable pour toi, Andy. Je ne veux pas que cet homme appelle chez moi. Il est venimeux. La prochaine fois, raccroche, d'accord ?

Je hochai la tête.

– Ça va, monsieur mon mari ?

– Je ne sais pas.

# 32

# Absence de preuve

Cinquième jour du procès.

À 9 heures tapantes, le juge French déboula sur l'estrade en annonçant d'un ton crispé que la demande d'annulation du procès déposée par l'accusé était rejetée. Il déclara – tandis que la sténographe répétait ses propos dans un microphone conique qu'elle tenait devant son visage comme un masque à oxygène : « L'objection de l'accusé à la mention de son grand-père est inscrite au procès-verbal et la question est susceptible d'appel. J'ai donné au jury des consignes correctives. Je pense que c'est suffisant. Le procureur a été sommé de ne plus soulever cette question et nous n'en entendrons donc plus parler. En l'absence d'autres objections, monsieur l'officier de justice, veuillez introduire le jury, nous allons reprendre. »

Je ne peux pas dire que j'étais surpris. Il est rare qu'un procès soit annulé. Le juge n'allait pas passer par profits et pertes l'énorme investissement consenti par le parquet pour mener ce procès à son terme, pas s'il pouvait faire autrement. Sans compter qu'une annulation aurait pu le mettre dans l'embarras en donnant l'impression que son audience lui avait échappé. Tout cela, Logiudice le savait, évidemment. Peut-être avait-il franchi la ligne volontairement, en se disant que les lourds enjeux de cette affaire rendaient une annulation hautement improbable. Mais je lui prête (à tort ?) de mauvaises intentions.

Le procès reprit son cours.

– Veuillez décliner votre identité, je vous prie.

– Karen Rakowski. R, a, k, o, w, s, k, i.

– Quelles sont votre profession et votre affectation actuelle ?

– Je suis criminaliste à la police d'État du Massachusetts. Je suis actuellement au laboratoire scientifique de cette même police.

– Qu'est-ce qu'un criminaliste exactement ?

– Un criminaliste, c'est quelqu'un qui se sert des principes des sciences naturelles et physiques pour identifier, conserver et analyser les indices présents sur une scène de crime. Il rend compte ensuite de ses conclusions devant un tribunal.

– Depuis combien de temps êtes-vous criminaliste à la police d'État ?

– Onze ans.

– Combien de scènes de crime environ diriez-vous avoir traitées durant votre carrière ?

– Environ cinq cents.

– Êtes-vous membre d'organisations professionnelles ?

Rakowski se mit à égrener les noms d'une demi-douzaine d'entre elles, auxquels elle ajouta ses diplômes, son poste d'enseignante et quelques publications. Par sa vitesse, cette énumération m'évoqua le passage d'un train de marchandises : si on avait du mal à en distinguer tous les détails, on était impressionné par sa longueur. À vrai dire, personne ne prit garde à ce déversement d'informations car personne ne mettait réellement en doute les compétences de Rakowski. Elle était honorablement connue et respectée. Il faut souligner que le métier de « criminaliste » était désormais beaucoup plus professionnel et rigoureux qu'à ses débuts. Il était aussi plus en vogue. La médecine légale s'était énormément complexifiée, surtout sur les indices ADN. Nul doute que ce travail avait aussi gagné en prestige au travers de fictions télévisées comme *Les Experts*. Quoi qu'il en soit, c'est un métier qui attire aujourd'hui de plus en plus de candidats et Karen Rakowski faisait partie de la première vague de criminalistes de notre pays à ne pas être de simples flics doublés de scientifiques d'occasion. C'était une vraie pro. On l'imaginait beaucoup plus aisément avec la blouse blanche qu'avec le pantalon de cheval et les bottes montantes de la police d'État. J'étais content qu'on lui ait confié cette affaire. Je savais qu'avec elle nous serions correctement traités.

– Le 12 avril 2007, vers 10 heures, avez-vous reçu un appel

téléphonique à propos d'un meurtre commis dans Cold Spring Park à Newton ?

– Oui.

– Qu'avez-vous fait alors ?

– Je me suis rendue sur les lieux où m'attendait l'inspecteur Duffy, qui m'a résumé ce qu'il savait sur la scène de crime et ce qu'il attendait de moi. Il m'a conduite à l'endroit où se trouvait le corps.

– À votre connaissance, le corps avait-il été déplacé ?

– On m'a dit que personne n'y avait touché depuis l'arrivée de la police.

– Le médecin légiste était déjà là ?

– Non.

– Est-il préférable que le criminaliste arrive avant le médecin légiste ?

– Oui. Le légiste ne peut pas examiner le corps sans le déplacer. Une fois que le corps a été déplacé, on ne peut évidemment plus rien déduire de sa position.

– Mais, dans ce cas, vous saviez que le corps avait déjà été manipulé par la joggeuse qui l'avait découvert.

– Je le savais.

– Néanmoins, en voyant la scène la première fois, avez-vous pu tirer des conclusions de la position du corps et de l'aspect des abords ?

– Oui. Il était clair que l'agression avait eu lieu au sommet du talus, près d'un sentier de promenade, et que le corps avait ensuite glissé en bas de la pente. C'est ce que montrait une trace de sang qui descendait jusqu'à l'endroit où il avait fini sa course.

– Il s'agit des traces de contact dont il a été question hier ?

– Oui. Quand je suis arrivée, le corps proprement dit avait été retourné, visage vers le haut, et j'ai constaté que le T-shirt de la victime était imprégné de ce qui s'est révélé être du sang frais.

– Avez-vous accordé de l'importance à la présence abondante de sang sur le corps de la victime et, si oui, laquelle ?

– Sur le moment, non. Évidemment, les blessures étaient profondes et mortelles, mais je le savais avant d'arriver.

– Mais l'abondance de sang sur une scène de meurtre n'oriente-t-elle pas vers une rixe sanglante ?

– Pas forcément. Le sang circule constamment dans notre corps. C'est un circuit hydraulique : il est pompé en permanence. Il est véhiculé sous pression dans l'appareil circulatoire à travers les veines. Dans le cas d'un meurtre, le sang n'est plus soumis à la pression d'une pompe et son déplacement est alors régi par les lois ordinaires de la physique. La majeure partie du sang visible sur la scène, que ce soit sur la victime elle-même ou sur le sol sous elle et autour d'elle, peut simplement s'être écoulée sous l'effet de la gravité, à cause de la position du corps : pieds surélevés par rapport à la tête, visage contre terre. La présence de sang sur le corps pouvait donc s'expliquer par une hémorragie post mortem. Je ne pouvais pas encore le dire.

– Très bien. Qu'avez-vous donc fait ensuite ?

– J'ai examiné la scène de plus près. J'ai relevé des éclaboussures de sang près du sommet du talus, à l'endroit où l'agression semblait s'être déroulée. Elles étaient peu nombreuses à cet endroit.

– Permettez-moi de vous interrompre. L'analyse des éclaboussures de sang constitue-t-elle une discipline à part entière de la criminalistique ?

– Oui. Elle étudie leur forme et peut livrer des informations utiles.

– Avez-vous pu recueillir, dans le présent cas, des informations utiles à partir des éclaboussures de sang ?

– Oui. Comme je le disais, à l'endroit de l'agression, elles étaient rares et de très petite dimension, inférieure à deux centimètres, et leur taille montrait qu'elles étaient tombées au sol plus ou moins verticalement, en rayonnant dans toutes les directions. C'est ce qu'on appelle une chute à basse vitesse ou, parfois, une « hémorragie passive ».

– Hier, nous avons entendu la défense se demander si, après une agression comme celle-ci, on pouvait s'attendre à trouver du sang sur le corps de l'agresseur ou sur ses vêtements. D'après vos observations des éclaboussures, avez-vous une opinion à ce sujet ?

– Oui. Il n'est pas obligatoire qu'ici l'agresseur ait eu du sang sur lui. Pour revenir à l'appareil circulatoire, qui pompe le sang à travers le corps, n'oublions pas qu'une fois qu'il est éjecté hors du corps, vers l'extérieur, le sang obéit aux lois habituelles de la physique, comme n'importe quel fluide. Cela dit, il est vrai qu'en cas de section d'une artère, selon sa localisation, on peut s'attendre à voir le sang jaillir. C'est ce qu'on appelle une « effusion artérielle ». Même chose pour une veine. Mais, si c'est un capillaire, l'écoulement peut simplement se faire goutte à goutte, comme ici. Je n'ai pas vu là-bas d'éclaboussures qui m'aient paru avoir été projetées avec force. Ce genre de projection atterrit en biais, et son rayonnement n'est pas symétrique, comme ceci.

Joignant le geste à la parole, elle fit glisser son poing sur toute la longueur de son avant-bras pour montrer comment le sang s'étalerait au contact d'une surface.

– Il est également possible que l'assaillant se soit trouvé derrière la victime lorsqu'il l'a frappée, ce qui l'écarterait de la trajectoire d'une éventuelle projection sanglante. Et il est aussi possible que l'assaillant ait changé de vêtements après l'agression. Tout cela pour dire qu'on ne peut pas automatiquement affirmer que, dans ce cas, l'agresseur était ensanglanté après son geste malgré l'abondance de sang retrouvée sur les lieux.

– Connaissez-vous la formule : « L'absence de preuve n'est pas une preuve d'absence » ?

– Objection ! La question est orientée.

– Objection rejetée. Vous pouvez répondre à la question.

– Oui.

– Que signifie-t-elle ?

– Elle signifie que ce n'est pas parce qu'il n'y a pas de preuve matérielle de la présence de quelqu'un à un moment et dans un lieu donnés qu'on peut conclure que cette personne ne s'y est pas trouvée. Ce sera sûrement plus facile à comprendre formulé ainsi : une personne peut avoir été présente sur les lieux d'un crime et n'avoir laissé aucune trace matérielle.

La déposition de Rakowski se poursuivit pendant encore un moment. Logiudice prit son temps pour la recueillir car il en avait fait un des pivots de sa démonstration. Le témoin confirma en détail que le sang retrouvé sur la scène du crime provenait uniquement de la victime. Il n'existait, au voisinage immédiat du corps, aucun indice matériel susceptible d'être attribué à une autre personne – pas d'empreintes de doigts, de main ou de chaussure, pas de cheveux ni de fibres, pas de sang ni d'autre matière organique –, à la seule exception de cette maudite empreinte digitale.

– Où se trouvait cette empreinte exactement ?

– La victime portait un sweat-shirt à fermeture Éclair et cette fermeture était ouverte. À l'intérieur de ce vêtement, à peu près ici – elle désigna un point à l'intérieur de sa propre veste, dans la partie gauche de la doublure, là où se trouve souvent une poche intérieure –, il y avait une étiquette en plastique avec le nom du fabricant. C'est sur cette étiquette qu'a été trouvée l'empreinte.

– La surface sur laquelle est déposée une empreinte digitale influe-t-elle sur l'intérêt de celle-ci ?

– Disons que certaines surfaces retiennent mieux les empreintes que d'autres. Celle-ci était plate. Elle avait été humectée de sang, un peu comme un tampon encreur, et l'empreinte apparaissait très clairement.

– C'était donc une empreinte nette ?

– Oui.

– Et après examen de cette empreinte, à qui avez-vous déterminé qu'elle appartenait ?

– À l'accusé, Jacob Barber.

Jonathan se leva et, fataliste, déclara :

– Nous tenons pour acquis qu'il s'agit de l'empreinte digitale de l'accusé.

– Pas d'objection, fit le juge avant de se tourner vers le jury. Par cette formule, la défense reconnaît la véracité d'un fait sans que l'accusation ait à la démontrer. Dans la mesure où les deux parties admettent la réalité de ce fait, vous pouvez le tenir pour vrai et avéré. À vous, monsieur Logiudice.

– Avez-vous accordé de l'importance au fait que le sang de cette empreinte était celui de la victime et, si oui, laquelle ?

– Le sang devait évidemment déjà se trouver sur l'étiquette pour que le doigt de l'accusé puisse s'y enfoncer. Ce qui est important, c'est que l'empreinte a été laissée après le début de l'agression ou, du moins, après que la victime a subi au moins une première coupure, et assez tôt après l'agression pour que le sang sur cette étiquette soit encore frais, car un sang séché n'aurait pas pris l'empreinte de la même façon, à supposer même qu'il l'ait prise. Donc, cette empreinte a été laissée pendant l'attaque ou très peu de temps après.

– Dans quel délai, à peu près ? Combien de temps avant que le sang de cette étiquette soit trop coagulé pour garder une empreinte ?

– Il y a beaucoup de facteurs qui entrent en jeu. Mais quinze minutes au grand maximum.

– Et même moins, est-ce vraisemblable ?

– Impossible à dire.

*Bien joué, Karen. Ne te jette pas sur l'hameçon.*

Le seul échange un peu vif eut lieu lorsque Logiudice tenta de produire comme preuve un couteau, un objet aux lignes pures et maléfiques, le modèle Spyderco Civilian, celui nommément cité par Jacob dans son récit du meurtre de Ben Rifkin. Jonathan s'éleva avec véhémence contre la présentation de cette arme aux jurés puisque rien ne prouvait que Jacob en avait possédé une semblable. Je m'étais débarrassé du sien avant que sa chambre soit perquisitionnée, ce qui ne m'empêcha pas de blêmir à la vue du Spyderco Civilian. Il ressemblait terriblement à celui de Jacob. Je n'osai pas me retourner pour regarder Laurie et je ne peux donc que rapporter ce qu'elle m'en a dit ensuite : « J'ai cru mourir en le voyant. » Finalement, le juge French n'autorisa pas Logiudice à produire cette arme comme preuve. Son simple aspect, expliqua-t-il, était « incendiaire » au vu de la faiblesse du lien établi par le ministère public entre ce couteau et Jacob. Une façon pour le juge French de dire qu'il ne comptait pas laisser Logiudice brandir un engin d'apparence aussi terrible dans une salle d'audience pour transformer le jury en une bande de lyncheurs – pas tant que le ministère public n'aurait pas proposé un témoin apte à dire que Jacob avait en sa possession un couteau comme celui-ci. Il autorisait toutefois l'expert à s'exprimer à son sujet en s'en tenant aux généralités.

– Existe-t-il une concordance entre ce couteau et les plaies de la victime ?

– Oui. Nous avons examiné la taille et la forme de la lame par rapport aux plaies et établi une concordance. Sur ce modèle-ci, la lame est courbe et présente un tranchant dentelé, ce qui expliquerait l'aspect déchiqueté des lèvres des plaies. C'est un couteau conçu pour lacérer, comme on le ferait dans un combat à l'arme blanche. Un couteau fait pour obtenir une coupe nette aura généralement un tranchant lisse, très affûté, comme un bistouri.

– Le tueur pourrait donc avoir utilisé exactement ce type de couteau ?

– Objection !

– Objection rejetée.

– Il pourrait, oui.

– Pouvez-vous dire, d'après l'angle des blessures et les caractéristiques du couteau, comment le tueur s'y est pris pour porter les coups mortels, quel type de mouvement il a pu exécuter ?

– Étant donné que les blessures partent en ligne droite, c'est-à-dire dans un plan horizontal, il semble que l'assaillant se trouvait très vraisemblablement juste devant la victime, qu'il était sensiblement de la même taille qu'elle et qu'il a frappé droit devant lui, à trois reprises, en tenant son couteau plus ou moins à plat.

– Pouvez-vous, s'il vous plaît, reproduire le mouvement que vous décrivez ?

– Objection !

– Objection rejetée.

Rakowski se leva et lança le bras droit devant elle par trois fois. Puis se rassit.

Pendant quelques secondes, Logiudice resta muet. À cet instant, le silence dans la salle était tel que j'entendis quelqu'un derrière moi expirer longuement : *Ffouuh.*

Jonathan fit preuve de vaillance dans le contre-interrogatoire. Il n'attaqua pas Rakowski frontalement. Il n'avait rien à gagner à s'en prendre à quelqu'un d'aussi compétent et impartial. Il se borna à l'unique preuve matérielle et à sa minceur.

– Le ministère public a cité la formule : « L'absence de preuve n'est pas une preuve d'absence. » Vous vous souvenez ?

– Oui.

– N'est-il pas vrai aussi que l'absence de preuve n'est rien d'autre que ce qu'elle est : une absence de preuve ?

– Oui.

Jonathan lança au jury un sourire amusé.

– Dans cette affaire, nous constatons une absence de preuve assez patente, n'est-ce pas ? Existe-t-il, contre l'accusé, quoi que ce soit de probant sur le plan du sang ?

– Non.

– De la génétique ? De l'ADN ?

– Non.

– Des cheveux ?

– Non.

– Des fibres ?

– Non.

– Un élément quelconque qui, hormis cette empreinte digitale, établisse un lien entre l'accusé et le meurtre ?

– Non.

– Pas d'empreintes ? Ni de mains ? Ni de doigts ? Ni de semelles ? Rien ?

– C'est exact.

– Eh bien, moi, c'est ce que j'appelle une absence de preuve !

Ce qui fit rire les jurés. Ainsi que Jacob et moi, plus de soulagement qu'autre chose. Logiudice bondit pour objecter, l'objection fut retenue, mais elle était anecdotique.

– Et l'empreinte digitale qui a été retrouvée, l'empreinte digitale de Jacob sur le sweat-shirt de la victime. N'est-ce pas qu'une empreinte digitale a un énorme défaut : elle est impossible à dater ?

– C'est exact, à part ce que l'on peut déduire du fait que le sang était encore frais lorsque le doigt de l'accusé l'a touché.

– Oui, le sang frais, exactement. Puis-je vous soumettre une hypothèse, madame Rakowski ? Supposons, par hypothèse donc, que l'accusé, Jacob, tombe sur la victime, son ami et camarade de classe, allongé sur le sol dans le parc, tandis que lui, Jacob, se rend au collège. Supposons, c'est toujours une hypothèse, supposons que cela se passe quelques minutes après l'agression. Et supposons enfin qu'il saisisse la victime par son sweat-shirt pour essayer de l'aider ou pour s'enquérir de son état. Est-ce que cela n'expliquerait pas que vous ayez trouvé cette empreinte digitale là où vous l'avez trouvée ?

– Si.

– Et, pour terminer, au sujet du couteau dont on nous a parlé, le – comment déjà ? – le Spyderco Civilian. Est-il exact qu'il existe de nombreux couteaux susceptibles d'avoir provoqué ces blessures ?

– Oui. J'imagine que oui.

– Car les seules données qui vous guident dans votre analyse sont les caractéristiques des plaies, leur dimension et leur forme, la profondeur de pénétration, etc., n'est-ce pas ?

– Oui.

– Et, donc, tout ce que vous savez, c'est que l'arme du crime semblait avoir un tranchant irrégulier et une lame d'une certaine taille, n'est-ce pas ?

– Oui.

– Avez-vous cherché à savoir combien de couteaux répondaient à cette description ?

– Non. La procureur m'a simplement demandé de déterminer s'il existait un rapport entre ce couteau précis et les blessures de la victime. On ne m'a fourni aucun autre couteau pour comparer.

– Une façon de fausser la donne, non ?

– Objection !

– Objection retenue.

– Les enquêteurs n'ont pas cherché à déterminer combien de couteaux auraient pu occasionner ces blessures ?

– On ne m'a pas interrogée sur d'autres modèles, non.

– Avez-vous une idée approximative de ce chiffre ? Combien de couteaux provoqueraient une plaie d'environ cinq centimètres de large et de huit à dix centimètres de profondeur ?

– Je ne sais pas. Je ne peux qu'émettre des hypothèses.

– Mille ? Admettez que ça doit être un minimum.

– Je l'ignore. Il doit y en avoir beaucoup. Souvenons-nous aussi qu'un petit couteau peut créer une ouverture plus large que la lame elle-même car l'agresseur peut s'en servir pour agrandir la plaie. Un bistouri, malgré sa très petite taille, peut évidemment créer une très grande incision. Donc, quand on parle de la taille de la plaie par rapport à la lame, il s'agit de la dimension maximum de la lame, de sa largeur hors tout, puisque, évidemment, la lame ne peut pas être plus large que l'ouverture par où elle est passée, du moins si l'on parle, comme ici, d'une plaie pénétrante. Mis à part sur cette largeur maximum, la dimension de la plaie ne renseigne pas avec précision sur la taille du couteau. Je ne peux donc pas répondre à votre question.

Jonathan inclina la tête. Il n'était pas convaincu.

– Cinq cents ?

– Je ne sais pas.

– Cent ?

– C'est possible.

– Ah, c'est possible. Nous aurions donc une probabilité de un sur cent ?

– Objection !

– Objection retenue.

– Pourquoi les enquêteurs se sont-ils intéressés à ce couteau en particulier, madame Rakowski, au Spyderco Civilian ? Pourquoi vous ont-ils demandé de comparer ce modèle-là aux plaies ?

– Parce qu'il figurait dans un récit du meurtre rédigé par l'accusé…

– D'après Derek Yoo.

– Tout à fait. Et le même témoin aurait vu un couteau similaire en la possession de l'accusé.

– Derek Yoo, là encore ?

– Je crois.

– Par conséquent, le seul lien entre ce couteau et Jacob, c'est uniquement Derek Yoo, un enfant par ailleurs perturbé ?

Elle ne put répondre car Logiudice avait objecté trop vite. Mais c'était sans importance.

– Ce sera tout, monsieur le juge.

# 33

# Le père O'Leary

L'issue serait serrée, j'en avais le pressentiment, mais j'étais encore optimiste. Logiudice comptait sur un « tirage quinte par le ventre », comme on dit au poker pour compléter une main médiocre du genre deux-trois/cinq-six. Il n'avait vraiment pas le choix. Il avait un jeu pourri. Pas d'as, pas d'élément de preuve suffisamment accablant pour que le jury ne puisse faire autrement que condamner. Il plaçait son ultime espoir dans une cohorte de témoins triés parmi les camarades de classe de Jacob. Moi, je ne voyais pas comment un élève de McCormick pourrait en imposer à ce point aux jurés.

Jacob était du même avis et nous passions de bons moments à nous gausser des arguments de Logiudice, à nous rassurer en nous disant que toutes les cartes qu'il jouait étaient des deux ou des trois. La tirade de Jonathan sur l'« absence de preuve » et le savon reçu par Logiudice pour son allusion au gène du meurtre nous avaient particulièrement mis en joie. Je ne veux pas dire par là que Jacob n'était pas mort de trouille. Il l'était. Nous l'étions tous. L'angoisse de Jacob l'amenait parfois à plastronner, voilà tout. La mienne aussi. Je me sentais combatif, débordant d'adrénaline et de testostérone. J'étais un moteur en surrégime. L'imminence d'un cataclysme aussi énorme qu'un verdict de culpabilité avivait chacune de mes sensations.

Laurie était plus abattue, beaucoup plus. Pour elle, si la décision était tangente, le jury se sentirait le devoir de condamner. De ne prendre aucun risque. De jeter en prison ce jeune monstre, de protéger tous les petits innocents, d'en finir avec lui. Pour elle, les jurés auraient à cœur d'envoyer quelqu'un au gibet pour le meurtre de Ben Rifkin. Tout verdict plus clément serait un déni de justice. Si c'était autour du cou de Jacob qu'ils devaient passer la corde, eh bien ils le feraient. Dans les sombres prophéties de Laurie, je lisais des messages plus noirs, mais sans oser lui poser de questions. Mieux vaut que certains sentiments ne fassent jamais surface. Il est des choses qu'une mère ne doit jamais être contrainte d'avouer au sujet de son fils, quand bien même elle les éprouve.

Ce soir-là, nous fîmes donc une trêve. En décidant d'arrêter de ressasser les arguments scientifiques entendus tout au long de la journée. En bannissant de nos conversations les subtilités sur les éclaboussures sanguines, sur les angles de pénétration des couteaux, etc. Nous préférâmes, assis sur le canapé, regarder la télévision dans un silence satisfait. Lorsque Laurie monta vers 22 heures, j'eus une vague envie de la suivre. Naguère, je l'aurais fait. Ma libido m'aurait entraîné dans l'escalier comme un molosse tirant sur sa laisse. Mais nous n'en étions plus là. L'appétit sexuel de Laurie s'était évanoui et je ne m'imaginais pas aller dormir à ses côtés ni même aller dormir tout court. Et puis il fallait bien quelqu'un pour éteindre la télé et dire à Jacob d'aller se coucher le moment venu, sinon il serait resté debout jusqu'à 2 heures du matin.

Peu après 23 heures – Jon Stewart venait d'apparaître à l'écran –, Jake me dit :

– Il est encore là.

– Qui ?

– Le gars à la cigarette.

Inquiet, j'allai regarder à travers les stores en bois du séjour.

De l'autre côté de la rue stationnait la Lincoln Town Car. Elle était garée là, sans vergogne, juste en face de la maison, sous un réverbère. La fenêtre était entrouverte pour permettre au conducteur de faire tomber sa cendre dans la rue.

– On appelle la police ? me demanda Jacob.

– Non, je m'en occupe.

Dans la penderie de l'entrée, je dénichai une batte de baseball qui dormait là depuis des années parmi les parapluies et les bottes, abandonnée sans doute par Jacob au retour d'un match.

C'était une Louisville Slugger rouge, en aluminium, version enfant.

– C'est peut-être pas une très bonne idée, papa.

– C'est une excellente idée, fais-moi confiance.

Je reconnais que, a posteriori, ce n'était effectivement pas une excellente idée. Je n'ignorais pas le préjudice que je pouvais causer à notre image, même à celle de Jacob. Je pense que je me proposais plus ou moins de faire peur à l'homme à la cigarette, sans l'agresser physiquement. Surtout, je me sentais capable de traverser un mur et j'avais envie de passer enfin à l'acte. Pour être franc, je ne savais pas au juste jusqu'où je comptais aller. Finalement, je n'eus pas l'occasion de le savoir.

Car, alors que j'atteignais le trottoir devant la maison, une voiture de police banalisée – une Interceptor noire – vint s'interposer entre nous. Elle semblait surgie de nulle part, avec ses feux clignotants et ses gyrophares bleus qui illuminaient la rue. Le véhicule s'immobilisa en biais devant la Lincoln pour l'empêcher de démarrer.

En jaillit Paul Duffy, vêtu en civil, à part un coupe-vent de la police d'État et un insigne accroché à la ceinture. Il posa les yeux sur moi – je devais au minimum avoir laissé tomber la batte à terre, en tout cas avoir l'air ridicule – et leva les sourcils :

– Rentre chez toi, Babe Ruth[1].

Je ne bougeai pas. J'étais tellement sidéré et mes sentiments au sujet de Duffy étaient à cet instant tellement partagés que je fus incapable de comprendre ce qu'il me disait.

Il n'insista pas et s'approcha de la Lincoln.

La fenêtre du conducteur s'ouvrit dans un glissement électrique et l'occupant lui demanda :

– Il y a un problème ?

– Permis de conduire et certificat d'immatriculation, je vous prie.

– Qu'est-ce que j'ai fait ?

– Permis de conduire et certificat d'immatriculation, je vous prie.

– J'ai quand même le droit d'être dans ma voiture, non ?

1. Champion de base-ball de l'entre-deux-guerres. *(N.d.T.)*

– Monsieur, vous refusez de me présenter vos papiers ?

– Monsieur l'agent, je ne refuse rien du tout. Je voudrais simplement savoir que ce vous me voulez. Je suis sur la voie publique et je ne fais de mal à personne.

Il finit cependant par obtempérer. Ayant glissé sa cigarette entre ses lèvres, il se pencha loin en avant pour, en se contorsionnant, aller puiser son portefeuille sous ses fesses. Lorsque Duffy repartit vers sa voiture le permis à la main, l'autre, en me regardant sous la visière de sa casquette, me fit :

– Comment ça va, mon pote ?

Je ne répondis pas.

–Et la famille, ça va aussi ?

Je continuai de le dévisager.

– Ç'a du bon, la famille…

Je restai muet et il se remit à fumer avec une nonchalance théâtrale.

Duffy ressortit de sa voiture et lui tendit ses papiers.

– C'était vous qui étiez garé ici l'autre soir ?

– Non. Je vois pas de quoi vous voulez parler.

– Je vous suggère de passer votre chemin, monsieur O'Leary. Bonne soirée. Ne revenez pas par ici.

– Cette rue est à tout le monde, non ?

– Pas à vous.

– Très bien, monsieur l'agent.

Il se pencha une nouvelle fois et fourra en grommelant son portefeuille dans sa poche arrière.

– Désolé, je suis pas rapide. Ça doit être la vieillesse. Ça arrive à tout le monde, non ?

Il adressa un sourire à Duffy, puis à moi.

– Bonne soirée, messieurs.

Après s'être passé la ceinture en travers du torse, il la verrouilla avec ostentation.

– Un petit clic plutôt qu'un grand choc, fit-il. Monsieur l'agent, désolé, mais il va falloir bouger votre voiture. Vous me bloquez le passage.

Duffy regagna son véhicule et le recula de un mètre ou deux.

– Bonne soirée, monsieur Barber, lança l'homme en s'éloignant lentement.

Duffy revint se poster à mes côtés.
– Tu peux m'expliquer tout ce bazar ? lui demandai-je.
– Je crois qu'il vaudrait mieux qu'on parle.
– Tu veux entrer ?
– Écoute, Andy, je comprendrais que tu ne veuilles pas de moi chez toi. C'est normal. On peut parler ici, ça ira.
– Non, c'est bon, entre.
– Je préfère…
– J'ai dit que c'était bon, Duff.
Il fronça les sourcils.
– Laurie est couchée ?
– Tu as peur de te retrouver face à elle ?
– Oui.
– Mais face à moi, non ?
– Je ne suis pas spécialement à l'aise, pour être honnête.
– En tout cas, tranquillise-toi, je crois qu'elle dort.
– Ça t'ennuie si je te prends ça ?
Je lui remis la batte.
– Tu comptais vraiment t'en servir ?
– Je suis en droit de garder le silence.
– Tu fais peut-être bien.
Il lança l'objet dans sa voiture et me suivit à l'intérieur.
Laurie attendait en haut de l'escalier, en pantalon de pyjama en flanelle et sweat-shirt, les bras croisés. Elle ne prononça pas un mot.
– Salut, Laurie, lança Duffy.
Elle tourna les talons et repartit se coucher.
– Salut, Jacob.
– Salut, répondit celui-ci, contraint par les bonnes manières et l'habitude à ne pas manifester de sentiment de colère ou de trahison.
Dans la cuisine, je lui demandai ce qu'il faisait devant chez nous.
– C'est ton avocat qui m'a appelé. Il m'a dit qu'à Newton et Cambridge ils faisaient la sourde oreille.
– Et donc c'est toi qu'il a appelé ? Je te croyais dans les relations avec le public ?
– Oui, mais disons que j'ai accepté à titre personnel.

Je hochais la tête. Je ne sais plus quelle était la nature de mes sentiments envers Paul Duffy à cet instant. Je me disais sans doute qu'il n'avait fait que son devoir en témoignant contre Jacob. Je n'arrivais pas à voir en lui un ennemi. Pour autant, nous ne serions plus jamais amis. Si mon gamin finissait à Walpole avec une perpétuité incompressible, je saurais que ce serait à Duffy que je le devrais. Nous le savions tous les deux. N'ayant ni l'un ni l'autre les mots pour en parler ouvertement, nous passâmes à autre chose. C'est ce qui est bien dans les amitiés entre hommes : tout embarras ou presque peut être passé sous silence d'un commun accord et, puisqu'une vraie relation est inimaginable, tous deux peuvent poursuivre en parallèle leur petit bonhomme de chemin.

– Alors, qui est-ce ?

– James O'Leary pour l'état civil. Il se fait appeler le père O'Leary. Né en février 1943. Ça lui fait soixante-quatre ans.

– Le grand-père O'Leary, plutôt.

– C'est pas un rigolo. C'est un vétéran de la truande. Un casier de cinquante ans d'âge, tu croirais lire le Code pénal. Tout y est. Armes, stupéfiants, violences. Dans les années 1980, les fédéraux l'ont coincé sur la loi RICO[1] avec un paquet d'autres types, mais il a été blanchi. C'était un homme de main, d'après ce qu'on m'a dit. Un broyeur d'os. À présent, il est trop vieux pour ça.

– Qu'est-ce qu'il fait, du coup ?

– Des petits « dépannages ». Il bosse sur commande, mais c'est de la bricole. Il fait disparaître les problèmes. Il est multicarte : impayés, expulsions, intimidations…

– Le père O'Leary... Alors qu'est-ce qu'il a contre Jacob ?

– Rien, sûrement. La question, c'est : qui le paie et dans quel but ?

– Et donc ?

Duffy haussa les épaules.

– Je n'en ai aucune idée. Sans doute quelqu'un qui en veut à Jacob. Ça commence à faire du monde : tous ceux qui

---

1. Loi adoptée en 1973 pour lutter contre le crime organisé. *(N.d.T.)*

connaissaient Ben Rifkin, tous ceux à qui cette affaire tape sur le système, tous ceux qui ont la télé, en gros…

– Super. Alors qu'est-ce que je fais si je le revois ?

– Change de trottoir. Et appelle-moi.

– Tu vas m'envoyer le service des relations avec le public ?

– Je t'enverrai la 82e aéroportée au besoin.

Je souris.

– J'ai encore quelques amis, m'assura-t-il.

– Ils vont te réintégrer dans la CPAC ?

– Ça dépend. On verra si Raspoutine donne son feu vert quand il sera procureur.

– Il doit encore réussir un gros coup avant de pouvoir se présenter[1].

– Ça, c'est autre chose : il n'y arrivera pas.

– Ah bon ?

– Non. Je me suis intéressé à ton copain Patz.

– Suite à ton contre-interrogatoire ?

– Oui, et aussi parce que je me souviens que tu te posais des questions sur Patz et Logiudice, sur l'existence d'un lien entre eux. Pourquoi est-ce que Logiudice ne voulait pas entendre parler de cette piste ?

– Et donc ?

– Bon, ce n'est peut-être rien, mais il y a bien un lien. Logiudice a eu affaire à lui quand il était à la protection des mineurs. Une histoire de viol. Logiudice avait requalifié les faits en attentat à la pudeur et accepté un accord négocié.

– Et alors ?

– Si ça se trouve, il n'y a rien du tout. Peut-être que la victime était réticente ou qu'elle n'a pas pu aller jusqu'au bout pour une raison quelconque et que Logiudice a bien agi. Mais peut-être aussi qu'il a expédié le dossier un peu vite et que, une fois libéré, Patz s'est transformé en meurtrier. C'est pas le genre de chose qu'on met sur des affiches électorales…

Duffy haussa les épaules.

– …Je n'ai pas accès aux dossiers de la procureur. C'est

---

1. Aux États-Unis, les procureurs sont élus. *(N.d.T.)*

tout ce que j'ai pu apprendre sans attirer l'attention. Bon, c'est pas énorme, mais c'est déjà quelque chose.

– Merci.

– On verra bien, murmura-t-il. D'une certaine façon, peu importe que ce soit vrai, hein ? Ce serait histoire de balancer ça devant la cour, de soulever un peu de poussière, tu me suis ?

– Oui, je te suis, Perry Mason[1].

– Et si Logiudice encaisse le coup, c'est toujours ça de gagné, non ?

Je souris.

– Ouais.

– Andy, je suis désolé, tu sais.

– Je sais.

– C'est terrible, ce boulot, parfois.

Nous restâmes quelques secondes à nous regarder.

– Bon, fit-il, je vais te laisser dormir. Grosse journée demain. Tu veux que j'attende un peu dehors au cas où ton ami reviendrait ?

– Non, merci. Ça devrait aller, je crois.

– OK. Alors à plus tard, sûrement.

Avant de me mettre au lit, une vingtaine de minutes après son départ, je soulevai le store de la chambre pour jeter un œil dans la rue. Le véhicule noir était encore là, comme je m'y attendais.

---

1. Avocat, héros d'une célèbre série télévisée. *(N.d.T.)*

# 34

# Jacob était fou

Sixième jour du procès.

Lorsque les audiences reprirent le lendemain matin, le père O'Leary était dans le public, au fond de la salle.

Laurie, la mine grise et défaite, était présente à son poste de proscrite, au premier rang.

Logiudice, la confiance requinquée par les prestations d'une brochette de témoins professionnels, déambulait avec un petit air supérieur. Les procès ont cette particularité que, alors que le témoin en est prétendument la vedette, celui qui le questionne est le seul dans le prétoire à être libre de se déplacer à sa guise. Quand il est bon, il bouge généralement peu, attentif à ce que les jurés ne perdent pas le témoin des yeux. Mais Logiudice semblait ne pas trouver de perchoir à son goût puisqu'il voleta de la barre à la table de l'accusation en passant par le banc des jurés et par diverses escales intermédiaires avant de venir se poser devant le lutrin. Je pense qu'il était à cran à cause de la liste des témoins civils du jour – les camarades de classe de Jacob – et qu'il entendait ne pas laisser ces amateurs vider son dossier comme l'avaient fait leurs prédécesseurs à la barre.

À la barre, justement, se tenait Derek Yoo. Derek qui avait mangé dans notre cuisine des centaines de fois. Qui s'était prélassé sur notre canapé en regardant les matchs de foot et en répandant des chips sur la moquette. Derek qui avait fait des bonds de cabri dans tout le séjour en jouant à la GameCube et à la Wii avec Jacob. Derek qui, sans doute défoncé, avait secoué béatement la tête pendant des heures sur le martèlement de basses de son iPod tandis que Jacob en faisait autant à ses côtés – avec le son monté si fort qu'on l'entendait grésiller dans son casque et qu'on avait l'impression d'écouter ses pensées. Quand j'ai vu ce même Derek Yoo à la barre, je me serais fait une joie de le dépecer vivant, avec sa coupe en pétard de rockeur branché et son air de glandeur assoupi, lui qui menaçait d'envoyer mon fils à Walpole jusqu'à la fin de ses jours. Pour l'occasion, Derek portait une veste sport en tweed un peu vaste pour ses épaules étroites. Le col de sa chemise était trop grand. Nouée en dessous, sa cravate, fripée et tortillée, pendouillait à son cou frêle comme un nœud coulant en attente.

– Depuis quand connaissez-vous l'accusé, Derek ?

– Depuis la maternelle, je pense.

– Vous étiez à l'école primaire ensemble ?

– Oui.

– Où était-ce ?

– À Mason-Rice, à Newton.

– Et vous êtes restés amis depuis ?

– Oui.

– Meilleurs amis ?

– Je dirais oui. Par périodes.

– Vous alliez l'un chez l'autre ?

– Ouais.

– Vous sortiez ensemble après les cours et le week-end ?

– Ouais.

– Vous étiez rattachés à la même salle de permanence ?

– Des fois.

– La dernière fois, quand était-ce ?

– Pas l'année dernière. Cette année, Jake est pas au collège. Je crois qu'il a des cours particuliers. Donc, je pense, il y a deux ans.

– Mais même les années où vous n'aviez pas la même salle de permanence, vous restiez proches ?

– Oui.

– Donc depuis combien d'années vous et l'accusé êtes-vous proches ?

– Huit ans.

– Huit ans. Et vous avez quel âge ?

– Quinze ans cette année.

– Est-il juste de dire que, le jour où Ben Rifkin a été assassiné, le 12 avril 2007, Jacob était votre meilleur ami ?

La voix de Derek faiblit. Cette idée provoqua en lui de la tristesse ou de la gêne.

– Oui.

– Bien. Portons notre attention sur le 12 avril 2007. Vous souvenez-vous de l'endroit où vous vous trouviez ce matin-là ?

– Au collège.

– Vers quelle heure êtes-vous arrivé au collège ?

– À 8 h 30.

– Comment y êtes-vous allé ce jour-là ?

– À pied.

– Votre itinéraire passait-il par Cold Spring Park ?

– Non, j'arrive par l'autre côté.

– Bien. En arrivant au collège, où êtes-vous allé ?

– Je me suis arrêté à mon casier pour déposer mes affaires et, ensuite, je suis allé en permanence.

– Et l'accusé n'était pas dans votre salle de permanence cette année-là, est-ce exact ?

– Oui.

– L'avez-vous vu avant d'arriver à cette salle, ce matin-là ?

– Oui, je l'ai vu devant les casiers.

– Que faisait-il ?

– Il mettait ses affaires dans son casier.

– Avez-vous remarqué quelque chose d'inhabituel dans son aspect ?

– Non.

– Dans ses vêtements ?

– Non.

– Avait-il quelque chose sur la main ?

– Il avait une grosse tache. On aurait dit du sang.

– Décrivez cette tache.

– C'était, disons, une tache rouge, à peu près de la taille d'une pièce de monnaie.

– L'avez-vous questionné à ce sujet ?

– Oui, je lui ai demandé : « Dis donc, tu t'es fait quoi à la main ? » Et lui, il m'a répondu : « Oh, c'est rien, juste une égratignure. »

– Avez-vous vu l'accusé essayer d'enlever ce sang ?
– Non, pas à ce moment-là.
– A-t-il nié que cette tache sur sa main était du sang ?
– Non.
– Bien. Que s'est-il passé ensuite ?
– Je suis allé en permanence.
– Ben Rifkin était-il dans votre salle de permanence cette année-là ?
– Oui.
– Mais, ce matin-là, il n'y était pas.
– Non.
– Cela vous a-t-il étonné ?
– Non. Je ne sais même pas si je l'ai remarqué. Je crois que je me serais dit qu'il était malade.
– Donc que s'est-il passé en salle de permanence ?
– Rien. Comme d'habitude : l'appel, quelques annonces, et puis on nous a envoyés en cours.
– Quel était votre premier cours ce jour-là ?
– Anglais.
– Vous y avez assisté ?
– Ouais.
– L'accusé était-il avec vous en anglais ?
– Oui.
– L'avez-vous vu en salle de cours ce matin-là ?
– Oui.
– Lui avez-vous parlé ?
– On s'est juste dit bonjour, c'est tout.
– Avez-vous remarqué quelque chose d'inhabituel dans l'attitude de l'accusé ou dans ses propos ?
– Non, pas vraiment.
– Il n'avait pas l'air bouleversé.
– Non.
– Quelque chose d'inhabituel dans son apparence ?
– Non.
– Pas de sang sur ses vêtements, rien de tel ?
– Objection !
– Objection retenue.

– Pourriez-vous décrire l'apparence de l'accusé quand vous l'avez vu en cours d'anglais ce matin-là ?

– Il devait être habillé normalement : jean, tennis, en gros. Il n'avait pas de sang sur ses vêtements, si c'est ça que vous voulez dire.

– Et sur les mains ?

– La tache était partie.

– Il se les était lavées ?

– Je suppose.

– Avait-il des coupures ou des éraflures sur les mains ? Quelque chose qui expliquerait la présence de ce sang ?

– Pas que je me souvienne. Je n'ai pas vraiment fait attention. Ça n'avait pas d'importance à ce moment-là.

– Bon, que s'est-il passé ensuite ?

– On était en anglais depuis environ un quart d'heure quand il y a eu une annonce qui disait que le collège était mis en confinement.

– Qu'est-ce que le confinement ?

– Il faut retourner en permanence, on fait l'appel, on verrouille toutes les portes et tout le monde doit rester enfermé.

– Savez-vous pourquoi le collège peut être mis en confinement ?

– Quand il y a un danger quelconque.

– À quoi avez-vous pensé en apprenant que le collège allait être confiné ?

– À Columbine.

– Vous vous disiez qu'il y avait quelqu'un dans le collège avec une arme à feu ?

– Oui.

– Aviez-vous un nom en tête ?

– Non.

– Aviez-vous peur ?

– Oui, évidemment. Tout le monde avait peur.

– Vous souvenez-vous de la réaction de l'accusé lorsque le principal a annoncé le confinement ?

– Il a rien dit. Il avait une espèce de sourire. On n'a pas eu beaucoup de temps. Quand on a entendu ça, tout le monde est sorti en courant.

– L'accusé vous a-t-il paru inquiet ou effrayé ?
– Non.
– À ce moment-là, quelqu'un connaissait-il la raison de ce confinement ?
– Non.
– Quelqu'un a-t-il fait le lien avec Ben Rifkin ?
– Non. Disons qu'en fin de matinée on nous l'a dit, mais pas au début.
– Que s'est-il passé ensuite ?
– On est restés dans les salles de permanence avec les portes fermées à clé. Au micro, on nous a dit qu'il y avait pas de danger, pas d'armes ni rien. Alors les profs, ils ont déverrouillé les portes et on a attendu. Ça ressemblait un peu à un exercice.
– Aviez-vous déjà pris part à des exercices de confinement ?
– Oui.
– Que s'est-il passé ensuite ?
– On est restés là. On nous a dit de sortir nos livres et de lire ou de faire nos devoirs, ce qu'on voulait. Après, ils ont annulé les cours pour le reste de la journée et on est rentrés chez nous vers 11 heures.
– Personne ne vous a interrogés, vous ou les autres élèves ?
– Pas ce jour-là, non.
– Personne n'a fouillé le collège, les casiers ou des élèves ?
– Moi, je n'ai rien vu.
– Quand les cours ont été annulés et qu'on vous a laissés quitter la salle, qu'avez-vous vu ?
– Il y avait beaucoup de parents dehors qui étaient venus chercher leur enfant. Tous les parents étaient là.
– Quand avez-vous revu l'accusé ?
– On a dû se texter dans l'après-midi.
– Par « se texter », voulez-vous dire que vous avez échangé des SMS sur vos téléphones portables ?
– Oui.
– De quoi avez-vous discuté ?
– À ce moment-là, on savait tous que Ben avait été tué. Mais on savait pas exactement ce qui s'était passé ni rien. Alors on s'est envoyé des questions : « T'as entendu quelque chose ? », « Qu'est-ce que t'as entendu ? », « Qu'est-ce qui s'est passé ? »

– Et que vous répondait l'accusé ?

– Moi, je lui ai demandé : « Mais c'est pas ton chemin pour aller au collège ? T'as vu quelque chose ? » Mais il m'a dit que non.

– Il vous a dit que non ?

– Oui.

– Il ne vous a pas dit qu'il avait vu Ben couché par terre et qu'il avait tenté de le ranimer ou qu'il avait cherché à savoir comment il allait ?

– Non.

– Que vous a-t-il dit d'autre dans ses messages ?

– En fait, on a un peu déliré parce que, depuis un moment, Ben en avait après Jacob. Alors c'étaient des messages du genre : « Dommage, un mec aussi sympa », « Tes désirs sont devenus réalité », des trucs comme ça. Je sais que dire ça maintenant, c'est moyen, mais, bon, on délirait, quoi.

– Quand vous dites que Ben Rifkin en avait après Jacob, pouvez-vous préciser votre pensée. Que s'était-il passé entre eux au juste ?

– Ben, il était… il faisait partie d'un autre groupe. Disons qu'il était – je veux pas dire des choses pas sympas sur lui après ce qui s'est passé et tout –, mais il était pas très cool avec Jake et avec moi, ni avec notre groupe.

– Qui fait partie de votre groupe ?

– En gros, moi, Jake et un autre, Dylan.

– Et ce groupe, en quoi consistait-il ? Quelle était votre réputation dans le collège ?

– Une réputation de geeks.

Derek avait dit cela sans gêne ni amertume. Il s'en moquait. C'était ainsi.

– Et Ben, il était quoi, lui ?

– Je sais pas. Beau gosse.

– Il était beau garçon ?

Derek rougit.

– Je sais pas. C'est juste qu'il était pas dans le même groupe que nous.

– Étiez-vous ami avec Ben Rifkin ?

– Non. Disons que je le connaissais, on se disait bonjour, mais on n'était pas amis.

– Mais il ne s'en est jamais pris à vous ?

– Je sais pas. Il m'a sûrement traité de tapette ou autre. J'appellerais pas ça du harcèlement. Quelqu'un qui vous traite de tapette, c'est juste comme ça. C'est pas méchant.

– Ben insultait-il d'autres personnes ?

– Oui.

– En quels termes ?

– Je sais pas : pédé, geek, salope, pute, bolos… plein de trucs. Il était comme ça, c'est comme ça qu'il parlait.

– À tout le monde ?

– Non, pas à tout le monde. Juste à ceux qu'il aimait pas. À ceux qu'il trouvait pas stylés.

– Jacob, il était stylé ?

Sourire timide.

– Non. Personne l'était chez nous.

– Ben appréciait-il Jacob ?

– Non, sûrement pas.

– Pourquoi ?

– C'était comme ça.

– Sans raison ? Existait-il un quelconque contentieux entre eux ? Un problème particulier ?

– Non. C'est juste que Ben, il trouvait Jake nul. Mais nous aussi. Il nous insultait tous.

– Mais plus Jacob que vous ou Dylan ?

– Oui.

– Pourquoi ?

– Je crois qu'il avait repéré que, Jake, ça lui faisait quelque chose. Comme j'ai dit, pour moi, si on te traite de pédé, de geek ou d'autre chose, qu'est-ce que tu peux faire ? T'as même pas envie de répondre. Mais, Jake, lui, ça le démolissait, alors Ben, il insistait.

– De quelle manière ?

– En l'insultant.

– Quel genre d'insultes ?

– « Pédé », en général. D'autres trucs, plus durs.

– Plus durs, c'est-à-dire ? Allez-y, vous pouvez le dire.

– Ça tournait autour du fait d'être homo. Il arrêtait pas de demander à Jacob s'il avait essayé différents trucs avec des hommes. C'était sans arrêt, sans arrêt.

– Que disait-il ?

Derek prit une profonde aspiration.

– Je sais pas si je peux utiliser ces mots-là.

– Je vous en prie. Allez-y.

– Il lui disait : « T'as déjà sucé une… » Je veux pas dire le mot. C'étaient des trucs comme ça. Il arrêtait pas.

– Y en avait-il au collège pour penser que Jacob était homosexuel ?

– Objection !

– Objection rejetée.

– Non. Enfin, je pense pas. De toute façon, ça gênait personne. Moi, ça me gêne pas.

Il regarda Jacob.

– Ça me gêne pas du tout.

– Jacob vous en a-t-il parlé, pour dire s'il l'était ou pas ?

– Il m'a dit qu'il l'était pas.

– Dans quel contexte ? Pourquoi vous a-t-il dit cela ?

– Je lui disais de pas faire gaffe à Ben. Du genre : « Mais, Jake, c'est pas comme si t'étais gay, qu'est-ce que t'en as à faire ? » C'est là qu'il m'a dit qu'il l'était pas, mais que ça n'avait rien à voir avec ça ; c'était que Ben l'emmerdait – l'embêtait, je veux dire – et qu'il se demandait quand quelqu'un se déciderait à faire quelque chose. Il se disait que c'était pas normal et que personne ne faisait rien pour que ça s'arrête.

– Donc, Jacob en souffrait ?

– Oui.

– Il se sentait harcelé ?

– Il *était* harcelé.

– Étiez-vous déjà intervenu pour tenter d'empêcher Ben de harceler votre ami ?

– Non.

– Pourquoi ?

– Parce que ça n'aurait rien changé. Ben ne m'aurait pas écouté. Ça marche pas comme ça.

– Ce harcèlement, était-il uniquement verbal ? Ou était-il devenu physique ?

– Des fois, Ben le poussait ou le bousculait un peu en passant, genre un coup de poing sur l'épaule. Des fois, il prenait les affaires de Jake dans son sac ou sa bouffe, ça dépendait.

– L'accusé est quand même un grand garçon ! Comment Ben pouvait-il s'en prendre à lui sans qu'il réagisse ?

– Ben, il était grand aussi et il était plus costaud. Et puis il avait plus de copains. J'ai l'impression que, nous – Jake, Dylan et moi –, on savait quelque part qu'on comptait pas. Comment dire, je sais pas, c'est bizarre. C'est dur à expliquer. Mais si on avait dû vraiment se battre avec Ben, on aurait été mis en quarantaine.

– Par les autres élèves, vous voulez dire ?

– Oui. Et le collège, c'est galère quand on se retrouve tout seul.

– Ben s'en prenait-il aussi à d'autres élèves ou seulement à Jacob ?

– Seulement à Jacob.

– Savez-vous pourquoi ?

– Parce qu'il savait que ça le rendait fou.

– Vous le voyiez, vous, que ça le rendait fou ?

– Tout le monde le voyait.

– Jacob s'énervait souvent ?

– Contre Ben ? Bien sûr.

– Pour d'autres choses aussi ?

– Oui, un peu.

– Parlez-nous du caractère de Jacob.

– Objection !

– Objection rejetée.

– Allez-y, Derek, parlez-nous du caractère de l'accusé.

– Il pouvait se rendre malade pour certains trucs. Il ruminait, mais ça voulait pas sortir. Il bouillait intérieurement, et puis, d'un seul coup, il explosait pour un truc ridicule. Après, il était toujours mal, il était gêné d'être allé trop loin parce que c'était disproportionné avec ce qui l'avait mis en colère. En fait, c'était tout le reste qui lui pesait.

– Comment le savez-vous ?

– Parce qu'il me l'a dit.

– S'est-il déjà mis en colère contre vous ?

– Non.

– S'est-il déjà mis en colère devant vous ?

– Oui, parfois, il pouvait être un peu schizo.

– Objection !

– Objection retenue. Le jury ne tiendra pas compte de cette dernière remarque.

– Derek, pourriez-vous décrire un épisode où vous avez vu l'accusé se mettre en colère ?

– Objection ! La question n'est pas pertinente.

– Objection retenue.

– Derek, pouvez-vous dire à la cour ce qui s'est passé un jour que l'accusé avait trouvé un chien errant ?

– Objection ! La question n'est pas pertinente.

– Objection retenue. Poursuivez, monsieur Logiudice.

Logiudice plissa la bouche. Il tourna une page de son bloc jaune, une page de questions qu'il mettait de côté. Comme un oiseau descendu de son perchoir en quête de nourriture, il reprit ses déplacements nerveux autour du prétoire en posant ses questions, jusqu'à ce que, lassé, il retrouve sa place devant le lutrin, près du banc des jurés.

– Pour une raison que j'ignore, dans les jours qui ont suivi le meurtre de Ben Rifkin, vous vous êtes interrogé sur le rôle de votre ami Jacob dans cette affaire, n'est-ce pas ?

– Objection !

– Objection rejetée.

– Vous pouvez répondre, Derek.

– Oui.

– Existait-il un élément particulier, hormis son caractère, pour éveiller vos soupçons envers Jacob ?

– Oui. Il avait un couteau. C'était un genre de couteau de l'armée, comme un poignard. Il avait une lame hypercoupante avec des tas de… de dents. Il faisait vraiment peur, ce couteau.

– Avez-vous vu ce couteau de vos yeux ?

– Oui, Jake me l'a montré. Il l'a même apporté au collège, une fois.

– Pourquoi l'avait-il apporté au collège ?

– Objection !
– Objection retenue.
– Vous l'a-t-il montré un jour au collège ?
– Oui, il me l'a montré.
– Vous a-t-il dit pourquoi il vous le montrait ?
– Non.
– Vous a-t-il dit pourquoi il avait envie d'un couteau ?
– Je pense qu'il trouvait ça cool.
– Et comment avez-vous réagi en voyant ce couteau ?
– J'ai dû dire : « Ouah, cool ! »
– Ça ne vous a pas inquiété ?
– Non.
– Préoccupé ?
– Non, pas sur le coup.
– Est-ce que Ben Rifkin était présent quand Jacob a sorti son couteau ce jour-là ?
– Non, personne ne savait que Jake avait ce couteau. C'était son truc. Il se contentait de l'avoir sur lui, comme si c'était un secret.
– Où mettait-il ce couteau ?
– Dans son sac à dos ou dans sa poche.
– L'a-t-il montré à d'autres ou a-t-il menacé quelqu'un avec ?
– Non.
– Bien, donc Jacob avait un couteau. D'autres éléments ont-ils orienté vos soupçons vers votre ami Jacob dans les heures et les jours qui ont suivi le meurtre de Ben Rifkin ?
– Comme j'ai dit, tout au début, personne ne savait ce qui s'était passé. Ensuite, on a appris que Ben avait été tué à coups de couteau dans Cold Spring Park, et j'ai eu comme une intuition.
– Quelle intuition ?
– L'intuition que… que ça pouvait être lui.
– Objection !
– Objection retenue. Le jury ne tiendra pas compte de cette dernière réponse.
– Comment saviez-vous que c'était Jacob qui…
– Objection !

– Objection retenue. Poursuivez, monsieur Logiudice.

Les lèvres pincées, Logiudice se reprenait.

– Jacob vous a-t-il déjà parlé d'un site Internet appelé Le Bloc ?

– Oui.

– Pouvez-vous expliquer au jury ce qu'est ce Bloc ?

– C'est comme un site porno, à peu près, sauf que c'est que des récits et que tout le monde peut en écrire et les poster là-dessus.

– Quel genre de récits ?

– Sado-maso, je crois. Je sais pas exactement. En gros, ça tourne autour du sexe et de la violence.

– Jacob vous a-t-il souvent parlé de ce site ?

– Oui. Je crois qu'il l'aimait bien. Il allait beaucoup dessus.

– Et vous, vous y alliez ?

– Non, moi, j'aimais pas ça, fit-il, penaud et rougissant.

– Cela vous préoccupait-il de voir Jacob y aller ?

– Non. Ça le regardait.

– Jacob vous a-t-il montré sur Le Bloc une histoire décrivant le meurtre de Ben Rifkin ?

– Oui.

– Quand vous l'a-t-il montrée ?

– Vers fin avril, je pense.

– Après le meurtre ?

– Oui, quelques jours après.

– Que vous en a-t-il dit ?

– Il m'a juste dit qu'elle était de lui et qu'il l'avait postée sur ce forum.

– Voulez-vous dire qu'il l'avait mise en ligne pour que d'autres la lisent ?

– Oui.

– Et cette histoire, l'avez-vous lue ?

– Oui.

– Comment l'aviez-vous trouvée ?

– Jacob m'avait envoyé un lien.

– Comment ? Par mail ? Sur Facebook ?

– Sur Facebook ? Non ! Tout le monde l'aurait vue. Ç'a dû se faire par mail. Ensuite, j'ai été sur le site et je l'ai lue.

– Et qu'avez-vous pensé de cette histoire en la lisant la première fois ?

– Je sais pas. J'ai trouvé ça bizarre d'avoir écrit ça, mais c'était pas inintéressant. Jacob a toujours été plutôt doué pour écrire.

– A-t-il écrit d'autres histoires comme celle-là ?

– Non, pas exactement. Il en a écrit d'autres, mais elles étaient, disons…

– Objection !

– Objection retenue. Question suivante.

Logiudice sortit une feuille tirée sur imprimante laser, saturée de texte recto verso, et la posa sur la barre devant Derek.

– Est-ce l'histoire que l'accusé vous a dit avoir écrite ?

– Oui.

– Cette version correspond-elle exactement à l'histoire que vous avez lue ce jour-là ?

– Oui, je crois.

– Plaise à la cour d'admettre ce document comme preuve.

– Le document est admis et inscrit comme pièce de l'accusation numéro… Mary ?

– 26.

– Pièce de l'accusation 26.

– Comment pouvez-vous être sûr que l'accusé est l'auteur de cette histoire ?

– Pourquoi est-ce qu'il l'aurait dit si c'était pas vrai ?

– Et qu'y avait-il dans cette histoire qui vous ait tant fait penser à Jacob et à l'affaire Rifkin ?

– Il y avait tout, tous les détails. Il décrivait le couteau, les coups à la poitrine, tout. Même le personnage, celui qui se fait tuer – dans l'histoire de Jake, c'est « Brent Mallis », mais c'est évident que c'est Ben Rifkin. Tous ceux qui ont connu Ben le reconnaîtraient. Ça n'avait rien à voir avec une fiction. C'était transparent.

– Vous arrive-t-il, ainsi qu'à vos amis, d'échanger des messages sur Facebook ?

– Bien sûr.

– Et trois jours après la mort de Ben Rifkin, le 15 avril 2007, avez-vous posté un message sur Facebook disant : « Jake, tout le monde sait que c'est toi. T'as un couteau. Je l'ai vu. »

– Oui.

– Pourquoi avoir posté ce message ?

– J'avais pas envie d'être le seul à être au courant pour le couteau. Disons que je voulais pas être tout seul à le savoir.

– Lorsque vous avez posté ce message sur Facebook en accusant votre ami du meurtre, a-t-il réagi ?

– Je l'ai pas vraiment accusé. C'est juste que j'avais envie d'en parler.

– L'accusé a-t-il réagi d'une façon ou d'une autre ?

– Je suis pas sûr de bien vous comprendre. Disons qu'il a posté des messages sur Facebook, mais pas vraiment en réponse à ça.

– A-t-il nié avoir assassiné Ben Rifkin ?

– Non.

– Alors que vous aviez publié sur Facebook une accusation visible par toute sa classe ?

– Je l'ai pas *publiée.* Je l'ai mise sur Facebook, c'est tout.

– A-t-il rejeté cette accusation ?

– Non.

– L'avez-vous accusé directement, les yeux dans les yeux ?

– Non.

– Avant de découvrir cette histoire sur Le Bloc, aviez-vous fait part de vos soupçons à la police ?

– Pas vraiment.

– Pourquoi ?

– Parce que j'étais pas absolument sûr de moi. En plus, c'est le père de Jacob qui s'occupait de l'affaire.

– Et que vous êtes-vous dit en constatant que c'était le père de Jacob qui suivait le dossier ?

– Ob-jec-tion ! fit Jonathan, dégoûté.

– Objection retenue.

– Derek, une dernière question. C'est vous qui êtes allé trouver la police pour lui fournir cette information, est-ce exact ? Personne n'était venu vous interroger ?

– C'est exact.

– Vous avez éprouvé le besoin de dénoncer votre meilleur ami ?

– Oui.

– Pas d'autres questions.

Jonathan se leva. Il ne semblait en rien affecté par ce qu'il venait d'entendre. Et il s'apprêtait, je le savais, à ne pas s'en laisser conter pendant le contre-interrogatoire. Mais, à l'évidence, quelque chose avait changé dans la salle. L'ambiance était électrique. Comme si nous venions tous de tomber d'accord. Cela se voyait au visage des jurés, à celui du juge French, au silence exceptionnel du public : Jacob ne quitterait pas cette salle d'audience par la grande porte. Ce qui prédominait, c'était à la fois le soulagement – chacun ayant vu ses doutes enfin dissipés, ceux de savoir si Jacob était coupable et s'il allait s'en tirer – et une soif palpable de vengeance. Le reste du procès se résumerait à des détails, des formalités, de menues questions en suspens. Même mon ami Ernie, l'officier de justice, regardait Jacob d'un œil méfiant, semblant se demander comment celui-ci allait réagir devant les menottes. Seul Jonathan ne paraissait pas avoir remarqué cette décompression. Ayant gagné le lutrin, il ajusta les demi-lunes retenues par une chaîne autour de son cou et entreprit de tout décortiquer, pièce par pièce.

– Ces faits que vous nous avez exposés, ils vous préoccupaient, mais pas au point de remettre en cause votre amitié avec Jacob, n'est-ce pas ?

– Non.

– En fait, vous êtes restés amis pendant des jours et même des semaines après le meurtre ?

– Oui.

– Est-ce exact que vous vous êtes même rendu chez Jacob après le meurtre ?

– Oui.

– Est-il donc juste de dire que vous n'étiez pas vraiment certain à l'époque que Jacob était réellement le meurtrier ?

– Oui, c'est vrai.

– Parce que vous ne seriez pas resté ami avec un meurtrier, naturellement ?

– Non, sans doute pas.

– Même après avoir posté ce message sur Facebook où vous accusiez Jacob du meurtre, vous êtes quand même resté ami avec lui ? Vous êtes quand même restés en contact, vous avez continué à vous voir ?

– Oui.

– Vous est-il arrivé d'avoir peur de Jacob ?

– Non.

– Vous a-t-il déjà menacé ou intimidé d'une manière quelconque ? Ou s'est-il déjà mis en colère contre vous ?

– Non.

– Est-il vrai que ce sont vos parents qui vous ont dit de cesser toute relation avec Jacob, que, de vous-même, vous n'avez jamais pris l'initiative de le faire ?

– Un peu, oui.

Sentant que Derek commençait à se dérober, Jonathan n'insista pas et changea de sujet.

– Le jour du meurtre, vous avez déclaré avoir vu Jacob avant le début des cours et à nouveau en anglais, en première heure, n'est-ce pas ?

– Oui.

– Mais il n'existait aucun indice montrant qu'il avait pris part à une quelconque bagarre ?

– Non.

– Pas de sang ?

– Juste la petite tache sur la main.

– Pas d'égratignures, de vêtement déchiré, rien de tel ? Pas de boue ?

– Non.

– En fait, en regardant Jacob en cours d'anglais ce matin-là, vous ne vous êtes dit à aucun moment qu'il lui était arrivé quelque chose sur le chemin du collège ?

– Non.

– En avez-vous tenu compte quand l'idée vous est venue ensuite que Jacob pourrait être l'auteur du meurtre, comme vous l'avez laissé entendre ici ? Avez-vous songé que, bizarrement, après une agression au couteau, sanglante, mortelle,

Jacob était sorti de là sans une goutte de sang sur lui, sans même une égratignure ? Avez-vous pensé à cela, Derek ?

– Un peu, oui.

– Un peu ?

– Oui.

– Vous avez dit que Ben Rifkin était plus costaud que Jacob, plus costaud et plus dur, n'est-ce pas ?

– Oui.

– Et Jacob serait sorti de cette bagarre sans en garder aucune trace ?

Derek ne répondit pas.

– Vous avez également dit que, lorsque le confinement a été annoncé, Jacob souriait. Était-il le seul à sourire ? N'est-ce pas une réaction naturelle chez un adolescent de sourire quand il est excité, quand il est tendu ?

– Probablement.

– Les adolescents réagissent ainsi, parfois.

– Je suppose, oui.

– Venons-en au couteau que vous avez vu, au couteau de Jacob. Pour parler clairement, savez-vous si c'est le couteau qui a servi au meurtre ?

– Non.

– Et Jacob vous a-t-il fait part de son intention d'en faire usage contre Ben Rifkin, à cause du harcèlement qu'il subissait ?

– De son intention ? Non, il a jamais parlé de ça.

– Et lorsqu'il vous a montré ce couteau, vous êtes-vous dit qu'il projetait de tuer Ben Rifkin ? Car, si cela avait été le cas, vous auriez fait quelque chose, non ?

– Je pense, oui.

– Par conséquent, à votre connaissance, Jacob n'a jamais eu le projet de tuer Ben Rifkin ?

– Le projet ? Non.

– Il ne vous a jamais dit quand ou comment il allait tuer Ben Rifkin ?

– Non.

– Et, ensuite, il vous a envoyé ce récit ?

– Oui.

– Il vous a envoyé un lien par mail, dites-vous.

– Oui.

– Avez-vous sauvegardé ce mail ?

– Non.

– Pourquoi ?

– C'était pas malin. Je veux dire, de sa part, de la part de Jacob.

– Vous avez donc supprimé ce mail pour le protéger ?

– Sûrement, oui.

– Pouvez-vous me dire si, parmi tous les détails de cette histoire, il y en avait qui étaient nouveaux pour vous, que vous ne connaissiez pas déjà soit à travers Internet, soit par les journaux, soit par les conversations avec vos camarades ?

– Non, pas vraiment.

– L'arme, le parc, les trois coups de couteau : tout cela était connu de vous à l'époque, n'est-ce pas ?

– Oui.

– Difficile, par conséquent, de parler d'aveux, non ?

– Je sais pas.

– Et disait-il dans son mail qu'il avait écrit cette histoire ? Ou qu'il l'avait trouvée quelque part ?

– Je me rappelle pas exactement ce qu'il y avait dans son mail. Je pense qu'il disait juste : « Salut, mate-moi ça » ou quelque chose comme ça.

– Mais vous êtes sûr que Jacob vous a affirmé avoir écrit cette histoire, qu'il ne l'avait pas simplement lue quelque part ?

– Quasiment sûr.

– *Quasiment* sûr ?

– Quasiment sûr, oui.

Jonathan poursuivit sur sa lancée pendant un moment en faisant ce qu'il pouvait, en rabotant couche après couche le témoignage de Derek Yoo, en marquant tous les points qui se présentaient. Comment connaître la portée réelle de cette déposition sur les jurés… Tout ce que je peux vous dire, c'est que la demi-douzaine d'entre eux qui avaient pris des notes comme des forcenés durant l'interrogatoire principal de Derek avaient posé leur stylo. Certains ne le regardaient même plus ; ils avaient la tête baissée, les yeux dans le vague. Peut-être que Jonathan l'avait emporté et qu'ils avaient décidé de faire purement et simplement abstraction de la déposition de Derek. Mais ce n'était pas l'impression que j'avais. Mon impression, c'était que je m'étais fait des illusions et, pour la première fois, je me mis à m'imaginer concrètement ce que serait notre vie quand Jacob serait à la maison d'arrêt de Concord.

# 35

# L'Argentine

En rentrant ce jour-là du tribunal, j'étais morose, et ma tristesse contaminait Jacob et Laurie. Depuis le début, j'avais été l'élément stable du trio. Ils étaient ébranlés, je pense, de me voir perdre espoir. Je tentai de leur mentir en leur servant les arguments habituels : ne pas trop s'emballer les bons jours, ne pas trop désespérer les mauvais ; les preuves à charge ont toujours l'air plus terribles au premier abord qu'ensuite, rapportées à la globalité du dossier ; les jurés sont imprévisibles et il ne faut pas surinterpréter le moindre de leurs gestes. Mais mon ton me trahissait. Je me disais que, ce jour-là, nous avions probablement perdu la partie. Les dommages subis allaient nous obliger, au minimum, à présenter une vraie défense. À ce stade, il aurait été illusoire de compter sur un « doute raisonnable » : l'histoire que Jacob avait écrite au sujet du meurtre ressemblait à des aveux et, Jonathan avait eu beau faire, il n'avait pu démontrer que Derek se trompait en soutenant que Jacob en était l'auteur. Chez moi, tout cela avait du mal à passer. Comme il n'y avait rien à gagner à dire la vérité, je m'en abstins. Je me bornai à déclarer que la journée n'avait pas été bonne. Mais j'en avais assez dit.

Ni le père O'Leary ni personne d'autre ne vint veiller sur nous ce soir-là. Les Barber étaient totalement coupés du monde. Nous ne nous serions pas sentis plus seuls si on nous avait catapultés dans l'espace. Nous commandâmes des plats chinois, comme nous l'avions fait un millier de fois au cours des derniers mois, parce que China City livre à domicile et que le chauffeur parle si peu anglais qu'il nous épargnait tout malaise en lui ouvrant la porte. Nous mangeâmes nos travers sans os et notre « poulet général Gao » dans un quasi-silence, puis chacun alla se réfugier dans son coin pour la soirée. Ce procès nous rendait trop malades pour avoir envie d'en reparler, mais nous obsédait trop pour pouvoir discuter d'autre chose. Nous étions trop abattus pour regarder les crétineries télévisuelles – tout à coup, nos existences avaient un terme et nous semblaient bien trop courtes pour devoir les gâcher – et nous avions trop la tête ailleurs pour lire.

Vers 22 heures, j'entrai dans la chambre de Jacob pour voir ce qu'il faisait. Il était sur son lit, couché sur le dos.

– Ça va, Jacob ?

– Pas trop.

Je m'approchai et m'assis au bord du lit. Il se poussa pour me faire de la place, mais Jake avait tellement grandi que nous avions du mal à tenir à deux. (Quand il était bébé, il faisait la sieste allongé sur ma poitrine. Il n'était pas plus grand qu'une miche de pain.)

Il roula sur le côté et se tint la tête d'une main.

– Papa, je peux te demander quelque chose ? Si tu pensais que les choses étaient en train de mal tourner, que l'affaire était mal engagée, tu me le dirais ?

– Pourquoi ?

– Non, pas « pourquoi » ; est-ce que tu me le dirais ?

– Oui, sûrement.

– Parce que ça servirait à rien de... Mais, si je me barrais, qu'est-ce qui se passerait pour toi et maman ?

– On perdrait tout ce qu'on a.

– Ils prendraient aussi la maison ?

– En dernier. On l'a mise en garantie pour ta caution.

Il réfléchit.

– Ce n'est qu'une maison, lui dis-je. Elle ne me manquera pas. Elle compte moins que toi.

– Ouais, mais quand même. Vous habiteriez où ?

– C'était à ça que tu pensais avant que j'arrive ?

– Entre autres.

Laurie apparut à la porte. Elle croisa les bras et s'appuya contre le montant.

– Où irais-tu ? demandai-je.

– À Buenos Aires.

– À Buenos Aires ? Pourquoi là-bas ?

– Ç'a l'air sympa comme coin.

– D'où sors-tu ça ?

– Il y avait un article là-dessus dans le *Times*. C'est le Paris de l'Amérique du Sud.

– Hmm. Je ne savais pas qu'il y avait un Paris en Amérique du Sud.

– C'est bien en Amérique du Sud, hein ?

– Oui, en Argentine. Tu devrais peut-être potasser un peu la question avant de t'embarquer.

– Est-ce qu'il y a un – comment t'appelles ça ? – un traité, genre un traité contre les fugitifs ?

– Un traité d'extradition ? Je ne sais pas. Là encore, c'est un détail que tu ferais bien de vérifier avant.

– Oui, sûrement.

– Et le billet, tu comptes le payer comment ?

– Ça serait pas moi, ça serait toi.

– Et le passeport ? On t'a retiré le tien, je te le rappelle.

– Je me débrouillerais pour en avoir un autre.

– En claquant des doigts ? Comment ?

Laurie s'avança et s'assit par terre près du lit en lui caressant les cheveux.

– Il passerait au Canada et il pourrait avoir un passeport canadien.

– Hmm. Plus facile à dire qu'à faire, mais bon. Et tu ferais quoi, une fois à Buenos Aires, qui, comme chacun sait, se trouve en Argentine ?

– Il danserait le tango, répondit Laurie, les yeux humides.

– Tu sais danser le tango, Jacob ?

– Pas vraiment.

– Pas vraiment, dit-il…

– Pas vraiment, au sens de pas du tout.

Il rit.

– Des cours de tango, tu devrais en trouver à Buenos Aires, à mon avis, fit Laurie. Tout le monde sait danser le tango, là-bas.

– Il te faudra aussi une cavalière, hein ?

Il eut un sourire timide.

– Buenos Aires est rempli de danseuses de tango magnifiques, reprit Laurie. De femmes belles et mystérieuses. Jacob n'aura que l'embarras du choix.

– C'est vrai, papa ? Il y a plein de jolies filles à Buenos Aires ?

– C'est ce qu'on dit.

Il s'allongea en croisant ses doigts sur sa nuque.

– De mieux en mieux, ce projet…

– Et tu feras quoi là-bas, une fois que tu auras appris le tango, Jake ?

– J'irai au lycée, sûrement.

– Et c'est bibi qui paiera ?

– Évidemment.

– Et après le lycée ?

– Je sais pas. Peut-être que je ferai du droit, comme toi.

– Tu ne crois pas qu'il vaudrait mieux te faire discret ? Quand on est en fuite, comment te dire…

Laurie répondit pour lui :

– Non. Personne ne se souviendra de lui et il coulera des jours heureux en Argentine avec une superbe *tanguera*. Et Jacob deviendra un grand homme.

Elle se redressa sur ses genoux pour pouvoir voir son visage et continuer à lui caresser les cheveux tandis qu'il restait allongé.

– Il aura des enfants, et ses enfants auront à leur tour des enfants, et il apportera tant de bonheur à tant de monde que personne ne croira qu'un jour, en Amérique, on a dit des choses affreuses sur lui.

Jacob ferma les yeux.

– Je ne sais pas si j'aurai la force d'aller au tribunal demain. J'en peux plus.

– Je sais, Jake, dis-je en posant ma main sur sa poitrine. Mais c'est presque fini.

– C'est bien ce qui m'effraie.

– Moi aussi, je crois que je n'en peux plus, fit Laurie.

– Ça sera bientôt terminé. Il faut s'accrocher. Je vous promets.

– Papa, tu me le diras, hein ? Comme on a dit ? Si c'est le moment pour moi de…

Il fit un signe de tête vers la porte.

J'aurais sans doute pu lui dire la vérité. *Ce n'est pas comme ça que ça se passe, Jake. Il n'y a pas d'issue.* Mais je ne le fis pas. Je dis :

– Ça n'arrivera pas. On va gagner.

– Mais *si*…

– *Si.* Oui, bien sûr que je te le dirai, Jacob.

Je lui passai la main dans les cheveux.

– Et si on essayait de dormir un peu…

Laurie l'embrassa sur le front et je fis de même.

– Peut-être que vous viendrez aussi à Buenos Aires ? On ira tous !

– On pourra encore commander chez China City de là-bas ?

– Bien sûr, papa...

Il sourit.

– … On se fera livrer par avion.

– Tout va bien alors ! Pendant un instant, je me suis dit que c'était irréaliste comme projet. Allons, au lit, maintenant. On a encore une grosse journée demain.

– Espérons que non, conclut-il.

En nous couchant, Laurie me souffla sur le ton de la confidence d'oreiller :

– Quand on a parlé de Buenos Aires, c'est la première fois que je me suis sentie heureuse depuis je ne sais combien de temps. Je ne me souviens pas de la dernière fois où j'ai souri.

Mais sa confiance devait être entamée car, à peine quelques secondes plus tard, couchée sur le côté face à moi, elle murmura :

– Et s'il allait à Buenos Aires et qu'il tuait quelqu'un là-bas ?

– Laurie, il n'ira pas à Buenos Aires et il ne va tuer personne. Il n'a tué personne *ici*.

– Je n'en suis pas si sûre.

– Ne dis pas ça.

Elle détourna les yeux.

– Laurie ?

– Andy, et si c'était nous qui nous trompions ? S'il s'en sortait et – je prie pour que ça n'arrive pas – qu'il recommençait ? On a quand même une responsabilité, non ?

– Laurie, il est tard. Tu es crevée. On en discutera un autre jour. Dans l'immédiat, sors-toi ces idées de la tête. Tu te fais du mal.

– Non.

Elle m'adressa un regard implorant, comme si c'était moi qui débloquais.

– Andy, il faut qu'on soit honnêtes l'un envers l'autre. Il faut qu'on y réfléchisse.

– Pourquoi ? Le procès n'est pas encore terminé. Tu as déjà baissé les bras.

– Il faut qu'on y réfléchisse parce que c'est notre fils. Il a besoin de notre soutien.

– Laurie, on fait notre boulot. On le soutient, on l'aide à franchir le cap de ce procès.

– C'est ça, notre boulot ?

– Oui ! Qu'est-ce que c'est d'autre ?

– Et s'il avait besoin d'autre chose, Andy ?

– Il n'y a pas d'autre chose. De quoi tu parles ? On ne peut rien faire de plus. On fait déjà tout ce qu'il est humainement possible de faire.

– Andy, et s'il était coupable ?

– Ça n'arrivera pas.

Son chuchotis se fit plus intense, plus acéré.

– Je ne parle pas du verdict. Je parle de la vérité. Et s'il était vraiment coupable ?

– Il ne l'est pas.

– Andy, c'est le fond de ta pensée ? Ce n'est pas lui ? C'est aussi clair que ça ? Tu n'as pas le moindre doute ?

Je ne répondis pas. Je ne pus m'y résoudre.

– Andy, je ne sais plus sur quel pied danser avec toi. Il faut que tu me parles, que tu me dises. Je ne sais plus trop ce qui se passe en toi.

– Il ne se passe rien en moi, dis-je.

Ce constat était même plus proche de la vérité que je ne voulais le dire.

– Andy, il y a des moments où j'ai envie de t'attraper par le revers de la veste et de te faire avouer la vérité.

– Ah, encore l'histoire de mon père…

– Non, ce n'est pas ça. Je te parle de Jacob. Il faut que tu sois absolument honnête là-dessus. Pour moi. J'ai besoin de savoir. Pas toi, peut-être, mais moi, j'ai besoin : est-ce que tu penses que c'est Jacob ?

– Je pense qu'il y a des choses qu'un parent ne doit jamais penser à propos de son enfant.

– Ce n'est pas ce que je t'ai demandé.

– Laurie, c'est mon fils.

– C'est *notre* fils. Nous sommes responsables de lui.

– Exactement. Nous sommes responsables de lui. Il faut qu'on soit derrière lui.

Je posai ma main sur son front, caressai ses cheveux.

Elle l'écarta.

– Non ! Andy, est-ce que tu comprends ce que je te dis ? S'il est coupable, nous le sommes aussi. C'est ainsi. Nous sommes dans le même bateau. C'est nous qui l'avons fait, toi et moi. Nous l'avons conçu et mis au monde. Et s'il a vraiment fait ça… tu pourras l'assumer ? Tu pourras assumer cette responsabilité-là ?

– S'il le faut.

– Vraiment, Andy ? Tu pourrais ?

– Oui. Écoute, s'il est coupable, si nous perdons, il faudra bien faire face, d'une manière ou d'une autre. J'en suis bien conscient. On sera encore ses parents. C'est un poste dont on ne démissionne pas.

– Andy, tu es vraiment exaspérant et malhonnête comme type.

– Pourquoi ?

– Parce que j'ai besoin que tu sois présent, avec moi, maintenant, et que tu ne l'es pas.

– Mais si !

– Non. Tu me balades. Tu sors des platitudes. Tu te planques derrière tes beaux yeux bruns et je ne sais pas ce que tu penses vraiment. Je serais incapable de le dire.

Je soupirai en secouant la tête.

– Moi non plus, parfois, Laurie. Je ne sais pas ce que je pense. J'essaie de ne plus penser du tout.

– Andy, je t'en prie, réfléchis-y. Questionne-toi. Tu es son père. Tu ne peux pas te défiler. Est-ce que c'est lui ? C'est oui ou c'est non.

Elle me poussait vers lui, vers ce spectre noir et écrasant, celui de Jacob le meurtrier. Je le frôlai, effleurai le bord de son habit, mais sans pouvoir aller plus loin. Le risque était trop grand.

– Je ne sais pas, répondis-je.

– Alors tu penses que c'est possible que ce soit lui ?

– Je ne sais pas.

– Mais c'est possible. Pour ne pas dire plus.

– Je t'ai dit que je ne savais pas, Laurie.

Elle scruta mon visage, mes yeux, en quête d'un signe qui lui aurait donné confiance, d'une assise. Je m'efforçai de lui offrir un masque résolu pour qu'elle trouve dans mon expression ce qu'elle cherchait : réconfort, amour, complicité, que sais-je... Mais une vérité ? Une certitude ? Je n'en avais pas. Ce n'était pas auprès de moi qu'elle en trouverait.

Un peu plus tard, vers 1 heure, une sirène se déclencha dans le lointain. Un son inhabituel pour nous car, dans notre banlieue tranquille, la police et les pompiers n'en utilisent généralement pas, se contentant des gyrophares. Ce hurlement ne dura que cinq secondes, puis résonna dans le silence, suspendu comme une fusée éclairante. À côté de moi, Laurie s'était endormie en me tournant le dos. J'allai à la fenêtre et regardai dehors, mais il n'y avait rien. Je devrais attendre le matin pour savoir ce que cette sirène avait annoncé et apprendre qu'à notre insu tout avait changé. Nous étions déjà en Argentine.

# 36

# Un moment d'anthologie

À 5 h 30, le téléphone sonna, mon téléphone portable, et je répondis machinalement, conditionné par les années à recevoir des appels d'urgence à des heures impossibles. J'annonçai même, avec mon imposante voix d'avant : « Andy Barber ! », pour bien montrer que, quelle que fût l'heure, je ne dormais pas.

Lorsque je raccrochai, Laurie me demanda :

– C'était qui ?

– Jonathan.

– Qu'est-ce qui se passe ?

– Rien.

– Allez, c'était pour quoi ?

Je sentis un sourire se déployer sur mon visage et une joie irréelle, éberluée, m'envahir.

– Andy ?

– C'est fini.

– Ça veut dire quoi, « c'est fini » ?

– Il a avoué.

– Qui ? Qui a avoué ?

– Patz.

– Quoi ?

– Jonathan a fait ce qu'il avait annoncé : il l'a fait citer. Patz a reçu l'assignation et, la nuit dernière, il s'est suicidé. Il a laissé un mot avec des aveux complets. Jonathan m'a dit qu'ils avaient passé la nuit dans son appartement. L'écriture a été validée ; la note est bien de sa main. Patz a avoué.

– Il a avoué ? Comme ça ? C'est possible ?

– Ça paraît incroyable, non ?
– Comment il s'est suicidé ?
– Il s'est pendu.
– Oh, mon Dieu !
– Jonathan m'a dit qu'il allait demander le classement de l'affaire dès l'ouverture de l'audience.

Laurie se couvrit la bouche de ses mains. Elle pleurait déjà. Nous nous étreignîmes, puis nous nous précipitâmes dans la chambre de Jacob comme si c'était Noël – ou Pâques, puisque ce miracle s'apparentait davantage à une résurrection. Nous le secouâmes pour le réveiller et le prîmes dans nos bras pour lui faire part de cette incroyable nouvelle.

Et tout changea. Dès cet instant, tout changea. Après avoir enfilé nos tenues d'audience, nous tuâmes le temps jusqu'à notre départ pour le palais en regardant les informations à la télé et en consultant boston.com, pensant qu'on parlerait du suicide de Patz, mais en vain. Nous restâmes donc là à échanger des sourires et à secouer la tête d'incrédulité.

C'était encore mieux que d'être déclaré non coupable par le jury. Nous ne cessions de le dire : la non-culpabilité résulte d'un simple défaut de preuve. Or la preuve venait d'être faite que Jacob était *innocent*. Comme si tout cet épouvantable épisode avait été effacé. Je ne crois ni en Dieu ni aux miracles, mais il s'agissait bel et bien d'un miracle. Il n'y a pas d'autre mot pour décrire ce que je ressentais. Je me disais que nous devions notre salut à une sorte d'intervention divine, à un vrai miracle. Le seul bémol à notre bonheur était le fait que nous n'arrivions pas à y croire tout à fait, que nous ne pouvions pas exulter tant que le dossier ne serait pas officiellement classé. Car il était encore concevable, après tout, que Logiudice poursuive son action, même en présence des aveux de Patz.

Finalement, Jonathan n'eut pas l'occasion de demander le classement. Avant même que le juge monte à la tribune, Logiudice annonçait que le ministère public abandonnait les poursuites.

À 9 heures pile, le juge bondit sur l'estrade avec un petit sourire. Il relut la déclaration d'abandon avec une gestuelle théâtrale et, d'un mouvement de la main, paume vers le haut, invita Jacob à se lever.

– Monsieur Barber, je vois à votre visage et à celui de votre père que vous connaissez déjà la nouvelle. Je vais donc être le premier à prononcer les mots que, j'en suis sûr, vous désespériez d'entendre : Jacob Barber, vous êtes libre.

Il y eut des acclamations – des acclamations ! –, et Jacob et moi tombâmes dans les bras l'un de l'autre.

Le juge abattit son marteau, mais avec un sourire plein d'indulgence. Lorsque la salle d'audience eut retrouvé un calme relatif, il fit signe à la greffière, laquelle lut d'un ton monocorde – visiblement, elle était la seule à ne pas se réjouir de cette issue – la déclaration suivante : « Jacob Michael Barber, dans le dossier d'accusation numéro zéro-huit-tiret-quarante-quatre-zéro-sept, le ministère public ayant cessé toute poursuite à votre encontre, la cour ordonne que vous soyez acquitté des charges retenues contre vous et libéré sans délai au regard de la présente inculpation. La caution préalablement déposée peut être restituée au garant. L'affaire est classée. »

Mary tamponna l'acte d'accusation, le glissa dans son classeur et lança celui-ci dans la corbeille des départs avec une telle efficacité bureaucratique qu'on aurait dit qu'une pile de dossiers l'attendait avant le déjeuner.

Et ce fut tout.

Ou presque. Après nous être frayé un chemin à travers l'escouade de journalistes qui maintenant se bousculaient pour nous féliciter et tourner leurs images à temps pour les journaux du matin, nous nous retrouvâmes à courir littéralement sur Thorndike Street pour rejoindre le parking où nous étions garés. Nous courions, nous riions : nous étions libres !

Nous gagnâmes notre voiture et il y eut un moment de gêne tandis que nous cherchions nos mots pour remercier Jonathan, lequel déclina avec élégance tout mérite en prétextant n'y être pour rien. Nous le remerciâmes quand même, à en perdre haleine. J'agitai son bras de haut en bas et Laurie l'étreignit.

– Vous auriez gagné, lui dis-je, j'en suis sûr.

Au milieu de ces effusions, ce fut Jacob qui les vit arriver.

– Oh, oh ! fit-il.

Ils étaient deux. Dan Rifkin était devant. Il portait un imper sable, plus fantaisie que la moyenne, bardé d'une profusion de boutons, de poches et d'épaulettes. Il avait toujours ce visage immobile de baigneur, de sorte qu'il était impossible de deviner ses intentions exactes. Peut-être venait-il s'excuser ?

Sur ses talons venait le père O'Leary, un géant par rapport à lui, qui marchait à pas tranquilles, les mains dans les poches et la casquette descendue sur les yeux.

Lentement, nous nous retournâmes pour leur faire face. Nous devions tous faire la même tête, perplexes mais ravis de voir que cet homme, assurément rendu à de meilleurs sentiments envers nous malgré la douleur qu'il avait endurée, venait de bonne grâce nous réintégrer dans son monde, dans le monde réel. Mais il avait une expression bizarre. Dure.

– Dan ? fit Laurie.

Il ne répondit pas. De l'une des grandes poches de son imper, il tira un couteau, un couteau de cuisine ordinaire, dans lequel je reconnus, aussi absurde que cela puisse paraître, un couteau à steak Wüsthof Classic car nous avions la même série dans un bloc de rangement, sur la paillasse de la cuisine. Je n'eus cependant pas le temps de découvrir pleinement la suprême étrangeté d'être frappé par un tel instrument car, presque aussitôt, avant que Dan Rifkin se soit approché trop près de nous, le père O'Leary intercepta son bras. Il lui frappa la main contre le capot de la voiture, une seule fois, et le couteau alla rebondir sur le sol en béton du parking. Puis il retourna le bras du petit homme dans son dos et, sans aucun effort – comme s'il avait manipulé un mannequin –, l'inclina sur l'avant du véhicule.

– Du calme, champion, lui souffla-t-il.

Toute cette séquence fut exécutée avec un professionnalisme consommé, délié. Elle n'avait pas dû durer plus de quelques secondes et nous restâmes bouche bée devant les deux hommes.

– Qui êtes-vous ? demandai-je enfin.

– Un pote à ton père. Il m'a demandé de veiller sur toi.

– Mon père ? Mais comment connaissez-vous mon père ? Non, attendez, ne me dites rien. Je ne veux pas le savoir.

– Qu'est-ce que tu veux que je fasse de ce type ?

– Laissez-le partir ! Vous ne pensiez quand même pas…

Il relâcha sa prise.

Rifkin se redressa. Il avait les larmes aux yeux. Il posa sur nous un regard d'impuissance et de désespoir – il semblait encore croire que Jacob avait tué son fils, c'était plus fort que lui –, puis il s'éloigna en titubant, vers des tourments que je n'imagine même pas.

S'approchant de Jacob, le père O'Leary lui tendit la main :

– Félicitations, petit. Ça valait le coup, ce matin. T'as vu la gueule du proc, cet enfoiré ? À crever de rire !

Jacob lui serra la main, abasourdi.

– Un moment d'anthologie ! D'anthologie ! reprit le père O'Leary en riant. Et toi, t'es le fils à Billy Barber ?

– Eh oui…

Je n'avais jamais éprouvé de fierté à l'admettre. Je n'étais même pas sûr de l'avoir déjà dit publiquement. Mais cela me rapprocha du père O'Leary et sembla l'amuser. Nous en sourîmes tous les deux.

– T'es plus grand que lui, ça c'est sûr. Des avortons comme lui, on en mettrait deux dans toi.

Ne sachant quoi faire de cette remarque, je gardai le silence.

– Dis à ton vieux que je lui passe le bonjour, hein ? dit-il. Ah, je pourrais t'en raconter sur lui…

– Merci, ça ira.

– C'est ton jour de chance, petit, fit-il enfin à Jacob en s'esclaffant à nouveau.

Il partit sans se presser et plus jamais je ne revis le père O'Leary.

# QUATRIÈME PARTIE

*« La façon exacte dont les signaux électriques et les réactions chimiques à l'œuvre dans le corps humain se transforment en pensées, en motivations, en pulsions – la façon dont la mécanique physique de l'homme passe le relais au fantôme tapi dans la machine, à la conscience – échappe à l'examen scientifique, pour la simple raison qu'il est impossible de concevoir une expérience propre à enregistrer, mesurer ou reproduire ce processus. Malgré toutes les connaissances accumulées, nous ne comprenons toujours pas de manière raisonnée pourquoi nous faisons ce que nous faisons, et nous ne le comprendrons vraisemblablement jamais. »*

PAUL HEITZ,
« Neurocriminology and Its Discontents »,
*American Journal of Criminology and Public Policy*,
automne 2008

# 37

# La vie après

La vie continue, sans doute trop longtemps quand on y pense. Une vie qui s'éternise, c'est entre trente et trente-cinq mille jours, dont quelques dizaines seulement valent le coup : ce sont les « grands » jours, les dates marquantes. Les autres – qui forment le gros de l'existence et se comptent par dizaines de milliers – sont banals, répétitifs, monotones même. On les traverse tout droit pour les oublier aussitôt. On ne pense pas souvent à cette arithmétique quand on se retourne sur sa vie. On se souvient de la pincée de pierres blanches et on jette les autres. Nos longues vies informes, nous les découpons en petits épisodes bien nets, comme je le fais ici. Or elles sont surtout faites de poussière, de journées ordinaires, insignifiantes, et le mot « Fin » n'est la fin de rien.

Le jour où Jacob a été mis hors de cause fut, bien sûr, un « grand » jour. Mais ensuite, les « petits » firent, non sans surprise, leur retour en force.

Pour autant, nous ne revînmes pas à la « normale » ; car, tous les trois, nous avions oublié ce qu'était la normalité. Nous n'avions d'ailleurs aucune illusion de la retrouver un jour. Et, dans les jours et les semaines qui suivirent la libération de Jacob, tandis que l'euphorie de notre disculpation se dissipait, nous tombâmes dans la routine, mais une routine vide. Nous sortions très peu. N'allions jamais au restaurant ni dans d'autres lieux publics, où nous sentions les regards peser sur nous. Je me chargeais des courses, Laurie ne voulant pas courir le risque de tomber sur les Rifkin au supermarché, et je repris à mon compte l'habitude de mon épouse de composer mentalement les menus des dîners hebdomadaires en remplissant mon chariot (pâtes le lundi, poulet le mardi, hamburgers le mercredi…). Nous allâmes voir quelques films, souvent en milieu de semaine quand les cinémas étaient moins bondés, mais, même là, nous prenions garde de nous glisser dans la salle juste au moment où les lumières s'éteignaient. L'essentiel du temps, nous traînions dans la maison. Agrippés au Web, subjugués, le regard vide. Faisant de l'exercice sur le tapis de course du sous-sol plutôt que d'aller courir dehors. Gonflant notre abonnement à Netflix pour avoir à portée de main le plus de DVD possible. Quand j'y repense, je trouve cela pitoyable, mais, à l'époque, c'était merveilleux. C'était la liberté. Du moins, ça y ressemblait.

Nous envisageâmes de déménager, pas à Buenos Aires, mais vers des contrées moins exotiques où nous pourrions prendre un nouveau départ : la Floride, la Californie, le Wyoming, partout où nous pensions qu'il fallait aller pour se réinventer soi-même. Pendant un moment, je me focalisai sur la petite ville de Bisbee, dans l'Arizona, où l'on m'avait dit qu'il était facile de se faire oublier, et pour longtemps. Restait encore l'option de quitter le pays, ce qui ne manquait pas d'une certaine classe. Nous eûmes, sur tous ces sujets, des discussions interminables. Laurie doutait de pouvoir échapper au retentissement de cette affaire, où que nous allions. Et puis, disait-elle, toute sa vie était à Boston. Pour ma part, je n'aspirais qu'à partir. Car je n'avais de racines nulle part ; ma maison était où Laurie était. Mais, sur ce plan-là, je ne l'avais pas fait beaucoup évoluer.

À Newton, l'ambiance restait hostile. Dans leur majorité, nos voisins avaient rendu leur propre verdict : pas coupable, mais pas tout à fait innocent non plus. Jacob n'avait peut-être pas tué Ben Rifkin, mais ils en savaient suffisamment sur son compte pour être troublés : son couteau, ses fantasmes violents, son ascendance maléfique… De même, pour certains, la fin brutale du procès paraissait louche. Et puis le fait que notre fils reste dans la commune inquiétait et irritait. Même les mieux disposés ne tenaient pas à ce qu'il fréquente leurs enfants. Pourquoi courir un tel danger ? Certes, ils étaient sûrs de son innocence à quatre-vingt-dix-neuf pour cent, mais pourquoi prendre un risque quand l'enjeu est si lourd ? Et qui se serait hasardé à être vu avec lui pour être stigmatisé ? Coupable ou pas, Jacob était un paria.

Tout cela faisait que nous n'osions pas renvoyer Jacob au collège de Newton. Quand il avait été inculpé et, dans la foulée, provisoirement exclu, la ville avait été obligée de lui trouver un professeur particulier, Mme McGowan. Nous reprîmes donc cette dame pour qu'elle continue de lui faire cours à domicile. Mme McGowan était la seule personne à venir régulièrement chez nous, pratiquement la seule à voir comment nous vivions. Lorsqu'elle entrait, un peu vieux jeu, les hanches lourdes, ses yeux couraient partout, notant les tas de linge à laver, la vaisselle sale dans l'évier, les cheveux gras de Jacob. Nous devions lui paraître un peu dérangés. Elle continuait pourtant de se présenter chaque matin à 9 heures pour s'asseoir avec Jacob à la table de la cuisine et revoir ses leçons, le réprimander quand il n'avait pas fait ses devoirs. « Personne ne va te plaindre », lui disait-elle sans détour. Laurie prenait, elle aussi, une part active à la scolarité de Jacob. Je la trouvais remarquable comme professeur, patiente, douce. Je ne l'avais jamais vue enseigner auparavant, mais, en l'observant travailler avec notre fils, je me disais qu'elle devrait revenir à l'enseignement. Elle n'aurait jamais dû arrêter.

Les semaines passant, Jacob s'accommodait fort bien de sa nouvelle vie de solitaire. C'était un ermite-né. Pas plus le collège que ses amis ne lui manquaient, disait-il. D'ailleurs, les cours à domicile lui auraient sans doute mieux convenu dès le début. Ils lui apportaient ce que l'école avait de mieux, le « contenu » (*dixit* Jacob), sans les innombrables inconvénients que sont les filles, le sexe, le sport, le harcèlement, la pression du groupe, les bandes – l'inconvénient, finalement, de vivre en collectivité. Jacob était plus heureux seul, voilà tout. Comment lui en vouloir, après ce qu'il avait vécu ? Lorsque nous parlions déménagement, c'était toujours Jacob le plus enthousiaste. L'endroit le plus éloigné et le plus isolé serait le mieux. Bisbee, dans l'Arizona, lui aurait bien convenu, disait-il. C'était cela, Jacob, cette équanimité, cette assurance ; mi-serein, mi-inconscient. Cela peut paraître étrange, je sais, mais lui qui risquait le plus dans cette affaire n'a jamais flanché ni pleuré, jamais perdu les pédales. Il lui était certes arrivé d'être furieux, maussade ou secret, voire de s'apitoyer sur lui-même, comme le font tous les adolescents, mais jamais il n'avait craqué. Maintenant que l'affaire était terminée, il avait retrouvé son égalité d'humeur. Il n'était pas difficile de voir pourquoi cette troublante impassibilité freinait un peu ses camarades de classe. Personnellement, je la trouvais admirable.

Je n'avais pas à travailler, du moins pas tout de suite. Administrativement parlant, j'étais toujours en disponibilité et payé par le parquet. Mon traitement intégral continuait d'être viré sur mon compte, comme il l'avait été tout au long de cet épisode. Nul doute que j'étais un caillou dans la chaussure de Lynn Canavan. Elle avait misé sur le mauvais cheval. Désormais, elle n'avait plus de motif pour me mettre dehors puisque je n'avais rien fait de mal, mais elle pouvait difficilement me reprendre comme premier adjoint. En fin de compte, pour que tout soit réglé, il faudrait qu'elle me propose un poste et que je le refuse. Mais, dans l'immédiat, elle semblait disposée à me garder dans son effectif à condition que je ne fasse pas de vagues, ce qui n'était pas beaucoup demander. Je n'en aurais pas fait, de toute façon ; je l'aimais bien.

En attendant, Canavan avait d'autres chats à fouetter. Elle devait réfléchir au sort de Logiudice, le Raspoutine de son tribunal, dont l'implosion professionnelle avait sûrement mis un terme aux espérances politiques et, si elle n'y prenait garde, pouvait anéantir les siennes aussi. Mais, là encore, elle ne pouvait pas renvoyer un procureur au seul prétexte qu'il avait perdu une affaire, sinon qui voudrait encore travailler avec elle ? Tout le monde la voyait se présenter sous peu comme conseillère juridique de l'État, ou même comme gouverneur, et laisser à son successeur le soin de faire le ménage derrière elle. Mais, pour l'heure, elle devait se contenter d'observer et d'attendre. Qui sait si Logiudice n'allait pas redorer son blason… Tout était possible.

Pour ma part, je ne me souciais pas trop de ma propre carrière. J'étais à coup sûr grillé comme procureur. Les ricanements auraient été difficiles à digérer. J'aurais pu, c'est vrai, opter pour une autre profession juridique. Il y avait toujours des accusés à défendre, et le lien avec l'affaire de Jacob (ce drame d'un jeune innocent, accusé à tort, qui s'était dressé contre l'Autorité, ou quelque chose dans ce goût-là) aurait même pu jouer en ma faveur. Mais il était un peu tard pour changer de camp. Et puis je n'étais pas sûr de vouloir me consacrer à la défense des mêmes salopards que j'avais passé ma vie à mettre sous les verrous. Où en étais-je ? Je n'en savais rien. Dans la plus totale incertitude, comme le reste de la famille.

De nous trois, c'était Laurie la plus éprouvée par le procès. Dans les semaines qui suivirent, elle reprit un peu le dessus, mais sans jamais redevenir celle qu'elle avait été. Elle ne regagna pas les kilos perdus et ses traits restèrent constamment tirés. Comme si elle avait pris dix ans en quelques mois seulement. Mais le vrai changement était intérieur. Durant ces premières semaines, Laurie fit preuve de froideur et de réserve. Elle se méfiait. Pour moi, cette nouvelle attitude, plus prudente, était compréhensible. Elle avait été traitée injustement et réagissait en victime. La dynamique familiale s'en ressentit : fini la maman attendrie nous implorant, Jacob et moi, ses deux taiseux, d'exprimer nos sentiments, de mettre nos problèmes sur la table et, plus généralement, de nous ouvrir à elle. Elle avait quitté cette peau, du moins pour l'instant. Elle nous observait de loin désormais. Je ne pouvais guère lui en vouloir. Après cette épreuve, ma femme était devenue un peu comme moi, un peu plus dure. Les épreuves nous endurcissent tous. Elles vous endurciront, vous aussi, quand vous en traverserez. Car vous en traverserez.

# 38

# Le dilemme du policier

*Centrale de Northern, Somers, Connecticut.*

Retour dans la cabine du parloir, coincé dans ce box aux murs blancs, un épais panneau de verre devant moi. Bruit de fond permanent : murmure des cabines voisines, éclats de voix au loin, assourdis, vacarme de la prison, annonces des haut-parleurs.

Billy le Barbare se glissa tant bien que mal dans l'encadrement de la vitre, les mains menottées à une première chaîne qui lui prenait la taille, une seconde lui reliant les hanches aux chevilles, entravées elles aussi. Mais rien n'y faisait : il entra dans la pièce comme un roi tyrannique, le menton conquérant, un sourire de teigne, les cheveux gris ramenés en banane sur sa tête de vieux fou.

Deux gardiens le guidèrent jusqu'à la chaise, mais sans poser la main sur lui. L'un d'eux détacha les menottes de la chaîne sous le regard de l'autre, puis ils reculèrent et disparurent de ma vue.

Mon père décrocha le combiné et, les mains jointes à la hauteur du menton comme pour une prière, s'exclama :

– Junior !

Son ton me disait : *Quelle bonne surprise !*

– Pourquoi as-tu fait cela ?

– Fait quoi ?

– Patz.

Ses yeux firent un aller-retour entre mon visage et l'appareil fixé au mur pour me rappeler de prendre garde à mes paroles car la ligne était surveillée.

– De quoi tu me parles, môme ? J'ai pas bougé d'ici. T'es peut-être pas au courant : je sors peu.

Je dépliai un extrait du fichier national des criminels dangereux. Il faisait plusieurs pages. Après l'avoir lissé du plat de la main, je plaquai du bout des phalanges le premier feuillet contre la vitre pour qu'il puisse le lire : *James Michael O'Leary, alias Jimmy, Jimmy-O, père O'Leary, né le 18/2/43.*

Il se pencha en avant pour jeter un œil sur le document.

– Jamais entendu parler.

– Jamais entendu parler de lui ? Vraiment ?

– Jamais entendu parler.

– Tu l'as côtoyé, ici même.

– Ça défile pas mal, ici.

– Vous êtes restés six ans ensemble. Six ans !

Il haussa les épaules.

– Je me mêle pas aux autres. C'est une prison, pas un salon. T'aurais pas une photo ou autre ?...

Clin d'œil malicieux.

– ... Mais j'ai jamais entendu parler de ce loustic.

– Lui, si.

Haussement d'épaules.

– Y en a plein des gens qu'ont entendu parler de moi. Je suis une légende.

– Il m'a dit que tu lui avais demandé de veiller sur nous, sur Jacob.

– C'est des conneries.

– De nous protéger.

– Des conneries.

– Tu as envoyé quelqu'un pour nous protéger ? Tu crois que j'ai besoin de toi pour protéger mon fils ?

– Hé, j'ai jamais dit ça. C'est toi qui racontes ça. Je te l'ai dit, j'ai jamais entendu parler de ce type. Je sais pas de quoi tu me parles.

Il suffit de passer un peu de temps dans un palais de justice pour devenir expert ès mensonges. On y apprend à reconnaître les divers types de bobards, comme les Esquimaux distinguent, dit-on, plusieurs qualités de neige. Le genre de démenti avec œillade à l'appui auquel Billy se livrait ici – où les mots *c'est pas moi* étaient prononcés d'une manière qui signifiait *évidemment que c'est moi, mais nous savons tous les deux que tu ne peux pas le prouver* – devait être pour tout criminel un délice absolu. Se payer la tête d'un flic ! Mon ordure de père ne boudait pas son plaisir, c'était évident. Inutile, quand on est flic, de se battre contre ce genre de déni. On en prend son parti. Cela fait partie du jeu. C'est le dilemme du policier : dans certaines affaires, on ne peut rien prouver sans aveux, mais on n'obtient pas d'aveux sans avoir déjà une preuve.

Je décollai donc la feuille de la vitre et la laissai retomber sur la tablette en stratifié placée devant moi. Puis je me reculai sur ma chaise en me massant le front.

– Imbécile. Pauvre vieil imbécile. Tu sais ce que tu as fait ?

– Imbécile ? T'es qui pour me traiter d'imbécile ? J'ai rien fait de mal.

– Jacob était innocent, vieil imbécile que tu es !

– Surveille tes paroles, junior. Je suis pas obligé de rester là à te parler.

– On n'avait pas besoin de ton aide.

– Ah bon ? On n'aurait pas dit…

– On aurait gagné.

– Et si t'avais pas gagné ? Qu'est-ce qui serait arrivé ? Tu voulais que le petit aille pourrir dans un endroit comme ici ? Tu sais ce que c'est, ici, junior ? C'est une tombe. C'est une décharge. C'est un grand trou dans la terre où on balance toutes les saloperies qu'on veut plus. Et puis, c'est bien toi qui m'as dit l'autre soir au bout du fil que vous alliez perdre.

– Mais enfin, tu ne peux… tu ne peux pas…

– Oh là, junior, t'emballe pas, tu me perturbes. Moi, j'ai rien à dire sur ce qui s'est passé, d'accord ? Parce que je sais rien. Ce qui est arrivé à ce gars-là – comment tu l'appelles ? Patz ? –, ce qui est arrivé à ce gars-là, j'en sais rien. Moi, je suis coincé dans ma ratière. Qu'est-ce que je sais de tout ça, moi ? Mais si tu me demandes de pleurer parce qu'une salope de violeur d'enfants, de pédophile s'est fait buter, ou s'est buté lui-même, compte pas sur moi. Bon débarras ! Un salaud de moins sur Terre. Qu'il crève. Envolé !

Il porta son poing à sa bouche et souffla dessus, puis déploya ses doigts en corolle comme un magicien qui fait disparaître une pièce. *Envolé !*

– Une crevure de moins sur Terre, et pis c'est tout. Des mecs comme ça, moins y en a, mieux on se porte.

– Et des comme toi ?

Il me fusilla du regard.

– Moi, je suis encore là, fit-il en bombant le torse. Ce que tu penses de moi, je m'en fous. Je suis encore là, junior, que ça te plaise ou non. Tu peux pas te débarrasser de moi.

– Comme les cafards.

– Exact, aussi coriace qu'un vieux cafard. Et fier de l'être.

– Alors, qu'est-ce que t'as fait ? Quelqu'un te devait un service ? Ou tu as juste fait appel à un vieux copain ?

– Je te l'ai dit, je sais pas de quoi tu parles.

– Tu sais, à dire vrai, j'ai mis un moment à comprendre. J'ai un ami dans la police qui m'a dit que ce fameux O'Leary était un ancien homme de main et qu'il faisait encore des dépannages. Et quand je lui ai demandé ce que ça voulait dire, « faire des dépannages », il m'a dit : « Il fait disparaître les problèmes. » C'est bien ce que tu as fait, non ? Tu as appelé un ami et tu as fait disparaître le problème.

Pas de réponse. Pourquoi m'aiderait-il en me parlant ? Billy le Barbare comprenait le dilemme du policier aussi bien que moi. Pas d'aveu, pas de preuve ; pas de preuve, pas d'aveu.

Mais nous savions l'un comme l'autre ce qui s'était passé. Nous pensions exactement à la même chose, j'en suis sûr : après une journée particulièrement noire pour Jacob à l'audience, le père O'Leary se rend sur place le soir, il fout les jetons à l'autre grosse vache, lui agite un calibre sous le nez et lui fait signer des aveux. L'autre fait sûrement dans son froc avant qu'O'Leary lui passe la corde au cou.

– Tu sais ce que tu as fait à Jacob ?

– Ouais, je lui ai sauvé la vie.

– Non. Tu lui as volé sa victoire devant la justice. Tu l'as empêché d'entendre le jury le déclarer non coupable. Maintenant, il y aura toujours un petit doute. Il y aura toujours des gens qui seront persuadés que Jacob est un meurtrier.

Il rit. Pas un petit rire, mais une déflagration.

– Sa victoire devant la justice ? Et c'est moi l'imbécile ? Junior, je vais te dire une chose : t'es pas aussi malin que je croyais.

Nouvelle quinte de rire. Un gros rire gras de dément. Il me singea d'une voix aiguë, efféminée :

– « Oh, sa victoire devant la justice ! » Putain, junior ! C'est étonnant que tu sois dehors et moi dedans. Comment c'est possible, ça ? Espèce de pauvre andouille !

– Ce monde marche sur la tête. Quand on pense qu'un type comme toi est en prison…

Il fit semblant de ne pas entendre et se pencha en avant, comme pour me chuchoter un secret à l'oreille à travers les trois centimètres de verre :

– Écoute, tu veux faire les choses dans les règles, hein ? Tu veux remettre ton fils dans la merde ? C'est ça que tu veux, junior ? Appelle les flics. Vas-y, appelle-les et sors-leur tout ton boniment sur Patz et sur ton O'Leary que je suis censé connaître. Qu'est-ce que j'en ai à foutre, moi ? Je suis ici jusqu'au bout de toute façon. Moi, ça me fera ni chaud ni froid. Vas-y. C'est ton fils. Fais ce que tu veux avec lui. Comme t'as dit, peut-être qu'il s'en sortira. Tente le coup !

– Jacob ne pourra pas être rejugé, de toute façon. On ne peut pas être poursuivi deux fois pour les mêmes faits.

– Ah bon ? Encore mieux alors ! Si tu me dis que ce O'Leary, il a un meurtre sur la conscience, à ta place, j'irais aux flics direct. C'est ce que tu vas faire, monsieur le procureur ? Mais peut-être que ça serait pas si bien que ça pour le petit ?

Il me regarda droit dans les yeux pendant quelques secondes, jusqu'à ce que je m'aperçoive que le premier clignement avait été pour moi.

– Non, reprit-il, c'est bien ce qui me semblait. On a fini, là ?

– Oui.

– Bon. Hé, gardien ! Gardien !

Deux gardiens arrivèrent sans se presser, la mine sceptique.

– On a fini, avec mon fils, pour la visite. Vous le connaissez, mon fils, les gars ?

Les hommes ne répondirent pas, n'eurent pas même un regard pour moi. Ils semblaient redouter une ruse pour détourner leur attention et comptaient bien ne pas s'y laisser prendre. Leur mission était de ramener le fauve dans sa cage. Elle était assez dangereuse comme ça. Une entorse au protocole ne leur aurait rien rapporté.

– Bon, allez, fit mon père tandis que l'un des gardiens cherchait à tâtons la clé pour refixer les menottes à son harnais. Reviens vite, junior. Rappelle-toi que je suis encore ton père. Je serai toujours ton père.

Les gardiens commencèrent à le soulever de sa chaise dans un bruissement métallique, mais il continuait de parler.

– Hé, leur fit-il, vous devriez faire sa connaissance. Il est procureur. Vous aurez peut-être besoin d'un gars comme lui un j...

L'un des gardiens lui prit le combiné des mains et le reposa à sa place. Il mit le prisonnier debout, relia les menottes à sa chaîne de ceinture, puis tira sur l'ensemble pour s'assurer que Billy était bien ficelé. Pendant tout ce temps, celui-ci ne me quitta pas des yeux, même lorsque les gardiens le bousculèrent. Que voyait-il quand il me regardait ? Bien malin qui aurait pu le dire. Sans doute un simple inconnu derrière une vitre.

| | |
|---|---|
| M. Logiudice : | Je vais vous reposer la question. En vous rappelant, monsieur Barber, que vous avez prêté serment. |
| Témoin : | J'en ai bien conscience. |
| M. Logiudice : | Et vous avez aussi conscience qu'il est question ici d'un meurtre. |
| Témoin : | Le médecin légiste a conclu à un suicide. |
| M. Logiudice : | Leonard Patz a été tué et vous le savez ! |
| Témoin : | Je ne vois pas comment je pourrais le savoir. |
| M. Logiudice : | Et vous n'avez rien à ajouter ? |
| Témoin : | Non. |
| M. Logiudice : | Vous n'avez aucune idée de ce qui est arrivé à Leonard Patz le 25 octobre 2007 ? |
| Témoin : | Non. |
| M. Logiudice : | Aucune hypothèse ? |
| Témoin : | Non. |

| | |
|---|---|
| M. Logiudice : | Que savez-vous de James Michael O'Leary, connu aussi sous le nom de père O'Leary ? |
| Témoin : | Jamais entendu parler. |
| M. Logiudice : | Ah bon ? Vous n'avez même jamais entendu ce nom ? |
| Témoin : | Jamais entendu parler. |

Je revois Neal Logiudice debout, les bras croisés, exaspéré. Naguère, je lui aurais sans doute expliqué, avec une tape sur l'épaule : « Un témoin, ça ment. On n'y peut rien. Va boire une bière, laisse tomber. Tous les crimes passent par ici : ces gars-là, tôt ou tard, tu les retrouveras. » Mais, face à un témoin insolent, Logiudice n'était pas du genre à lâcher le morceau. Sans doute se moquait-il éperdument du meurtre de Patz, d'ailleurs. L'enjeu, ce n'était pas Leonard Patz.

L'après-midi tirait déjà à sa fin lorsque Logiudice m'avait contraint à un faux témoignage véniel, sans conséquence. J'avais témoigné toute la journée et j'étais fatigué. Nous étions en avril. Les jours rallongeaient déjà. La lumière commençait tout juste à baisser lorsque je lui avais déclaré : « Jamais entendu parler. »

Logiudice devait savoir alors qu'il n'allait pas se refaire une réputation ici, encore moins en me demandant mon aide. Il démissionnerait de son poste peu après. Il est maintenant avocat à Boston. Je ne doute pas qu'il fasse aussi un excellent avocat, jusqu'au jour où il sera radié du barreau. Mais, pour l'heure, je me console en me le remémorant devant le grand jury en train de se décomposer tandis que son dossier et sa carrière s'effondraient sous ses yeux. J'aime à penser que cette leçon fut la dernière que je lui ai donnée, à lui, mon ancien protégé. Le voilà, le dilemme du policier, Neal. Au bout d'un moment, on s'y fait.

# 39

# Le paradis

On constate qu'on se fait à peu près à tout. Ce qui, un jour, paraît effroyable, intolérable, devient, avec le temps, banal, anodin.

Ainsi, au fil de ces premiers mois, l'insulte que constituait ce procès perdait peu à peu de sa propension à nous indigner. Nous avions fait tout ce qui était en notre pouvoir. Un drame grotesque avait frappé notre famille. Nous serions connus à jamais pour cela. Ce serait la première phrase de nos nécrologies. Et cet événement allait nous transformer pour toujours, en prenant des détours dont nous ne savions rien encore. Tout cela commençait à devenir normal, acquis, à peine digne d'être commenté. Et à mesure que nous nous habituions à cette triste célébrité, que nous commencions enfin à regarder devant nous et non derrière, le cercle familial, progressivement, refaisait surface.

La première à renaître fut Laurie. Elle renoua avec Toby Lanzmann. Toby ne nous avait pas fait signe durant le procès, mais elle fut la première parmi nos amis de Newton à reprendre contact. Fidèle à son image sportive et autoritaire – même visage sec de coureuse à pied, même corps nerveux aux fesses hautes –, Toby entraîna Laurie dans un redoutable programme physique fait de longues courses dans le froid sur Commonwealth Avenue. Laurie voulait s'aguerrir, disait-elle. Bientôt, elle s'astreignit à des séances éreintantes, même sans Toby. Au creux de l'hiver, elle revenait de sorties toujours plus lointaines, le visage rouge et luisant de sueur : « Il faut que je m'aguerrisse. »

En retrouvant son rôle de capitaine de famille, Laurie se lança dans un projet ambitieux, celui de nous redonner vie, à Jacob et à moi. Elle nous prépara des petits déjeuners pantagruéliques à base de gaufres, d'omelettes et de bouillies de céréales et, maintenant que plus aucune contrainte professionnelle ne nous pressait, nous nous attardions sur les journaux, que Jacob lisait sur son MacBook tandis que Laurie et moi partagions les versions papier du *Globe* et du *Times*. Elle organisait pour nous seuls des soirées cinéma en m'autorisant même à choisir mes films de gangsters préférés, puis, bonne pâte, nous écoutait, Jacob et moi, ressasser jusqu'à plus soif nos répliques fétiches de *Scarface* ou du *Parrain*. Elle prétendait que mon Brando avait la voix d'Elmer Fudd, ce qui nous obligea à faire un saut sur YouTube pour montrer à Jacob qui était Elmer. Comme cela nous faisait drôle de nous entendre à nouveau rire…

Et puisque ce traitement ne produisait pas ses effets assez vite, puisque Jacob et moi ne parvenions pas à surmonter le traumatisme de l'année passée, Laurie décida d'enclencher la vitesse supérieure.

– Et si on partait un peu ? proposa-t-elle, radieuse, un soir au dîner. On pourrait prendre des vacances en famille, comme avant ?

C'était une de ces idées dont l'évidence vous éblouit comme une révélation. Mais bien sûr ! À l'instant où elle la lança, nous sûmes que, naturellement, il fallait partir. Pourquoi avions-nous tant attendu pour y penser ? Le simple fait d'en parler nous procura un léger vertige.

– Mais c'est génial, m'exclamai-je, on va pouvoir s'aérer la tête !

– Se réinitialiser le système, ajouta Jacob.

Laurie brandit les poings et les agita d'excitation.

– J'en ai tellement marre de tout ça ! Je n'en peux plus de cette maison. De cette ville. De me sentir prise au piège, à longueur de journée. J'ai vraiment envie de prendre l'air.

Dans mon souvenir, nous avons aussitôt sauté sur l'ordinateur et choisi notre destination le soir même. Ce fut Waves, un établissement balnéaire de Jamaïque. Aucun d'entre nous n'avait jamais entendu parler de Waves, ni mis les pieds en Jamaïque. Le seul site Web du lieu avait suffi à nous convaincre, avec ses images artistement retouchées sur Photoshop : palmiers, plages de sable blanc, océan bleu-vert. Tout était si parfait, si manifestement falsifié que nous ne pûmes résister. C'était de la pornographie touristique. On voyait là des couples hilares, elle, bronzée en bikini et paréo, lui, les tempes grisonnantes, mais avec une sangle abdominale de culturiste : la mère au foyer et le cadre moyen réveillant, grâce à Waves, l'aguicheuse et le tombeur qui sommeillaient en eux. On y découvrait encore un complexe hôtelier ceinturé de volets et de vérandas, de façades peintes de couleurs vives évoquant un village caribéen d'opérette. L'hôtel donnait sur un chapelet de piscines céruléennes avec fontaines et bars intégrés. Sur le fond de chacune d'elles miroitait le logo de Waves. Ces bassins se déversaient l'un dans l'autre jusqu'à ce que l'eau atteigne le bord d'une petite falaise d'où un ascenseur conduisait à une plage en fer à cheval et à un petit récif préservé. Au-delà, le bleu de l'océan s'étirait jusqu'à se confondre avec celui, infini, du ciel, sans ligne d'horizon nette pour rompre l'illusion que Waves n'appartenait pas à la même planète ronde que tous les autres paysages. C'était exactement le genre de monde irréel dont nous rêvions pour nous évader. Nous n'avions pas envie d'un lieu classique ; impossible d'être dans un endroit comme Paris ou Rome sans réfléchir, or nous tenions par-dessus tout à ne pas réfléchir. Par bonheur, il nous sembla qu'à Waves aucune pensée ne survivait bien longtemps. Rien ne devait s'opposer à notre plaisir.

Cette manipulation émotionnelle avait ceci de remarquable qu'elle fonctionnait. Nous accomplissions le fantasme du voyageur de laisser derrière lui ses anciens oripeaux et tous ses soucis. Nous fûmes transportés, dans tous les sens du terme. Pas d'un seul coup, bien sûr, mais peu à peu. Le fardeau nous parut déjà moins lourd à l'instant même où nous réservâmes nos billets pour un beau et long séjour d'une quinzaine. Il s'allégea encore un peu lorsque l'avion décolla de Boston, et plus encore en débouchant dans une lumière aveuglante et une chaude brise tropicale sur le tarmac du petit aéroport de Montego Bay. Déjà, nous étions différents. Nous étions bizarrement, miraculeusement, follement heureux. Nous nous regardions entre nous, surpris, l'air de dire : *Serait-ce possible ? Sommes-nous vraiment... heureux ?* Vous allez dire que nous nous bercions d'illusions, que nos soucis ne s'étaient pas envolés pour autant. C'était vrai, bien sûr, et alors ? Ces vacances, nous les avions bien méritées.

À l'aéroport, Jacob souriait. Laurie m'avait pris la main.

– C'est le paradis ! s'exclama-t-elle, rayonnante.

Nous traversâmes le terminal pour gagner un petit bus-navette dont le chauffeur tenait une tablette portant le logo de Waves et la liste des clients qu'il devait prendre. Il faisait un peu débraillé avec son T-shirt, son short et ses sandales en plastique. Mais il nous souriait et saupoudrait ses phrases de *« Ya, man ! »*, quitte parfois à en rajouter un peu. À force de *« Ya, man ! »*, il finit par nous contaminer. Ce numéro d'autochtone jovial, sans doute bien rodé, les vacanciers pâlichons, nous compris, en raffolaient. *Ya, man !*

Le trajet en bus dura près de deux heures. Nous nous retrouvâmes ballottés sur une route défoncée qui suivait sensiblement la côte nord de l'île. À notre droite, des montagnes luxuriantes de verdure ; à gauche, la mer. Difficile d'échapper à la pauvreté du pays. Nous longeâmes de petites maisons délabrées et des cabanes faites de planches de récupération et de tôles ondulées. Sur les bas-côtés marchaient des femmes en haillons et des enfants amaigris. Dans le bus, les estivants faisaient de drôles de têtes. Le dénuement de la population avait douché leur enthousiasme et ils ne voulaient pas se montrer insensibles à cette misère ; en même temps, ils étaient venus pour s'amuser et, si l'île était pauvre, ils n'y étaient pour rien.

Jacob se retrouva assis, sur la grande banquette du fond, à côté d'une fille d'à peu près son âge. Elle avait la beauté sérieuse d'une déléguée de classe. Les deux adolescents discutaient avec circonspection. Jacob lui répondait par des phrases courtes, comme si chaque mot était un bâton de dynamite. Il affichait un sourire idiot. Enfin une jeune fille qui ne savait rien du meurtre, qui ne semblait même pas voir en Jacob un geek incapable de regarder une demoiselle dans les yeux (mais parfaitement en mesure, comme il le prouvait, de reluquer son décolleté). Tout était si merveilleusement normal que Laurie et moi nous appliquâmes à détourner le regard, histoire de ne pas faire du tort à notre rejeton.

Je murmurai à ma femme :

– Et moi qui me figurais m'envoyer en l'air avant Jacob pendant ce séjour…

– Rien n'est joué, me fit-elle.

Lorsque le bus arriva enfin à Waves, nous franchîmes un imposant portail, laissâmes derrière nous d'exubérants et impeccables massifs d'hibiscus rouges et d'impatiens jaunes avant de nous arrêter sous un portique, devant l'entrée principale de l'hôtel. Des grooms souriants descendirent les bagages. Leur uniforme associait des emprunts à l'armée britannique – casque colonial d'un blanc éblouissant, pantalon noir à large bande rouge sur le côté – et d'éclatantes chemises à fleurs. Combinaison délirante, idéale pour l'armée du Paradis, l'armée du bon temps retrouvé.

Dans le hall, nous remplîmes notre fiche et échangeâmes nos devises contre la monnaie maison, de petites pièces d'argent baptisées « dollars des sables ». Un soldat pacifique en casque colonial nous servit un punch de bienvenue dont je peux simplement dire qu'il contenait de la grenadine (il était rouge vermillon) et du rhum. N'écoutant que mon devoir patriotique envers la pseudo-nation de Waves, j'en pris aussitôt un autre. Puis j'octroyai au militaire un pourboire – de combien, je n'en avais aucune idée, le taux de change avec le dollar des sables étant imprécis, mais sans nul doute généreux puisqu'il empocha le tout avec un *« Ya, man »* satisfait quoique hors sujet. À partir de là, mes souvenirs de cette première journée sont assez flous.

Ceux de la deuxième aussi.

Toutes mes excuses pour ce ton ridicule, mais la vérité m'oblige à dire que nous nagions dans le bonheur. Et le soulagement. La tension de l'année précédente enfin évanouie, nous nous lâchions un peu. Je n'oublie pas que toute cette histoire mérite une grande solennité. Ben Rifkin n'en avait pas moins été assassiné, même si ce n'était pas par Jacob. Et Jacob n'avait dû son salut qu'à l'intervention d'un second meurtrier dépêché par un *deus ex machina* incarcéré – un secret que j'étais le seul à connaître. Et, bien sûr, puisque nous avions été accusés, beaucoup nous estimaient encore coupables de quelque chose et nous déniaient le droit d'être heureux. Nous avions scrupuleusement observé les consignes très strictes de Jonathan de ne jamais rire ni sourire en public, de peur d'être soupçonnés de prendre la situation à la légère, de peur de ne pas nous montrer assez affectés. Voilà enfin que nous respirions et, épuisés comme nous l'étions, nous avions l'impression d'être enivrés sans l'être réellement. Nous ne nous sentions pas du tout dans la peau de meurtriers.

Les premières matinées se passèrent sur la plage, les après-midi au bord de l'une des nombreuses piscines. Chaque soir, l'établissement proposait des sortes d'animations. Il pouvait s'agir de spectacles musicaux, de karaokés ou de concours de talents entre clients. Quelle que soit la formule, les présentateurs incitaient le public à la plus grande extraversion. Depuis la scène, ils nous interpellaient en scandant des encouragements avec l'accent local et, nous, clients, ne ménagions pas nos applaudissements et nos acclamations. Venait ensuite la danse. Des rasades régulières de punch Waves étaient indispensables pour tenir le rythme.

Nous mangions comme des ogres. Les repas se présentaient sous la forme de buffets à volonté et nous rattrapâmes des mois de sous-alimentation. Avec Laurie, nous dépensions nos dollars des sables en bière et en piña colada. Jacob goûta même à sa première bière. « C'est bon », jugea-t-il bravement, sans toutefois la finir.

Il passait le plus clair de son temps avec sa nouvelle petite amie, dont le prénom était – tenez-vous bien – Hope[1]. Il était content d'être avec nous aussi, mais ils partaient de plus en plus souvent de leur côté. Par la suite, nous découvririons qu'il lui avait indiqué un faux nom. Pour elle, il était Jacob Gold, le nom de jeune fille de Laurie, ce qui explique que Hope n'ait jamais rien su de l'affaire. Sur le moment, ignorant le petit subterfuge de notre fils, nous nous interrogions sur les raisons précises qui poussaient cette jeune fille à le fréquenter. Était-elle

1. Littéralement « espérance ». *(N.d.T.)*

à ce point inconsciente qu'elle n'ait pas pris la peine de faire une simple recherche sur Google à son sujet ? Si elle avait tapé « Jacob Barber », elle aurait eu environ trois cent mille occurrences (un chiffre qui a augmenté depuis). Ou peut-être qu'elle savait et éprouvait un trouble frisson de sortir avec ce dangereux paria… Mais Jacob nous affirmait que Hope ignorait tout de l'affaire et nous n'osions pas interroger celle-ci directement, de crainte de compromettre la première belle aventure que notre fils vivait depuis très longtemps. Nous avons peu vu Hope, de toute façon, durant les quelques jours où nous l'avons connue. Elle et Jake préféraient rester seuls. Même si nous étions à la piscine ensemble, ils passaient nous dire bonjour, mais allaient ensuite s'asseoir un peu plus loin. Une fois, nous les avons aperçus se tenant furtivement la main, allongés côte à côte sur des chaises longues.

Je tiens à dire – et il est important que vous le sachiez – que nous avions de l'affection pour Hope, surtout parce qu'elle rendait notre fils heureux. Dès qu'elle était là, Jacob rayonnait. C'était quelqu'un de chaleureux. Courtoise et polie, elle avait les cheveux blonds et une savoureuse pointe d'accent de Virginie qui faisait le régal des Bostoniens que nous étions. Elle était un peu ronde, mais à l'aise dans son corps, suffisamment pour être tous les jours en deux-pièces, et nous l'aimions bien aussi pour cela, pour l'aisance qu'elle affichait, dénuée des complexes maladifs propres à l'adolescence. Son prénom insolite lui-même ajoutait au merveilleux de sa brusque entrée en scène.

– Elle est enfin là, cette espérance, répétais-je à Laurie.

En vérité, nous n'étions pas polarisés sur Jacob et Hope. Avec Laurie, nous devions nous occuper de notre propre couple. Réapprendre à nous connaître, remettre en place les anciens schémas. Nous reprîmes même une vie sexuelle, sans frénésie, mais lentement, timidement. Nous étions probablement aussi empruntés que Jacob et Hope qui, dans le même temps, devaient se découvrir à tâtons, dans des recoins secrets, appuyés contre des palmiers. Comme d'habitude, Laurie fut très vite très bronzée. À mes yeux de quinquagénaire, elle était furieusement appétissante et je commençais à me demander si, tout compte fait, le site Web n'avait pas raison : elle ressemblait de plus en plus à la croustillante mère au foyer de l'annonce. Elle demeurait la plus belle femme que j'eusse jamais vue. C'était un miracle d'avoir été le premier à la séduire, un miracle aussi qu'elle soit restée avec moi aussi longtemps.

Je crois qu'à un moment donné de cette première semaine, Laurie a commencé à se pardonner le péché – à ses yeux, capital – d'avoir perdu confiance en son propre fils, d'avoir douté de son innocence pendant le procès. On le voyait à sa nouvelle façon de se montrer plus coulante avec lui. Il s'agissait pour elle d'une lutte intérieure ; elle n'avait pas à se réconcilier avec Jacob puisqu'il n'avait jamais rien su de ses doutes, encore moins qu'elle avait eu peur de lui. Elle seule pouvait se pardonner. Personnellement, je n'en faisais pas toute une histoire. Au chapitre des trahisons, celle-ci était minime, et compréhensible au vu des circonstances. Peut-être faut-il être mère pour comprendre pourquoi elle la prenait autant à cœur. Tout ce que je puis dire, c'est que, dès que Laurie se mit à aller mieux, le noyau familial commença à retrouver son rythme normal. Il tournait en orbite autour de Laurie. Il en avait toujours été ainsi.

Nous prîmes vite quelques habitudes, comme on se doit de le faire, même dans des lieux de rêve comme Waves. Mon rituel favori consistait à regarder en famille le soleil se coucher depuis la plage. Chaque soir, nous descendions des bières et tirions trois transats au bord de l'eau pour pouvoir nous asseoir les pieds dans l'océan. Une fois, Hope se joignit à nous, assise avec tact auprès de Laurie, comme une dame d'honneur au service de sa reine. Mais, en général, nous n'étions que tous les trois. Autour de nous, dans la lumière déclinante, de jeunes enfants jouaient dans le sable et l'eau du rivage, des bambins qui tenaient à peine sur leurs jambes, et même quelques bébés et leurs jeunes parents. Le silence revenait peu à peu à mesure que les autres clients partaient se préparer pour le dîner. Les maîtres nageurs remontaient les chaises libres en les traînant derrière eux et les empilaient avec fracas. Ils finissaient par s'en aller, ne laissant sur la plage que quelques amateurs de couchers de soleil. Nous regardions au loin, là où deux langues de terre venaient encercler la petite baie, et l'horizon virait au jaune, puis au rouge, puis à l'indigo.

En y repensant aujourd'hui, je nous revois tous les trois assis sur cette plage au crépuscule comme une famille heureuse, et j'ai envie d'arrêter l'histoire sur cette image. Nous devions paraître tellement normaux, Laurie, Jacob et moi, si semblables à tous les autres fêtards et banlieusards de l'hôtel. Nous devions ressembler à n'importe qui, ce qui, en y réfléchissant, était mon rêve le plus cher.

| | |
|---|---|
| M. Logiudice : | Et ensuite ? |
| Témoin : | Et ensuite… |
| M. Logiudice : | Ensuite, que s'est-il passé, monsieur Barber ? |
| Témoin : | Cette jeune fille a disparu. |

# 40

# Sans issue

Le soir tombait. Dehors, le jour refluait, le ciel se plombait, ce ciel gris, sans soleil, propre aux printemps froids de Nouvelle-Angleterre. La salle du grand jury, privée de la lumière crue du soleil, s'emplissait du jaune des lampes fluorescentes.

L'attention des jurés avait fluctué ces dernières heures, mais désormais ils s'étaient redressés sur leurs sièges, en éveil. Ils savaient ce qui allait venir.

J'avais été sur la sellette toute la journée. Je devais avoir l'air un peu hagard. Logiudice tournait autour de moi, tout excité, comme un boxeur qui jauge un adversaire sonné.

M. Logiudice : Savez-vous ce qui est arrivé à Hope Connors ?

Témoin : Non.

M. Logiudice : Quand avez-vous appris sa disparition ?

Témoin : Je ne m'en souviens pas exactement. Mais je me rappelle comment tout a commencé. On a reçu un appel dans notre chambre d'hôtel, vers l'heure du dîner. C'était la mère de Hope qui demandait si elle était avec Jacob. Ils n'avaient pas eu de nouvelles de tout l'après-midi.

M. Logiudice : Que lui avez-vous dit ?

Témoin : Que nous ne l'avions pas vue.

M. Logiudice : Et Jacob ? Qu'en a-t-il dit ?

Témoin : Jake était avec nous. Je lui ai demandé s'il savait où était Hope. Il m'a dit que non.

M. Logiudice : Y a-t-il eu, dans sa réaction, quelque chose d'inhabituel quand vous lui avez posé cette question ?

Témoin : Non. Il s'est contenté de hausser les épaules. Il n'y avait aucune raison de s'inquiéter. Nous nous disions tous qu'elle était sûrement partie se promener. Et qu'elle avait oublié l'heure. Les portables ne passaient pas là-bas et les enfants disparaissaient sans arrêt. Mais le domaine était très sûr. Il était entièrement clôturé. Un agresseur n'aurait pas pu s'y introduire. La mère de Hope n'était pas affolée non plus. Je lui ai dit de ne pas s'inquiéter, que Hope serait sans doute de retour d'un instant à l'autre.

M. Logiudice : Mais Hope Connors n'est jamais revenue.

Témoin : Non.

M. Logiudice : D'ailleurs, son corps est resté introuvable pendant plusieurs semaines, n'est-ce pas ?

Témoin : Sept semaines.

M. Logiudice : Et quand il a été retrouvé ?

Témoin : Le corps avait été rejeté par la mer à plusieurs kilomètres de l'hôtel. Apparemment, elle s'était noyée.

M. Logiudice : Apparemment ?

Témoin : Quand un corps passe autant de temps dans l'eau… Il était abîmé. D'après ce que j'ai compris, il avait aussi été la proie de la faune marine. Je n'en suis pas certain ; je n'étais pas dans le secret de l'enquête. Je me bornerai à dire que le corps n'a pas fourni beaucoup d'indices.

M. Logiudice : Cette affaire est-elle considérée comme un homicide non résolu ?

Témoin : Je n'en sais rien. Normalement, non. Rien ne le prouve. On a simplement considéré qu'elle était allée se baigner et qu'elle s'était noyée.

M. Logiudice : Enfin, ce n'est pas tout à fait vrai. Certains signes montrent que la trachée de Hope Connors a été écrasée avant qu'elle entre dans l'eau.

Témoin : Cette déduction n'est confirmée par aucun élément. Le corps était très dégradé. La police, là-bas… Il y avait tellement de pression, tellement de médias. Cette enquête n'a pas été menée correctement.

M. Logiudice : C'est arrivé assez souvent dans l'entourage de Jacob, vous ne trouvez pas ? Un meurtre, une enquête bâclée. Il n'a pas beaucoup de chance, ce garçon !

Témoin : C'est une question ?

M. Logiudice : Poursuivons. Beaucoup de commentateurs ont associé le nom de votre fils à cette affaire, est-ce exact ?

Témoin : La presse à scandales et des sites pas très recommandables. Ils sont prêts à écrire n'importe quoi pour de l'argent. Il n'y avait rien à gagner à dire que Jacob était innocent.

M. Logiudice : Comment Jacob a-t-il réagi à la disparition de cette jeune fille ?

Témoin : Il était soucieux, naturellement. Hope était quelqu'un à qui il tenait.

M. Logiudice : Et votre femme ?

Témoin : Elle était très, très inquiète.

M. Logiudice : C'est tout, « très, très inquiète » ?

Témoin : Oui.

M. Logiudice : Est-il juste de dire que, pour elle, Jacob n'était pas étranger à la disparition de cette jeune fille ?

Témoin : Oui.

M. Logiudice : Avait-elle une raison particulière de le penser ?

| | |
|---|---|
| Témoin : | Il s'est passé quelque chose sur la plage, le jour même de la disparition. Jacob était là – c'était la fin de l'après-midi – pour voir le coucher de soleil et il était assis à ma droite. Laurie était à ma gauche. On lui a demandé où était Hope et il nous a dit : « Avec sa famille, sûrement. Je ne l'ai pas vue. » Alors on l'a taquiné – c'est Laurie qui a dû poser la question – en lui demandant si tout allait bien entre eux, s'ils s'étaient disputés. Il a dit que non, qu'ils ne s'étaient pas vus depuis quelques heures, rien de plus. Je… |
| M. Logiudice : | Andy ? Ça va ? |
| Témoin : | Oui. Pardon, oui. Jake… il avait des taches sur son maillot de bain, trois petites taches rouges. |
| M. Logiudice : | Décrivez ces taches. |
| Témoin : | C'étaient des éclaboussures. |
| M. Logiudice : | De quelle couleur ? |
| Témoin : | Rouge brunâtre. |
| M. Logiudice : | Des éclaboussures de sang ? |
| Témoin : | Je ne sais pas. Je n'ai pas pensé à ça. Je lui ai demandé ce que c'était, ce qu'il avait fait avec son maillot. Il m'a dit qu'il avait dû faire tomber quelque chose sur lui en mangeant, du ketchup ou autre. |
| M. Logiudice : | Et votre femme ? Qu'a-t-elle pensé de ces éclaboussures rouges ? |
| Témoin : | Elle n'en a rien pensé sur le coup. C'était sans importance puisqu'on ne savait pas encore que la petite avait disparu. Je lui ai dit d'aller se mettre à l'eau et de nager un peu jusqu'à ce que son maillot soit propre. |
| M. Logiudice : | Et quelle a été la réaction de Jacob ? |
| Témoin : | Il n'a eu aucune réaction. Il s'est levé et il est parti vers le ponton – c'était un ponton en forme de H –, il est allé sur la partie de droite et il a plongé. |
| M. Logiudice : | Intéressant que ce soit vous qui lui ayez dit de nettoyer les taches de sang sur son maillot de bain. |

| | |
|---|---|
| Témoin : | Je ne savais pas si c'était du sang. Je ne sais toujours pas si c'en était. |
| M. Logiudice : | Vous ne le savez toujours pas ? Vraiment ? Dans ce cas, pourquoi avoir été aussi prompt à lui dire d'aller dans l'eau ? |
| Témoin : | Laurie lui a fait remarquer que c'était un maillot d'un certain prix et qu'il devrait faire plus attention à ses affaires. Il était très négligent, il n'avait aucun soin. Je n'avais pas envie qu'il se fasse gronder par sa mère. On passait de si bons moments. C'était tout ce qui comptait. |
| M. Logiudice : | C'est donc ce qui explique que Laurie ait été toute retournée au moment où vous avez appris la disparition de Hope Connors ? |
| Témoin : | En partie, oui. C'était un ensemble, avec tout ce qu'on venait de traverser. |
| M. Logiudice : | Laurie a voulu rentrer immédiatement, n'est-ce pas ? |
| Témoin : | Oui. |
| M. Logiudice : | Mais vous avez refusé. |
| Témoin : | Oui. |
| M. Logiudice : | Pourquoi ? |
| Témoin : | Parce que je savais ce qu'on allait dire : que Jacob était coupable et qu'il fuyait avant de se faire arrêter. On l'aurait traité de tueur. Je ne voulais pas qu'on puisse dire ça de lui. |
| M. Logiudice : | D'ailleurs, les autorités jamaïcaines l'ont interrogé. |
| Témoin : | Oui. |
| M. Logiudice : | Mais elles ne l'ont jamais arrêté. |
| Témoin : | Non. Il n'y avait aucune raison de l'arrêter. Il n'avait rien fait. |
| M. Logiudice : | Mais enfin, Andy, comment pouvez-vous en être aussi sûr ? Comment pouvez-vous être sûr de cela ? |
| Témoin : | Comment peut-on être sûr de quelque chose ? J'ai confiance en mon enfant. Je me dois d'avoir confiance en lui. |
| M. Logiudice : | Vous vous devez… ? Pourquoi ? |
| Témoin : | Parce que je suis son père. Je lui dois ça. |
| M. Logiudice : | C'est pour ça ? |
| Témoin : | Oui. |

| | |
|---|---|
| M. Logiudice : | Et Hope Connors ? Que lui deviez-vous ? |
| Témoin : | Jacob ne l'a pas tuée. |
| M. Logiudice : | Une nouvelle fois, une personne de son âge trouvait la mort dans son entourage, est-ce exact ? |
| Témoin : | Cette question est déplacée. |
| M. Logiudice : | Je la retirerai. Andy, pensez-vous honnêtement être un témoin digne de foi ? Pensez-vous honnêtement porter un juste regard sur votre fils ? |
| Témoin : | Je pense être digne de foi, oui, en général. Je ne pense pas qu'on puisse être tout à fait objectif quand il s'agit de son enfant, je vous l'accorde. |
| M. Logiudice : | Et pourtant, Laurie, elle, n'avait aucune difficulté à voir Jacob tel qu'il était, non ? |
| Témoin : | C'est à elle qu'il faut le demander. |
| M. Logiudice : | Laurie n'avait aucune difficulté à établir un lien entre Jacob et la disparition de cette jeune fille. |
| Témoin : | Comme je l'ai dit, Laurie était très ébranlée par tout ça. Elle n'était plus elle-même. Elle a conclu ce qu'elle a voulu. |
| M. Logiudice : | Vous a-t-elle fait part de ses soupçons ? |
| Témoin : | Non. |
| M. Logiudice : | Je répète la question. Votre femme vous a-t-elle fait part de ses soupçons au sujet de Jacob ? |
| Témoin : | Non, elle ne m'en a rien dit. |
| M. Logiudice : | Votre propre femme ne se confiait jamais à vous ? |
| Témoin : | Elle ne s'y serait pas risquée. Pas là-dessus. L'affaire Rifkin, nous en avions parlé, bien sûr. Mais elle savait qu'il y avait certaines choses dont je ne pouvais pas parler, qu'il y a certains terrains où je ne mets pas les pieds. Ces choses-là, elle devait les gérer seule. |
| M. Logiudice : | Et donc, après deux semaines en Jamaïque ? |
| Témoin : | Nous sommes rentrés. |
| M. Logiudice : | Et, une fois rentrés, est-ce que Laurie vous a enfin exprimé ses soupçons à propos de Jacob ? |

| | |
|---|---|
| Témoin : | Pas vraiment. |
| M. Logiudice : | « Pas vraiment », que voulez-vous dire ? |
| Témoin : | À notre retour de Jamaïque, Laurie est restée très, très silencieuse. Elle ne parlait absolument plus de rien avec moi, de rien. Elle était très méfiante, très irritée. Elle avait peur. J'ai essayé de lui parler, de l'inciter à le faire, mais elle ne me faisait pas confiance, je pense. |
| M. Logiudice : | A-t-elle évoqué ce que vous et elle devriez faire, moralement, en tant que parents ? |
| Témoin : | Non. |
| M. Logiudice : | Si elle vous avait posé la question, que lui auriez-vous dit ? Selon vous, quelles étaient vos obligations morales en tant que parents d'un meurtrier ? |
| Témoin : | C'est une question hypothétique. Je ne pense pas que nous étions les parents d'un meurtrier. |
| M. Logiudice : | Très bien, posons cette hypothèse alors : si Jacob avait été coupable, qu'auriez-vous fait, vous et votre femme ? |
| Témoin : | Vous pouvez tourner les questions dans tous les sens, Neal. Je n'y répondrai pas. Le cas ne s'est jamais présenté. |

Ce qui se produisit alors fut, je le pense sincèrement, la réaction la plus authentique, la plus spontanée qu'il m'eût été donné de voir de la part de Neal Logiudice : de dépit, il lança en l'air son bloc jaune. Celui-ci fit un bruit d'oiseau abattu en plein vol avant de s'éparpiller dans le coin opposé de la salle.

Dans le jury, une vieille femme eut un haut-le-corps.

Je crus un instant à l'un de ces gestes gratuits dont Logiudice était coutumier – comme un signal adressé au jury : *Vous ne voyez pas qu'il ment ?* – et qui ne coûtaient rien puisqu'ils n'apparaissaient pas dans les transcriptions. Mais Logiudice demeura immobile, les mains sur les hanches, les yeux sur ses chaussures, en remuant légèrement la tête.

Au bout d'un moment, il se reprit, croisa les bras et prit une profonde inspiration. *On y retourne. Égarer, coincer, achever.*

Il leva les yeux vers moi et vit… quoi ? Un criminel ? Une

victime ? En tout cas, une déception. Je doute qu'il ait été assez fin pour percevoir la vérité : à savoir que certaines blessures sont plus graves que si elles étaient mortelles et que les petites oppositions binaires de la loi – coupable/innocent, criminel/victime – sont impuissantes à les sonder, plus encore à les guérir. La loi est une massue, pas un bistouri.

| | |
|---|---|
| M. Logiudice : | Vous n'ignorez pas que ce grand jury enquête sur votre femme, Laurie Barber ? |
| Témoin : | Évidemment que non. |
| M. Logiudice : | Nous avons passé la journée à parler d'elle, des raisons qui l'ont poussée à agir. |
| Témoin : | Oui. |
| M. Logiudice : | Jacob est le cadet de mes soucis. |
| Témoin : | Si vous le dites… |
| M. Logiudice : | Et vous savez que, vous-même, vous n'êtes l'objet d'aucune suspicion, de rien du tout ? |
| Témoin : | Si vous le dites… |
| M. Logiudice : | Mais vous avez prêté serment. Ai-je besoin de vous le rappeler ? |
| Témoin : | Non, je connais les règles, Neal. |
| M. Logiudice : | Ce que votre femme a fait, Andy… Je ne comprends pas que vous ne nous aidiez pas. Il s'agit de votre famille, quand même. |
| Témoin : | Posez-moi une question, Neal. Ne me faites pas la morale. |
| M. Logiudice : | Ce que Laurie a fait, cela vous est donc indifférer… |
| Témoin : | Objection ! Posez-moi une vraie question ! |
| M. Logiudice : | Elle devrait être inculpée ! |
| Témoin : | Question suivante. |
| M. Logiudice : | Elle devrait être inculpée, passer en procès et être jetée en prison, et vous le savez ! |
| Témoin : | Question suivante. |
| M. Logiudice : | À la date des faits, le 19 mars 2008, avez-vous eu des nouvelles de l'accusée, Laurie Barber ? |
| Témoin : | Oui. |
| M. Logiudice : | Comment ? |

Témoin : Vers 9 heures, on a sonné. C'était Paul Duffy.

M. Logiudice : Que vous a dit l'inspecteur Duffy ?

Témoin : Il m'a demandé s'il pouvait entrer et s'asseoir. Il m'a dit qu'il avait une terrible nouvelle. Je lui ai dit : « Vas-y, dis-moi tout, même si c'est grave, dis-le-moi là, à la porte. » Il m'a dit qu'un accident s'était produit. Que Laurie et Jacob roulaient sur l'autoroute et que la voiture avait quitté la route. Il m'a dit que Jacob était mort. Que Laurie était pas mal abîmée, mais qu'elle s'en sortirait.

M. Logiudice : Continuez.
[Le témoin ne répond pas.]

M. Logiudice : Que s'est-il passé ensuite, monsieur Barber ?
[Le témoin ne répond pas.]

M. Logiudice : Andy ?

Témoin : Je, euh… J'ai senti que mes genoux ne me tenaient plus, je me suis vu partir. Paul m'a rattrapé. Il m'a redressé et conduit jusqu'au salon où je me suis assis.

M. Logiudice : Que vous a-t-il dit d'autre ?

Témoin : Il m'a dit…

M. Logiudice : Souhaitez-vous faire une pause ?

Témoin : Non. Excusez-moi, ça va aller.

M. Logiudice : Que l'inspecteur Duffy vous a-t-il dit d'autre ?

Témoin : Il a dit qu'aucune autre voiture n'était en cause. Des témoins, d'autres automobilistes, ont vu le véhicule se diriger tout droit sur la culée d'un pont. Elle n'a pas freiné ni essayé de l'éviter. Selon les témoins, elle a même accéléré au moment de la collision. Elle a accéléré. Ils se sont dit que le conducteur devait avoir perdu connaissance ou fait une crise cardiaque ou autre chose.

M. Logiudice : C'était un assassinat, Andy. Elle a assassiné votre fils.
[Le témoin ne répond pas.]

| | |
|---|---|
| M. Logiudice : | Les jurés souhaitent l'inculper. Regardez-les. Ils veulent que justice soit faite. Comme nous tous. Mais il faut que vous nous aidiez. Il faut nous dire la vérité. Que s'est-il passé avec votre fils ? |
| | [Le témoin ne répond pas.] |
| M. Logiudice : | Que s'est-il passé avec Jacob ? |
| | [Le témoin ne répond pas.] |
| M. Logiudice : | On finira peut-être par le savoir, Andy. |
| Témoin : | Vous croyez ? |

Devant le palais de justice, un vent rageur dévalait Thorndike Street. Autre lacune architecturale : les parois hautes et nues des quatre façades créaient des vents tourbillonnants sur tout le rez-de-chaussée. Par une rude soirée d'avril comme celle-ci, avec les bourrasques qui l'entouraient, le bâtiment pouvait même être difficile d'accès. Comme s'il avait été cerné de douves. Je refermai mon manteau et, le dos battu par les rafales, pris la direction du parking. Ce fut mon ultime visite au palais. J'étais arc-bouté contre ce vent comme un homme qui veut tenir une porte fermée.

Il est bien sûr des choses que l'on ne surmonte pas. Je n'ai cessé de m'imaginer ces derniers instants. Je revis chaque jour les toutes dernières secondes de l'existence de Jacob et j'en rêve dans mon sommeil. Peu importe que je n'aie pas été présent. Je ne peux empêcher mon esprit de les voir.

Il lui reste moins d'une minute à vivre et Jacob se prélasse à l'arrière du monospace, ses longues jambes étendues devant lui. Il s'assied toujours à l'arrière, comme un petit garçon, même lorsqu'il est seul avec sa mère. Il n'a pas bouclé sa ceinture. Il est souvent négligent dans ce domaine. D'ordinaire, Laurie l'aurait houspillé pour qu'il l'attache. Ce matin-là, elle ne le fait pas.

Jacob et Laurie n'ont pas beaucoup parlé depuis leur départ. Ils n'ont pas grand-chose à se dire. Depuis notre retour de Jamaïque quelques semaines plus tôt, la maman de Jacob est muette et maussade. Lui a assez de jugeote pour la laisser en paix. Au fond de lui-même, il sait sans doute qu'il a perdu sa mère – perdu sa confiance, pas son amour. Il leur est difficile d'être ensemble. Après avoir péniblement échangé quelques mots sur la 128, tous deux s'enfoncent dans le silence en arrivant sur l'autoroute, en prenant vers l'ouest à la sortie de la bretelle. Le monospace s'insère dans le flot et acquiert de la vitesse. Mère et fils se préparent à un trajet long et morne.

Il existe une autre raison au silence de Jacob. Il se rend à un entretien dans une école privée de Natick. Pour être franc, nous pensions que personne ne voudrait de lui. Quel établissement, même prêt à endosser la triste réputation de compter Jacob Barber le Barbare dans ses rangs, mettrait en jeu sa responsabilité légale ? Nous nous attendions à ce que Jacob suive des cours à domicile pour le reste de sa scolarité. Mais, la ville nous ayant spécifié qu'elle ne mettrait en place un programme aménagé que si nous avions épuisé toutes les autres pistes, quelques rendez-vous de pure forme ont été pris. La démarche est pénible pour Jacob – il doit prouver qu'il est indésirable en se faisant refuser partout – et, ce matin-là, la perspective d'un nouvel entretien qu'il sait sans suite le rend morose. Les collèges n'acceptent de le recevoir, soupçonne-t-il, que pour avoir un aperçu du personnage, pour voir à quoi le monstre ressemble de près.

Il demande à sa mère d'allumer la radio. Elle met WBUR, la station d'informations de NPR, mais éteint rapidement. Elle supporte mal de s'entendre rappeler que la Terre continue de tourner comme si de rien n'était.

Au bout de quelques minutes sur l'autoroute, des larmes coulent sur le visage de Laurie. Elle serre le volant.

Jacob ne remarque rien. Il est perdu dans ses pensées, les yeux fixés sur la vue qui, entre les deux sièges avant, s'offre à lui à travers le pare-brise : une cohorte de bolides défilant en rangs serrés.

Laurie met son clignotant, passe sur la voie de droite, moins encombrée, et commence à prendre de la vitesse, cent vingt-deux, cent vingt-quatre, cent vingt-six, cent vingt-huit, cent trente. Elle libère sa ceinture et la rejette par-dessus son épaule gauche.

Jacob aurait grandi, bien sûr. Encore quelques années, et sa voix aurait pris un timbre plus grave. De nouvelles amitiés se seraient nouées. La vingtaine venue, il aurait ressemblé de plus en plus à son père. Avec le temps, son regard sombre se serait détendu, adouci, à mesure qu'il aurait laissé derrière lui les soucis et les douleurs de l'adolescence. Sa carcasse anguleuse se serait étoffée. Il n'aurait pas été aussi massif que son malabar de père, juste un peu plus grand, un peu plus large d'épaules que la moyenne. Il se serait tourné vers des études de droit. Tous les enfants s'imaginent faire le métier de leurs parents, même brièvement, même à contrecœur. Mais il ne se serait pas destiné aux prétoires. Ceux-ci réclament des êtres extravertis, théâtraux, pédants, un profil qu'il aurait jugé opposé à sa réserve naturelle. Il se serait longtemps cherché, longtemps accommodé de postes pour lesquels il n'aurait pas été fait.

Lorsque le monospace franchit la barre des cent trente-cinq kilomètres à l'heure, Jacob lance, sans réelle inquiétude :

– Tu vas pas un peu vite, là, maman ?

– Tu crois ?

Il aurait rencontré son grand-père. Il était déjà curieux de le découvrir. Et, compte tenu de ses propres démêlés judiciaires, il aurait eu envie d'ouvrir le grand dossier de son hérédité, de faire le point sur son statut de petit-fils de Billy Barber le Barbare. Il serait allé le voir et aurait été déçu. La légende – le surnom, la terrible réputation, le meurtre, littéralement innommable pour beaucoup – était bien plus grande que le vieil homme desséché qui se cachait derrière et qui, somme toute, n'était qu'un voyou, certes de pure race. Jacob se serait arrangé pour y trouver son compte. Il ne s'y serait pas pris comme moi en gommant cette histoire, en l'ignorant, en l'évacuant. Il était trop avisé pour se fourvoyer ainsi. Au contraire, il se serait réconcilié avec elle. De fils, il serait devenu père et aurait alors constaté le peu de place qu'elle occupait réellement dans sa vie.

Par la suite, après quelques détours, il se serait installé quelque part, loin, dans un endroit où nul n'aurait entendu parler des Barber ou, du moins, où l'on en saurait trop peu sur cette affaire pour s'en soucier. Quelque part dans l'Ouest, je pense. À Bisbee, Arizona, peut-être. Ou en Californie. Qui sait ? Et, là-bas, il aurait un jour tenu dans ses bras son propre fils, planté son regard dans le sien – comme je l'avais fait bien des fois avec Jacob – et se serait demandé : *Qui es-tu ? À quoi penses-tu ?*

– Ça va, maman ?

– Bien sûr.

– Mais qu'est-ce que tu fais ? C'est dangereux !

Cent quarante, cent quarante-trois, cent quarante-cinq. Le monospace, un Honda Odyssey, était assez lourd et doté d'un moteur puissant. Il accélérait vite et restait très stable à vitesse élevée. Au volant, je me surprenais souvent, en regardant le compteur, à rouler à cent trente ou cent trente-cinq. Mais au-dessus de cent quarante-cinq, il commençait à vibrer et tenait moins bien la route.

– Maman ?

– Je t'aime, Jacob.

Jacob se plaque contre son dossier. À tâtons, ses mains cherchent la ceinture de sécurité, mais il est déjà trop tard. Il ne reste plus que quelques secondes. Il ne comprend toujours pas ce qui se passe. Son esprit tente de trouver des raisons à cette vitesse, à l'étrange calme de sa mère : accélérateur bloqué, peur d'être en retard à l'entretien ou peut-être simple perte d'attention…

– Je vous aime, toi et ton père.

Le monospace s'engage déjà sur la bande d'arrêt d'urgence, les roues de droite d'abord, puis celles de gauche – il ne reste plus qu'une pincée de secondes maintenant –, et continue à gagner de la vitesse alors que s'amorce une petite descente qui dope le moteur, lequel commence à plafonner car l'aiguille progresse : cent cinquante-quatre, cent cinquante-six, cent cinquante-huit…

– Maman ! Freine !

Elle lance le monospace tout droit contre la culée d'un pont, un massif de béton encastré dans un talus. L'ouvrage est protégé par un muret de sécurité, qui devrait dévier le véhicule et éviter une collision de plein fouet. Mais celui-ci va trop vite et son angle d'impact est trop ouvert, de sorte que, quand Laurie aborde ce muret, les roues de droite se soulèvent, la voiture se cabre et, pour comble de malheur, se retourne. Laurie en perd aussitôt le contrôle, mais à aucun moment ne lâche le volant.

Dans un raclement, le monospace monte sur le muret et, arrivé en haut, s'envole, son élan le catapultant dans les airs en lui faisant décrire presque un demi-tonneau, comme un navire chavirant sur bâbord.

Pendant que la voiture tournoie en l'air à rebours des aiguilles d'une montre, que le moteur rugit, que Laurie hurle – une fraction de seconde, pas plus –, Jacob pense sans doute à moi – moi qui l'ai tenu dans mes bras, mon petit bébé, qui ai plongé mon regard dans le sien –, et il comprend que je l'ai aimé, en dépit de tout, jusqu'à la toute fin, en voyant la paroi de béton se ruer à sa rencontre.

*Composition PCA*
*44400 – Rezé*

*Impression réalisée par*
*Marquis Imprimeur*
*pour le compte des Éditions Michel Lafon*

*Imprimé au Canada*

Dépôt légal : novembre 2012

ISBN : 978-2-7499-1737-5
LAF 1634

KT-446-482

Exclusive Signed Edition

GIOVANNA FLETCHER

*November 2017*

# Some Kind of Wonderful

*By the same author*

Billy and Me

You're the One That I Want

Dream a Little Dream

Always with Love

SHORT STORIES

Christmas with Billy and Me

Dream a Little Christmas Dream

NON-FICTION

Happy Mum, Happy Baby

# Some Kind of Wonderful

GIOVANNA FLETCHER

MICHAEL JOSEPH
*an imprint of*
PENGUIN BOOKS

MICHAEL JOSEPH

UK | USA | Canada | Ireland | Australia
India | New Zealand | South Africa

Michael Joseph is part of the Penguin Random House group of companies
whose addresses can be found at global.penguinrandomhouse.com

First published 2017
001



Set in 13.5/16 pt Garamond MT Std
Typeset by Jouve (UK), Milton Keynes
Printed in Great Britain by Clays Ltd, St Ives plc

A CIP catalogue record for this book is available from the British Library

HARDBACK ISBN: 978–1–405–92486–3
TRADE PAPERBACK ISBN: 978–0–718–18844–3

www.greenpenguin.co.uk

*For my dear friend Chuck, who knows just how much life can change in a matter of months (Hello, Phoebe)!*

# I

My phone bleeps at me via my headphones, interrupting the sound of Ryan Adams as he tries to calm me down with his soulful voice and the skilful bell-like picking of his guitar. I'm sitting on a sun lounger, on the beach of a swanky hotel in Dubai. I should be relaxed and carefree already. I should be dreamily looking over at my wonderful fiancé and cracking into a foolish grin as I think about the way in which he popped 'the question', while excitedly thinking through all the things we need to arrange for our wedding day. I should be wondering whether it's OK to sit Mum and Dad together on the top table or if I should include Mum's other half too, before deciding to buck the trend completely and sit with our mates. I should be debating with myself whether I have to ask all three of my future sisters-in-law to be bridesmaids, even though, back in 1995 when we were just munchkins, I promised my best mate Connie that she'd be my one and only. I should be thinking about whether I'll wax or simply shave before the Big Day to prevent me getting a rash, whether heels would make me look too tall next to the groom in our wedding photos and if I have to get myself something 'old, borrowed, new or blue' or wait for someone else to think of it. I have absolutely no idea why it's a tradition, but I'm not one to take chances on superstitions so I obviously wouldn't wait in hope that someone else has the foresight to save my marriage from doom. No, no! I'd get those goodies myself, to be sure. Get myself a nice blue silk garter that's for Ian's eyes only.

I should be thinking these things with a lightness in my heart as I gaze lovingly at him across our sun loungers, because these are the worries and concerns I've been longing to ponder over for as long as I can remember.

That's what I *should* be doing, but I can't look at my fiancé in that way. I literally can't look at him. Because the man sitting beside me, the man who has been sitting beside me for over ten years, is not my fiancé. He's just my boyfriend. Just. I can't bear to look at him any more because every time I do a feeling of disappointment swells through me and I have to fight back big fat tears. Tears that confirm I am not good enough to be Mrs Lizzy Hall, even after all the legwork I've put in. Tears that confirm he doesn't want to commit, even though we've bought a flat together and that he seemed delighted when we wrongly thought I was pregnant last year. We were gutted to realize I wasn't. I thought our reactions let us know we were ready for more, for things to progress.

I don't understand.

I know he does want to marry me. I know that because he's asked my dad. He did that years ago and told me he was doing it so he could 'bank it' ahead of the right time. That's how he worded it to me. So I've been living with this air of expectation, of it being the inevitable, of it being on the horizon ever since. But the horizon seems to be getting further away from me and harder to see. I feel like I'm on a dinghy desperately trying to get to that line in the distance but to no avail.

I don't want to be on a dinghy.

I hate the things. I fail to see the point of them.

I used to think I was a sturdy cruise liner, heading into the future with purpose and direction, yet my transportation has shrunk over the years and so has my certainty of getting to where I was confident of going. Any longer and I'll be like Rose on the *Titanic*, holding on to a piece of debris and willing it to keep my hopes and dreams alive, while selfishly watching my lover freeze to death (Jack could've fit, FYI).

Sometimes I want to say something drastic, like, 'If he doesn't propose by the end of the year then I'm off,' but I love him and would hate for things to end up that way. Plus, I've dedicated ten years to this relationship and I've invested so much into us. We both have. Flippant ultimatums must stay in my head, because if they were uttered out loud, I'd be horrified at having to follow such a thing through.

Maybe marriage isn't so important anyway.

Yeah right. My repetitive drawing of wedding dresses when I was a little girl would suggest I felt, and still feel, somewhat different. And it's not just the marriage part. I'm not obsessed with the idea of a big white dress draped in the rarest lace, the massive marquee with a fifty-foot dance floor, the bridal bouquet made entirely of cream roses or the Jo Malone Peony and Blush Suede candles I'd love to put on every table to ensure the place smells divine. No. That's not it at all. I'm driven by the thought of marrying Ian. That's what I want. I want to be HIS wife – and I want him to want that too.

My phone bleeps again through my headphones. Bringing it up to my face and shielding it from the glare of the sun, I see it's my mum. She's phoned every day since we've been here, which is more than she'd usually phone me at home. She's getting ahead of herself, as usual. I had to have a word with her before we left for this very reason.

'It's happening. It's happening!' she continuously shrieked when I went over to drop off an onion that she'd asked me to pick up for her on my way to visit my sister Michelle. I'm sure it was a ruse to get me over there as Ted was walking in with fish and chips for them both when I left.

'Pardon?' I asked, frowning at her manic expression and hysterical excitement as she hopped from foot to foot. Even her own divorce hasn't been enough to dampen her joy at the prospect of marrying me off. Neither has the fact my younger sister Michelle is getting married to Stuart next week – and that Michelle's about to drop Mum's first ever grandchild shortly after – been able to distract her. None of that is enough to wane her interest in me and my future nuptials.

'He's going to propose! I know it!'

Obviously I knew what she was getting at. Every time I've mentioned this trip to friends or family they've had the same reaction. Even the cashier in the local supermarket, who usually rattles through my basket of nutritious shopping without even acknowledging me, gave me a certain look when she spotted my suntan cream along with my usual collection of organic vegetables and asked where we were off to.

But this is nothing new. Whenever we go away it's the same. People suppressing their grins as though they know something I don't, or adamantly declaring Ian's going to propose while we're away, just like Mum did.

I'm used to batting away their predictions, something I've realized I do for three reasons – one, because it's a little embarrassing having people speculate over my love life and whether Ian thinks I'm The One. Two, to stop myself feeling disappointed when the question doesn't come, because what these people don't realize is that they're feeding into my own hopes of that teeny tiny question being asked. And three, to stop them feeling sorry for me when I come home sans ring or fiancé. So I swipe my hands in front of my face, knocking their assumptions out of my aura (is that how they work?), and screw up my face while I give a strained 'Nooooo . . .' Making it look like I'm not ready for that stage in our relationship anyway. Commitment from the love of my life is not what I'm after at all. Don't they realize I'm super hip and happy not to be a Mrs? I'm a feminist, don't you know . . .

Hmm.

Don't believe a word of it.

The issue is I've been here so many times before, and each time it gets that little bit more humiliating. My heart literally skipped a beat when we were up in the Peak District and I turned to find Ian on what I thought was one knee. He'd simply tripped. Not only that but he'd landed in a cow pat so I had to listen to him moaning (and smelling) the whole way back to our tent while I held in the tears of disappointment that were stinging behind my eyes. Then there's the time he insisted we travelled into London on New Year's Eve so we could watch the fireworks. Ian has no interest in New Year's or fireworks, so I thought it was his plan to get me somewhere romantic under false pretences. Nope. He actually did want to watch the fireworks while being squished and pushed by thousands of strangers, all elbowing each other out of the way to secure the best view above The Eye. Then there was Paris. Oh Paris, how you failed me! The City of Love turned into the City of Nothing. A big project came in at work that urgently needed Ian's attention, so he spent the whole time on his computer bashing away on his emails or with his mobile phone pressed firmly against his ear. I don't even think he'd have noticed if I were there or not – well, apart from the one horny bonk we had when we first arrived which ended abruptly thanks to another ruddy phone call. There wasn't a hint of '*amour*' in the air, apart from the love affair Ian had with his electronic devices.

I've had years of feeling excited and then disgruntled when the longed-for question hasn't been popped. Yet despite giving myself a stern talking-to over the black hole of self-pity I will fall into when Ian doesn't get down on one knee in Dubai, I found I was smiling to myself as the plane took off from Heathrow. A feeling of anticipation flitted around my insides. At that point I *did* look to Ian with an expression of complete and utter love, feeling like we were on the cusp of our forever promise.

But here we are. Thirteen days into our two-week holiday, ready to fly home tomorrow, and the all-important finger is as bare as it was when we arrived.

I thought it might happen on the first night, but then Ian announced he was shattered from travelling and wanted an early night. Then, when that didn't happen I had high hopes for the second day – we were out on a boat trip after travelling to Khasab by bus earlier that morning. As soon as I saw the idyllic spot where we'd be spending the majority of the day I knew a proposal was about to be gifted. The sea beneath us was so turquoise it was almost fluorescent, and surrounding us were gigantic, barren rocks, as high as they were wide. I'd never seen a spot more magical. It was beyond stunning. As was the little sail we took to the nearby beaches, which saw half a dozen dolphins swimming alongside us as we went. It had all the makings of a movie-perfect proposal. Literally, Richard Curtis couldn't come up with anything better.

On the third and fourth day we were just by the pool so I didn't think it would happen then, so I spent the majority of that time wrestling with an inflatable flamingo. But on the fifth day we went out to the desert and rode camels. It was exactly as you'd imagine. Perfect.

But, no.

Nothing.

He didn't even seem to be enjoying spending time with me. He was as grumpy and humpy as the camel I was riding. I couldn't work out what was wrong with him.

Each day has been the same since, with me questioning every little detail and him seeming almost indifferent towards me. The past few days I've given up hope. It's not going to happen this time. It's made me angry and annoyed at Ian, which I know has caused me to be a snappy bitch. I would be inclined to say that my foul manner isn't fair on him, but I wouldn't be feeling this way if he'd just declare some lifelong commitment.

I see Ian sit up next to me and look out at the picturesque sea in front of us. His dark blond hair is far shorter than it was when we first got together at eighteen. It used to be longer than mine. He was rocking the man bun before it was even a thing. It's the first thing I noticed about him. He looked so exotic while he leant on the student bar and ordered a snakebite from the barmaid. I couldn't fight the urge to go over and have a little flirt. I batted my eyelids, made him laugh, made myself laugh, and loved how he took me in. His eyes slowly moving over me as he listened intently to what I was saying, and absorbed all I had to offer.

I couldn't believe it when he revealed he also lived in Essex – and only twenty minutes away from the family home in Ingatestone that I'd moved out of the day before. I'd gone all the way to Sheffield and somehow found myself being enticed by a local boy. So he wasn't as exotic as I'd imagined, yet there was still an incredibly sexy and mysterious air about him. I felt drawn to him. He was magnetic.

A decade on and he's lost the man bun. It was something that happened before we left Sheffield and rejoined the real world. He decided to chop off his golden locks so that he would be taken more seriously and get a 'decent job'. It turned brown for a while, but his sacrifice worked. He was offered a cracking job in recruitment a month before we left university, thanks to a graduate training scheme. He's never once had to worry about the possibility of unemployment. The haircut paid off and I've slowly got used to the slightly darker-haired, more grown-up, version of him.

Along with the loss of hair went all air of mystery. Although I'm not suggesting it's a Samson and Delilah situation – rather that the titillation that comes with the unknown can only last for so long before it becomes annoying.

I look at his tanned bulging arms and along his muscular back. Physically he's nothing like he once was either. At the start of uni he was tall and slim – quite pole-like. Most of the guys were. Then he got a bit porky by the end of the first year, which was clearly down to the copious amounts of pasta I cooked us, and the fact we'd often get raucously drunk with our mates before chomping on a greasy feast from the kebab shop. In the second year he started riding his bike to lectures. Over time he started having less pasta and food dripping with fat and oil. By the time we graduated he had rock hard abs and ten times more stamina – in every way.

Since then he's bounced between bulking up and slimming down into more of an athletic frame. It's always led by whatever he's currently obsessed with. Once it was weight training, then it was spinning classes. Now he varies what he does and has a body that looks capable of doing anything as a result. By comparison my body doesn't look quite as competent, but at least it's gorgeously tanned right now. Plus, I've been religiously body-brushing before showers in the lead-up to this holiday so the cellulite situation is looking a little less garish.

Keeping his eyes trained out front, Ian turns his head to me.

I press pause on my phone so I can hear him.

'I'm going for a dip,' he says, before swiftly getting up and walking off.

He didn't even ask if I wanted to join him.

I swallow the hurt, remembering that I was pretty mean at lunch and snapped at him for food pressuring me. I had wanted a burger, he ordered a salad. Yes, I know I should've just had what I wanted because I'm on holiday and a flaming grown-up so can do what I sodding like, but I find it difficult to enjoy such treats when I'm sitting opposite someone who's eating a smug salad. Not that Ian ever eats salad in a smug fashion, but rather that the lettuce sits there calling me a fat cow and I can't deal with it. It makes me angry.

Anyway, I barked at him in front of the waiter and then begrudgingly ordered myself a salad because I knew it was 'the right thing to do'. To be fair it was a delicious non-talking bit of rabbit food, but I had to grit my teeth when a plate of burger and chips went by and I got a waft of it.

As a result my chat wasn't the best, but neither was Ian's. We pretty much sat there in silence while we munched on the plate of health.

I look out to sea at my gorgeous boyfriend and let out a heavy sigh.

If only he'd pop the question, I know I'd be an absolute delight.

## 2

As much as I'm trying to avoid thinking about the reality of Ian not proposing, it seems the outside world wants to keep reminding me of the possibility. Yet again the sound of my phone bleeping cuts through the music, although this time it wakes me up too. Thanks to my sodden chin I can tell I've been dribbling. Attractive.

Glancing beside me and then out to sea I notice that Ian hasn't come back. Or maybe he took one look at me with my droopily drooling mouth and decided to sit elsewhere.

I look at my phone and see that this time it's Connie, my best mate. Part of me wants to blank her call too, as though the lack of Ian 'putting a ring on it' has turned me into a failure of life. But she hasn't phoned the whole time we've been away and I miss her voice.

'Babes!' I say quietly, aware of the other sunbathers catching cheeky naps, having consumed copious amounts of cocktails in the midday heat. Thankfully the sun's getting lower now and it's a tiny bit cooler as a result. It also casts a gorgeous orange glow over everything in its reach. It's a great time of day, when everything starts to wind down and feel calm. There's a lull in the air, as though the temperature drop has allowed everyone to truly relax. The scent of coconut suntan cream fills the air – or maybe it's simply another cocktail being delivered to a lucky hotel guest.

'All right, Doll?' she replies, her husky voice unable to conceal a smile. It's a sound that has always soothed me and I can't help but dissolve as I hear it.

'Just about,' I sigh, rearranging the black triangles of my bikini so that my boobs sit more evenly. Evidently they've tried to escape while I was snoozing, and decided to give passers-by a right eyeful.

'Whoa!' she gasps at my lacklustre tone. 'Anyone would think you were the one sat at your desk with a ridiculous hangover while pretending to get shit done.'

'I heard that,' booms a voice in the background, presumably her boss Trevor.

'I'm on my lunch. Don't make me complain to HR for harassment!' she heckles back. If I spoke in that manner at work I'd get sacked, but that's Connie for you – endearing, blunt, bold and kind all at once. 'Anyway,' she says, her voice becoming soft once more as she turns her attention back to me. 'Hit me with it. What's up?'

'It hasn't happened?'

'Yet,' she says firmly, instantly knowing what I'm talking about – she's the one person I have spoken to (at length) on the topic. I might want Ian and everyone else to think I'm chilled out about it, but Connie has always been my sounding board. I need her. She makes me less neurotic.

'He's not going to do it,' I state.

'Liz. The fact you think he won't makes me think he might.'

'That's ridiculous,' I mumble, although willing to hear more. Her suspicions are much more alluring than my own.

'Think about it. You've always gone on about how so many proposals are predictable or naff,' she reminds me.

'So he won't do it here?' I preempt, remembering that I have been very vocal and judgemental about others' romantic gestures in the past. Like when Syd from up the road took Clara to a local restaurant and arranged for the ring to be put into the dessert. I don't think he expected her to order a chocolate mousse, but still, no one wants to be presented with a sloppy brown diamond. Or when Darren basically suggested marriage to Tanya rather than asking the question, leaving her bewildered as to whether she was engaged or not. I mean, it's pretty simple really – find a meaningful, romantic spot and drop to one knee before asking the love of your life to marry you in a clear and concise manner. And don't even get me started on Henry who asked Adrian while they were on the train from a boozy night out in London. There are no words for the lack of imagination, planning or even care put into that one.

Yes, OK. I can understand what Connie means. It's highly likely my noisy opinions have been detrimental to our own situation and left him confused. I thought I was offering clear guidance on what not to do but maybe that's made the whole thing too restrictive. The truth is, as I've watched my mates, who have been in fresher relationships – like Henry and Adrian who'd only been together a year when the proposal took place – walk up the aisle and declare their 'I dos', a part of me has felt a little frustrated and hurt that they've overtaken me. I've felt like we've been superglued to our current boyfriend/girlfriend set-up and I've obsessed over pulling us free and getting in front of that altar too – before another mate announces they're getting hitched to someone they met a week ago. I spend more time thinking about it than I should, but I can't help it when everyone else seems to be growing up without me. I hate to say it, but I should've been first. Admitting that makes me an awful person, I know.

'I'm saying the holiday isn't over,' Connie says calmly. 'He probably thinks you would've been disappointed with a straightforward first-night attempt, so he knows he has to do things a little differently. You are high maintenance, after all.'

'I am not,' I gasp.

'Are you suggesting you're laidback? Because I hate to break it to you but –'

'OK. Fine,' I huff, cutting across her before she breaks down my flaws: impatient, critical and finickity. I know I can be anal about how I'd like the big question to be asked, but it's a huge deal. I've waited long enough to hope for more than a dirty ring, a half-arsed attempt or for the question just to be blurted out when we're munching on a Big Mac, surrounded by a bunch of wasted passengers. Not that Ian would ever be crazy enough to do that. I know how much he detests a (tasty) burger, and a night out raving.

'Look, don't get disheartened and don't waste the last

day of your holiday brooding over this. You know you get weird when you think about this stuff. You get all possessed and cray cray,' she says in the bluntest of tones.

I would interject and argue otherwise, but I know she's right. I've obsessed over this milestone in our relationship for far too long and have often found myself daydreaming about it at the most inappropriate times – his grandmother's funeral being one of them. Don't judge me! I think it was just because we were in a church with all of his family. I couldn't help wondering whether the next time we all got together like this would be for our wedding, and if it might be nice to honour Ian's grandmother in our celebrations somehow. Like incorporating her wedding flowers into ours, or putting a picture of her up somewhere to show she'd still be with us. OK, maybe I did find myself thinking about it for far longer than I thought I did.

'I don't even think he likes me any more,' I feel myself whine.

'God, you're annoying, I can see why.'

'Oi!'

'I mean it!'

'He's acting weird.'

'Do you remember what Fiona said about Mike before he asked?' she quizzes me about her older sister who got engaged after just six months of dating – without even being up the duff.

'He was being a right knob. Cagey and distant,' she prompts.

'I remember.'

'Well, then! Enjoy the rest of your holiday and we'll mull over it as much as you like when you get back. Preferably over wine, because I can't handle all this wedding chat sober.' I imagine her rolling her eyes theatrically as she gives a little chuckle.

'How's it going?' I ask.

Connie is a serial dater. Ian and I used to joke that going on dates was how she could afford to eat, buy the latest Topshop 'must haves' and live in London. It was fun to joke about, even if we knew she'd be disgusted over the mere thought of being paid for.

Regardless of the bill arrangement, while Ian and I would be tucked up with a boxset back in Essex, she was out almost every night on a quest to find Mr Right. She's still looking. I would say she's had a string of bad luck, but actually, she's incredibly picky and isn't afraid to cut ties when someone shows a hint of possibly having the potential to, one day in the future – possibly decades down the line – annoy her.

'I have a date tomorrow night. Tinder,' she tells me.

'Funny name.'

'Ha ha ha. Very funny. He's called Matthew and he's a mortgage broker,' she states. Long gone are the days where she'd be excited or nervous at the prospect of making small talk with a total stranger. Now it always sounds like she's being a martyr, checking out all the available men London has to offer on behalf of all women everywhere. It's a tough job, but she's willing to sacrifice herself for the good of the sisterhood. She blogs about her experiences under the pseudonym Vix Bishop on the blog *You're Just Not The*

*One* and her exploits are just as legendary as she is. One thing's for sure, she's wasted in marketing.

'Interesting job,' I comment, wondering whether she'll be praising or condemning him in her write-up. I always look forward to her posts. A few of my favourites would be the one with the guy who turned up in his gym kit after doing a HIIT class. The guy who came along with his mum – I'm not even joking. And then, the bloke who attempted to flirt with a gentle nudge, only to use too much force, causing Connie to fall over on the cobblestones in Covent Garden and fracture her elbow. All three failed to secure a second date and one thing's for sure, her accounts of modern-day dating make me relieved I'm not single too. I'd be useless.

'Hmm . . . well, if nothing else he'll be able to give me some financial advice about getting on the property ladder. It's hard for us single folk but we're almost thirty, Lizzy. It has to happen.'

'We're twenty-eight,' I remind her, an itchy feeling creeping over my newly tanned skin at the thought of reaching the end of a decade.

'I'm thirty next year,' she says, as though the number isn't crashing down on her too.

'Fuck,' I say, just as Ian comes back and frowns at my choice of language. He plonks himself on his sun lounger, stretching out with his arms above his head, his ribs and muscles doing a little dance, before settling with his eyes shut.

'Exactly,' Connie says gravely. 'Now on that bombshell I'd better go. Lunch is over and Trevor's vein's popping out while he tries not to shout at me to get back to work.'

'I'm just here!' Trevor says indignantly, as though he's standing right next to her – honestly, it's a good job she's well liked and ridiculously talented at her job.

'I'm going to the loo before I even *look* at my emails,' she tells him.

'You're terrible,' I giggle.

'It's a shame I'm too good to get rid of,' she says, laughing to herself. 'Right, promise me you'll make the most of the last night there. Ring or not, you know it's coming at some point. You and Ian are meant to be.'

'Yeah,' I nod to myself while looking at his hairy legs lying next to mine.

'Just enjoy being away from your ruddy desk with the love of your life,' she orders.

'I will, I will,' I smile.

'Call me as soon as you're back. We need a girls' night!'

'Agreed.'

'Bye, Chick,' she says, blowing a kiss down the phone before hanging up.

I breathe out a sigh as I take the phone away from my ear and hold it to my chest.

'It was Connie,' I say to Ian, extending out a pathetically bare olive branch.

'I guessed,' he replies, not bothering to look over at me.

'Sorry I was a bit of a grump earlier,' I continue, knowing there's no way I'll enjoy my last night here if I remain pissed off, and that I should apologize for being so irrational over some green leaves.

'You should've just had a burger,' he says, pursing his lips as he looks over, his brown eyes squinting at me. 'I just wasn't hungry, but it doesn't mean you had to eat what I had. You're a grown-up, Liz. You can do whatever you want to do.'

'And you wouldn't judge me?'

'As if,' he laughs, his face scrunching up into a frown. 'It's just food.'

'Thank you . . .' I say, feeling stupid for even turning it into an issue.

'Cocktail?' he asks, sitting up and looking around for our regular waiter, Sahid, who's been on the beach with us every day – it's like he never leaves.

'Always!' I cheer.

'Two pina coladas please,' he says when he grabs Sahid's attention. We've been here long enough to not only know the cocktail list, but also what we love.

Sahid nods in acknowledgement, a smile forming on his dark mouth, his big brown eyes glistening with joy at the same order we've placed over the last few afternoons.

As he walks away I turn to Ian and see him staring ahead at a family who've been building sandcastles since I woke up. The young girl is pushing her younger brother out of the way because he keeps knocking down her pristine work, and the mum has to go over and sit between them, starting a new game to keep them amused.

'It's wonderful here . . . We're all so very lucky,' I say, my mind wandering off into a little daydream of loveliness where we revisit the hotel in five years with two little children to frolic on the beach with.

Ian turns to me then and purses his lips into a tight smile.

'Yeah . . .' is all he manages back.

No doubt he's sharing my daydream of what our future will one day look like.

# 3

Almost every night since we arrived we've done the same thing, and that's chill out in the hotel. There are six different restaurants, each specializing in various cuisines, and one has a different themed buffet each evening with a dozen or so desserts to choose from. To be honest, I could've spent the whole holiday in that eatery and been one very happy lady as a result. Whether I'd be able to fit into my aeroplane seat on the way home is a different matter.

Tonight the theme is Italian. I thought Ian might suggest going elsewhere rather than being faced with an evening of heavy carbs but he shrugged along with my plans earlier so I booked it regardless. We did only have those salads for lunch so we've earned this indulgence. My mouth is practically salivating at the thought.

'Are you ready yet?' I call hungrily.

Ian is still in the bathroom, he's been in there for ages – and Connie said *I* was high maintenance. I've literally had a shower, thrown on my favourite white off-the-shoulder cotton dress, scrunched some mousse into my long caramel-coloured hair, dabbed some gold highlighter on my already bronzed cheeks and brushed some dark brown mascara through my lashes. I've been ready for about half an hour. During that time I've been perching on the end of the bed, watching some naff American reality TV show about wedding dresses that I've suddenly found myself hooked on.

My tummy gives an almighty growl, alerting me to the fact we're fifteen minutes late for dinner already. I go to the bathroom door and give it a little tap.

'Babe?' I prompt, trying not to nag while simultaneously vocalizing an air of urgency.

The door opens and Ian, with a tiny towel wrapped around his waist, steps out looking a little pink-cheeked.

'You OK?' I ask, as he walks past me to grab a white shirt out of the wardrobe while barely giving a glimpse in my direction.

'Yeah. Fine,' he shrugs, a frown forming as he dtops his towel and starts doing up the buttons while slipping on his boat shoes and kicking the balls of his feet on to the beige carpet to help get them on quicker.

'Erm,' I say, confused by what he's doing.

'Huh?' he murmurs, raising an eyebrow at me.

I point at his nether regions and the fact he's sorting out his footwear before putting on either his pants or shorts, his little friend and two wingmen gaily swinging freely between his bare legs.

'Oh,' he says, shaking his head, cupping his manhood before going back to the wardrobe and locating some underwear. He settles for the black Calvin Kleins I bought him for his birthday six months ago – I've wanted to get him a pair ever since David Beckham did their campaign and looked sexy as hell. Justin Bieber nearly ruined my love for them when he took over from him. But then he turned cool again, so all was good. Plus the cast of *Moonlight* have more recently taken over the job – which I think is why Ian has gone with my underwear choice rather than snivelling at it.

I watch as he pulls up his pants and cotton shorts without taking off his shoes first. It's a lazy move that clearly isn't making the task any easier.

He's being odd, distant and flustered.

My heart feels heavy at the realization. Is there a possibility he is actually going to do it?

A knock on the door makes us both jump.

'Who's that?' I ask him.

'Why would I know?' he asks, eyes wide and looking at me questioningly, frustrated at having caught one shoe in his pants with his ridiculous antics. His bits are still flopping everywhere.

I wait a few seconds, until he's finished hopping himself into decency, before going to the door.

'Hello?' I ask as I swing it open, only to be greeted by Sahid. 'Oh. Did we leave something?' I ask, looking around the room as though I'm going to spot the missing item. I always double-check that I've not left anything behind whenever I leave somewhere. Sometimes, if I'm feeling super-meticulous, I even triple-check. It's a habit. 'Hang on, did we not sign the bill?' I ask, turning to Ian. 'Did you sign it, babes?'

Rather helpfully he looks back at me blankly.

'Ma'am,' says Sahid, with his impossibly polite and soft voice, while a bashful smile spreads across his face. 'I've come to take you to dinner.'

'But we know where we're going. We've been there before. Some days for breakfast, lunch and dinner,' I laugh, my tummy angrily protesting at the thought of the copious amounts of delicious pancakes, waffles and scrambled eggs I've eaten for brekkie during our stay. I'll be sad to say goodbye to it all. Let's face it, Shredded Wheat accompanied with the greenest juice our Nutri-bullet can muster doesn't quite have my taste buds rejoicing in the same way.

'Sir?' Sahid says, looking past me to Ian, who's just finished sorting out his attire and is now standing staring at us both.

For a moment I'm not sure if he's going to speak or not.

'We thought you'd like a bus tonight,' Sahid informs us.

They say bus, but they really mean golf buggy. They're forever zooming past us on those things at a ridiculous speed. I don't understand why people that *can* don't just walk. It's a pleasant little wander through the gardens and it doesn't even take that long, five minutes tops. That said, we've just been offered one, so why not! We can take in the scenery a little later when we attempt to walk off our pasta, pizza and bottomless Tiramisu.

'Darling?' I encourage Ian, who seems to be a little startled by Sahid's gesture.

'Dinner?' he says, the same tight smile as earlier forming on his lips as his eyes skim over me.

'Fab,' I shrug, happy that he's finally getting a move on.

Sahid looks just as confused as we are, but doesn't say anything. He waits for us (Ian) to gather our crap together and then leads us down the one flight of stairs and on to the awaiting four-seater buggy. Ian doesn't sit next to me. Instead he sits next to Sahid who's driving.

I hover for a bit, my brain confused as to why Ian's chosen to get into the passenger seat over sitting with me. We're a couple. It would've been courteous and loving, right?

'Come on then,' Ian says, gesturing for me to get on as though it's me who's kept us waiting all this time.

'Right,' I nod, walking around and climbing into one of the rear-facing seats, feeling rejected while my mind debates whether this is a little tactic to throw me off the track. Could this be the start of a proposal? Perhaps he thought the golf buggy is a tad too obvious so is choosing to be distant and aloof. If that's the case then I'm sure we'll have a right giggle over this in years to come once we're happily married, old and sitting in our rocking chairs by the fire.

'Hold on,' calls Sahid, before he puts his foot down and we start moving down the stony path.

My body sways from side to side as we make our way through the gardens, the path cutting across the bright green grass that's been watered to perfection. Exotic plants sit in well-maintained flowerbeds at the side of us, while overhead baskets of dainty white, pink and purple flowers have been placed in iron archways for us to drive through. A sweet floral scent fills the air and makes the atmosphere even more enchanting. I've loved walking through here during our stay. It's peaceful and romantic. My thoughts skip to us walking back through here later on. I have a ring on my finger and am giggling girlishly as Ian has his arm draped across my shoulder and gazes at me with intense love.

Further along we pass families who are only just calling it a day and returning to their rooms from the swimming pool and beach. I spot a little girl struggling to carry a giant pink inflatable before her dad swoops them both up effortlessly. I can't wait for that to be us. If he were sitting with me, I'd give Ian's arm a little squeeze right now. He'd understand immediately and lean over to kiss my nose. I hope, anyway.

The light dims as we move further away from the main gardens and buildings and down a route I've not been before – Sahid must be taking us a different way to the one we usually walk. Maybe he's decided to take us on a little detour to show us more of the hotel to ensure we come back again. It's beautiful after all. The palm trees above us have been decorated with fairy lights, and the pretty purple, pink and white flowers continue to follow us, lining the pathway while giving off their intoxicating scent, which I'm happy to have wafting over me.

As we start to slow down I realize I can hear waves crashing. We're nowhere near any of the restaurants. We're somewhere else, somewhere back by the water.

When we come to a complete stop I turn to look at the beach and see a glow of orange creating the black silhouette of my own shadow next to me. I crane my neck ever so slightly, it's all my sudden nerves will allow me to do, and see fire torches lined up, leading to a wooden gazebo on the sand. Sheer white drapes cascade from the sides, blowing in the gentle sea breeze.

‘Shall we?’ Ian asks coyly, coming to my side and gesturing to help me off the buggy.

His hand seems just as shaky as mine as he guides me from my seat and around the vehicle so that we’re facing the beach and the romantic setting before us. We keep walking along the sandy path laid out for us, and end up underneath the thatched roof of the wooden frame. A table and two chairs are set up for dinner. Cream candles have been lit and grouped in various heights around the edges of the room as well as on the table, while pink blooms are scattered beneath the crockery and our feet. The same flowers are used in a daisy chain pattern, which trails prettily along the beams – the delicate against the sturdy.

Ian’s hand grips tightly on to mine and I feel his body stiffen as we stand and take it all in.

My breath catches in my throat. This is it, I think to myself. Without doubt, this is the moment I’ve been dreaming about for as long as I can remember. He’s finally doing it. I’m about to become the future Mrs Hall.

A smile spreads across my face. I’m so ridiculously happy, even though he hasn’t asked yet. I feel as though my heart is going to burst, as though I could break into song at any moment and it wouldn’t even be weird if I did. This is so enchanting and magical that no one could possibly judge me for whatever my excited mind decides to do.

‘Er . . .’ Ian mumbles, his eyes going from me, to the setting, to Sahid and the waitress who’s currently serving champagne from an ice bucket beside the table.

I mean, champagne practically shouts proposal when

poured on any night that's not Christmas, a birthday or anniversary. And a bottle of it too. Not just a glass. That means we're about to have something big to celebrate.

My breath catches in my throat as I feel Ian's body start to lower, thinking the obvious. But then I hear the scraping of a chair and see that he's decided to sit down, not kneel.

He lets go of my hand and faffs around with his swan-shaped napkin, as though he's trying to kill it rather than unravel it, while I swallow the lump in my throat and try not to look too disappointed that he didn't drop down on one knee straight away.

I know it's coming. Tonight. We've been a couple for over ten years and, although Ian has had his odd romantic moment, he's never done anything on this scale. He's clearly made a plan of when he'd like to ask, so I just have to enjoy every second, and wait patiently for him to make my dreams a reality. All at once I feel a tidal wave of love swoosh over me and crash into Ian. I knew he'd get there at some point and right now I love him more than I ever have.

'This is amazing,' I gush, giddily grabbing hold of the chair across from him, only for Sahid to pull it out for me and help me into my seat.

'Hmmm . . .' he sounds, while more frantic swan-bashing ensues.

He's nervous, I realize. The thought makes my heart flutter. This obviously means as much to him as it does to me. This would've felt completely different if he'd have been forced into it all those years ago, or if the wicked side of my brain had issued an ultimatum, but here he is after being given time to do it his way. He's doing this because he wants to. Because he wants it as much as I do.

'Here,' I say cheerfully, taking the folded napkin from him and calmly unravelling it before handing it back with a smile so big I'm unused to the sensation it creates in my cheeks and the back of my head.

'Thanks,' he mumbles, looking over at the waitress and giving her a little nod as he lays the napkin on his lap.

I copy the gesture, excitement bubbling away in my tummy at what's going to happen next.

'I'm starving,' Ian declares, as food starts finding its way in front of us.

'That's what you get from just eating a salad,' I joke.

He gives a stilted laugh, so I'm unsure whether he's actually taken it in good humour or annoyance that I've brought up what happened earlier. Either way, as two plates of bruschetta are placed in front of us, and a platter of carpaccio, cheese and bread is wedged in the middle, I don't have time to ponder on it.

'This looks amazing,' I say as I dive into the delicious beef in between us. 'I mean it. This is incredible,' I continue, full of joy as I place the loaded fork into my mouth and feel it practically melt. A pleasured sound comes from my mouth, but I can't hold it back. It's divine.

I stuff my face and happiness makes me do it. Sitting here, knowing what's about to come, I feel more content and secure than ever before. It's only when I realize that I've eaten most of what's on my plate and a large helping of what's in the middle, that I notice Ian has barely taken more than a few mouthfuls.

'I thought you were hungry,' I say, although not feeling the shame of earlier when comparing my indulgence to his health-mad restraint. He's chosen this food for us to eat on this special occasion, therefore, it's my first duty as 'wife-to-be' to eat it in its entirety and enjoy every single bite.

'Yeah . . .' he says, screwing up his nose and taking a deep breath. 'I feel a bit dodge.'

It's the nerves, I think to myself. Bless him. I don't know why he doesn't just spit it out. This is already more than I ever wished for in my proposal dreams.

'Oh babes,' I say, cocking my head to one side sympathetically.

'You only ever call me babes when you've been talking to Connie,' he notes, an edge of annoyance in his voice that I'm hoping is to do with his tummy not feeling right.

'Really?' I frown, wondering what he's going on about. 'I always say babes.'

'You don't,' he says, matter-of-factly. His shoulders shrug in disagreement as he shakes his head, his bottom lip giving a defiant pout.

'I do,' I state calmly.

'Don't.'

'Ian?' I protest, not entirely sure what he's getting at but feeling irritated nonetheless.

'What?' he shrugs.

'Well, it's an odd fact to bring up now . . .' I say, gesturing at the gorgeous al fresco setting we're in, and subtly referring to the fact that this is the night we're about to become engaged. There's no need to ruin it. 'Don't you like it when I call you that?' I ask, popping a bit of stinky blue cheese into my mouth – I might as well eat it if he's not going to.

'Not particularly,' he says, his lips pursing together. 'It sounds a bit common.'

'Ian!' I shriek, unable to contain my laughter.

'What?'

'Did you just call me common?'

'No. *Connie*'s common,' he says, a chuckle rising from his throat.

'Now that's not very nice,' I reprimand him, torn between smiling at him and being loyal to my best mate.

'Chill your boots, babes,' he mocks, shifting in his seat. 'I didn't mean anything by it.'

'I thought you liked me calling you that,' I say, taking a sip of my champagne and telling myself to, as Ian has suggested, leave the conversation there. He's joking with me about a stupid word. It's fine.

'There are other things about you that I prefer,' he says. The words are sweet but his voice is shaky. I wonder if it's nerves creeping in.

'Like?' I say slowly, my voice low and inviting, wondering if this might be his segue into the moment I've been waiting years for. It's not ideal that it's going to come straight after him dissing my bestie, of course, but I'll take it. He's already said he didn't mean anything by it, and despite what he says I know he loves it when I call him babes, and that he thinks Connie is far from common. Surely he knows that she's from the posher end of the village that we grew up in back in Essex – although

I guess she does still carry that twang in her voice, even though she's moved to London.

'Erm . . .' Ian stumbles, clearly thinking about how to answer. 'Things like . . .'

Ian's face freezes and I can't help but laugh at the awkwardness of him trying to work out something he likes about me. Surely it can't be that difficult when we've been together this long? He knows everything about me – there must be some good qualities in there.

'You know I love everything about you,' he says while giving a little cough and clearing his throat with champagne.

'Clearly not everything,' I tease.

'Enough, though,' he says meekly.

'Enough for what?'

He looks at me as though I've caught him off guard. Am I steering him into a proposal with a shameless leading question? Part of me is expecting him to come back with 'Enough to ask you to be my wife', or something similar, but he's been force-fed the line. I cringe at myself and back away from the table slightly.

This has to come from him.

In response he breaks protocol and picks up the champagne bottle himself, topping up his glass before downing it in one. He's not a particularly heavy drinker. In fact, I can't recall the last time we got hammered together.

It's good to know the thought of marrying me has, quite literally, forced him on to the bottle though.

*Oh babes . . .*

# 4

The rest of the bottle is gone before the main course is brought out. I've only had the one glass, but that isn't an issue as Ian has just asked the waitress, whose name is Maya, we've learnt, to bring out another bottle. I'm hoping to get more of a look-in during the next round, although I am concerned at just how much Dutch courage this proposal is clearly requiring.

'Do you think you should slow down?' I say quietly, not wanting to embarrass him in front of Maya or Sahid. I'm sure they've seen worse.

'Ooh, Mummy!' Ian cackles, curling his finger up to his mouth like he's in an *Austin Powers* film.

I can't help but laugh. He's never this silly, or this out of control.

'You know what I love about you, Liz?' he asks, gesturing at me with his empty glass.

'What?' I ask, trying to make my eyes as smouldering as possible as I look at him.

He looks at me confused for a minute, as though I'm meant to be giving him the answer to his drunkenly slurred question. His gaze drops downwards to the plate in front of him, as though he's only just noticed what was placed there a few minutes ago. We've been treated to a delicious platter of grilled seafood – lobster, tiger prawns, red snapper, scallops, baked oysters, Alaskan king crab legs, mussels, all served alongside a sweet chilli sauce and mixed vegetables and jasmine rice. A noise of surprise sounds from him before he picks up the whole lobster, yes, the whole thing, and eats it with his hands.

'You are wonderful,' he mutters, although I'm not sure if he's saying it to me or the dead crustacean in his grasp.

'Ian?' I try again.

His eyes find mine, sort of, and a huge breath is expelled. 'Oh Liz. Lizzy, Lizzy, Lizzy. You are the best.'

'Thanks,' I laugh, starting to feel embarrassed for him. 'I'm just going to pop to the loo,' I add, shifting from my seat just as Maya gestures where I have to go.

'Don't be too long. You might miss the best bit,' Ian chortles to himself.

It's not that I especially need a wee, but I feel we need a moment. A breather. As soon as I'm away from the table I pull my phone out.

'Lizzy?' Connie says excitedly after just one ring, clearly expecting my call. I wonder if Ian had run his plans by her. Maybe that's why she was telling me to enjoy myself earlier, and being so reassuring.

'He's drunk,' I hiss.

'Pardon?'

'Blind drunk,' I say, realizing she needs more detail to understand what's going on. 'Con, it's such a romantic setting. We're on the beach, the food's amazing, there's flaming Champagne –'

'Oh my god,' she squeals.

'– but he's wasted.'

'He can't be that bad.'

'He is.'

'As bad as when you came to stay with me?' she asks, causing me to laugh.

A few years ago we decided to go to some club in London with Connie and stay over for the weekend. Well, Ian got so wasted in the trendy little cocktail bar we went to before the club that he ended up puking his entire liquid intake over the bouncer's shoes. Luckily we dragged him away, whilst begging for forgiveness, before things turned nasty. We didn't all get beaten up, so it must've worked. The next morning he insisted that his drink was spiked, but I knew he'd been doing some weird fitness research online and had decided to live on nothing but caffeine and a single banana all day. I'd say that was the root of the issue.

'OK, he's not as bad as that,' I concede.

'Then this is salvageable,' she encourages. 'Let me know how it goes.'

The line goes dead.

I take my time going for a pee and checking on my make-up before returning to Ian and what should be our heavenly spot beneath the stars. When I get there he is slumped over his dinner, this time using his fork but still managing to look more caveman than I'm used to.

Hearing my footsteps on the wooden decking, his head jolts up to look at me, his brown eyes wide and soft. He takes a deep breath and then sighs, his hands going up to his face.

'Babes,' he says, looking embarrassed as he gently mocks me.

'You're such an idiot,' I say, sitting in the seat that Maya pulls out for me.

A gentle chuckle escapes his mouth. 'I'm sorry.'

'That's OK,' I tell him, calmly placing my dead swan of a napkin back across my thighs. He might be playing this all wrongly, but my heart is weak for him and I don't want him to think he's failed.

'I wanted this to be perfect,' he says sadly, his words evoking more softening from me.

'It is. You're there and I am here. To me it doesn't get more perfect than that.'

'Well, isn't that the sweetest thing,' he says, his hand reaching into his pocket as he clumsily slithers out of his chair and lands on one knee beside me.

One knee!

'Oh my god,' I say, petrified, nervous and excited at what he's doing, even though I've wanted it for so many years and suspected it since we arrived tonight.

Ian fiddles in his pocket before extending his arm out in front of me and holding out what's in his hand. A beautiful, glistening, stunning, diamond ring, cut into a cushioned halo, with smaller diamonds extending out across the band. It is beyond anything I've ever Pinterested.

'It's beautiful, Ian,' I hear myself say, my hands flying to my mouth as tears spring to my eyes. For the first time ever I feel like I'm floating on air. Ian wants a life with me.

My head is spinning as I look up from the wondrous sight before me to my beloved Ian. His expression doesn't quite match mine. Instead I find him frowning as he gawps from me to the ring, as though the whole thing has caught him entirely by surprise. As though he's woken up from a dream and found himself in this position. Clearly the joys and consequences of inebriation.

'I. I. I . . .' he stammers, painfully.

He makes a gesture with his hands, as though he's proffering the ring to me once more, but then he holds it back into his chest, his fingers tightening their grip around the delicate band.

I feel for him. He wouldn't have meant to drink as much as he did, but it's done now and will give him comedy-gold material to use in his groom's speech at our wedding.

Our wedding!

'It's OK, darling,' I say, placing my hand around the back of his neck and pulling him into me so that I can kiss him on the forehead.

'No!' he says, squirming away from my touch. He leans back into his heels and clumsily slips on to his bum as a result. He doesn't try to get back up. He sits there, stooped over. Looking at the ground, at the ring in his hands, at the rose petals scattered delicately on the floor, anywhere but at me.

'Ian?' I prompt softly. Having never seen him like this I'm unsure what to do. I can usually read him like a book but this is so far from our norm.

He takes a deep breath and rubs the back of his head

aggressively, making his hair stand on end. I resist the urge to flatten it out. 'I'm so sorry, Lizzy,' he says meekly, his hand coming around to pinch the bridge of his nose, his face wrinkling up in torment.

'Honey, this is fine. You don't need to worry,' I tell him, hating the fact he's clearly feeling foolish for letting himself go for once. I get off my chair and join him on the ground, my hand cupping his knee as my arm drapes across his broad shoulders, giving him a little shake.

'But I do,' he sniffs, rubbing his eyes.

Is he crying?

'It doesn't matter how you do this, Ian. You don't even have to do it right now, if you'd rather not. It can wait. *I* can wait,' I say, swallowing at the words I never would've predicted myself saying, ever. I'm not even entirely sure I mean them, but I'm hoping it'll help him relax.

'No, Lizzy,' he says, shaking his head dramatically. 'I can't.'

I look at my drunken love and try to ignore the disappointment growing inside me, the urge to tell him how long I've waited for this perfect moment, and how bereft I am that he's ruining it, but I know I can't. Also, I don't want to. I want this to be perfect too and perhaps now isn't the right time.

'Let's just enjoy the rest of the dinner then,' I say, getting to my feet and lifting his arm to help him up off the ground. 'We haven't seen dessert yet and I bet it's going to be incredible,' I encourage, noticing that Maya and Sahid have kept themselves busy (and away from our dramatics) by clearing our mains and bringing out the next course – a quick glance tells me it's not going to disappoint and that it might just get me through this mess.

'I'm not going to ask you,' Ian says quickly, resisting my help and opting to stay sitting on the floor.

'All right, don't rub it in,' I laugh with as much cheer as I can muster. 'I've said it doesn't matter.'

'You don't understand what I'm saying. You're not hearing me,' he scolds, his voice getting stronger and louder. 'Not tonight. Not ever. I can't. I don't even . . . This isn't what I want.'

The words hit me like a slap, sharp and full of sting. Slowly they trickle their way through my body and leave me frozen on the spot.

'You don't want to marry me,' I whisper back.

Ian's eyes come up to meet mine. 'No.'

It's the most forceful and clear he's been all evening – and all holiday.

'But . . .' I start. But what? How can I possibly finish that sentence? I can't force him into changing his mind or beg him to want what I want.

'I'm sorry,' he sighs from the floor.

'Why did you bring me here then?' I ask. I'm surprised to hear no anger in my voice. There's nothing. Not even sadness. It's just a voice that's trying to understand how we've reached the point where Ian is jilting me at the proposal – worse, halfway through it. 'You bought a ring. That must've meant something. You organized *this*,' I say, my hands grabbing rose petals from the table before letting them fall to the ground. 'You must've wanted this at some point.'

'I thought I did.'

His voice is, heartbreakingly, as calm as mine. It's measured. All slurring has gone. I know he's now in control of what he's doing here. This isn't a drunken mistake. He's sobered up in an instant. He means it.

'Thought you did?'

'It's what everyone's always told us to want. And then with your sister about to get married too, and having a baby . . . It's been hard,' he shrugs. 'I'm always being asked when I'm going to do the honourable thing.'

'And this is honourable?' I ask, feeling tears prick at my eyes but clenching my jaw so that they can't escape.

'They asked all the time,' he says, his shoes scraping along the floor as he crosses his legs. 'People at work, our families, friends – strangers in bloody shops who we're just buying sofas from, they all expect it from me. They practically told me I had to do it.'

Our families and friends are one thing (I can only imagine what his mum says to him as she's as forthright as my own), but I vividly remember the female shop assistant he's referring to. She was younger than us but had just got back from her honeymoon. She asked the question as we were deciding between an L-shaped sofa and an oversized chair, but she certainly wasn't piling on any pressure.

'Ian, I doubt she even cared. She was just making conversation. We've been together for ten years. When people find that out it's understandable that it's a go-to question,' I say, suddenly defensive of everyone who's ever pried. 'You can't blame everyone else for this.'

'OK, what about you?' Ian asks, his arms gesturing at me as though I'm one giant problem.

'Me?'

'Dropping hints all the time,' he continues, even though my face has fallen and I know I can't contain my death stare any longer. It's hitting him in full force, but his piercing eyes are unwavering.

'I wanted to marry you! Is that a fucking crime?' I ask, my voice rising.

He has the decency to bow his head and not bite back, to even look a tad apologetic.

'You could've just said you didn't want to.'

'But I didn't know that's how I felt until tonight,' he says pathetically. 'I thought it was nerves. Then I thought it was the champagne.'

'You had enough of it,' I scoff, picking up the second bottle and swishing it around to show that it's half empty. 'So what changed your mind?'

'Is this really what you want?' he asks imploringly, his lips pursing together as his eyes fill with a woeful look.

'An explanation? Yes!' I nod with certainty.

'No.' His voice is low and steady, rising up from the depths of wherever this doubt about us has been hidden. 'Us.'

'Us?' Call me stupid, but I hadn't pieced together the whole puzzle. No popping of the question doesn't just mean no longer becoming Mrs Hall, it means no longer being Ian and Lizzy. It means saying goodbye to our life together.

A pain – an actual *physical* pain – shoots across my chest, burning at anything in its way before it compresses and constricts, threatening to squeeze everything out of me.

'So it's not the wedding you don't want. It is actually *me*?' I say with a shake in my voice. 'You're done. After all those years together, after everything we've been through, that's it?'

'I love you, Lizzy,' he sniffs, getting to his feet, holding his hands and grabbing on to mine, his thumbs making small circles on my skin just like he normally does when he has to comfort me. The problem is it's not usually him that's caused my sadness and heartache. 'I don't want to hurt you.'

'Don't give me that shit,' I glare, my anger blasting out. It's one thing to cast me aside, but acting like he's worried about my feelings is laughable. 'Don't try spouting some kind nonsense when you're breaking my heart. You don't mean it, so don't fucking bother.'

'Lizzy –' he begs, as though I'm being unreasonable and overly sensitive towards the man who's plucked out my heart and stamped on it. As though I should be taking his feelings and hurt into consideration too.

'What's wrong with me then?' I ask, interrupting whatever rubbish consolation chat he's attempting to give me and getting to the nitty gritty I know is going to haunt me for years to come as I sit and dissect tonight. Pondering over what I did to ruin such a good thing. 'Have I become boring? Fat? Is it because I don't make our bed in the right way? Is it because I refuse to make a pizza with a cauliflower base? Or did I cook your favourite dish too many nights on the trot? Did I iron your sodding shirts with too much starch and leave them too stiff around the collar? Clean your football boots too vigorously? Or is it because I didn't give you a blowie when I *legit* had a headache last week?'

'There's no need to be childish.'

'A ring!' I shriek, bashing my hand on the table, the loud bang making Maya, who's been standing helpless at the serving table for the entirety of this shit-show, yelp. But I don't stop. I want my words to hit home and let him know exactly what he's doing. What he's already done. 'You held a ring in my face, Ian. You organized this romantic night with champagne, and then instead of offering me a lifetime of commitment you dumped me. While you still had that ring in your hands. Do you really want to start hurling names at me? Because if that's the case you're about to get a serious earful.'

'No, Lizzy. I'm not trying to justify this,' he whines pathetically.

'Good, because you can't.'

'Right,' he nods, taking a pause to breathe. 'I'm a total arse and you deserve to hate me for the rest of our lives.'

'I will,' I agree, feeling like my wounded heart will do anything but. All I really want right now is for him to hold me and retract it all, but he's already freed himself of me and my troubles, and part of me wouldn't know what to do if he attempted such a kind gesture anyway.

'And it will kill me knowing you feel that way about me,' Ian says, having the decency to look suitably lugubrious. 'Surely you can see it's better to do this now rather than when we're in the church on our wedding day? Or worse, when we actually have a family together?'

A sob escapes my mouth as I see all my dreams of our lives together being shredded into streams of useless nothing.

'I want you to go. Now. Leave me alone,' I say, knowing there are more emotional outbursts to come, that I'm about to break beyond repair, and that I don't want him to be here for it.

'It doesn't have to be like this.'

'I can't see how it doesn't.'

'We can talk about this. Be reasonable with one another,' he says, his arms stretching out as though he's going to hug me. Although now I don't want them anywhere near me.

'I said, leave me alone. Just fuck off!' I say, a guttural sound escaping. 'I don't want to look at you, Ian. All I see is how I've failed us.'

'We failed. This isn't all on you, Liz,' he says, this time sounding genuinely sad, but I won't hear it.

'No, it is. It really is. Because I would still marry you in a heartbeat,' I cry, aware of the tears tumbling from my cheek to my collarbone.

'Liz . . .'

'Please go.'

I can't look at him any longer, but I see his body hesitate, unsure what to do. He hovers on the spot, no doubt wondering whether he should stay or go. He's always loved to do the right thing. Whether it was getting to lectures after a night out, making sure he saw his mum once a week or opting for a salad over a fucking burger. He's done it. But what is the right thing in this situation?

An intake of breath is followed by a large sigh.

'I'm so sorry,' he mutters, sounding like someone who's lost the battle, even though he's definitely got what he wanted – to get out of having to spend a lifetime with me. 'I'll be in our room if you want to talk.'

'No, you won't,' I bark, shocking us both as I stop him in his tracks. 'You'll go to reception and book yourself a separate room for tonight. I'll let you know when I'm out in the morning and you can pack all your stuff.'

'But we're going to be travelling to the airport and flying home together.'

The thought crushes me further.

I don't say anything. I can't. I don't want to think about having to spend time with him. I don't want to be anywhere near him when he's clearly fallen out of love with me.

We stay in limbo for a while, neither of us talking. Just little sniffles and the catching of breath becoming our miserable soundtrack.

Finally he concedes and I am left alone.

# 5

I wait until I hear the golf buggy drive off, and then I walk out on to the beach, keel over and sob. I wail uncontrollably, my face squashed against the sand as I cry out in despair. I want it to bury me, to part aside and drag me under so that I no longer feel what I'm feeling. The heaviness. The darkness. The grief that's only just started to show its face, but it's there. I know it's coming for me. I know it'll consume me and that makes me fearful.

This can't be happening.

The person I now am seems so far from who I thought I was when I came to dinner tonight. Broken, not whole. Weak, not strong. Desperate, not content. I am not me. I am a stranger.

When the sobs threaten to suffocate me I have to force myself to calm down, to stop letting the black infuse its way right through all of me. I dig in my heels and stall, catching my breath, recharging my fight.

Life as I knew it has ended. It's dramatic, disastrous and catastrophic yet everything is as it was before. Turning on to my back, I open my eyes to see the sky still glittered full of stars. Stars that on any other night I would've deemed magical or otherworldly. The sea still moves, its waves crashing into shore. The mosquitos still hum, the air still breathes. It's the same as before.

This is my pain and mine alone. Nothing else has changed.

The breath in my chest slows once I've finally been able to regain control of my bodily functions from my heart. Already I feel physically bruised thanks to the emotions trying to beat their way out of me. It was a futile attempt. They needn't have bothered. They won't be going anywhere for a while, no matter how hard they fight.

I've no idea of the time. Everything seems to have halted, as though I'm living in an altered universe. But then again, it has and I am. The man I thought would love me for ever has left me. He's deserted me – and not, I hope, because someone else has tempted him elsewhere, but because he doesn't see a future with me. He doesn't want *me*. He literally doesn't desire *me* any more. I'm unneeded. Surplus to requirements. Undeserving of future attachment and love . . .

I get up before emotion grips hold of me again, physically moving away from the grief. Sand sticks to my legs, but I can't be arsed to wipe it off. It's everywhere, and my life is now messy enough as it is. I don't need to swipe at my skin aggressively to get it off. It'll dry and fall before long and my legs will go back to normal. If only the same could be said of my heart.

I feel sluggish as I wander back to the spot in which I should've become the happiest women alive. There's no sign of Maya and Sahid, yet everything has been left as it was. The candles are still burning, the petals are still scattered, and the champagne (what's left of it) has remained on ice.

I pour myself a glass and take a seat. Only once my bum has landed do I notice my napkin has been placed over a loaded plate. I lift it up to find a giant selection of desserts – mini lemon meringues, brownies, cookies, little bite-sized toffee eclairs, chocolate bombes and tiramisu. It all looks delicious.

I've never been one to starve my way through something painful. Never have I said the words 'I'm not hungry' or lost my appetite. Thankfully, the same is true now. With my champagne in one hand, I lift a fork with the other and tuck into the meringue, the top crunching as I fork through it, the bottom crumbling as I lift it away. I bring it to my lips and feel a deep satisfaction as I eat it.

It's a fleeting feeling, so I repeat the action. I do this again and again, stopping occasionally to take a gulp from my flute. Eventually the plate is clear and my tummy is aching from being stretched so much. I'm full but empty all at once. I no longer feel at all satisfied, so I top up my glass, resolving to sip at it this time.

I try to gather my thoughts, to make sense of what's happened here tonight, but I can't. I'm lost and I'm fearful I'll never be found again.

My phone rings. I retrieve it from my bag, wondering who's calling to investigate this time, but I can't look. I can't cope with my failings and the pity I'm going to receive. Instead of answering it, I throw it on the floor, stand up, grab the chair and crush it with a wooden leg.

It shatters instantly.

Silence wins.

Silence takes over.

Silence numbs me.

A fog descends, clouding any thoughts from forming and before I know it the sky's getting lighter and the birds are chirping at one another. When a young woman arrives to clean our wooden hut and prepare it for the next lucky couple, I decide it's time to leave. Slowly I walk along the paths, past the restaurant and through the gardens.

Once inside our room I grab our suitcases and start packing away our things. I do it for both of us. It's habit and something I've always done. It's strange to know this is the last time I'll be doing it for Ian – although I take little care over his belongings. I bung it in, mixing in the clean with the dirty and not bothering to wrap up his toiletries to prevent them from leaking and ruining everything. It feels rebellious.

Sitting on top of the cases to force them shut with a click and a bang, I'm finally done and ready to go home. I collapse on to the bed and close my eyes.

I'm startled awake by the bedroom door being opened and catching on the lock, causing a clatter. I must've put the chain across when I came in earlier.

'Shit,' I hear Ian mutter from the hallway.

I go to call out, to say 'babes' or ask him what he's up to, but then I remember what happened a few hours ago and the fact we're no longer together and decide against it. I'm no longer meant to care.

Glancing across our hotel room I see that everything

has been packed away and that it looks spotless. I do this whenever we go away. Ian's always taken the mickey out of me for it – apparently there's no need for housekeeping to come in whenever I check out because I leave it impeccably clean. I thought it was a good quality to have, but perhaps that's just one of the little things that have irked Ian and forced him into abandoning me when he should've been marrying me. Saying that, I have many idiosyncrasies. This is merely the tip of a rather large iceberg, I suspect.

Annoyed that my decluttering task is complete, my eyes land on the clock on the telly.

'Fuck,' I gasp as I jump off the bed, realizing we're meant to be leaving in ten minutes.

'Lizzy?' I hear Ian call desperately, the door still ajar.

I really don't want to see him, but I have no choice. I shut the door so I can unlock the chain before reopening it fully.

There he is. My heartbreaker. The crusher of my dreams. The one who wants to disentangle his life from mine.

Ian has the decency to knit his brows apologetically, his brown eyes looking at me in his own sorrowful way. There might be no tears, but I can see he's hurting too, or maybe this is for show so that I don't hate him too much for ending things. Deep down I know Ian wouldn't do such a thing. He doesn't give in to social pressure and would rather his face reflect exactly what he's thinking. He doesn't put on a show, whether that's faking happiness to see someone or sadness because someone's cat has died. He doesn't deliver an emotional expression unless he's feeling it. His inability to fake enthusiasm for evenings out is part of the reason we've found ourselves such homebodies. It's easier than feeling like he's pissed off whenever we go out and having to apologize for him. Clearly I should've known that him 'not feeling it' and freely cutting ties related to me and marriage as well.

He looks dishevelled. Although I don't need a mirror to tell me he doesn't look as shitty as I do.

'I'm going to shower,' I mumble, lowering my gaze to my feet as I shuffle away.

'Liz, are you OK?' he asks, coming after me and stopping the door from closing with his foot, his hand resting on the glass panel between us. 'I'm so sorry things have ended this way. I never meant for it to all spiral out of control like this. I thought I could make it work. I wanted to. You deserve so much more than I could've given you. I should never have done this to you.'

'Ian. Please don't even pretend you care about my feelings,' I say, my voice sounding firm and vulnerable all at once. There's a finality in his words that brings home the reality of our situation. There's no turning back. He regrets the way in which this has all happened, but not the act itself.

'But I do.'

'Then care enough to leave me alone and let me deal with this without you,' I say, pushing the door firmly while feeling him lift his foot up and away. It closes.

The win is crushing. If this were a movie he'd fight for me, push harder on the door and saunter into the bathroom so that I couldn't resist before sweeping me up into his arms declaring he's made a mistake. But this isn't a film.

I shower quickly and throw on the travel clothes I'd piled up earlier – jogging bottoms and an oversized top. I brush my teeth and roller some sea-salt stick under my pits, but don't bother with make-up. I don't see the point or have the drive.

Once the last of the toiletry items have been gathered up I take a deep breath with my hand on the door handle, calming myself before going back in to where he is. Ian is lounging with his feet up on the bed, watching some reality TV show about airports and looking pretty chilled out.

'Thanks for packing for me,' he says, scrambling into a sitting position as soon as he sees me come in.

Normally I'd be grateful for the acknowledgement and recognition, congratulating myself on having found such a kind and thoughtful partner. Today I'm not.

'I'm leaving in five,' I say, turning my back to him and placing my wash bag into the smaller suitcase we're sharing. 'With or without you.'

I hear his shoes thump on the floor as he gets off the bed and heads into the shower.

My teeth grind together as I fight away the tears. Soon enough I'll be home and things will be easier to cope with.

Home.

Our home.

The home we co-own.

Sadness engulfs me and takes away any solace home was holding for me.

The whole journey to the airport I plan to beg the airline staff to move our seats so that we're sitting separately on the plane. I can't bear the thought of our elbows and thighs touching for seven hours and forty minutes. Obviously we wouldn't talk – I'd put on my eyemask and feign sleep the whole way – but feeling him next to me would literally be the worst kind of torture.

Nervously handing over our passports to the chirpy check-in assistant, who's dressed in red with her brown hair effortlessly swooped up into a French plait, I notice her glancing between the two of us. My request is lost in my throat, as my mind wonders what she sees. Is our heartache apparent? Does my sunkissed skin betray my sadness? Has she noticed how far we're stood apart? How I flinch when Ian brushes my hand in an attempt to help me find our paperwork? Does she notice that we're all wrong?

'Good news!' she sings, looking from her computer screen to me. Me. Not Ian. 'We have some space available in Upper Class today. Have you flown Upper before?'

'No,' I croak.

'Oh, actually . . .' she says, picking up a pair of glasses from the desk in front of her, her face concerned as she puts them on and inspects the screen closer. 'I can't get two seats next to each other but I could always –'

'No. No. That's fine. Yes. Yes please,' I blurt, not caring that my eagerness to sit separately isn't hidden.

If last night had been an actual proposal and this lady (who is clearly an angel) had offered us the same upgrade, I'd be feeling completely smug right now – I wouldn't even bother trying to suppress it. I'd be heading straight to the Upper Class lounge to take a picture of me with some bubbles for Instagram and Facebook, while simultaneously giving another flash of my new bling – just in case someone missed the gushy post I'd inevitably have posted the previous night. I'd be declaring that I was the luckiest girl alive.

As it stands, I still feel lucky. Although now it's for not having to be anywhere near someone I still love wholeheartedly. It hurts to look at him, to feel his touch or get a whiff of his aftershave. I don't want to hear his voice or catch his gaze.

I don't want to come to the realization that all I actually want right now is to curl up into his arms while he tells me it's all going to be OK.

That is not my reality. Therefore, the further away he is from me, the better.

# 6

When Ian suggests he goes straight to his mum's from the airport rather than home with me I don't protest. In all honesty I enjoyed the free champagne a little *too* much on the flight. The air stewardess just kept bringing it out, so who am I to refuse? Perhaps the lady who expertly read the situation and upgraded me put a little note next to my name saying something along the lines of 'alcohol needed – has a twat of an ex on board too'. Maybe. Whatever the reason, my head is pounding when we reach London, leaving me even more irritable than before. Plus, I haven't said a word to Ian since we were in the hotel room so I'm not about to start. Buggering off to his mum's is the least he can do while we try to figure out how the hell we move forward from here and start unpicking the many ways we are so tightly stitched together.

To add insult to injury, when I get back to our block of flats I find the lift has a great big 'out of order' sign stuck across its closed doors, meaning I have to drag and heave my suitcases up four flights of stairs. I'm a sweaty mess by the time I get to the top. I'm now in the foulest of moods.

I thought walking into the flat would offer some sort of comfort, the familiarity of the walls and belongings, the smells and textures giving me some sort of warmth and friendliness. Instead, the memories start flooding back as soon as I get my keys out to open the front door. There we were five years ago, excitedly hopping from foot to foot, about to walk into our first proper home after years of renting and dreaming it would happen, before Ian swooped me into his arms and goofily carried me over the threshold.

'We're not married,' I laughed.

'One day,' he replied, kissing me in a way that was full of promise.

The memory mocks me.

I push forward, turning the key in the lock and stepping over the post that's gathered while we've been away. Our first bit of post was a 'new home' card from my nan. We all thought she was going to lose her rag about me moving in with a man out of wedlock, but she was rather cheery about the whole thing and not as old-fashioned as we'd feared. In fact, she's the only one who has never really pushed the idea of marriage on to any of us, even though she and my granddad got married within a few weeks of meeting each other. She didn't even flinch when Mum told her about Michelle being up the duff out of wedlock, which I know Mum found difficult because, apparently, Nanny had been quite strict with her when she was younger. Getting older has clearly made her less conservative and more liberal.

Struggling through the narrow doorway with our two suitcases, I place my key into a small wooden bowl on top of the console table. We'd bought the bowl while travelling around Africa seven years ago. We found it at a huge market in a town square that was mostly for the locals rather than frivolous tourists looking to buy a cheap souvenir. I wanted a larger fruit bowl at first, or one of the colourful woven rugs with bold geometric patterns arranged in panels and executed in the interlocking-tapestry weave, but Ian, rather sensibly, pointed out that neither would be the easiest thing to carry as we trekked around – we were heading from Cape Town to Cairo and we were only at the start of our trip. I agreed and we then compromised on the smaller version of the fruit bowl, which was just as beautiful but meant I wouldn't have to dump any of my possessions to make room for it.

I toyed with the idea of moving it elsewhere last year and getting something new in its place, but Ian insisted it held special memories so we had to keep it where we could see it – even though it doesn't really go with the décor in the flat, which is made up of mostly glass furnishings, copper accessories and Farrow & Ball Borrowed Light-painted walls – a classic pale blue that makes the space feel nice and airy, even though it's a one-bedroom flat.

It's been a while since I looked at that bowl and thought of our travels together. It seems like such a long time ago and the pot has just become a pot. Back then, we'd only just left uni and knew that we had to return by a certain time so that Ian could start his new job, but we wanted one big adventure first. The people we met, the cultures we stole glimpses of, the animals we encountered and the beaches we bathed on were beyond what we'd hoped.

We stayed in an orphanage for a week, sleeping in the village chapel at night, then played games and taught the children the Hokey Cokey in the daytime. One of my fondest memories is of us getting ready for bed and hearing the hundred children, who must've been crammed in their single dorm, happily singing the song they'd learnt from us. We grew closer on that trip and knew we were ready to head home and become proper adults.

As it does whenever we come back from any trip away, the flat seems darker and smaller than when we left. Like a Cadbury's Creme Egg, it's as if someone's made the whole thing smaller while it's been out of our sight.

Yet it's the same. Posters, pictures and postcards adorn the walls, capturing special memories of places we've visited and moments we've had.

Our belongings share stories too; an ebony figurine – another treasure from Africa – of two people in a tender embrace, their hands placed on each other's hips, their heads solemnly bowed. Then there's a mask from Venice, a silly road sign from our trip along Route 66, a pot of jam I took from a posh spa in the Lake District. Pillows we picked out together, a rug Ian loves but I've hated since the moment he brought it home. There's our huge DVD collection, even though we now watch most things on Netflix or iTunes. The gramophone Ian bought me one Christmas along with a Tracy Chapman vinyl that hasn't been played since that day because I simply forget about it – other than to be annoyed with how much dust it collects. Shelves of books we've both read and debated, a sofa we've fallen asleep on many a time, usually with our arms and legs wrapped around each other. A breakfast bar we've eaten every dinner at since we moved in, even though there's a proper dining table a few feet away. A bed we've had sex in numerous times – I mean, not millions, or thousands, or possibly even hundreds of times – but it definitely has seen some action . . . I mean if that bed could talk I'd rather not think about what it might say.

My eye, rather tragically, lands on a trophy I made Ian last year because I'd forgotten it was our anniversary and panicked myself into super-gluing various household objects together and spray-painting it gold. In Tippex along the bottom, on a wooden ice lolly stick, I wrote the words 'My better half'. If that's the case then what am I left with now? The rubbish half? A below par human being who no one will ever want to marry? Wonderful.

Tearing my eyes away, I drag the suitcases into the bedroom and dump them on the bed. I lean against the side of the mattress and look around, feeling uncomfortable in my own home. All this stuff, stuff that I thought held so much sentimental value, means nothing to me any more. Now it symbolizes empty promises, broken hearts and me not being good enough. I thought this was us building strong foundations for the future; turns out we were playing with sandcastles.

I'm tempted to grab scissors and cut up Ian's shirts, or at least cut holes in his socks so that his toes poke out. Something tells me it would help to feel like I'm doing something, as though it'll help me gain control of the situation. In reality I know it would only be a moment of weakness and that I'd feel wretched and stupid afterwards for doing it.

I can't stay here and do nothing though. The realization is strong and sudden. I can't be surrounded by 'us' when 'us' is no longer an option. The sense of loss and grief is too overbearing.

Grabbing hold of the bigger suitcase, I undo the clasps and flip it over so that my neatly folded clothes land in a heap on the floor. I'm not going to be needing my array of brightly coloured skimpy clothes for the foreseeable future – the thought of wearing any of it causes my skin to feel itchy. No. A bright red kaftan with gold beaded embroidery that shows my bare thighs and a classy amount of cleavage isn't what I want in my life right now.

Stepping over the dumped clothes I go to my wardrobe and throw open the doors.

Black.

I want to take anything that's dark, miserable and comfortable with me. I rip clothes off hangers and grab them off shelves, not even looking at what I'm packing, just taking note of the colour. I pack it all, then retrieve my wash bag. Once the essentials are done I go back into the lounge and look at all of our belongings. What on earth happened to *my* stuff? How has it all been left with memories of Ian smeared all over it? I don't want to be reminded of a person I wasn't enough for, so anything we bought together can stay here. Although what here is mine? What possessions have I bought without the two of us in mind?

The CDs! I think with relief, even though I can't remember the last time I listened to one of them. I go to the shelf unit in the corner of the room and trace my finger along the pile. They're all either Ian's or bands Ian's taken me to see. Likewise the DVDs are none I came here with.

I remember taking a load of my stuff to Mum's when we moved in here; they must be there still.

I look down at the books. I know I haven't got any of my favourites from Paige Toon, Adele Parks, or Lindsey Kelk here either because they all live on my Kindle. I wouldn't want my go-to reads dampening Ian's high-brow collection of the classics he likes people seeing when they come over. He used to like telling me all about them, of course, but I tended to zone out and tell him I'd read the darn things. Having someone explain a book to you is neither entertaining nor interesting.

In the drawer of the wooden coffee table I find my laptop and charger. I place them into a blue Ikea bag along with some photo frames containing pictures of my family and a fluffy pink pillow I bought when we went to a market a few miles up the road. It was cheap and Ian hated it. I loved it. I could leave it here to spite him, but seeing as I'm leaving so much behind already I feel like I want something to put in this pathetically empty bag. Plus, it'll protect the minimal things I have taken with me from breaking on the way.

I hoik my bag over one shoulder and grab my suitcase

with the other arm and attempt to exhale some of the anxiety running through me.

I know this isn't the last time I'll see these walls, but I know I'll never live here again or refer to it as my home. It's never been mine, it's been ours, and I need to get 'ours', 'us' and 'we' out of my head before I drown in despair. Ian doesn't want me, I understand that – but now I have to realize that I don't want to be with a man who can so flippantly go from proposal to break-up. Whatever I thought we had we didn't. I'm not going to stand here and mourn. I'm not going to wait for Ian to come home and beg for him to reconsider us being together, declaring I never wanted to get married anyway. I'm not going to waste my time on someone who doesn't want, or deserve, my love and respect. I'm leaving and moving forward.

I step out of the flat and stride along the corridor, feeling a little lighter for leaving everything behind. Then I realize the lift is broken and that I have to shift everything down four flights of stairs.

Why is nothing ever easy?

# 7

Why I decided to smash my phone up when the love of my life pulled our cosy life from under me is beyond comprehension. I've not been able to get in touch with anyone since, which is quite ironic seeing as I spent most of the holiday avoiding calls and texts. It's been a blessing in one way as I haven't had to have an awkward chat with my mum yet, but it also means I've been unable to sort out my life or seek solace from Connie. And I so need my mate.

I get the bus to Chelmsford station and then a train into London. I don't travel into town that often. I used to when we were younger and we had mad nights in Fabric, buzzing from caffeine pills (we were so cool), but that was years ago. If it wasn't for the heaviness that already exists in my chest, I'd be finding this journey overwhelming, but it's a Monday night and the train isn't too busy. I look through the window and get lost in my thoughts as I watch the Essex countryside zooming by – fields, forests and towns becoming nothing more than a hazy blur.

It's only when a young girl comes over and asks me if I'm OK that I realize my face is soaking wet with tears.

I am not coping.

This is not OK.

But of course it isn't.

'I'm fine,' I snivel, looking back out of the window.

The girl rubs my arm sympathetically a few times (no doubt she's rightly assumed this is because of 'some guy'), and backs away.

It takes me an hour to scramble my way to Connie's and now I'm here I'm back to being a fully fledged emotional mess and far from the independent woman I thought I'd magically turned into when leaving the flat. Getting through this isn't going to be that easy.

I ring the silver buzzer but am greeted with silence. I ring again, just in case she is in the loo or something.

It's a Monday night, I was sure she'd be home.

Fuck!

Her date!

She's out seeing Tinder or whatever his real name was.

Shitting fuck.

I drop my suitcase by her doorstep and slump on to it, cradling my head in my hands. I've really not had the best twenty-four hours.

The tears rise and blind me so I shut my eyes as tightly as possible, willing the pain away. I curl up into a ball, trying to protect myself from the torture of life and stop the chilly November air getting through to my bones.

I want to block it all out.

'Babes,' I hear, as the tapping of shoes moves closer to me.

I groan as she shakes my shoulder.

'Liz?'

I open my eyes to see Connie staring at me in sheer

panic. I start to wonder what's worried her so much, but obviously it's the sight of me asleep in the foetal position on her doorstep, still in my travelling clothes, with a face that's swollen to ten times its usual size thanks to all the tears it's cried.

In comparison, she looks gorgeous. Her dark brown bob is effortlessly styled, her fringe just the right length to appear sexy as it flirts with her eyes, and her lips are a gorgeously deep red. She looks like she's stepped out of some trendy magazine in her retro white Calvin Klein tee that's cutely tucked into her emerald pleated midi skirt, the look finished off with a grey boyfriend coat and some black Converse. I've no idea how she manages to pull off such an eclectic style so effortlessly. I'd look a shambles in it.

I glance past her and see her handsome date shifting uncomfortably behind her, not quite sure what the deal is with the emotional friend they've encountered and whether he should back away now. He really is very good-looking and stylish with his tailored grey coat, skinny black jeans and turquoise t-shirt that gently grips on to the muscles clearly hiding underneath. He's tall, broad and looks like a lovely fit for Connie, therefore I feel awful for the date-ending words I'm about to utter.

'He's left me.'

'What?'

I nod my head.

She pulls me up on to my feet and into her arms for a hug. It's so tight I can barely breathe.

'I'm so sorry. What a shit,' she whispers, burying her lips in my hair.

Connie breaks away but keeps her arm under me, propping me up. She turns and looks behind her.

'Do you think you could carry this in for me, Matt?' she asks sweetly, her head tilting towards the worthless crap I've carried here.

'Yes, yes. Of course,' he says.

'If you could make us a tea as well, that would be great,' she says, holding me close and guiding us all indoors. It's as though she thinks I've lost the ability to walk, but maybe I have. I've lost everything else.

'Are you OK?' she asks once I've been placed on her mustard Chesterfield sofa and helpful Matt has put a cuppa on the wooden floor next to me.

Connie's only been living in this flat for six months, and I've only been here a handful of times, but already this feels more comfortable than my own home. Maybe that's because I know Connie so well and this place totally encapsulates the woman she is without someone else coming along to water it down – it's like being completely engulfed by my best mate.

'I don't think I am OK . . . It's all a bit crap,' I say honestly, managing to keep the emotion at bay this time. I'm tempted to say I'm all dried up, that I've cried myself into dehydration on the tear front, but I know I shouldn't jinx it. It's a wobbly time, but right now I'm empty and numb, which is far better than fragile, weak and broken.

'Agreed,' she sighs, joining me on the sofa and shifting my feet about so that my legs wind up over hers.

'Erm, I'm going to leave you to it,' Mr Tinder says, hovering in the doorway, helpless now he's completed his dictated tasks.

'I'm so sorry,' I mutter. 'I've ruined your date.'

'Nonsense, the dinner was perfect and Matthew was just walking me home. He wouldn't have been getting his end away tonight anyway,' Connie states unashamedly, without even cracking into a smile.

'Connie!' I shriek, but the laughter that follows feels good. 'I'm sorry about my friend, Matt.'

'Don't be. She's made me laugh all night,' Matt smiles, looking smitten at Connie before snapping out of it and turning back to me. 'I'm sure he'll regret this soon enough,' he says kindly, his face becoming sympathetic.

'I think it's too late for that,' I sniff, the fact he's talking about Ian catching me off guard.

Matt purses his lips at me.

'I'll call you,' Connie says, not even attempting to get up off the sofa and see him out.

Matt smiles to himself as he leaves.

'Good night?' I ask, pleased to be thinking about something else.

'Yes. A really good one.'

'Until I came along.'

'Stop apologizing,' she tuts.

'Good material for *You're Just Not The One*?

'Not yet . . . I'm definitely going to see him again,' she coyly shrugs, taking a sip from her mug. She never writes about people before she knows for certain that it's not going to go any further. She's got quite a back catalogue of failed dates with Mr Wrongs to delve into though if, like in situations like this one, she actually likes a guy.

'You're so blunt with him,' I tell her. 'And bossy.'

'That's who I am. You should know that by now,' she laughs, patting my leg. 'I didn't see him complaining.'

'No. He accepted you just the way you are,' I note, although I'm aware of the tinge of sadness that's present as I say it.

'It was a first date, babes. There's time for him to find me overbearingly annoying – which I know I am,' she declares without a hint of regret.

'I don't know who I am,' I tell her, voicing what's been slowly dawning on me since the proposal that never was.

'You're Lizzy,' Con says, very matter-of-fact. 'We've been best friends for as long as I can remember and you once stole my boyfriend.'

'I did not,' I splutter, even though she's veering us away from what I'm trying to talk about.

'James Healy,' she sighs, jogging my memory.

'I was six!' I exclaim, although I do know exactly what she's talking about and I will admit it was very shady behaviour on my part.

'It still counts. I've been haunted by it ever since. I think that's why I can't commit,' she says, a smirk appearing on her beautifully rouged lips.

'I mean it. I don't know who I am,' I sigh.

'But none of us do.'

'I thought I had it figured out, though,' I say, nodding and shaking my head all at once. Nodding because I was so certain of it and shaking because I now realize I was deluded. 'One half of Lizzy and Ian, Ian and Lizzy. I'm not sure I know how to be just Lizzy. It's been ten years.'

'He's robbed you from the dating game for ten years? He ought to be shot. There are plenty of guys out there who'll want to heal your wounds.'

'I couldn't think of anything worse.'

'Not yet.'

'Dating is a minefield and I'm not ready for that.'

'It's fun. You watch, you'll be on Tinder in no time.'

I don't reply, although my insides shudder at the thought of me on a dating app swiping left and right. It's something I dare not think about. It's too soon to be thinking of other guys when the last ten years have been focused on being with one guy for ever. I can't flick a switch and start acting differently. I can't suddenly stop loving Ian, even if I know that I should.

'Why do you think he did it?' I ask.

'He's clearly gay,' she states. We both know it's not the case, but it stops my mind for a millisecond while I ponder the suggestion.

'Why do any of us do anything?' she continues, swivelling herself around so that she too is lounging along the sofa, her feet by my face, mine now by hers. 'Liz, you're wonderful. You always have been – whether you were with Ian or not.'

'Have I changed?' I push.

'We all have,' she says dismissively.

'But have I changed since dating Ian?' I ask, starting to sound desperate.

'You were only eighteen when you met, so I would hope so.'

'But have I become who I should be?' I whine.

'Are any of us who we should be?' she frowns.

'You're sounding very cryptic,' I tut.

'And you aren't?' she asks, raising an eyebrow at me. 'You want me to say something, to tell you what you want to hear. Feed me my lines. Or, better still, why don't you just say what's on your mind.'

'Fine, it's simple really,' I say, grabbing a cushion and hugging it into my chest. 'I don't know whether I'm me because this is who I should be, or if I'm this version of me because of Ian.'

'You're you,' she says firmly. 'Just a slightly modified version because of your time spent with him.'

'Oh crap.'

'Babes,' she says, scrambling up on to her elbows. 'Everyone who comes into our lives leaves their mark. That's how we grow, mature and evolve as humans. There's nothing wrong with that.'

'But I don't want to be the me he made me. I want to be just me. My me.'

'Darling . . .' Connie whispers. I know she's trying to bring me back from the never-ending pit I'm falling into, and I want to stay with her, I really do, but I'm struggling.

'Do you know the last time I listened to a Bananarama album?' I ask.

'Enlighten me.'

'On my way to uni for Fresher's week. Then Ian came along with his cool music and I didn't want to admit to even having it in my collection. I didn't even have my favourite band's album in our home just in case it made him look at me differently – even after we'd been together for years,' I say, disparaging of the realization.

'I don't know when I last listened to East 17 . . .' Connie ponders to herself, sitting back as she looks up at her living-room ceiling. 'And I was properly obsessed with Brian and his stupid hats. We just drifted apart, you know? I'm sure you no longer singing 'Venus' in the shower was more a natural progression.'

'I still sing that in the shower, just very quietly. I can't use my razor without humming it.'

'See? You're still a proud fan.'

'But I never made Ian sit and listen to them like he did with me and Damien Rice. I knew he'd hate them. I thought he'd think I was stupid for liking fun pop when his preferences were so deep and meaningful. I made him think I was someone I wasn't.'

Connie laughs at my confession.

'I mean, hiding a secret kid or the fact you've murdered someone would be a bigger deal,' she suggests, playfully nudging me in the side with her knee.

'I'm not saying I hid who I was, had an overhaul of my personality, or that Ian changed me,' I explain. 'I just adapted little bits to suit what I thought would work for us.'

'You compromised.'

'Exactly,' I nod, pulling my bottom lip through my teeth. 'I can't help but wonder if I'd be happier right now if I hadn't done that.'

'Babes, your man just dumped you and you look like shit. Of course you'd be happier. I expect any alternative would be appealing in comparison.'

'True,' I agree, hugging the cushion a little tighter into my chest.

'I'm going to get the wine,' she says, scrambling to get off the sofa before travelling to the kitchen on all fours.

Fab idea, I think, rubbing my fingers over my forehead, my musings proving to be a little too much to deal with sober.

I get up from the sofa and move to Connie's iPod that's docked on her oval-shaped speaker. My finger swipes upwards as I wait for an album that's going to grab my attention and demand to be played.

I laugh to myself when I find it.

# 8

I wake up in Connie's bed with a stinking hangover.

'Eurgh,' I groan, my mouth dry and metallic-tasting, my head rhythmically pounding. It's been throbbing for a couple of days now, but alcohol has added to the pressure of it once again. I feel gross.

'You're awake!' Connie sings, chucking my discarded tee over to me. She's just stepped out of the shower and has a blue towel wrapped around her, and a floral shower cap on her head. Somehow she still makes this look stylish.

'Why am I –'

'Starkers? After a few wines you decided to sing the entire back catalogue of Bananarama – which you had on repeat the entire night. It started off quite mellow but by the time we reached 'I Heard a Rumour' for the third time, it had escalated dramatically with you full on acting out the lyrics while dancing around the flat. For some reason you thought taking your clothes off would improve your performance,' she states, wearing an expression that tells me it clearly didn't.

'Shit . . . Did the neighbours knock?' I ask, a recollection of an angry fist bashing on the front door swinging through my foggy memory.

'Several times.'

'I'm so sorry.'

'They'll get over it. I've had to listen to them swearing at each other at three in the morning – they can handle a little party,' she laughs, walking over to her chest of drawers and putting on matching pink knickers and bra.

For a split second I wonder when was the last time I wore a two-piece like that. I tend to just chuck on whatever I find first – which usually turns into the same bra being worn again and again until the wire pops out, the elastic gives in or stubborn grey circles appear around the armpit area. Although even then I know I've kept a comfy bra's boob-holding dreams alive despite it falling to pieces and looking ghastly.

Connie chuckles to herself while dabbing concealer under her eyes and quickly buffing in some foundation. 'You were so funny. Eighteen-year-old Lizzy was back. And there you were thinking she was dead and buried. Turns out you *can* resurrect her.'

'Shame I can't remember much of it,' I say, sitting up and pushing my head through my top even though I haven't located my bra yet. 'What are you doing today?'

'Work,' she states, skilfully swiping a black eyeliner pen across her top lids to give the perfect flick.

'It's a Tuesday!' I note.

'Yep.'

'I'm meant to be at work in an hour,' I say, the thought of it making me feel sick with anxiety. 'I can't go. I can't face it yet.'

'No one can force you,' Connie shrugs, grabbing a white t-shirt and black maxi dress from a pile of clothes next to me and throwing it on before locating ankle socks and Converse, the notion of being sacked for not doing my job genuinely lost on her. 'You can stay here for as long as you like. There's food in the fridge and you've got Netflix on demand. I won't be home late. I'll grab us dinner on the way.'

'I'm going to go to my mum and Ted's, actually.'

'Oh?'

I can understand the confusion. All I wanted last night was my best mate, all I want now is my mum and my childhood bedroom.

'I don't want to put you out,' I tell her.

'Seriously, you wouldn't be. I want you to stay,' she says, pushing me so I fall back on to the pillows.

'You are fantastic and you know I'll be back here soon enough,' I say, managing to smile. 'I've got to go break the news to Mum. I should probably pick up a new phone too, before she starts panicking that she can't get in touch with me. She might think something awful has happened. Oh wait. It has.'

'She texted last night to see if you were with me, actually,' Connie admits. 'I was going to tell you. She did want to talk to you but you were swinging your bra over your head at the time so I thought it was best not to.'

'Do you think she already knows?'

'I imagine so. If she tried me then she must've tried Ian first.'

'I guess that makes things a little easier,' I say, as the realization of my crumbling life dawns once again.

'This is going to be the shittiest bit, babes. But it will get better. I promise.'

'It has to.' I half smile, half want to cry.

'Get your head around it and then just get it out there.'

'I don't want people to know,' I whimper.

'Because it makes it more real?'

'I'm not ready.'

Connie scrambles on to the bed and wraps her arms around me.

'You'll get through this,' she says, kissing the top of my head and looking me straight in the eye, hammering the message home.

The thing is, deep down, I know that at some point I will. I'll wake up and be happy again, I'll wake up and won't feel so hurt, betrayed and humiliated. But right now the journey ahead seems bleak, lonely and hostile. This wasn't a road I ever envisaged seeing myself on and I'm in no shape and no way prepared.

'You'd better go before you're late,' I say, looking around the room for more clothes.

'Have you met my boss?' she asks, raising an eyebrow at me, making me feel sorry for him again. 'I'll wait for you and then we can walk to the station together. Give you a hand with all of this.'

'You sure?'

'Absolutely. Trevor won't mind too much. I'll mention periods or something. That'll keep him quiet.'

Connie cackles as she gets off the bed and heads towards her bedroom door.

'I moved your suitcase and bag to the bottom of the bed for you. Your clothes from last night are in there too . . . Get dressed, you little nudist.'

I pull the duvet up over my head, close my eyes and take a few deep breaths, preparing myself for the day ahead – because that's all I can focus on at the moment. A day at a time. Or maybe that should be an hour at a time, or minute or even second . . . I'm not sure I'm ready for what lies ahead.

# 9

I get a new phone. The nice man in the shop even sets it all up properly for me so that all my apps and music store are running by the time I leave the shop. I'm now completely contactable.

The first thing I do is put it straight on airplane mode.

Later.

I'll deal with everyone later.

I don't listen to music on the way to Mum's, because I know I'd gravitate towards something depressing and solemn. Seeing as I'm already consumed with such a heavy sense of foreboding, I don't think I need something to drag me down further. I might've listened to Bananarama last night when I was drunk, but I'm not in the mood for them now. I can't force happiness upon myself. I'd rather just sit in silence and listen to the sound of the train roaring its way back into my home county.

Ingatestone is the little Essex village I grew up in, which is only a twenty-minute drive from the place Ian and I bought together. It's quaint, picturesque and has a real sense of community thanks to the club down one end and the many pubs scattering the High Street. Mum and Dad moved here before I was born and Mum still lives in the same house now, just with someone else. Mum was there on her own for years before Ted came along, and Michelle and I had moved out as soon as we could, so it doesn't feel weird to have another man in the house we all used to live in together. I guess other people might think it's strange, especially when Dad still comes over for dinner with them both, but it works for us.

I've got the key in my hand and am about to put it in the lock, when the door flies open and Mum comes leaping out, grabbing hold of me and causing me to drop everything I am carrying. I've never had as many hugs as I've had over the last twelve hours, and it's starting to make me realize that I have had a real lack of physical interaction in my life lately, and that's including with Ian. It seems like such a natural thing, yet it feels so alien. Saying that, I've needed and wanted each and every one. They don't take away the pain, but being enveloped in someone else's arms for that little moment makes me feel safe, as though I'm not having to face the scariest chapter of my life alone.

'I've been so worried about you,' Mum says, grabbing hold of my hands and kissing me on the cheek before kissing my hands.

Mum is never one to step out of the house without 'her face on' and her hair done, yet here she is in all her natural beauty with her honey-blonde hair in a scrunchie on top of her head.

Oh, the sweet woman.

I might've been freaking out about her quest to get me married off, but I just see the love and concern pouring out of her and am floored. Granted, I'll probably be annoyed with her again in half an hour, but that's the way we are. She loves to protect and mollycoddle me while I protest her love, but beneath it all, knowing she has my back, no matter what is a huge comfort.

'Come on, before they all start yapping,' Mum says, picking up my dropped items and shooing me inside before the neighbours come out and have a nose at her heartbroken daughter.

The place has hardly changed since we all lived here. Most of the furniture is the same – it's just been reupholstered umpteen times by Mum, who loves giving herself little projects to do. I might not have lived here for over a decade, but it still conjures up the feeling of going home to the place I belong. It's my little cocoon and as soon as I step inside I realize I never want to leave it again.

'Take all this up so we're not tripping over it, Elizabeth,' Mum orders of my life possessions as she hands me the items she has picked up. 'I've made you some lunch.'

'Thanks, Mum.'

She purses her lips together sadly before making her way into the kitchen. God knows why it's me feeling sorry for her.

I trudge upstairs and dump my stuff on my old bedroom floor, although now it looks nothing like it did as it's been transformed into a guest room. No longer do posters of Take That adorn the walls; it's stripped and fresh and painted in a mellow yellow, with white bed sheets and curtains, and little soft teddies lining the windowsill.

It might sound horrifying to see your childhood bedroom stripped back to its bare bones, but I got the good end of the deal so I can't complain. Michelle's old room has been turned into a mini home gym by Ted. She was pretty pissed the day she came back to find a treadmill where there used to be a bed, but it's not like she ever stays over. She only lives five minutes up the road. In fact, I suspect this was all done long before we even realized, as we never usually have any reason to come up here.

Before heading downstairs for lunch I go over to the mirrored wardrobes that line one side of the room. Sliding open one door, my throat constricts at finding it completely empty, except for a dozen empty hangers waiting for guests to use them. Swiping the door back to where it was and opening the second one, I breathe a sigh of relief. There it all is. Stacked up in a variety of cardboard boxes I pillaged from the local Budgens before I left for uni, is my stuff. The bits and bobs I need to help me find out if I've become the person I'm meant to be, or grown into a complete fraud who was willing to lose herself for love.

Who is the real Lizzy Richardson? I guess we'll find out soon enough.

My mum will be shouting up the stairs for me to go down soon enough, so I decide to leave it all where it is so that I can start my quest properly after lunch. Knowing that I'm so close to the old me is enough to lift my spirits. Not so much that I bounce gaily down to Mum, but enough to ignite a little excitement as I close the door and head towards the dozens of questions I'm sure she is going to be firing at me.

They don't come.

Instead, when I walk into the kitchen all of my favourite Mum-inspired delights are laid out on the kitchen counter – torn roast chicken, a mini shepherd's pie, a massive crustless quiche, baked eggs, sausages, bacon, muffins and crumpets. It's a feast and, as far as I'm aware, it's only the two of us eating.

'I didn't know if you'd fancy anything so thought I'd see if I could tempt you,' Mum shrugs shyly, her lips pursing together and twisting.

'Oh Mum . . . you shouldn't have.'

But that's what she does. That's the sort of mother she is. If I think about anything I went through in my early life Mum was always the first one there trying to sort it out for me. She was made a bit redundant in that role when Ian came into my life because he was always there to pull me through instead. Plus, I largely kept any struggles from Mum – not because I didn't want to share it, but more because I didn't feel I had to. But now that I need her again, here she is – with an army load of food that she's slaved over.

I sit at the wooden worktop and take in her offerings.

'I'm sorry,' I blurt out. It catches both of us by surprise.

'Elizabeth?' Mum says softly, her shoulders dropping. Only now do I realize she was doing her best to stand strong and be the one in control. I might be the dumped fool, but I know her dreams for me have flitted away too – dreams she must've wished for before I was even born. Hopes of my happiness, contentment, and meeting the love of my life before settling down to give her grandchildren. 'You don't need to be sorry.'

'I don't know what happened.'

'And that's life,' she says, popping serving spoons and forks into the dishes laid out before sitting down opposite me. 'Sometimes things just don't work out and there's no real reason for it.'

'But there's always a reason.'

Mum smiles at me as she picks up a knife and cuts into the quiche. 'The next few weeks are going to be rubbish. You'll wallow, you'll cry, you'll wonder why this has happened to you and what you could've done differently. You'll mourn for the future you thought you were heading towards and be angry that it's not materialized. Then it'll all stop. You'll accept that you have a new version of life ahead of you and, more than that, you'll start living and loving again.'

'Said by a woman who knows what she's talking about.'

'Amen to that,' she nods.

I never interfered when it came to Mum and Dad's divorce and I have to say, it was a total shock. There were no arguments or doors being slammed. No sign that they weren't getting on aside from the usual squabble over something meaningless. We were on holiday on the coast when they sat us down and told us, together, that Dad was moving out. We thought they were joking. We'd just spent five days laughing and being silly together as a family and couldn't fathom how they'd reached that decision. Sure enough, though, the day after we got back, Dad packed up his suitcases and a couple of boxes and moved into a flat at the back of Budgens. Waving him off was incredibly bizarre. Mum shut the door and got on with making us dinner, but we noticed her slipping into the sadness that lay underneath her cheery exterior. It wasn't what she wanted. It was clear it was Dad who'd initiated the whole thing, yet she never spoke badly of him.

I was fourteen at the time, and Michelle was twelve. We were aware of what was happening and Mum knew we were looking to her for reassurance that life was going to be OK. And most of the time it was. There were emotional times when I was a total shit and backchatted too much, which led to her screeching and sobbing at me (I felt awful), but we made the situation work and we got through it. We recovered enough to be able to pull together again. I won't lie, there were times when I called them both from uni, calling one after the other, and hated the fact that they were both on their own. It was surely better to be together than lonely and bored.

Still, they only lived a few streets apart in the village. It took time, but soon enough, once Mum had started dating Ted and her heart was on the mend, she started inviting Dad over for dinner and they started seeing more of each other, making birthdays and Christmas one hundred times easier. Ted didn't mind or feel threatened by the presence of an ex-husband, and so a firm friendship was formed.

I know Mum knows all about heartache and having to rebuild the foundations beneath her. I'd go as far as to say she had it far worse, because she had to consider my and Michelle's feelings too. It's funny how things happen when you get older that give you a newfound respect for the adults you were sure were only out to ruin your life when you were growing up. Mum, more than anyone, knows what I'm going through, and that must be tough on her to witness. I feel shit for having to put her through it, to be honest.

I look out to the garden and see Ted banging about in his shed at the far end, the flat cap on his head making his ears look even bigger than normal. Grabbing a hanky from his pocket, he gives his nose a blow and wipes his crystal-blue eyes with the back of his hand. It's freezing out there. Mum probably banished him from the house so that she could have some alone time with me to fully assess how I'm doing. Ted's a good man. A solid example of how being broken doesn't necessarily mean you'll never be fixed again.

'Can I stay here for a bit?' I ask. Connie's does sound appealing, but I have my own room here, my mum and a heap of clues as to who I was when I left for Sheffield.

'This is your home for as long as you need it to be,' she says, flashing a smile that doesn't quite reach the softness around her eyes. She's hurting because I'm hurting and while that pains me, it makes me realize there's nowhere else I'd rather be right now than with the woman who has nothing but unconditional love for me.

'Thanks, Mum,' I say, piling some sausages, shepherd's pie and a crumpet on my plate before tucking in.

Mum looks delighted at her success.

# 10

Half an hour later, and probably a full stone heavier, I decide to revisit my wardrobe of stuff, pulling out boxes and placing them in the middle of the room so that I can tackle them one at a time.

Each box is carefully taken to my bed and opened with trepidation, expectancy and excitement. Slowly I unfold the cardboard flaps, as though by respecting the vessel filled with my old toot, they'll be more likely to respect me back and provide me with the answers I desire. I feel like I'm in some cheesy 90s movie, or an episode of *Eerie Indiana* – a throwback to my childhood of weekend morning TV viewing.

There's a lot of crap. Seriously, there are things I can't even believe Mum has bothered saving from a trip to the dump. Did I really put my foot down about keeping a lopsided clay bowl I made in junior school? Or my old maths books that are void of any personality or individuality? To be fair, the answers were probably copied from Connie's anyway – she was the brainy one, I was the more creative one. Even the two-times table left me feeling a bit sick with anxiety, but a pencil and an idea left me enthralled for hours. My imagination knew no bounds, whereas my maths skills were highly limited.

Flicking through an old folder of my classwork

entitled 'The World of Work', I find a drawing. It's of what I wanted to be when I grew up, or what I assumed I would be. I'm playing tennis. Yep. That's right. Tennis. My feet are the size of cruise ships against my skinny (one pencil-line worthy) legs and I'm wearing sweat bands on both my wrists and ankles, as well as around my head. I was clearly very focused on catching all the sweat I would be perspiring. My hair is tied up in a huge red bow and I have the biggest grin on my face as I hold my racquet in the air and people throw flowers at my feet. Some appear to have fainted – clearly in awe of my brilliance.

As the date on the art piece tells me it was birthed early July, I'm guessing Wimbledon was on and it was all people were talking about. That must be the case, as I don't remember ever wanting a sporting career. I'm not putting myself down but I don't have the drive, determination, self-control or self-discipline it takes to be a sporting hero. I also love my food too much – and I'm not talking organic kale and broccoli. Not without Ian around to scrutinize.

Come to think of it, I do remember begging Mum and Dad to get me a tennis racquet one summer, and then me dragging Michelle down to the tennis courts behind the community club for the majority of the holidays. It must've been nothing more than a summer romance, though, as it was quickly forgotten once I got back to school and realized that I was indeed shit at it. One of my classmates actually played for the county and I knew I didn't look quite as fierce as she did when attacking that ball. She also made these guttural grunting sounds as she worked the court and I simply couldn't master them. Sadly, tennis wasn't for me.

The picture might not tell me anything about the person I could've been now, had I dedicated myself a bit more (I am not athletic, but Ian has got me more into my overall fitness – which I'm obviously thankful for), but it's a reminder that not everything written or stored in these boxes is going to enlighten me beyond having a little chuckle to myself. I clearly had no idea who I was at just eight years old, and that's fine. I'm obviously no better off now!

The next box I ceremoniously open contains my CDs and DVDs. Turns out I don't have as many as I thought I did, but my absolute favourites are there. From Bananarama to Take That and So Solid Crew, from *Sleepless in Seattle* to *Fifty First Dates* and *Harry Potter and the Philosopher's Stone*. I breathe a sigh of relief as I pop my So Solid album into my laptop and let it play while I continue to sort and search, hoping that the sound of '21 Seconds to Go' will make me feel like the boss of my own life.

The items start becoming more recent, evolving from an older version of Lizzy Richardson, and I soon locate a stash of photographs. I absolutely adored disposable cameras and usually had one on me to capture special moments, although I was careful not to take more than one picture of the same thing for fear of wasting the film. It was evidently a love affair that extended far longer than my non-existent tennis career, as I go from finding pictures of me and Connie dangling off my bed upside down, our big pre-brace teeth being shown in all their hellish glory, to us downing Sambuca shots in Dukes with a bunch of our other mates. The skirts we're wearing are so short we might as well not be wearing them, and I have a cigarette in my hand.

In one particular image that's been captured on another night out I appear to be wearing my top as a skirt and nothing but a bra to cover the top half of my body. Connie is rocking a similar look to mine.

A smile spreads across my face as I remember the night this picture was taken. It was a Thursday and we were only meant to be heading into Chelmsford to make use of happy hour in one of the pubs at the back of Debenhams. We got a message from a group of male friends, who were a few years older, saying they were going into Dukes so we decided to go last minute. We were literally on our way to the station to go home when we changed our minds. Only, when we got to the club we discovered that particular night was beach-themed, and they had a strict no-jeans policy, which was a disaster as we were standing there in skinny jeans and vest tops.

In a moment of abandon I grabbed Connie's hand and led her to the other side of a big wheelie bin, where I managed to convince her that we strip out of our jeans, lower our tops and treat our bras as bikini tops. We were allowed in, and at no point did anyone query the fact that we were both a year underage, or that we were indirectly being forced into getting our kit off so that we could go inside and have a flirt with some older men. Back then I was so set on a night out that I'd do just about anything to make it happen. I was a sociable little thing.

I can't remember the last time I acted like that. Yes, it might've been a bit reckless and slutty (I will never show my mum and dad this particular pic), but I was having fun. You can see in the picture that I'm laughing my head off and that we all seem like such a tight bunch of fab people.

At what point did I drift so far from that image that I forgot about it? If I think back, Ian and I did go out a fair bit in the first year, although it was rarely to clubs. Ian hated them with a passion. He was more into his bands, so we went to a lot of gigs and listened to live music instead. It was because he harboured this great passion for and knowledge of music that I became disengaged from my own love of dancing. I thought I could rock my body to anything with a musical beat. However, Ian's preferred musicians wrote songs that made heartache sound like it was something to disparagingly wallow in, rather than shake off and dance about. There was no room for me to strut my stuff underneath an imaginary glitter ball, close my eyes and see where the music took me. I guess I could've done so if I were starring in an episode of *Girls* – Lena Dunham would've had Hannah experimental dancing across the stage – but I wasn't. So I didn't. Instead, I'd do as Ian did and quietly sit nodding my head appreciatively. His love was an art form. Mine focused on carefree fun. His seemed cooler, and I guess at a point in life where I was desperate to fit in and be accepted, I was happy to absorb his preferences. I wanted to please him and for him to know I was totally right for him. I was his 'one'.

How have I got to this point in life, where I'd rather spend a night in on the sofa watching *Making a Murderer* than getting dressed up to go out with mates? Because this isn't just about a difference in musical taste, it's not even about having more self-control and keeping myself fully dressed at all times. It's the social element that really causes me to take a moment and ponder the difference between me then and me now. I was a social butterfly, whereas now I'm more likely to turn down an invite to go out (they have become few and far between), with some silly excuse about work or lying about already having plans.

Perhaps putting myself out there once more is the way to paddling my way back to the girl I once was, and saving her in some way.

The picture is enough to get me thinking in a more detailed way of the changes I've undergone since meeting Ian – some little, some big. Changes that I made, not because he necessarily asked me to, but because I chose to for one reason or another.

I jump on to the bed, grabbing an old notepad in which I'd written a few lovesick poems over Henry Collard, my first senior school crush, and start writing everything I know about the girl who left for Sheffield ten years ago.

'*She* . . .' I start writing, realizing that I feel so far removed from the girl I once was that I've automatically started talking about her in the third person. She seems like someone I used to know, rather than am.

What a scary thought to begin with.

*She . . .*

. . . *was eighteen years old.*

. . . *loved going out with her mates and would regularly be carried home or bundled into the designated driver's car after one too many.*

. . . *would go out on a Monday, Thursday, Friday and Saturday.*

. . . *would dance literally like no one was watching (they probably weren't anyway), and let the music transport her somewhere else. She didn't care if it was some cheesy 80s tune or hardcore drum and base – if it had a beat, she was there.*

. . . *saw mates every night.*

. . . *loved an Archers and lemonade.*

. . . *used to socially smoke.*

. . . *had killer legs.*

. . . *could wear heels all night and not complain.*

. . . *loved her body.*

. . . *loved the greats like Bananarama and the Spice Girls but wasn't afraid to mix it up with a little R'n'B or drum and bass.*

. . . *listened to Kiss FM.*

. . . *loved Kiss FM because it made her feel naughty and sexy.*

. . . *had a huge crush on the actor Billy Buskin and had his poster on her wall.*

. . . *loved quick and easy food. Pasta, fish fingers, waffles, chicken dippers and frozen lasagnes (the ones we've since found contained horse meat) when Mum wasn't around to cook.*

. . . *used to wear multi-coloured eyeshadow.* (My eyelids were a disco ball of fun at all times. Even my eyeliner was blue.)

. . . *was useless in the kitchen as Mum used to do it all.*

. . . *could devour a tub of Häagen-Dazs ice cream in one sitting and not feel sick.*

. . . *wore thongs.*

. . . *wore miniskirts, tops as skirts, bras to clubs.*

. . . *also mixed it up with her daytime look of baggy jeans and cute little character tops.*

. . . *loved singing!*

. . . *watched MTV.*

. . . *loved* Big Brother *and* Friends *and watched them religiously.*

. . . *was a soap slut.* Emmerdale, Hollyoaks, Corrie, EastEnders – *she loved the lot.*

. . . *shaved her legs every day – just in case.*

. . . *was very handy with DIY, although a little haphazard in her approach.*

. . . *would whip off her bra and get into her PJs as soon as she got home.*

. . . *used to swear like a trooper. Every sentence contained the f-word.*

. . . *used to write poems about anything and everything – e.g. Henry Collard.*

. . . *was a big-time lover of cheese.*

. . . *weighed eight stone two and wondered if that was a little chubby.*

. . . *drank tea with milk and two sugars.*

. . . *made the meals she could cook (pasta sauce, curry and chilli con carne) with copious amounts of garlic. She loved garlic.*
. . . *used to wear a crazy amount of make-up.*
. . . *never used to dye her hair.*
. . . *used to work in the home department in Debenhams and enjoyed making the displays look pretty while harmlessly flirting with the guys in Electricals on the upper floor.*
. . . *wanted to travel the world.*
. . . *had been in a three-month relationship with Richard – which felt very long term and committed.* (Clearly I revised this thought when I met Ian and subsequently broke Richard's heart.)
. . . *thought we'd live in a trendy area of East London together and be super cool.*
. . . *was extremely excited to be moving up north and gaining a bit of freedom from 'The Parentals'.*
. . . *thought anything was possible.*

I sit back and look at the list, wondering if there's anything else I should add to it. It's funny how quickly the words have been tumbling down and on to the page; she's clearly an unforgettable character.

Deciding it's a solid start I turn the page and start a new list, accessing how far I am away from where I once was.

*Now I . . .*
. . . *am twenty-eight years old.*

*. . . rarely go out with my mates, and always make excuses as to why I have to pull out of arrangements. So much so that people have stopped asking me to join them on nights out.*

*. . . can't remember the last time I was so drunk I literally had to be carried home.*

*. . . drink sensibly or not at all.*

*. . . drink organic red wine – unless on holiday and can make full use of the bar for cocktails. I would personally prefer white wine at home, but seeing as Ian is a red wine fanatic it didn't make sense to have two bottles open at once.*

*. . . quite fancy an Archers and lemonade.*

*. . . don't smoke at all.*

*. . . on the rare occasions we do go out, rarely dance. I've lost my mojo and therefore feel awkward and silly. I feel like I'm being watched and judged.*

*. . . still have killer legs. Seriously. They're my best asset.*

*. . . couldn't think of anything worse than having to wear high heels. I wear an inch to work and that's enough. My back, feet, knees and shins can't take the strain – plus I look like Bambi on ice as I cautiously totter about.*

*. . . am dubious about my body. I see its flaws glaring back at me whenever I look into a mirror.*

*. . . try to tackle those flaws in the gym, three times a week.*

*. . . still love the greatest bands of all time but now have an even more diverse love of music, especially the live stuff.*

*. . . hate Kiss FM. Yes, completely contradicting the statement above but it's just noise.*

. . . *feel old if I listen to Kiss FM. I've even outgrown Radio One. I'm now on to BBC Radio Two!*

. . . *have a profound respect for the very talented Billy Buskin . . . and am currently contemplating putting a poster of him back up in my old room.*

. . . *never eat processed foods as I know they contain too much sugar, salt and unknown ingredients, like horsemeat. We got a bit obsessed with food documentaries and after seeing what I've seen there's no going back.*

. . . *cook! And I'm great at it. Everything is fresh and prepared from scratch.*

. . . *would settle for a tub of Booja-Booja (a sugar- and dairy-free ice-cream alternative) over Häagen-Dazs.*

. . . *wear more natural make-up and usually neglect my eyelids altogether.*

. . . *wear big knickers and don't understand why I ever tortured myself with thongs, or thought they were sexy.*

. . . *wear clothes as they're intended and in the manner they were designed for – to cover me up!*

. . . *can't remember the last time I wore baggy jeans or a top that had a character on it – superhero or otherwise.*

. . . *rarely sing. Not even in the shower.*

. . . *binge watch* Friends, New Girl, Gossip Girl *and* Girls *(lots of 'girls' in there) whenever Ian is out (this will no longer be an issue).*

. . . *don't watch any soaps at all.*

. . . *never shave my legs unless I'm wearing a dress or shorts. What's the point if no one is going to touch them?*

*. . . haven't had to do a DIY project for a few years. Ian has been in charge of the tools since we moved into the flat.*

*. . . would never let my boobs swing freely without a bra on. Ian once (rather innocently) referred to them as my udders, which led to me keeping them in my balcony bra until bedtime so they looked more pleasing and I felt more attractive.*

*. . . try my best not to swear as I realize it's not big or clever. However, I still secretly believe there is nothing more satisfying than dropping 'fuck', fucking' or 'fucked' into a conversation.*

*. . . never write poems – although maybe lists can become my new thing.*

*. . . rarely bother buying cheese because Ian hates it and it goes to waste. My intake is usually limited to Christmas when I can eat it with family.*

*. . . weigh ten stone. Fuck. How'd that happen? I think my bones got heavier. Come to think of it, my clothes have shrunk too.*

*. . . am caffeine free and usually drink fresh mint tea.*

*. . . never cook with garlic because Ian said it gave him migraines. Food is bland without it. I'm pretty sure it's psychological on his part as there's always garlic in the dinners we eat outside of the house.*

*. . . work for a small interior design company here in Essex called Home Comforts. Being Essex-based we largely add bling and garish prints to people's homes. It's not to my own taste (I'd say it borders on tacky),*

*but the clients are always super happy with the work we do.*

. . . *still want to travel the world. (Seeing Africa, having a fleeting trip to Venice and driving across America on Route 66 was great, but it didn't quench my thirst for it at all. I always wanted to see more, but our jobs have prevented it from happening.)*

. . . *have been dumped by the person I dumped Richard for.*

. . . *have moved out of my flat in Chelmsford (not a cool part of town), and back in with my mum.*

. . . *don't crave the freedom I did when leaving for university, but rather need some parental support.*

. . . *miss my friends.*

. . . *wonder when life stopped being so fun.*

. . . *no longer think anything is possible.*

. . . *actually think 'life' is a bag of shit.*

I feel pretty het up as I place the pen down and look at the two lists side by side. I mean, I've gone a bit depressing at the end, but my hand took over on that one and I didn't bother stopping it – a spot of free-flowing writing is supposedly meant to be good for the soul.

So now I know who I was and who I am. I'm not suggesting for a minute that Ian was the sole cause for me adapting my ways and becoming someone new; I'm sure a lot of it was because I grew up in the time we were together, but some of it is a direct result of our relationship and I have to think about whether I want to be the person Ian helped create.

I don't.

I want to peel back the Ian layers and find me again.

I start by bringing my hand around to my back, unhooking my bra through my top and whipping it out of my sleeve.

It's a step in the right direction.

# 11

'God, this is depressing,' I hear, as Michelle waddles into the room and looks over the boxes surrounding me on the floor, one side of her upper lip curling in disgust as she leans back against the wall. Her face is somewhat similar to mine but also nothing alike at the same time. Our eyes, noses, mouths and even ears are different from each other, but it's the way we use them that anchors us together as sisters. Maybe it's the characteristics we've inherited from our parents I can see reflected in her face that remind me of myself. Little mannerisms we've picked up from the environment we grew up in that'll always give our connection away. She's always been blonder than me, although this has been heightened thanks to her obsession with bleach. She's two inches smaller and far rounder, with curves that seem to go out and in at just the right points. Her eyes are bigger and brighter, her nose smaller, though with the same sloped tip. Her cheeks are rounder, pinker and plump – as are her lips. Mine always seem rather deflated in comparison, especially when she's pouting them in the manner she is right now.

Michelle has come upstairs wearing her Ugg boots. A trail of mud follows her in, along with a waft of freshly washed clothes. Mum said she's been frantically washing before the baby gets here, but I didn't realize that applied to her own clothes too. Her navy wrap dress is covered by a chunky grey knit cardigan, yet even through the layers I can see her bump has really grown in the two and a half weeks since I've seen her. She's popped out. She doesn't look as comfy any more either, although that could be a direct result of hauling herself up Mum's narrow stairs, and she's still got a fair way to go. I won't be pointing that out right now though, as she tends to be quite sensitive about anything and everything I have to say about her pregnancy, or upcoming wedding. She's feistier than me, always has been.

'Thanks,' I mutter, continuing to sort the boxes into 'keep', 'charity' and 'dump' piles. Unsurprisingly, the 'dump' pile is growing the quickest. I'm no longer feeling attached to some of the things I once loved and cherished.

'Seriously though, I did not see this coming. I thought you were going to totally eclipse me with some engagement news, and that everyone would be yapping on about that next week,' she frowns, disbelievingly shaking her head while simultaneously scratching one side of her bump. 'I didn't expect you to steal the attention by letting your life fall apart twelve days before the biggest moment of my life.'

'It's not like I planned this,' I say, telling myself not to argue with a pregnant lady, even if she is being an absolute moron.

'Stranger things have happened,' she pokes, inspecting the ends of her hair and picking at a split end before dropping it on the floor.

'That's not very nice,' I reprimand, feeling like our mother.

She stares at me, declining to retract her cold statement as she sweeps her hair over her shoulder and places her hands on her hips.

She's two years younger than me, meaning most of our childhood was spent with me doing things that she couldn't. She constantly whined and bitched, but I thought that all largely ended when I left home for Sheffield. I didn't realize she was still harbouring feelings of resentment over the fact I passed through our mother's fanny before she did. I mean, that's hardly my fault and not something I've ever wanted to, or felt I needed to, apologize for.

'You're about to get married and then give birth. I think it's safe to say all eyes will, well and truly, be on you,' I say curtly, hoping she'll see sense.

'They won't,' she strops, flapping her arms by her sides. 'As if they will be now you've gone and done this.'

'Don't be a twat,' I sigh, dropping my eyes to the useless box of magazines by my feet – mostly *Sugar*, *Sneak* and *Bliss*, but with the odd cheeky *More* thrown in too (bought for Position of the Fortnight, even though I most definitely would not have been having sex at the time). It might be interesting to see familiar faces of long-forgotten celebrities on the cover, but I don't need to be hoarding them for the rest of my life.

'Mum and Dad are going to be constantly looking at you to see if the strain is too much. "Oh no, Michelle is content and happy, how must our Lizzy feel?"' she mocks, her hands over her chest as she looks painfully worried.

My mouth drops in response.

'It's not a competition,' I manage to say.

'No,' she agrees. 'You wouldn't feel that way, because you've always been the winner. But as soon as I was set to trump you you've gone and derailed the race and set it on a completely different course.'

'Seriously? Are you actually being fucking serious?' I gasp. I'm all for a spot of healthy sibling rivalry, but this is ridiculous.

'A little,' she shrugs.

'Fuck off, Chelle,' I say, picking up a *Sugar* from next to me and chucking it into a box that's sitting next to her to hammer home my point. The bang makes us both jump.

'No, *you* fuck off,' she hisses with such a strain that she causes a vein to pop out on her forehead. 'I'm getting married. This is *my* time!' she shrieks. 'This should be the happiest time of our lives. Mum and Dad should be fussing over me and gushing about how wonderful the whole thing is, but instead you're here with your broken fucking heart and my feelings are going to be a mere second thought.'

'I think you should calm down before you harm the baby,' I say, lowering my voice while trying to be a responsible adult – something I always fail to be when I'm around Michelle.

'Are you saying I'm a bad mum already?' she says, her face clouding over and turning thunderous, almost murderous.

Oh fuck.

'Of course not,' I say, trying my best to reel it back in while feeling my patience wane. This is not OK. I really don't want to be arguing with her, but equally she's gone a bit *One Flew Over the Cuckoo's Nest* on me and I can feel my heart angrily pumping in response to her unsympathetic attitude towards me.

'Are you saying I'm not putting my baby first?'

'Chelle!' I say, trying to stop her falling further into the hormonal pit of pregnancy.

'You are something else. Coming in here and stampeding all over my –'

'I've been dumped!' I practically shout, jumping up on to my feet and interrupting her mid-sentence. 'The man I thought I was going to grow old with, who has had my heart for the last ten years, has decided I'm not good enough. *He* stampeded over *me*,' I blast, banging at my chest like I'm Tarzan of the fucking jungle.

She doesn't try to cut in, just stands there in disbelief. She's the fiery one usually, something we've always put down to her being the youngest (and most immature) and therefore this is an odd turn of events for us both.

'Believe it or not, your nuptials haven't even entered my head until now,' I continue, feeling the wind beneath my sails guiding me upstream towards my point being well and truly made. 'Although all I can say is that the sight of you getting married is all I'll be able to focus on that day because anything else is just going to be too painful to bear. No, I don't want to talk to our grandparents, aunts, uncles or any of your friends about how severely I've been shat on. I'd rather dig a little pit for myself and slowly starve to death. I'd rather stay in bed until a load of maggots come and eat me. I'd rather tie a giant weight to my legs and jump into a river and drown.'

Point. Made.

'Are you suicidal?' she asks quietly, her voice wobbling along with her chin.

'Oh shit, no,' I declare, the question taking me aback. Maybe I went a step too far and hammered my point a bit too ferociously.

'Really?'

I take a moment or two to think about it. I know I've just given three pretty horrific slow-death preferences rather than having to converse with people at my sister's wedding (people who are actually decent folk), but I don't think that's where my head is at. This is my rebirth, not my funeral.

'That would be one way to fully upstage you, though,' I joke, as if it's worth contemplating. It isn't, FYI. I am not there. Not yet.

'Don't you fucking dare,' Michelle sobs, running at me with her arms open wide, her body hitting mine with a soft thump as she takes me into her arms and squeezes me tightly. 'Bridezilla and pregnancy hormones do not mix,' she adds, nuzzling herself closer.

'It's an overwhelming time,' I say, rubbing her back, which seems further away than usual thanks to my niece or nephew growing between us.

'It is,' she sniffs, nodding her head. 'But enough about

me. I'm sorry for being a shit. You know I didn't mean all that.'

'Not all of it,' I half smile at her, giving her shoulder a slight push.

My little sister is one of my top two friends along with Connie, and although I'm sure Michelle would tell me I'd marginally scraped it on to her top ten list, really I'm probably in her top five, maybe even three. Regardless, I know we love each other unconditionally and that our bond, even if I'm not her best mate, is unbreakable. I'd do anything for her.

Michelle bows her head bashfully. 'I can't imagine how you must be feeling right now having been brushed aside and forced to move back in with Mum and into this room.'

'It's not that bad. The situation is obviously pretty dire, but the room is fine,' I shrug. 'It's comforting being back in here.'

'I guess . . .' she says, giving it another look. 'I mean, if it were me, I'd be sleeping on Ted's flipping running machine,' she says, her pitch rising as she points her thumb in the direction of her old bedroom, AKA Ted's home gym. 'They got rid of me good and proper, didn't they.'

We both laugh at that.

Michelle chuckles while rubbing at my arm. 'Sorry, bubs.'

'Don't be,' I say, pursing my lips together to stop myself getting emotional.

I often wonder if all siblings are like this and able to

switch between love and hate so easily – not that I could ever hate the girl who has continuously been one of my greatest allies and my scariest antagonist all at once.

'Although you have truly buggered up my seating plans,' she mutters before pulling me in for another hug.

She really can be an absolute bitch.

# 12

I know I can't lock myself in my old bedroom for evermore, but I do so until the end of the week. If anything I take a few steps back in my mending-heart process after doing too much too soon; however, by Sunday night I'm back to being fired up and ready to leave the house.

So this morning at eight a.m., after having a whole week off – I called in and explained very honestly that I wasn't fit for human interaction – I decide to go into work. I'll admit that it was also a slightly selfish move as Michelle is heading to Mum's today to sort out wedding favours. I didn't want to get in the way or make her feel like I was intruding on a special moment she should be sharing alone with Mum, so thought I should leave them to it. I have no desire to stir things up again now that I've finally managed to convince her that my break-up wasn't meticulously timed to ruin her wedding plans.

Mum said getting back to work would help take my mind off everything and she was right. It's amazing how looking at endless catalogues of sparkling tat can make you hate life just that little bit more than you already do.

I've always heard that big life events can cause you to look within and question the things you hold dear, enjoy and even put up with – that the stark reality of them can make you question the fibre of your being and force you to see the world around you clearly for the first time. Well. On the walk here a guy shouted lewd remarks at me out of his van window and then followed them up with 'go fuck yourself, you uptight bitch,' when I didn't seem grateful for his attention, I stepped in dog muck just outside the shop and then a box of sequins fell from the top shelf straight on to my head – causing a bump to pop up. I'm pretty sure I've cut it, but I don't feel too dizzy so I'm sure I'm fine, although the words 'fuck my life' have been uttered more than once.

Thankfully, my boss Stephanie is out with a client most of the day and has taken the assistant Pippa out with her. Seeing as it's only us who occupy this shabby chic (and ridiculously expensive) showroom in the heart of Chelmsford, I don't have to worry about small talk – and she's already grilled me over the phone on the ins and outs of our break-up, so it's not like she's going to be rushing back for gossip. The only thing is, I'm not feeling too inspired to dream up ideas for the homes and spaces of other people right now, and seeing as that's my job it means I'm being very unproductive.

At lunchtime, just as I'm tucking into a KFC bucket with garlic mayo and have oil dripping down my chin (fuck you, Ian and any clean-eating food doc we've ever watched), Connie calls.

'Babes, the craziest thing has just happened!' she trills, diving straight to the point.

'What?' I munch.

'Well, I didn't want to say anything in case nothing

came of it and I'd just be left feeling like a tit, but I submitted something to a publisher,' she says, her grin apparent in the cheeriness of her voice.

'You finally did it!' I say, my mouth still working its way around a tasty chicken leg while simultaneously shoving in an extra chip for good measure – I'm close to popping in a spoonful of baked beans too but decide against it.

'Yes! But I changed the idea from when we talked about it,' Connie sings.

'Mmm . . . ?' I manage, finding it hard to swallow now that I've jammed too much food into my mouth. Connie has been thinking about turning her blog into something more tangible for a while. She did try and get one of the monthly magazines to take her on as a dating guru or new 'girl about town' columnist, but that proved pretty tricky, as it tends to be a 'one in, one out' policy and a case of 'who you know'. The second thing we talked about was trying to turn her work into a self-help guide – almost a *Dating for Dummies*, but in a way that tells the reader we're all in this together and that it's all right not to have met the love of your life even though you might be turning thirty next year.

'I sent in a fiction idea,' she carries on. 'I figured I'll have more scope with that and won't need to worry about being sued by wankers of yesteryear if vanity gets to their heads. Anyway, Karl at work's wife's friend is a literary agent. I managed to persuade her to get her friend to read the book and send it on to some of her publisher mates if she thought it was any good.'

'And . . . ?' I say, certain of what's to come.

'She did. Then three editors came back interested.'

'No!'

'Yes. That all happened while you were away, actually, but I didn't want to bother you with it.'

'Oh, bless you,' I say, knowing why she wouldn't have told me the other night either and risked being insensitive. She has the ability to be a blunt powerhouse when she wants to be, but never when things are serious.

'I've just been in to meet the final editor and hear what she has to say,' she says excitedly, which is funny to hear as she's usually so nonchalant about most things life has to offer. 'I'm in love. I accepted her offer of a two-book deal right there on the spot. I'm going to be a fucking author! Well, I say me, but really Vix Bishop is – I'm the researcher, she's the one with the words and the loyal readership.'

'This is amazing! Congratulations!' I squeal, throwing my chicken bones in the tub and wiping my mouth with the back of my hand, which I then wipe on my black jeans.

'Who knew cavorting my way across London and beyond would actually lead to something of actual substance. The fuckers were worth it,' she shouts.

'I've always told you how good you are,' I praise.

'At cavorting? Oh yes, I'm very good,' she says devilishly.

She gives a dirty cackle and I join in.

'Have you told work yet?'

'Trevor knows. He's heartbroken – aren't you?'

'Heartbroken that you're *staying*,' I hear him say, making Connie laugh louder.

'Staying?' I repeat, surprised she hasn't already packed up her desk and given an Oscar-worthy kickass exit speech to the rest of the office – Bridget Jones-style.

'Yeah, I'm not going to be leaving this place any time soon. It turns out books don't pay that much, and I still have my rent to pay. One day I will be saying adios to this bunch of twats and not coming back, though!'

'Is that a promise?' Trevor calls, making Connie howl.

I know he doesn't mean it. Even though Connie tends to find happiness at the expense of others, her humour is always seen for what it is. Light-hearted fun. She's well loved and, as she always points out herself, an asset to the team. There's no doubt in my mind that the prospect of losing her to a new career is a saddening one.

'We should get together and celebrate. What are you doing tonight? I could get the train up as soon as I'm done here,' I offer, wondering if this is my chance to venture out and reclaim my sociable days. It certainly would be the first Monday night out I've had in years. Just thinking about the spontaneous fun we could possibly have sends a tremor of excitement across my tummy.

'Oh, I have a date,' she says, sounding sorry and pleased all at once.

'The same guy as the other night?' I ask, trying not to sound too disappointed over the fact Connie has her own exciting life to be living still even though mine has gone kaput.

‘That’s the one. I saw him Saturday night too,’ she admits, her voice dropping.

‘This is serious,’ I exclaim.

‘No, it’s not like that. It’s just a few dates.’

‘Yeah . . . Maybe another night then,’ I say, trying to push through the murkiness that’s creeping over me. ‘Oh, I’ll see you at the wedding, anyway.’

‘Of course! Little Chelle is getting married,’ she sings. ‘Should be a good one.’

‘Ooh Con, Steph’s just on the other line,’ I lie, feeling guilty instantly. I never tell her porkies. ‘I’d better go. Enjoy tonight. Let me know how it goes. I promise I won’t be sat on your doorstep waiting for you when you get home this time,’ I joke, laughing as I hastily put the phone down while Connie is cheerfully saying goodbye back.

I lower my forehead on to my desk before banging it on the wood a few times. Not heavily, not enough to draw blood or even make a mark, just enough for me to feel it. The repetitive drum attempting to knock some sense in there or shake me out of this fog that’s blowing into view.

What just happened? Here I was, hating life, and then my best friend phoned with some great news and I’ve been left feeling even crappier.

I’m happy for Connie, let’s not jump the gun and pretend I’m anything different (OK, I’m slightly jealous too), but how have our lives completely flipped on their heads? How have I become the single one in a dissatisfactory job while she's just bagged her dream occupation and potentially a man too?

My best mate is reaching and achieving and I'm just sitting here doing the same thing I always have while the world around me falls apart. I'm twenty-eight and living back home with my mum. I'm single and working in a job that I don't particularly like. I know I'm going through a tough time and all that, but I don't want to start getting used to the way things are. I don't want to stop dreaming and achieving. I don't want to start coasting. I need to stop failing. I need to start making changes to my current situation.

I've looked over my lists from the other night again and again, not knowing how to bring back the girl I once was, or even if I have the energy to do so. But maybe that's the wrong way of looking at it. Maybe seeing how much I changed during my relationship is enough to show me how adaptable I am. All this phase of life is doing is giving me a chance to adapt again, although this time my new discoveries will be solely because of my own tastes and preferences. I don't have to parade down the street in minimal clothing, but I do have to put myself out there and see what life has to offer.

With my phone still in my hands I go on to my notes and start a fresh one. At the top, in capitals, I type 'THE PROGRESSION OF LIZZY RICHARDSON', and then set about writing a list of the things I am going to change or do something about to be the best *now* version of me. I need to give myself options so I can find out who I am.

*Sort out what's happening with the flat. Rent it out or sell it. Get it done.*
*Get dolled up and go out with Connie – or whoever offers.*
*Join a group – get a hobby?! Look at what's on in the area.*
*Start writing poems again.*
*Sing more (could be part of new hobby?).*
*Buy a pack of thongs.*
*Job . . . think about whether I'm happy here.*
*Travel?*
*Music. Find a love of my own.*

I stop mid-flow to switch on the radio. It's tuned into Radio One because Stephanie refuses to concede to the fact we're too old for it now. I turn the dial until Kiss FM appears on the little digital screen. The old me used to love it, so it's time to see what I think of it now.

Bruno Mars booms out of the speaker with 'Uptown Funk' and a smile spreads across my face. Despite myself I drop my phone and jump my way around the room, punching at the air as I go. I'm knackered by the time it finishes but feeling pumped. I'm ready to jump some more to the next song but the mellow strumming of a guitar comes in and the sound of a man and woman soberly singing about a raining utopia kills the mood.

Funny though, I thought Kiss FM was a bit more vibrant than that. I look at the radio screen before turning some more. KISS comes up again, but this time a dance track beats its way into the room. *This* is the KISS I know. I didn't realize there were now spin-offs to everything life has to offer.

I haven't voluntarily (or happily) listened to music like this for a long time, but the fact it's full of feeling, desire and a beat that keeps giving stops me from turning over. Instead I sit back down, my heel tapping along to the bass drum, as I grab my phone and see if there's anything else I can add to the list or an old habit I can 'crack' immediately.

Without thinking too much I pick up my bag and lock up, taking another trip to the shops, this time to buy some new underwear. I giddily power walk my way through the busy High Street, but find myself feeling stupid as I eye up the display of knickers in front of me. It's shameful how bashful a set of Marks & Sparks briefs can make me – and most of them are black, white or nude. It's not like I'm in Ann Summers next to a bunch of sex toys, eyeing up the crotch-less knickers, yet I feel as though I might as well be. I think Sisqó's 'Thong Song' has a lot to answer for here. I'm literally standing in front of my normal high-leg variety and looking at the skimpier sets out of the corner of my eye to avoid drawing attention to myself. The result is that I probably look like a shoplifter.

My eyes fall on a pack of multi-coloured lace thongs and water a little at what seems like an unforgiving fabric choice. Two rows down things get a little simpler with a plain black set that promises to have extra stretch. I grab what I assume is my size and head to the counter. I feel like I did when I bought tampons for the first time – embarrassed and cross that I'm being made to feel this way because of my gender. I'm aware no one else is actually forcing that emotion on me; it's something I'm doing to myself.

The checkout woman, a miserable-faced Indian lady who's already frowning before I drop my pack in front of her, scans it without even looking.

'Would you like a bag?' she asks, her voice nothing more than a monotone drone.

'Yes. Yes, of course,' I say, horrified at the thought of going out in public with my new undies out on display. I could bump into someone I know.

I snatch up the bag and hastily scurry off.

I get back to the office unscathed, but feel childish for my lack of feminist pride. I am choosing to try on this underwear in a quest to see if they're something I like. I'm making informed decisions and not doing something just because someone, a man, has told me whether or not it's their preference. Although, I must say, when it came to undies Ian was never particularly vocal about what he liked. On the rare occasion we did have sex (ten years . . . ten years! The sexual passion did unfortunately trail away from time to time) my knickers would be off within ten seconds anyway – without him grabbing so much as a glance as to whether they were lace, crotchless or full-on Bridget Jones.

So this is about me, and what I prefer to have cuddling my lady garden.

When it comes to me and my list, this tiny action is achievable right now, therefore it carries more weight than it would if I were usually trying on undies, which I'm starting to realize rarely happens. Part of me wonders whether slipping into them is going to automatically rewind me into the girl who used to wear them while standing in clubs wearing her top as a skirt.

There's only one way to find out.

With the place still empty I go into the bathroom and have a quick change. I was expecting a string up my bum, like the ones I wore when I was young and foolish, but these actually have some meat to them. Yes, they're up my arse and feel like a comfortable wedgie, but I'm going to see out the rest of the day and assess how I feel then.

That's two things from my past that I thought I would never revisit. Both have surprised me. I know switching off KISS in the past would've definitely been led by Ian's taste, but the thong situation was a choice made by me and the fact I was sick of pulling fabric out of my butt crack.

Neither of these little acts is going to change my outlook on life or lead the way to finding the person I was or will become, but they're little stepping stones, and I have to start somewhere.

Inspired by my balls and 'go get 'em' attitude, I pick up my phone and go to messages. I'm not sure I'll ever press call when it comes to Ian ever again. His voice is the last thing I'll ever want to hear. So I start texting instead.

The flat. Either you can buy me out or we sell it. Can get an estate agent in ASAP if it's the latter. Elizabeth.

OK, it's ridiculous me writing my name, but my given name is just pathetic. I should just write Lizzy. Or not sign off.

I press send anyway, before I have a chance to over-analyse further.

Within thirty seconds my heart constricts as a reply pings through.

Whatever you think is best.

Cock.

# 13

Before I can conjure up more expletives towards my ex, the office phone starts ringing.

'Home Comforts, Lizzy speaking. How may I help?' I say serenely into the handset, the words spilling out automatically as I push aside my frustration with Ian for the time being.

'Lizzy, it's Cassandra,' the caller replies. Cassandra has been one of our most loyal clients. Or rather, someone who's constantly asking us over to tweak things in her stunning home. She's younger than me, lives in a gorgeous manor house outside Braintree and is married to Jake – who's hilariously funny and witty, but who's always travelling abroad for work. They don't have children, although I know they're planning it soon (we've already been asked to 'think' about the nursery), and in the meantime Cassandra is making the most of keeping the house in order and putting her desired stamp on the place, with our help.

'What can I do for you, Cassandra?' I ask.

'Can you come over?' she asks, her voice thin and nasally.

'Now?'

'It's a total disaster.'

'What is?' I ask.

'You need to see it. Can you come?' she asks, sounding desperate.

'Stephanie's out, but I'll give her a ring.'

'No, no, I need this sorted now. Can't *you* just come?'

'OK . . .' I say, confused. We're all part of one team, and I know her house intimately, but Cassandra in particular usually deals with the big boss first. However, there's no point bothering Stephanie with this until I know more anyway. 'I'll be there as soon as I can.'

'Thank you.'

I leave the office and run round to the taxi rank, deciding it sounds like a big enough deal to put this one on expenses. Cassandra has always been happy with the work we've done and constantly emails over praise she's received from her mates, so I'm unsure as to why she's in such a panic – but it's good to be out of the office. I didn't realize how claustrophobic it would seem after being away for a few weeks.

Thirty minutes later, after sitting in the back of the car wondering what could possibly be wrong, I'm finally being buzzed through the house's huge iron gates and riding along the silver-birch-lined gravel driveway that winds through its gardens and parkland, the house slowly coming into view after a few false reveals along the way.

It never fails to wow me with its beauty. It looks traditionally English and imposing, with small burnt-orange bricks, white beaded windows and a set of chunky, solid and inviting radius-top-shaped double doors sitting within a classical pillared and pedimented porch. The whole thing is topped by what looks from afar to be a thatched roof, but is actually very thin slate tiles, which have been put under a conservation order by the council. Apparently it's something to do with the aesthetics of the house with the surrounding countryside, though they own several acres of land and can't be seen from the road. Whatever the reason, it costs Cassandra and Jake a small fortune to maintain. The fragile tiles are continuously failing to withstand the weather, but at least they look pretty.

The grounds are equally stunning, with the team of groundsmen managing to keep it colourful no matter the season. Every time I come here I'm surprised to find my eye is drawn to something new. Today I spot a splattering of deep-purple bushes in the turning-bay island, their wispy and elegant branches spilling up and over like an umbrella.

The taxi drives around the turning circle in front of the eight-bedroom house and comes to a slow stop. I've barely had a chance to step out of the taxi when I hear the front door opening.

'Thank god!' Cassandra sighs from the porch.

'Everything OK?'

'Come in,' she pleads, storming back into the house, her arsenic-green stilettos still clomping as she goes.

The interior of the house has been largely designed by Cassandra but executed by us. She was very headstrong about what she wanted, and while it's great to have a client who at least knows their preferences and doesn't look at you gormlessly between swatches, her ideas were no different to the other places we've worked on. This was not helped by the fact we'd been recommended by a friend of hers and she literally just wanted an altered version of the same thing.

In my opinion the interior of this house with its modern sparkly furniture doesn't match its traditional exterior or tell me anything about the owners. It's a thought that always occurs to me when I'm here, but even more so now as she walks me through to the living room, an area we've recently redone for the third time. Its zebra-print wallpaper and pink diamond-encrusted furnishings leave it perilously on the edge of looking tacky, although Cassandra loves it, and at the end of the day my job is purely to make her happy and help her execute her ideas. I don't have to live here. It's not meant to be a reflection of my personality, I'm merely meant to make the client's vision a reality while secretly hoping they take on some of my ideas. That being said, I'm hoping the reason she's asked me over is because she has had a sudden urge to revamp the whole place and make it into something far more elegant and classy.

'I've been looking at this for days and it's been really bugging me,' she says, pinching the top of her perfect button nose as though she's finding the matter difficult to talk about.

'What is it?' I ask, concerned.

'The whole room,' she sighs heavily, looking at me from underneath her fake eyelashes.

'Oh?' I sound, my heart beginning to race at the thought

of finally getting our hands on this room and decorating and furnishing it to perfection. 'Any specifics?'

She looks at me blankly.

'OK,' I say, nodding my head enthusiastically, willing myself to get this right as I might only have this one chance to pitch my thoughts. 'It's fine not to have new ideas, that's why we're here.'

Cassandra sighs again, her bright pink lips pouting out as her eyes scan across the room. 'What would *you* do with it?'

Her question sends a bolt of excitement through me. I look around the room, taking it all in again as I think about how I word my thoughts. 'Well, like you, I love colour, so I think I would mix that love with more neutral tones to really help them pop? For instance, a yellow sofa against a soft stone-grey wall would really help infuse so much fun into the place without it becoming overbearing. Or pink could work,' I say, knowingly appealing to her taste. 'I'd keep a variety of textures and patterns, too, as I think that's quirky yet sophisticated, but use them in specific areas rather than everywhere – like with scatter cushions, maybe. In fact, I'd collect fabrics and art pieces from places I've visited to give it a really personal touch. By doing that I'd be ensuring the room was unique to me and a true reflection of my own loves and tastes and know it couldn't really be meaningfully replicated by anyone else.' I think of all the colourful rugs I saw when Ian and I were travelling around Africa and couldn't bring back and how great a small one would look under a coffee table in the middle of the room. The thought conjures up a longing pang for my old walking boots and the sheer joy of getting to a hostel after a day's travelling. It startles me.

'Interesting,' Cassandra says curtly.

'Also,' I continue, focusing on the room once more and walking towards the huge bay windows lining one side of it that have always bugged me thanks to them being completely covered up with trendy white wooden shutters – a silly design as they block out far too much light. 'It's such a beautiful room and these windows could really unlock another dimension. The view of the garden could be framed so nicely if we got rid of these shutters. The difference in light coming through would really lift the space and make it even more inviting.'

I stop myself from blabbering on and turn to Cassandra, seeing if anything I've said has tickled her fancy or ignited a thirst for simplistic yet classy interior design. It's hard to read the expression on her face because, thanks to her love of Botox, her frozen features display none.

'I was so happy with it,' she mutters forlornly, as though she hasn't listened to a word I've been saying.

'Yes, I guess the issue with such a statement room is that they can lose their appeal and novelty once you're living in them every day,' I say regretfully, deciding not to add that it was something we forewarned her about. 'They project so much into your atmosphere it can be overwhelming at times. Really you want a space to lend itself to your needs but give way for you to live in it comfortably.'

'I'm very comfortable in it,' she states, playing with the cuffs of her aqua-coloured jumper.

'You are?'

'Extremely!'

'Well, it's easy to get bored –'

'Not bored either!' she snaps, cutting me off. 'There's so much to look at, so many colours, shapes and textures.'

'OK . . .' I say, sounding as confused as I feel. 'I'm sorry, Cassandra, but what seems to be the issue if you still love the room?' I ask, stopping myself from guessing again and annoying her further.

'This,' she says, pointing to the wall behind her. Painted in Farrow & Ball's All White (I wouldn't usually go so stark but Cassandra hated the idea of going for a delicate grey), there's a collection of nine black square frames, which have been hung closely together to make a bigger square. Like a screengrab of Cassandra's busy Instagram page. The frames have been filled with pictures of her and Jake on private yachts, at lavish parties and sunning themselves on a secluded island in the Caribbean. It might be a reminder of bling-filled times, but it's probably the calmest area of the room, which is probably why I like it. That being said, she clearly has an issue with it, so I stare and try to see what our client is seeing, giving a little 'hmmm . . .' to let her know I'm thinking about it.

'It's dull!' she exclaims dramatically.

'You think?'

'There's nothing going on,' she huffs. 'Look at all the bareness surrounding the prints. Look . . .'

I do as she says. OK, I can see how to her eye it might seem a little bland. She loves things to be vibrant and crazy, but on a personal level I completely disagree. Then again I disagree with the whole idea of this room. 'What about . . .' I start, feeling myself trying to clutch at straws in the air and hoping a wonderful idea is about to appear. Seeing as she hasn't leapt on any of my earlier suggestions it's clear we have entirely different tastes. I have to be more Cassandra. 'Well, we could change the pictures frequently to keep it fresh.'

'I'm not sure it's enough. Honestly, I can't bear to bring anyone in here. It depresses me too much.'

Jeez, that's quite a statement. Though a part of me can sympathize at needing a room to represent the person you are, and taking from it what you need, to make it your sanctuary, your haven. I couldn't be in my own home any more, the one I shared with Ian, because it filled me with sadness. OK, it's not on the same scale, and I know Cassandra is probably over-exaggerating her feelings, but I still hate the thought of our work not filling her with complete joy. And, quite frankly, I'd rather be alone in my current misery.

'I think we need more zebra,' she says, nodding in agreement with herself. 'We should wallpaper the whole room. It's too good to be wasted on just one wall. It needs more.'

I look around the space that's bigger than the whole downstairs of Mum's house and imagine the safari madness that could take over if I don't take control of the situation. Before we know it I'll be in charge of buying stuffed giraffes, lions and zebras to complete the look along with an indoor rainforest and sprinkling water feature. However, the business side of my brain is telling me not to go in too forcefully with my opinions. Rather I need to compromise to keep her happy so that she feels supported, but also make sure the project isn't going to completely derail and make potential future clients, Cassandra's mates or anyone who might come into this house, see our work here and think we're absolutely awful at what we do.

'I know!' I say, unable to believe I'm even suggesting it. 'The frames. Let's change them. We can get chunkier ones and wrap them in the wallpaper. If we reprint the pictures in black and white too it should look quite classy.'

Cassandra squints at the wall as though trying to imagine it.

'I love it!' she sings.

*I hate it*, I think, while beaming at Cassandra. I am happy she's happy, but really the whole thing saddens me. It's yet another beautiful space ruined by too much faff. As a result, I already know a part of me will be silently weeping when it comes to painfully hanging the new frames on the wall.

# 14

A grey cloud is not looming over me when I wake up on Michelle's wedding day – metaphorical or actual. It might now be December but the sun is shining brightly, and I find myself waking with an actual grin. Today is not about me and what might be happening in my own life. It's all about being there for my little sister as she commits to the man who wants to stay with her to the grave and not be a douche by failing to admit that. Hurrah to my little sister for finding a good egg!

I let Michelle have my bed last night while I slept on the sofa. Not only is she the bride but she's also heavily with child, so it seemed like the right thing to do. Plus she pretty much kicked me out of my room and hung her wedding dress and other bridal paraphernalia over my wardrobe doors and on my chest of drawers, so I didn't really have much of a choice. I honestly didn't mind though, I took it as my first official wedding day duty as chief bridesmaid.

I'm woken by the smell of bacon and sausages sizzling in a pan. Easily tempted, I throw off my duvet and investigate. In the kitchen I find Mum sitting in her dressing gown, her rollers already in (God knows how long she's been up), Ted skimming over the sports section of the *Mirror* and my dad standing over the hob with a spatula in one hand and frying pan in the other.

'Hello, angel,' Dad beams at me, holding his hands as far away as possible as he bends in for a kiss. I wrap my arms around his neck and give him a good squeeze, his grey stubble tickling my cheek. I get my height from my dad. Obviously I'm not as tall as he is at six foot four, but I've always been taller than any of my female friends. I also inherited his sloped nose, albeit a daintier version, and his big brown eyes. Although, his contain a wisdom I can only hope to inherit one day.

'Morning,' I say, kissing Ted on the cheek and sliding in next to Mum on the bench opposite while looping my arm around her waist and placing my head on her shoulder. She kisses me on the forehead.

'Is she up yet?' Mum asks.

'I'm sure we'll know when she is,' I say, prompting the others to laugh.

'I heard that,' Michelle says, wobbling into the room with a massive grin on her face. 'I'm getting married!' she shouts, her hands fist pumping the air multiple times.

We all cheer in unison as Dad bashes the spatula against the frying pan to make a clanging sound as if making a toast. Seconds later we're gathered around the table munching on sausage and bacon sandwiches, slathered with ketchup, on glorious white bread.

White bread was severely frowned upon when I lived with Ian. Most processed food was, actually. I understood when it came to McDonalds, but was silently miffed when it came to my bread and pasta choices. At first I refused to believe it was that terrible for me when the rest of the population seemed to be happy enough eating it. But my reluctance to budge meant Ian started to refuse eating food I'd cooked. He wasn't being mean. He just wanted to stick to a set diet while training – although training for *what* I could never quite understand. It's not as if he was Greg Rutherford and about to one-and-a-half hitch-kick his way into becoming a long-jumping Olympian. Not even close. He simply liked being fit – which was fine, but I couldn't cope with there being no heaven-sent carbs in my life, so decided to compromise. As soon as I tried the bread alternatives of wholemeal, sometimes rye (the fresh loaves, not the odd little packets that fall apart when you look at them and never ever seem to go mouldy – what is actually in it?) and wholemeal or brown rice pasta, I realized I was going to be OK. We were going to pull through. That being said, even in Dubai I found myself longingly looking at the spread of delicious white bloomers, rolls, ciabatta and focaccia, and begrudgingly thinking of Ian's disapproving judgement if I were to take any back to the table with me. God forbid I would be that gluttonous . . . which I obviously was. My top drawer at work is stuffed with naughty treats. Whenever I'm there on my own, I slowly open it, my body instantly reacting in a shameless manner. I don't slowly nibble and savour, I actually scoff. Without chewing. The phrase 'it didn't even touch the sides' was made for me in those moments of pure greed. The sad thing is that I didn't enjoy any of it. Instead I'd feel rotten and guilty as my tummy automatically bloated and gurgled at me in pain, wondering if Ian would notice I'd caved in to my longing.

Well, not any more. As I sink my teeth through the spongy white bread and crunchy, salty meat, I feel positively orgasmic.

'This is flipping great,' I say to Dad as he slides in next to Michelle, which isn't an easy feat, given her current girth and his long legs.

'Thanks, Larry,' Ted says, licking ketchup off his fingers. He's a dopey thing is Ted. Or maybe I should say docile. My dad wouldn't be sat here with us if Ted was less of a man than he is. He's not threatened by Mum's past, and that's why he's slotted in so nicely. It feels natural to have him here with us now.

'This is the perfect start to my magical day,' Michelle grins, looking around the table at us all with tears in her eyes.

I do the same and love what I see. Life might sometimes be shitty and startling, but nothing will ever surprise me more than this sight – my dysfunctional family being more functional than some of the supposedly functional families I know. Whatever happens in life, I know I'll be lucky to have this crazy bunch there with me every step of the way.

'You'd better not screw up my hair, Elizabeth,' Michelle suddenly warns me, interrupting my pleasant thoughts while wiping her mouth and throwing a warning look my way.

'Oh, crap. That's exactly what I'd planned to do,' I say, my voice thick with sarcasm.

'Well, jealousy does funny things to people,' she tells me.

Whether she means it or not, there's an air of smugness to her voice that riles me.

'Like the time you put a cigarette burn in my prom dress half an hour before I was due to leave?' I ask, wanting to smack the look off her face.

'Exactly,' she nods over the sound of Mum gasping – she was there when I cried off my make-up in a major meltdown. I told her it was Michelle who did it but little Chelle acted all innocent, telling Mum she'd never do something as foolish as smoke, even though I knew she always had a pack of menthol Silk Cut hidden in her school gym bag.

'Or the time you hid my car keys so I missed Jason Solomon's party?'

'I think you'll find the police turned up that night and Jason got arrested for possession of Ecstasy,' she shrugs.

'No!' grumbles Dad, the bubble of our innocent childhood bursting.

'I did you a favour that night. It's a shame the same can't be said for Connie who got caught high as a kite.'

'You said she was drunk,' says my poor mum, who I had persuaded to go with me and get my best mate in the middle of the night so that her own mother didn't find out and go mental.

'OK, what about when you tried to snog our maths teacher!' I stammer.

'What of it?' she asks, giving me a defiant stare while

not denying it. Clearly not willing to address the inappropriateness of being found with her hand on Mr Howell's shoulder while her eyelids fluttered in his direction. She laughed it off as soon as she saw me and thankfully, although he looked ridiculously uncomfortable and fearful (probably for his job), nothing went any further. I still feel sorry for Mr Howell as I am adamant the whole thing was entirely orchestrated by my little sister.

'Michelle!' Mum squeals.

'You knew I had a passion for maths,' she says candidly. 'It's not my fault Elizabeth didn't possess the same talents.'

'You were being a slut!' I blast.

'Girls,' says Ted, who's never really had to live with us or tell us off before. 'I think you should stop now.'

'I didn't start it. The dumped one did,' snarls my wonderful sister.

'Michelle! Go to your room now!' Mum reprimands, her voice booming louder than I've heard it do in quite some time.

'My room? My *room*? I would, but Dumbo here has his running machine in there and all my stuff has been shoved into the loft.'

'Wh –' starts Ted, looking speechless.

'I don't know what we're all playing at here but –'

'OK, OK, OK. Stop it,' I shout over Michelle, who's still carrying on with her spree of insults. 'Shut up!'

Thankfully she does so. The tamed beast tenses her jaw as she looks down at her empty plate.

'Right. You're stressed because it's your wedding day

and emotionally unstable thanks to the rather large loaf you're currently baking. Let's stop though. This is going to be a magical day for all of us. Got it?' I say forcefully, surprised at myself as I take control of the situation. I might've helped start it, but there's no way I can continue.

'Oh fuck, I'm so sorry,' weeps Michelle, her demeanour changing in an instant as her bump bounces up and down with each sob.

Pregnancy hormones are lethal. After seeing Chelle's rollercoaster of emotions in action last week and now, I vow never to leave the house, for the security of the nation, whenever I do indeed get pregnant – which seems like another dream that has sailed up the river to Not-going-to-happen-any-time-soon-ville thanks to me being a newly spun spinster. A further heartbreak.

'Don't be soft, darling,' Dad says, giving Michelle a little nudge.

More sobs.

'Hey,' he soothes, putting an arm around her shoulder and kissing the top of her head.

'I've already ruined the day,' she sniffs, covering her face with both hands.

'Far from it,' Ted tries, pursing his lips.

'We're all a little bat-shit crazy here – that's why we love each other,' offers Dad, his face deadpan.

'Couldn't have said it better myself,' Mum nods, the sides of her mouth curling even though she hates any of us swearing.

'Go have a shower and I'll come up and get everything

ready for you,' I tell her, gathering up the empty plates as I get to my feet.

'Thank you,' she says sheepishly, nibbling on her lip as she leaves the room.

We don't breathe a sigh of relief as she leaves the room. We don't all look at each other wide-eyed and joke about what just happened. We don't mock her outburst. Today is her day and we're behind her every step of the way.

We are united.

I cry when I first see Michelle in her wedding dress in my childhood room, the organza lace flowing wonderfully over her womanly shape.

I cry when I see the look of pride our parents and Ted give her when she's walking down the stairs.

I cry in the back of Ted's Ford Mondeo when I hear the bells ringing at the church ahead of our arrival.

I cry when Dad takes hold of Michelle's hand and kisses it while preparing to lead her up the aisle.

I cry when I walk into the church, which smells heavily of incense, and see their families and all of their friends staring back at me with expectant faces, eager to see the bride. One hundred and twenty-three faces looking at me and through me all at once.

I cry when I see Stuart, who is usually devoid of any emotion, welling up at the sight of his bride behind me.

I cry when Mum gives a delightful reading of Corinthian's Love poem – the opening line always being one to make me assess how I'm letting my own love rule my emotions.

I cry when Michelle stumbles over her vows and gets the giggles, causing her bump to shake beneath her dress.

I cry when the elderly choir start singing a questionable version of 'If I Ain't Got You' by Alicia Keys, and my elderly nan starts joining in even though she has no idea of the melody.

I cry when Stuart fist pumps the air once they've been pronounced man and wife, a relieved look falling on both their faces.

I cry as they hold on to each other and laugh their way out of the church towards their future as a married couple.

I cry, and every single one of my tears is for my sister on her incredible special day.

Pride, happiness and joy.

All for her.

Just as it should be.

# 15

'I thought she'd bump me up, not move you down,' Connie grumbles in my ear as we look at the seating plan in front of us.

I know there was a standard top-table set-up until I became a solo entity. Since joking (not joking) about my inconsiderate heartbreak ruining her plans, Michelle decided to rip the whole thing up and start again. Rather than me being sat with my family, I've now been shoved on what appears to be the singleton table.

Yaaaay . . .

I'm so thankful Connie is with me right now, even if she has come in her black Dr Marten boots and canary-yellow lace midi dress and looks utterly cool while I'm standing in an unforgiving floor-length lavender bridesmaid's gown that longs to hug in all the wrong places. I seem to have grown a sympathetic pregnancy bump in the last couple of weeks or, more accurately, a gigantic food baby. I did say I wasn't the sort to starve myself or go off food in the name of love, so it's not too surprising I can see the results of my indulgence.

'Wait! Before we go over there,' I say, holding on to her arm to stop her, grabbing two glasses of bubbly from a young waitress's tray and thrusting one in her direction. I haven't had a proper chance to talk to her and know the day will only get more manic as it progresses.

'Huh?' she sounds, accepting the drink.

'Congratulations,' I beam, touching our glasses together. 'You did it and I'm so proud.'

'You are the sweetest,' she says, grabbing my face and planting a big kiss on my cheek. 'I'd be nothing without you, Elizabeth Richardson.'

'Don't make me laugh!'

'I mean it,' she says, her eyes wide as they look lovingly at mine. 'I'm so glad we fought over that doll when we were younger and our mums split us up and forced us to be friends.'

'That's not what happened!' I laugh, screwing up my face.

'Isn't it?' she giggles. 'Come on. Let's go see what riff-raff we've been lumbered with.'

We get to our table to find a couple of guys (lads might be a more accurate description) hovering by their chairs while goofing around. One girl is in her seat already, although currently glued to her phone, her petite frame hunched over and her brow creased as she frantically taps away on the screen that she holds just inches from her eyes.

'Oh, you win Mrs Sociable,' Connie whispers in my ear, pointing at the name cards that confirm I am indeed sitting next to her.

I sneak a glance at the card next to mine in the hope I'm next to someone else I know and see I've been left with Paul Short, Michelle's ex of three years. Wow. She really is trying to punish me for the inconvenience of my life. Paul wasn't a particularly friendly person, so I'm surprised he's agreed to come to this. That being said, I'm sure they both have their reasons for the inviting and accepting. Michelle probably liked the thought of smugly rubbing her marriage to a really nice guy in his face, and I bet Paul's intrigued to see the man who's agreed to put up with Michelle for the rest of his life.

Regardless of the reason for his presence, it means I'll be eating between a guy I could never stand and a woman who could be lost in the deep dark comment section of the *Mail Online* for all I know.

I hope the grub is going to make this worth it.

Kicking out the bottom piece of fabric on my dress that keeps gathering at my ankles, I pull out my chair and shuffle into a sitting position. My tummy bulges against the fabric, so I squeeze my chair in as far as I can, unfurl my napkin and place it in such a way that it covers it up. My concern dissipates instantly.

'You're Michelle's sister, right?' the girl next to me asks in the sweetest of voices, no longer having an intimate moment with her phone. She's gorgeous. Her long brown hair frames her olive face beautifully and those big brown eyes are divine.

'Yep,' I smile, proud to be sister of the bride regardless of the unflattering attire she's put me in and the table she's placed me on. 'I'm Lizzy.'

'Natalia,' she says, putting her hand on her chest. 'You guys look nothing alike.'

'Sometimes we do,' I shrug. Funny how people do

that – hear you're of the same gene pool and set about dissecting your features, habits and quirks, as though you're a puzzle to be conquered. 'That's my bestie Connie over there,' I point, just as Connie elegantly downs the rest of her Prosecco.

'Oh, do you want to swap?' Natalia asks, starting to get out of her seat as she takes my words in the wrong way.

'God no!' I say, pulling her back down. 'Michelle would kill me if I started playing around with her plan.'

'She really would!' Connie heavily nods from across the table, her lips pouting outwards.

'OK . . . Well, it's lovely to meet you,' Natalia says, smiling in Connie's direction.

'Hello!' Connie grins back. 'What about you? How'd you all know the happy couple?'

'To be honest we haven't got to know your sister too much yet,' Natalia replies, looking back at me regretfully. 'We went to secondary school with Stuart. Me and that bunch,' she says, glancing over at the group of guys who are just starting to take their seats.

'Oh, nice.'

'You must have loads of gossip on old Stuie then,' Connie whispers conspiratorially while placing her elbows on the table and sitting forward, eager to hear what Natalia has to offer.

'Loads,' she laughs in reply. 'But if I spill what I know so might he and I'd rather keep those skeletons in the closet where they belong.'

'I hear you!' Connie cackles. There's a reason why

everyone loves Con as soon as they meet her. There's no awkwardness with strangers, just this warmth that's instantly genuine.

'This is such a treat. We rarely see each other,' she says, smiling wistfully at the guys in front of her who are pouring themselves wine and tucking into the bread and butter.

'Funny how life changes,' I say.

'Exactly. You know what it's like. Life moves on but it doesn't mean you don't love the people who used to be in your life every single day. People you meet at school help sculpt who you become,' she says, hesitantly looking at her phone before placing it face down on the table. A split second later, changing her mind in a decisive manner, she picks it back up and puts it in her clutch bag before dropping it on the floor between her feet.

'We've been friends since we were tiny,' I share, my finger wagging between Connie and me. 'Even though I went up north to uni we remained as tight as ever.'

'That's rare! With me my uni mates took over really.'

'Well, I got into a relationship straight away,' I say, kicking myself for talking about Ian, but deciding not to dwell on him much longer. 'Connie was the only mate who didn't require loads from me or get shitty over how much time I was spending with my ex. Our friendship is effortless. Always has been.'

'I can't get rid of her!' Connie laughs, pointing her thumb at me. 'I've tried.'

'She's even moved to London to try and shrug me off,' I join in with a smile, knowing she doesn't mean a single word of it. 'But then I just turn up unannounced and ruin dates.'

'She really does,' she smiles, reassuringly winking at me.

'So whereabouts in London are you now?' Natalia asks, picking up her glass of white wine that one of the guys opposite, the cute one with the brown shaggy hair, has silently poured for her.

'Bethnal Green?'

'No way! I used to live just round the corner but have edged slightly closer to Shoreditch.'

'Fancy.'

Natalia doesn't bat away the compliment. Instead she nods her head at it. 'All of my mates live around that way so I couldn't go too far, but I set up my own business a couple of years ago and the time just felt right to make another bold move.'

'You clearly don't do things by halves,' I say.

'Work hard, play hard,' Connie nods along, impressed.

The bread basket is being proffered by Shaggy Hair guy, who I think is called Chris. We all reach in for some. It's been a long day and we're only just getting started.

'What do you ladies do?' Natalia asks, putting some butter on her knife and spreading it thickly on top of her cut roll.

'I've just signed a two-book deal,' Connie chimes, rightfully looking delighted as she says it.

'Oh my God! That's amazing. Congratulations,' Natalia says, picking up her glass and clinking it against Connie's.

'Eesh. Don't congratulate me until it's out on the

shelves,' Connie says in a way that would make her seem bashful and modest. I know she's neither and the thought tickles me. 'Anything could happen in that time. I could completely fail at it.'

'I highly doubt that!' I tut, wanting to boost her in case she is having a genuine moment of self-doubt. I've been pretty caught up in myself lately and haven't asked her much more about the book. We really do need some more time together. You'd think that would be easy nowadays, but it seems as difficult as ever. It turns out that while I was spending each and every night with Ian, Connie was building quite the life for herself in London – which I've always known, but didn't really think about the fact that I wasn't the only one whose plans were preventing us from meeting. Now I'm back to being just me with loads of time for her, she still has her own plans to honour. Not that I would ever complain. As she points out – I'm the one who left her to go up north for uni.

'And you, Lizzy?' our new friend prompts.

'Oh,' I say, my mind on Connie. 'I work for an interior design company in Chelmsford. Have done for years now,' I say with a little shrug. I used to announce my chosen profession and occupation with joy in my voice, even though the actual job is far from what I thought it would be, so my downbeat tone of voice catches me off guard.

'Did you study it at uni?'

'No. I actually went for English Language and Literature,' I laugh. 'I didn't really know what I wanted to do but knew I leant more towards something creative. Uni was brilliant for lots of reasons,' I say, trying to disconnect the fun I had in Sheffield from all the memories I shared with Ian, but failing miserably. Try as I might, thoughts of him keep creeping up on me. 'Long story short, I ended up coming back here because of my relationship, but was limited with the work available. Everyone was leaving uni and applying for jobs at the same time.'

'We all know that feeling,' Natalia nods.

'It did me a favour as I was pushed into trying something different, and then one thing led to another and I started working at Home Comforts,' I admit, remembering how excited I was about starting my job there.

'Do you love it?' Natalia asks, clearly expecting me to gush about it.

'The past week has been shitty because I'm going through a break-up –'

'I'm so sorry,' she interjects.

'Ergh,' I sigh.

'It's the same guy,' pipes in Connie.

'Eesh!' Natalia responds.

'But it's totally fine,' I say, trying my hardest to push through and answer the question without letting emotion get the better of me, because I know deep down that it really isn't fine and that my heart is still as raw and hurt as it was. 'I have loved my job for a long time, but everyone who comes in at the moment seems to want the same thing. We get a lot of customers who've seen the work we've done on a friend's house and they basically want us to replicate it with the slightest variation.'

‘Recommendations are massive,’ Natalia says kindly, looking genuinely impressed. ‘And knowing what your client wants to the point their friends then take their business to you is a sign you’re doing something right.’

‘Sounds tedious.’ Connie says it like it is as she screws up her face and tops up her glass.

‘It really is. I long for the day someone walks in with a Pinterest board that doesn’t contain some sort of animal-print pattern, or a mirror on every surface – even the loo seat – and a ridiculously oversized TV hung up on the wall.’

I’m over-exaggerating but it’s totally worth it for the laughter that spills out of the girls.

‘Just don’t get me started on the need for bling,’ I smirk. ‘I’ve put sparkles in places only the mice will see! And I never want to see a zebra again in my life. Which is a shame because they’re actually quite cute.’

Thankfully, Zebragate has been resolved. We mocked up a frame the following morning and took it over. Cassandra fell in love with it instantly, as I knew she would. Meaning the risk of a real-life jungle appearing in an Essex living room was narrowly avoided.

‘Sounds awful,’ declares Connie, her face screwed up in disgust.

‘I have no qualms if that’s what a client genuinely loves – but I hate the fad. I long for clients to think of their houses as an extension of themselves and a place to show glimpses of their dreams, ambitions and inspiration. It shouldn’t be the same as Joan Jones’ next door.’

‘I couldn’t agree more,’ says Natalia passionately. ‘And

sometimes the real crux of a room comes in the smaller details or the heart behind them.'

'Exactly!' I shout with excitement. 'Like cushions that give a subtle nod to a sunset they once saw in Namibia or a wall colour that matches the exquisite cornfields they were standing in when they received a life-changing call – maybe hearing they'd got the job they'd always dreamed of, or maybe it was the spot their partner spoke of love for the first time. Personal little touches . . .'

'What a beautiful idea,' smiles Natalia.

'She's got lots more where that came from,' Connie says with a big grin on her face. 'So what does your business do, Nat? Can we call you Nat, Nat?'

'You can,' she smiles, looking at me. 'I also work with interiors.'

'Shut up!' I gasp. 'In Essex?'

'No, no, no,' she says, shaking her head, looking relieved that she's not putting up with my particular clientele. I know they don't represent the whole of Essex; they're just this little trendy niche that's thriving at the moment thanks to certain TV shows. 'I mostly work in Mayfair, Kensington, Chelsea . . .'

'You mean, the posh parts,' Connie suggests cheekily, her eyes widening at me, practically shouting at me to 'get in there'.

'I wouldn't disagree,' Natalia shrugs, taking a bite of her bread.

'Wow,' I say.

'Although you'll be surprised how much the animal

print, big TVs and bling live on,' she chuckles, covering her mouth as she continues munching.

'Well, if you're ever looking for new staff or anything,' I say without thinking, cringing as I prepare myself for a super eggy moment. We've only just met and this is highly inappropriate.

Natalia reaches down for her bag and pulls out her phone. Ignoring the dozens of emails she's had in the last ten minutes, she clicks through to her contacts. 'Put your deets in there,' she tells me.

I do so as quickly as I can before she changes her mind. Or I do.

'Now, on a more serious note,' she says, looking around the room like a little meerkat. 'Does anyone have any idea when the food is coming out? Because I am fucking starving.'

Oh, I like her!

# 16

I have such a ball. Connie and Natalia have me howling with laughter on numerous occasions. So much so that waking up in my room this morning, I'm doing so with a lightness in my heart, just as I did yesterday. I feel surprisingly good considering I've had a heavy night!

I thought being at a social event without Ian for the first time would be unbearable, that part of me would be longing to get out of there even though it was my sister's special day. Or that loneliness would eat me up from the inside out as I realized I didn't know how to function without my plus one by my side. That I'd be uninteresting and pathetically moping around aimlessly without the security and confidence that comes with being in a social situation with someone who's already firmly on my side.

Looking back on it now, I realize I didn't feel at all like that. If anything, it was nice to just be in the room enjoying the day without having someone else to think about. I didn't have to worry about Ian being bored if I left him alone too long, or whether one of my uncles was going to say something rude and offend him – which is a situation that's happened numerous times before because they seemed to like winding him up. I didn't have to include him in conversations he might not particularly care about; for instance, I know he would have been shuffling beside me and clenching his jaw to stop himself yawning during the fifteen-minute chat I ended up having with my darling nan about her front garden, which looks exceptionally good all year round – she trims it up a right treat. I could have that chat and not worry about someone subconsciously tapping their foot beside me. I could dance the night away without a care in the world, all the while throwing the craziest dance shapes I could conjure and not caring about the fact I looked like an absolute plonker. I could stay as long as I wanted and didn't have to worry about him preferring to leave early. I could drink what I wanted, have shots with the girls, and not worry about him thinking I was silly for getting a little tipsy.

There's something quite wonderful about only looking after myself. I know Ian and I had a great relationship (perhaps that thought is laughable now it's fallen apart), but he had a lot of control over our relationship and me. He wasn't controlling, I'm not suggesting that. I don't think it was ever done in a purposefully negative manner or with him demanding to be the alpha male, but right from the start I handed over the responsibility of decision-making. Early on I realized that what made him happy made me happy in return – and that was all I ever wanted. I wonder if I'd still be in the same position I've found myself in if I hadn't done so. Whether I would feel quite so lost and unsure of who I am without Ian in my life. We could've been married by now or perhaps we'd have broken up much sooner, me declaring we weren't compatible and that I wanted different things.

Obviously it was strange to be there, at an event we've been talking about for so long, without him. I felt like my right arm had been savagely chopped off and fed to starving wolves, but last night I became aware of my left arm swinging loyally by my side. I'm capable. It's more a case of me learning how to function without the missing limb.

Well, I fucking did. What's more, I had the best time ever doing so.

I mean, there was a pretty sorry moment in the loo when I had my head against the cold toilet door and found myself on the edge of a wobble. We'd just been dancing to Beyoncé and I was boiling hot, so I loved my face being against the metal sheet. The sudden stillness became my weakness as thoughts, feelings and emotions came flooding in unexpectedly. I had a silent sob to myself over the romance of the day and my lack of man, direction, purpose and confidence. But then I gave myself a stern talking to.

*What would Beyoncé do, you twat?*

I took a deep breath, flicked my hair back over my shoulders, and walked back on to that dance floor like a champ. I'm so glad I did!

I think back to the numerous shots that were consumed and am hit with a complex wave of groggy regret and utter joy. I had fun. I laughed, danced, drank and was very, very, very happy.

My phone bleeps beside me. My heart stops when I see it's a text from a number I don't recognize.

How's the head? I'm at the gym trying to sweat out the bad stuff. No one is standing next to me. I think I still stink of alcohol. Blaming you! N.x

I would've been sad, and surprised, if Natalia never got in touch after the amount of fun that we had together last night. That said, I'm delighted that she's got in touch so quickly. I know there's a three-day rule when it comes to dating, so I'm thrilled to see the same pathetic rule doesn't apply in friendships.

Gym? Are you for real? ;-)

I hit send, attaching a selfie of me in my current state – in bed with leftover make-up smeared across my puffy melon of a hungover face.

You're so funny! x

You say funny, I say normal and realistic. x

I wish I was like her and in the gym. In fact, Ian's version of me would probably have stopped drinking a lot sooner last night and still have been in the gym first thing this morning. I haven't actually exercised since the holiday (yes, we were *that* couple who worked out while on a relaxing 'break') and I'm starting to feel it. I don't weigh myself, I don't think scales are a true reflection of what's going on with my body, but there's a reason my dress was so tight and unforgiving yesterday and for all my clothes to suddenly be giving me muffin tops. Mum hasn't shrunk my garments in the wash. I've ballooned. My holiday and heartbreak diets are catching up with me. I haven't been working out, and my body knows it. Not just in its size, but in the fact it just doesn't feel as good and able. I think I underestimated what that time in the gym was giving me. I haven't been in the mood to work out, not only because it means pushing myself out of the fog that has been consuming me, but also because fitness and the gym are so heavily linked to Ian and his hobbies. The reality, though, is that I'm currently rebelling against Ian's ideals as a human and for our bodies by doing the opposite. No exercise and eating anything I fancy. Which is everything I see.

There might have been certain aspects of our relationship that were led by Ian, but that doesn't mean they were bad for me. For the first time ever I crave the terms 'clean living' and 'emptying the bucket' to be bandied around – and not because of Ian, or the fact Natalia is impressively up and going for it already after a heavy night out, but for me.

As far as I can remember there isn't a gym in Ingatestone, and I really don't want to travel back to the one I am a member of because I don't want to run the risk of bumping into Ian there. The thought of seeing him anywhere is horrendous enough; I've boycotted everywhere we've ever been together to avoid it, so doing so while I'm sweaty, knackered and as red as a beetroot really would be an atrocity.

The gym is out of the question. However, thinking

about it, I don't want to be boxed into a gym right now anyway.

I look out of my window – the curtains are already open because I was too drunk to close them last night – and see that it's a nice crisp winter's day. I locate some leggings, a baggy t-shirt and some old trainers that were hiding at the bottom of the wardrobe. Obviously I didn't bring any of my workout gear with me, so I'm less Sweaty Betty chic and more Primark throwaways, but it'll do.

I lean over, touch my toes and feel my body stretch. It's uncomfortable and comforting all at once. Before I can talk myself out of it, I jog down the stairs, straight out the front door, up my road and out of the village. I push myself to run further into the real countryside of Essex, which is full of farmers' fields and forests. The scenery helps get me going, but I know this is harder on my body than it should be. My legs feel heavier as I pull them along and my chest doesn't want to expand as much as I know it can. It's fighting the movement, rather than welcoming it. I've allowed it to become lazy. How crazy that all those hours in the gym can be undone so easily with a month of overindulgence and neglect, thanks to all the emotional turmoil after my holiday.

The sweat drips down my face as a stitch attacks my right side, but I don't stop even though so much of me wants to. My brain hits override, and I tell myself to run through it. Somewhere deep down a determination takes over, a desire for achieving and getting the run done.

An hour later I return to the house red and puffy, with

last night's make-up now streaming down my face. I'm shattered, my body hurts to the point of burning, but I feel amazing – amazing because I can finally stop, of course, but amazing because of what I've just done, too. I felt an urge, albeit a feeling that was inspired by Natalia's fitness efforts, to get out of the house. I ignored any excuses my mind threw out about not having the correct attire, running on an empty stomach and being mightily hungover, and just went for it.

Best of all?

It was entirely for my own benefit and not to impress someone else . . . although I will be boasting about my efforts to anyone who'll listen, for at least a week.

I take my phone out of my pocket and text Natalia.

I see your gym session and raise you a run in the countryside. Feel like death. It's amazing! X

Totally trumped me. ;-) x

Seconds later I message Connie – who I last saw when I was begging her to stay at mine, but she insisted on getting the last train home, meaning she missed the end of the party.

You left at the right time. More shots. More dancing. Just had to run it off. At least five miles! Xx

An instant reply bounces back.

Bugger off, you smug bitch.

Well, I can't deny it. I cackle as I make my way upstairs for a shower.

I'm still buzzing later that day when I answer the door to Dad. Everyone's coming over for a post-wedding gossip, a takeaway, followed by wedding cake and some tea and coffee . . . Ian would say it cancels out the good work I put in this morning. I say, I've earned it so can have what I please!

'You're looking fresher than I thought you would,' my dad sings to me as he strides in, giving me a kiss on the forehead as he does so.

'I went for a run earlier!' I exclaim proudly, shutting the door. 'Went for miles. I didn't stop once.'

'You look great for it,' Dad says, his face beaming as we venture into the lounge. Mum turns to greet Dad with a wave. She's sitting with her feet up, watching some nature documentary while nursing a cup of tea and a packet of biscuits.

'Haven't you wanted to start running again?' she says to him, her eyebrows raised expectantly.

He looks between the pair of us, caught a little off guard – his mouth gawping just enough for me to notice.

'Yeah . . . that's right,' he says with a slow nod of his head.

'Remember when you were younger, Elizabeth?' she asks. 'You two used to run together.'

'Really?' I ask.

'It wasn't that often. Maybe three or four times,' Dad shrugs.

'Nonsense. You did that 5K race together. Remember? You got a little plate for it and everything.'

Now that she's saying it, I do have a very vague recollection of struggling through the countryside with Dad next to me.

'I think I actually found the plate thing,' I say, remembering an item I picked out of a box the other day. It was absolutely filthy, but you could just about see *5K* engraved on it. I had no idea where it had come from. I'm pretty sure it went on the dump pile.

'You should take your dad out with you next time, love. For old times' sake,' Mum says, placing a Chocolate Hobnob in her mouth, and crunching down on it while looking mighty pleased with herself for coming up with the idea. 'It'll be a nice thing for you two to do together while you're back here.'

I look at Dad. He looks as baffled as I feel. It doesn't appear that he's thought about going out for a jog recently. He's not overweight, but he's not exactly the fittest man I know, either. If he were to start running again, I'm not sure he'd choose me as his partner.

'Everything's OK, right? You haven't had a health scare?' I ask with a panic, wondering if that's the cause of this chat.

'Don't go killing me off just yet,' he laughs, the lines around his eyes crinkling up and showing his age. 'Right,' he says decisively, almost to himself, as he jabs his fist in the air. 'Sign me up to your new running club.'

I have to laugh at the concern on his face. He doesn't look like this is something he actually wants to do, so I can't work out if he's just saying he'll come because Mum has sprung it on him and he doesn't want me to feel upset if he turns the idea down. If he's not sick then I imagine this is another way for Mum to keep an eye on me to make sure I don't cut myself off from society and become a wallowing mess.

'I'm a pretty shit runner to be honest, Dad,' I say, attempting to let him off the hook.

'I won't be any better,' he shrugs, stealing a telling side-glance at my mum. 'Just let me know when you're next going and I'll try to come with you. It'll do me good to loosen these old bones a bit.'

'What a lovely idea,' Mum says, shoving in yet another biscuit.

An awkward silence that I can't quite decipher falls upon us.

I open my mouth to see if I can figure out what's going on when the doorbell rings and startles us all.

'Has he forgotten his bloody key again? Honestly!' Mum tuts to herself, before turning to me. 'Can you get it? It's Ted with Michelle and Stuart.'

I wander off down the hallway, wondering what's going on with my mum and dad, because something clearly is. It doesn't feel like they're not getting on, but something has clearly happened. It's a thought I don't have long to ponder over. When I get to the door, Ted is in the middle of tripping over. He's literally mid-air while a white box, presumably containing the top tier of the wedding cake Michelle was hoping to save for the baby's first birthday, does its own little flying spree.

In my direction.

It might be happening in slow motion, but as the box opens, the cake reveals itself and propels out. My arms stay firmly by my side, failing to block the cake from its final destination.

Me.

The white buttercream icing hits me with a splat, covering my face and chest. It's not as light as it tasted last night and hits with quite an impact.

There's a moment where no one says a thing. I stand there frozen, feeling their eyes on me. Then a deafening laughter spills from Michelle and Stu, the pair of them cackling hysterically.

I feel my emotions flounder. Either this moment is mortifying, even though it's only my loving family here to witness it, or it's one of the funniest things that's ever happened to me.

Laughter wins. It rises up and bubbles out of me as I wipe the delicious-smelling goodness from my eyes.

The very worst has happened to me lately. I can handle a bit of smashed-up cake on my face.

I scoop it from my hand to my mouth and enjoy the sugary goodness.

'I want some!' Michelle giggles, leaping over poor Ted who's still on the floor rubbing at his ankle. She uses her finger to swipe a bit off my face and licks at it.

'Mmmmmm . . . As good as I remember,' she smiles at me.

'That's gross,' says Stuart, screwing up his face in disgust.

'What's going on?'

'Are you all OK?'

Mum and Dad come wandering down the hallway. They take one look at me and fall about laughing. Quite literally. Mum actually collapses down the wall, clutching at her tummy. She can't even stand through the laughter.

'Oh, Elizabeth,' she wheezes.

'Try a bit,' Michelle says, helping herself to more of my cake face and shoving it in.

'Seriously, if I were marrying Ian this is how we'd have served up the cake,' I laugh, tears springing to my eyes. 'Plates are so overrated.'

'I'd better try some,' smiles Dad, helping Mum up.

'Me too,' sniffles Mum, giggles still spilling from her mouth.

They both join my little sister in picking bits from my face and eating them. I feel like I'm a monkey being checked for lice, although I don't think they could ever feel as good as I do right now.

I embrace the silly moment and feel joyous from it.

Joyous and sticky!

I need another shower!

# 17

In the two weeks since Michelle's wedding I've been working on 'THE PROGRESSION OF LIZZY RICHARDSON' and looking up clubs in the area. Group activities that'll get me out of the house and meeting new people, but also developing a new skillset or reigniting a passion for an old hobby I've completely forgotten about. I've had to look further afield for some, as the village is pretty limited in its options, but not too far beyond the neighbouring villages as I want to keep it local. I've found a lot of churches or community clubs I could join and immerse myself in, but I don't think I'm looking to be that involved. I just want to find out who I'm meant to be whilst engaging in some fun activity. That shouldn't be too difficult a task.

The week before Christmas I find myself alone in the office at work. Stephanie has been called out to put up an old client's Christmas tree and make the rest of the house look festive. She's taken Pippa with her.

No one really thinks about redecorating at Christmas because the houses always look so magical and full of charm (and highly blinged up here in Essex), so it's dead in here. No phones ring, no emails pop up. As we've already put plans in action for a few properties to start their makeovers in early January, nothing much else can be done. For that reason, I'm looking back over my whittled-down list of possible hobbies and making notes.

I could join a choir. Absolutely! I also want to sing more so this could be a two bird, one stone situation. I've found a couple of different sorts of singing groups so far. There's obviously the one at church, but there's also an all-women a cappella ensemble who meet every Thursday night here in the village. It sounds great, but the thought of having no music to follow scares the life out of me. I know I can sing, but I need at least the bashing of a piano to bleat along to. It's the only way to ensure I remain in time and some sort of key! It won't be easy to become part of something like that, clearly. I'm sure there'd be auditions, identical to those in *Pitch Perfect*, but it might be worth investigating. Especially if it means meeting someone like Rebel Wilson – my ultimate female crush for so many hilarious reasons.

On the list there's bell-ringing of *The Hunchback of Notre Dame* variety, not the bells on a table sort (which is weird). Seeing as I hear them all day every day when I'm at home, and they go berserk at the weekends for weddings and services, I'm pretty intrigued to see how it all works. Only downside, I might have to be a member of the church to be allowed to take part. I don't think I'm going to find myself by turning to God, but this might be worth keeping in mind if other options fail me along the way.

Juggling is scribbled on my list, but I don't know why I've written this one down, to be honest, as I'm below average when it comes to throwing and catching a single ball as it is. This option is clearly my own version of running away to live with the circus. I'm pretty sure the circus wouldn't want me.

Cheerleading is written in capital letters, showing my enthusiasm for this particular idea. It's even followed by five exclamation marks. Basically I want to be in *Bring it On*, but I'm not in high school, college or America. Only a slight problem though as, after lots of Googling, I have found just one class for 'senior' participants (ouch) that is half an hour away. It's a drive but it could be worth it – as long as I don't have to be the one thrown in the air. I couldn't handle that, and neither could the ones catching me! Haaaa . . . maybe this one requires further thought.

I've written down 'starting a book club', but I know Connie won't read what I've suggested, so it would probably end up being just Mum and I having a chat. We swap books and do that already so there's no point faffing about with this one.

Then there's the local drama club that I was a part of as a kid. If I'm honest I think I'd cringe at this one now and am better off with the choir idea.

Karate could be fun, and it really would be a useful skill to have now that I'm single and mostly alone, with no one to protect me. Ever . . .

Fuck me, that's depressing. I don't want to feel weak and dependent. Karate is definitely a firm contender.

Aqua aerobics, tennis, badminton and gardening have been brainstormed next, but suddenly I'm not so keen. Purely for the fact they make me feel twenty years older than I am – and terribly British country bumpkin. That said, I have also thought about horse riding. It's something I did when I was five or six, but I've not been on a horse since. I loved it though.

For the completely absurd, I've written down 'Hula hooping club'. I don't even know if such a thing exists, but I can remember seeing some article a year or so ago about hoop love growing thanks to a contestant on *Britain's Got Talent*, so you never know. I'm not saying I'd be good at it, but I'd give it a go and I'm sure I'd have a laugh doing so if I ever managed to find a class.

I look back at my list and the scribbles I've just penned over it. I think joining a choir might be the best way to ease me in gently.

As I'm about to suck it up and email the a cappella choir, I remember an old school friend had posted something ages ago about starting some sort of singing group which seemed like fun. I've not seen anything pop up of hers for a while, so I imagine she's one of the lucky ones Facebook has decided to mute from my page. As soon as I type in her name and get directed to her account I find a post about not forgetting to bring sheet music to the next 'Sing it Proud' rehearsal.

I remember her well, Jodie Craig. She always seemed lovely. I mean, we never really hung out or anything as we were in different forms and our paths never truly crossed due to our friendship groups. In fact, I'd say I've found out more about her from a Facebook stalk after we left school at eighteen than I ever did when we were at school together. All I knew back then was that she smiled a lot, was always in the school shows (invariably the lead), and usually won the talent show. She was bubbly, fun, and didn't care what people thought of her. I might not be looking for a friendship to start up, but just remembering her passion and joy makes me want to get in touch.

I click on 'message' and type out a little note saying that I'm back in the village and wondering if there is space in the choir and if I have to audition or anything.

A few minutes later a reply pings through.

> Oh, it's lovely to hear from you, Lizzy! My mum mentioned you were back so I thought I might bump into you at some point. We meet at the church (the one near the park, not the one your sister got married in) at seven PM every Wednesday night. There's no size limit and absolutely no need to audition. I'm not looking for the perfect choir (although I happily remember you can hold a tune very well). We want to spread the happiness singing can offer.
>
> Tonight is our final session before Christmas. We won't be rehearsing but rather going straight in and running everything we can remember – there'll be lots of festive numbers and mulled wine in the break if I can locate enough flasks to get it there. There'll also be some mince pies from one of the members. Would you like to come in and watch to see if it's your sort of thing? It's really quite remarkable.

Oh, isn't she just a delight?! As I type out a message telling her that I'd love to go along, I feel excited about the prospect of meeting new people and doing something I used to love. The only difference is that this time I'll be doing it for the sheer joy factor, and not because I think I'm going to be the next big pop star (yes, I did once think that).

I text Connie.

I'm going to be in Jodie Craig's choir!

Three hours later she replies with a laughter emoji.

# 18

At precisely seven twenty-eight I walk into the church, figuring that if I were to arrive any earlier I'd have to make small talk with strangers or people I've not really spoken to in years. I know mingling with others is a huge reason for me taking on this new class (and the hope is that I might learn something about myself through their questions), but I want to just observe today without any pressure being added. They're singing, I'm listening. That's it.

While walking through the huge wooden doors, doors I haven't entered since primary school when we were made to come here for celebrations like the Harvest Festival, I steal a glance at the altar to see a bunch of roughly twenty people standing around in a semicircle next to a black grand piano. They're visibly waiting for the stragglers to join them while flicking through their sheet music, quietly singing lines to themselves and getting prepared. The stragglers are less focused on what they're about to do and are making the most of seeing their mates. Their bags have been dumped on chairs lining the right-hand side of the church behind where the congregation sit when it's particularly heaving, like at Christmas. They look like they're in no rush to get into their formation with the rest of the team.

Instead, they're perfectly happy cradling their cups of tea and having a gossip.

I fleetingly wonder where I would fit in here as I nervously slip in on the end of a pew right at the back of the church. I'm fiddling with a loose piece of thread from the end of my shirt.

I want to be here but I also want to be hidden. I don't want to make eye contact with anyone who might chuck a glance in my direction. Part of me wants to shrink away. Another part of me wants to actually leave. The feeling of being the new girl is intense and unlike anything I've experienced before.

I've been so comfortable with our cosy little life at home for so long that this feels totally wrong. This is not sitting down and hardly talking to my partner while we happily munch on (vanilla-powdered and coconut-oiled) popcorn and watch a Netflix series together. This is out of the house and conversing. I'm still in actual clothes past seven o'clock. I still have make-up and a bra on!

I bite the inside of my cheek to steady myself. I want to be here. I really do. I've never been one to suffer with social anxiety in the past, but I know this is the result of Ian and I shutting ourselves away and not venturing out to anywhere other than the gym. I don't know how to talk to people in a social capacity. I've forgotten how to be me.

I didn't realize trying out something new as an adult would be this tough! It's far more overwhelming than doing so as a kid. When I was twelve I'd have been straight up joining in without a care in the world. I don't understand how changing the way we interact with others can have such a lasting effect on how we might react in social situations, but it makes me angry that I've allowed myself to feel this way in a scenario I'd have previously thrived in. But it's the anticipation of the unknown. I don't know what's expected of me, even though I'm meant to be here just to watch.

'You made it!' Jodie says, cutting into my thoughts while sliding in next to me and placing an arm around my back. She's exactly as I remember her. Her blonde hair is still long and down to her waist, and her smile is just as big, warm and inviting. She's wearing a yellow t-shirt with 'Sing it Proud' printed across the front, along with some blue skinny jeans and white ballet pumps – the uniform of the group, although everyone is wearing t-shirts in different colours.

'I'm so glad you came,' she sings, her hand rubbing along my shoulders.

'Thanks for having me. It looks great,' I say, pursing my lips together sweetly, looking up at the people before me, seeing the individuals rather than the daunting group. The sight is comforting. It's such a collective bunch of men and women of all ages and sizes, all wearing the same happy and contented faces Jodie displays. It literally is a case of everyone being welcome. Clearly this makes it less *Pitch Perfect* than I'd hoped, but I'll reserve my judgement for now. I'm sure this lot can give some attitude when the song demands it.

I notice a few other people occupying the pews in front of me who also aren't wearing the Sing it Proud tees; some are on their own like me, others are little families or sitting in couples. They're possibly spectators too, seeing as it's the last rehearsal. Perhaps they're here to see what their loved ones have been getting up to while out of the house on a Wednesday.

'Like I said earlier,' Jodie continues, while still rubbing my shoulders. 'I'm happy for you to sit here and watch so you get the gist of what we do, but really it's all about fun. Song-wise it's a case of anything goes. As you'll see, we can do anything from Bieber to Disney, Little Mix to Stormzy.'

I laugh when she says that as my eye lands on a man who must be in his seventies, who isn't even the oldest in the group. He looks like your average elderly man, although there's something about the way he's standing, looking around the room with a cheeky expression on his face, that makes him look like quite a character. That said, I can't imagine him spitting out some rhymes Stormzy-style.

'Stormzy?' I repeat, wondering how I would even cope with doing something like that, never mind Granddad over there.

'OK, we keep him for the younger lot once a few others have gone home,' she laughs, leaning forward and smacking her thigh as though she's in a pantomime. 'My point is that anything is up for grabs. You hear a song you want us to do then bring it in and let's do it. We even do musical theatre stuff sometimes.'

'It all sounds great,' I say, mustering up a huge smile to hammer home my excitement. It does, but I just want to see them now.

'Proof's in the pudding,' she laughs, getting up. 'We can catch up some more in the break.'

'Fab.'

'OK, everyone. Places, please,' she says, clapping her hands together.

The sound booms around the church, the incredibly high ceilings causing an echo. I love churches. I mean, I might not venture into them aside from weddings, christenings and funerals, but I find something calming about them. I don't think I believe in God specifically. I'd agree that there is a greater being, but I think that's actually the spirit of the universe rather than one giant man looking down on us and casting judgement and doling out challenges, joy and punishments. I don't know what that classes me as, but I do know that I like being in here. Knowing that people congregate in this beautiful space and channel such love and devotion through their prayers leaves an atmosphere in the room that's enchanting. Not enough for me to convert or become devout, but enough for me to respect the sacramental aspect of faith.

The pianist starts playing as the stragglers become silent and join the more eager members of the group. All eyes are on Jodie as the assembled group begins to focus. She leads them through a warm-up, her arms waving around enthusiastically as they go up and down scales.

'Brilliant,' she praises, ending their finishing note with a twist of her hands. 'We'll end with all the festive numbers, of course. First though, seeing as this is the last session of the year, and we have an audience for once,' she sings, looking over her shoulder to me and the others sitting in front of me. 'Let's kick off with some of the favourites.'

A bubble of excited whispers spreads through the four rows.

'Let's start with Becky's favourite,' Jodie instructs.

'Ooh . . .' the happy group reply in chorus, the elation building as they flick through their folders to locate the right page, shuffling their weight from foot to foot, getting comfortable before giving their leader every ounce of their attention.

The piano plays a few notes individually but gives nothing more. Then Jodie's body bounces in front of them, leading them into the song. 'Ahhs' are sung out proudly, and even without the help of violins, I know exactly what the song is.

It's Elbow's 'One Day Like This', but not as I've ever heard or seen it before. My body sits up a little straighter at hearing the huge sound being created. It's wholesome, engaging, heartfelt and uplifting – and it's only the intro. The piano kicks in at the start of the verse as the choir break into the emotional lyrics, all harmonized and brilliant.

I'm smiling, literally grinning at them as they tell me to throw my curtains wide. Being here, watching them, it feels like I'm doing just that. And it's not perfect. It's full of quirks, personality and mistakes. I watch one lady, who's standing on the end in orange, unable to stop grinning as she does her 'bum, bum, bums' slightly out of time, an older guy at the back singing with so much gusto he almost falls from the step he's standing on, and there are questionable notes being sung out left, right and centre, but it's the feeling. The emotion. It's amazing. Electric.

I'm so happy I came.

How crazy that thirty seconds can make such a difference to how you feel towards something. I take in each warm expression before me, each lyric, ooh and aah, and let it fill me with a feeling of exhilaration.

I want to be here.

Never mind having one day like this a year. Just having one little moment like this, one that gives me hope that new beginnings are here. That's what I need.

Yes, it's a love song, of course it is. But love has many guises, one being self love. It's been rubbish lately. Life has been shit. My soul and heart have been crushed. But being here, watching them, hearing them . . .

I want to be in their team!

As the song comes to an end my body propels forwards, standing as my hands find themselves clapping so hard they almost ache. No one else joins me, and the eyes of the choir are on me as a result.

Surprisingly, I don't feel like a total tit as I sit down and get ready for the next number to start.

I'll be honest, on my way here I told myself that I didn't need to stay for the mulled wine or mince pies. I thought I could nip out beforehand to stop myself feeling awkward for gatecrashing their rehearsal. Yet here I am, with one hand holding a plastic cup filled with warm festive goodness, while the other shoves a whole pie in my gob.

'I remember you!' says Mr Higgins as he too shoves a whole mince pie in. I recognize him instantly. He used to run the pet shop at the far end of the village and I visited at least once a week to longingly pick up the hamsters and gerbils. He never once got shirty about the fact I never bought one. I think he felt sorry for kids like me whose parents wouldn't let them have pets.

'That's good,' I smile, brushing away loose crumbs from my top.

'You've not changed one bit! Did you leave for uni or something?'

'Yes, that's right. Sheffield,' I smile, touched that he remembers the details. 'Then I moved back down to Essex but bought a place in Chelmsford.'

'And now you're back here?'

'For now,' I nod. 'Staying back at Mum's.'

'Oh,' he says in surprise, his eyes widening at me. 'And why's that?'

'Ah. Erm,' I struggle, my mind not giving me the words to share what's happened with a near stranger. When things like this happen you instantly think everyone knows all the details straight away. This is meant to be the downside of social media, village life and gossiping, but at least it gets the news out there quickly so that you don't need to explain it to everyone you see. 'Just . . . you know,' I shrug, looking down to inspect my plastic cup.

'A man,' he rightly assumes.

'Yep,' I blink.

He purses his lips knowingly, looking down at his own drink. 'We're not all bastards. Just keep that in mind.'

After offloading his words of wisdom he winks at me, his green eyes sparkling in my direction.

'Thank you,' I smile.

'Whoever he is, he's clearly a fool. I wouldn't let a fine-looking thing like you slip by,' he says, a grin now appearing on his lips.

'Albie, I heard that, you rotten swine,' a woman of a similar age playfully reprimands as she bats his arm lovingly. I recognize her from the pet shop too.

'Nothing to see here,' he says, chuckling naughtily as he takes a mouthful of his drink.

'Honestly, sixty years of marriage and he's still seeing what else the world has to offer,' Susan Higgins says kindly to me, clearly not offended.

'Keeping my options open,' Albie laughs.

'I'm Susan, this is Albie,' Susan says, ignoring him completely.

'I know. I'm from here. I used to be in your shop all the time.'

'I knew I recognized your face. You're Linda's daughter!' she exclaims, looking happier than ever. 'Yes, I'm terribly sorry about what you've been going through,' she says, shaking her head as she remembers what she's heard. 'This one did the same to me, you know. Came running back two weeks later though, didn't you.'

'I said we're not all bastards,' he says, referring to our

previous conversation as he shrugs apologetically. 'I'm not one now.'

'It was a blip!' nods Susan.

'Quite,' says Albie, putting an arm lovingly around her waist. 'I wouldn't change it though. I think losing you made me realize how special you were.'

'You big softy,' she smiles.

Love wins.

Sometimes.

I find myself getting lost in the chatter. Before long I'm sitting again, the Christmas carols have been sung and I'm saying goodbye to everyone as I'm leaving with a bounce in my step.

Walking home I think about Jodie. All of the people in that church, doing something that clearly gave them a buzz and filled them with joy, were there because she decided to put a group together. How wonderful that she's able to do that for others. It must be so fulfilling for her. So satisfying.

I feel more like me than I have in months. Years. Thanks to such a positive experience even after being probed by Albie and Susan, I have no doubt that I'll be starting properly with the group in January. In fact, I decide to take my phone out of my pocket and message Jodie so straight away.

# 19

'You've joined Jodie Craig's choir?' Connie laughs the next afternoon.

I'm walking back from the station after work and thought I'd give her a buzz. She's been a bit shit lately at picking up her phone when I call so we've been relying on texts, but even they have been sporadic. It could be that I'm noticing how little we actually manage to speak now that my attention isn't focused on trying to be a domesticated goddess. Either way, I'm surprised when she actually answers with this statement, which she practically shouts down the phone.

'That's correct,' I say proudly, still thrilled with myself for doing something on my list. The buzz from last night is still humming away in my tummy and I'm excited about getting involved with Jodie's tribe of melodic excellence.

'This is exactly why I said for you to come stay with me,' Connie sighs, as though my life has taken a tragic turn for the worse – which is comical because it's basically already become as bad as it could get thanks to Ian's shunning of me as a bride, or having me in his life all together for that matter. 'You've been sucked back into village life,' she continues. 'I think it's already too late to save you . . . a fucking choir?'

'It was fun!' I admit, her horror at the thought of group singing putting a smile on my face. I do love it when she's like this – fiery and humorous.

'Fun? Oh babes! You're already in too deep,' she gasps. 'Oh shit – you're going to forever be singing in my face like you're in some godawful musical, aren't you!'

'Calm your boots,' I chuckle, turning off the busy high street and up towards Mum's. 'Anyway, my first rehearsal isn't until January because of the Christmas break. Oh my gosh, you should so come with me!' I blurt, before really thinking about it.

'What?'

'Come with me! Join the choir! Be a part of the singing tribe,' I say, feeling excited at the thought of us having a regular thing to do together. 'We've never joined a club.'

'Have you forgotten all we went through in Girl Guides? We worked incredibly hard to get as many badges as we could, as *quickly* as we could so that we could fill up that dreadful sash. You know what, I think the hard work paid off. I now know crap about nothing much,' she declares.

She might rubbish it now but I know how much we loved those weekly club sessions. Although we did disappear quite a bit to play Knock Down Ginger on the nearby houses – banging on doors as loudly as we could, then running away before getting caught by the owner. Come to think of it, I don't think Connie has always brought out the best side of me. But then, it could've been my idea. It's hard to remember who dragged who into what when we have so many years of friendship behind us.

'You know how to do some proper knots now,' I offer, remembering how we painstakingly studied a manual while sitting on the Christy Hall floor for hours on end, trying our hardest to wrap and loop as instructed in the hope we'd impress our leaders.

'When was the last time you had to do a sheet bend double knot?' she retorts.

'That sounds more like a sexual position than something you'd do with a bit of rope.'

'Pah!' she breathes, taken by surprise, having not heard me talk like this in quite a while. Funny, we used to talk about sex all the time, but when I was in a relationship and actually having it (well, at least at the start when we were like two hungry sex pests), it felt wrong to share the intimate details.

'Is this what I've got to look forward to now that I'm a spinster? Someone sheet bend double knotting me?' I ask, making her laughter rise a notch further.

It's nice having that reaction from someone. I haven't felt funny for a long time – but looking back at the old me who left for uni, I was always in a huddle of laughing people. Laughter was once a big part of my life. How can you lose something as simple as laughter? I fail to believe my life had become void of a giggle, chuckle or cackle. Maybe I was too blind to see the truth that our love and enjoyment of one another was fading, that we were more miserable than happy.

'Come on, Con,' I beg. 'Come with me.'

'Have you heard me sing?' she sniggers.

'It doesn't matter,' I declare, remembering that Connie is probably the most tone-deaf person I've ever met. 'Jodie says anyone's welcome. Really, you should've seen some of the people last night. She's managed to pull in such a diverse bunch. She's amaz—'

'Jeez,' she says, stopping me. 'You used to talk about Ian non-stop. Then a few weeks ago all you were going on about was Natalia. And I imagine, now that she's gone quiet on you, all I'm going to hear about is Jodie. You fickle beast.'

'Oi!' I say, taken aback. I'm used to her taking the mickey out of everyone, but usually she's on my side – and she's never complained about me talking about Ian before so it hurts to think she might've thought I went on about him like an obsessed groupie, albeit one who actually got to keep the guy for a while. 'That's not fair.'

'Just an observation,' she mutters.

'You're making it sound like I flit around like an idiot. Leeching on to people who don't want me,' I tell her.

'I didn't say that.'

'You basically did,' I shrug, not willing to back down even if I know she probably didn't mean it in the way it sounded. The point is she's said it, and knowing Connie, that means she's felt it, but what am I meant to do when her diary is the busiest it's ever been? 'I can't just sit around and wait for you to have time for me, Con.'

'Babes,' she sighs. 'I don't expect you to.'

'What *have* you been doing?' I poke, lowering my voice as I pass an elderly couple, who are shuffling along while holding hands. I smile at them, and quicken my pace to move me out of earshot. I have a feeling this conversation with my best mate is about to turn ugly.

'Working on the book.'

'Just that?' I ask, perturbed that she has a bona fide, adult, her-life-is-on-course-for-greatness reason to be absent from my life. In the last six weeks, where I've done nothing but watch my tan fade, she has been achieving and reaching for the stars in a way S Club 7 would be proud of. 'Or have you been going on your little dates too? Because I have to say, you were there for me at the start of all this shit, because I left you with no choice, but you've been pretty shoddy since,' I hiss, suddenly angry at her – my whole face screwed up as I speak. I know I have felt this way, but it's still a surprise to me to hear the words spurt out of my mouth. Even as they spill down the phone line between us I'm aware of how unreasonable I'm being, but I can't stop. 'So where have you been? Whose bone have you been busy with, huh?'

'I have a boyfriend,' she replies matter-of-factly, rebuffing my childish remarks as though she hasn't even heard them.

The words stop me. Literally stop me in my tracks as I'm turning on to Mum's street. Telling me I'm a twat for being rude to her would've hurt less than this – and that makes me feel like a failure of a friend.

'Is it Mr Tinder? When did this happen?' I ask, trying to make my voice light and cheerful, attempting to do a complete U-turn.

'I haven't wanted to say anything because it felt like

an insensitive time to tell you,' she says softly, a tone she rarely uses, even with me.

'So now I'm single you're coupled up,' I say, my constricting throat making the words come out more like a squeak.

'It looks that way,' she says quietly.

'Wow . . .'

'It's early days still,' she offers, as though the thought of her also going through a break-up might console me. Clearly it doesn't. I don't want her to feel how I do. 'Who knows, I might be back on the boning market soon enough . . .' she continues, with a feeble laugh.

A silence invades, which is something that never usually happens with us on the phone. More often than not we're yapping away until one of us has to go or we get cut off when Connie hits the underground and runs out of signal. This uncomfortable void isn't like us at all, but then we've never been struck by these complex emotions. Even when Connie was footloose and fancy free in London while I was in Netflix and chill land with Ian, I never felt jealous of her. Maybe that's because she was always my single friend, who wasn't about to overtake me into marriage like the others. Maybe I was attracted to what I considered imperfections when compared to what I was striving for in life. But the world has shifted.

I shake my head, annoyed and ashamed at myself. My best friend has bagged a boyfriend. I should be nothing but thrilled for her. This isn't about me at all, and I'm an idiot for making it otherwise.

'Did you actually like the choir?' Connie asks after a while. 'You're not just saying it to wind me up?'

I'm not sure she's particularly bothered, to be honest, but it's her way of moving the conversation forward and away from the weirdness, and I have to credit her for that.

'Yes,' I say simply.

'I can imagine you in a choir.'

'They have t-shirts,' I say quietly, perching on Mum's brick wall with my back to the house, not wanting to go inside until I'm off the phone and have collected my sanity. 'You know, don't feel bad about not wanting to come with me.'

'I won't,' she laughs.

'I should've guessed that.'

'It's my idea of hell – but you'll love it. You're a great singer.'

'I'm not sure about that.'

'Remember "Girls Can Too"?' she asks, prompting a memory of us standing on the playing field as seven-year-olds, performing our very own version of Gina G's 'Ooh Aah . . . Just a Little Bit' to anyone who was interested. Occasionally the older boys would even stop what they were doing to come and watch. Not that we cared – they were gross, obviously.

'Our pop career was legendary,' I chuckle.

'Your voice was. I just did forward rolls next to you,' she says, and I can hear the smile in her voice.

'Or the occasional handstand.'

'While flashing everyone my knickers,' she laughs.

'You don't need me beside you flashing my undergarments, Lizzy.'

'When you put it like that . . .'

'Exactly, I don't think Jodie Craig would be impressed.'

'More fool her,' I smile, relieved that we're having this light-hearted banter. 'Plus we rehearse in a church.'

'Oh, churches hate me,' she declares regretfully, following it with a laugh. 'That would never work.'

'In all seriousness, though, I imagine it'll be good for me to have something that's mine. I need to start doing things on my own without relying on someone I know being there with me,' I say honestly, aware that I've gone from begging her to come with me to being relieved that she isn't. Because her words, no matter how pointed or flippant, do hit home one truth – I'm happiest when I have someone by my side, whether that be a best friend or a lover. I feel more content with Connie or Ian with me to plod through life together. In fact, ten years ago I literally left Connie, the mate I was inseparable from, to go to uni and have my first real solo experience, only to find myself fully immersed within days in another pairing with Ian. Perhaps breaking that pattern and actually taking time to be on my own in situations will be good for me, no matter how far out of my comfort zone I'm pushed.

'Yeah . . . exactly. You don't need me for this. You have it covered,' she encourages.

'I was thinking actually, what are you doing on Christmas Eve?' I ask. 'I thought we could do what we used to do and head into Chelmsford or something. Remember how much of a big deal the countdown was in Dukes? I mean it's a shame we can't go there – I still can't believe they got rid of it, but I'm sure there's somewhere else we could g—'

'I'm so sorry, Lizzy,' Connie butts in. 'I've made plans with Matt . . . I can get out of it. I'm sure –'

'No, no! It was just an idea. That's all,' I say quickly, sadness creeping up on me.

'I'm coming back to see Mum and Dad the next morning and have promised to stay for a few days. Why don't we hang then? You could even head back into town with me for New Year's,' she says, her voice jolly and hopeful.

'Eesh, I was planning on hibernating for that one. Pizza, duvet and bed by ten o'clock,' I share. I really don't want to celebrate the passing of time right now, not when I don't even recognize my life as my own.

'Babes, you love New Year's!'

'When the year ahead is full of hope . . .'

'It is!'

'For you!' I state.

'Lizzy, you're starting again,' she says, the soft tone returning. 'Surely the hope, promise and knowledge that anything could happen this year makes it more exciting than ever? Don't be sad about what wasn't. Look forward with excitement to what might happen! There are so many possibilities.'

'I'm just not where I thought I would be,' I sob, covering my mouth in a bid to stop myself. It's no use, the tears come fat and heavy and my breathing turns erratic as a result. 'Oh shit. Sorry, Con. I'm fine, I've just got to go.'

'Lizzy, wait!' she calls, but it's too late.

I'm already hanging up.

I sit on Mum's wall a little longer, trying to calm myself down. Eventually I wipe my eyes and take a deep breath, looking at my feet as the heels of my boots bash against the bricks behind them. The December sun has already faded and set, filling the street with darkness. I'm not quite ready for a night in front of the telly with Mum and Ted, so before going into the house I call my dad. He picks up instantly.

'Want to go for a run?' I ask straight away, before he's had a chance to say hello or ask me how I am.

'Now?' he practically chokes. Clearly he's been looking forward to this call ever since he missed out on my previous run.

'Yeah! You said you wanted to come along some time . . .'

'It's a bit late.'

'It's only six. Have you had dinner yet?'

'No . . .'

'Well then, we can grab something together after.'

He takes his time responding, which makes me wonder if he's trying to find a good excuse to get out of it.

'I'll be at yours in ten,' I say, before he can wrangle his way out of it.

'OK,' he sighs.

I rush inside to get ready.

# 20

I decide against going out on Christmas Eve. It was a nice idea when Connie was part of my nostalgic plan, but it quickly lost its appeal when she told me she was busy. Instead I go over to Dad's for a takeaway curry and then we walk up the high street to the church for one of the two services being given tonight – we didn't fancy the Midnight Mass. If I'm not going to be off my face in a club screaming a countdown before singing along to Slade, I'd rather be tucked up in bed hoping Santa's going to bring me something great down the chimney. What that is, I really don't know. A time machine? A lobotomy? I probably shouldn't even suggest that in jest . . .

We aren't a religious family even though I keep finding myself in places of worship lately. There's something incredibly welcoming, exciting and otherworldly about being there for the celebrations of Jesus's birth. I like the feeling of community it brings, and I really love singing along to the hymns and Christmas carols that never fail to transport me back to my childhood.

Dad walks me home afterwards, even though I'm in my late twenties and perfectly capable of escorting myself through a sleepy village that probably has a zero crime rate other than naughty adolescents stealing penny sweets from the newsagents. Although as some penny sweets are now ten pence a pop, I can understand their fury if their pocket money can't fill a white paper bag with sugary goodness.

The thought takes me back to shopping in Woolworths with Mum when we were younger. I'd go straight for the vanilla fudge and live in fear of Mum telling me to put stuff back when the cashier weighed it. Michelle used to go for foam-based sweets. Mushrooms, flumps – anything filled with air that meant she could have plenty of them. She'd then eat her collection as slowly as possible to wind me up, as I'd invariably have gobbled up my one piece of fudge in five seconds flat – like a Hoover gathering up dust.

'I know this has been a tough couple of months for you, Elizabeth,' Dad says, giving me a hug as we say goodbye. 'But I've really enjoyed having you here more. It's been nice.'

We're both wearing Father Christmas hats that a little girl was selling for a pound at the church. Dad's is far too small for him and he looks hilarious as he pulls the most sincere of faces.

'Thanks, Dad,' I smile, squeezing his arm.

'I liked Ian.'

'I know . . .'

'A lot,' he adds, nodding as his brows furrow seriously.

'Don't rub it in,' I smile, not entirely sure where he's going.

'He was all right,' he winks, placing his hand on my shoulder. 'But, what I mean – what I want to say, is that it's great having quality time with you. Just you. When your children grow up, move away, meet that special someone and create a place for themselves in the world, they become preoccupied with living their own lives. And that's what you want as a parent. You want your child to thrive in that way . . . but I've missed you.'

'Luckily for you I'm single, have somehow handed over the place I had of my own and am no longer thriving,' I tell him in a sarcastic manner that's strangely upbeat. Obviously I'm not feeling happy about the situation, but rather realize that humour is one of the only tools left at my disposal.

'I wouldn't say that,' he tries.

'I think it would be hard to convince me otherwise,' I admit, pursing my lips together.

'You're young,' my dad says. 'This isn't the end, Lizzy. It's the beginning of something new. Don't be scared of new. New can be wonderful.'

'How's the *new* that you left Mum for? Is that working out well for you?'

His intake of breath shocks me, as though the words I've blurted have become a physical punch that knocks him backwards.

'I didn't mean it like that,' I say, grabbing his elbow, cringing at myself for being so stupid.

Dad opens his mouth as if to say something, but stops himself, shaking his head.

'I'm sorry, Dad,' I whisper, feeling awful.

'I have nothing but love and respect for your mum,' he sighs, looking behind me to the house. Rather than disowning me on the spot, he pulls me in and kisses my forehead. 'One day I'll explain it . . . I'll see you in the morning.'

I feel shit watching him turn and leave. I realize I don't

know the details of their split, just that Mum was heart-broken and we were left to see that every day. I also know how incredibly lucky Michelle and I are to have divorced parents who actually like each other now. They don't simply tolerate each other at family gatherings when they're forced to be in each other's company. In a bizarre way they're more connected now than they ever were. Who the bugger am I to question something that seems to work so well for them? Especially as they've probably tried to get to this point in their friendship to make things easier for Michelle and me. It can't be easy dividing a family unit – no matter how old your children are.

'Dad!' I shout, running towards him.

He's rubbing at his eyes when I catch up, with his cheap Santa hat sodden in his hands.

'I love you. I love you so, so, so much,' I say, wrapping my arms around his broad shoulders and pulling him into me.

'I know you do, darling,' he sniffs, accepting the hug and returning one even tighter.

We stand holding each other for ages. I feel his body rise and fall with each breath and feel his heart beating through the thickness of his winter coat. The night is cold around us, but a warmth spreads through me as something between us stills.

It occurs to me that I'm not the only one who needs to feel loved.

God, I really do love him.

I squeeze him again.

# 21

When it comes to celebrating Christmas, I feel I have two options – embrace it wholeheartedly and enjoy spending time with my family (while not having to worry about sharing the day with Ian's clan), or sleep for the whole day and refuse to acknowledge it at all – it's another day that's targeted towards being with loved ones, highlighting my painful single status even more. As the latter is my plan for New Year's Eve, I've decided to make the most of having my family together with zero plans other than to watch trashy festive TV, eat enough food to feed the five thousand (which has started with a fry-up courtesy of Mum, even though I'm still full from last night's curry) and drink myself into oblivion. The first two plans are going well, but Mum raises an eyebrow at me when I attempt to add Baileys to my morning coffee. Champagne breakfasts are 'a thing' in a lot of households, so I fail to see how this is any different, but I decide against it anyway, smiling cheekily at Mum as I pop it back on the Christmas alcohol table.

Yes, we have a whole side table dedicated to booze at Christmas. Quite simply, if you're not feeling festive enough, downing some liquid Christmas spirit might help. That's the hope. And if not then there's always the table next to it, which is slightly bigger and holds all the snowflake-adorned, Santa-decorated, sparkle-encrusted snacks we could find in Budgens. These are essentially all the normal sugary crap we'd love to eat all year round but refrain from doing. However, the fact they're repackaged in all things Christmas, sprinkled with magnificent pine trees, twinkling stars and angelic angels, gives us permission to indulge. As Dad and I have been on a run (we only managed three miles and were ridiculously slow) we're feeling pretty smug about tucking in. We've announced we're going for a Boxing Day run tomorrow too, so that gives us extra self-righteous we-can-eat-what-we-like credits today.

While Mum bangs away in the kitchen – there's no point asking her if she wants help, she prefers to be in there on her own – Michelle, Stu, Dad, Ted and I are all snuggled in the lounge watching *Home Alone*. I wanted to watch *The Holiday*, but no one else shared my desire, so instead we're watching a spoilt brat wreck the house of his neglectful parents while setting booby traps for the dumbest burglars in film history . . . it's blooming great!

Just as eight-year-old Kevin McCallister cuts the homemade zip-line, sending Harry and Marv crashing to the ground below, my phone vibrates with a text. Usually I send a chirpy message out to everyone I know on Christmas morning, even people I haven't seen in years. But the news about Ian and me has seeped out into the rumour mill, meaning I've been avoiding most people and tried to limit my time spent on social media, which has been full of pitying inbox words of wisdom, shock or sorrow.

I realize our *news* had to be shared at some point, but I'd rather have stuck my head in the sand for a bit longer. I wish I were like Liana Jarvis who three years ago declared her boyfriend had dumped her with some kick-ass Facebook status and a picture of her soaking up the sun in a gorgeous part of Ibiza. I can still remember the sight of her standing butt naked, with her back to camera, as she stood in front of the most amazing view in what, I can only assume, was a private villa. It was an empowering image. I can remember liking the photo and seeing everyone else's words of encouragement at her being such an inspirational woman.

I'm not Liana Jarvis.

I've never been that kickass.

That's not actually true, I realize. Eighteen-year-old me would be going one better than Liana Jarvis. She'd be partaking in some full-frontal nudity, with her arm playfully placed across her pert breasts, her sun-kissed, wavy beach hair blown over her face, with the biggest grin imaginable. The picture wouldn't tell a story about a girl who's being dignified, strong or defiant in the midst of a break-up, but rather one about a girl who's still living. One who's celebrating the fact that life goes on . . .

But that's not me now. The reality is that I'm lounging on the sofa in my Christmas pyjamas at two o'clock in the afternoon, nestled in my dad's armpit, having not messaged a single person I know.

No message of defiance or self-celebration from me. Just silence. And not because silence is golden, but because I have nothing to say. My life isn't a status update or a nicely filtered photo. It's real. I keep trying to pick myself up, to gee myself along, but it's a slow process. Every time I take a step forwards it feels like I take another one backwards, with grief, sadness or anger creeping up on me. I never expected a break-up to feel so much like a death. Ian has been ripped from my life, and that hurts.

I clench my jaw, annoyed that my ex is still such a huge part of my thought process. Over time his presence in my heart and brain will fade away. I know it will, but that thought doesn't comfort me right now. Not when I know he's probably been out with his old buddies enjoying the single life. They'll all be standing around at some undiscovered talent's gig while Ian's exchanging flirty glances with some fitness fanatic, heavily-tattooed rock-chick. He'll fleetingly think of his recent ex and wonder why he wasted so much of his life dating me when there were others out there more suitable.

Funny, when we were together people would occasionally drop in comments like, 'I don't know what he'd do without you,' or, 'Before you came along he didn't know his arse from his elbow,' blah, blah, blah. He clearly can now and he must be coping. He must be thriving. He's not tried to contact me other than to respond to that one text, so I doubt he's sitting at his mum's right now thinking about me. He won't be wondering how he's going to continue putting back together the fragmented pieces of his soul that have been so carelessly given away. Ian will just be getting on with it. But of course he will, he knew it was coming. And why on earth would he want to contact me anyway? He doesn't want me.

I sigh to myself as I pick up my phone, although my mood is lifted by seeing Natalia's name on the screen. It's been a couple of weeks since we last spoke, but she genuinely is an intriguing character who I'd love to see again. I just really clicked with her. Since the wedding we've messaged numerous times. I know that she has a love of Nutella (who doesn't?) but only allows herself to eat it on her Sunday-morning toast. She swims three times a week, after doing either a spinning or HIIT class. And she, like me, has amazingly close relationships with her parents. She knows all about my mission to find who I'm meant to be, and has been sending me hilarious groups to consider trying out. A couple of her suggestions are a laughter club and doga – which is basically yoga but with your dog sniffing at your crotch the whole time you're in downward dog pose. For once I'm really not sorry that I don't have a pooch.

I haven't heard from her for a while though – I did message her once I got home from the choir session the other night, but she didn't respond. So it means a lot that she's bothered to message today.

**Merry Christmas to you and yours! I hope you're having a wonderful day filled with mulled wine, lots of turkey and a gigantic tub of Quality Street! Xx**

OK, it's highly likely this is a round robin text, but she didn't have to include me in her list of recipients so I appreciate the gesture.

And Merry Christmas to you! Hope you're having a good one. Xx

She surprises me by messaging back instantly. I'm sure she has lots of other people contacting her who she knows better. Plus, I imagine her family are all getting ready for a Christmas Day walk. I've never understood how families fit it all in. A Boxing Day walk makes sense, but not on actual Christmas Day when Mum's having fun in the kitchen peeling and prepping enough potatoes, carrots and Brussels sprouts to ensure we have the leftovers as bubble and squeak for the next fortnight, there's trashy TV to watch, and two tables loaded with guilt-free alcohol and treats. But Natalia strikes me as someone who'd manage to pull on her Hunter boots and warm but trendy double-breasted khaki parka jacket from some swanky yet chic designer label, before heading out with her huge family while the Christmas dinner slowly cools in the oven.

I've been meaning to message you. It's been so manic with clients wanting me to magically transform their homes before Father fucking Christmas leaps down their chimney. Anyone would think this day was a last-minute plan and not the first date everyone pins in their diaries each year. Seriously, my fingers ache from the amount of bows I had to put on one tree yesterday. Now I just have to look forward to taking the whole thing down and working on what's left. This one client has redecorated his lounge every January. I'm talking complete overhaul of curtains, wallpaper, furniture, fixtures and fittings. Once the bows are gone he thinks the magic goes with it. Gosh, can't believe I'm messaging you about work on Christmas Day, but you know what it's like! Xx

I chuckle as I read it, knowing exactly how she feels. Pausing to think before I type.

Sounds like you need to get yourself an assistant . . .

I take a deep breath as I await a reply, wondering whether she's going to jump on the idea or think I'm a cheeky cow who's overstepped the mark after one drunken night on the dance floor together.

Tell me about it. Know anyone I should approach? Ha! Just out with the family – Mum's dog needs a serious walk. Let's talk in the New Year. I promise I won't go AWOL this time. Xx

Looking forward to it. Have a fab day. Xx

I type out my reply and press send before I allow myself to fully digest and revel in what she's said. She's thinking about hiring. This is a big deal. After we met I decided to Google Natalia and see what I could dig up. I didn't have to look very far and it turns out I've seen her work many times in magazines and online. After years of working for a huge company she decided to set up her own business and is now renowned in the London circle as the designer everyone longs to collaborate with. Not only that, but it turned out that I already followed her company on Instagram. She kept my hope alive that interiors should be about more than how many crystals and sequins you can fit on a lampshade or whether eight mirrors in one room is too much (it is!). Her work is insane.

I can't help but grin as I put my phone down. Merry Christmas to me, I smile, opting to treat myself to a little something from the drinks table after all. It's past midday now and I decide to spread the love (it'll ease any judgement from Mother) by pouring a little port for her, Ted, Michelle (just a centimetre) and Stuart, as well as a Guinness for Dad.

The drinks are received with gratitude, meaning I can hide my face in my glass and let my mouth give way to a huge smile. Another one.

'What you smiling for?' asks Happiness PC Michelle, always ready to sniff out a whiff of joy and stamp on it.

'Nothing,' I shrug.

'Is it too soon to do Christmas gifts?' Michelle grins, clapping her hands together excitedly like she did when she was a little girl, bouncing around at the foot of the tree. We used to open our presents as soon as we opened our eyes on Christmas morning, but over the years, thanks to hangovers setting in and us not always being together on Christmas Day due to the chore of having to see in-laws, the whole present thing has stirred up less and less enthusiasm. It's not that we're over the day – not at all. But rather we usually wait to open our presents at a more reasonable time. Not at six in the morning, or straight after people have walked in the door. One year Michelle was sitting on the porch step waiting for me to get back from a drunken Christmas Eve with Connie. She insisted on ripping paper off gifts before I was allowed to take my coat off or get rid of my rancid Tequila-shot breath. It wasn't a pleasant experience for anyone.

Nowadays we usually know what we're getting too, as we do a family secret Santa – one where we tell each other exactly what we want. Some might say it sucks the joy and fun out of the whole thing, but I have to say, it's brilliant opening a gift and finding something you completely love, or need. I haven't put in my request this year, though, as I haven't really been able to muster the enthusiasm.

'Mum!' Michelle shouts, straining her neck as she attempts to call around the door. Her big bump prevents her from moving more than a few inches in her seat. 'Mum!'

'What? What is it? Is the baby OK? Are you having contractions?' Mum breathes excitedly as she darts in, chopping knife still in hand, her mind instantly skipping to the thought of the best gift of all time arriving – her first grandchild.

'Can we open presents now?' Michelle pleads, her palms placed together as though she's praying.

'Mi-chelle!' Mum whispers, her face looking cross for the briefest of moments before looking at the gifts under the tree. She glances back to the kitchen, debating whether she has enough time between steaming (carrots), sautéing (Brussels) and roasting (everything else) tasks. 'Come on then. It's not like there's much,' she tuts, putting her knife precariously on the coffee table – an action she won't be able to do once her grandchild arrives. We've already been briefed on baby safety by Michelle, and blades at reachable heights was definitely mentioned along with the suggestion we all start drinking our teas and coffees at a lukewarm temperature to avoid any burns, and the placing of a coin jar by the front door. The idea is that we'll empty our pockets when we arrive so that no coins can roll out unknowingly and become a choking hazard.

Knowing Michelle, I imagine she'd do us a favour and kindly keep hold of our loose change, too. Unburdening us of our heavy money. She's thoughtful like that, my little sister.

'Lizzy first!' Michelle sings, elbowing Stuart in the ribs before giving him a firm push in the direction of the tree.

'Really?' I laugh, feeling dubious as to why she's so happy to be gifting, it's clear either she or Stuart are my secret Santa. She's never like this. The last few Christmas gifts have most definitely been recycled from work, no matter who she was buying for. The last time she was my Santa, she hadn't even removed the previous tag. Sally, who works alongside Michelle in the Council's accountancy department, had given her a hugely generous gift box from Lush. I almost messaged her to say thank you myself! I mean, it was gorgeous, so I didn't grumble, but still, it would be nice to receive something from my sister that she actually bought with me in mind.

'I can't wait to see what this is,' sings Mum, looking as excited as Michelle. 'Your Santa had nothing to go on.'

'That's because I really didn't want anything,' I tell her, although I whole-heartedly agree that it was easy for me to be Mum's secret Santa as she'd even sent a link to her desired label-maker on Amazon. It arrived the next day without any fuss. All I had to do was wrap it.

'You just didn't know what you wanted,' says Michelle, giving me an over-exaggerated wink.

'Clearly not,' I frown, taking the rectangular-shaped box from Stuart, who can barely contain a grin himself.

'Open it then,' says Dad.

'I have a feeling this is going to be the best present of your life,' declares Michelle.

'It's that good?' asks Ted, tearing his eyes away from *Home Alone* to engage with the rest of us.

'*That* good!' beams Michelle.

She's even managed to get me excited.

Everyone is watching as I pull off the red ribbon and start ripping at the brown wrapping paper to find a black box inside inscribed with an aqua-coloured letter R. Whatever it is, it seems like a luxury item. I'm impressed with her. She's clearly gone above and beyond to be extra nice to me this year after my break-up, and I strongly suspect she's gone over our usual spending budget of fifty pounds to buy me something special to cheer me up.

One more tear of the paper causes my mouth to drop. As I read the snappy list of features down the side of the box I'm left in no doubt about what the gift is. Words like 'waterproof', 'silicone', 'quiet', 'ears', 'pulsing' and 'speeds' jump out at me and fill me with embarrassment. It's a vibrator. Michelle has given me a sodding vibrator, while we're sitting with our parents on Christmas Day. If the ground could swallow me up right now and send me all the way to Australia, that still wouldn't be far enough to shield me from this horror.

'What is it, love?' Mum asks, craning her neck to have a look, her fingers reaching out to touch it.

I instinctively hold it up against my chest and cover it up to stop her from seeing it.

'Michelle told us she'd got you a bestseller,' says Ted, his eyes squinting at the back of the box. I've no idea what's there, so I arrange my fingers and arms to hide whatever writing or pictures might be displayed. Please, God, say there are no pictures showing examples of use. The thought of them seeing it makes me go queasy, the whole Terry's Chocolate Orange I ate after breakfast threatening to reappear.

'It is an extremely popular gift for young, successful, driven, independent, kickarse women,' declares Michelle, nodding.

'Ooh!' coos Mum.

I can't even look at Mum, Dad and Ted who by now have enthusiastic, yet confused, grins on their faces. Stuart looks beside himself with mirth, and Michelle still looks delighted with herself.

'It's a multi-speed vibrating, waterproof, battery-operated, Rampant Rabbit,' Michelle states, her arms extending out as though she's delivering a punchline to a joke. Sadly it's not a joke and no one laughs. Instead, the room goes quiet, even little Macaulay Culkin seems to halt his *Home Alone* trickery to ensure the moment is at the peak of humiliating.

'Did you say . . .' starts Ted, a confused look appearing on his face. Oh, poor innocent Ted.

'Yes, a vibrator, Ted. To help Lizzy get her kicks, you know. Now she's single,' she continues matter-of-factly, as though my search for an orgasm has been at the top of my list of priorities since being flung back on the shelf. 'It's the best one on the market. It does everything. I even got it in your favourite colour,' she says, her eyebrows dancing in my direction.

'So thoughtful,' says Dad quietly. I can tell he's trying not to seem mortified.

'Careful, though,' Michelle warns, leaning into me as her face becomes very serious. 'Walls are thin here . . .' She then proceeds to make vibration sounds, her head wobbling about like she's a sodding latex willy.

I cover my face with my hands, utterly embarrassed that she's talking like this in front of Mum, Dad and Ted. I don't imagine any of them have even seen one of these until now.

'Anyway, it needs batteries. I've included them but you might need a little screwdriver to fit them. Dad, can you help? Ted?'

'Ye—'

'Of co—'

'No, no!' I shout, cutting off both men as they begin offering up their services and running the risk of taking our relationships somewhere I'd never want them to go. Covering up the box, I wedge it down the side of the sofa. 'I'll sort it later.'

'Right-o,' says Ted, his eyes still transfixed by the box.

We're all still camped around, unsure how to move past the thought of me using this green penis-shaped toy.

Michelle howls with laughter, she's loving how awkward we're all being about this. 'Make the most of it. Stu won't come near me and I can't even reach down there to sort myself out. I'm living in a nightmare of frustration.'

My face creases into a grimace, trying to block out the image of my heavily pregnant sister attempting to masturbate. Too late. It's there in all its awkwardness. Eurgh! And I mean 'eurgh' because that's my sister and my unborn niece or nephew she's trying to navigate her arm around, not because I think it's an act to be embarrassed of. I simply don't want to be thinking of her in that way. Also, she's *so* pregnant. It's no wonder Stu isn't too keen on the idea of 'banging' her in her current state.

I unscrew my face, hoping it's safe to do so, but I look over to see Michelle staring at me with a huge smirk on her face, fully aware of what images and thoughts she's placed in my head. Bitch.

'Do it for me,' she mouths, absentmindedly rubbing her bump as she says it.

I mean, there's not a doubt in my mind that I will be unboxing Ann Summers' finest as soon as I get some alone time, but I'm not going to be thinking of her while I do so!

I flipping hope not anyway.

Mum shuffles out of the room along with Ted, who's offering to carve the turkey, which we know is totally ahead of Mum's schedule. Meanwhile, Dad busies himself with a box of chocolates, taking an awfully long time to decide on the deliciousness of the hazelnut noisette Green Triangle – which is always his first choice.

'Thank you,' I mutter, while tapping the box, fully aware that my face is bright red.

'You. Are. Welcome!' she smiles back.

My phone bleeps again, and I'm grateful for the distraction. This time it's Connie.

The last time we talked was so weird and, rather surprisingly, we haven't spoken since. Seeing as I was a dick to Dad last night, I'm inclined to think I might be seriously at fault with the way I reacted to her news. If I were watching myself in a film I'd say I'm stereotypically pushing away those close to me to stop more pain occurring. Severing ties so they aren't in a position to hurt me further. For instance, when Connie runs off with Matt and becomes a hugely successful author.

I'm an absolute twat face.

I open Connie's message.

> Merry Christmas, babes. I hope you know I love you to the moon and back. I don't think I tell you that enough, but you should know you're the Thelma to my Louise. There's no one else I'd rather leap over the edge with. Xxx
>
> Regardless, I'm still not joining that choir.
>
> Seriously.

And that's why we're best mates.

I thought today was going to be a challenge to get through, but two lovely texts, a glass of port and one vibrator in, and it's actually turned out to be a huge success. It feels nothing short of a Christmas miracle.

Michelle and Stu leave just after the *Doctor Who* special has ended, and Dad decides to take up their offer of a lift home. After a busy day, Mum and Ted fall asleep side by side on the sofa, leaving me to find companionship in the bottle of Baileys I tried to flirt with earlier. The smooth, creamy, punchy liquid goes down a little too easily, so I quickly pour another one, although this time doubling the quantity.

I sit in the kitchen of the house I grew up in. It's all pretty much the same as it was when we all lived here, which is probably why I still feel so at home here. I'm so lucky to have this place to come to, but it's time to sort out what I'm doing.

It's time to be a grown-up.

Merry Christmas! Hope you're having a good one. Can we meet up next week to talk about the flat? We haven't spoken at all since the last message and things haven't moved forward at all since as a result. I'm happy for you to buy me out, but if not we should sell it. The sooner it's all done, the better for both of us.

I press send and then go on to Facebook, having a little stalk of the people I've collected over the years, some of whom I haven't even interacted with since I first became 'friends' with them.

A mate from school, who's younger than me, has just got engaged after popping the ring under the Christmas tree. Another couple, Syd and Clara (the ones with the sloppy brown proposal), have posted a video of them telling their parents they're expecting a baby. Oh joy. I'm yet another step behind.

Half an hour passes in a blur of proposals, winter sun, ski slopes and Christmas magic and slowly the excitement and happiness of earlier wanes. The same Christmas disappointment falls on me, just as it has for at least the last six years. I've held an expectation, and a hope of marriage. The same ruddy hope that's caused my heart to be butchered. All caused by the man I loved. Love. I'm not sure which yet.

Every year was the same. In the lead-up I wondered whether *our* time was upon us. Wondered so much I'd snoop around the house like Sherlock Holmes, rattling every wrapped gift I could find, trying to identify its contents. I'm not too proud to admit I unpeeled the sellotape on one occasion. I was a woman possessed. I wanted to know if my desperation was about to stop. The Swarovski earrings might've been gorgeous, but they were no substitute for an actual ring. They weren't the diamonds I was after. Instead they stared back at me, mocking my hurt heart. I felt stupid as I wrapped the gift back up, of course I did. But I was glad to get that deflated feeling out of the way before Christmas Day arrived, because I knew I wouldn't get those as well as a ring.

I'm aware that marriage isn't everything. That it should never have identified me as a person, but it's hard to be that rational when you want something so badly. I wanted the traditional set-up – marriage then kids. Now I don't know when I'll ever get either. Or even, *if* I'll ever get either.

I feel the ache of my lost dreams as I see picture after picture of happy smily couples sitting around a Christmas tree, showing off baby scans or pictures of a newborn baby dressed as an elf. Sadness once again engulfs me.

I think you were wrong, and so was I. You were wrong for not believing in everything we've built over the years. I was wrong for thinking I'd failed us. That's not true. You failed us by not believing. We could've had a very happy life together and I'm devastated that you've tossed me and our unborn kids aside to try and find whatever it was you think is missing. I gave you my all. So much so that I don't know who I am any more. You were me and I was you. Do you get that? Do you look at the key bowl and think of me? Do you imagine talking to me on the phone or go to send me a message and then remember? Do you miss me like I miss you? Some days do you wish your memories would just disappear?

At the very second I press send a notification pops up with a message from Ian.

I'm on holiday next week

He's clearly sent it before my second message reaches his phone, but him sending one line of text (without even the decency of a full stop at the end) when I've tried to be diplomatic in my earlier text grates on me. And it seems he really is moving on with his life, as he's going away. I feel a fool for the emotional slop I've just sent him and annoyed at myself for going there after weeks of restraining myself from getting in touch.

Fuck you!!!!!

I type out the two words hastily, adding more punctuation than necessary to hammer home my point.

I switch off my phone and go to bed.

# 22

I wake up feeling shit, and not because I downed five glasses of Baileys and ate far too many pigs in blankets, Yorkshires and After Eights. It's deeper than that. I feel sad, as though everything has hit me all over again. It's crazy how a few little words pieced together in a careless manner can cause a huge shift in how one manages to cope.

I let out a groan and look around my room. The room that was mine throughout my childhood but has since been decorated to my mum's taste. After a few days of being back in here I decided to put up some old posters that I'd found in the cupboard to put my own stamp on it. One is of the actor Billy Buskin looking smoulderingly at the camera, the other is of the Spice Girls giving their best Girl Power signs while on the set for the 'Say You'll Be There' video shoot. They all look cool and badass. They made me chuckle when I put them back up, a throwback to some other time, but now their presence makes me feel childish. Some things should most definitely be left in the past where they belong. Take thongs, for instance. They've gone now. I gave them a good bash, but they aren't for me. It's a fact. I was constantly pulling them out of my crack, and yes, I know that's where they're meant to sit, but I felt like I was living with a permanent wedgie. The last straw was when I was walking around Budgens looking for rosemary. I could feel the material snuggling its way to where it wasn't welcome and so gave a tug at my trousers and underwear underneath while performing a little leg wiggle along with a mini squat. Only when I looked up, halfway through the action, did I notice the handsome man looking at me with disgust while holding a packet of Mr Kipling mince pies. I think Sisqó was wrong. Men don't like thongs – not the realities of them anyway.

Pondering on the thought of my undies, I reach for my phone and am surprised to find it's switched off. Then I remember and a feeling of dread creeps up on me, with humiliation not too far behind. I should never have messaged Ian, not on Christmas Day, and especially not when I'd been drinking. Yes, we have to sort out the flat, but nothing much is going to be done in the next week when everyone is closed.

I bash the phone against my forehead before turning it on, my heart sinking further as the Apple symbol shines into view.

I get an instant notification that I have four messages, all of which are from Ian.

Fuck!

I also have another text ping through to tell me I've missed three calls from him.

Double fuck!

I click on his name, my eyes squinting at the screen, partly because it's so bright and my head hurts, but also through fear of what those four messages might say.

Are you OK?

Lizzy, can you just message back and tell me if you're all right?

For fuck's sake, Liz! Your phone keeps going through to answerphone.

OK, I've just spoken to your mum after calling the house phone. She wasn't too pleased to hear from me, but I made her check on you. Turns out you're just asleep. You scared me, Liz. I didn't know what to think after your message.

This is shit, of course it is. The life we thought we were heading towards has vanished. I know that was my doing, but I hope one day you'll thank me for it. Maybe not actually thank me, I know I've hurt you too much for that, but you get the point. You deserve more than being married to someone who asked simply because they thought it was the right thing to do. I'll always regret not being in the place you needed me to be, but it was for the best.

I do think of you. The smallest of things make me think of a place we've visited together or a film we've watched on our sofa. I even sat through an episode of New Girl the other day. It was on and I didn't want to switch it over. It's weird that you're not a part of my life any more. That you aren't here with me. Maybe you're right and I should've had more belief in us. I just couldn't shake off my doubts and so acted the way I did. Perhaps if I'd have voiced what was going on in my head earlier things would be very different, but what good are 'what ifs' now? They're pointless and won't help us move on.

In my opinion we should sell the flat. I'd be happy for you to buy me out, but I'm guessing that's not what you want seeing as you left rather than kicking me out, and you're offering to sell your share rather than buying mine. This place is us. But we aren't here any more. It's time to start anew.

I'll ring around a couple of estate agents whenever they're open again and organize the whole thing. I'll try and make it as easy as possible for you, unless you want to get involved, of course.

Merry Christmas to you, Lizzy. Ian. Xxx

I scroll up to my last couple of messages to him and realize he thought I'd ended my life.

I guess they could be read in that fashion. Plus, people you would never expect to take their own lives do, so you never can be too sure. The last couple of months have been overwhelming. I've struggled. Even though I've tried to put on a brave face, I've found it difficult to accept that I could be rejected so easily. It's been saddening to think that someone I invested so much in could just decide they don't love me. It has made me wonder if I'm good enough, even if at times it might seem to others that I've moved on. I'm not sure there's a limit to how long grief lasts, but I know it'll soon feel easier to cope with. It already does occasionally . . . but I've never contemplated suicide in the times it hasn't. It's not a thought that's entered my head. It's been a horrible, scary time, but it is what it is. I have to ride the storm. I wonder if I've been doing as much as I could be, or if part of me has been holding myself back and keeping things safe.

I keep looking over at Ian's message. It's the most he's communicated with me since that night – or perhaps even before. We haven't been the best at sharing our feelings and, like Ian's written, if we had things could've been different.

I wonder how he felt last night, thinking the worst. If Mum hadn't picked up the phone, would he have driven over and bashed our door down? The thought sends a chill down my spine. I hadn't sent a cry for help, like so many others do. I'm not stronger than them, or less crippled by heartache – but I know there's a way through the fog. I can already sense myself wading through it.

> I'm so sorry I scared you. I was angry and turned my phone off.
>
> I just don't understand how we got here – but here we are.
>
> It would be great if you could sort out the initial listing with an agent. The flat was still looking in good shape when I left, so it should be camera-ready without causing too much of a hassle for you. I'll come empty my stuff once it's sold.
>
> Thank you. x

I've never hated Ian as much as I thought I did. It's hard to feel that way towards someone who's held your heart for so long. Now I just have to learn to fall out of love with him and help myself move further forward. Moving forward . . .

I get out of bed, my head banging as I go, and grab hold of a pen and the notepad I used to write poems about Henry Collard in, the one containing my lists of the various stages of my life, and decide to put pen to paper.

*I don't blame you as much as you think,*
*Even though this whole situation stinks.*
*It's hard to believe we are at this point now,*
*We barely bickered, let alone rowed.*

*Or maybe we did and I've started to forget,*
*To stop myself becoming full of regret.*
*For all of the things I could've done or said,*
*To keep you happily in our bed.*

*You are a fool for letting us go,*
*I had big dreams for us, you know.*
*It was more than a wedding, or gloating to friends*
*I longed to be with you until the very end.*

*But now I'm me and you are you,*
*Living our lives as singletons do.*
*Without my sidekick by my side*
*And no one to kiss before sleeping beside.*

*One day I'll be happy, and you will be too,*
*This is a blip for us both to get through.*
*Please know that I loved you with all of my heart,*
*And that thoughts of you linger like a bad fart.*

It's not my best work, but the last line tickles me.

I'd forgotten what a great emotional outlet poem-writing was. Feelings and thoughts having to be worded rhythmically so that they fit together like a nice little puzzle. It's creative and organizational all at once – like a mental HIIT class for the mind.

I close my notepad, grab my phone and go straight to the Facebook app. I never understood people who weren't on there, letting the world know what they're up to while making themselves available to anyone they've ever come into contact with. In fact, I'm always suspicious of anyone I meet, be it friends from school, colleagues, or clients, who doesn't have an account. It's as though they have something to hide. And that's saying something when I think of the people on my timeline who share the most senseless things: like the modern-day chainmail that'll render you sexless for the next seven years if you don't copy and paste it into your own status update within a minute of seeing it (the joke's on me here because I never did); the racist videos or political statuses that make you wonder why you even befriended a particular person in the first place. It's mostly a load of time-sapping drivel that leaves me disappointed with humanity or, as I've certainly experienced in the last few years, feeling like I'm failing in life thanks to my constant comparing.

For the first time I understand.

For the first time ever I realize I don't want this vortex in my life.

For the first time ever, I decide I want to get rid of it.

Part of it is a need for privacy and not feeling like my life is being used as entertainment for others, and the other factor is that I don't need to know what people from my past are up to. If we've not spoken in the ten years since we left school – and I mean *actually* spoken, not just liked each other's posts or written an obligatory Happy Birthday once a year – then we aren't friends. Not in the slightest.

Why would I want these people seeing private moments in my life? Why would they want to see them? And why would I want to see their special moments with other halves I've never met? I don't need to see Jenna Hearne's pictures of a bride and groom I don't even know – two more people who beat me to the altar.

No, thanks.

With complete clarity it dawns on me that another love affair has come to an abrupt end: my one with Facebook. It's neither of our faults, but we aren't doing each other any favours right now. I have nothing else to give: there will be no defiant posts about my break-up, no mysterious passive-aggressive quotes, or fake 'my life is great' pictures.

I go into my settings, enter my password for the last time and press deactivate.

I don't feel euphoric as a result. Just empty. At some point I know the lack of burden will make me feel lighter. That's something to look forward to.

I roll back under my duvet. I don't really fancy moving too far from here today. In fact, I don't particularly want to do anything but sleep.

I close my eyes to do just that.

# 23

'Oi, get up!' Dad laughs, banging on my door as he enters my room.

I groan at him, holding my covers even closer to my body in protest at being woken up.

'You said to be here for ten!'

I notice he's in his running gear and give another whimper.

'You'll feel good when we're out there,' he says, leaning over me and planting a kiss on my forehead.

'Who on earth told you that?' I croak. 'They're liars!'

'Come on. I'll go make you a quick coffee while you get dressed.'

I let out a yawn and rub at my face, taking a deep breath as my eyes land on my posters once again. They're the catalyst I need. Before getting into my running gear, I peel back the covers and take them down, folding them neatly and putting them back in my wardrobe with the rest of my belongings from the past.

I turn back to my bare wall and finally see the potential of it.

By the time I'm dressed, Dad's standing at the bottom of the stairs, holding out an espresso cup for me, and fifteen minutes later we're jogging up country lanes and I'm at the end of telling Dad about messaging Ian.

'It might not feel like it, but this is all good, Lizzy,' he encourages.

'I'm not so sure about that,' I puff, feeling the strain of holding a conversation while we keep up a steady pace. As difficult as it might be, the action keeps the words spilling from my mouth without the luxury of allowing myself to overthink what I'm saying. 'I imagine he'll start meeting women soon. Dating again.'

'That'll be tough,' Dad nods, knowingly.

'He's probably already started.'

'Maybe . . .' Dad sniffs.

I think about him and Mum. Even though he ended things with her, Ted has come into her life and filled whatever void he left behind. She's found a new love to share her life with. Dad hasn't met anyone since leaving her. Instead he has remained alone for the last fourteen years. I don't think he's even tried to find a companion.

'*You* should start dating, Dad,' I say, quickly glancing at him so that I don't misjudge my footing and trip. 'Find someone nice to spend your time with.'

I notice his eyes widen at my words, I've clearly caught him off guard.

'It's been a while, Dad, I know. And I'm sure, like me, you're going to find the whole thing daunting, but why not? You've got nothing to lose. You might actually love it,' I say, giving him the pep talk I'm sure he'll be turning back on me soon enough.

Instead of answering, Dad pushes forward, his long legs running stronger and quicker as he rushes ahead. He's so fast I find it difficult to catch up. It's as though some external force has a hand on his back and is pushing him along.

He continues running like this for what feels like an hour, but is probably only a minute or two. All the while I wheeze behind him, struggling to reach him. Eventually I spot Dad in the distance bending over, gripping hold of his knees.

'Dad?' I shout, laughing loudly as I get closer, even though the exertion has sent a searing pain across my chest. 'It's like you had a rocket up your whatsit. That caffeine has definitely kicked in.'

'Sorry, I . . .' he says, shaking his head as he turns away and looks at the view. Farmers' fields surround us, just rolling countryside for as far as the eye can see. A light frost covers the ground, making it glisten in the low winter sun. The bare trees stand tall and strong, defiant and proud in their nakedness.

I take a deep breath and soak it all up, enjoying the fact we've stopped.

'Fancy sitting for a bit?' Dad asks, walking to a wooden fence and cocking his leg over it so that he can perch comfortably. He gestures at the space beside him.

'Yeah, all right,' I say, with a shrug. We've not been doing this long, and I'm still happy to take a rest whenever I can. 'It's going to kill starting again now we're warmed up, but on your head be it!'

I join him on the fence, rubbing at my heaving chest, which has thankfully started to forgive me. The pain is subsiding.

Now we've stopped I'm aware of just how frosty it is.

I put my hands in my hoody pocket to warm them up and find an unopened cigarette packet. After my thong dance in front of the bemused handsome stranger in Budgens a few days ago, I decided to cross something else off my list of things to revisit. Smoking. I bought a packet of menthols and a lighter before bumping into one of Mum's neighbours on the way out, so didn't get the chance to light up. Instead I left them in my pocket and forgot about them until now. I instantly feel naughty, as though I'm a teenager hiding them from my dad before a night out with my mates.

'Elizabeth . . .'

Oh shit, I think to myself. He knows! He must've seen the packet sticking out of my pocket. I was always very good at hiding my social habit back in the day, but I'm out of practice.

'This is a really difficult conversation to have,' he says, taking a deep breath and turning to me, before fiddling with his hands.

Here it comes.

'I don't know where to start,' he wavers, shaking his head as worry and concern spread across his face. 'I've had this conversation so many times in my head, even practised it in the bathroom mirror.'

He's not about to start talking about the lung cancer provider sitting in my pocket; I've no idea what's going on. The frown he's wearing and the intense way he's talking scare me.

'What is it?' I ask, feeling for him as he struggles to voice whatever it is he wants to talk about.

'I've reworded it so many times, wanting to make sure I say everything clearly,' Dad says, finding it difficult to look me in the eye, even though I can tell he's trying to. 'The problem is I don't want to upset you. But it's me. It's who I am, and although it'll be a shock when I say it, please know that it doesn't change anything between us. I'm your dad, and being a dad to you and Michelle is the most important thing in the world to me. It always has been.'

'Dad?' I say, reaching across and holding his hand. 'It's OK. Whatever it is, it's fine.'

'I need to get it out,' he says, aggravated with his own hesitation.

'OK,' I nod, calmly encouraging him.

'I need to come out,' he explains, expelling a huge breath as he says it.

'Yep,' I agree, patiently waiting for more.

'Yes,' he says flatly.

'Go on then,' I prompt, wondering what on earth is eating him up so badly. I've never seen him like this before, so whatever it is clearly means a great deal to him.

'Lizzy, this is me coming out,' he says, his eyes meeting mine.

'Pardon?' I ask, my voice going up an octave. I'm not sure I'm hearing him correctly, or whether what he's saying means what I think it does.

'Out,' he repeats. 'I'm gay.'

I sit and stare at him, aware of his own eyes doing the same back at me, reading them for any emotion or sign of how I'm taking his news. News? Confession? Admission? The words that tell me my dad isn't quite the person I thought he was. The words that imply he's been living a lie my whole life.

'Are you sure?' I ask, my voice soft and low. 'You were married to a woman for almost two decades.'

'I was. Yes. Didn't turn out how I wanted it to though . . .'

It might be said as an attempt at a joke, but neither of us laughs. I'm too confused to even raise a smile, finding his words sadder than perhaps they're intended. My mind is like thick cement, or a computer that's gone into meltdown, with everything and nothing going on all at once.

Knowing he has to give me some more information, or some guidance on how to react to what he's saying, Dad takes a deep breath before opening his mouth – his words tumbling out with great feeling, worry and desperation. 'You have to know that I adore, respect and was absolutely in love with your mum for a very long time. I still love her dearly,' he pauses, looking up at me to hammer home his point. 'Lizzy, I knew who I was from when I was six years old, but I feared others wouldn't have accepted it. I was scared of what I felt, and was scared of being lonely, of being different and isolated. When I met your mum there was an instant attraction. I knew she'd make so much of me content, and I fell for her quickly. She was fun, and a huge carer. I felt safe with her in my life. Even though I was incredibly happy for the majority of our marriage, I knew something wasn't quite right. I was continuously dishonest with myself. Trying to tell myself that the thoughts I was having were just me being silly, or even normal for a person to ponder. As if a mind wondering longingly towards someone other than your mother, a man, was a normal thing to happen in a marriage. You can't control your thoughts, they simply flit freely, of course they do. I'd try to shut them away. I spent a long time doing that. I thought if I accepted the truth I'd be letting everyone down, letting myself down. I had to be crazy for even contemplating leaving what we had. We had a happy home. Things were great. But it got to the point where I couldn't live the lie I was living any longer.'

'So you divorced Mum?' I ask for clarity.

'That was the start of it,' he says sadly, his fingers tapping on the wooden plank we're sitting on. 'It was a rather tepid attempt at learning who I actually was . . . I told your mum. I couldn't go without giving her a proper explanation. I gathered it might help her to know that it wasn't anything she'd done, that there was something inside me that was crying out to be listened to,' he says, his hands on his heart.

'And it helped Mum?' I ask, already knowing the answer having witnessed her crumble.

'It made everything far worse to begin with,' Dad says thoughtfully. 'She felt duped. As though I'd conned her. I understood, of course I did. I'd ripped the rug from under her. I didn't know who I was, but I knew I'd never be who I could become, or even be truly happy if I didn't accept myself for everything that I am.' Tears spring to his eyes as he looks up at me, his face twisted in torment. He doesn't appear to have found comfort in coming to terms with his sexuality. Rather, he's caged himself in and isolated his life further by only lightening the load by half and somehow tripling it in the process.

'You've continued to live with the lie, Dad,' I tell him, squeezing hold of his hand while pulling him in closer. 'Why not tell us at the time and do everything at once so that we all knew what we were dealing with?'

'It wouldn't have changed anything and I needed time,' he shrugs, his head shaking at the thought. 'That would've been too much. I could never have left if I had to break your hearts too.'

'But our hearts were already broken, Dad,' I say honestly. 'We would've understood and would've benefitted from the truth.'

'You say that, but you don't know how you'd have dealt with it back then,' Dad frowns, brushing off the idea. 'You were teenagers, caught up in your own dramas of boys and exams. I needed to process it on my own.'

'I guess it doesn't matter now anyway,' I say, realizing that nothing can come from this thread of conversation. Dad decided not to tell me until now. Instead he's been trying to work things out on his own. It's admirable really, although strange to think there's a whole side of Dad's life that I know nothing about – even if Mum does.

'No wonder you all get on!' I think out loud, my thoughts turning to the way Ted is so welcoming of my dad and never seems threatened by the presence of my mum's ex-husband. I don't know many men or women who'd be so trusting and forgiving. I've pondered over how lucky I am in the past to have divorced parents who are still so close, and was always short with Ian if he questioned it at all. I know it's not normal to have divorcees live in each other's pockets, but the truth is I didn't want to start poking around into the reasons behind their bond. They'd fixed their friendship after a turbulent few years and had got to the point where it worked. It meant we could all be together, and that's all I needed to know.

'It wasn't plain sailing. It took time . . .' Dad says, his teeth pulling on his bottom lip and turning it red as he looks out at the view in front of us. 'Your mum, once the shock had decreased and once she stopped loathing me – she came to me one night and really listened. It meant so much to me. Despite the big secret I'd been keeping, she knew everything else there was to know about me. There was no one better to hear about the part of me that made me complete, for she'd already seen all the other pieces and knew how I slotted together and functioned. It was so hard. She had no clue.'

'You're pretty good at playing it straight, Dad.'

He dips his head and gives a chuckle into his lap. A tear drops on to his grey Adidas jogging bottoms. He wipes it away and looks up at me. 'That's exactly how I'd describe it – playing at being something I'm not. I didn't know how to juggle these different sides of me and turn them into one whole human. Liz, I've wanted to tell you for a long time,' he says, his head turning to face me. 'I haven't liked you not knowing, but there's never been a right time.'

'I imagine there are no guidelines for coming out to your offspring,' I offer.

'No . . . although recently I've read some great blogs and articles about it.'

'You've been Googling it? Dad!' I gasp.

'I wanted to take care over how I told you.'

'But you know us better than some sodding writer you might've found online!' I tell him, hurt that he didn't see that.

'I was procrastinating,' he says, holding his hands up to calm me down. 'Looking for the perfect way was my excuse to prolong the inevitable.'

'What about Michelle? Does she know?'

'Well, yes,' he says, his lips pursing as his throat makes a grunting sound. 'There was an incident.'

'Oh God, she didn't catch you with a man, did she?' I gasp, my mind starting to picture what she might've seen, my eyes squinting shut to stop it.

'No. No. Not at all,' Dad says, looking embarrassed at what he rightly imagines I'm thinking, which makes me feel for him even more. 'There was an app, a dating one for . . . men like me. I was persuaded by a friend to put myself on it. One of Michelle's friends used the app and saw me on there. He didn't for one second think it was actually her dad. So he told Michelle someone was using a picture of me on a fake profile. She set up a fake profile of her own and arranged a date with the person so she could address the situation,' he tells me, his fingers rubbing along his forehead.

'Of course she did,' I say, feeling myself cringe for my poor dad.

'Needless to say it was quite a surprise when I walked in,' he says, glancing across at me.

'How did she take it?' I ask, thinking of my loud,

brash, self-absorbed sister and how she overreacts to most things in life. 'She inadvertently set a trap to drag our dad out of the closet. It can't have been pretty.'

Dad thinks for a minute, one side of his lips creeping upwards. 'She laughed.'

'Laughed?' I repeat, confused. 'Surely you're not talking about our Michelle!'

'She did,' he says, beaming at the memory. I can't imagine what it must be like to carry around such a weight and then to have a large portion of that worry taken away. That's clearly what Michelle gave him with her reaction that day. She gave Dad her blessing to be himself. 'It was the shock,' Dad offers, continuing to give his account.

'I can understand that,' I nod.

'She's been great about it.'

'Dad, what made you think my reaction would be any different to hers?' I ask, because although I'm happy that Michelle has helped Dad in the same way that Mum and Ted have, I'm sad he didn't come to me and let me be a part of this with him. 'Why didn't you trust me with your secret?' I ask.

'Lizzy, please forgive me for saying this,' he says, a frown reappearing. 'It wasn't about you at that time. I needed to find out who I was before I could start thinking about helping someone I love so deeply absorb my truth. Michelle found out when I wasn't quite ready for you two to know – but now. Now, I need you to see me for who I am.'

With those words my dad's handsome face caves. He tries to compose himself, to pull himself back together, but the emotional weight is written all over his face. It's etched in his wrinkles, in the tears in his eyes and the way his lower lip nervously wobbles.

'Dad! I've always seen you for exactly who you are,' I exclaim, my words coming out with a squeak. 'You're my dad. You've been my hero for as long as I can remember. A preference for men over women would never change the love I have for you.'

I reach to put my arm around his shoulders just as he does the same to me. We share an awkward hug while still perching on the wooden fence, both cold and clammy from the start of our jog.

'Hold on,' I say, breaking away from him. 'Is this why you've been running with me? So you can find the right moment to tell me?'

'One of your mum's ideas,' he says, looking embarrassed.

I chuckle as I pull him closer.

'Dad?'

'Yes?'

'I have a packet of cigarettes in my pocket . . . would you like one?'

Sitting there, feeling my insides burn as I inhale, the two of us giggling like teenagers, I look at my dad and am hit by our similarities. Not just the physical attributes, but also the fact he was forced to look at himself and assess whether he too was who he was meant to be.

His answer was no, and he's spent the last fourteen years learning to be happy with who he is.

What an inspirational man to call my dad.

# 24

Dad's revelation spurs me on. I know I have to stop looking back to the girl I once was and allow myself to discover the woman I am now. I also have to move away from comparing everything to my life with Ian and wondering whether each like or dislike was led by him. I have to move on from 'us' and find myself, focusing on 'I' instead. There's no more we, only me.

With New Year's around the corner I fight off the urge to write yet another list of things I need to change about myself. Instead, I grab my Spice Girls poster from the cupboard along with a pencil case filled with felt tip pens. I turn the poster over so that I can no longer see Baby, Scary, Ginger, Sporty and Posh, and start playing with my pens.

Half an hour later I've created a brand new poster. In turquoise and pink capital letters filled with patterns and doodling, I've written:

DO, DON'T DOUBT.
DO AND DISCOVER.
DO AND FEEL THE LOVE.
DO IT FOR YOU.

I get some Blu Tack and stick it on my wall, although this time I place it closer to my bed so that it's one of the first things I'll see each morning when I wake up, a little piece of inspiration to keep me going forwards. The only direction to go in life is forwards; staying put and pressing pause is simply not an option. The sooner I get that into my head, the better. It's so easy to fall backwards and wallow, but I'm not going to achieve anything that way. I need to strive forwards so that I can see life with clarity. Although my talk with Dad has made me realize that even those you think have life figured out actually don't. So maybe not knowing exactly who I am meant to be right now is fine, although it's my duty to myself to nurture and encourage the 'me I'm meant to be' to come out and not hide away. That starts by cancelling my self-pitying plans of staying in bed on New Year's Eve and actually putting myself out there so I can mingle with people in the way I used to love doing.

I've just got to hope people haven't already made plans I can't slot into. I felt so exhilarated after my session with Jodie Craig and the choir, but over Christmas I have felt myself slowly sink back into a darker place. Dad's honest chat has given me an extra boost to continue moving forwards and finding a life I enjoy.

First up, I message Connie.

Fuck it! My bed can wait. Let's go out on NYE! Bring Matt too. It'll be nice to get to know him better so that he doesn't think I'm a complete loser for the rest of time! I'm thinking London if we can find somewhere? Might ask Natalia . . . or is that too weird seeing as I want a job from her? I mean, we have already bonded over shots so it shouldn't hinder my chances . . . right? Xx

It doesn't take too long for her to reply.

London, hey? Sounds ace. Let me have a think about where. Ask her. She'll say no if she thinks there's a problem with blurring the employer/employee relationship. But everyone goes out with their bosses these days. I regularly get drunk with Trevor and tell him all the things he's doing wrong with the company. He doesn't mind as I have him dancing along to Abba by the end of most nights out. So yeah . . . invite her. We're all humans after all! X

Part of the reason I asked Connie about Natalia is because I didn't want her feeling I'm bringing someone in to replace her, or that she's become my latest obsession. I haven't had to make new friends in years, and I'm feeling rusty and awkward as a result. I am also genuinely concerned that me asking her out is pushy, but something in my head is telling me to do it anyway. So my head and Connie propel me into messaging Natalia.

Me again! Hope you're having a nice break. Connie, her boyfriend and me were thinking about heading into London for NYE. Fancy it? We've no idea where yet. Xx

Short, simple, and to the point.

Break? I feel a nervous wreck. Like there's so much I should be doing but can't because everywhere is closed for Christmas. I should've booked to go away really. Next year you'll have to remind me. ;-) Listen, most of my mates have decided to do romantic New Year's and keep it quiet, so me and my mate Alastair have booked into this club. It could be horrendous, but it might be fun. I know the owner so will sort a few extra tickets. Xx

I message Connie before accepting.

Natalia has sorted a club but invited us along. Xx

We're there!! Xx

I'm exceptionally happy about spending time in a club with mates, old and new, as it ticks one of the things I wanted to do off of my list in the quest for self-discovery. I wanted a big night out, and here it is. I used to have so much fun clubbing, it's bizarre to realize I haven't set foot in one in about seven years. Not since we returned from uni, and even in Sheffield we'd decided that clubs weren't really 'our' thing. In hindsight, I think I'd have gone with it a bit longer if I'd had the chance and if Ian had been into them too, but I was too busy playing at being grown-ups.

The main concern now is what to wear. I've no idea what is classed as acceptable in a London club on New Year's Eve, but decide a trip into the loft is in order.

It doesn't take me long to locate what I'm looking for – a suitcase of clothes I'd left at Mum's when I returned after my first year. I almost put my back out carrying it down from the hatch, but soon enough it's resting on my floor and I'm unzipping it.

I'm greeted by a variety of very small clothes. Small as in there's not much to them, but also in size. They just look tiny in every sense. I hold up a corduroy cream mini skirt and immediately screw up my face as I take it in. I remember it well. It was from Morgan and I'd tried it on at least three times in one shopping session before I caved in and bought it. My hand delves into the suitcase and pulls out the items I used to team it with, brown leather cowboy boots and a tight brown long-sleeved top. I was definitely going for the legs-not-boobs look. The first night I wore this outfit out I felt the bee's knees, or 'the tits' as Connie and I used to call it. Literally, it was as though this outfit gave me the confidence to talk and flirt my way through the night. I can remember chatting to Nelson James, a guy four years above me who I'd always fancied, and feeling like I was sexy as hell. We snogged that night and I'm pretty sure it was down to the outfit I'm now holding in my hands.

Holding the skirt over my hips confirms that I'm definitely not as slight as I once was (congratulations to anyone who still is – but you don't get a medal for it or even discounted clothes for using less material!).

I quickly rummage through the rest of my clothes. There is an air of nostalgia over almost every item. I didn't have streams and streams of clothes, but rather wore each piece to death as I saved up for some more. Items are dated now though or just look thoroughly lived in. There's no real point in keeping any of it. All I'd be doing is storing it back up in the loft to have this moment of reminiscence all over again in another ten years. These clothes are not me, nor are they going to be. With that realization I begin throwing everything back in the case and zipping it up.

After dragging it down the stairs and hurling it into

the back of Mum's car, I take it to the dump. Once more I drag the weight up a flight of stairs which are sitting next to a huge metal container reserved for textile goods. Laying it on the narrow landing at the top, I open it and gather a bunch of my old clothes, before leaning over the side of the staircase and stretching my arms out over the container. Letting go and watching my clothes drop to the bottom feels therapeutic, as though I'm letting that part of me go as I slowly release them from my grasp. I repeat the action until there's nothing left, because I'm not trying to revive my eighteen-year-old self. Even if it were possible to relive that kiss with Nelson James, I have to look forwards.

Grabbing hold of my empty suitcase, I skip down towards the car, feeling lighter as I go.

'Lizzy!' I hear, just as I'm about to duck into the car.

I look up and spot Ian's mum Shirley. She looks nothing like him. She's tiny with cold green eyes and bright ginger hair, which is currently scrunched on top of her head. Her eyes are wide and, most telling, she has her hand over her mouth as though wishing to snatch back the moment in which she brought her presence to my attention.

I think about going over to give her a hug, we've always got on well, but her awkwardness tells me that it might not be the best idea. Instead I retract my leg and stand up straight, leaning on the car door.

'Merry Christmas,' I offer, giving her the biggest smile I can muster.

'Yes . . . I've been doing Mum's garden,' she says, gesturing to the canvas bags of garden waste in her hands with branches poking out. 'I'm a right mess. I'd come over there but I stink so –'

'Oh don't worry! I've got to go anyway . . .' I shrug. It's a lie as my only plans for the rest of the day are going to be spent roaming the winter sales online in the hope I can get some new clothes delivered asap. But she doesn't need to know that. 'I hope you have a lovely New Year!'

'Lizzy, wait,' she calls, the desperation in her voice stopping me from leaving.

I don't say anything as I look back towards her expectantly.

'He's a good boy. Always has been . . . I don't know what he thinks he's playing at. Really, I don't,' she looks at me regretfully and I find myself smiling back.

'Take care of yourself, Shirley. It's really lovely to see you.'

And it is.

Waving as I drive away I realize not everyone is looking at me and wondering what I did wrong in this situation. Some, like his own mother, are looking at Ian and wondering if he's having an early mid-life crisis. Hell, there are probably others who don't even care.

I know I shouldn't even worry what others think about a relationship they only viewed from the outside. It's only now that I realize I probably spent too long on social media adding lovely filters to photos and writing romantic captions underneath, wanting friends and family I rarely see to know exactly how perfect we were for each other. It was for their benefit rather than my own. Their adoring comments settled my insecurities and niggles. They restored my faith in my own relationship. But they can't do that now. Sadly, their shocked reactions to our break-up are occasionally harder to deal with than the split itself, and that's something I've really struggled with.

I've prised my focus away from them and thankfully shifted it on to myself. As a result I've started to realize that, quite frankly, my broken heart is none of their business anyway. It's mine to deal with alone.

# 25

I decide to head over to Connie's before travelling further into town with her and Matt, to where Natalia and her mate Alastair are meeting us. This means I've been able to dump my overnight bag and now only have to concentrate on walking in my heels. I simply don't understand it. I literally lived in them from the age of sixteen to nineteen – I even went to school in stilettos because I thought they looked classy (before Mr Whittle sent me home for being inappropriately dressed) – so why are my feet acting like I've put them in a torture chamber? Honestly, you'd think my feet have never even walked down a hill the way they're behaving. It might've been nice to look back and reacquaint myself with something else I did when I was eighteen years old, but I'm so glad I thought to put a pair of flats in my handbag too, because, I swear to God, they're going on as soon as I get drunk enough not to care what I look like.

Needless to say I didn't bother hunting for a new miniskirt in the shops. I think that ship has sailed. Instead I've opted to pair my heels with some pleather (go me – Ian hated them) leggings, a white and gold cami top and a black and gold sequinned blazer. Connie has found the whole thing hilarious as I have literally been messaging her outfit options since arranging to go out. I'm happy with the outcome, even if I did continue to send Connie crazy with my frantic calls and texts.

Connie has also gone for a black and gold theme, which is something we totally arranged. However, she's wearing a swishy black midi skirt, which has gold diagonal lines that cross over with horizontal ones to make triangles, along with a sheer black vest top and black heels with a dainty lace detail. She looks like she's just stepped off the set of *Sex and the City*.

'So, how have you been?' Matt asks as we make our way through Soho, which is louder and more joyous than normal with people spilling out of pubs and clubs even though it's absolutely freezing, all singing raucously or talking over each other obliviously. There's a buzz of excitement in the air, which is inescapable and contagious.

'Fine,' I shrug, not really knowing what to say. It's taking a huge amount of effort to remember Matt's name, thanks to me continuously referring to him as Mr Tinder in my mind. But whatever his name, he's even more handsome than I remember. He's ridiculously hot, especially in this casual suit look he's currently working. I'm not at all surprised that Connie's hung up her dating shoes and given him her full attention. I'd feel a dick for saying it out loud, but 'hubba hubba'! Seriously. On top of that though, he appears to be a really decent guy. Like, properly decent. Hurrah for Connie.

'Con mentioned you might be moving soon.'

'Well, selling up and hopefully finding somewhere new,' I say, surprised Connie has told him so. 'I don't know whether I'll be buying or renting yet though. All I know is I can't stay at home with my mum for ever more.'

'Maybe you can head into town like me!' Connie sings, linking her arms through both of ours so that we flank her. I'm grateful to be held up as my shoes are already hurting. Pretty as they might look, the heels are starting to rub and I know I'm going to be nursing a blister or two soon enough.

'Ha! Well, then I definitely won't be buying,' I say, just as we come to the back door of the club as Natalia instructed, having walked past the longest queue of people I've ever seen. Our private entrance is literally a plain grey door. It doesn't even have a sign. We come to a stop and ring the buzzer, all of us looking up and down the street to make sure we're in the right place. It looks more like a house than a popular nightspot.

'You might not be buying yet. But it won't be long,' Connie says coyly.

'It might be possible, you never know,' encourages Matt, with a frown. 'I'm happy to take a look if you like? I don't know if Connie's mentioned it, but I'm actually a mortgage broker.'

'I have,' Connie says proudly, stroking his arm.

'Thank you, but you really don't have to d—'

'Well, being up here would make sense for work, too,' Connie says, her face breaking into a grin.

'Where do you work?' Matt asks.

'Chelmsford!' I declare.

'Right . . .' he says, looking extremely confused.

'Not for much longer though,' Connie trills, her eyes

widening at me as the door before us opens to reveal a stocky male bouncer. He's wearing all black, but not the kind of suit like I'm used to seeing bouncers wearing. This looks comfortable, as though he'd be able to high-kick someone out of the building without causing his expensive Italian fine wool suit to tear. His face is stern, moody and fierce. Not one part of him acts as though he's pleased to see us. If anything, he's pissed off that we've arrived, as though we've disturbed his sleep, or taken a bite out of his dinner (no doubt boiled chicken and broccoli). Perhaps we've just interrupted an episode of *Breaking Bad* and he's eager to get back to it. Either way, we're all standing and staring.

'Names?' he yaps, his voice an octave higher than I imagined it to be. More like an excited Jack Russell than an intimidating husky.

'Lizzy Richardson, and this is Connie and Ma—'

'In,' he sharply barks, knocking his head to one side to hammer home his point.

We shuffle in; I even push Connie a little so we can do as he says quicker, and we stand in the small bright white corridor to await further instructions.

As soon as the door is shut behind us his face softens into something more welcoming, making me realize the gruff exterior might be partly to keep trouble at bay. Needless to say though, I'm still a bit wary.

'Cheers, mate,' Matt says, giving him a dazzling smile.

'Bet you're glad to be on the back tonight. It's chaos out there!' Connie adds, winning him over.

'I don't mind it, love,' he says. 'Right, what you want

to do is head up these stairs here,' he says, gesturing upwards. 'Up five flights and Jasmine will be waiting to take your coats. If you're really nice to her she might take you to your table. Have a good night, gang.'

'Thanks,' we all sing. I don't know about the other two but I'm feeling relieved not to be out front queuing in the cold. I would not have been a happy bunny. In fact, more than sixty seconds and I'd have been moaning about going somewhere else. Eighteen-year-old me could queue. Sixteen-year-old me would do anything to get into a club, including removing her trousers and exposing her bra. Twenty-eight-year-old me can't even look at a queue of bustling youngsters for too long without hankering after a comfy sofa and a pair of warm fluffy socks. Why though? It's not as if I'm that much older than them . . . it's not like I've become boring.

Fuck.

Let's face it, I usually go to bed at half past ten. The fact I'm out of the house and wearing clothes is amazing, the added bonus of having done my hair and having make-up on at this hour is nothing short of miraculous. I'm here and I'm happy, even if it is taking every ounce of determination to get my butt up the five flights of stairs in these sodding heels.

When we finally reach her, Jasmine is a delight. She's full of smiles as soon as she sees us scrambling our way towards her, while holding out her hand for our coats.

Beyond her I can hear the thumping of music along with lots of cheering. The party has well and truly started.

'Busy?' I ask her.

'Heaving!' she laughs, revealing an Irish accent. 'You guys should be OK in the VIP section, but even that's cosier than usual. It's seriously mental. You will have a grand night, like, but I'm glad to be up here. That's for sure.'

'You're not going to be cooped up here at the count-down though, are you?' asks Connie, looking bereft on her behalf.

Jasmine's eyebrows shoot up in excitement before she screws her face up and chuckles. 'I don't mean to tarnish your fun, but it's just one night. I've never been one to celebrate the passing of a year. Plus, we'll all have a good time later on, don't yous worry.'

She continues laughing to herself as she leads us through the black double doors behind her and down two flights of dimly lit stairs. The whole thing is very atmospheric with the décor of rich red walls and filament bulb lighting leading the way. Once we've reached the bottom and are standing in front of a rather innocuous fire exit door, Jasmine turns to the three of us with a wry smile before pushing it open. A doppelganger of the first security guard greets us with the same suspicious frown as we enter the room. I merely glance in his direction because my attention is pulled by the sight in front of me and I'm aware that if I don't keep up with Jasmine we're going to get very lost.

There's so much going on in the circular space, which is made up of three levels. We enter at the middle level, which gives us a great view over the balcony of the dance floor, which is located underneath a huge glass dome – the sort I always associate with observatories. It's so dense with partygoers that the bodies seem to move in unison as they go up and down to the beat of the music, which is bass-heavy with a catchy tune from a female singer looping over the top. I don't know the song but it must be a hit as the majority of the crowd have their heads tilted back and their mouths open wide as they shout along to the lyrics. It looks like great fun as they let themselves go under the beautiful pinks, reds and purples of the lights shining and flashing from every direction.

Around the central beacon of delight that the dance floor brings is the rest of the craziness. The bars are bustling with activity. People flirt and chatter at the various booths that are scattered around the edges, while scantily dressed girls and guys are dishing out tequila shots. And there is a lot of nudity in the place. The barmen are topless, while the female staff are in outfits my eighteen-year-old self would approve of. Instead of your standard podium dancers placed around the dance floor to encourage people to let loose (as I remember from back in the day), poles have been placed sporadically around the room and are occupied by both male and female dancers, half a dozen of whom are twisting sticks of fire in the air. It's so unashamedly sexy, decadent and majestic.

I try my best not to gawp as I follow Jasmine up a staircase and into an area that's filled with beds. Not the freestanding variety, but shaggy-covered mattresses that have been sunken into heavily detailed carved oak frames that follow the curve of the balcony, giving an amazing view of the room. Pillows have been piled in the middle of each bed, and the guests cradle them in their arms or recline on them as they talk to their mates or attempt to make new ones.

'You're here!' I hear Natalia shouting as she lunges off one of the beds and comes towards us with her arms open wide. I'm so glad she looks happy to see us and that this isn't awkward. Obviously we had an amazing time at the wedding and have messaged a lot since, but we haven't actually talked properly or managed to meet up, so this could've fallen flat on its face. She looks prettier than I remembered. Her long hair has been curled to look beach-swept and she's had a fringe cut in. She's wearing a skirt like Connie, although hers is a midi-length tulle in mauve, which she's teamed with a white off-the-shoulder bodysuit and cute kitten heels. Her skin has an olive glow that I wish I could bottle up for my own use. She looks stunning.

As Natalia says hello to Connie and gets introduced to Matt my gaze falls on a guy who looks like he's made for the pages of *Vogue*, or maybe something a little more rough and ready than that. His long brown wavy hair has been pulled back into a knot on the top of his head. His chiselled cheekbones create a gorgeously sharp shadow on his face, as does the light stubble of his beard. His outfit of boots, skinny black jeans, a black tee and thin red bomber-style jacket complete his effortlessly stylish look. Yet it's the tattoos I see poking over the neckline that leave me feeling rather flustered. I have an instant desire to see what they are. I might be inclined to say that I've fallen into the realms of being a wanton sex pest mere minutes after walking into this debauched club, but it's more to do with him and an intriguing energy he gives off. He's captivating. I have no doubt that he is an actual Adonis, and feel my jaw slacken at the sight of him.

I might even be dribbling.

'I'm Alastair,' he grins, revealing a northern accent. His dark eyes shine as he jumps up, greeting me with a kiss on the cheek. An actual kiss on the cheek, and not a pathetic air kiss.

Jesus wept!

'Lizzy,' I manage to breathe, while displaying something I'm hoping resembles a smile. I'm never like this. Soppy around guys, or, dare I say it, 'girlie'. But then I've not been single around a man this hot for quite some time. Maybe ever. It was different when I was in a relationship. I was secure in who I was and the relationship I had, which meant I could chat confidently; now I'm questioning myself and wondering if it's just me who's swamped with unexplained desire. This is going to take some getting used to. 'Connie and Matthew,' I say, continuing with introductions while gesturing behind towards my mates, hoping they'll help me save myself from becoming a complete tit.

'I'll get some more drinks sent over now you're all here,' shouts Jasmine over the music, even though it's clear the bottles of what must be vodka and a variety of mixers that have been placed beside our bed are still full. 'Have a good night.'

'Happy New Year,' Connie, Matt and I shout over to her as she walks away.

'I'm so sorry,' Natalia giggles, grabbing hold of my arm while covering her face with her other hand. 'I'm so embarrassed. I didn't realize it was going to be like this. The client is one I've had for a couple of years and he's always asking me to come here. I've always declined – mostly because clubs aren't really my thing.'

'Well, look at what you've been missing out on,' I laugh, gesturing around me. 'It's basically the coolest sex shop I've ever been in, but with a dance floor and glitter ball thrown in.'

'Oh God! Have you been to the toilets yet?' she gasps, this time her hand covering her eyes as though wishing whatever she's seen to be unseen.

'No,' I chuckle.

'Don't . . .' she demands, looking aghast as she shakes her head.

'Mentally scarred,' Alastair jokes, while putting his arm around her and protectively squeezing her.

Natalia laughs at the gesture and bats him away. For a second or two they look at each other with such admiration that it makes me wonder if I've read this right.

I glance at Connie and spot she's noticed it too. She catches me looking at her and raises her eyebrows at me. I know what she's thinking without her thoughts needing to be verbalized. She might as well be making a circle with one hand while poking a finger from the other hand through it.

Sex.

They're having it.

Surely.

Natalia did say they were only mates, and that the other friends in their group had all coupled off, leaving the two of them single and hanging out a lot more. But maybe single means slightly more than that. Perhaps they've got a little 'friends with benefits' thing going on. I'm not one to judge – if I were Natalia I'd definitely be reaping all the benefits I possibly could from *this* relationship.

'Best get comfy,' Connie sings, kneeling as she climbs on to the bed and grabs a pillow.

The rest of us follow, with Matt sliding in next to Connie on one side of me and Natalia and Alastair on the other. I suddenly feel like the third wheel on a double date. Or maybe I'm the fifth wheel – the one that's usually left in the boot untouched and unused.

I'm so glad I didn't try and squeeze into one of my old miniskirts for tonight. I would've spent the whole night worrying about flashing my foof. Not that anyone would notice here when there's so much naked flesh on show.

'What on earth is that?' Connie points.

The rest of us swivel our heads in time to see a stainless steel sink, complete with tap, being carried towards us by three members of staff. Sparklers branch out of it, making the whole thing light up.

'Everything's in the Kitchen Sink,' one of the barmen beams, looking impressed with himself as pillows are moved and it's placed right in the centre of our bed.

'What's in it?' I ask, amazed at the sight before us.

'Two bottles of champagne, two of vodka, and whatever else I could fit in,' he laughs, handing out two-foot straws to each of us.

'Thank you,' Natalia smiles while they're walking away. As soon as they're out of earshot her head spins across, looking at me worryingly. 'I'm going to be shitfaced after this.'

'I'll be lying down asleep on this in no time,' I laugh, rubbing my hand along the comfortable mattress we're all sitting on.

'I'm sure that's completely what they're here for,' smirks Alastair, twiddling his straw between his fingertips.

'Really?' I smile.

'Shall we?' asks Matt, tapping his straw against the stainless steel sink.

Our heads gather together as we dive into the pink liquid as one. It might look questionable, but it's deliciously fruity and bubbly. I pause to give myself a quick warning, knowing that I'm likely to just down a whole litre, forgetting how much alcohol is in it. Pace is key. A marathon not a sprint. I go in for some more . . . it's New Year's Eve, after all.

'This could be the best thing I've ever tasted,' says Connie, who's finally come up for air.

I can't help but giggle. I giggle at the absurdity of everything in this room, and how vastly different it is to everything that was in my life up until two months ago. I giggle so much I find myself laying back on the mattress and staring up at the stunning architecture above us, comparing it to this time last year when we were playing Trivial Pursuit with Ian's extended family, and I was bored out of my brains. There, I admit it. There were times when I was unfulfilled and tired of being with Ian. It wasn't all rosy. We were flawed.

Life has changed, but life under this majestic dome of purples, pinks, blues and reds is wonderful. Seeing people dance, talk and flirt is thrilling. The way people touch, look at and taste each other sends shivers through me, making me remember a time from before when I was the horny minx doing the seducing. Being surrounded by this room full of unrestrained indulgence, and people simply living without a single care is amazing.

I feel good.

I feel free.

# 26

Soon after the sink appears, out comes the food, and I'm so glad it does. I didn't even realize I was hungry until the sensational aromas started wafting their way up my nostrils. Steamed edamame, duck spring rolls, chilli salt squid, some sort of tempura crab roll, Thai prawn crackers and chicken gyoza – it's all spread around us. I don't know about everyone else, but I don't feel like I ever want to leave this bed, even if I have been wedged in between two couples for the last hour.

Minus all the rude things that are clearly going on around us (I'm pretty sure I saw an actual willy appear on the bed next to us a little while ago before its owner and his 'assistant' disappeared), there's no doubt in my mind that this is what heaven must look like.

The thought is confirmed when Sexy Al (I won't be calling him that out loud) passes me a tray with duck spring rolls on.

'Thank you,' I say, opting for the second one in on the plate, as that one looks more loaded and meaty than the rest. There's no point eating like a sparrow in front of him in a bid to impress. I don't believe in that crap anyway and something is clearly going on with him and Natalia, so I wouldn't want to go there even if I did feel like now was the right time to 'jump back on the horse'.

Being with someone else isn't something I've actually allowed myself to think about, but I know there will come a time when I want to. The thought of someone else even seeing me naked or sharing that intimate connection is crippling and heartbreaking – because a large part of me is still wrongfully loyal to Ian and considers it cheating, even though it's clearly not. Ian knew my body, he knew what I liked and how a quick nibble on my ear could get me going. More than that, no one else has seen me completely naked since I was eighteen. I owned my body back then and felt so utterly comfortable in it. But I've not got the body I once did. The legs are still killer, but I'm not as pert and seamless as I used to be. I don't feel so secure about it. Perhaps it's an age thing, or perhaps I've been comfortably in a relationship for too long.

That said, I have needs and haven't transformed into a nun just yet! I should probably be looking around to see what other fish I can tackle once I get my mojo back. It's not quite resurfaced yet, but, rather strangely, being in this atmosphere is helping coax it out of its current hiding place. I feel a yearning brewing and I'm hoping that energy isn't going to be targeted at the beautiful, yet obviously unavailable, specimen in front of me.

'I hear you're going to start working with Nat,' he smiles, placing the plate between us.

Natalia's helping Connie find the infamous sex toilet and Matt has gone off to try and call his nan ahead of the countdown – which clearly makes him the world's most perfect man. This means Alastair and I are alone with all the food and a sink that's still two-thirds full.

'Nothing's official yet. It's just been said in passing,' I say, delighted to hear she's been discussing it, but trying to stop myself from smiling so that I don't seem too keen and desperate. It's impossible, so I let a grin appear before popping a duck roll in my mouth and trying not to make too much of a mess. I'm not one to be strict about not eating in bed (Ian hated crumbs anywhere near the sheets) but this feels like we're pushing that relaxed way of living to the extreme.

'She's feeling you out,' Alastair says, matter-of-factly, in what I've discovered is a Leeds accent.

'Really?'

'Definitely.'

'There's no need, I'd love to,' I admit. 'She seems great.'

'She is,' he nods slowly, leaning towards the sink with his straw.

'How long have you known each other?' I ask.

'Since uni,' he says, taking a sip before sitting back up. 'There's a big bunch of us that are still super tight. It's good for all of us to have that unit here in London – it can be a lonely place.'

'Natalia said you guys see a lot of each other,' I say, remembering her talk about them at Michelle's wedding. The hope is that innocently asking about the whole group will eventually lead to him telling me more about them as a potential couple.

'Yes. We have a weekly pub quiz team,' he says proudly.

'No way! I don't think she told me that!' I laugh. 'I didn't even think they existed any more.'

'Are you kidding me,' he gasps, pretending to be offended before breaking into a cheeky smile. 'We're actually very good too. Well, not all the time, but we hit a winning streak occasionally – it depends if we're all there, or if babysitters don't turn up.'

'You have kids?' I ask, surprised.

'God, no,' he declares, as though the mere thought of it is pure madness.

'I see . . . Well, I think I'd be rubbish at a pub quiz,' I say, even though I don't think that's necessarily true – I have watched every episode of *Friends* at least ten times (and still find them funny), am pretty clued up with 90s pop culture and retro celeb-based facts (for instance I can tell you what Paul Nicholls went on to do once his character Joe Wicks left EastEnders, or why the amazing Beppe di Marco was forced to leave the Square) and, perhaps more impressively, I can remember the names of most common birds (my granddad used to quiz me). I could start sharing the ways in which I am a fountain of knowledge, but I've simply become distracted watching his lips move. Lip-reading is a necessity because of the volume of the thumping music around us, but I'm aware that I'm drawn to them much more than I should be. They have a natural pout, with his peachy-coloured upper lip protruding a tad more than his lower one.

'I won't invite you along then,' he smiles, winking at me.

'So how long have you and Natalia been . . .' I ask, unable to finish the sentence and kicking myself for even starting it. I blame the wink.

'Been . . . ?' he frowns, the corner of his lips finding something amusing.

I shrug, and give a coy smile. I'm not going to say it.

'You do not want to go in there!' Connie chuckles as she and Natalia bounce back on to the bed and sort out their skirts so that they're sitting comfortably. 'There are dicks everywhere. Literally, pictures of great big throbbing hard-ons plastered over every surface, even the toilet seats.'

'It can't be that bad!' I shout over the music, cackling at the horror on Natalia's face; it's clear she hasn't found her second run-in with the bathrooms any easier to cope with.

'I'd have preferred lady bits in there,' Connie says, having given it some thought.

'Really?' asks Alastair with a grin. 'Then you'd love the men's loos! Fanny galore.'

'You mean Pussy Galore?' I correct with a smirk.

'Did you know she was a lesbian?' Alastair tells me, breaking away from the main chat.

'Really? But doesn't the film end with them kissing?' I ask as a memory of them doing so springs into my mind. My mum and dad used to watch James Bond films all the time, especially at Christmas, but I never took much notice of them. Either I'd be playing with my gifts from Santa or I'd be whining at them to turn it over so that we could watch *Miracle on 34th Street* for the millionth time, or perhaps a *Top of the Pops* special. Whatever the case, I'd clearly missed this bit of info when watching whatever Bond Pussy was in.

'Bond *cured* her,' he says, raising his eyebrows at me. 'That was the point of it.'

'Shut up!' I gasp.

'Ian Fleming wrote about it in a letter to someone,' he informs. 'It was the fifties though. The world was full of judgemental, narrow-minded idiots.'

'How'd you find out about this?' I ask, squinting my eyes at him.

'From a pub quiz,' he grins, wiping his hands on a napkin. 'I know a little about a lot.'

'You're a walking encyclopedia. A condensed version,' I laugh.

'You should hear what I've discovered about how they used to cure hysteria,' he says, loud enough for me to be able to hear, before picking up an edamame pod and popping it into his mouth, expertly sucking out the beans.

I'm grateful he's not looking at me, but it's enough to know he's aware that I'm still looking at him.

I go to reply, but nothing comes out. Instead I feel my cheeks flush. I know about hysteria. I remember hearing some actor talk about it when promoting a film on the subject. At some point in history, women with emotional tendencies used to be 'treated' by having their genitals massaged. This led to them having explosive orgasms. The thought of Alastair 'talking' to me about the subject is enough to cause a stir in a place that hasn't been stirred in this manner for quite a while, which isn't that great seeing as he's secretly dating my hopefully soon-to-be boss.

'They should've chosen boobs,' I say with great gusto, turning my attention back to Connie and Natalia. 'They're inoffensive and fun.'

'Then they could team up with a breast cancer charity!' declares Natalia, her face excited. 'You know, a cool one like CoppaFeel!. Then they could promote people checking for lumps and bumps while they're in there.'

'I'd be up for assisting,' smiles Alastair, amused by our chat. 'I'm always up for copping a feel.'

'You're so helpful,' Natalia laughs, putting her hand on her chest as her face drops into something more serious. 'Darling, the way you'd put yourself out for others is just truly admirable.'

'I know,' he shrugs, as though taking one for the team is a tough job.

'Everyone loves to see a good pair of tits, babes,' nods Connie thoughtfully while placing her hands on top of her own. 'I just don't want to see a stiffie. I don't need a bright red, throbbing cock staring at me while I'm trying to pee. I don't think that's too much to ask. I mean, why do they have to look so angry all the time?'

I look over to see Alastair chuckling into a bit of salted squid. I give him a playful shove and watch him collapse on to the bed before rolling off it.

'Sorry!' I voice, rising to my knees and looking over the bedstand, worrying I've hurt him.

He laughs as he pings up into standing, and walks off. 'Toilet break.'

'He's about to be greeted with a whole lot of fanny,' says Connie, causing Natalia and I to crack up.

'Oh, it's so good to laugh!' Natalia shouts, clutching her heart.

'Have you forgotten how?' I giggle, a giddiness washing over me.

'I don't make enough time for it. If it's not scheduled in . . .'

'That's so shit!' cries out Connie.

'I know, I know,' she sings, putting her hands over her eyes as though she's ashamed of how her life has panned out. 'Alastair always tells me that my priorities are wrong. He's even started pulling my phone out of my hands when we're together.'

Together. Everything she's just said literally screams the fact that they are indeed in an actual relationship. I hate to admit it, but my heart sinks at the confirmation.

'You're far too successful for your own good!' chips in Connie.

'It's hard not to run with opportunities when they arise, and I want to make sure I'm giving each client my best. Plus, I know how lucky I am. God, I hate moaning,' she frowns before grabbing a straw and taking a long hard suck of alcohol. Yes, she's doing impeccably well and has a career most people long for, but she's also got a lot of responsibility on her shoulders as a result. Our clients aren't anywhere near the calibre of hers, but even I struggle with their demanding ways occasionally, and have to really be on my toes to ensure they're satisfied with what I'm doing. It must be a lot for Natalia to tackle on her own. No wonder she appears to be so weighed down by it all.

'Right. I wasn't going to go here tonight because we're out in a friends capacity and you might find it weird, but seeing as you've brought up work stuff, I'll say it.' I pause for dramatic effect and to make sure I phrase the next few words in the right way. 'Hire me. You need me!'

Natalia looks up from the sink and straight at me, one side of her mouth rising into a small smile.

'You do!' nods Connie, eagerly.

'I've told you I do,' says Natalia, her eyes shining at me. 'I just haven't wanted to push it.'

'No pushing required!' I laugh. 'I know the business and love your work. It would literally be my dream to be working with someone as talented as you!'

'So you would want to work with me?' she asks, looking surprised as my praise makes her blush.

I feel like I've already dropped more than enough hints for her to see that I'm deadly serious, but clearly not.

'Here we go – leave her alone!' heckles Alastair, grinning as he jumps back on to the bed with ease.

'Shut it, stud muffin,' howls Connie, chucking a piece of food in his direction, before looking back at Natalia and me, her eyes narrowing so she can see us properly.

'Of course I do!' I say, turning my attention back to Natalia.

'I've given this a lot of thought,' she replies firmly, suddenly becoming less playful as she allows herself to go into work mode for a moment. 'I need someone to work with me. I don't mean a PA. I mean someone to take on the projects I can't do, or at least help manage the workload together. He's right,' she says, her head tilting at Alastair. 'Life's too short to be glued to my phone every second of the day.'

'That's what you're saying now, but you're forgetting about your control freak tendencies!' says Alastair.

Natalia takes a pillow from beside her and hits him with it.

'I need someone. I've looked you up and asked some of your clients for recommendations –'

'How?' I interrupt, confused.

'I did some digging, just like you have,' she shrugs nonchalantly. 'I know you're wonderful. Best of all, I know your talents are wasted where you are. You'll start falling out of love with interior design completely if you're not careful.'

'So you're actually giving me a job?' I say, my mouth dropping as I try to compute how easily this conversation has come about. I know she was thinking about it, but I thought I was going to have to jump through several more hoops that would see me hungrily elbowing other competitors out of the way.

'In theory!' she laughs. 'I have it all planned out to ask you properly next week but I'll email you an official proposal tomorrow.'

'New Year, new job!' shouts Connie, doing a little dance with her arms and head to show how excited she is. I love that she's here to witness this life-changing moment.

'Are you absolutely sure?' I ask.

'Read the details before deciding,' Natalia says, for the first time looking nervous over what I might say.

'I'd be bonkers to turn it down!' I say, even though

the sensible part of my brain is telling me to play it cool in case the pay is peanuts and not enough to cover my commute into town. Although will I still live out in Essex if I'm working in town? Or will I follow in Connie's footsteps, like she suggested earlier? What would I even be able to afford? There's so much to think about, and although I should probably be cautious, everything is telling me that this is the best thing that's happened to me in a long time. 'Who'd have thought I'd bagsy myself a job tonight!' I squeal, making Natalia laugh.

I sigh as the smile on my face grows even further.

Another part of life is about to change completely from where I was last year – and this time there's something utterly wonderful about it. I suddenly can't wait for the New Year to arrive.

# 27

'Can we dance now?' Natalia asks, peering over the balcony to the crowd below who are bouncing up and down to Rihanna's 'This is What You Came For'.

'Yes!' shouts Alastair, jumping off the bed in one swift move, reaching out an arm for her. 'Coming?'

The three of us ladies climb off the bed in unison, giggling as we follow Alastair down two flights of stairs, grabbing Matt as we go, before passing more naked dancers and the sordid behaviour of people gyrating against walls, pillars and bannisters. Couples sucking each other's faces off for the last time this year. We then squeeze our way on to the crowded dance floor that's packed so tightly we're forced to part.

We're completely immersed with strangers. The bodies around me are sweaty, hot and barely dressed. Although part of me would like to run away in disgust, another part of me remembers a time when this was my life. Feeling the beat thump its way into my chest and shaking my body around in a way that I certainly didn't do at my sister's wedding with my parents and elderly Nan watching. Feeling alive in a completely different way. Feeling sexy, desirable and awake.

I feel less self-conscious than I imagine as I join in, moving my hips and waving my arms in the air. Despite all of the people gathered around me, no one is looking at what I'm up to. We're all one. All lost in the music.

I close my eyes and just feel, allowing myself to revel in the wonder the night has already brought with it.

Time passes but I can't stop, something inside tells me to keep going. I want to. I need to. My body is as sweaty as the next person's and I feel great for it. I feel like I could whip off my top and walk around in my bra, just like I did all those years ago. I stop myself from doing so, deciding that's one area of the list I don't need to revisit.

A familiar drumbeat kicks in over the current song, causing my mind to query whether it's what I think I'm hearing – but it is. 'Love Shack' blasts out of the speakers. This was the song that kicked off every night in Dukes back in Chelmsford and we'd go crazy for it. Wanting to share the moment with Connie, I open my eyes to find I'm no longer standing in the middle of the crowd, but have drifted over to the edge. Six feet in front of me is Alastair. He's not dancing or joining in with the rest of us, but is staring straight at me, causing me to stop in my tracks and look back.

His lustful expression sends a bolt right through me. Although it's quickly erased when he glances up to our dedicated area upstairs.

Natalia.

Just as I'm about to sigh to myself before jumping back into the music, two hands grab hold of me from behind and a body starts to grind its way into mine. I would think it was Connie if it weren't for the erect penis nudging me in the back. It's far from a pleasant experience so I instinctively jump away, off the dance floor and towards Alastair, who has just turned his attention back to me. I must look shocked or disturbed because the expression on his face is one of concern.

'You OK?' he asks, his face searching mine.

'Yeah.'

'What happened?' he prods, looking behind me and into the crowd and correctly guessing what's happened, his hand lightly resting on my arm protectively.

'Nothing!' I say far too quickly. The truth is, I'm fine. It just shocked me. I'd forgotten that side of club life when having my euphoric recalls. Good to know the perverts still linger. I'll be more prepared next time.

'Sure?' he asks, his dark eyes focusing back on mine.

'Where is everyone?' I ask, forcing myself to tear my eyes away from him.

'There you are!' shrieks Connie, bouncing over from the crowd with a beaming Matt close behind. 'Did you hear it? "Love Shack"?'

'Yes,' I laugh, loving that she was thinking of me in that moment too.

'Such a classic!' she grins, pulling me in and planting a kiss on my cheek. 'Where's Nat?'

'Oh, the boss turned up and wanted her to meet his wife,' Alastair says, again looking up to the top balcony. 'I'm going to the bar. I can't drink from that sink all night.'

'Beer?' suggests Matt, looking relieved that someone else has suggested it.

'Exactly.'

'I'm in,' Matt replies happily. 'Anyone want anything?'

'Yes!' I shout, feeling pleased with myself for remembering something else from the list. 'Archers! Archers and lemonade would be amazing. Thank you.'

'Well, hello to 2005,' Alastair laughs from beside me.

'I'll explain later,' I giggle, knowing how ridiculous it must sound.

'I look forward to it,' he smoulders, his lips twitching.

Argh, that face confuses me so much. I've not fancied someone like this in a decade, but I know I could ruin my chances of working with Natalia if she gets the faintest whiff of me lusting over her man.

As they walk off I turn to Connie to find her head cocked to one side and her eyebrows raised.

'Bugger off!' I shout.

She tilts her head back and lets out a booming laugh before grabbing my hand and pulling me back into the crowd for some more dancing. I don't resist and instantly start swinging my hips to a song that's telling me to move my body. I might not know the tune, but I happily oblige, this time staying with Connie and dancing together.

Just as we are perfecting the 'running man' move, a booming voice interrupts our flow.

'Ladies and gentlemen, this is your two-minute warning,' declares the DJ into his microphone while holding one hand to his headphone-covered ear to ensure he looks the part. 'We're about to welcome in the New Year!'

A flurry of activity ensues as half the people on the dance floor scurry away, dodging their way through the crowd to find the people they arrived with.

Connie and I stay close together. We're clasping hands as though we're pulling each other out of a horrific event, rather than being in a club and about to celebrate the arrival of yet another year.

Matt and Alastair are walking towards us by the time we're clear of the furore, both armed with drinks. Connie retrieves hers from Matt before flinging her arms around him and planting a kiss on his face. It's been absolutely years since I've seen her this affectionate with a guy; usually she's the one on the receiving end of PDAs and trying to shrug a boyfriend off or physically batting him away. It's lovely seeing her like this. She puts on this tough-nut front, but she's got so much softness to her really.

'Nat's not here still!' I say, turning to Alastair.

'She will be,' Alastair says, handing me my drink.

I take a sip and screw my face up at its sweetness.

'Is it all right?' Alastair laughs.

'Not quite as I remember.'

'What made you want to order it? Nostalgia?' he asks, looking genuinely interested. He's a listener. He's ridiculously hot and charming. He's taken. Taken by my soon-to-be boss. That's a line that's definitely not worth crossing.

'I have deep-rooted issues,' I say deadpan, stepping out of the way of a topless woman who's happily limping past with only one ridiculously high shoe on.

'You're not alone there,' Alastair comments, although I'm unsure whether he's referring to himself or the lady who's going to have a seriously sore leg in the morning from all the one-legged step-ups she's doing. 'Do you actually like New Year?' he asks, cupping one hand around his mouth to help me hear him as the noise in the room starts growing louder thanks to the excitement that's bubbling. I feel his warm breath on my bare shoulders and neck. Instinctively, I start to enjoy the sensation, then stop myself.

'When I was younger I did. I used to love it, I shout back, before thinking about when things must've changed for me. The last few New Years have been tough to swallow. Laden with possibility, hope and rejection. Each time the clock struck midnight and a new year began, I felt bruised and humiliated when a ring wasn't placed on my finger and I wasn't told I was starting the most exciting year of my life. This year, I don't have that particular worry. There is no ring on the cards, and no expectation that the clock striking midnight is going to offer me anything more than what is already in front of me.

'I've begun to realize that the whole thing is just a massive anti-climax,' he says, his mouth even closer to my ear, causing the warmth to turn to heat.

'Only just?' I laugh.

'Not really. I've actually felt this way since the Millennium.'

'Because we didn't all blow up?' I smile.

'Those computers weren't meant to be able to cope with the jump from 1999 to 2000. But they did. That was that. Every New Year's since has felt a bit lacklustre,' he shrugs, screwing up his face.

'I imagine it's hard to top the possibility of imminent death.'

'You are so on my page,' he grins.

'However, Will Smith did release an album called *Willennium*, that was totally worth celebrating,' I note.

Alastair stifles a laugh. 'I still have it.'

'You don't!' I say, my jaw dropping.

'No, but it was worth saying for that look on your face.'

'We're nearly there, everyone,' the DJ shouts, holding his hands wide in the air as he drops a drumroll over 'Can't Stop the Feeling!' by Justin Timberlake that's currently being faded out.

The volume of the crowd dims as an air of expectancy drops; we're all waiting to be shown the way into the New Year and the official countdown. 'Are you ready?'

'Yes!' the crowd shouts in reply, us four included.

'Then here we go! Ten!'

The room all join in as one. Each face gaily looking ahead at the balding DJ who looks ten years too old for the clothes he's in. Yet everyone in the room is captivated by him as the numbers start to fall.

Fingers lightly touch my elbow. I feel Alastair's body lean in to say something, I cock my head so I can hear better.

'It's a shame for the moment to pass without an event,' he whispers.

'You can't beat the world ending.'

'True,' he says, a hand finding its way to the arch of my back.

'What about Natalia?' I say firmly, my body tensing.

Alastair chuckles softly.

'We're best mates. Nothing else.'

'Really?' I ask, feeling relieved that I'm allowed to let myself experience the desire that's building inside me, unable to stop myself hungrily looking at his incredible lips.

I have no time to question him further. The hand on my back moves to my side and gives a tug so that I spin on the spot, stopping when our faces meet. The action startles me.

'Happy New Year!' shouts the whole crowd, while shiny confetti, balloons and streamers fall from the ceiling and float around us, sparkling majestically as they go.

We just stand there looking at each other while the mayhem around us grows, our noses mere inches apart.

'I have been warned to stay away from you,' he admits, his lips so near I can almost taste them.

'Why?' I frown.

He purses his lips to stop himself from smiling, leaning forward so I can hear him. 'Natalia doesn't like me dating people she works with, went to school with or generally knows in any sort of capacity.'

'Why? Because you're such a rogue?' I ask, putting my hand on his shoulder.

'It's not something I'm proud of,' he says, pulling backwards so I can see the sorrowful expression on his face.

'You're a heartbreaker,' I state, the clumsy way I lean in causing our cheeks to brush.

'I don't mean to be. I just haven't found the right person yet.'

I pull back and look at him. Do I even care if he's a player? Do I care if he causes a wave of destruction wherever he goes? I don't think I'm the right girl for him either, but my body doesn't care. It wants to experience the thrill of him.

'I've just got out of a long-term relationship,' I state, finally able to say the words. 'My heart is already torn to pieces.'

'I'm sorry to hear that,' he says kindly.

'No, you're not.'

'I am,' he says, trying to drop the smile on his oh-so-perfect lips.

'Happy New Year, sexy Al,' I laugh, cupping his jaw in my hands and bringing his face around to meet mine. My lips are on his in an instant. They're unfamiliar as they kiss mine back; the action sends a bolt through me.

Alastair suddenly bumps forward as though he's been struck.

'I told you not to fucking go near her!' shouts Natalia with a face like thunder.

'Nat, this wasn't me,' Alastair says, his hands releasing me so he can hold them up in surrender.

'It was me,' I laugh, covering my face as it screws up in embarrassment. Truth is, I didn't know she'd be this mad seeing as they aren't together. But it turns out she really doesn't like Alastair fooling around with people she knows.

'He's a total cock,' Natalia tells me before frowning at Alastair.

'Thank you,' he replies, bowing his head at her.

'He has a real issue with commitment,' she continues, raising her eyebrows at him, as though he's daring her to continue. 'I can't even remember the last time he officially brought a girlfriend into our group.'

'I'm not looking to be anyone's girlfriend,' I state. 'Not interested at all.'

'She just thinks I'm fit,' says Alastair as though it's an innocent comment, although he knows as well as I do that it'll wind her up.

'He never calls afterwards,' Natalia declares.

'Then I won't bother giving him my number,' I shrug.

'Really?' asks Alastair, his voice squeaking.

I nod and turn back to Natalia.

'Have I mentioned he's a massive cock?'

'Who has a massive cock?' shouts Connie, breaking away from her clinch with Matt to hear some juicy gossip.

'No. I *am* one,' corrects Alastair. 'And she's my best mate, so she should know.'

'See?' Natalia asks me.

I look back at Alastair, as though I'm sizing him up.

'He's not about to break my heart.'

'Good.'

'I have a feeling she's more likely to crush mine.'

'Can I just . . .' butts in Connie, looking very serious as she hands a bewildered Matt her glass of Prosecco. 'As Lizzy's best friend I feel I should represent her case here. I can confirm that she's not after a boyfriend. In fact, she won't even need a man soon enough thanks to her sister's Christmas present,' she adds, her fingers going up to the side of her head to make rabbit ears.

'Argh,' I groan as Alastair tries to stifle a laugh.

'She just needs a bit of oil in those joints. Someone to ride –'

'Thank you! That's quite enough!' I tell her.

'Very informative,' nods Alastair, squeezing my waist.

'Glad I could help . . .' nods Connie. 'She just needs a fantastic, out-of-this-world shag. Nothing else.'

'But I've got so much more to give . . .' he protests.

'Not necessary,' she interjects.

'Oh well, that's perfect then. As long as it's not going to affect us, I don't mind,' Natalia laughs, putting her glass to her mouth while waving her arm between the two of us. 'As you were.'

'Oh yay,' claps Connie.

'You're all crazy!' I scream, wondering how I got to the point in life where my best friend has had to negotiate the terms and conditions of sexual relations with someone else's best mate.

'Never a truer word spoken!' shouts Matt, who's been quietly observing the whole thing.

'Amen to that!' laughs Connie.

'Well, thanks for taking all the sexiness out of the hottest moment I've had this year,' I say. 'Now, let's get back on that dance floor! Now!'

I hold out my arm like I'm an army sergeant as I order them off to the square of enjoyment. Connie and Matt do so straight away, with Connie twirling under his arm as they go. Alastair and Natalia have a further stand-off first.

'Just don't hurt her. I need her,' she shouts, her finger waggling at him.

'He won't. I promise,' I say, taking her finger and pulling her with me as I turn and start shaking my hips to the music. 'Come on, you,' I shout at Alastair, smiling to myself as I see him following suit and catching me up.

'Hottest moment?' he says, his nose nuzzling by my ear.

'I said "this year". We're only a few minutes in,' I wink, giggling as I continue to lead us into the sweaty madness ahead.

# 28

'Where the fuck are you?' Michelle hisses down the phone.

'I've just handed in my notice,' I say, deciding not to add that Stephanie took my resignation so badly I've been forced into having an early lunch and am actually sitting on a bench by the river, in the freezing cold, scoffing down a Big Mac meal and half a dozen chicken nuggets – complete with a vanilla milkshake. Eating fast food is one thing, but actually eating 'in' McDonalds is quite the other. Order, leave, demolish, that's how I roll, and the only way I can avoid the guilt of eating it. Besides, despite the temperature, it's a beautiful winter's day with the sun shining brightly on the dark murky water, so it's been nice to sit and reflect on what has passed and what is about to start. Although Michelle's booming voice has put an end to that.

I've been over at her house a few times since New Year. We've been talking non-stop about Dad while stocking her freezer full of homemade meals in anticipation of the birth. I say 'we' but really I've been doing most of the work while she puts her feet up and bosses me around. It's something she's very good at.

'Need something?' I ask.

'I'm in fucking labour.'

'Pardon? Now? The baby is coming right now?' I say, hastily shoving my empty wrappers into the brown paper bag and walking/skipping/tripping my way back up towards the high street. I won't be going back into work if that's the case. Michelle's only a few days before her due date, but I figured her baby would be just as stubborn as she is and would be at least a week late.

'Not right this second, you twat. I wouldn't be talking to you if a baby had its head out of my vag— Oh fuck,' she grunts, clearly holding her breath.

'You OK?' I ask, stopping in my tracks, while trying to breathe for her.

We've had a long time to prepare for and anticipate this moment, but hearing my sister having a contraction surprises me, making the whole situation more real. She's about to have a baby! I'm about to become an aunt!

'Am I going to be a good mum?' she asks when she starts breathing again, her voice now weepy and soft.

'The best,' I smile, wishing I could rub her back – although knowing I would not like to be in Stu's shoes right now. Michelle's difficult to deal with on a day-to-day basis; I can't even imagine how that'll escalate when she's passing a baby out of her lady garden.

'You would've been better,' she says sadly.

'Shut up,' I laugh, finding it ridiculous that she's comparing herself to me at this moment when she has far bigger things to be focusing on.

'It's true,' she says. 'You're the carer. You're more ready for this than I am. You're so together. That's why I hate you so much.'

'Michelle, don't be daft. I'm single and living in my childhood bedroom,' I remind her, sidestepping a bunch of schoolchildren who've congregated around a bench outside Debenhams to munch on their lunch, and puff on cigarettes at the same time.

'Very true. You fucked it all up,' she states, making us both laugh.

'I can't wait to see you as a mum,' I tell her, sincerely. 'You're the strong one.'

'I'm not,' she retorts.

It's true. I know she's not as strong as people think she is. I know she is the way she is as some sort of defence mechanism and that she would never truly want to hurt anyone, but she's still a force of determination and confidence. That's what makes her so great.

'Darling, out of everyone I know, there's no one else I'd rather have on my side in life; willing me on and supporting me. There's nothing you won't be able to tackle. Your little one is going to admire you so much. I'm sure they're going to look at you and think –'

'Elizabeth?' she interrupts.

'Yes?'

'Shut the fuck up.' I can hear the grin in her voice. It's not that she's ungrateful, but more that she's thankful that I've taken her out of her place of self-doubt and doesn't know how to respond.

'What do you need me to do?' I ask as I reach New London Road and anxiously wait to cross.

'You've already done it.'

'Is the midwife on her way? Is everything organized?'

I ask, wondering whether Stu has managed to fill the birthing pool in the lounge without causing it to flood.

'She's here.'

'OK. Well, I'll head home now.'

'It might be a while.'

'It's OK, I'll work from home today. Stephanie won't mind,' I say, although that's not technically true. I'm sure Stephanie would love to talk further about how she took a chance when she employed me, as I'd had no real experience. I'm sure she'd revel in repeating the fact she feels she's taught me all the tricks of the trade, so therefore I should be more loyal. I just think my sister having a baby is a great excuse to give us both some breathing space.

I haven't even told her about Natalia yet, I didn't think it was necessary this morning. I'm meeting Natalia in a fortnight (once she's back from a series of work trips in Milan, Dubai and Canada) to talk through the plan she sent over, but the offer alone has made me realize there are other opportunities that exist out of Home Comforts, and maybe, just maybe, staying in a job I've fallen out of love with is just the same as staying in a relationship purely because you're comfortable and don't want to rock the boat. If Ian could pull the rug from under both of us after ten years when our lives were so entwined, then I decided I could stop wasting my life in a job I get no real fulfilment from. Handing over that letter and uttering the words 'I'm really sorry, but I think it's time I moved on,' was a big step for me.

'So if you need anything, you know I'll only be just round the corner,' I tell Michelle, even though I know she's going to be in safe hands with Stu and the trained professionals.

'Just keep Mum there until I'm done,' she instructs. 'I know she means well, but I can't deal with her getting involved and offering around cups of tea like they're going to make the whole thing any easier. I don't want the faff.'

'If you insist,' I say.

'Don't say it like that, you're going to make me feel bad,' she grumbles.

'I didn't say it like anything!' I protest. We both know that if it were me in Michelle's shoes I'd be having Mum there with me, but we just have a different relationship. Not closer, just less intense than hers with Michelle. Mum winds Michelle up, whereas I love the fuss and effort.

A groan comes from the other end of the line as another contraction hits.

I wait for it to pass while I look around at shoppers going about their day-to-day life, completely unaware that a miracle is about to occur. I want to stop them and shout it in their faces, or maybe do a little song and dance number on the subject like we're in *La La Land*. Instead I nibble on my lip, smiling at the thought of what's to come, even though I'm aware of what Michelle is going to go through first. I'd say it's a small price to pay, but I don't think she'd be welcoming of my input right now.

She's wrong about me being more prepared or suited for motherhood, though. I might've agreed two months ago before we went to Dubai, but that's only because I yearned to be ready. It felt like the next step and the natural route for our lives to take, but now that path is way off in the distance after I achieve other goals that excite me. I know I'd like to reach motherhood at some point, but right now I'm happy watching her do it first. Plus, being second in this case takes the pressure off. It allows me insight into a world I've never seen before while preparing me for the reality of what'll hopefully happen to me one day.

'I'm going to head home and keep them all caged in,' I tell her, letting her know I'll take the task seriously so that she doesn't have to worry about Mum popping in and passing round an array of sandwiches. 'You just keep doing what you're doing. Breathe and enjoy.'

'Fuck off,' she replies with her usual air of affection.

'I hope it hurts like a mother fucker!' I state, my voice low.

'Bitch,' I hear, before the phone goes dead.

Now, obviously I hope my sister has a pain-free ride and that it all goes without a hitch and I know that she knows that too. But I also know my words will give her that extra bit of oomph to get through it. There's nothing like a bit of sibling rivalry to get you going.

It's not surprising that by the time I get home half an hour later, Mum, Dad and Ted are all sitting around the kitchen table with the home phone perched in the middle, alongside a pot of tea under a cosy and three open packets of biscuits. I imagine one thing that's really playing on Mum's mind right now is the fact that her selection of treats is part of the discarded leftovers from Christmas, and not specifically curated with this occasion in mind.

This isn't the time for a Rich Tea or Nice biscuit. It demands a Chocolate Hobnob, or Jammie Dodger, solid and dependable while multi-layered in their offerings.

'Are you literally going to be sitting around like this all day?'

'Until there's news, yes!' says Mum, not even tearing her eyes away from the cordless BT phone. It must be killing her not to be with Michelle right now.

I head upstairs to get changed into my comfies and when I come down ten minutes later they're still sitting in the same positions. The only sound coming from the room is either a rustle of a wrapper, the crunching of a biscuit, tea being poured from the pot or the slurping from their cups. If Michelle has a long labour, this is going to be tedious. I think I'd rather be with her where all the action is happening. No, that's not true at all. I'm safer here. We all are.

'Does this make you think back to when we arrived?' I ask Mum and Dad. I might as well start a conversation I'm going to enjoy hearing about.

'Oh, it does,' Mum smiles, looking up at me as she finally tears her eyes away from the phone. 'I was so nervous to meet you. I couldn't wait, obviously, but I was scared I wouldn't be enough. Your grandmother was amazing, and I didn't know if I could live up to that.'

It's funny how Mum's feelings of not being good enough echo Michelle's.

'You had nothing to be scared about though, did you,' Dad says, joining in while looking adoringly at Mum. 'You took to it like a duck to water straight away.'

'You say that, but then I used to escape to the loo and cry. Or I'd be feeding one of you in the middle of the night and sobbing all over you.'

'Why?' I ask, surprised by the confession when I've never known Mum to be anything but Wonder Woman and taking everything in her stride.

'All those hormones, I expect,' says Ted, taking Mum's hand and rubbing it with his own. I wonder what it must be like for him, never having had children of his own while Mum had this hugely significant part of her life that he didn't experience with her.

'Yes, it was that. But I also felt completely out of my depth. Everyone always told me I'd make a wonderful mother, and I completely agreed. Children loved me as much as I loved them. Having your own is a completely different situation though. You can't hand them back over at the end of the day and sleep. You can't slip to the shops on your own or have a bath without the worry of a baby waking from their nap and needing you.'

'It wasn't an easy time for you. Not with me working all the time,' Dad nods. 'You did it all on your own.'

'Most of it,' she agrees, picking up her teacup and cradling it in her hands. 'The guilt is the worst bit. Even now, I feel guilty for the fact that Michelle is about to endure childbirth, even though I had two wonderful labours with you girls. It's as though it's my fault that she's over there having to go through it.'

'You didn't force her into having a child, Mum.'

'You don't think so rationally when you're a mum. I don't anyway,' she says with a sniff.

'Do you wish you'd had kids?' I ask Ted, taking the focus off Mum.

'I used to,' he says thoughtfully, his forehead creasing. 'Sadly it never happened for me, but after I met your mum that void was filled. You and Michelle have been like daughters to me over the years, and that's more than enough for me.'

'Because we've been that awful?' I offer.

Ted laughs. 'I only got to know you girls from young adults and can honestly say you've been delights.'

'Slight stretch, but I'll take it,' I smile, tucking into the Rich Teas.

'That said,' he adds, 'I'm sure you were terrors when you were younger.'

'Michelle was!' I agree, nodding adamantly as memories of my little sister as a child flood into my thoughts. All the tantrums she screamed, the dinners she threw and the downstairs loo she managed to flood by blocking the sink with toilet paper. She really was a devious little thing when she wanted to be.

'Erm, you too!' adds Dad.

'That's not true,' I say, shaking my head at his muddled memory. Michelle was difficult, I was obedient and kind.

'It is,' laughs Mum. 'You could be just as bad as Michelle. Worse sometimes.'

'No! You're lying,' I gasp. I've always been good, that's why I get on with them both so well.

'It's true,' Mum says, rubbing my back while still laughing at my shock. 'You used to bite.'

'No!' says Ted, clearly as shocked as I am.

'Yes.'

'And you went through a phase of never letting us leave the house unless you were wearing green wellies and a pink tutu. Even in summer,' laughs Mum. 'Honestly, you'd throw the biggest wobbles if we said you couldn't.'

'You calmed down as soon as you met Connie,' says Dad, giving me a little nudge, as though I shouldn't worry about this hole in my childhood where I was evidently a madam.

'Well, not so much calmed down, but you had a bit more of a focus. You still had your moments, but your new friendship changed you.'

Interesting. If Connie and I ever fell out and decided to break up (I recently read in a magazine about 'friends' who've sat each other down to call off friendships due to having grown apart, or having a negative effect on each other) would I want to go back to before I met her and see who I was then? And find out the person I would've been if Connie wasn't in my life? Was I meant to be a green-wellied, pink tutu-wearing vampire? I'm guessing not. Actually, there is not one part of me that doubts the fact that the very foundations of my being and the core of who I am are largely down to knowing Connie – in exactly the same way that she is the Connie I know and love because she knew me.

People are meant to come into our lives and affect us. They're meant to challenge us and help us to grow. From the very first time you're cradled into your mother's bosom you're learning about human contact, love and devotion. Not every interaction will be quite as significant or powerful, but they'll push and pull you through life and help you grow and learn.

Ian was *always* going to change me. It was inevitable. Perhaps acknowledging that fact as a part of life is a huge leap towards accepting who I am today.

# 29

Michelle's living room looks like a bomb has been detonated in the centre of it and sent clothes, muslins, nappies, wipes and food wrappers flying everywhere. Empty mugs, cups and plates decorated with toast crumbs and splodges of honey have been stacked to one side of the coffee table in a bid to make some space, but they've failed to make their way into the kitchen. Books on labour, spare towels and a folded tarpaulin have been pushed into the corner of the room beside the sofa. They are no longer needed, but no one has found the time to find a home for them yet so this'll be a temporary holding until they're shoved into another tiny spot and forgotten about until (dare we say it) next time. Seeing as Michelle's house is usually spotless when she has visitors I'm surprised to find she's pretty calm about the disorder, especially when I can only imagine upstairs is even worse. But she doesn't even acknowledge it. Quite rightly, she doesn't care, and neither do I. Instead my attention is firmly on the miracle my sister spent nine months growing, who is now enjoying life 'on the outside'.

'I don't see what everyone makes such a fuss about,' she says, her hand down her top as she rubs a Vaseline-type substance on to her nipples. You think you see everything your sister can offer you, and there she is – giving you more.

'It didn't hurt?' I ask, tearing my eyes away from her massive boobs and focusing my attention on gorgeous and magical Duncan in my arms. My incredible little nephew, who I've already promised to spoil more than his mummy will probably let me.

He looks like me but with blond hair. Everyone's said it. I love that we're so similar and I'm sure it's deepened our bond.

This is the second time I've visited. We all came over first thing yesterday morning, as soon as Stu phoned to say baby Duncan had arrived. It was crowded and everyone kept hogging the baby, so I thought it would be best to come back today on my own so I can have uninterrupted cuddles while checking in on my little sister. For the most part she's seemed fairly upbeat so far, no baby blues here. Although she did cry when Stu said he was going to go down to the shops to get them some more milk and biscuits. You'd have thought he'd declared he was having an affair and leaving for Thailand the way she dissolved into tears. He didn't even flinch. Maybe he's found an even stronger sense of admiration for his strong wife now that she's pushed his son out of her nether regions.

'It was fine,' Michelle shrugs, wiping her hands on a tea towel before picking up her mug of tea for a slurp. 'I mean, it wasn't all sunshine, rainbows and unicorns – but it was, hands-down, the most amazing thing I've ever experienced.'

'You're joking?' I ask, having never heard childbirth

described in this way. It's usually portrayed as the most horrific event of all time. I've always thought it's a wonder why anyone does it more than once.

'Would you do it again?' I ask.

'Right now I'd say yes, but let's wait and see what the damage is to downstairs first. I did have a gander with a mirror earlier, not the easiest of tasks but I saw *it*. Very swollen,' she says, pulling a worried look in my direction. 'Stu might not want to come near me.'

'Michelle!' I choke, covering the baby's tiny ears.

'I'm only joking,' she says, leaning across while putting on a baby voice as she begins talking to Duncan. 'Mummy and Daddy will be back to bonking like rabbits soon enough.'

'Nice!'

'He'll have to put up with it if he wants a sibling or two,' she chuckles to herself, pulling a face at me before looking down at the newborn in my arms. The sight seeming to catch her off guard, she sighs and melts into the sofa, while her eyes soften as they fill with tears. 'He's so perfect.'

'He is. What do you wish for him?' I ask, enjoying seeing her in this gentler role. In all honesty, she's never been the most maternal person out there so I had worried about her natural instincts. This is probably what she was referring to on the phone during labour. But right now, sitting and watching her as she visibly pours love into her son from the other side of the sofa, it's clearly visible how much motherhood suits her. 'If you could grant him a wish, what would you ask for?' I repeat to the blank expression that's glaring at me.

'I feel like we're in a Disney film,' she says, screwing up her face in disgust. 'Are spinning wheels about to burn? Is he going to go live in a forest with three dippy fairies while harbouring a deep affection for wildlife? Should we tell him to be wary of poisonous apples?'

'Very funny,' I say, gently gliding my fingertip along his fine hair. 'And they were gifts in that film. Not wishes.'

'My Disney knowledge is not what it once was,' she mutters, taking another gulp of her drink.

I give Duncan a kiss on his tiny little forehead and start rocking, beginning to sing, 'Twinkle, twinkle, little st—'

'Nope,' interrupts Michelle, firmly. 'No!'

'No?'

'Can't you just be quiet for a bit?' she asks, exasperatedly. 'You keep bursting into song like you're Julie flipping Andrews.'

'Sorry,' I mutter, although I'm happy to acknowledge she's right. I have my first rehearsals with the choir tomorrow and am clearly excited as I keep musically erupting without even thinking.

A silence falls over us. There's no TV on for background noise, no music blaring out of the radio, just the sound of a clock ticking on the mantelpiece and Duncan breathing in and out contently. He's so beautiful. You often hear about the bond between a mother, father and their baby. I knew Michelle and Stuart would be in awe and love straight away, but I hadn't realized I'd get smacked with such all-consuming love too.

'Contentment,' Michelle says, taking me by surprise. It takes me a second to understand what she's talking about. The wish. 'That's all that matters,' she continues, moving along the sofa so that she's sitting next to me while looking directly at Duncan, as though she still can't believe that he's finally here. 'Money is pointless if all you ever want is more of it. A good job means nothing if you hate it. Life will always be a disappointment, no matter what you achieve, if you're longing for something else.'

'But dreams push you further,' I say, thinking of all the things I longed to do and be when I was younger and how they spurred me on to try things. The end of my relationship has given me another push, and I've loved rediscovering a thirst for new experiences.

'I'm not talking about not aspiring to achieve or settling for something that's less than you deserve,' Michelle explains. 'I don't want a lazy bum for a son. I just want him to look at his life every now and then and reflect on how lucky he is. He might never be the richest, the smartest or the most good-looking, but nothing comes from comparing. I want him to do things because he wants to do them, not because he feels like it's the right step to getting somewhere else. I hope he realizes that his life already contains some kind of wonderful and embraces it.'

'I'm sure he will,' I say, just as Duncan starts shifting in my arms, his mouth opening as he starts seeking out his next feed. 'You won't find anything in there, Mister!' I say, delicately passing him back to his mum. Having not held many babies in my life I'm clumsy and unsure, but Michelle seems confident and fearless.

'Come here, little man,' she says, unclipping her maternity bra and taking him to her boob. It's a fascinatingly intimate moment to witness, even if he is a noisy little chomper.

'Does it hurt?' I ask.

'Stings,' she admits, sucking in some air through her gritted teeth before visibly relaxing. 'Only at the start, luckily.'

'I guess that's something,' I say dubiously.

'One of my NCT friends has had a nightmare with it. Blisters, the lot.'

'Ouch,' I wince, as though my own nipples can feel her pain.

'Exactly. For me, this is simply not the sort of nipple action I'm used to, that's all. I'm all for a playful nibble or tug here and there, but this is something quite different,' she titters to herself before looking up at me, her eyes widening as though she's just remembered something important and can't wait to get it out. 'Mum says you've met someone!'

'What?' I say, laughing; this is not what I was expecting her to say. I thought she'd be talking more about her bruised and swollen fanny. 'How the bloody hell does she know?'

'Mum has ways,' she says, raising an eyebrow at me.

'Connie's mum!' I guess, knowing that Sue would've got the lowdown from her daughter straight away. I should be more surprised that it's taken this long to circulate and find its way back to me.

'You went home with him, apparently,' says Michelle,

unable to keep a smile from spreading across her face. I can tell she's desperate for details.

'I did,' I smile in return, thinking back to last week and how I didn't want the night to be over once the club had kicked us all out. I was on such a high I wanted it to keep going, so I jumped at the offer of going back to Alastair's even though Connie and Matt were heading home.

'And? Did you?' she asks, looking at me expectantly.

'A lady should never kiss and tell,' I state primly.

'I'm not talking to a lady, I'm talking to you,' she prods. 'And your reluctance to spill all speaks volumes, you big whore bag.'

'Actually. No. I didn't,' I say honestly. It's mean to stamp all over her hopes of some gossip and saucy behaviour when she clearly desires it so much, but I don't want an exaggerated version of the truth making its way back to Natalia via Stu and their mutual mates. That would be awful. I haven't even started my new job yet and don't want to annoy my new boss.

'Bit of oral?'

'No.'

'Hand job?'

'No!'

'Dry humping?' she pleads.

'No!' I shriek, laughing at the fact I've had to face the same line of questioning from Connie. She wouldn't accept the fact that nothing happened either. In fact I'm pretty sure she still doesn't believe me and instead thinks I'm just being coy about the whole thing.

'At least tell me there was a bit of fondling or nipple twitching,' Michelle begs, shaking her head at me with despair. 'He's a fucking Adonis. Please tell me you didn't miss your opportunity to let down that man bun and run your fingers through that gorgeous hair. Just the thought of his stubble nuzzling into my neck is enough for me to orgasm,' she smirks naughtily. Completely unfazed by the fact she has her newborn in hearing range and suckling on her breast.

'How do you know what he looks like?' I ask.

She gawps at me for a second or two. Her jaw drops, her eyes big and round as she realizes what she's said.

'Might've had a little Facebook stalk,' she shrugs, trying to bat the whole thing off in a totally unashamed way, although I see the tops of her cheeks reddening slightly.

I don't care. In fact, for the first time since deleting it, I wish I still had a Facebook account, purely because I too would love to perve over pictures of my non-shagging partner all day long. I debate asking Michelle to have a cheeky stalk now via her own account, but decide against it. Mostly because I know exactly how smug she'd be about it. 'This has to be a serious perk to Ian dumping you,' Michelle adds.

'Yes, I'm very grateful,' I say sarcastically.

'You were seriously punching above.'

'Thanks, sis.'

'So what did happen? I know you went to his place, so what went wrong? More importantly, what did *you* do wrong?'

'Flipping cheek!' I say, rolling my eyes at her before explaining. 'Yes, I went to his place, but we were with Natalia as well.'

'Weird,' she frowns.

'They're best mates.'

'She was cock-blocking,' she says bluntly, as though it's totally obvious.

'She'd just offered me a job.'

'She was still cock-blocking,' she repeats adamantly.

'I don't think so . . .' I say, thinking back to what happened when we got back to his trendy converted warehouse flat in East London. There was more alcohol offered around and a pizza was shared. It was a friendly gathering more than anything else. I didn't feel like Alastair was willing either of us to leave, and nor did Natalia seem pissed off that I was there. We simply weren't ready for the night to end. 'I wouldn't have slept with him that night even if we were alone anyway.'

Michelle laughs so loudly Duncan scrunches into a little ball. She places her hand on him for reassurance and soon enough he's going at it again, although she can't control her giggles.

'What?' I demand.

'Of course you would have shagged him, that's just what you're telling yourself to make you feel better about it not happening. Or to make you think you're a better human than you actually are,' she says, tapping my arm and pointing at the biscuit packet beside me, silently instructing me to pass it over. She continues as I do so. 'I'm sure you'd like to think you're prim and proper and a real credit to Mum and Dad, but if you were being really honest then you'd have to admit that all you really wanted him to do is bang your brains out.' And with that she takes a mammoth bite of her Chocolate Hobnob, looking rather pleased with herself as she munches away.

'You're probably right,' I sigh, remembering how charged and alive I felt that night. It wasn't solely down to meeting Alastair, but his attention certainly added to the confidence I felt. Since that night I've thought about him a lot while remembering the way he looked at me or kissed me. Each time I might as well have been back on that dance floor reliving it all again. My body has reacted in just the same way each time. Wanting him completely, longing for his touch. He's intoxicating, but of course he is. He's a self-confessed player. They're always the most charming because they've had limitless encounters to learn from.

'When are you going to see him again?' Michelle asks, her face full of hope.

'I don't know if I will,' I admit, aware of a sadness creeping over me as I say it.

'What?'

'He has a reputation,' I say honestly.

'Haven't we all?'

'I've just been dumped after ten years of playing the dutiful non-wife, so no,' I say with a dramatic sigh.

I can't see myself walking around Ikea and arguing over flat-pack furniture instructions with him or anyone else any time soon, but I realize it has been brilliant to move my attention away from Ian for a while.

Right now I'm not looking to find someone who's going to fill the void that he left behind in my heart and soul. I don't want to depend on another person to complete me because I now realize that people change and evolve. They always do. That makes them unreliable and unstable, no matter how much we'd love to think differently.

Perhaps I'm thinking too much like a woman who's had her hand severely burned by the flame, because despite these thoughts I know I had an unbelievable night. I loved everything about it. And yes, I loved the way Alastair made me feel sexy, proud and confident, but it simply irks me that it has taken someone else to coax out that side of me. It makes me uneasy.

I just want to get *me* back, and that's a task I need to do for myself and by myself. I don't need some man swooping in and saving me, because no matter how delightful that might sound it's not a realistic end to my problems. This isn't a fairytale and the story isn't going to end with me riding off into the sunset for my happily ever after. I thought I had that and it disappeared, so I'm not even sure I believe in them any more. Who knows, maybe Prince Phillip treated Sleeping Beauty awfully after he woke her up with a kiss. Maybe he kept using the fact he got ripped to pieces by rose bushes, and (probably) got burned by the fire-throwing dragon against her in arguments. Maybe he turned out not to be the man of her dreams and more like Joffrey in *Game of Thrones*, with a thirst for cruelty and torture. Maybe Aladdin was just a street rat and a thief. Maybe *The Little Mermaid*'s Prince Eric smelt of fish all the time. Maybe the ultimate one, *Cinderella*'s Prince Charming, was actually a sex addict with a wandering eye and that's why no one had been able to pin him down before. Even my favourite TV show *Friends* left me thinking Ross and Rachel finally got together after years of make-ups and break-ups – but what about Paris? What if it was all too much, or not enough? What if it didn't live up to the expectations they'd spent years building up? Then there's Bella and Edward, Pacey and Joey, Mickey and Minnie and Leonard and Kaley – their lives all continued after the last page or when the cameras stopped rolling, and none of us can predict what happened when we turned off the TV or shut the book. All I know for certain is that these tales have given me high expectations of what a man should be and possibly even moulded what I thought I wanted in life.

And this isn't me swearing off men and relationships or my desire to get married one day, just me recognizing the fact that now is not the right time to embark on anything serious with Alastair that could muddy the waters even further. I need to think about me and sort whatever is going on in my heart and head before I take on someone else's ego.

'I'm really not looking for a relationship, and from what I know he isn't either,' I explain eventually.

'So shag him instead,' she says flippantly.

I'm instantly aware of the flutter of excitement the thought sends through me. It's not as if he'd say no to the suggestion, and Michelle's right, things might've progressed that way if Natalia hadn't hung around.

'Trust me, I've thought about it. I don't want things to get messy with Natalia.'

'Hmmm . . . you don't want to upset things with the new boss who didn't understand you guys wanted to screw each other senseless?'

'You're so crude. Plus, you know her!' I remind her.

She shrugs in response and buries her head in her changing bag, pulling out more muslins even though Duncan hasn't moved for the last ten minutes.

'I don't know what I want right now, but I'm not ready for anyone else's problems to be added to my own,' I admit. 'It's probably a good thing we didn't exchange numbers.'

'What?' she shrieks, her head whipping back around.

'I promised him and Natalia I wouldn't earlier in the night, and then neither of us asked,' I say, remembering how we clumsily exchanged a quick peck on the lips before Natalia and I left. 'It's for the best, though. I don't want him getting in my head, not when I've finally started making some big plans.'

'Such as?' she asks doubtfully.

'I handed in my notice yesterday,' I say, delivering the line with pride. 'I bit the bullet and took a gamble. Even if the job with Natalia doesn't happen I needed to make a change and figured it was best to do it while I'm still at Mum's and not spending as much.'

'And?' she asks, not giving me the shocked reaction I was looking for. I thought resigning was a big deal. Clearly Michelle doesn't think so.

'And I was hit with a sense of possibility,' I share.

'So poetic,' she gently mocks.

'I think it's time to be a little selfish for a bit and put myself first.'

'Finally!' she shouts, raising her hands to the heavens as though her prayers have been answered at last.

'Michelle?'

'What?' she asks, gazing back to me while looking as perplexed as I feel. 'Stop being such a sap, Elizabeth. Don't be the dependable one making sure everyone else is happy all the time. Do *you*. Go chase your own contentment.'

'That's your wish for Duncan.'

'And you. Did you not feel enlightened and empowered when I said it? Was it too subtle that I was talking about you too? Well, that's not like me at all. Maybe motherhood *has* softened me,' she laughs.

'That's definitely not something you have to worry about,' I say, picking up a discarded breastpad and chucking it at her head.

'Good to know,' she says dismissively, eager to get back to helping me, her desperado big sister. 'You know, I don't know if you're going to find the answers you crave at the bottom of an empty bottle of gin, while having your brains shagged out of you by Alastair, or when you're innocently walking down the road and reflecting on the wonders of life. However, you've got to put yourself first and get rid of the shit!'

'Nicely put.'

'Am I doing a good job?' she asks, suddenly looking fretful, the atmosphere completely turning. 'At this,' she adds, gesturing towards Duncan.

The gear change from bolshie to fearful is sudden and dramatic, as though an emotion switch has been flicked.

'Marvellous,' I smile, without skipping a beat.

Michelle nods, nibbling on her lip as she looks back down at her son, her face full of worry. 'The midwife came earlier. She kept asking how I'm feeling.'

'That's her job.'

'Hmmm . . .' she ponders. 'Maybe she thought I wasn't doing it right.'

'You're doing it perfectly. Look how happy he is,' I say, pointing at the little bundle in her arms who's contentedly suckling on her breast. 'Are you OK?'

'I didn't realize it would be so hard!' Michelle says, her breath catching in her chest as she screws up her face and tries not to cry.

'Oh, Chelle!' I soothe, jumping across the sofa and throwing my arms around her, taking care to avoid squashing Duncan, who's now sleepily come off her boob and wanting to be winded. 'It's so new. It's going to feel overwhelming at times,' I offer, suddenly thinking about what a change the last forty-eight hours must be for her.

'Yeah. And I just haven't slept,' she says feebly, pulling her shirt together.

'Well, sleep. Now. I'm here to watch Duncan!' I tell her, getting up and holding out my arms for him.

In that second an almighty squelching sound erupts from Duncan's bottom. I look at his tiny frame in Michelle's arms to find his offerings have fired out of his nappy and squirted all up his back. His white babygro is now a shitty brown.

'That's gross,' I mutter, my nostrils flaring.

'Thank you so much for the offer,' my sister sings, on the verge of hysterically laughing and crying while handing over my nephew. 'I completely agree that it would be good to have a nap. Right now.'

'But . . . you . . .' I say, speechless, looking from her to him. 'You've just told me to stop being a sap and to start putting myself first!' I squeak.

'Yeah, but not when someone really needs your help,' she sniffs, staring at me with an imploring look on her face. 'We're family.'

I hesitate, knowing there's absolutely no way I can get out of this but not knowing where to start. I glance up at Michelle and notice she's now looking delighted at my bewildered expression.

'Changing mat, wipes and nappies are in here,' she grins, handing over the changing bag. She's lying back and curling her knees into her chest before I have a chance to protest. 'I don't need long. Ten minutes will fix me.'

I look down at Duncan to find he's pulling an expression that pretty much sums up my own reaction to the situation. This stinks.

After kissing his nose for the hundredth time today, I retrieve the essentials, place him on the changing mat and get on with the task.

Some people are worth being a sap for.

# 30

'I hope everyone has had a good Christmas and New Year!' trills Jodie from the front of the group. The pianist runs his hands up and down the piano, encouraging the stragglers to hurry themselves along so that the first rehearsal of the year for the Sing it Proud choir can finally commence. The church is freezing, but Jodie handed me my new branded t-shirt when I arrived and I am happily wearing it while trying to ignore the goosebumps that are prickling their way along my bare arms and sending a chill to my bones. The heaters that have been placed around the room haven't managed to take away the bitter bite from the air just yet, but seeing as the church has such high ceilings I'm guessing it'll take a while either to warm up, or for me to get used to it or turn blue and die of hypothermia.

I've been looking forward to my first official session with the group since watching them before Christmas. I've had a flutter in my tummy any time I've thought about it and have found myself singing at every opportunity – in cars, supermarkets, or simply walking down the street. There was even one awkward moment where I was walking to the station and thought I was completely alone, so decided to break into a bit of Taylor Swift's 'Bad Blood'. Five seconds later a teenage boy overtook me, flashing me a worried expression.

Tonight I arrived early, have mingled and made small talk and am now standing in the front row of the organized group feeling anxious but raring to go. Apparently it'll help me pick up the harmonies better if I stand close to Susan, the elderly lady I ended up speaking to when I came to watch before Christmas, as we're in the same vocal group – soprano. I guess that'll give me more confidence, although I'm not sure I'm going to be able to hear any noise that comes out of my mouth anyway. Having heard Susan carrying out her own pre-warm-up warm-up I'm astounded to hear she has a real set of lungs on her for one so tiny. The sound she creates is huge and powerful and travels down my eardrum at great speed.

'First up I want to tell you about a concert I've penned in,' continues Jodie with a clap, causing the rumblings of conversations in the room to cease. 'We didn't do a proper show this Christmas, and it was a complete oversight on my part. You all worked so hard, and while the emphasis within this group should always be about enjoyment there's a lot to be said for the thrill of a public performance,' she says, causing a stir of excitement from the group around me. Clearly they're all in agreement, however the thought fills me with fear. 'I was watching a programme over Christmas about loneliness during the festive period,' she continues loudly over the group to encourage them to keep listening. They obey quickly. 'It struck me that if the most magical time of year is the most lonely for some, then what is January? It has to be worse thanks to the weather turning more bitter and the reasons for people gathering together diminishing.'

'And the TV is showing a load of rubbish,' shouts Albie, Susan's husband. 'That doesn't help.'

'I'm sure,' nods Jodie.

'It's a very isolating time,' adds Susan.

'It's so true,' says an elderly lady standing at the end of my row. She shrugs her shoulders and looks around at the rest of the group. 'My son went back up to York with his family at the weekend. I probably won't see him again until Easter. I can't imagine what it would be like if I didn't have you lot.'

Even though the members of the choir are an array of ages it seems to me they rely on each other for support and are a real community. It's part of the reason I've been longing to come back. It's more than just singing through a few pop songs and getting our voices to gel as one sound. It's belonging to something; feeling part of a collective.

'I've spoken with the church and I want to turn the last session of the month into a real event for the community, inviting everyone around here along and getting them out of the house,' explains Jodie.

'Great idea!' enthuses a young blond man behind me who fiddles with his green-framed glasses as he talks. 'We can all bake cakes for it, too.'

'Better than a Christmas show,' adds someone else, as the group gets even more vocal and further suggestions are thrown out, like members offering taxi services with their own cars to help less mobile people get here and back.

I think of Michelle and the newborn whirlwind she's

currently in. We've spoken a lot since her emotional outburst yesterday and she seems to be doing more than fine at the moment, but it's still a massive change for her. She's up all night with Duncan, so hugely sleep deprived and generally walking about in a haze. I imagine a couple of hours out of her pyjamas and mixing with adults who aren't Stu or her family would be a bit of a treat for her.

'It would be good to target new mums too, and make sure they know they can bring along their little ones,' I find myself saying out loud, feeling inspired by their plans.

'Definitely,' Susan bellows from behind me, making me jump. The rest of the group nod away, the excitement building. Having been lucky enough to watch this choir in action I know it'll be a special night for everyone who comes along.

Jodie beams at the crowd in front of her, clearly happy that her idea has been met with so much enthusiasm. 'If anyone has any song suggestions then please let me know by the end of tonight's rehearsal. We have only three weeks to put together a fab show, so let's pull out the golden oldies from previous sessions, but sprinkle them with extra magic.'

The pianist starts playing his scales again, prompting Jodie to look at us expectantly. Time to actually do a vocal warm-up.

'OK, let's go. Can I have an ee-ee-ee-ee-ee-ee-ee-eeeeee,' she sings, her voice rising and falling beautifully.

I take a deep breath and open my mouth in the same

way I've seen Jodie do and go for it. I'm surprised by two things: one, that I can actually hear myself over Susan, and two, by the sound that comes out of my mouth. And not in a good way. I sound like a boy going through puberty who's having to deal with his voice breaking. It cracks, crackles and dips between notes in such a peculiar way I think about miming. No, seriously. I could lip sync along quite happily and I'm sure no one would even be able to tell anyway.

I never used to sound like this. Fair enough, I never sang like an angel, but my parents have been going on about my 'lovely' voice for the last decade as though I threw away my chance of being the next Whitney Houston. Where's that voice gone? Or were they just humouring me when I was nothing more than mediocre?

Perhaps that's a bit harsh. I doubt they'd disillusion me on purpose. After all, almost every single dreadful contestant on *The X Factor* has a parent or two eagerly waiting in the wings for them, who genuinely believe their talentless child is the most gifted human being on the planet. Their unconditional love has not only left them blind, but deaf too. If I were to audition, Simon Cowell and Sharon Osbourne would be doing their best not to giggle their way through my audition before rejecting me and breaking all my hopes of popstardom. My mum would then come out and give the thoughtless judges an ear-bashing, but to no avail. They'd be forced to reiterate the fact that I shouldn't give up my day job – which would be disastrous as I technically don't have one right now. Cue more sob-story fodder.

The realization of this imagined scene leaves me deeply humiliated.

I squawk my way through the rest of the warm-up, feeling my cheeks redden and unable to look up at Jodie, even when she's telling us what the first song is. It's one of their favourites called 'I Will Follow Him', a song from the film *Sister Act.* I don't know it. Even with the lyrics in my hands I can't follow where we are in the song and I can't get to grips with the melody. My mind is all over the place; I can't think about anything other than how terrible I sound, so I try to be as quiet as possible so that I can't be heard. I do the same for the following two songs, willing the session to be over so I can scurry away and never come back.

When it's finally time for a break I sneak off to the toilet. My chin starts wobbling and despite telling myself that I'm being completely stupid, tears start streaming down my face. This is completely different to singing on my own in the shower, or in the car, where I can just let loose and do what I like. It's immediately evident that singing in a choir requires far more skill in terms of breathing, timing and, most importantly, gelling with everyone else. I'm shit at something I really hoped I'd be amazing at and that's a difficult pill to swallow. I am frustrated at myself for letting my brain get in the way of me having fun and embarrassed for my failings. Covering up my face with my arms I lean into the wall and try to calm myself down. I'm being an idiot.

'Lizzy?' I hear Jodie say softly from the other side of the cubicle door.

'Yes,' I say, trying to sound as bright and cheery as possible and failing. Instead I sound as though I've either suddenly contracted a severe cold and spent the last few minutes stuffing toilet paper up my nose, or been full-on ugly girl crying.

'You're doing brilliantly.'

I don't respond because I know she's lying. Instead my face contorts and screws up, as I try to ward off another sob that's threatening to escape.

'Lizzy?'

'Yeah . . .' I struggle.

'Want to come out?'

'Not particularly.'

'It's just me.'

I take a deep breath and wipe my eyes, shaking my body in the hope it'll shake my blues away, just as Taylor Swift recommends. It doesn't, but I realize I can't stay in here for ever.

I open the door to find Jodie leaning against one of the sinks, looking at me sympathetically. It's like we're back at school and hanging out in the toilets at loo break so that we can dissect the latest gossip: was Phillip Deyes touching Connie's boob really an accident (it wasn't, he absolutely meant to do it), had Daniel Durrant actually been stuffing socks down his pants in PE (he had), or had Tracey Perkins really touched Simon Clark's willy in the back of science class (apparently also true). The flashback makes me feel even more pathetic and a little sick for our younger selves.

I busy myself by going straight to the other sink and

washing my hands. Looking up at the mirror I see my eyes and lips are red and swollen.

'You *are* doing brilliantly,' Jodie says, pivoting round so that she's also facing the mirror above her sink, although I know she's still looking at me.

'I can't sing,' I say matter-of-factly.

'You can.'

'I can't even hold a tune. Everyone else is amazing.'

'They've been doing this a long time but the majority of them would've felt like you at the start.'

'Bet they didn't cry in the toilets,' I reason, wiping my eyes on the cuff of my jumper.

'A couple did. It's a huge deal for people to be taken out of their comfort zones,' she admits, drawing in a deep breath through her teeth. 'Singing isn't something we do as adults unless you're in groups like this. I don't audition people to be in this choir because I want people to see that singing is about so much more than rigidly banging out the correct notes.'

'You're a choir. Of course you want that! You want it to sound good,' I argue, placing the backs of my wrists into my eye sockets to stop tears from streaming again. A few seconds later I look over to see her still staring at me.

'Perfect notes aren't everything,' she says, shaking her head. Her face changes suddenly, as though considering something. 'The odd moment of divine sound is more than enough to please me for a lifetime.'

'See?'

'But it's the cherry on top of an already delicious bowl of ice cream, and it's not why I started this group,' she protests, banging her fist into her hand passionately. 'I could've auditioned and turned people away who couldn't hit a top C or hold a note for thirty seconds before perfecting a vibrato finish, but I didn't want that. How do you feel when you sing?' she asks, bringing her hands into a prayer position. She points them at me before placing them under her chin as though she's begging or praying.

'Out there I feel like I'm letting everyone down,' I admit.

'Forget out there for a minute,' she tells me, gesturing to the door separating us from everyone else. 'What's your favourite song at the moment? What do you belt out in the shower?'

'"Fix You" by Coldplay,' I say, able to answer without giving it too much thought. Ever since I first heard that song (and then experienced it in motion in an episode of *Lost*) it's called to me. I sing it in the shower with my eyes closed. Sometimes as I sing it, I'm promising I'm going to put myself back together, and other times I'm imagining I'm in a stadium singing it for the crowd with their lighters swaying in the air (I know it's all iPhones now, but it's not quite as magical) and everyone singing along. It's euphoric and anthemic.

'And how do you feel when you're singing that song into your bottle of shampoo?'

'Great,' I admit, smiling despite myself as I think of my wonderful shower performances.

'Because you're not thinking about it, you're just doing it.'

'I guess. Plus, the acoustics in there are fab,' I remind her.

Jodie laughs. 'Sing it Proud is about a bunch of people coming together to celebrate their love for singing. It's about taking confidence from each other and should be an extension of what you're already doing in the shower. When people come through the door I want them to escape whatever is going on in their everyday lives. I want them to just be focused on the music in their hands, the sound of the piano and the emotion they feel when they open their mouths and tell the story of the song.'

'I sounded like a cat being strangled,' I admit, cringing at the memory.

'I was standing in front of you and I can tell you that you categorically did not, but I saw your face looking deflated and knew something was up,' she tells me. 'Can you remember why you loved singing back in school?'

'I was a bit of a show-off?' I offer, thinking back to my Girls Can Too girlband days with knicker-flashing Connie. I might've only been seven years old when our success peaked with a performance of Bananarama's 'Love in the First Degree' in assembly, but I remember feeling incredible when the applause erupted at the end. I can still remember the grins Connie and I flashed each other as we soaked up the admiration.

'You are funny,' Jodie smiles, placing her hand on my shoulder. 'When you're a kid you don't worry so much. I didn't, anyway. I didn't care what people thought but I knew how good singing made me feel. Singing is entertainment, it's also an emotional outlet for whatever you have gurgling away inside.'

'Do you think I'm overthinking it?'

'I don't know what's going on in your head, but in the last few months you've overcome far worse than a community choir,' she says, raising her eyebrows at me and pursing her lips. 'I can't force you to be in this group, and really don't want you to be here if you feel uncomfortable.'

'Are you kicking me out?'

'No! I'm trying to make you see that everyone out there is on your side.'

'Sorry, I'm being a twat,' I say, sighing at the stupidity of me sobbing in the loo of my local church.

'No, you're not, but please remember that it's *just* singing,' she says, gently rubbing my shoulder and smiling at me in the mirror. 'I'm going to go back in for the rest of the rehearsal, but take your time and come out when you're ready to have another bash at it.'

'Thank you,' I say.

I still feel foolish as she walks out of the door, but at least I feel less alone. Perhaps I wasn't as bad as I thought I was. Or maybe it actually doesn't matter as long as I'm enjoying it.

I take a few deep breaths and wait for my face to appear less blotchy. When I'm finally convinced that people won't notice I've been having an emotional meltdown in the toilets, I rejoin the group who are now putting down their paper cups and getting back into their previous positions, ready to go again.

I catch Albie's eye as I pick up my sheet music. He winks. I smile. It's enough.

'The next song we've not done for a few months because we sang it to death at the start of last year, but I know you all love it and so will our audience,' Jodie says, passing a new set of music to a woman at the end of the row to pass around.

I laugh when I see the chosen song.

'Fix You'.

It's time to pretend I'm in my shower.

# 31

As I have no job or commitments to tie me down, I offer to meet Natalia in town. This is obviously the right thing to do, as she's hopefully going to be offering me a job. In a further attempt to impress her I've been through my wardrobe millions of times, trying to figure out what to wear. Aside from the items I bought for New Year's Eve, everything in there is still black – a further reminder that I need to go to the flat and sort out my clothes – but I've not been able to work up the courage to go back there yet. The thought alone causes me to grimace. So I've put on my best black jeans, black cable-knit woolly jumper and black ankle boots. To liven it all up I've pinched a leopard-print coat from Michelle along with a light-brown cashmere scarf.

I might look the part but I'm nervous, because I know this meeting isn't going to be as straightforward as I would've hoped. Having read through Natalia's email I initially squealed with delight because it's clear she really does need someone to work alongside her. My heart skipped at the thought of it being me in that role, but then something started niggling away at me and I've not been able to shake it off since. Those thoughts are still very much present when I walk through the front door of Soho House's private members' club in Dean Street and am faced with three girls staring at me from behind a large podium of a desk.

'Hello, can we help?' one of them asks, flicking her luscious blonde hair over her shoulder. The fact they don't mistake me for one of their members confirms my suspicion that I stick out like a sore thumb.

I nervously mumble something incomprehensible in reply.

'Pardon?' she asks, her high-pitched voice piercingly jarring as she leans in.

'I'm Lizzy Richardson,' I say, swallowing hard, not sure why I'm so nervous.

'Here to see . . . ?' she prods while I gaze gormlessly at her.

'Natalia Wood!' I practically shout.

'Great,' she chimes, plastering a forced smile across her face. 'Please sign in,' she asks, handing over a pen while sliding a big black folder in my direction.

Putting pen to paper I start writing.

'Wait,' I apologize nervously. 'That's not my name. I put Natalia, that's the person I'm seeing, not me. I'm Lizzy.'

The three girls look at me suspiciously. Now they definitely know I'm a novice in these parts. Girl One places her hands back on the folder and swivels it around so they can all inspect my error.

'Up these stairs, room on the left,' Girl One says without even looking up from the mess I've made.

I scuttle up the grand wooden staircase quick enough to ensure they can't change their minds. I'm in. Even though I feel like I don't quite belong here, I feel a thrill at being allowed in to this exclusive London club. It's literally like a house, albeit the home of a billionaire who can afford this huge building in the heart of Soho. At the top of the stairs I ignore what looks like the main room in front of me, which I note has been painted a vibrant rust and filled with gorgeous leather and heavily textured armchairs and sofas, and turn to my left to find somewhere even more pleasing on the eye. Mustard-coloured walls, elegant and simple 70s-inspired wooden furniture and a green floral-patterned sofa of dreams, which I instantly know to be a William Morris creation. If I could freeze time and live here, I would.

I spot Natalia sitting in a comfy armchair, her perfectly manicured fingers frantically scribbling into a notepad as she waits for me. I feel unusually nauseous, so take a deep breath and step towards her.

'You're really early! I mean, *I* aimed for early, but you basically opted for the day before,' I nervously ramble, placing my hand on her shoulder.

She turns to me and laughs while getting to her feet, opening her arms for a hug. She looks divine in a spectacular orange knitted midi dress, which accentuates her petite yet curvy frame. I'd look like a sack of potatoes in it; despite going on a few runs I've not curbed my heartbreak-and-Christmas diet of shoving all food within eyesight straight into my gob.

'I finished at Selfridges a little while ago and had some work to be getting on with,' she explains, looking around the swanky room at the other guests who are chatting away in little clustered groups of twos, threes and fours. 'It's just a blessing mobiles are banned in here. It gives me a good excuse to go off radar for an hour or two.'

Following her gaze, I think I recognize someone from a huge British girl band, but I can't be sure and it'd be super uncool of me to look at her for any longer than I already have. Even though there's no chance I'd ever go over and talk to her, just knowing we're in the same place gives me a sense of pride and excitement for the future. I wouldn't see her in McDonald's in Chelmsford, or grabbing a quick bucket of deep fried chicken. Times are changing.

'How have you been?' Natalia asks, sitting back down and gesturing at the armchair next to her. 'Come, take a seat.'

I start to do as she says and notice the atmosphere between us is unfamiliar. The last time I saw her was New Year's Day and we were both leaving Alastair's flat. I looked a state – like I'd had my first night out in a long time and had certainly made the most of it. Which I had. There was no way I could prise my feet back into my heels so I'd pulled out the flats I'd cleverly stowed away in my bag (after managing to resist them the whole night). I was still hobbling thanks to a few numb toes, my hair looked like a bird's nest, my make-up had melted off and my clothes had pizza and Archer's stains down them. Natalia, on the other hand, had looked radiant – as though she'd spent the evening skipping through calming meadows of wild flowers, surrounded by magical unicorns. We may have been completely shattered, but we were experiencing the buzz that delirious exhaustion from a night out provides. Now there's an air of professionalism in the way Natalia holds herself. Her back is a little straighter, and her shoulders are pinned back an inch further. She still seems as lovely as ever, but there's something authoritative about her now. She's in boss mode, which I can't help but find intimidating.

'Can I get you a drink, Ma'am?' a waitress asks as soon as my bum has found the seat.

'Tea, please. English breakfast,' I clarify, knowing they probably serve a whole host of loose, exotic posh types and I won't know how to work the strainer. I just want the normal one. Nothing fancy.

The waitress smiles knowingly and leaves.

'Forgive me for diving in,' Natalia pre-warns, adjusting her position on the chair and rearranging the fabric of her dress before looking up at me with great expectancy. 'What did you make of my proposal?'

'Ha! Do you know how long I spent waiting for one of those?' I ask, laughing at her choice of words.

It takes a second or two, but eventually Natalia understands what she's said and laughs too, the atmosphere instantly becoming more relaxed. She chuckles into her coffee while keeping her eyes on me.

'I read it and I loved it,' I admit. 'It's exactly what I want to be doing.'

'Amazing,' Natalia beams, the palm of her hand excitedly tapping on the table between us. 'So when do you want to start?'

'I've got the job?' I ask slowly, absorbing the moment that sits heavily on my heart.

'Of course,' Natalia grins. 'I said as much the other night.'

'I still didn't think you meant it though . . .'

Finding her enthusiasm infectious, I can't help smiling back at her, but realize I'm about to make the right decision for me, and that's not necessarily going to be the right one for her.

As Michelle has instructed, I have to stop being the sap.

I take a deep breath and twiddle with my fingers, then look up at the woman whose work I truly admire, knowing I'm potentially about to disappoint her. 'Natalia, you know I'd love to work for you. I would literally have begged for a job with you if you hadn't asked me first. In fact, I think I practically did anyway,' I laugh, thinking back to our chat in the club on New Year's Eve.

'That's good to know,' she replies, putting down the coffee cup before running her hands along her thighs and cupping both her knees.

'And I really do want to work for you,' I say, placing my hand on my heart to highlight my sincerity. I have to show her how serious I am about that before I can tell her what else is on my mind. 'Really, truly, I couldn't think of anyone I'd rather work with – your passion and dedication are so clear and I admire all you do.'

'Why do I feel like there's a *but* coming on?' she asks, looking curious rather than deflated, interested rather than angry.

'Because there is,' I say, letting the realization settle.

Her surprised expression mirrors my own.

'A couple of months ago my life took an unexpected turn into a dead end,' I say, repeating the words I'd found myself nervously putting together on the train on the way here. 'Ever since then I've been on this massive journey to reverse myself out of that crappy spot and find out who I am, or who I was meant to be if my ex and I hadn't joined forces and moulded into one entity. I've been looking at clues and second-guessing everything, but really I just need to give myself time to take opportunities now that I've only got myself to think about. I've not had that in ten years,' I exclaim, pausing as my tea is brought out and arranged in front of me at a snail's pace. Neither of us fills the gap in the conversation. As soon as the waitress is gone I continue. 'Even this, sitting here with you and having your incredible offer of a job, would've been carefully discussed and considered by me and Ian. We'd have had to think about how the change would affect us as a couple and the life we shared. We'd have had to contemplate moving somewhere between our two jobs, or I'd have had to plan the commute from our existing flat and see whether it was something I could handle. I'd have had to make sure Ian understood that working for such an acclaimed company would mean him getting less of my time. I'd have had to preempt what that might mean for us and whether it would cause any problems.'

'Well, I'm glad we didn't meet before you broke up then,' Natalia cuts in, looking bewildered.

'That's relationships, though,' I shrug.

'Putting someone else first? Maybe that's why I've been single for so long,' she suggests with a slight pout.

'Or why you're such a success! I have to say, on reflection, I think I put his needs before my own too much. It should've been far more equal than it was,' I admit. 'But we aren't here to talk about my ex.'

'We aren't,' she agrees, bowing her head and willing me to continue – or probably get to the point a little quicker. After all, she has a million places to be right now, I'm sure.

'I know I want to work for you. I know how much I would absolutely love being a part of your team and getting my teeth stuck into some of your projects,' I say, stopping and taking a deep breath. 'That said, I need to get away and take some time for me that isn't spent living at my mum's in my childhood bedroom. I need to go away and explore. There are places I've always wanted to see and I need to do it now before committing myself to another chapter in my life. I need to be selfish and make things just about me for a while. I know you gave me the nudge to do it, but leaving Home Comforts seems to have given me the perfect time to stop and think about the things I need to do for me before I can continue giving so much of myself over to others.'

'So where do you want to go and for how long?' she asks, her face not giving away how she's feeling about my plans.

'I've always wanted to go to Thailand. I thought I'd visit Bangkok and then do some island-hopping before working my way down to Malaysia, Indonesia and then taking a bit of a tour of Australia and New Zealand.'

Natalia's jaw drops, causing my heart to sink. 'That's quite a trip.'

'I'd like to do what I can within three months,' I gulp.

Natalia purses her lips and looks down at the grey-carpeted floor between our feet. A small frown line has found its way on to her forehead as she contemplates what I've said.

I hold my breath in suspense, wondering how she's going to reply. I thought about emailing her with all of this as I knew I'd be able to write it more eloquently than I could verbalize it, but I reasoned that words on a screen could be taken in the wrong way. She might think I was saying a polite 'thanks, but no thanks' to the job offer, and I didn't want that to happen.

Natalia looks up at me and starts nodding. 'I couldn't be more supportive of what you're planning if I tried,' she shrugs, a smile creeping across her lips.

'Really?'

'Absolutely. I agree with you. Now is the time for you to do this. If it wasn't my company, or if you were Connie, say, I'd be actively encouraging you to take that time. As your friend, and boss,' she says, lingering on the word with a sparkle in her eye. 'I'm someone who wants the best for you. I think I'd be a fool to do otherwise because it's only when you feel fulfilled and happy that you'll be able to give me your focus and dedication to ensure you're producing your best work. I have my heart set on you purely from how you spoke about what we do when we first met. It was so impassioned and heartfelt. Plus, you had no idea what I do. Usually people find that out and try to impress me with their knowledge of designers or materials, but it means nothing. It's vacuous knowledge with no soul or thought.' She pauses and squints at me, her shoulders rising and falling as she lets out a sigh. 'I think you're worth the wait.'

'Thank you,' I say, feeling a weight lift from my shoulders, making me realize how much this chat was hanging over me. If she'd told me there was no way I'd have a job when I got back then I'd probably have fallen straight back into being a people-pleaser and told her I'd stay put. Now any trepidation I feel is targeted towards the actual trip and getting everything organized.

'I think it's a very brave move,' praises Natalia.

'I'm not sure about that. Part of me wonders if I'm being completely idiotic. I'm not exactly eighteen years old and on my gap year before I start taking life more seriously. I should have it all figured out by now.'

'Well, don't listen to that part!' Natalia giggles. 'It sounds like you have a firm understanding of what you want, and that's brilliant.'

'I'm not sure I do,' I say, batting away her compliment. 'Doing a bit of exploring is something that's been niggling away at my brain but I haven't wanted to focus on it. I didn't want to feel like I was meekly running away from my problems,' I say, knowing the main reason I didn't give it any real consideration when I was sitting in my room writing lists on my past self versus my present self was because it felt too much of a cliché. The wait has made me take the leap purely for my own desire to see more of the world with nothing to tie me down. I really do feel it's now or never – or at least not for a very long time.

'I'm sure people would understand if you did,' she reasons.

'Running away wouldn't have solved anything though, would it?' I say, deciding to finally pour the tea that's been stewing since the waitress left. I add a splash of milk and a spoonful of sugar before taking a sip, watching as the pop star from earlier saunters past, presumably going to the loo. A trail of her exquisite perfume wafting over us, floral, fresh and sweet, with undertones of vanilla. It's a far deeper scent than anything I'd be able to find on the high street. It literally screams 'I'm famous!'

I glimpse at Natalia and find that she's clocked her too.

'Is she . . . ?' I whisper, leaning in conspiratorially and making sure she's completely out of earshot. I'm pretty sure she is who I'm thinking of. She's been all over the *Mail Online* lately though due to her breaking up with a huge boyband member.

Natalia gives me a wink in response, confirming my suspicions.

'Ooooh . . .'

We have a little giggle together.

'So, when do you think you'll leave?' Natalia asks, grabbing a notepad from her bag, the pen hovering over the page, waiting for details. 'More importantly, when will I have you back here with me?' she asks, her eyes flicking up at me.

I smile at the thought of it actually happening as I place the delicate china cup back down in front of me. 'As soon as possible. I have a choir performance I'd really love to do in a couple of weeks, and then I'm off.'

'OK . . .' she nods while scribbling, as though she's mentally calculating what it'll mean for her, which is essentially a new member of staff who won't be actually working with her for another four months.

'It's scary thinking about it,' I say, taking a breath.

'I'm sure it is!'

'Joining a choir is one thing, but leaving everything I know, my whole support system, and flying across the world to somewhere new is a huge deal,' I realize, the reality of not seeing my family for months really hitting home. Baby Duncan might be rolling over by the time I'm back, Dad could've found a boyfriend or Michelle might've become a nicer person and joined a hippy tribe – all these things are possibilities and I'd miss the transition, but they'd happen regardless of me being here. None of them have tried to convince me to stay, or even said they'll miss me. They've all simply championed my plans with nothing but joy and optimism. 'That said, I'm twenty-nine in a couple of months and I'm not getting any younger. I need to do this now while I still have only my own happiness to think about.'

'Before you meet someone else who might stop you from going off whenever you feel like it?' she asks, raising an eyebrow at me. 'Like Alastair?'

'Well, no, maybe not him, but yes,' I flounder, not really wanting to lose focus by talking about him. 'I guess so,' I shrug. 'This trip has to be all about me, and not what I'm potentially missing out on,' I explain. When I was younger travelling used to be something you did for fun – one big, crazy, wild adventure to see you off into adulthood and stability. Now, as someone who's going to be travelling later than most people I know who either jetted off straight after A-levels or university, it's about something else entirely. It's all about me, having a deeper understanding of myself and the world around me. It's a peaceful waltz for one, rather than an action-packed rave surrounded by strangers.'

'Well, I know Alastair will be gutted,' she says in a way I can't read. I think of Michelle calling Natalia a cock-blocker, and wonder if this is a ruse to get more information out of me, or a genuine statement. Mentioning her best mate twice in the space of ten seconds certainly feels like the conversation is being forced upon me.

'I don't know about that,' I say uneasily, aware of my heart constricting as I think of him, which is ridiculous because we only had that one night together and even then, it was just a bit of fun really.

'He really likes you. Trust me.'

'I'm sure he's liked a lot of girls over the years,' I say, attempting to brush the thought away. 'I'm just going to pop to the loo.'

'Left, right and all the way down,' she informs me, totally unperturbed by my scatty reaction.

'Thanks,' I mutter, getting up from my seat and walking out, doing my best to avoid the situation entirely.

Turning into the main room I saw earlier I bump

straight into the brunette pop star. She tuts, scolding me for being so careless even though she wasn't paying much attention either. Regardless, I go to apologize but the bitchy look on her face stops me.

I pivot and continue with my hunt for the loo, smirking at the fact pretty Miss Pop Star is now walking around with a strip of toilet paper stuck to the bottom of her shoe.

Serves her right.

# 32

I couldn't visit London without arranging to meet Connie for a drink once she finished work. Three glasses of wine later, and we're strolling along the South Bank, finishing off McDonald's burgers and enjoying being together.

Festoon lighting is hanging from the trees above, casting a beautiful reflection into the Thames beside us. In the daytime it usually looks murky, green and somewhat disease-ridden; as if it would kill you instantly if you were unfortunate enough to fall in, but right now it looks magically romantic as it sparkles and glistens. We hear a busker with a guitar up ahead, his enticing Scottish accent clear through the poetic words he's singing. The moon above is big and bright in the clear dark sky. It's freezing cold and, even though there are a few dozen commuters or tourists milling around us, it feels strangely tranquil – as though we're in our own little world.

'I can't believe you're actually going!' Connie says sadly, throwing her empty wrapper in the bin before taking hold of my gloved hand and grasping it in both of hers, as though she's keeping hold of me so that I can't leave.

'It'll fly by,' I tell her, stuffing the last mouthful of burger into my gob while screwing up my face as if to say I don't even want to go on the trip of a lifetime I'm planning, which I'm aware is a complete lie. Now I've told Natalia, I'm more excited than ever about the prospect of getting on that plane to the other side of the world with nothing but me and the bag on my back.

'For you it will, when you're swanning around the world in your khaki harem pants. It won't for me!' she argues, before sighing heavily and blowing a deflated raspberry through her naturally plump lips. 'Can you reactivate your Facebook now? Just so you can keep us up to date with where you are?'

'No. Absolutely not,' I declare, firmly against the idea. 'I don't need everyone who's ever had eye contact with me knowing what's going on in my life. I'll text you what I'm up to. I might even be able to WhatsApp you some pictures when I find some Wi-Fi.'

'Hmmm . . .' she says dubiously, still clutching my hands. 'It's just like when you left for uni,' she barely mutters, causing my heart to ache for her.

'Except I won't meet a guy and drop off the face of the earth,' I promise her, knowing how much I'll miss her. Even though we probably only see each other once a week, we still call each other a lot and it'll be weird for both of us not to have that contact.

'You'd better not,' she snorts, elbowing me in the ribs. 'I'd come chasing after you this time and demand you came home. In fact, I'd fucking drag you back myself.'

'Probably for the best. You'd have saved me a lot of heartache if you'd done that last time,' I joke, putting my arm around her and pulling her body into mine.

Perhaps the biggest shock from my break-up with Ian

is learning that Connie felt she lost me when he came along and dazzled me with all his enticingly mysterious ways and long luscious hair. I realize that's what she was getting at when we had our tiff before Christmas. I was young, foolish and totally self-absorbed when we started dating. Nothing existed outside the bubble of us and I closed myself off from the other people I loved, not because I'd stopped caring but rather because there was this new and exciting relationship that I'd become intoxicated by. Plus, I was living away from home for the first time and making the most of not having Mum and Dad know where I was every minute of the day. It felt rebellious. Now I realize how wonderful it would have been to have let in that group of fantastic people who wanted to know, and actually cared about what I was up to, as well as having the fab (turned out to be not so fab . . .) boyfriend in my life. I will no longer be dismissive towards people I adore. A partner should be an added bonus to my life, not the centre of it . . . or maybe just off-centre so everything sits a little more equally.

'How are things with Matt?' I ask, knowing that if New Year's Eve was anything to go by then she's well and truly smitten.

'Really good,' she says, practically singing the words.

'He seems great,' I admit. At no point have I ever thought anything different, although the call to his grandma while we were out partying was the moment I knew he was a serious keeper. Far more than the good looks and the dazzling smile, it highlighted his caring side. Even *I* fell in love with him after that.

Wait!

I look at Connie, who's uncharacteristically silent, and see she's got a humungous grin on her face. The term 'ear to ear' doesn't even cover the sight I am seeing. It's practically face-splitting-in-two material.

I gasp, tugging on her arm and pulling her around to face me. I cup her chin in my hand and pull it gently towards mine, looking at her closely.

'You're in love!' I exclaim, my jaw dropping.

'I might be,' she says bashfully, backing away from me to giggle into her scarf while grabbing my arm and pulling me along so we keep on the path ahead of us.

'Shitting hell!' I mutter, making her light giggle grow into a fully fledged guffaw. 'I don't even know who you are right now. What happened to my straight-talking, ball-breaking best mate who writes about all the losers of the world on her super-successful blog? She's turned soft!'

Letting out a loud cackle, she stops walking, bending over in two and grabbing hold of her knees as her whole body starts to shake. She's lost the plot. Love has actually turned her crackers.

'Connie?!' I squeal, thoroughly enjoying this new side of her and finding myself infectiously joining in. Over twenty-five years of friendship and she still never ceases to surprise me.

'Sorry,' she breathes, dissolving further into hysterics. 'It's not even funny . . .'

'It's hilarious!' I correct her, struggling to get my words out.

Passers-by stare as though we're up to no good, but we don't care. If anything it goads us on further, highlighting how silly we're being. It feels great. The laughter takes over completely, so much so that a stitch punches me in the side. It could be the burger I've scoffed, or it could be the fact I've not laughed like this in a long time and my muscles simply aren't used to being pummelled in such a manner. Whatever the reason, it forces me to calm down and attempt to get a grip.

'Oh, Con!' I sigh, wiping away my tears while trying to catch my breath, my hand rubbing at my side as the discomfort subsides. 'You're so funny.'

'I've been trapped by the flipping love bug, haven't I?'

'It's adorable,' I say, putting my arms around her shoulders and giving her a big hug. 'I'm proud of you.'

We squeeze each other. We used to hug like this a lot when we were younger, but grew out of it at some point. It feels so comfortable, like a pair of worn-in jeans.

'Well, it was going to happen some day, wasn't it,' she smiles, breaking away from me. 'The dream was always that some guy would come along and sweep me off my feet with his greatness. I just didn't think such a man existed.'

'Have you actually said it out loud to him yet?'

She nods and lets out another giggle. 'Obviously he's just a guy –'

'Good observation,' I interrupt.

'But he's a bloody superb human. I want him in my life always. He makes me feel . . . amazing.'

'God, you make me sick,' I grin.

'Tell me about it. I make myself gag these days.'

A group of rowdy lads begin cheering and shouting animatedly at each other as they exit a nearby bar. Without saying anything we loop our arms and start walking in the opposite direction.

'Well, how's that for timing,' I say, largely to myself.

'What? You suddenly becoming footloose and fancy free just as I get firmly removed from the most-shagged list?'

'Connie!' I laugh.

'True. I can still count on four hands my sexual encounters . . . oh wait, that's not right,' she says when her hands are out in front of her. She shakes her head free of the maths that's confusing her. 'Anyway, you were saying?'

'I was going to finally take you up on your offer,' I say.

'Which one? There have been many!'

'Of getting out of my mum's and staying with you for a while.'

'What, when you get back?' she asks excitedly.

'It would only be for a bit while I wait for the flat to sell and find somewhere new.'

'In London?' she shrieks. 'You're moving to London?'

'It's not a million miles away from Essex. I think I'd cope,' I giggle, her excitement building my own. 'I never meant to move back to Essex after Sheffield, anyway. I planned to be here, living life on the edge somewhere trendy. While I fear my trendy days are behind me –'

'They aren't!'

'– I'd still love to try it.'

'Yes, Lizzy!' she shouts, happily stamping her foot on the ground and punching the air. 'It's going to be brilliant! I'm actually jealous that you're going to experience it all for the first time. Living here is so different to visiting once or twice a month.'

'Well, that's my plan.'

'And you have to stay with me. I would absolutely love that!' she says, squeezing my arm.

'You have a proper boyfriend now,' I remind her.

'And?'

'And you aren't going to want me there being your third wheel.'

'Fuck that! Matt would be the third wheel,' she retorts with a big grin. 'Let him feel awkward.'

'It won't be for long.'

'It can be for as long as you like. How much did we talk about living together when we were growing up?' she asks, stopping to buy some roasted nuts from a guy standing on the pathway. With two cups of roasted sweetness in our hands we walk a little further and then lean on the stone wall by the river. 'Remember when you got back from your family holiday in Cyprus?'

'I suggested moving over there for a summer,' I say, realizing that before any boyfriends came along to tempt me otherwise, Connie had always been my ideal flatmate. Living somewhere away from our parents and having as much fun as we wanted was the ultimate dream.

'You didn't just suggest it, you got in touch with a load of bars to see if they had any vacancies for us,' she reminds me.

'It was all going so well until our mums found out,' I tut.

'Remember the family meeting they ambushed us with?'

'Yes!'

'Us and our parents sitting around your living-room table getting a right rollicking while Michelle pissed herself in the hallway . . .'

'She was always such a cow,' I say, finding it funny now, although at the time I didn't speak to her for three whole days. She didn't care though. She said she quite enjoyed getting away from me and my nasally whiny voice.

'Please come stay at mine. I want you to.'

'Only if you're sure.'

'Definitely . . . there's not enough nude Bananarama dancing in my life for my liking.'

'Well, I think I can fix that!' I chuckle, placing a nut in my mouth before spitting it straight back out. 'Fuck me, that's roasting.'

Connie cracks up.

# 33

As Stephanie didn't want me to work my two weeks' notice in case I stole her fascinating clients (she can keep them), I've found myself joining Mum at her weekly yoga class in the hall where I used to have Girl Guides. I'm pretty good at yoga and have done a fair bit in the past, but Mum is the youngest member in attendance in this class. By about twenty years. I'm not ageist in the slightest, but I keep being dragged out of my zone thanks to the elderly man beside me breaking wind whenever he moves. Literally; even extending his arm seems to unlock an air bubble of gas that he can't help but unleash into the world. I can block out the long trumpet sounds but the lingering smell is horrendous. Being engulfed by the stench of rotten eggs while trying to perfect the Triangle Pose is not where I want to be in life.

'That was brilliant,' Mum claps at the end of the class, sighing blissfully as though she's just spent a week in a health retreat in Thailand. 'Honestly, I think something like this would do the world of good for Michelle.'

'She's just had a baby.'

'She'll be up to it soon enough.'

'Maybe,' I shrug, although I doubt Mum will get Michelle anywhere that focuses on finding your inner peace. Michelle lives for the chaos, and if she were to come along she'd have a thing or two to say to Mr Trumpy Pants.

Following Mum out of the hall I retrieve my phone and see that it's silently ringing, and that it's Natalia who is calling.

'Just got to get this, Mum,' I say, swiping my thumb across the bottom of my screen. 'Hello?'

'Lizzy!' she chirps, sounding thrilled I've picked up.

'You OK?' I ask.

'Yes, yes, yes, all good,' she sings. 'I have a favour to ask.'

'Oh?'

'Are you busy this afternoon?'

'If watching *Gossip Girl* in bed constitutes busy then yes. If not, no,' I say, aware that I'm about to lose my afternoon date with the delectable Chuck Bass.

'Would you be able to travel into town?'

'Definitely,' I say, looking over at Mum who I can tell is desperately trying to listen in on what Natalia is saying.

'Great start!' she trills. 'I need you to buy lots of sweets. Not for me, of course.'

'Sweets?' I repeat, feeling instantly deflated that I'm not being called in to do something of value.

'Sounds bizarre but it isn't really,' she says, speaking quickly. 'I've just finished a total refurb for a new client and we have an area of the hallway that's been decorated with old-fashioned sweet-shop jars which they want filled. The family are meant to be moving back in in less than three hours and they're expecting everything to be complete. The delivery van containing my sweets order has broken down and so they won't be getting here today.'

'Oh dear.'

'While I'm here finishing off the final touches would you be able to run to a Costco or something?' she says, sounding awkward as she asks.

'Of course!' I laugh. 'Email me the details and I'll head off as soon as I can.'

'Thank you!' she breathes, the relief audible as she hangs up.

As soon as I'm back home I quickly change out of my workout gear and into jeans and a jumper. Normally I would hate the idea of not showering after doing a class, but I barely broke a sweat. My main concern would be particles of an elderly man's trumps sticking to my clothes, but I've got a job to do and not long to do it, so I dowse myself in Ghost Deep Night, grab Mum's car keys and run out of the door. If I'm going to be laden with sweets there's no point in bothering with the train. I just have to hope there's no traffic and somewhere to park at the other end.

As expected, Natalia has already sent over her shopping list and where I have to go afterwards. It turns out the closest Costco to me is in Grays, but that's a bit of a detour if I'm driving to Chelsea afterwards so I end up heading into London and going to one on the way. It all goes smoothly. Everything asked for is sourced (as well as a gallon of white wine because it was so reasonably priced), so before long I'm travelling through the posh borough of Chelsea and Kensington with the sweet smell coming from the thousands of penny sweets on the back seat giving me a sugar rush. Literally my jaw aches just from sitting so close to them.

'You're an absolute star!' Natalia says, opening my boot before I've even had a chance to park properly so that she can pull out the two-hundred flying saucers, cola bottles, caramel bonbons, marshmallows, jelly beans, aniseed balls, banana splits, liquorice sticks, shrimps, black jacks and Catherine wheels as quickly as possible. Parking restrictions don't appear to apply when a wealthy client needs his sweetie shop set up. I jump out and help carry the heavy bags inside, running up the front steps behind her.

Having not had time to take in my surroundings when I was pulling up I stop as soon as I've taken a foot inside the house. Tall ceilings automatically lead my eyes upwards, enabling me to see the vast scale of the space. A warm grey has been painted on the walls, leaving it bright but inviting. Monochrome Victorian tiles with an ornate detail have been laid on the floor, leading to a cantilevered staircase that travels from one side of the hallway and loops up and around, creating a beautiful spiral further than I can see, teasing me with how many floors this insane place might have. A slightly flecked striped runner, which gives hints of pastel pink, green, blue, red and turquoise on top of a neutral grey grounding, has been used on the stairs, with lavish African blackwood showing either side. The beading and spindles have been painted white while the handrail is a contrasting jet black, helping to really accent the swooping of the carpentry in the design. It's the making of a Pinterest board from heaven.

'Oh my God!' I find myself saying, so in awe of the sight

in front of me that my feet forget how to function properly. I have to shuffle them along the pristine tiles to get to the 'sweet station', a nook in the corridor, which is in fact bigger than any sweet shop I've ever been into and lined from floor to ceiling with a beautifully crafted white unit. Tall rows of chunky shelves have been topped with an elegantly tapered cornice. There's even a flipping sliding ladder to ensure all sweets will be in reaching distance. The floor is covered with rows and rows of footed bonbon jars, which, once filled and placed on the awaiting shelves, will ensure this spot looks like something from *Charlie and the Chocolate Factory* – albeit with a lot more taste.

'This is bonkers,' I say to Natalia, who's already ripping into the plastic bags and tipping the goodies I've bought into glass jars that are covering the floor.

'I know. Everything else is done. The decorators and electrician have left,' she says without stopping. 'They aren't going to be long.'

I take the memo and get on with it. Sweets to jar then on the shelf, sweets to jar then on the shelf, sweets to jar then on the shelf . . . The task is repeated over and over, the repetitive action becoming therapeutic as we beaver away in silence.

We both jump when Natalia's phone starts ringing, the noise catching us by surprise. I look over and see it's Alastair. I watch as she spots it too and sighs before switching it to silent. His call seems to have irritated her.

'Everything OK?' I ask, not meaning to pry but feeling my question is warranted thanks to her clear emotional shift.

She gives a little cough before getting to her feet, taking her glass jar and placing it on one of the shelves. 'He knows it's an important day,' she grumbles, but not in the way that tells me he was being friendly and thoughtful by wanting to speak to her.

'Oh? Perhaps he's forgotten, or something's happened,' I say, although I've no idea why I'm sticking up for him. Maybe they've fallen out over something and he's genuinely been a cock and deserving of her wrath.

'It's you,' she says, looking at me with her arms crossed.

I stare back. The word 'cock-blocker' appears in my mind in big, bold, black letters. I blink it away.

'He knows you're with me,' she adds.

I shrug in response, picking up the glass jar I've just filled with jellied rings and passing it to her. She takes it and pops it next to the one of chocolate mice she's just arranged, speedily moving on to the next jar to fill.

'He keeps badgering me for your number,' she says, ripping into a packet of flying saucers and tipping them in. The sound of them landing against the glass fills the silence that's fallen between us.

We continue with our task, keeping our heads down as we do so. My mind isn't on the fact that her fit mate wants to get in touch with me, but rather her reaction to it. I don't like the murky feeling it creates between us, but seeing as I've done nothing wrong I'm not sure what to do. She's the one who keeps bringing the situation up though, so maybe it's something that needs to be addressed. He's her best mate so won't be going anywhere, and I'm going to be working for her in a few months.

'Do you want me to give it to him?' she eventually asks as we continue to sort through the bags, the distraction helping make the awkward conversation less intense.

'Do you want me to want you to give it to him?' I ask, looking up at her just in time to catch a frown line appear. She definitely didn't want me to that night, and the fact he didn't ask for it regardless was probably a blessing in disguise. I was disgruntled about it at first, but a couple of weeks have passed and I'm over it. I don't see the point of him having my number now when I'm off next week.

'He likes you,' she says matter-of-factly.

'I'm sure he likes a lot of girls,' I retort.

'He's not *that* bad,' she says, the wobble in her voice suggesting she doesn't fully believe her own statement.

'You weren't saying that the other night,' I remind her, another reason why I'm so confused by the whole thing. She was actively against us hooking up from the start, then she relaxed when she realized it was never going to be anything more than fun. This was followed up by her not leaving us alone to have said 'fun', and then telling me that he likes me and wants to get in touch with me, while clearly being hacked off about it. I'm not entirely sure what to make of her conflicting actions.

The other part of the confuddlement is my own feelings towards Alastair. Yes, he's a charming, beautiful man, but after having some serious shit fall on me from a great height not so long ago, I don't need new dramas in my life. I'm not willing to let someone knock my confidence again when I'm still trying to claw it back. I'm not ready to have my broken heart shattered into even tinier pieces that might never be able to be pieced back together again, not even by all the King's horse and all the King's men. I don't want to be left as a heap of shards alongside bloody Humpty Dumpty . . .

In all honesty, I'm scared. Scared of being back out there in the dating game, terrified of being exposed and horrified at the thought of being rejected. I'm just at the point of learning to accept who I am. I don't want to fall for someone like Alastair who probably changes his mind as soon as he's added that coveted notch.

I don't know how to do single. It's terrifying knowing I'm back out there and on the market, ready to be sized up and compared to the next ripening fruit next to me on the shelf. I'm not ready and the thought is deeply upsetting, because I don't know when I will be. But then I think of New Year's Eve and how the encounter with Alastair made me feel, and how I've replayed it in my mind since. I feel deeply deflated at the thought of that being it, of not experiencing any more of him.

Yet, the idea that we meet people at certain points in our lives for a reason has been playing on my mind. Perhaps Alastair was meant to help me out of the fog and ignite that spark of fun within me without it being made into anything else? Maybe placing too much of anything more serious on to it would be a huge mistake anyway. Or maybe, just maybe, I shouldn't allow memories of him to be clouding my thoughts when I have great things to look forward to.

'He's a complete swine when he wants to be, that's

completely true,' Natalia confirms, while wrestling with the lid of a tub of multi-coloured sweets. 'That's why he's so infuriating. He'll make a terrific boyfriend when he finds the person that has him hooked. I know it.'

'I'm really not looking for a boyfriend,' I remind her.

'Husband?'

'No!' I say, even more confused by her. 'And that's a terrible sell.'

'He likes you.'

'You must hate that,' I say, gathering up the empty bags and clearing the floor before glancing at my watch. We really don't have long until the owners arrive.

'Why'd you say that?' she asks, sounding genuinely intrigued.

I turn and raise an eyebrow at her. She can't think I'm that dumb not to notice something is going on.

'OK,' she says, holding her arms in the air, as if to confess. 'I'd rather he didn't have a crush on someone I plan to have a long and healthy working relationship with.'

'And also because you have a thing for him?' I ask, knowing I'm pushing my luck but wanting to just get it out there. If the two of them are meant to be together then I'd rather she realized that and got on with making it a reality while I was away travelling. At least that would mean I could come back and avoid more of this nonsense.

'I'd be lying if I said it wasn't something I've thought about over the years.'

'Oh shit,' I say, surprised by the feeling of disappointment her words stir. Part of me clearly didn't believe my suspicions.

'But only because all our other mates are in places that we aren't,' she says quickly, her face turning red. 'I think I've mentioned it before. It's a hard thing to get your head around when people you've known your whole adult life start growing up and leaving you behind.'

'But you run your own highly successful business,' I point out, finding her worries more than surprising seeing as I envy everything she's built up and managed to achieve. 'People worship you! You're more together than anyone I know.'

'Oh, bless you,' she says with a sigh, checking over our sweet-shop creation now that all the jars have been filled and displayed, twisting and shifting them so that they sit perfectly in uniform. 'I know you're new to the single life, but it's tough to see the people you love tackling new stages in their lives when you're still waking up alone. Priorities change, and even though I know they'll always love me, and would hate to know I feel this way, I have found myself sliding down their list in the pecking order. I've dedicated myself to my work, but it's come at a personal price.'

'When was your last date?' I ask, realizing we haven't had this chat yet.

'I can't even remember, it's been that long. I don't have time to socialize and meet people. I really don't,' she shrugs, stepping away from our handiwork and turning to scrutinize it once more. 'It's been a comfort to have Alastair by my side, but I dread the day he turns up with an actual girlfriend. A girl that he cares about. My comrade leaving me behind too would be crushing.'

'You know, even when I was in a relationship I had those worries. Everyone was overtaking me,' I tell her, fascinated by how similar our insecurities would have been even though we would've thought we were in such different situations. 'It worried me so much I became obsessed by it. I didn't want to be left behind and so preoccupied with what everyone else was doing. Always looking longingly outwards rather than contentedly inwards.'

'Wow. You've hit the nail on the head there,' she says, shaking her head in disbelief. 'I don't want Alastair to be my boyfriend. I never have. I honestly mean it when I say he's great, but it would literally be like sleeping with my brother – and that's too *Game of Thrones* for my liking. I'm no Cersei Lannister.'

'Eeesh,' I laugh, screwing up my face at the thought. 'So you've not made a pact that you'll get married or have a kid together if you're still single in a few years?'

'Absolutely not!' she says, looking aghast. 'Which is a shame, because those genes would be . . .'

We both start giggling like little girls and I'm so relieved to have this all cleared up now, rather than letting it fester into something it really isn't.

'Oh god. They're going to be here in ten minutes,' Natalia says, snapping back into professional mode. 'I should have another run around before they do.'

'I'll leave you to get on with it, but it looks amazing!' I say, gesturing to the stunning display.

'Let's hope they think so,' she says, looking genuinely worried rather than fishing for compliments. 'And thanks for your help today.'

'Not at all. It's great to see your work,' I say, feeling even more excited about the prospect of coming back and getting my teeth stuck into a project like this with her. It's funny how, for a long time, work had been something I endured and my relationship with Ian was something I hooked all my dreams and ambitions on. Now it's entirely different. This is something I want completely for me. It's not an event to brag about online in an attempt to display the fact that someone else clearly valued me more than I ever did myself. It feels great to have taken back control of my own life, even if it is a daunting prospect. Living with Connie, being in London and eventually moving into my own place, while working in such amazing buildings, is literally beyond any other plan I could've had for myself at this point. Sure, it might not feel like that when I'm downing Baileys at two in the morning and having my thoughts turn to an emotional mush – but I'm getting there!

'I'm glad you like it,' Natalia says, gathering her phone and notepad, her eyes scanning her way down a scribbled 'to do' list. 'Certainly helps when the budgets go into the hundreds of thousands and beyond.'

'Shut up!' I say, picking up the rest of the rubbish and starting to walk towards the door. 'Oh, how the other half live!'

'Yep,' Natalia nods, moving with me and squeezing a rogue bit of plastic into my bag of rubbish as we go. She opens the door for me and pulls me in for a hug. 'Thanks again.'

'I loved it. I can't believe we didn't even eat one!'

'Cameras everywhere,' she whispers.

'No!' I gasp, wondering if I did anything embarrassing like pick my nose or pull my knickers out of my butt (turns out they're always hungry).

'So, in all seriousness, should I give him your number?' she asks, holding on to my hand.

I look at Natalia for a second or two as I mull it over.

'No. Thanks, but I'm not ready yet,' I say, the sadness that drifts into view making it evident I'm talking with my head and not my heart. 'Maybe one day.'

'He's going to be heartbroken.'

'I'm sure he'll get over it,' I laugh. 'Right! Good luck!' I chime, bouncing down the stairs while feeling uplifted, empowered and in control of the direction my life is heading. It seems there's so much to look forward to at last, and it's that thought that leads me to skip to my car with a big grin on my face.

Before getting into the driver's seat I whip out my phone to find a text message from Ian. I groan before opening it.

# 34

It feels like it's been years since I was last here in my heartbroken, zombified state, wondering how on earth the walls around my supposedly perfect life had totally crumbled and taken all of my purpose and self-worth with it.

This time there are no memories being stirred as I stare at the front door of the flat. It's just a door, albeit a very nice wooden one, and one that I was happy to walk through every day. But I'm not hankering for that life any more. Even though that's the case, I'm apprehensive to go inside now, knowing that it might be the very last time I do.

We got an offer today, which was thankfully for the asking price, so no discussion was necessary. As Thursday nights are when Ian goes to spin class, I figured I should use the opportunity of him being out to head over and round up some clothes that aren't black which might be good for travelling. I also need to dig out my old backpack and anything else that might be useful. If the sale goes through as planned then it'll complete while I'm away and I won't have another chance to come back. Now that I'm feeling in a better place than I was, it's worth seeing if there's anything else I want to take with me and box up so that it's not chucked away like I was tempted to before. Dad has told me to put everything to one side so that he and Mum can do the boxing and lifting later on, although the thought of them running into Ian is a frightening one. God knows what they'd both say to him, but thankfully I won't be here to find out.

I put the key in the lock and turn it. As I push it open I'm instantly hit by an incredibly familiar smell. It's one I can't describe other than to say, it's of my flat. Ex-flat. I shut the door behind me, take off my shoes, ignore the sentimental key bowl on the side, and go through to the living area.

'Shit!' I blurt as soon as I walk through the doorway and spot Ian sitting on the sofa in his gym gear with his head bowed, his hands clasped together and raised up to his mouth. He flinches at my reaction.

'Sorry,' he says, standing up, his face looking pained. 'I couldn't go.' He seems so nervous I can't help but feel for him.

'Why not?' I ask, hearing a mixture of emotions in my own voice – surprise, fear, concern and anger, it's all there.

'You being here while I headed out . . . it felt cowardly not to be here,' he says, reaching his arms out towards me.

'Some would say decent,' I say, unable to stop myself spitting the words out.

'Would you?' he asks, his eyes begging me to be more understanding, or at least willing to listen.

'Depends what you're here for,' I breathe, feeling my jaw tighten.

'Nothing!' he says with possibly a bit too much punch than he should've done. He's not about to start begging for me back. Well, there's a relief . . .

'I just want to sort out my things,' I say, looking around the flat that's more immaculate than ever.

'I know . . .'

He's here when he said he'd be out. It's as though he has purposefully trapped me into being here at the same time as him. I should be angrier than I am, but the truth is there's something strangely comforting about seeing him. When I walked off at the airport (while whispering champagne-fuelled expletives as I went), I was so charged and grief-stricken. It's sad to think that after ten years of being completely entwined, that was our last moment together. I wasn't looking for something more meaningful then, I haven't been looking for more since, but seeing him now and not hating every fibre of his being and recognizing he's still the man I loved for so long, draws me in. I owe it to the memory of us to round this off in such a way that I can look back at the memories we shared with something other than pain, anger and disappointment. I don't want to reach indifference, but a fondness would be nice.

'How have you been?' I ask.

'Good. Fine,' he says with a shrug, the right side of his mouth giving the tiniest of smiles. 'You?'

'Great,' I nod.

'Oh!' he says, genuinely shocked that I'm not dwelling or struggling. It occurs to me that he thinks I'm either lying in a bid to do the whole 'I'm so over you' thing or that he's surprised that I'd admit I'm coping in a moment in which we should both seem gravely downtrodden at the way in which we both failed our relationship. 'Good to know,' he adds.

'I'm going travelling,' I share.

'You always wanted us to do more of it,' he remembers, looking impressed.

'If it weren't for your work we could've done,' I say, thinking about how much I used to whitter on about different countries for us to explore, only to be reminded about his commitments at work (which always seemed to be less accommodating than my own) and the fact it would be virtually impossible for him to be granted a substantial amount of time off.

'True,' he nods.

'I've got a new job too and am moving to London,' I say with pride while wondering why I'm telling him – but of course, I'm telling him because he knew everything there was to know about me for so long, just as I did about him. It's the most natural thing in the world to want to share it with him.

'Right,' he nods, raising his eyebrows while pursing his lips for several seconds. I guess it is a lot to take in. I've completely overhauled my life.

'You?' I ask.

'Same,' he nods, looking dazed and somewhat hurt. 'Same as in I'm still living the same life I was. Nothing's changed.'

'I'm not in it,' I argue, stating the obvious. 'That's quite a dramatic change right there.'

He looks speechless at my blunt words, his jaw hanging in a dumbfounded manner as he grapples for something to come out of it. Nothing comes. Instead he sadly nods his head as he concedes to my statement. However, proving him wrong on the matter doesn't make me feel particularly good.

'How was your holiday?' I ask, wanting to steer us away from the place it's clearly so easy for me to go. It's not how I want this to pan out – not that I've had much time to think about what I do want to come from this. Not once have I thought about what I would do if I ever had to see him again. It was something I wanted to avoid at all costs.

'Fine,' he tells me, looking bashful about it. 'I just went to Tenerife with Mum and Dad.'

'I saw her,' I say, aware of something in me softening. I don't know what I thought his holiday would consist of, but it wasn't sitting with Mummy and Daddy Hall at dinner. But then, it's Ian. He wasn't going to be out clubbing with a bunch of eighteen year olds or ending up getting smashed with the lads. I should've known that, but then I'm not sure whether any of the things I know about him are accurate any more.

'She said. Phoned me straight after,' he says, giving a feeble laugh that's led more by pain than humour. 'If she could've grounded me for life she would've done.'

'I got that impression.'

'She liked you,' he says matter-of-factly. 'Loved you even.'

'I'm glad someone did,' I laugh, before an awkward

silence lands between us. I hate it being like this. 'Do you want a drink?'

'Yes!' he says without a beat being skipped. 'Crap. I've not got anything in,' he says, genuinely looking crestfallen. Which is a good job as I would've taken it as an excuse that he'd rather not.

'Mum's car is outside,' I say, holding the keys out to him. 'There's a whole gallon of wine on the back seat.'

'A gallon?'

'And it's white,' I declare.

'I don't mind white,' he shrugs.

'Are you joking?' I laugh incredulously, as though he's just said the funniest thing I've ever heard.

'What?' he asks, looking befuddled by my reaction.

'*White* wine.'

'Yeah . . .' he says slowly, his voice looping in pitch.

'You're a total wine snob,' I remind him.

His face cracks into a proper smile for the first time since I walked through the door. 'I can be a bit picky,' he acknowledges, becoming bashful as he covers his face with his hand.

'A bit? What happened to drinking only red and organic?' I say, unable to hide the humour in my voice.

'That was after we went to Bordeaux for the weekend, remember?' he asks, although I'm unlikely to forget the trips we took in which I was convinced he was going to propose. We were staying in a remote chateau with an adjoining vineyard for three nights. The whole trip was based around food and wine, and although we'd make sure we'd get in a morning run, the rest of the time we were more relaxed than ever. I was thrilled because we'd managed to accidentally time it to coincide with the family of the house harvesting the grapes and turning it to wine. I assumed Ian knew about it all, to be honest, and expected a big rock to show itself as a flipping toe-ring as I diligently squelched the fruit with my bare feet. 'Great weekend,' he recalls. 'And we never got a hangover no matter how much we drank, remember?'

'True . . .'

'Purely because of the lack of chemicals!' he reminds me. 'Seeing as the shop up the road started stocking a few organic wines a little while after, it made sense to go for one of them, right? Drinking it has always made me think of that special weekend.'

'Really?' I ask. Wondering how I had not linked these two events. Or maybe I had at the time but not remembered all these years later. It was a sweet gesture, not him being a picky arsehole.

'Yes,' he proclaims. 'Although, fair enough, I do prefer red. It's more full-bodied and giving. I get a metallic aftertaste with white that stays in my mouth for longer than it should.'

'Well, in that case, would you like some headache-inducing, aluminium-tasting, selfish wine in the colour you dislike?'

He laughs.

I can still make him laugh.

He takes the keys from my hand and makes his way out of the front door, leaving me standing in the middle of the home we once shared together, with the weird sensation of being comforted by someone I once shared so much with, but have since lost so much because of.

I close my eyes and take a deep breath.

As lovely as this is, it's not why I came here.

I go to the cupboard underneath the kitchen sink and pull out a roll of black bin liners, which I carry with me to the bedroom. I open my wardrobe to find everything is neater than it was when I left, with all of my holiday clothes having been washed and put away (although not in their correct places). It looks great, but really the neat piles are home to chaos. PJs mixed in with holiday shorts, or t-shirts mixed in with jumpers. Still, it's all mine and, thankfully, hardly any of it is black.

I pick up the piles of folded, fresh-smelling clothes, and start gently placing them inside the bags. Unlike last time when I didn't want to take anything away with me, I load the bags with as much as they can hold before either placing them by the door (they'll be coming with me tonight) or at the bottom of the cupboard they've just come from (they'll be waiting for Mum or Dad to rescue them). I want it all.

'Here you go,' Ian says coming into the room, carrying two glasses filled to the brim with white wine. He holds one of them out to me.

'Thank you,' I say, taking it and having a gulp, its sweetness making my eyes water. 'Eesh, that's really not the best.'

'It's all right,' he says, although I notice the triangles of his nostrils expand and flare ever so slightly as he takes a mouthful.

'Not your organic red,' I muse, putting the glass down on top of our chest of drawers. Opening the drawer beneath it, I find my underwear and swimwear all neatly displayed like everything else. I'm really not going to sort through all of this in front of Ian, even if he was the one who laid out my knickers and bras in this orderly fashion. Instead I just scoop it all into a bag. I'm alarmed to see a few thongs lingering at the very back of it. I can't remember buying them, if they were ever worn, or Ian's reaction to them if I had.

Ian scoots past me awkwardly and goes towards the bed.

'This is weird,' he sighs, gesturing at bags I've managed to surround myself with in the five or so minutes since he's been gone. 'Seeing you do this.'

'Not going to pack itself,' I shrug. 'And you'll be doing the same soon.'

'Yeah . . .'

I'm on socks now and although I have no qualms sorting through the hole-ridden material in his company, I'd rather not. Another bag is opened for my possessions to be shovelled into.

'I've missed you,' he says quietly.

'That's inevitable, I'm afraid,' I joke, managing to laugh while my insides weep.

'You're right,' he says, a sadness in his voice. 'Although this time apart has made me realize I've been missing you for a long time. Not purely since Dubai.'

I look up at him. He's on his side of the bed with all four of our pillows plumped up behind him. He holds the glass against his chest while his eyes are fixed on the ceiling above him.

'I thought I hated you, like you said in your message,' I say, thinking back to the stupidity of my Christmas Day communication and what I woke up to the following day. 'Although it wasn't for dumping me.'

'No?' he asks, his sorrowful gaze finding my own.

'Well, maybe. You were waving a diamond ring in my face at the time. It was very confusing and cruel.'

'Don't. It's not even funny,' Ian says, covering his face in horror, his hand making his voice muffled. 'I have nightmares about how badly I dealt with the situation. I talk through all the things I should've said but didn't.'

'Well, I've recently discovered hindsight is actually a total bitch so I wouldn't torment yourself,' I advise him, almost stumbling on my words while opening the last drawer to find some 'sexy time' outfits I'd completely forgotten about.

'What do you hate me for then?' Ian asks, clearly not noticing how much I'm blushing. 'Surely that's the worst thing I've ever done to you.'

'I said I thought I did . . .' I remind him, shutting the drawer and sitting at the end of the bed by his feet. I look up at him, his eyes staring back at me and willing me to continue now I've started. 'I thought I hated you for changing me.'

'Huh?' he asks, looking genuinely shocked.

'Yeah . . .' I nod, frowning as I hear it said out loud. 'But you didn't. Not intentionally. You were just very clear and direct about your likes and dislikes, whereas I realize I've always been too eager to please.'

'You think I overpowered you?' he asks.

'I thought maybe your decisiveness did,' I shrug, pondering his words. 'I wanted to please you and you always seemed so sure of what you wanted, so when I started looking back on our time together all I could see were the parts of me I'd compromised on. All the little, tiny bits of me I'd given up in order for you to be happy.'

'You're painting yourself to be some weak follower,' he frowns, sitting upright so that our bodies are much closer. 'You have never been that.'

'No. I know I was looking at the whole thing in such a skewed way,' I admit, speaking more quickly as the realization comes flooding in. 'I've grown up. We grew up together. I was bound to stop doing things I enjoyed when I was younger, and to change my views and tastes.'

'I've changed too,' Ian exclaims. 'At least, I should bloody hope I have!'

'Exactly!' I say, pleased he's agreeing with my point. 'I would've always changed in those ten years. It's an inevitable fact. I've been trying to discover who I would've been if you weren't in my life – but that's an impossible task. There would've always been something or someone there to have some sort of an effect.'

'True,' Ian nods, taking a sip of his wine.

'I like the person I am right now, and there's no denying that I am the person I am this very second because of you,' I declare with confidence and belief. 'I don't regret the person I am. I'm sad she's been hurting so much, but she's not a total disaster.'

'She really isn't,' Ian agrees.

‘Exactly!’ I almost shout again. ‘She’s ambitious, brave, funny and kind . . . and, thanks to you, she also has quite an eclectic taste in music, film and literature,’ I joke.

‘You really are quite a catch,’ Ian smiles, taking my hand and squeezing it tightly.

‘I’m just not *your* one.’

Ian sighs.

‘I’m sorry.’

‘I know you are. And thank you.’

There’s no anger or animosity towards one another, and there’s absolutely no regret that we found each other all those years ago. There’s only gratitude that we’ve reached this point. Now we can say goodbye, knowing we wish each other nothing but happiness and fulfilment.

# 35

'My tummy is full of knots!' Susan whispers to me with a worried look on her face, which probably echoes my own expression.

We're standing in one of the side rooms of the church along with the rest of the Sing It Proud choir. Some of the audience have been picked up and brought in to sit alongside other members of the community who've managed to walk or drive here themselves. Wine, coffee, tea and hot chocolate have been served, and we're now able to hear their buzz of conversation as they natter amongst themselves, hopefully enjoying being out of the house and having something different to do with their evening.

Now that we've juggled logistics and our audience has gathered, it's time for us to get ready. The fact we're actually about to put on a show is becoming more real by the second.

It's comforting to know that Susan is as nervous as I am, although it's also slightly disconcerting at the same time, as I assumed she'd have her shit together as a choir veteran and would be taking this in her stride. Learning she's worried isn't doing much to calm the bazillion butterflies that are currently flooding through my body at great speed – they're not even sticking to the usual boundaries of being in my tummy. They're everywhere, even in my fingertips and toes; my entire being is pumping with pure adrenalin, aware that I'm about to do something I've not done in years.

'Are you still panicking?' Albie asks his wife, as he takes off his black winter coat and places it over the back of a wooden chair. 'It's us lot standing in a church singing a few songs we know inside out to a bunch of people we want to cheer up. It'll be fun. Let's give them all we've got.'

Susan breathes out a long sigh. 'You're right,' she tuts.

'Can I have that in writing?' he chuckles, his hand reaching out to hers.

'Have you got any family in?' I ask, the question making my nerves build further as I picture the lot out there, looking aghast at my pitiable attempt at singing, especially poor Mum and Dad. I'm pretty sure they're expecting me to sing the whole thing solo with these guys only pitching in as my backing vocalists. 'I couldn't stop mine. They're all coming and making a night of it. They've been for a curry first.'

'Sounds great,' Albie says, looking at Susan with a flicker of concern on his face.

'We have some friends from the community club coming,' she nods, smiling brightly, although I can see a watery shine in her eyes. 'But no family. No. Our son sadly –'

Jodie claps her hands together to get our attention, interrupting whatever it is Susan is about to tell me. I notice Albie put his hand protectively on the small of her back. She dips her head at his touch. It bounces slightly, as though she's nodding at something he's said. She takes a breath and pulls her head up. She's smiling, or at least trying to.

'How are you all feeling?' Jodie asks, standing on a chair, so animated that she suddenly seems like she's a CBeebies presenter.

The rest of the choir all cheer in her direction.

'Good!' Jodie nods. 'You've done the hard bit. Working out your harmonies is the tricky stuff, this is the pay-off!' she tells us all. 'Right, are we ready?'

'Yes,' they all shout.

'Yes,' I whisper, blowing air out of my mouth and clapping my hands together in a bid to steady the apprehension I'm feeling. Like Albie said, what do I really have to be scared of out there? It's only singing in front of people who care for us.

'Let's do this!' shouts Marie, an elderly lady who lives around the corner from Mum. I regularly see her singing in the fruit and veg aisle in Budgens, so I wasn't too surprised to see her as part of the choir when I joined.

'Come on then,' Jodie says, waving her arm in the direction of the door as she climbs down from her pedestal and leads the way.

The atmosphere is charged and expectant as we shuffle into the room in single file, causing lots of hushing and whispering from our audience. I'm aware of the room being full even though I don't look up to take in their faces. My focus is on getting in position, which is now on the second row between Susan and Nicola, a young woman who's just rejoined the group after having a baby. I'm thrilled not to be in the front row any more. Firstly, because it means Susan is now at a much kinder volume on my ears, and secondly because I feel I'm cuddled and empowered by the rest of the choir all around me, rather than right at the front, exposed and alone.

The music starts. Just for tonight the pianist has been joined by a guitarist, drummer, cellist and violinist. They're a bunch of his mates (all locals) who were happy to give up their free time to be a part of the evening. We haven't been able to rehearse together yet, so the sound of a guitar strumming our intro of 'One Day Like This' while Fiona at the end of my row takes the opening two lines as a solo is new to my ears. It causes a thrill of delight and fire to surge through me.

I look up and see Jodie looking at us all, her face alive and bright as her hands jump along to the beat, ready to bring us all in together. My heart jumps in my chest as I take a deep breath and open my mouth, becoming one with the group as we sing the song I first saw them perform last month – the one that moved me to tears. It's just as emotional now as I deliver it to others. I don't take my eyes off Jodie. I'm immersed in the sound being created around me, loving the way my voice blends in with those of my new friends and the impassioned joy that's seeping from each and every one of us.

As I start to relax I allow myself to take in the faces behind Jodie. People of all ages are crammed into the church's pews, some are even standing along the back and down the sides. Everyone's eyes are on us as they cradle their drinks in their hands, clearly captivated by our performance. I spot a woman put an arm around the elderly man next to her, another man taking his wife's hand as she kisses the head of the toddler on her lap, and a young couple bashfully smiling at each other. We're inspiring these emotions. It's pretty magical.

It doesn't take me long to spot my family and Connie and Matt at the end of a row two-thirds of the way up the church. Mum, Dad, Ted, Connie, Matt and Stuart are all smiling back at us, their grins reflecting those of the choir. However, I can see that Mum and Dad are both visibly crying too.

Michelle, on the other hand, notices that I've clocked them all sitting there and pulls a comical face of disinterest at me, tapping her hand against her open mouth as though yawning, before breaking into a grin of her own and winking.

It strikes me that I'm really going to miss the bitch when I leave in a few days' time. I'm going to miss all of them so very much.

Movement from the back of the church catches my attention. A quick glance lets me know that Natalia has come along. I hadn't even told her where tonight's concert was being held so it's a pleasant and thoughtful surprise. I force myself to refocus my attention back on our musical supervisor.

Before long the song finishes to rapturous applause and we're flying through the rest of our numbers: Christina Perri's 'A Thousand Years', 'Somewhere Over the Rainbow' from *The Wizard of Oz*, John Legend's 'All of

Me', Bob Marley's 'One Love', Michael Jackson's 'Earth Song', 'Climb Every Mountain' from *The Sound of Music*, and Pharrell Williams' 'Happy'. Each song creates a different reaction from our audience; a reminiscent sigh, an excited cheer of surprise that we're attempting to perform it. They feed off what we're giving them, but their response and attention pushes us to deliver even more and give them our very best.

It whizzes by in a flurry of exhilaration and soon we're waiting for the introduction to the final song. The piano starts with gentle percussion splashing over the top. When the violin begins creeping in with the melody a chill runs down my spine.

'Fix You'.

From behind me Albie starts singing the first verse, his gravelly, experienced voice giving a greater depth and meaning to the words of regret, loss, failure, desperation, pain, love and longing. I know this song inside out, but hearing him sing it right now moves me more than I'm expecting it to. A lump forms in my throat. He's married, happily so far as I can tell, but I can't help but feel he must be drawing on something real from his own life as he sings the lyrics with so much feeling. I know I shouldn't but I sneak a peek at Susan beside me and see tears streaming down her face.

Their son.

Even though I don't know the whole story I know enough to see she's hurting. I search out her fingers and grab her hand, squeezing it tightly. She takes a big intake of breath as she pats my arm with her spare hand. We never really know what others are going through or have been through. Sometimes even the happiest of souls can be the ones suffering the worst pain.

When we all join in I feel like we're singing this for each other, about each other. We all have our difficulties, our struggles and heartache. They're a part of our story. They have a part to play in the people we become, but they don't define who we are.

When we're devotedly singing a promise of leading someone home, of giving someone their life back and putting them together again, I can't help but think of what I've been doing for myself over the past few months.

I never would've thought I would be capable of coming out of the fog of heartache and turning my life around so drastically. I thought this new life was going to be nothing more than a consolation prize. A downgrade on what could've been.

It's true; sometimes you don't know what you've got until it's gone. But you also don't know what you're made of until all you thought you knew and wanted is stripped away from you.

The song builds with all the instruments coming in and multiple harmonies being sung, the words ringing out loud and proud. It's clear each of us is loving every single second of it.

And then we all fade away, leaving just Albie and the piano to finish the number.

The audience are on their feet before he's even sung the last note.

# 36

'Oh, come here, you!' Connie chirps, throwing her arms around me and squeezing me tightly, which nearly causes me to spill my glass of precious red wine. Yes. Red. It turns out I, like Ian, prefer red wine over white in the colder months – it really is far more inviting and warming as it slides down your gullet. 'That was flipping amazing!' Connie continues with a huge grin on her face. 'You were great!'

'Thank you,' I say, feeling bashful at receiving praise without the other choir members with me to accept it.

'I'm going to miss you so much,' she says, refusing to release me from her grasp.

'You're going to be seeing plenty of me when I get back,' I remind her, talking into her hair while aware of the excited grin on my face, my stomach flipping at the thought of getting on a plane in just two days' time.

'I can't wait!' she tells me almost humping me as she jumps up and down.

I love that Connie's as excited about it as I am. We won't be living together for very long, and I know we'll be in her flat rather than one we might have found together – so it'll probably be like I'm there having a sleepover rather than it being a home for me. However, it'll give us a taster of what living together years ago could have been like, and a taster is sometimes better than the real deal. I'm sure I'm totally annoying to live with, as is she, but we won't get stressed or agitated with each other because it's only short-term. Plus, we'll have to make the most of it before it's over. I've no doubt she'll be taking the plunge and moving in with Matt by the end of the year. Although, as with my situation, you never can tell what's going to happen in life. Maybe he'll grow two heads, we'll discover he has a secret wife living in Norfolk, or he'll simply change his mind after playing the devoted boyfriend for long enough. I sincerely hope not. I've never seen Connie as happy as she's been in the last few months. It's been a wonder to see.

'Who's the silver fox with the voice?' she asks, looking around the room.

'That would be Albie,' I smile, taking a sip of my drink. Now the performance is over the adrenalin has kicked in and I'm buzzing even more. I need something to take the edge off and calm me down. 'Married to Susan, the woman I was standing next to in the choir,' I add.

'Well, he's a dream, as are you!' she beams.

'Thank you,' I say bashfully.

'Hello, slappers!' Michelle whispers loud enough for only us to hear, making us jump as she pinches our bums.

'We're in a church,' I hiss, which only makes her chuckle filthily. 'And don't you have to have some sort of sex life to be one of those?' I ask, aware that the only action I've had since becoming single was the steamy session with Alastair on New Year's Eve. And that didn't even lead to us having sex, although now I really wish it had.

'Well done,' she says, giving me a kiss on the cheek. 'I couldn't even fake disinterest. It was ace.'

'Thanks!' I say, unable to hold back a frown. She never praises me without a catch so I brace myself for what's to come.

'What I want to know is, who's the hottie and can you introduce me?' she asks, eagerly leaning in.

'What is it with you two?' I exclaim, shaking my head at them both.

'Albie,' Connie states with a knowing tilt of the head towards Michelle, completely ignoring my look of disapproval. 'I've already asked.'

'I'll fight you for him!' says Michelle, and I've no doubt she means it.

'Married,' Connie states, pursing her lips together and almost looking like she's enjoying delivering the bad news.

'Fuck,' she says, having the decency to look apologetic as soon as the word is out.

'As are *you*,' I remind her.

'Bloody wedding vows! Always ruining my fun,' she groans. If it weren't for the cheeky glint in her eye, I'd wonder if she was being serious.

'Darling, Stuart's looking for you,' Mum informs Michelle as she comes over and gives me a hug, then turns back to my sister while continuing to hold on to my arm, patting it lovingly. 'He thinks Duncan needs feeding.'

'He always needs feeding when he's with him,' Michelle grunts, the annoyance almost steaming out of her nostrils. 'Why can't he fucking grow a pair? And I don't mean balls, because baps are far more hardcore than those droopy fellas. No, I literally want him to grow some rock-hard leaky boobs that Duncan can suck the life out of every second of the day. You'd think he'd let me have just five minutes away . . .' As her voice cracks with emotion she stops and closes her eyes, screwing her face up as she takes a breath.

'You OK?' I ask softly, placing my hand gently on her shoulder. Michelle can usually go one of two ways when she's like this and being offered sympathy; crumble and cry (which I obviously do not want) or turn her anger towards me, which will inevitably lead to her ripping my face off (again, I obviously don't want that. I like my face).

'It's been a long day,' she sighs, trying to pull herself together and attempting to smile back at me. It's been a few weeks since the last emotional wobble in her living room. Since then she's appeared to be on top of everything and brushed off my attempts at finding out how she's really doing. All I can do is ask. It's up to her to allow herself to be honest about what's going on. 'Duncan didn't sleep well last night, and I think I only got one solid hour,' she admits.

'Oh, love,' Mum sighs, her face full of concern.

'Sounds painful!' winces Connie.

'It's fine,' she says, although the way her chin wobbles tells us it's really not fine at all.

'You should've said!' I say, daring to move my hand from her shoulder and take hold of her hand. 'You know I would've come over today and let you go back to bed for a bit.'

‘You really are the shittiest sister,’ she tells me, quickly regaining her steely composure and standing a little taller. ‘Now, I’m not allowed to swear in this bloody place, but can I go get my tits out?’

‘Absolutely! Just pull up a pew!’ I chime over-enthusiastically as I gesture to the empty rows surrounding us. After all, the main reason for tonight is getting people to connect with others in the community. I’d love for Michelle to be relaxed enough to start up conversations with strangers and maybe even meet some new mum friends in the process. ‘Although there are also a few side rooms if you want some privacy,’ I say, suddenly remembering that this is her first public outing with Duncan and there’s a possibility she’ll be finding this all overwhelming, no matter how much she wants to be here.

‘I’m out of the house, Lizzy,’ she states, looking at me with an aghast expression on her face. ‘I’m not about to go hiding me and my knockers. It’s been a while since I offended anyone other than you lot. I need my fix.’

‘Couldn’t agree more,’ nods Connie approvingly.

‘*You* know!’ Michelle says to my best mate, as though their shared desire to wind people up is something I couldn’t possibly understand. Quite frankly I’m not sure I do get them and their love of ‘bantz’.

‘Fair enough,’ I shrug, relieved that Michelle seems chirpier, even if it is in response to the mere possibility of inflicting discomfort on others who are small-minded conservatives. Although I have to state that I will be flying straight to her aid if anyone does so much as look at her in a disapproving way.

'I'll come with you. I could do with a wee,' Connie says, sliding her arm through Michelle's and walking towards Stuart. He looks hysterically anxious as he peers into the pram at a wailing Duncan, while Matt stands beside him appearing equally clueless.

'He hasn't even picked him up!' I hear Michelle exclaim as they go.

'God, they're useless,' tuts Connie, shaking her head.

'I don't know why she doesn't say she's struggling,' Mum sighs, shaking her head as she watches Michelle pick up an inconsolable Duncan.

'Because she's proud like you?' I offer, much to her surprise. 'Can you imagine having to hold your hands up and say you're finding something difficult? Worse than that, ask for help?'

'Yes, I can. I didn't want to tell a soul about your dad after he left. I couldn't admit that his honesty left me feeling like I was drowning,' she says, shaking her head vigorously at the mere thought of it. She stops and notices what she's said. 'Ah. Fair point. Too much like me. That's why we bash heads occasionally.'

'Mum, *everybody* clashes with Michelle!' I giggle. 'Constantly.'

'She knows what she wants, that's all,' Mum says defensively, never having been one to talk about Michelle in a detrimental manner – something I know is the same when it comes to Michelle talking about me, too. Mum's the one to calm any tension between us, not build it. She's always longed for us to refer to one another as best friends.

'We've just got to keep an eye on her but try not to

interfere,' I say to Mum, knowing how much Michelle goes on the defensive whenever she feels people are trying to tell her what to do – which definitely happens when it comes to anything about Duncan. She won't listen to me because I'm not a mum and so simply couldn't understand, and she won't let Mum even give suggestions on things like winding positions without barking at her for trying to take over. 'You know what she's like.'

'I do,' she nods. 'Oh, and well done, darling,' she says, rubbing my arms again. 'What an absolute treat! And what a turn out! I've seen people here I've not seen in years. Bev and Gill who both used to work in the florist, Joan who used to be on reception at the doctor's, and then Jonathon who delivered our post for decades. So many faces I recognize,' she muses, clearly delighted to be seeing them all.

'That's great!' I say, looking around the room to see dozens of people talking and laughing exactly as we'd hoped they would.

'Not seen some of them since before me and your dad split,' she notes.

'Oh?'

'We've had a couple of awkward chats,' she says with a grimace, looping her finger along the collar of her cerise woollen jumper – a colour I've always loved on her.

'A couple?' laughs Dad, instantly joining in with the conversation as he and Ted walk over, both looking a little red faced and flustered.

'They just don't know,' shrugs Mum regretfully.

'I guess not everyone knows the ins and outs of our lives,' I say.

'You say that,' says Dad, putting his hand on Ted's forearm while waggling his index finger between them both. 'But Mrs Summer from Rye Walk just asked how long we'd been dating.'

'Us!' chimes in Ted.

'No!' I gasp, finding it difficult to suppress a guffaw. 'Word's out, Dad!'

'Hallelujah!' Dad states, raising his hands as if he's praying.

'I think it has been for a while, to be honest, love,' Mum says.

'What? How did everyone else suspect when I knew nothing?' I frown, before remembering how Michelle found out and realizing that it probably sent rumours soaring through the village. Seeing as I was in a bubble of my own at the flat and hardly came back to the village, it's not too surprising that I wasn't aware in the slightest. 'Oh . . . well, at least there's no more hiding, then,' I smile.

'Sing it proud? More like gay and proud,' Dad says loudly, causing a few people to look over and smile politely.

One woman who I don't recognize turns to a friend standing next to her and, probably louder than she means to, exclaims, 'I told you so!'

I can't help but giggle.

'Slightly worrying that the wrong news is out and circulating through the gossip mill, though,' Dad grimaces. 'Sorry, Ted,' he says apologetically.

'I'm flattered,' Ted smiles bashfully, the red of his cheeks deepening.

'Don't be getting any ideas!' Mum says, playfully

pulling Ted towards her and away from Dad's grasp. 'I've already lost one husband.'

We laugh at the unusual situation we're now all so used to being in. The absolute truth might not be out there but over time it will be, and that's got to be a relief for all of them, not just Dad. Their close bond never needed explaining anyway, but at least it now makes more sense to outsiders looking in.

'We met your new boss just now,' says Ted, looking around the room to see if he can spot Natalia, who I realize I haven't seen since she wandered in late.

'Oh yes!' says Mum with a big grin on her face. 'She loves you!'

'What a fascinating woman,' nods Dad approvingly. 'She's fluent in Italian, French, Spanish and Russian.'

'Really?' I question, understandably impressed. There's so much I'm yet to learn about my new friend.

'And she was talking to a very handsome chap,' trills Mum.

'Not Albie again?' I laugh, wondering if every woman in my life is going to be falling at my new friend's feet now they've had the pleasure of hearing him sing.

'I don't think that was his name, dear,' Mum says distractedly, waving at someone behind me. 'Here they are.'

I turn to find Natalia looking as pristine and pretty as ever, although she looks uncharacteristically agitated. I only have to move my gaze to the left slightly to find the source of that emotion.

Alastair. The man-bunned, tattooed wonder I've not been able to stop thinking about.

My tummy flips in response.

'Hi!' I say, the word getting lost in my constricting throat.

'That was incredible!' Natalia says to me, grabbing my shoulders and pulling me close so she can hiss in my ear, 'I'm so sorry.'

When we part she flashes me a regretful glance.

'Alastair,' I say, turning to him, caught off guard by the fact that he's even more good-looking than I remember. Especially now in his skinny jeans, white tee, camel-coloured boots and sheepskin coat. He's like a winter's dream and I have to resist the urge to slide my hands under the layers of his clothing and throw my own body against his inviting chest. Instead I find myself rooted to the spot, not moving while gawkily gawping at him.

He must sense my hesitation as there's a grin on his face as he places a hand on my waist and leans in to kiss me on the cheek. 'What a brilliant night,' he says sounding sincere, leaving me with a lingering and inviting whiff of his familiar aftershave.

'Thanks . . . I would introduce you to my family but it appears you've met them,' I say, looking awkwardly around the circle we're all standing in.

'I have,' Alastair grins again, nodding to each of them as they greet him warmly.

The fact that he's here uninvited should be creepy, but my insides are too confused, too chuffed, too touched to protest.

'Alastair was telling us all about your night together,' says Dad, shaking his head in disbelief. 'Sounds saucy.'

My mouth drops. Surely not.

'Clubs have changed a lot from when we were younger,' Mum thankfully adds, raising her eyebrows in dismay.

'Oh,' I say, trying to recover from my overreaction. 'Yes. Shocking,' I say, matching their reactions. I'm not about to tell them I thoroughly enjoyed it all and ruin their good opinions of me.

'Definitely the best New Year's I've ever had . . .' says Alastair, looking straight at me, the loaded statement catching me by surprise.

'Wouldn't recommend the club, though,' Natalia says sweetly to my parents, mercifully pulling the attention away from me and Alastair as it takes a second or two for me to tear my eyes away from his gaze.

'No, doesn't sound my cup of . . .' Mum stops talking midsentence and starts squinting between Alastair and me. I can literally see the realization hit her. Alastair is not my new boss's man, but the man Connie's mum told her I'd spent all of New Year's Eve getting jiggy with.

'Darling!' she says, looking over my shoulder again at something she's supposedly seen across the room. She manically pats Ted on the arm. 'Is that Vanessa leaving? We should grab her before she does. It's Dennis's birthday party next week and I need to find out if she wants dark or milk chocolate put on top of the profiteroles I'm making. It will be a disaster if I get it wrong.'

'OK,' says Ted compliantly, eager as ever to do whatever she asks.

'You should come too,' she says to Dad, her eyes shooting daggers at him.

'Really? I don't think I –' Mum's continuous glare halts him. 'Oh yes! You're right. I should see if they've had any more thought on that reading they wanted me to do,' mumbles Dad, glancing at me sideways before going after them.

'Back in a bit,' Mum cheerily calls over her shoulder.

I look from Natalia to Alastair, while Natalia looks from Alastair to me, and Alastair looks just at me. We stand silently, yet loudly. I've no doubt Natalia is inwardly screaming after being ambushed into coming by Alastair, while I'm wondering what on earth I should say and why I'm so happy to see him. On the flip side, Alastair's probably cackling away inside – the only one of us to be fully prepared for our being face to face again.

'Oh sod it,' Natalia says, with no enthusiasm or drive, her voice monotone and robotic. 'I've not seen Stu yet. I should probably go say hello to one of my oldest friends.'

She can't even look at me as she swivels and goes towards Stu and Michelle who are now standing talking to another baby-holding couple.

I look at them imploringly, willing one of them to come back and rescue me, but of course, no one does.

# 37

'Fancy seeing you here,' Alastair says, unable to control the smile on his face from growing even wider now that it's just us left standing together.

'Fancy that,' I say, raising an eyebrow at him.

'Want to go for a walk?' he suggests.

I hesitate. I'm safe here, surrounded by my family and new and old friends, but I also don't really want to be having this conversation in plain view of everyone else. I have to agree that it would be good to have some privacy away from my biggest fans, who are currently pretending to chat amongst themselves but are actually just staring at us rather unsubtly.

'All right,' I say, grabbing my puffy North Face coat from where I dumped it earlier and guiding us out into the frosty winter air. Following the street lamps, I walk around the side of the church and lead us past the small playground where I used to play when I was younger.

Apart from the odd bit of chatter or laughter travelling across from the crowd we've just left at the church, it's quiet. It's a still night, with just a hint of a cool breeze tickling the branches of the trees around us. The sky is clear and black, allowing me to see the twinkling of stars above.

Sitting down on a bench on the dimly lit pathway next to the park, I take in the peacefulness of it all and instantly regret it. This would be easier on my feet. I'd be freer and able to put more of a distance between us, but now I'm committed. I'm not trapped, but acutely aware of my desire for him, and how conflicted that makes me. I sigh at the romance of it all, realizing it's been a long time since I've experienced feelings like this.

'It's been four weeks,' Alastair says gently, sitting down next to me, the bench wobbling as he does so. I look over at him to find he's not looking back. Instead he's taking in the view in front of us as he twiddles his fingers. The heartthrob beside me who is known for his expert and confident flirting skills seems surprisingly nervous. 'I've been thinking about you.'

Suddenly the air surrounding us is expectant, charged and thick, as though something is going to happen. Some big, monumental life moment, and I can't cope with the thought of it.

'Sorry, Alastair,' I hear my own voice regretfully yet decisively saying. 'It's so sweet of you to come all this way and support me, but – and I've already said this to Nat – I really can't have some guy flouncing into my life and complicating things.'

'You can't,' he agrees, sounding more supportive than deflated.

'I've got a plan,' I carry on, reminding myself what I've been working towards in these last few weeks as I tell him. It's not been easy to pick myself up off the ground and move forward, but I have and I'm hugely proud of the decisions I've made. 'I'm going travelling, and I don't want my feelings for that being muddled.'

'And they shouldn't be!' he argues rather too adamantly.

'Exactly,' I say, confused as to how I've found myself nodding along with him when it was my point to make. 'I want to enjoy it and not feel like I'm being pulled between two places or like I have a choice to make.' I stop, deciding to bite the bullet and just get it out there. 'I like you. I really like you. We had an amazing time on New Year's Eve, but right now my life isn't about *that*.'

I take a deep breath, happy that my thoughts are out there, but also apprehensive about how this guy who I've only met once is going to reply to my rebuff. I'm not rejecting him, it's more the thought of having anyone in my life right now that fills me with fear for what could be – a bunch of 'what ifs' when what I really want is to be able to spend the next three months living completely in the moment.

'Well, this is awkward,' he coughs, shuffling his body, his knee accidentally grazing my leg and startling me. 'I'm actually just here to see my aunt . . . She's in the choir. Tall blonde lady. I was as surprised as you are to find us both here,' he declares, glancing at me sidelong.

I want the ground to swallow me up, which is hardly surprising as I've just acted like he's here to sweep me off my feet and fireman-lift me all the way to his great white stallion of a horse so that we can gallop towards the sun-set in each other's arms, chasing after our happily-ever-after ending together.

'Oh,' I manage to mumble as the heat of embarrassment floods through my entire body. 'I'm so, so –'

'Slight lisp,' he interrupts.

I think through all the ladies in the choir, not sure I've noticed any of them having a lisp. But then there's also the fact he's from Leeds, and I don't seem to remember any blonde woman with an accent either . . .

I pause in my frantic scramble to get out of the hole I've dug myself into and look at him. The world is a small place, but can it really be *that* small?

'Maybe I've not met her,' I say, unable to hide my suspicion as I turn to him and study the finer details on his face to see if I'm right.

His upper lip twitches, something he must be aware of as he quickly pouts and relaxes in a bid to regain control of it. The lip twitch has gone, but now he seems to have something in his throat as he gives a feeble cough to clear it.

'You must know her,' he swallows, putting a hand over his eyes before continuing. 'Has a wooden leg and a pet raccoon? Drives a pink moped?' He turns to me, cocking his head to one side as a delicious smile starts climbing its way across his lips.

'Very funny,' I say, relieved that my earlier spiel isn't quite as embarrassing as I'd feared.

We sit in silence for a few moments, each looking out at the beautiful view of the park which is lined with trees that have been growing their roots here for decades, possibly centuries.

'I'm sorry for turning up unannounced but you're not on Facebook,' he says by way of explanation, looking over at me with an incredulous expression. 'I mean, who isn't on Facebook these days? And then no one would give me your number. They said you wouldn't let them.

Connie, Matt, my best mate – even your sister, who I managed to find through tagged wedding photos, said I wasn't to contact you.'

'Must've hurt,' I say, wondering when he and Michelle started talking. Judging by her reaction to his profile I'm sure she was thrilled when his name popped up in her inbox. I imagine it's kept her highly entertained during the delirious night feeds.

'I've never had someone I like not want me to get in touch before. It's never happened,' he admits, his words matter-of-fact rather than arrogant. 'I'm glad I finally tracked you down. I was going to start going to coffee mornings and fetes next.'

I laugh at the thought of it.

'Will you let me take you on a date?' he asks, his voice naturally low and bewitching.

'Have you not been listening to a word I've said?' I groan. 'I'm going away.'

'Then let me treat you to a goodbye date,' he suggests with a shrug, as though it's a perfectly innocent suggestion.

'I'm going away,' I repeat, standing my ground.

'Yep, heard that bit loud and clear . . . but you like me,' he smiles cheekily. 'You *really* like me. You said so yourself.'

His persistence makes me chuckle.

'I'm going through a bit of a thing and it's complicated,' I explain.

'Michelle told me,' he nods, his eyes looking at me with tenderness, as though he completely understands my woe.

'She did?' I ask.

'Yes,' he nods. 'I totally get it. You're completely right. This is your time to get out of here and do whatever it is you want to.'

'That's what I've been trying to say . . .'

'I respect that wholeheartedly. I don't want to be complicating things or stopping you from having an amazing experience away. That's not who I am,' he shrugs. 'I think it's admirable.'

'Thank you,' I say, nibbling on my lip, not entirely sure what's happening.

'I just wanted to see you before you went.'

'OK . . .'

'Shit,' he says, shaking his head. 'I've met you once. *Once.* There is no pressure from me, although I understand that me being here tonight might give off those pressure vibes . . .'

'It has the potential,' I admit.

'I should've asked for your number that night,' he says regretfully. 'I don't know why I didn't.'

'Even if you'd asked I promised Natalia I wouldn't, anyway,' I smirk.

'True,' he says, considering the thought. 'But I think you would've done. And not because I think I'm amazingly smooth and can get whatever I want – but because you like me and I like you. It's that simple,' he stops to flash me a bashful smile.

I return the look because I can't help but do so. It spills out of me.

'I don't say that, by the way. Ever,' he continues. 'But then I don't feel it either. You're not going to be here for a while, so I had to see you. I'm not here to interfere with your plans, but I want you to know that when you're back I would very much like to take you out for a drink, or pancakes, or to the cinema, or to the zoo – whatever you fancy,' he says, rhythmically tapping his palms against his thighs.

'You'll have moved on by then,' I tell him, wrapping my coat around me a little more in a bid to keep out the frosty air.

'I doubt it,' he says with an exasperated sigh, breathing into his hands.

'Fine,' I tell him with a defiant nod. 'But I'm not giving you my number or going back on Facebook. There'll be no time wasted with me waiting for your call or wondering why you've not responded to a message. I do not want to even think about you until I've landed back at Stansted Airport and am ready to think about what I want from the future.'

'Got it,' he says.

'And even then, you'll be a fleeting thought,' I add.

'Obviously.'

'A casual flicker of a thought that I'll brush over and forget about for at least a week or two . . .'

'Steady on,' Alastair says, amused, holding his palms in the air to stop me getting even more carried away. 'I get the point.'

A giggle flies out of my mouth, catching me off guard. 'Sorry,' I say, instinctively placing my hand on his thigh to give further weight to the apology and ensure I haven't actually offended him.

He puts a hand on top of mine.

We sit staring down – at his thigh, my hand, his hand, as though it's the most fascinating, alluring and compelling sight we've ever come across. The way my breathing becomes heavy in my chest you'd be forgiven for thinking it is.

'It was only one night,' I eventually mutter to myself, echoing what he said earlier.

'Maybe it only takes one night,' Alastair says so quietly I almost miss the words.

I take a deep breath and remove my hand, which now feels as though it's been placed into a roaring hot fire.

'I'd best get back. They'll be waiting for me,' I say, looking towards the church which, by the sounds of it, is still a hive of activity.

'Yes,' he says, jumping to his feet.

I join him in standing and am wracked by hesitation. Suddenly realizing that if I don't do something right now I'm going to spend the next three months regretting it anyway – and therefore thinking about him regardless of my resolve.

'Fuck it,' I say as I practically jump on him, wrapping my arms around his neck as I place my lips upon his. I breathe as much of him in as I can and I love every single second of him wanting me back.

I pull away, my head light and my chest pounding, unable to look away from Alastair, who looks happily taken aback at what's just happened.

Laughter spills out of me uncontrollably, the sound reverberating around the park and gloriously bouncing its way back to me.

'One for the road,' I say bashfully, taking Alastair's fingertips in mine and pulling him back up the pathway to the church.

I don't need a special someone in my life to complete me, and I know I'm going to be learning all sorts about myself and the world over the next three months, but maybe it's OK to admit that I need all kinds of people around me to make me feel whole. Mum, Dad, Ted, Michelle and baby Duncan, Connie and Natalia, all my new friends at Sing it Proud, and Alastair – they all bring out different sides of me, whether that be ambitious, brave, funny, sexy, loving, caring, silly or dedicated. Allowing all of those parts to shine is surely the only way I will ever feel content and happy. I will forever be working on my progress list, and that's life. I'm not meant to be who I was yesterday, last year or a decade ago. Changing isn't a weakness or something to be ashamed of. Evolving can only be seen as a success. Allowing people in will always be the making of me, whether for better or worse.

I'm lots of things, and just as different experiences along the way shape me into the person I am at one given moment, so too do the people I encounter. And that's got to be some kind of wonderful.

# Epilogue

*Three months later*

*I take a breath, my backpack firmly on my shoulders, having recovered it from baggage claim. It was pink when I left, now it's a murky purple thanks to the dirt that's attached itself and followed us on our travels.*

*Have I found myself? Did I ever think that was truly possible? Surely not. We are ever changing. The second you think you've got a grasp of your true self the situation alters and you have to start solving the puzzle once again.*

*I am at peace with who I am in this exact moment. I can't predict what'll happen tomorrow, or who'll be standing through these doors when I step into arrivals at Stansted Airport and how that might, or might not, affect who I'll be tomorrow or in ten years. But I can accept myself for who I am, and allow myself to explore without having too many expectations.*

*I spent so long focusing on something that wasn't real. From now on, all I ask of myself is to home in on the now and realize that that is all that matters. The here and now.*

*A young couple walk past me. As if their blinding rings aren't the biggest giveaway, a huge sticker on the woman's gold suitcase declares they're 'Just Married'. Honeymooners, coming home with their tanned skin and blissfully loved-up expressions.*

Good for them, *I think to myself with a wry smile, before peeling my eyes away and focusing on the doors in front of me.*

*Not my story.*

*I can't stand here for much longer. It's time to head through them and see what the moment holds.*

*One more breath.*

*In.*

*Out.*

*Calm.*

*Let's go.*

# Acknowledgements

Writing a book can be a lonely experience. I can be sitting in my office for up to twelve hours a day with nothing but a packet of Chocolate Hobnobs to keep me company. That said, this book is a team effort and there have been many wonderful people who've cheered me on along the way! So, let's get thanking!

Hannah Ferguson, there's a reason you're always listed first. I would not be doing this if you hadn't seen my potential all those years ago. Thank you for being the right literary agent for me, and always replying to my worried emails with your super-relaxed energy! Thanks to the teams at Hardman & Swainson and The Marsh Agency for supporting us both.

Maxine Hitchcock, what a joy it's been to have you editing this book. Thank you for doing so in such a calm and supportive way. Ellie Hughes, Claire Bush, Nick Lowndes, Fiona Brown and the various teams at Penguin Random House who've shown me nothing but love and support – you're all brilliant!

Rebecca Boyce, Claire Dundas, Sophie Gildersleeve and everyone at James Grant for being the absolute best management team around. Thank you for encouraging me to keep reaching beyond what I ever imagined would be possible. I can't wait to see what we get up to next!

The readers – YOU! I can't thank you enough for

making my dream of being an author a reality. Without you buying my work and asking for more there'd simply be no books. This is all on you!

A big thanks to my great friends who never put pressure on me or make me feel crap for disappearing each time I have a book to write. Katy, Emma, Charlie, Savannah, Lauren, Karen, Bex, The Hoppers, The Handy Crew and all the other kind and thoughtful special mates I've made – life has changed for all of us, but I love watching your lives unfold. I'm so proud to call you my friends!

I would not be able to physically sit at my desk each day if the Fletcher/Falcone troops didn't gather around and look after the boys/us. Bob and Debbie, thank you for pouring so much love into the boys and making the fact I have to work a little bit easier on my heart. Dad, you really are the wisest man I know. Mum, you really are the nuttiest woman I know. Giorgie, Chickpea and Miss Summer Rae, how lucky are we to have you guys – trashy TV, food and wine. Thanks for keeping us sane and giving us a bit of normality. Mario and Becky, I can't wait to see what the next few years have in store for you both. Debbie B – thanks for your continued kindness and love! Carrie, you're such a talented soul with so many strings to your bow.

Tom, Buzz and Buddy. Well, the book is in and you've finally got your wife/mumma back. Tom, thanks for juggling this parenting malarkey with me and being as work-obsessed as I am. How lucky are we to do what we love and have two adorable boys to call our sons? Yes, the six a.m. starts aren't pleasant, and we could probably do without all the wailing and senseless meltdowns, but the smiles and laughs make those moments more than worthwhile. Thank you for being my partner in crime and making me belly laugh on a regular occasion. Date night soon?

Buzz and Buddy, you two are perfectly imperfect and I will spend my entire lifetime loving every single thing about you. Thank you for being my driving force and my biggest inspiration. I love you!